清詩鐸

上册

〔清〕张應昌 編

中華書局

圖書在版編目(CIP)數據

清詩鐸/(清)張應昌編. —2版. —北京:中華書局,
2022.5
ISBN 978-7-101-15679-9

Ⅰ.清… Ⅱ.張… Ⅲ.古典詩歌-詩集-中國-清代
Ⅳ.I222.749

中國版本圖書館CIP數據核字(2022)第051199號

清詩鐸

(全二册)

〔清〕張應昌 編

*

中華書局出版發行

(北京市豐臺區太平橋西里38號 100073)

http://www.zhbc.com.cn

E-mail:zhbc@zhbc.com.cn

北京新華印刷有限公司印刷

*

850×1168毫米 1/32 · 34⅜印張 · 4插頁 · 655千字

1960年2月第1版 2022年5月第2版

2022年5月第3次印刷

印數:13601-16600册 定價:148.00元

ISBN 978-7-101-15679-9

出版說明

清詩鐸，原名國朝詩鐸，是清人張應昌所編選的一部清詩選集。所收的詩起自清初，包括明末遺民；下迄同治年間，附存了他自己的作品。這部書的選輯工作開始於咸豐六年（一八五六），一直到同治八年（一八六九）刊行以前，曾經不斷增删。

張應昌（一七九〇——一八七四），字仲甫，號寄庵，浙江歸安人，改籍錢塘，嘉慶十五年（一八一〇）舉人，官至内閣中書舍人。他著有春秋屬辭辨例編八十卷、補正南北史識小錄二十八卷、彝壽軒詩鈔十二卷、煙波漁唱四卷等。除了這部國朝詩鐸，還編過一部「詠歌忠孝節義之事」的國朝正氣集，早已亡佚不傳。

他編輯這部清詩鐸的目的，就如自題詩中所說：

「上德宣忠孝，下情通諷刺。聞者足警戒，言者無罪戾。……以充銘座詞，以爲采風備。」

因此他特别重視有關當時社會政治的詩，替我們保存了一部分有用的資料。如田家、稅斂、科派、災荒等類目裏，有不少眞實反映了尖鋭的階級矛盾的作品。其中作品大部分產生於清代中葉，可以看出太平天國農民大起義前夕的歷史背景。它也選到了鴉片戰爭時期的作品，紀錄了中國人民反抗帝國主義侵略的鬥爭業績。第二十六卷中專立鴉片煙一類，收了抵制和揭露鴉片煙毒害的詩。還有一部分作品暴露了當時社會的各種黑暗現象，如對婦女深受殘暴壓迫的同情，對迷信陋俗的批判，也都有一定的現實意義。這對於我們研究清代文學史或社會史都有重要的參考價値。

這部書的選家爲了「世道人心」、「吏治民風」而輯録了這些「抑揚哀怨之章」，專「取其言足以警世」者。正因爲他有自己的取捨標準，所以能突破了所謂大作家的圈子，注意到一些並不著名的詩人。他在選輯時曾採用了好幾百種詩集和詩話，有些書是現在很難找到的。卷首所附詩人名氏爵里著作目，也爲我們提供了不少研究清詩的線索。

當然，這部書的編選者是封建社會裏的一個官吏，他的選材不可能不顧到封建統治階級的利益。因此書中收入的糟粕也不少，有一部分作品專爲皇帝歌功頌德，即使在反映人民疾苦的詩裏，也少不了要爲皇帝作一番辯護，宣揚「聖明天子」的恩德。另外一部分作品鼓吹了統治階級鎮壓農民起義和少數民族的「武功」，特別是對太平天國作了惡意的誣蔑，對屠殺人民的劊子手作了無恥的表彰。還有一些詩裏宣揚了忠孝節義的封建倫理和因果報應的迷信思想。這些東西除了作爲反面材料以外，沒有別的價値。我們爲了讓研究工作者能看到原詩的本來面目，以便對它作全面的估價，一般未加删節。僅略去了若干首並無什麽資料價値，而徒然不利於民族團結的作品。

我們現在用同治八年永康應氏秀芝堂刻本斷句排印，原來補刻的詩已分別編入各類之中。除了改正一些顯著的錯字外，文字有和現存清人專集不同之處，一概不作校勘。書末我們編附了一個以作者姓名筆劃爲序的索引，以便檢閲。

中華書局編輯部　一九五九年五月

自序

孔子曰。興於詩。晦翁以爲興起學者好善惡惡之心。取其爲言易知而感人易入也。風雲月露之詞。山川草木之什。祇自寫性情耳。於世道人心無與也。卽本三百篇興觀羣怨之旨。於不敢顯言者。託喩以陳之。於不必深諱者。亦隱辭以寓之。固不失爲温柔敦厚。然解人默喩。而流俗未能明曉也。夫三百篇豈無直言諷刺之作。其不必諱者。固不妨言之。所謂言者無罪。聞者足戒焉。而坐而論者必可起而行也。苟授政不達。誦詩亦奚以爲乎。嘗讀子美潼關吏、石壕吏諸篇。及香山、文昌、仲初新樂府。洵所謂言易知而感易入者。當今之世。不少子美、香山、文昌、仲初之詠。散見於各集中。爰就所見。選輯彙編。名曰國朝詩鐸。以是爲遒人之警路。以是佐太史之陳風。覽者苟興起其好善惡惡之心。豈曰小補之哉。因憶康熙時。河督靳文襄之治河也。大要在深通海口。以淮刷黃。而潘次耕先生河隄篇已揭其旨。道光時。蘇撫林文忠之恤災也。令吳民質耕牛於官局。待次年春耕時贖歸。全活普利無算。其事播頌江南。而蔣苕生先生典牛行已傳其法。知鉅公美政。皆有所則傚。而虞箴原誦實賴以通諷諭而抒下情。有心斯世斯民者。所宜口吟手披於座右也。國朝人集汗牛充棟。所未見者。願友朋示我續補之。咸豐七年夏五錢唐張應昌仲甫氏書於彝壽東軒。

國朝詩鐸自題

吾儒吐言辭。於世期有濟。豈徒累篇牘。月露風雲字。樂府愛香山。陳事比賈誼。詩史稱少陵。三別與三吏。文昌仲初儔。歌行亦其類。上德宣忠孝。下情通諷刺。聞者足警戒。言者無罪戾。箴誦師矇職。興觀懲勸義。聖代求昌言。交儆勵圖治。咨諏拾闕遺。拜獻補偏敝。惜哉充棟編。紛若散珠碎。不免聞見遺。曷資韋弦佩。披揀集衆益。民生暨吏事。以充銘座詞。以爲采風備。

凡例

原編本以詩人編次。一人之詩彙錄卷帙中。照各選家之式。另立題類便檢。於卷首分類。各將某人之詩注於下。以便遇事檢查。嗣又商榷。是編本爲吏治民風而輯。與他選之論世評詩者不同。以遇事有所矜式爲居要。便檢之目尙嫌翻閲之勞。未爽心豁目也。故又改爲分類載詩。删卷首之題類便檢。而移詩人履貫列於前焉。各類之詩人時代。先後仍不紊也。每類詩人先後。以科目爲序。其無科目者。及布衣野老。約略以輩行先後相間序列之。閨媛方外附於末。〇有詩人履貫未詳。迨查得而詩已先刻者。又有續輯詩篇於已編訂之後者。排次間有差參。並有一類中又各有爲類者。如歲時門又分春秋、寒暑。靈異物性門又分孝義、貞慈。排比後先。亦未能畫一。不免相錯之病也。

某門已刊有續選者。補於各卷之後。有補而又補者。續得續增。排類亦有錯互。刻竣而選止。蒐羅難盡也。

各家有一時一地數篇數十篇。仿香山秦中吟、新樂府者。原編本彙錄一處。今改分入各類。删去總題。仍標注於各類各詩之上。

有一詩可入數類者。酌歸某類。而於別類注曰見某門。以便參觀而省繁複。

前人選詩必論定於身後。生存例不入選。有入選者。或別之爲附錄。茲輯非論世論人。與他選有別。

第取其言足以警世。豈以其人存而遺之。亦無庸别爲附錄也。昌不工詩。偶有紀事之句。從子興烈詩才爲勝。所錄較多。均附存於後。

二百餘年。詩滿天地。徵采頗艱。且多歷歲月。佚亡不少。雖展轉蒐訪。諒遺漏猶多。蓄藏希本者。仰望錄貽。待葺續編。其名人集中無此等詩者。不選及。則非遺漏也。

輯始於咸豐丙辰。至於今。隨見隨增入。凡粗率塗澤之篇不濫入。其入選者。已近千家。人或一二首。或數十首。共得詩五千餘首。有一題衆作多至數十首者。不皆佳構。且相仿佛。徒繁卷帙。選家貴精不貴多。故又重加裁别。擇其尤雅精警之作存之。亦有二千餘首矣。

國朝朱愚庵先生鶴齡愚庵小集。著錄於欽定四庫全書中。集內湖翻行、刈稻行詠康熙庚戌壬子時事。二詩皆有諷世語。並入著錄。且采吳愼思評語云。抑揚哀怨之章。當陳之采風者。煌煌聖訓。咨儆臣工足徵此等詩無所忌諱也。

各集各選本字工劣不一。豕亥烏焉。校如掃葉。恐漏誤不免。且恐事實有考核未悉之處。閱者指示其失。以便更正爲幸。

應昌謹述

朱序

詩何以鐸名也。周禮小宰。徇以木鐸。鄭君云。文事奮木鐸。武事奮金鐸。胤征。遒人以木鐸徇於路。此言文事。鼓人以金鐸通鼓。此言武事。呂覽。奮鐸以令兆民。淮南。告寡人以事者擊鐸。古者上之諭下。下之達上。無不以鐸。劉成國云。鐸。度也。孔子著六經以教萬世。儀封人謂天將以夫子爲木鐸。鐸不專屬乎詩。然於詩之教也尤宜。此張君仲甫中翰詩鐸所以作也。夫詩者。六經之一也。今之詩猶古之詩也。太史采十五國風謠以知俗之美惡。政之得失。漢魏樂府。枚叔、陳思得其遺意。永明以下。風調靡靡。唐陳伯玉始爲感遇。少陵崛起。直繼國風。次山、春陵。參乎小雅。元白張王。聲新意古。李長吉采玉歌、聶夷中田家詠、杜荀鶴時世行。嗣響不絕。宋呂東萊編文鑑。所取詩多田里疾苦。鐵厓、西涯變爲史論。古義寖微。然求其有裨風化。感發人心者。皆未若我聖朝制作之隆也。懿惟國初定鼎。化洽謳歌。勤求民瘼。廣闢門之典。懸告善之旌。固已中外同風。若家人父子无不可告喻者矣。高宗純皇帝幾暇之餘。復和唐臣白居易樂府。暢其指歸。以風示天下。於是館閣詞臣。暨膠庠俊秀。山澤漁釣之人。皆有所興起。凡見聞所及。於土俗、民風、農桑、水旱。無不播之聲詩。以求合乎六義。雖格有高下。意有淺深。然其惓惓忠愛。所以通朝野上下之情則一也。其文散見各家。披尋匪易。又或獵其春華。棄其秋實。未能得作者立言之心。仲甫中翰生閥閱之家。積縹緗之富。讀國朝諸人詩集。專擇其關乎警覺之義者錄於篇。名之曰鐸。以宣民隱。以資吏治。以厚風俗。以清政原。可以勸。可以懲。夫風琴雅管。廟廷之器。土鼓蕢桴。田野之音。其用各異而不能相兼。其可以兼之者。鐸也。金口木舌。金者禁也。有禁止之思焉。木者觸也。有感觸之機焉。上之以裨聖天子明目達聰之化。下之以作愚氓發聾振聵之資。然則詩鐸之聲。豈不大而遠哉。咸豐八年。歲在戊午。秋七月。金陵愚弟朱緒曾序。

應序

寶時承乏海上之三年。錢塘張丈仲甫先生惠然來顧。以所輯國朝詩鐸稿見眎。作而曰。此天下不可無之書。非獨爲功於詩教也。而詩教亦莫善焉。古者。自公卿至於列士獻詩。而又有衣食於官者。使之求詩民間。又有軒車采詩之官。又有巡守陳詩之典。皆所以鏡得失。察治忽。爲臨民出政之助。故孔子論次其詩。與郊廟燕饗諸什合而録之。列於六經。漢世去古未遠。有吴楚齊鄭燕代之詩。有汝南、雲中、隴西、河間、河東、淮南之詩。皆采録之。以爲樂府。而今已不可考。建安以降。詩格遞變。千態萬狀。或唯流連光景。尋常酬贈是務。或則聲病是謹。或且淫哇是趨。而詩教寖益湮廢。然其間賢人君子慜時諷世之作。亦不絶於代。其最著者。如吾家汝南散騎之五言百三十篇。史稱其有補時事。自後杜子美新樂府、白樂天諷諭詩之類。莫不上談王政。下道士風。惜未有裒集成編者。故詩或佚不傳。其傳者。亦雜廁衆卷中。而不足聳讀者之耳目。將欲比類參證。以求聖人録詩之本旨。不亦難乎。國家光宅天下二百餘年。文治誕昭。詩篇益廣。自名卿大夫文人學士。以逮閨媛方外之流。往往能本國風變雅之遺意。作爲歌詩。凡見於專集總集者。蓋有關人心世道吏治民生不少。仲甫先生病其散而無紀也。輯而録之。都爲一集。以事標類。以類統詩。以詩存人。彙聚而區分。宏覽而精擇。凡二千餘篇。盛矣哉。未之有也。其每類立目。仍各以時代相次。則文選、文粹之例也。其每人名字、里籍、科第、官爵。具著卷端。則姚少監極玄集之例也。其或以己作入選。則王叔師錄楚辭、徐孝穆撰玉臺新詠、芮挺章選國秀集之例也。至其所取詩。非關人心世道、吏治民生者不錄。名之曰鐸。蓋取說文遒人以木鐸記詩言之義。以求合夫子錄詩之旨。是則歷來選家莫之及也。夫爲學者。觀其所聚。則易爲力。長民者。廣其所聞。則惕於心。詩鐸行而二美具。其功用殆未可量。荀卿有言曰。小雅疾今以思往。其言有文焉。其聲有哀焉。明乎此。可知詩鐸爲詩教之正矣。又曰。百王之道。後王是也。後王者。天下之君也。舍後王而道上古。譬之是猶舍己之君而事人之君也。明乎此。可知詩鐸專輯國朝詩之意。而見其不獨有功詩教矣。先生以名孝廉官中翰。不就職。好著書。嘗撰春秋屬辭辨例編八十卷。因沈文伯、程伯剛、趙子常、方鳳九、顧震滄之書而益充大之。折中程朱。歸於一是。其學其養。深厚純粹。年垂八十。神明不衰。豈非窮經致用之耆儒碩師也哉。寶時陋不學。無闚先生之深微。唯是忝任分巡。兢兢以民瘼時艱爲念。而罔克善所措。讀先生茲編。不禁悠悠然思。怦怦焉其有動也。乃爲出貲刻之。而略陳所見於簡首。同治七年。秋八月。永康應寶時拜手謹序於蘇松太兵備道署。

王序

詩肇於扶犂、擊壤諸歌。而繼之以三百篇。無一不與政事民風相關合也。嗣是作者代興。凡政事之得失。民風之媺惡。散見於篇什者。指不勝僂。惜當時無專錄此以成一集者。我朝雅化蒸蒸。詩人後先林立。微獨名公鉅製。娓美喜起卷阿。即草野謳吟。何嘗不與盛衰通消息。然非比類參觀其得失與媺惡。究不能窮厥原委而知所步趨。張君仲甫以通達材主持風雅。惜不克大展抱負。俾驗之於政事民風。而用心則弗以詘伸異也。爰於國朝諸詩家中。采其有關於得失媺惡者。彙而顏之曰詩鐸。欲從事者知所警省也。知警省則必懼然於得失媺惡之故。何去何從。自不至相背而馳。君之設心亦良苦矣。余不敏。負慙騷雅。而於政事民風尤懵然無所措。君以是編索序。弁言何敢。即以是爲遒人之徇可矣。咸豐八年。歲次戊午。季夏六月。上海王慶勳拜書於武林邸舍。

詩人名氏爵里著作目

1 無錫秦鏞大音號若水。明進士。官江西清江知縣。官至監察御史。
2 桐城錢澄之飲光明諸生。入國朝流寓蘇州。有田間詩集。
3 永年申涵光符孟號鳧盟。一號聰山。貢生。有聰山詩集。
4 永年申涵盼隨叔有定舫詩集。未見。從詩觀二集錄入。
5 高淳邢昉孟貞諸生。有石臼前集、後集。
6 吳江顧壽開熊慶號玉洲。諸生。有玉洲詩集。
7 太倉顧夢麐麟士明副貢。有織簾居稿。
8 桐城方文爾止號明農。別號淮西山人。諸生。有嵞山集。
9 桐城方授子留諸生。別號圃道人。有浙游草。奉川草諸集。
10 錢唐張丹祖望原名綱孫。號秦亭。布衣。有張秦亭集。
11 新安程嘉燧孟陽布衣。有松陽集。未見。今從新安二布衣詩錄出。
12 寶應陶澂季深以字行。又止稱季。人目爲陶季。明末隱于吳。有湖邊草堂、舟車等集。
13 慈谿鄭溱蘭皋明太學生。入國朝不仕。有書帶草堂詩選。

14 桐鄉顏統士鳳明諸生。入國朝不仕。有不除草。

15 江都夏九敍次功有綠雪堂詩。

16 滄州戴明說道默號巖犖。晚號定圃。明進士。國朝官至戶部尙書。有定圃詩集。

17 益都孫廷銓伯度號沚亭。明進士。國朝授河間推官。官至大學士。謚文定。有沚亭集。

18 崑山戈陸明鏡心號稚圭。庠生。有言志集。

19 太倉吳偉業駿公號梅村。明進士及第。官少詹事。國朝官祭酒。有梅村詩集。

20 合肥龔鼎孳孝升號芝麓。明進士。國朝官至禮部尙書。謚端毅。有定山堂集。

21 正定梁清標玉立號蒼巖。一號蕉林。明進士。國朝官至大學士。祀鄉賢祠。有蕉林詩集。

22 海甯陳之遴彥升號素庵。明進士。國朝授侍讀學士。官至大學士。有素庵詩鈔。

23 嘉興曹溶秋岳號倦圃。明進士。國朝官至戶部侍郎。有靜惕堂詩。

24 益都趙進美韞退一字嶷叔。明進士。國朝授太常博士。官至福建按察使。有淸止閣集。

25 鄢陵劉漢藜博仲順治初恩貢生。官江南淸河知縣。有寶蘇齋詩稿。

26 仁和沈謙去矜號東江。有東江集。

27 朝邑李楷叔則見關中兩朝詩鈔。

28 桐鄉濮淙澹軒郡志載其順治初年遇火救二親事。有澹軒詩選。

29 靈壽傅惟鱗掌雷號歉齋。順治丙戌進士。官至工部尙書。祀鄉賢。有四思堂集。

30 蔚州魏象樞環極號環溪。順治丙戌進士。官至刑部尚書。諡敏果。祀賢良祠。有寒松堂集。

31 柏鄉魏裔介石生號崑林。一號貞菴。順治丙戌進士。翰林改給事中。官至秘書院大學士。諡文毅。祀賢良祠。有兼濟堂集。

32 陽武趙賓錦帆順治丙戌進士。有學易庵詩。

33 臨朐馮溥孔博號易齋。順治丁亥進士。授編修。官至大學士。諡文毅。有佳山堂集。

34 盂縣薛所蘊子展號行屋。有桴菴集。

35 平湖陸世楷英一號孝山。順治戊子以貢授山西平陽通判。歷官廣西思州知州。有越吟、晉吟、嶺外等集。

36 宣城施閏章尚白號愚山。順治己丑進士。官江西參議。康熙己未。試博學鴻辭。官翰林院侍講。有愚山詩集。

37 嘉興王庭言遠號邁人。順治己丑進士。官至山西布政使。有秋閒詩、三仕、二西諸草。

38 華亭許纘曾孝修號鶴沙。順治己丑進士。官至雲南按察使。有寶綸堂集。

39 桐城方拱乾肅之號坦庵。明進士。官少詹。順治九年薦補翰林學士。轉少詹。有白門、鐵鞵、裕齋、出關、入關諸集。

40 茶陵尹惟日冬如號鏖塢。順治壬辰進士。官廣東和平縣知縣。有行吟三卷。和言一卷。

41 南海程可則周量一字彥揆。順治壬辰會元。由中書官至桂林知府。有海日堂集。

42 新城王士祿子底號西樵。順治乙未進士。官吏部考功司員外郎。有司勳五種、養餘堂、十笏草堂等集。

43 海甯楊雍建自西號以齋。順治乙未進士。官至兵部侍郎。有弗過軒集。自怡集。

44 山陽陸求可咸一號密庵。順治乙未進士。官至福建督學轉參議。〇詩見百家詩存。

45 仁和丁澎飛濤號藥園。順治乙未進士。官禮部郎中。有扶荔堂詩。

46 黄岡王澤宏涓來號昊廬。順治乙未進士。官至禮部尙書。有鶴嶺山人詩集。

47 吳江周篆籀書號草亭。按蘇州府志流寓門。其先靑浦人也。師顧炎武。有草亭集。

48 華亭田茂遇楫公一字髴淵。順治丁酉舉人。授知縣。不就。康熙己未舉博學宏辭以病罷歸。有倸齋集。

49 吳江吳兆騫漢槎順治丁酉舉人。以科場事謫戍。康熙辛酉贖還南歸。有秋笳集。

50 永寧于成龍北溟順治丁酉副貢。知縣。官至兩江總督。贈太子太保。謚清端。詩見詩話。

51 太倉毛師杜亦史號端峯。詩見百家詩存。

52 新城王士禛貽上號阮亭。別號漁洋山人。順治戊戌進士。官戶部郎中。康熙己未召試博學鴻詞。授侍讀。官至刑部尙書。謚文簡。有帶經堂全集。

53 涇陽李念慈屺瞻號劬庵。順治戊戌進士。官湖北天門知縣。有谷口山房集。

54 閩縣林雲銘西仲順治戊戌進士。官新安司理。有挹奎樓選稿。

55 襄陵高晫元中號蒼巖。順治戊戌進士。官蘇州府知府。有滇游草、新安近詠等集。

56 海鹽彭孫遹駿聲號羨門。順治己亥進士。主事。康熙己未試博學鴻詞。授編修。官至吏部侍郎。有松桂堂集。

57 貴溪鄭日奎次公號靜庵。順治己亥進士。庶常。改主事。歷官禮部郎中。有靜庵詩集。

58 華亭董俞蒼水號樗亭。順治庚子舉人。以奏銷案除名。姜選松江詩鈔云。詩佚。惟存楚游草。余所見有度嶺草、南村漁舍草、浮湘草之刻。

59 華亭董含閬石號蓴鄉醉客。順治辛丑進士。以奏銷案除籍。有安蔬堂集。

60 淄川孫蕙樹百號笠山。順治辛丑進士。官給事中。有玉雞堂詩。

61 歸安嚴允肇修人順治辛丑進士。官山東壽光知縣。有石樵詩稿。

62 桐鄉顏鼎受孝嘉諸生。遭亂爲黃冠。白號初陽子。歸卒。有嶧山堂、半樂亭詩。

63 寧鄉陶之典五徽號澹庵。順治時爲安親王府教習。授內閣中書。不就。有冠松崖集。

64 靈壽傅維橒培公諸生。有燕川漁唱詩。

65 上海唐采翰宣號闇夫。諸生。有晚香堂集。

66 莆田郭鳳喈友日順治中諸生。有郭子詩選。

67 鄒平張實居賓公號蕭亭。有蕭亭詩選。

68 長洲沈欽圻得輿諸生。以孫德潛貴。贈內閣學士兼禮部侍郎。

69 鄞縣李鄴嗣杲雲順治間諸生。

70 泰州吳嘉紀賓賢號野人。布衣。有陋軒詩。

71 錢唐陸韜子容布衣。有瑞石山房集。

72 益都王尊美從斯有鵲巖齋詩。

73 桐城方中發有懷有白鹿山房詩集。

74 興化王待季守有東皋集、醉娛集。

75 海寧無名氏國初人。杭郡詩輯從我聞集采錄一篇。不著姓名。

76 歸安嚴我斯就思號存庵。康熙甲辰賜進士第一人。官至禮部侍郎。有尺五堂詩删。

77 無錫周宏子重康熙甲辰賜進士第三人。歷官翰林院侍講學士。〇見別裁、梁谿詩鈔。

78 德州田雯子綸一字綸霞。自號山薑子。康熙甲辰進士。有山薑詩選、古懽堂集。

79 石門勞之辨書升號介庵。康熙甲辰進士。有靜觀堂集。

80 永城王連瑛廉夫康熙甲辰進士。知縣。官至戶科給事中。有遺安堂集。

81 錢唐嚴榑庶華錢唐籍。餘杭人。康熙甲辰武進士。

82 太倉黄永雲孫詩觀初集選錄。

83 山陽張新標鞠存見淮山詩選。

84 吳江朱鶴齡長孺號愚庵。邑廩膳生。有愚庵小集。

85 無錫王志琪景韓諸生。〇梁谿詩鈔錄人。

86 錢唐沈紹姬香巖諸生。有寒石詩鈔。

87 桐城張英敦復康熙丁未進士。授編修。官至大學士。謚文端。有存誠堂詩集。

88 曲阜顏光敏遜甫一字脩來。康熙丁未進士。官考功郎中。有樂圃集。

89 江都汪懋麟季甪號蛟門。康熙丁未進士。授內閣中書。己未舉博學鴻詞。以未終制辭。後薦入史館。官刑部主事。著有百尺梧桐閣詩集。

90 溧陽魏麐徵蒼石康熙丁未進士。官至邵武知府。有石屋詩鈔。

91 猗氏郭九會繹玆康熙己酉解元。官浙江臨安知縣。有存齋草。

92 桐城姚文燚彥昭康熙己酉舉人。官長洲縣教諭。有超玉軒詩集。

93 安溪李光地晉卿號榕村。康熙庚戌進士。授編修。官至大學士。諡文貞。有榕村集。

94 吉水李振裕維饒號醒齋。康熙庚戌進士。官至戶部尚書。有白石山房詩稿。

95 武進趙申喬松伍康熙庚戌進士。由商邱縣遷部郎。特授浙江布政使。升巡撫。官至戶部尚書。贈太子太保。諡恭毅。有恭毅公剩稿。

96 嘉定許自俊子位號潛壺。康熙庚戌進士。己未舉博學鴻詞。授山西聞喜知縣。遺稿刊者。昔昔、鐵硯二吟。

97 平湖陸隴其稼書康熙庚戌進士。官江蘇嘉定。直隸靈壽知縣。行取授御史。諡清獻。有三魚堂集。

98 吳江葉燮星期嘉善籍。號橫山。康熙庚戌進士。官江蘇寶應知縣。有已畦詩集。

99 吳江鈕琇玉樵一字書城。康熙壬子拔貢。官廣東高明知縣。有臨野堂詩集。

100 長洲韓菼元少號慕廬。康熙癸丑賜進士第一人。官至禮部尚書。諡文懿。著有懷堂集。

101 德清徐倬方虎號蘋村。康熙癸丑進士。授編修。官至禮部侍郎。有道貴堂類稿。

102 黃岡程啓朱念伊詩見魏惟度選百家詩存。

103 興化王熹儒歙州有勿齋癸丑詩。詩觀二集選入。

104 樂清梁祉介繁歲貢生。有池上編。

105 錢唐孫宏衞郊號南樓。諸生。有南樓詩鈔。

106 錢唐洪昇昉思號稗畦。國學生。有稗畦集。

107 曲阜孔尙任季重號東塘。又號岸堂。自稱云亭山人。官戶部員外郎。有湖海集。

108 長洲彭定求勤止號訪濂。康熙丙辰賜進士第一人。官至翰林院侍講。有南畇詩稿。

109 德清胡會恩孟綸號茗山。康熙丙辰賜進士第二人。官至刑部尙書。有清芬堂集。

110 無錫季麒光聖昭號蓉洲。康熙丙辰進士。官福建諸羅知縣。有蓉洲詩稿。

111 華亭彭開祐孝緒號椒巖。康熙丙辰進士。官武岡知州。有春藻堂稿。

112 蘄州顧景星黃公明諸生。宏光時任推官。康熙戊午就徵。給檢討俸。乞歸。有白茅堂集。

113 黃岡杜濬于皇號茶村。有變雅堂詩集。○詩觀初集選入。

114 永年申頲敬立康熙戊午副貢。有耐俗軒詩集。

115 益都趙執信申符號秋谷。康熙己未進士。授編修。官至贊善。有飴山詩集。

116 合肥李孚青丹壑康熙己未進士。官翰林院編修。有野香亭詩集。

117 石門吳震方青壇康熙己未進士。二甲第一。授編修。官御史。有晚樹樓詩稿。

118 新鄉任璿政七康熙己未進士。翰林改部。官至山東登州府知府。○中州詩鈔選入。

119 黃岡王材任子重號西澗。康熙己未進士。官至左僉都御史。有尊道堂集。

120 宜興陳維崧其年號迦陵。諸生。康熙己未試博學鴻詞。授檢討。有湖海樓集。

121 秀水朱彝尊錫鬯號竹垞。布衣。康熙己未試博學鴻詞。授檢討。有曝書亭集。

122 長洲尤侗同人一字展成。號悔庵。一號艮齋。晚號西堂老人。拔貢生。康熙己未試博學鴻詞。授檢討。官至侍講。所著西堂全集有方于京集、右北平集、看雲草堂集、艮齋倦稿、西堂小草剩稿。

123 吳江潘耒次耕號稼堂。布衣。康熙己未試博學鴻詞。授檢討。有遂初堂集。

124 蕭山毛奇齡大可原名甡。號西河。康熙己未試博學鴻詞。官翰林院檢討。有西河詩集。

125 秀水李良年武曾國學生。康熙己未舉博學鴻詞。有秋錦山房集。

126 武進邵長蘅子湘諸生。康熙己未舉博學鴻詞。後因案絓誤。以山人終。有青門集。

127 宣城高詠阮懷號遺山。歲貢生。康熙己未試博學鴻詞。官翰林院檢討。有遺山堂集。

128 蒲州吳雯天章原籍遼陽。寄籍蒲州。康熙己未薦舉博學鴻詞。有蓮洋詩鈔。

129 諸城李澄中渭清號漁村。康熙己未試博學鴻詞。授檢討。官至侍讀。有臥象山房集。

130 錢唐吳農祥慶百號星叟。諸生。康熙己未試博學鴻詞。有梧園詩文全集。未刻。

131 錢唐徐旭旦浴咸號西泠。副貢。府志不載。未詳年分。毛西河序其集曰。一舉拔貢。三中副車。又云。己未同舉博學鴻詞。而鶴徵錄又不載。官至廣東連平知州。有世經堂集。

132 太倉王昊惟夏康熙己未試博學鴻詞。以年老授官正字。回籍。有碩園集。

133 三原孫枝蔚豹人諸生。康熙己未試博學鴻詞。授官正字。有溉堂集。

134 進賢齊之千仲英諸生。康熙己未舉博學鴻詞。不赴。有兼齋詩集。

135 無錫顧彩天石號補齋。貢生。有欲薦博學鴻詞者。辭讓。薦潘次耕自代。有往深齋等集。

136 歙縣汪洪度于鼎諸生。有餘事集。

137 錢唐馮景山公一字少渠。號香遠。國學生。有樊中集。未見。從抱經堂所刻解舂集采錄。

138 桐城姚士暨注若號魯齋。有出塞吟。

139 宣城梅庚耦長號雪坪。康熙辛酉舉人。官浙江泰順知縣。有天逸閣集。○詩觀二集選入。

140 仁和滑汝謀夏古號定庵。貢生。

141 丹陽吴思祖裒人號雲谷。諸生。有滄螺詩稿。

142 即墨藍啓蘂元芳諸生。有逸筠軒集。○山左詩鈔選入。

143 廣濟金德嘉會公號蔚齋。康熙壬戌會元。授檢討。有居業齋詩鈔。

144 德州馮廷櫆大木康熙壬戌進士。官内閣中書。有馮舍人遺詩。

145 長洲陳學洙左原康熙甲子舉人。有西田詩集。

146 海寧陳元龍乾齋康熙乙丑進士第二人。授編修。官至大學士。諡文簡。有愛日堂集。

147 高郵吴世杰萬子號厚庵。康熙乙丑進士。入祀鄉賢祠。有甓湖草堂詩集。

148 江都許承家師六號耒庵。康堂乙丑進士。官翰林院編修。有獵微閣詩集。

149 淄川張篤慶歷友號厚齋。別號崑崙山人。拔貢生。有崑崙山人集。

150 涇陽劉儀恕推菴官知府。有瑔函近稿。○詩觀二集、關中兩朝詩鈔並選及。

151 潼關楊端本見關中兩朝詩鈔。

152 休寧王環子如號石農。有高雪堂詩。○詩觀三集選入。

153 歙縣朱觀古愚有松蔭堂草。○詩觀三集選入。

154 富平劉時英軼倫游幕。有其恕堂稿。

155 錢唐高士奇澹人號江村。錢唐籍。平湖人。以諸生召試第一。內廷供奉。授內閣中書擢翰林院侍講。官至禮部侍郎。謚文恪。有隨輦、苑西、歸田等集。

156 商邱宋犖牧仲號漫堂。以大臣子入宿衛。擢選通判。歷官至吏部尚書。有綿津山人詩集。

157 陽城田從典克五康熙戊辰進士。官至大學士。謚文端。詩見別裁集。

158 嘉善錢以塏蔗山康熙戊辰進士。選廣東知縣。擢山西知州。內遷部郎給事中。官至禮部尚書。晉太子少保。謚恭恪。有研雲堂集續集。

159 仁和湯右曾西厓康熙戊辰進士。授編修。官至吏部侍郎。有懷清堂集。

160 嘉定趙俞文饒號蒙泉。康熙戊辰進士。官山東定陶知縣。有紺碧亭集。

161 華亭徐賓虞門康熙戊辰進士。知縣。官至給事中。有芝雲堂詩稿。

162 南海梁佩蘭芝五號藥亭。康熙戊辰進士。官翰林院庶吉士。有六瑩堂集。

163 太倉唐孫華實君號東江。康熙戊辰進士。選知縣。官至吏部主事。有東江集。

164 青浦王原令貽號西亭。晚號學庵。康熙戊辰進士。由知縣行取。官至給事中。有學庵詩類。

165 錢唐沈用濟方舟一名宏濟。國學生。有方舟集。

166 錢唐金張介山號岕老。諸生。有岕老編年詩鈔。

167 上海張鍔容左一字蓉城。有書帶草堂詩。

168 新喻晏維旭昇如號閑園。諸生。以子斯盛貴。封通奉大夫。祀鄉賢祠。有閑園詩集。

169 遼東張景蒼皆園國學生。官江西新喻知縣、臨江知府。〇以上二人渝水詩觀錄入。

170 錢唐沈名蓀磵芳號磵房。康熙庚午順天舉人。選知縣未赴。有梵夾集。

171 祁門張瑗蘧若康熙辛未會元。授編修。轉御史。詩從王漁洋香祖筆記錄入。

172 華州張曾慶子餘康熙辛未進士。官翰林院侍講。有集。〇從關中兩朝詩鈔錄入。

173 萊陽周正公端號方山。康熙辛未進士。官福建浦城知縣。有取此居詩。

174 錢唐錢肇修石臣號杏山。康熙辛未進士。官御史。有石臣詩鈔。

175 上海張永銓賓門康熙癸酉舉人。授中書。改選除州學正。有閑存堂集。

176 秀水朱昆田西畯號文盎。國學生。有笛漁小稿。

177 平湖陸洽原嗣開號話山。歲貢生。官四川汶川知縣。有話山詩全集。

178 高郵李必恆北嶽一字百藥。諸生。有三十六湖草堂詩集。

179 瀘州先著蠲齋一字染庵。遷居金陵。晚又自號盍旦子。有之溪老生集。

180 錢唐周永銓昇逸寄籍蘇州。諸生。有東岡詩鈔。

181 無錫邵曾訓戣園諸生。〇沈選別裁、江蘇詩徵錄入。

182 吳江吳祖修愼思號柳塘。貢生。有柳塘詩集。
183 平湖胡慶豫雖來號東坪。歲貢生。有東坪詩集。
184 武進管棆靑村官師宗州知州。有據梧詩集全稿。
185 秀水俞㬎日絲輶軒錄補遺曰。有石函詩集。未傳。
186 吳縣繆嗣寅朝曦諸生。有曉谷詩稿。
187 仁和景星杓亭北號菊公。有拗堂詩集。
188 順德陳恭尹元孝有獨漉堂集。
189 嘉定張雲章漢瞻諸生。有樸村詩文集。
190 吳縣葉士鑑漢光號謙庵。洞庭東山白沙里人。有勁秋草。○七十二峯足徵集錄入。
191 江都顧圖河書宣康熙甲戌賜進士第二人。官翰林院編修。有雄雉齋集。
192 漢軍高其倬章之奉天鐵嶺人。康熙甲戌進士。官至戶都尙書。諡文良。有味和堂集。
193 河南新安呂履恆元素號坦庵。康熙甲戌進士。官至戶部侍郎。有夢月巖集。
194 婁縣周士彬介文康熙丙子副貢。有山舟學詩草。
195 慈谿姜宸英西溟號湛園。康熙丁丑進士第三人。官翰林院編修。有葦間詩集。
196 蕭山陳至言山堂號靑厓。康熙丁丑進士。官翰林院編修。有苑靑集。
197 滿洲鄂爾泰毅庵號西林。康熙己卯舉人。官至大學士。諡文端。有西林遺稿。

198 錢唐朱樟鹿田號慕樵。康熙己卯舉人。官至澤州知府。有叱馭、冏絹、古驄、白舫、刻曲、一半、勾留、冬秀亭等集。總爲觀樹堂集合刻。

199 崑山徐昂發大臨長洲籍。康熙庚辰進士。官翰林院編修。有畏壘山人詩集。

200 吳江陳沂震起雷號狷亭。康熙庚辰進士。官至給事中。有微塵。敝帚二集。

201 武進徐永宣學人康熙庚辰進士。有茶坪詩稿。

202 歸安陸師麟度號巢雲。康熙庚辰進士。選知縣。遷吏部主事。官至兗寧道。有采碧山堂詩。

203 海寧查嗣瑮德尹號查浦。康熙庚辰進士。官翰林院侍講。有查浦詩鈔。

204 華亭張澤棨文五康熙壬午舉人。官鹽城教諭。有喁噞集、芳草齋集諸詩。

205 長洲陳睿思匡九康熙壬午舉人。

206 無錫吳遵鋘粹躬號蓉裳。康熙壬午副貢。官四川內江知縣。

207 寵應王式丹方若號樓村。康熙癸未賜進士第一人。官翰林院修撰。有樓村詩集。

208 鄞縣萬經授一號九沙。康熙癸未進士。官翰林院編修。乾隆丙辰舉博學鴻詞。

209 海寧查慎行悔餘號他山。又號初白。康熙癸未進士。官翰林院編修。有敬業堂詩集。

210 常熟蔣廷錫揚孫號西谷。一號南沙。康熙癸未進士。翰林。官至大學士。晉太子太傅。謚文肅。有青桐軒、秋風、片雲諸集。

211 靜海宮鴻歷友鹿號恕堂。康熙丙戌進士。官翰林院編脩。有恕堂甲巳遊草、淮壖等集。

212 襄城劉青藜太乙號嘯月。康熙丙戌進士。官翰林院庶吉士。有高陽山人集。

213 **仁和邵錫光克大**號恢齋。康熙丙戌進士。官雲南祿勸知州。有爾耳吟、帆輪賸詠、種瑤草。

214 **桐城方正玭組垂**號養虛。別號浮邱山人。貢生。官青浦訓導。有醉經齋詩稿。

215 **泰州繆沅湘芷**康熙己丑賜進士第三人。官至刑部侍郎。有餘園詩鈔。

216 **無錫秦道然雒生**號南沙。康熙己丑進士。翰林。歷官御史。贈刑部尚書。有泉南山人稿。

217 **華亭楊錫恆涵貞**號查岑。康熙己丑進士。內閣中書。有水天草、聽雨軒詩。

218 **吳縣惠士奇仲孺**號天牧。一號半農。康熙己丑進士。官翰林院侍讀學士。有半農山人詩。

219 **臨川李紱巨來**號穆堂。康熙己丑進士。翰林院編修。官至戶部尚書。有穆堂初稿、別稿。

220 **吳縣張景崧岳維**康熙己丑進士。官直隸樂亭知縣。有鍛亭詩稿。

221 **桐城方貞觀南堂**諸生。國初隸旗籍。雍正時放歸。丙辰舉博學鴻詞。不赴。有南堂詩鈔。

222 **開原李粲元質庵**，有雙南集。因侍從其父宦滇南江南。以遊蹤所至名集也。

223 **歸安沈樹本厚餘**號綸翁。康熙壬辰賜進士第二人。官翰林院編修。有綸翁詩集。

224 **長洲顧嗣立俠君**康熙壬辰進士。官翰林院庶吉士。有秀野草堂、小秀野。金焦、山陰、大小雅堂、畹蘅、梧語軒諸集。總名閭邱詩集。

225 **嘉定王晦樹百**號補亭。康熙壬辰進士翰林院庶吉士。有補亭詩集。

226 **安州陳德榮廷彥**號密山。康熙壬辰進士。官至安徽布政使。有葵園詩集。

227 **漢軍朱倫瀚涵齋**一字亦軒。漢軍人。監生。改武。康熙辛卯武舉人。壬辰進士。授三等侍衛。後改刑部郎中。外任府道。內遷御史、給諫。官至漢軍副都統。有閒青堂詩集。

228 山陰向璿荆山號惕齋。學者稱正學先生。有向惕齋集。

229 仁和吳廷華中林號東壁。康熙甲午舉人。官福建海防同知。有東壁詩鈔。

230 青浦陸晟檢齋康熙甲午舉人。官宿州學正。有飲筱齋詩集。

231 遼陽劉廷璣玉衡一字在園。以廕授同知。官至淮徐道。有葛莊詩鈔。

232 攸縣彭廷梅湘南官河内縣丞。有擊空吟。

233 武進楊士凝笠乘康熙丁酉舉人。有芙航詩襭。

234 涇縣趙知希太音號環石。康熙庚子舉人。内閣中書。出爲知縣。晉州知州。有環石齋詩。

235 錢唐厲鶚太鴻號樊榭。康熙庚子舉人。乾隆丙辰舉博學鴻詞。有樊榭山房集。

236 餘姚鄭世元黛參號耕餘。康熙庚子舉人。有耕餘居士集。

237 山陰金埴小郯諸生。有不下帶編。

238 丹徒張學林念耕號圖東。諸生。官至河陝汝道。有圖東詩集。

239 平湖陸奎勳坡星號陸堂。康熙辛丑進士。官翰林院檢討。有陸堂集、續集。

240 海鹽馬維翰墨麟號侶仙。康熙辛丑進士。官至川東道。有墨麟詩集。

241 會稽魯曾煜啓人號秋塍。康熙辛丑進士。官庶吉士。有三州詩鈔。居杭、居汴、居廣之詩。

242 閩縣謝道承又紹號古梅。康熙辛丑進士。翰林。官至内閣學士。有小蘭陔集。

243 青浦倪蜺振九原名鵬。晚改名。自號蜺翁。議敍知縣。以幕遊終。

244 嘉定陸硎樗似諸生。有澄簡堂集。

245 嘉定殷陞陟明諸生。原籍太倉。有耿菴集。

246 嘉定金俞邁就圃本姓俞。廩膳生。有吹豳草。就圃集。

247 婁縣馮梘夔宣布衣。有一棱居詩稿。

248 太倉王撰異公有三餘集。〇詩觀初集錄入。

249 華亭錢孫鐘雅南布衣。有硯山樵詩。

250 錢唐丁敬硯林號鈍丁。自稱龍泓山人。布衣。有硯林詩集。

251 嘉定江剡東山號拙巢。諸生。有康匏集。

252 太倉張衍懿慶餘有煙舫集。

253 常熟顧文淵湘源號雪坡。有海粟集。

254 武岡許國煥天章康熙朝拔貢。未詳科分。有南村集。

255 嘉定吳屯侯符奇號悔翁。廩膳生。有西亭集。

256 嘉善徐善建孝標陸清獻公弟子。有桑榆小築稿。

257 歸安嚴啓煜玖林號蓼灘。歲貢生。官永康訓導。有竹香山房詩。

258 德清徐以泰陶尊號柳樊。官陽曲知縣。有綠杉野屋集詩。

259 嘉定黃裳上衣諸生。有月晦稿。
260 丹徒李天塹西津諸生。有湛露堂詩鈔。
261 興化李勅天敍有寶華堂集。〇詩觀初集錄入。
262 泰州張麋九草有知拙堂稿。
263 山陽馬駿圖來號西樵。有聽山堂集。
264 桐廬盛爌愚谷貢生。官德清訓導。有編蒲齋漫稿。愚谷詩鈔。
265 丹陽貢銘西箴號蓉塘。諸生。有聽雨樓詩集。
266 丹陽束南薰虞琴號景韶。貢生。〇以上二家，曲阿詩綜錄入。
267 嘉定施尌宗修同練音初集選錄。
268 寶應朱經恭庭諸生。有燕堂詩鈔。
269 滿洲尹繼善元長章佳氏。號望山。雍正癸卯進士。翰林院編修。官至大學士。贈太保。謚文端。有尹文端公詩集。
270 歸安戴永椿卯君雍正癸卯進士。由編修擢御史。官至思恩軍民府。有漸成草堂集。
271 長興欽璉寶光號幼畹。雍正癸卯進士。官江蘇南匯知縣。有虛白齋詩鈔。
272 秀水沈青崖艮思雍正癸卯舉人。官河南開歸道。有寓舟詩集。
273 漳浦藍鼎元玉霖號鹿洲。雍正癸卯優貢生。官廣州知府。有鹿洲集。
274 休寧汪由敦師敏號謹堂。一號松泉。諸生。充明史纂修官。雍正甲辰舉人。進士。授編修。官至吏部尚書協辦大學士。謚文端。有松泉詩集。

275 烏程嚴遂成松瞻號海珊。雍正甲辰進士。官雲南嵩明州知州。有海珊詩鈔。

276 昌平陳浩紫瀾雍正甲辰進士。授編修。官至少詹事。有生香書屋詩。

277 秀水諸錦襄七號草廬。雍正甲辰進士。翰林改官金華府教授。乾隆丙辰試博學鴻詞。授編修。官至贊善。有絳跗閣詩稿。

278 會稽周長發蘭坡號石帆。雍正甲辰進士。翰林改知縣。乾隆丙辰試博學鴻詞。授檢討。官至翰林院侍讀學士。有賜書堂詩鈔。

279 仁和杭世駿大宗號菫浦。雍正甲辰舉人。乾隆丙辰試博學鴻詞。授編修。有道古堂集。

280 餘姚陳梓俯恭一字古銘。號一齋。雍正甲辰舉孝廉方正。不就。有濮川詩鈔、删後詩存。

281 太倉王時翔抱翼雍正初由諸生授知縣。官至成都知府。有小山詩集。初稿、後稿。

282 長洲彭啓豐翰文號芝庭。雍正丁未賜進士第一人。官至兵部尚書。有芝庭集。

283 清江楊錫紱方來號蘭畹。雍正丁未進士。由吏部歷官至漕運總督。謚勤慤。有四知堂集。

284 嘉定張鵬翀天扉號南華。雍正丁未進士。官至詹事。有南華詩集。

285 桐城方澤雲夢號涵齋。雍正己酉舉人。揀選兩淮鹽大使。有涵齋詩集。

286 錢唐周霌雨甘號西坪。雍正庚戌賜進士第一人。官修撰。

287 常熟蔣溥質甫號恒軒。雍正庚戌進士。授編修。官至大學士。謚文恪。有恒軒詩鈔。

288 會稽商盤寶意號蒼雨。雍正庚戌進士。授編修。官至雲南沅江知府。有質園詩集。

289 錢唐陳兆崙星齋號句山。雍正庚戌進士。知縣。乾隆丙辰試博學鴻詞。授翰林院檢討。官至太僕寺卿。有紫竹山房集。

290 錢唐孫灝載黃號虛船。雍正庚戌進士。翰林。官至都察院左副都御史。有道盥齋集。

291 豐城袁守定易齋號漁山。雍正庚戌進士。湖南直隸知縣。官至禮部主事。有說雲詩鈔。

292 南海何夢瑤報之號西池。雍正庚戌進士。官至襄平州知州。有匊芳園詩鈔。

293 高郵夏之蓉醴谷雍正癸丑進士。乾隆丙辰試博學鴻詞。授翰林院檢討。有半舫齋詩。

294 錢唐汪師韓韓門又號上湖。雍正癸丑進士。官翰林院編修。有上湖紀歲詩編。

295 錢唐張映辰星指號藻川。雍正癸丑進士。授編修。官至兵部侍郎。有鷺香書屋遺集。

296 烏程沈瀾維涓號泊村。雍正癸丑進士。官至瑞州知府。有雙清草堂詩。

297 桐城方觀承宜田由監生薦舉。雍正癸丑賜內閣中書。從軍。官至直隸總督。晉太子少保。謚恪敏。有東閭剩稿、懷南草、叩舷吟、宜田彙稿、松漠草。刻于述本堂合集中。

298 錢唐桑調元伊佐號弢甫。雍正癸丑召試通知性理。賜進士。官工部主事。又薦試博學鴻詞。有弢甫初續集。

299 錢唐朱奕曾慰先號桂亭。雍正乙卯舉人。官嘉興教諭。有桂亭存稿。

300 嘉興顧仲清咸三號中村。國學生。有扶青閣稿。

301 吳江葉舒璐景鴻一字鏡泓。歲貢生。有分于詩鈔。

302 嘉定張錫爵擔伯貢生。有吾友于齋詩鈔。

303 番禺方朝東華學者稱勺湖先生。有勺湖詩集。

304 番禺方還蒖朔貢生。有靈洲詩集。

305 嘉善朱一蜚健沖號浣桐。由諸生薦舉。官至山西布政使。有浣桐詩鈔。

306 上元朱顒景略諸生。雍正時。以謄錄授湖南州同。官終武岡州知州。有武岡集。

307 錢唐諸朝棟宇上府庠生。有雪堂偶存詩。

308 吳江顧我錡湘南號帆川。諸生。舉博學鴻詞。未赴而歿。有浣松軒集。

309 錢唐陳章授衣號紱齋。又號竹町。有孟晉齋詩集。

310 蕭山張文瑞雲表號六湖。官青州府同知。有六湖遺集。

311 錢唐陳皋江皋號對鷗。貢生。有吾盡吾意齋詩。

312 常熟王應奎東漵諸生。有柳南詩鈔。

313 丹徒余京文圻布衣。有江千詩鈔。

314 山陰胡天游稚威號雲持。雍正己酉副貢。乾隆丙辰舉博學鴻詞。辛未又舉經明行修。有石笥山房集。

315 天台齊召南次風號息園。乾隆丙辰試博學鴻詞。授翰林院庶吉士。散館授檢討。官至禮部侍郎。有寶綸堂詩鈔。

316 仁和沈廷芳畹叔一字萩林。號椒園。國學生。乾隆丙辰試博學鴻詞。除庶吉士。散館授編修。官至山東按察使。有隱拙齋詩。

317 吳縣張鳳孫少儀號息圃。雍正壬子副貢。乾隆丙辰舉博學鴻詞。又薦舉經學。由貴州縣丞歷官至雲南糧儲道。改刑部郎中。有柏香書屋詩鈔。

318 錢唐盧存心敬甫號玉巖。乾隆丙辰試博學鴻詞。壬申恩貢生。有白雲詩集。

319 山陰周大樞元木諸生。乾隆丙辰試博學鴻詞。壬申舉人。官教諭。有存吾春軒集。

320 上元程廷祚啓生號緜莊。廩膳生。乾隆丙辰薦舉博學鴻詞。有盋園集。

321 桐城劉大櫆耕南一號海峯。副貢生。乾隆丙辰舉博學鴻詞。官黟縣敎諭。有海峯詩集。

322 錢唐汪沆西顥一字師李。號艮園。又號槐塘。諸生。乾隆丙辰試博學鴻詞。有槐塘詩稿。

323 海寧祝維誥宣臣號豫堂。乾隆丙辰舉博學鴻詞。戊午舉人。官內閣典籍。有綠谿詩稿。

324 丹徒鮑皋步江號海門。國學生。乾隆丙辰舉博學鴻詞。不就。有海門詩鈔。

325 錢唐周京少穆號穆門。廩監生。乾隆丙辰舉博學鴻詞。不就。後考授州同知。有無悔齋集。

326 閩縣郭起元復齋諸生。乾隆丙辰舉博學鴻詞。不赴。後以賢良方正薦。官安徽舒城、桐城、太湖、盱眙知縣。擢同知。有介石堂集。

327 仁和金淳麴農居杭之北墅。與杭厲爲友。幕游燕趙間。人尠知者。殘詩附刻丁硯林集後。

328 仁和金德瑛汝白號慕齋。一號檜門。原籍休寧。乾隆丙辰舉博學鴻詞。未試。先成進士第一人。官至左都御史。有檜門詩存。

329 興化鄭燮克柔號板橋。乾隆丙辰進士。官山東濰縣知縣。有板橋詩鈔。

330 蘭谿郭瑞齡孟營乾隆丙辰舉人。官嘉善縣敎諭。

331 順德羅天尺履先號石湖。乾隆丙辰舉人。有癭暈山房詩鈔。

332 順德陳份古郇乾隆丙辰舉人。有水厓集。

333 涪州周煌海山乾隆丁巳進士。官至兵部尙書。贈太子太傅。謚文恭。有海山存稿。

334 無錫王會汾晉川乾隆丁巳進士。翰林。官至吏部侍郎。左遷。終大理寺卿。

335 **仁和錢琦相人**一字湘蒓。號璵沙。乾隆丁巳進士。官至福建布政使。有澄碧齋詩鈔。

336 **鎮洋程穆衡迓亭**乾隆丁巳進士。有據梧齋遺集。

337 **仁和顧光彥青**號野翁。又號涑園。乾隆戊午舉人。官廣州知府。重赴鹿鳴。有橘頌堂集。

338 **吳縣倪承茂稼咸**乾隆戊午舉人。有頤塘詩稿。

339 **無錫楊泰虞尊**號來齋。乾隆戊午副貢。官廬江教諭。有讀畫樓詩。

340 **漢軍鮑鈐冠亭**號西岡。一號辛浦。官杭州海防草塘通判。有道腴堂集。

341 **太倉顧成志心勿**別號中鄉老農。有治齋詩存。

342 **嘉興許燦衡紫**號晦堂。諸生。有晦堂詩鈔。

343 **平湖張雲錦龍威**號鐵珊。國學生。有蘭玉堂集。

344 **仁和田嘉穎道腴**有原本堂集。

345 **歸安姚世鈺玉裁**號薏田。諸生。有孱守齋遺集。

346 **崑山黃子雲士龍**布衣。有長吟閣詩集。

347 **商邱高岑峴亭**由教習官江西豐城知縣。有眺秋樓詩集。

348 **錢唐袁枚子才**號簡齋。乾隆己未進士。翰林。改縣官沭陽、上元知縣。有小倉山房集。

349 **新建裘曰修叔度**號諸皋。乾隆己未進士。授編修。官至工部尚書晉太子少傅。諡文達。有裘文達公詩集。

350 **長洲沈德潛碻士**號歸愚。乾隆己未進士。授編修。官至禮部侍郎。晉禮部尚書銜贈太子太師。諡文慤。有歸愚詩鈔正集別刻。

351 會稽陶元藻凫亭號篁村。諸生。有泊鷗山房集。

352 吳縣盛錦庭堅諸生。有青嶁詩鈔。

353 即墨郭廷翕虞受號根庵。乾隆辛酉舉人。官江西南城知縣。著有西南行草。

354 錢唐陳景鐘几山號墨樵。乾隆辛酉舉人。有研雪山房稿。

355 長洲李繩勉百號耘圃。乾隆辛酉舉人。選雲南恩樂知縣。署景東同知。有耘圃詩鈔。

356 建寧朱仕玠筠園乾隆辛酉拔貢。官鳳山教諭。卓異知縣。有筠園稿、刪稿。

357 仁和金甡雨叔號海住。乾隆壬戌賜進士第一人。官至禮部侍郎。祀鄉賢祠。有靜廉齋詩。

358 諸城竇光鼐元調號東臯。乾隆壬戌進士。官至都察院左都御史。有東臯詩集。

359 定興王太岳基平號芥子。乾隆壬戌進士。授檢討。官雲南布政使。有青虚山房集。

360 秀水鄭虎文炳也號誠齋。乾隆壬戌進士。授編修。官至左贊善。有吞松閣集。

361 武進莊綸渭對樵乾隆壬戌進士。官浙江定海知縣。有問羲軒詩鈔。

362 羅江李化楠讓齋號石亭。乾隆壬戌進士。官浙江知縣。順天府同知。有石亭詩集。

363 海寧陳萊孝嶶貞號誰園。國學生。有誰園詩集。

364 錢唐吳壽宸小匏原名綸。字掌絲。郡諸生。有識字田夫吟稿、河中吟稿。

365 仁和胡濤滄來號葑塘。有古歡堂詩集。

366 錢唐諸省三礪亭以子以謙貴。誥贈資政大夫。有榕齋詩鈔。

367 蒙古夢麟文子號午塘。一號喜堂。酉魯特氏。蒙古正白旗人。乾隆乙丑進士。授檢討。官至工部侍郎。有大谷山人集。

368 無錫秦鏷禮堂乾隆丁卯舉人。由知縣歷官至湖北按察使。〇梁谿詩鈔錄入。

369 海鹽吳文暉翼萬號燈庵。乾隆丁卯舉人。有燈庵遺詩。

370 金匱秦朝釪大尊號蓉湖。乾隆戊辰進士。授主事。官至雲南楚雄府知府。有岵齋詩存。

371 宛平查禮恂叔號儉堂。乾隆十三年由監生爲戶部主事。官至湖南巡撫。有銅鼓書堂集。

372 秀水汪孟鋗康古原籍桐廬。乾隆庚午舉人。壬午召試。授內閣中書。丙戌進士。改官吏部主事。有厚石齋詩。

373 秀水汪仲鈖豐玉號桐石。乾隆庚午與兄孟鋗同舉于鄉。施卒。有鐵舟園詩集。

374 廣昌饒學曙霽南號雲浦。乾隆辛未進士。授編修。官至翰林院侍讀。有研露齋詩鈔。

375 嘉興王元啓宋賢號惺齋乾隆辛未進士。官福建將樂知縣。有祗尹居士集。

376 江寧秦大士澗泉乾隆壬申賜進士第一人。官至翰林院侍講學士。有蓬萊山樵集。

377 秀水錢載坤一號蘀石。乾隆壬申進士。授編修。官至禮部侍郎。有蘀石齋詩集。

378 錢唐梁同書元穎號山舟。晚號不翁。乾隆壬申進士。授編修。官至翰林院侍講。嘉慶丁卯重宴鹿鳴。加侍講學士銜。卒祀鄉賢祠。有頻羅庵遺集。

379 大興翁方綱正三號覃谿。乾隆壬申進士。授編修。官至內閣學士。有復初齋詩集。

380 山陽阮葵生安甫號吾山。乾隆壬申舉人。官至刑部侍郎。有七錄齋詩選。

381 德清胡旭升暘號曉園。乾隆壬申舉人。官兩淮鹺尹。有樹諼室遺詩。

382 涇陽張五典敍百號荷塘。乾隆壬申舉人。官山西湖南知縣。至江南上元縣。有荷塘集。
383 諸暨傅學沆太沖號莫庵。一號拙瓢。乾隆癸酉解元。有莫庵詩近。
384 秀水朱休度介裴號梓廬。乾隆癸酉舉人。官山西廣靈知縣。有梓廬舊稿、壺山自吟稿、俟寧居偶詠。
385 南豐吳森雲衣乾隆癸酉舉人。官湖北建始知縣。有筠瀾詩草。
386 秀水莊肇奎胥園乾隆癸酉順天舉人。官至廣東布政使。有胥園詩鈔。
387 襄陽顧夔璋東崑乾隆癸酉拔貢。官安徽廣德州州判。有曲尺軒詩集。
388 嘉定王鳴盛鳳喈號西莊。乾隆甲戌進士第二人。授編修。官至內閣學士。有耕養齋集。
389 嘉定錢大昕曉徵號竹汀。一號辛楣。乾隆辛未召試。賜內閣中書。甲戌進士。授翰林院編修。官至少詹事。有潛研堂詩集。
390 臨安徐錫禮執三號春泉。乾隆丙子順天舉人。官廣東惠來知縣。有稻香書屋詩。
391 長洲蔣業晉紹初號立厓。乾隆丙子舉人。官湖北漢陽同知。有立厓詩鈔。
392 餘姚黃璋稚圭乾隆丙子舉人。官江蘇沭陽知縣。有大俞山房詩稿。
393 江都蕭霖雨垓號曙堂。乾隆丙子舉人。官雲南普洱知縣。有爨餘、昆海等集。
394 南昌彭元瑞輯五號芸楣。乾隆丁丑進士。授編修。官至協辦大學士。謚文勤。有恩餘堂稿。
395 鉛山蔣士銓心餘號苕生。乾隆丁丑進士。官編修。有忠雅堂集。
396 臨桂朱依真小岑布衣。有九芝草堂詩存。
397 秀水陳熙梅岑國學生。議敍官安徽南河州判。歷官至郡丞。有騰嘯軒詩鈔。

398 鎮洋畢沅湘蘅號秋帆。乾隆庚辰賜進士第一人。官至湖廣總督。有靈巖山人詩集。
399 長洲朱銑小巖乾隆庚辰進士。授編修。官至衢州知府。有靜永堂詩稿。
400 陽曲折遇蘭佩湘號霽山。乾辰庚辰進士。官廣東揭陽知縣。有看雲山房詩草。
401 南康謝啓昆蘊山號蘇潭。乾隆庚辰進士。授編修。官至廣西巡撫。有樹經堂詩集。
402 福州孟超然瓶庵乾隆庚辰進士。官至吏部郎中。祀鄉賢祠。有瓶庵居士詩鈔。
403 錢唐吳文倫介山乾隆庚辰歲貢。杭郡詩續輯采其詩。
404 仁和胡高望希呂號崑圃。一號豫堂。乾隆辛巳進士第二人。官至左都御史。諡文恪。
405 仁和孫士毅補山乾隆辛巳進士。又南巡召試第一。授內閣中書。歷官雲南巡撫。謫戍。後特授編修。官至大學士兼禮部尚書。晉太子太保。諡文靖。有百一山房詩集。
406 陽湖趙翼雲崧號甌北。乾隆辛巳進士第三人。授編修。官貴西道。有甌北詩鈔。
407 湘潭張九鉞度西號紫峴。乾隆壬午順天舉人。歷官江西、廣東知縣。有陶園詩集。
408 武進錢維喬樹參號竹初。乾隆壬午舉人。官浙江鄞縣知縣。有竹初詩鈔。
409 錢唐周駿發亦耕號亦庵。乾隆壬午舉人。官江西知縣。有薌村、都村、昌南、錦昌、望湖亭、臥陶軒、遂初諸集。
410 太倉胡雋年瑀章諸生。有石粱詩鈔。
411 蕪湖韋謙恆慎旃號約軒。乾隆癸未進士第三人。官至國子監祭酒。有傳經堂詩鈔。
412 南匯吳省欽沖之號白華。乾隆丁丑召試。賜中書。癸未進士。官至左都御史。有白華詩鈔。

413 海寧祝德麟止堂一號芷塘。乾隆癸未進士授編修。歷官御史。有悅親樓詩。

414 長洲褚廷璋左峨號筠心。乾隆癸未進士。授編修。官至侍讀學士。有筠心書屋詩鈔。

415 綿州李調元雨村號童山。乾隆癸未進士。翰林。改吏部。官至直隸通永道。有童山詩集。

416 婺源齊翀雨峯乾隆癸未進士。官廣東始興、高要知縣。有雨峯詩鈔。

417 錢唐袁樹香亭乾隆癸未進士。知縣。官至廣東肇慶府知府。有紅豆村人詩稿。

418 錢唐吳霽倬雲號竹堂。乾隆癸未進士。有晚翠樓集。

419 海寧吳騫槎客號兎牀。貢生。有拜經樓詩集。

420 上元徐煜滄潯一字蒼晴。履貫未詳。

421 桐城方杓建初號華南。乾隆乙酉舉人。有蓼香軒詩。

422 高密李憲喬子喬號少鶴。乾隆乙酉拔貢。丙申召試。賜舉人。官廣西歸順州知州。有少鶴詩集。

423 錢唐何琪東甫號春渚。布衣。有小山居稿。

424 無錫秦智鉷萬周號雲漪。以廩貢官蘇州府學、通州州學訓導。有黃梅精舍詩。

425 平湖馬恆錫久廷號愛蘿。諸生。有古直廬詩。

426 無錫尤鈞大章號嘯軒。有閒窗剩稿。

427 吳縣韓是升東生號旭亭。諸生。有聽鐘樓詩稿。

428 銅梁王汝璧鎮之乾隆丙戌進士。由吏部郎官至安徽巡撫。有銅梁山人詩。

429 全椒金兆燕鍾越號椶亭。乾隆丙戌進士。官國子監博士。有椶亭詩鈔。

430 海鹽朱炎桐川號笠亭。乾隆丙戌進士。官直隸阜平知縣。有楓江、瀛洲、湖樓等集。

431 吳縣沈起鳳桐威號蕢漁。乾隆戊子舉人。官祁門教諭。○從吳氏懷舊集錄入。

432 婁縣趙萬里昜恆號芻莊。乾隆戊子舉人。官貴州天柱知縣。有芻莊稿偶存。

433 仁和沈赤然韞山號梅村。乾隆戊子舉人。官直隸南宮、豐潤、大城知縣。有五硯齋詩鈔。原籍德清。

434 太倉朱璿子敬乾隆戊子副貢。教習。候選知縣。有崇雅堂詩集。

435 江都張鏐子貞號老彊布衣。有求當集。

436 錢唐朱彭亦籛號青湖。貢生。有抱山堂詩集。

437 無錫顧豫朋簪諸生。有朋簪遺稿。

438 仁和湯禮祥典三號點山。諸生。官江蘇府知事。有栖飲草堂詩鈔。

439 六安夏之璜湘人諸生。雨村詩話采其詩。

440 錢唐王承祖逖先號古鐵。有石闌堂集。

441 廣寧趙嘉程雲章號純齋。官四川通江、湖南瀏陽、龍陽、永定知縣。有純齋集。

442 秀水金蓉采江乾隆己丑進士。授編修。有聽雨軒稿。

443 山陰吳壽昌泰交號蓉塘。乾隆己丑進士。授編修。官至翰林院侍講。有虛白齋存稿。

444 南海馮城方山一字子維。乾隆庚寅舉人。知縣。官至湖南善化知縣。有傳經堂詩鈔。

445 錢唐張雲璈仲雅號簡松。乾隆庚寅舉人。官湖南湘潭知縣。有簡松草堂集蠟味小稿。
446 閩縣龔景瀚海峯乾隆辛卯進士。官甘肅蘭州府知府。有澹靜齋詩鈔。
447 歙縣程晉芳魚門號蕺園。乾隆辛卯進士。官吏部主事。以校勘四庫書。加編修。有蕺園集。
448 清江楊殿梓琴齋乾隆辛卯進士。官河南光山知縣。有雨厓詩草。
449 江寧侯學詩起叔號葦園。乾隆辛卯進士。官至撫州知府。有八月梅花草堂集。
450 長陽彭淑秋潭乾隆辛卯舉人。官江西知縣。有秋潭詩集。
451 海寧陳寅心田乾隆辛卯順天舉人。官廣東英德知縣。謫戍伊江。有向日堂詩集。
452 會稽陶廷珍效川號午莊。乾隆辛卯舉人。官肅州州同。有遠遊、雞肋、仇池、關河等集。
453 華亭姜曦心葵號海田。乾隆辛卯舉人。官懷寧教諭。升江西永新知縣。詩佚。
454 吳縣吳俊軼千號蠡濤。一號曇繡。乾隆壬辰進士。歷官至山東布政使。有榮性堂集。
455 錢唐景江錦縠水乾隆壬辰進士。官潮州府知府。
456 鎮洋毛上炱羅昭乾隆壬辰進士。授中書。遷戶部主事。有思補堂集。
457 臨海黃河清潤川乾隆壬辰進士。官江西知縣。有樸學堂詩鈔。
458 無錫秦瀛淩滄號小峴。乾隆甲午舉人。丙申召試。授中書。官至刑部侍郎。有小丙山人集。
459 永康程尚濂息廬乾隆甲午舉人。有心吾子詩鈔。
460 錢唐吳錫麒聖徵號穀人。乾隆乙未進士。授編修。官至國子監祭酒。著有正味齋集。

461 湘陰周錫溥半帆號麓樵。乾隆乙未進士。官甘肅寧朔知縣。有安愚齋集。
462 吳縣范來宗翰尊號芝巖。乾隆乙未進士。官編修。有洽園詩稿。
463 武進徐書受尙之國學生。四庫館議敘。官河南南召知縣。有敎經堂詩集。
464 仁和宋大樽左彝號茗香。乾隆丁酉順天舉人。官國子監助敎。有學古集。牧牛村舍外集。
465 錢唐俞理燮堂號秋府。乾隆丁酉舉人。
466 海鹽吳熙太冲號石帆。乾隆丁酉舉人。有春星草堂詩稿。
467 義寧胡濬源甫淵乾隆丁酉舉人。官河南知縣。有樹春山房集。
468 仁和仇養正蒙士號一鷗。乾隆丁酉舉人。榜名永清。官桐廬訓導。有未學齋集。
469 元和韓崶桂舲乾隆丁酉拔貢。廷試一等。授刑部小京官。官至刑部尙書。有還讀齋詩。
470 海鹽陸以諴咸仲號小酉。乾隆丁酉拔貢。官新昌敎諭。有沃洲剡溪草。
471 儀徵程贊和中之號燮齋。貢生。有燮齋詩存。
472 金匱楊芳燦蓉裳拔貢生。授知縣。官至戶部員外郎。有吟翠軒初稿。芙蓉山館詩鈔。
473 浦城祖之望載璜號舫齋。乾隆戊戌進士。翰林改部。官至刑部尙書。有皆山草堂詩鈔。
474 武進管世銘緘若乾隆戊戌進士。官至御史。有韞山堂詩集。
475 元和馮培仁寓號實庵。乾隆戊戌進士。官給事中。有鶴半巢詩存。
476 秀水錢世錫慈伯號百泉。乾隆戊辰進士。授檢討。有麂山老屋詩集。

477 秀水汪如洋潤民號雲壑。乾隆庚子會狀。官翰林院修撰。有葆沖書屋集。
478 蒙古柏山法式善開文號時帆。一號梧門。蒙烏吉氏。榜名運昌。乾隆庚子進士。授編修。官至國子監祭酒。有存素堂詩集。
479 昭文吳蔚光悊甫號竹橋。乾隆庚子進士。翰林改禮部主事。有素修堂詩集。
480 長洲程際盛煥若號東冶。乾隆庚子進士。官御史。有稻香樓詩。
481 海寧張駿信裳號荔園。乾隆庚子進士。官處州教授。有荔園詩鈔。
482 桐鄉陸元鋐彡石乾隆庚子進士。官廣東惠州知府。有青芙蓉閣詩鈔。
483 金匱楊揆同叔號荔裳。國學生。乾隆庚子召試。賜舉人。內閣中書。官至四川布政使。贈太常寺卿。有桐華館吟稿。
484 武進趙懷玉億孫號味辛。乾隆庚子召試舉人。由中書官青州同知。有亦有生齋詩。
485 陽湖劉汝器重彝號蔽原。乾隆庚子舉人。有棲心閣詩鈔。
486 鎮洋張椁鄂聯乾隆庚子舉人。有浣雲廬稿。
487 昭文陳聲和叶宮號芻樵。廩貢生。有響琴齋詩集。
488 錢唐應澧叔雅歲貢生。官安吉教諭。有闇然室詩存。
489 嘉興吳文溥博如號澹川。諸生。有南野堂集。
490 武進黃景仁仲則諸生。四庫館謄錄議敘主簿。未選而歿。有兩當軒詩鈔。
491 介休劉錫五受茲號緗齋。乾隆辛丑進士。授檢討。官至武昌知府。有隨俟書屋詩集。
492 陽湖楊倫敦五一字西穌。乾隆辛丑進士。官廣西荔浦知縣。有九柏山房詩集。

493 南城曾燠賓谷乾隆辛丑進士。翰林改主事。官至貴州巡撫。有賞雨茅屋詩集。

494 錢唐吳昇秋漁乾隆癸卯舉人。官四川資州知州。擢知府。有小羅浮山館詩鈔。

495 綿州李驥元稱其號凫塘。乾隆甲辰進士。授編修。官至中允。有雲棧詩鈔。

496 仁和魏成憲寶臣號春松。乾隆甲辰進士。授刑部主事。官至兗沂曹道。又改官戶部員外郎。遷御史。有清愛堂集。

497 錢唐姚祖同亮府號鏡海。乾隆甲辰召試。賜舉人。內閣中書。官至左副都御史。

498 鉛山蔣知廉修隅拔貢生。乾隆甲辰江南召試二等。官臨清州同知。有弗如室詩鈔。

499 吳縣尤興詩春樊乾隆丙午順天舉人。官內閣中書。有延月舫集。

500 崑山徐鑅慶朗齋原名嵩。乾隆丙午舉人。湖北知縣。官至蘄州知州。有玉山閣詩集。

501 長洲沈清瑞吉人號芷生。乾隆丁未進士。候補知縣。有沈氏羣峯集。

502 仁和馬履泰叔安號秋藥。乾隆丁未進士。官至太常寺卿。有秋藥庵詩集。

503 奉新宋鳴琦梅生乾隆丁未進士。由禮部主事歷官至廣西桂林道。有心鐵石齋存稿。

504 鎮洋汪彥博厚夫號愚生。乾隆丁未進士。授編修。官青州知府。有養泉齋詩集。

505 金匱顧敏恆立方號笠舫。乾隆丁未進士。就教職。官蘇州府教授。有笠舫詩草。

506 長沙周鍔蓮若號春川。乾隆丁未進士。授主事。官至蘇州府知府。有聽雲山館詩鈔。

507 大興舒位立人號鐵雲。原籍長洲。乾隆戊申順天舉人。有瓶水齋詩集。

508 山陰何綸錦子襄號小山。河南籍。乾隆戊申舉人。金華縣訓導。有巢雲閣鈔詩。

509 開州馬允剛見一號雨峯。乾隆戊申舉人。官至池州知府。○見畿輔詩傳。

510 錢唐梁履繩處素號夬庵。乾隆戊申舉人。

511 秀水唐梘蕉圃乾隆戊申舉人。有煮花軒詩鈔。

512 吳縣詹應甲鱗飛號湘亭。乾隆甲辰召試二等。戊申舉人。官湖北知縣。有賜綺堂集。

513 長洲王芑孫念豐號惕甫。一號鐵夫。乾隆戊申召試。賜舉人。官教諭。有淵雅堂集。

514 萍鄉劉鳳誥金門乾隆己酉賜進士第三人。授編修。官至兵部侍郎。有存悔齋集。

515 儀徵阮元伯元號芸臺。乾隆己酉進士。翰林。官至大學士。晉太傅。諡文達。有揅經室詩錄。

516 吳江顧我樂正叔號竹嶠。乾隆己酉舉人。官崇明教諭。有詅癡閣詩鈔。

517 萊陽趙曾慶孫號北嵐。乾隆己酉舉人。官江蘇知縣。

518 涇縣趙霈生夢得乾隆己酉拔貢。教習知縣。官至貴州鎮寧州。有省齋詩。

519 無錫顧敬恂斐瞻乾隆巳酉拔貢生。有筠溪詩草。

520 武義王惟孫祖蔭號荔邨。乾隆己酉拔貢。官青田縣教諭。有荔邨詩稿。

521 漵浦嚴如熤炳文號樂園。一號蘇亭。乾隆己酉優貢。嘉慶丙辰舉孝廉方正。授知縣。官至陝西按察使。有蘇亭集、漢南集。

522 錢唐梁玉繩曜北號諫庵。貢生。有蛻稿。○所錄有未刻稿。

523 遂寧張問安季門號亥白。乾隆舉人。官教諭。有亥白詩草。

524 仁和龔理身治同號溪庳。又號水南居士。諸生。有溪庳詩稿。

525 錢唐李芝謹墀號竹友。有淺山園詩集。
526 吳縣石韞玉執如號琢堂。乾隆庚戌賜進士第一人。官至山東按察使。有獨學廬集。
527 陽湖洪亮吉稚存一字君直。號北江。乾隆庚戌進士第二人。官編修。有卷施閣、更生齋集。
528 嘉定李賡芸生甫號鄦齋。乾隆庚戌進士。知縣。官至福建布政使。有稻香吟館詩稿。
529 歙縣凌廷堪次仲乾隆庚戌會榜。癸丑賜進士。官寧國府教授。有校禮堂詩集。
530 遂寧張問陶仲冶號船山。乾隆庚戌進士。授檢討。遷御史。官至萊州知府。有船山詩草。
531 江陰王蘇儕嶠乾隆庚戌進士。授編修。有試畯堂詩集。
532 靜樂李鑾宣伯宣號石農。乾隆庚戌進士。由刑部歷官至雲南巡撫。有堅白石齋詩集。
533 六合陸玉書篠田乾隆壬子舉人。官至處州同知。
534 仁和黃孫瀛步唐號句湖。乾隆壬子舉人。官直隸知縣。有古櫟山房稿。
535 錢唐錢師曾唯傳號蕙臆。乾隆壬子舉人。有靜存齋詩集。
536 上海楊城書香林乾隆壬子舉人。道光辛巳舉孝廉方正。不就。詔給六品銜。有薜古齋吟稿。
537 黃梅喻文鏊冶存號石農。貢生。有紅蕉山館詩鈔。
538 南昌漆修綸漢靑號雲窩。諸生。有雲窩賸稿。
539 寧郡徐畹秋生未詳。宋咸熙耐冷譚采其詩。
540 嘉興李遇孫金瀾貢生。詩從宋咸熙耐冷譚采入。

541 新城陳希曾鍾溪乾隆癸丑進士第二人。由編修官至刑部侍郎。

542 歸安葉紹楏琴柯乾隆癸丑進士。授編修。官至廣西巡撫。有謹墨齋詩鈔。

543 善化唐仲冕陶山乾隆癸丑進士。知縣。官至陝西布政使。有陶山詩錄。

544 山陰邵無恙夢餘乾隆舉人。四庫館議敍知縣。歷任江南知縣。有鏡西閣詩選。

545 和州陳廷桂樨林號夢湖。乾隆乙卯進士。授編修。官至順天府府丞。有香草堂集。

546 長沙周有聲希甫號東岡。乾隆乙卯進士。內閣中書。官至大定府知府。再起南河委用。署松江蘇州府事。有東岡詩賸。

547 太倉畢憲曾季瑜乾隆乙卯順天舉人。著有揖山樓詩集。

548 閩縣葉申薌次幔乾隆乙卯舉人。官江蘇無錫知縣。詩從陳參戎圖刻錄入。

549 丹徒劉文培藻源舉人。官石埭教諭。有天香閣詩鈔。

550 湘潭胡本孝淵恩貢生。有以鳴集。

551 密縣錢九韶太和號南渟。貢生。有南渟詩集。

552 丹徒程夢湘荊南貢生。官湖南清泉知縣。有松廖山館詩鈔。

553 長洲吳翌鳳枚庵一字伊仲。諸生。有與稽齋叢稿。

554 秀水汪大經書年號秋白。寓居泖上。有借秋山居詩鈔。

555 南城吳照炤南號白庵。貢生。官永新訓導。有聽雨齋詩集。

556 婁縣張金棟牧亭諸生。有一枝居詩稿。

557 嘉興吳金蕙馥淸號紉茝。歲貢生。有紉茝集、步陶吟稿。

558 石門方薰蘭士一字蘭坻。號樗盦。有山靜居遺稿。

559 海寧王德浩爾詒號松岑。諸生。

560 仁和徐吳念交脩號桐石。諸生。

561 江山劉侃諫史諸生。有香雪詩存。

562 桐城方于穀石伍號拳莊。有稻花齋詩鈔。

563 海寧祝咸章懷齋諸生。有夢蓮居詩存。

564 秀水楊琯自崑號栗齋。有栗齋賸稿。

565 吳縣吳智始乾號賁園。歲貢生。

566 海寧徐濬榮泉號秋鷗。諸生。有秋鷗小稿。

567 元和邵南薰貢生。詩從耐冷譚采入。

568 分宜袁壽齡仁輝諸生。有小袁山房詩集。

569 山陰趙然蘊山有憶存草、書隱樓詩草。

570 涇縣趙紹祖繩伯號琴士。貢生。官訓導。有古墨齋詩鈔。

571 錢唐應文苕亭伯有焠掌齋遺稿。附父澧詩集後。

572 吳縣石鈞秉綸號遺梅。國學生。有清素堂詩集。

573 錢唐張淦雪濤嘗從福文襄公征臺灣。以功授五品官。不受。有之萬集。
574 吳江趙王佐書文號素琴。諸生。有瓣香詩稿。
575 東臺羅懷玉謹持號東黎。貢生。詩見淮海同聲集。
576 陽湖陸繼輅祁孫有崇百藥齋集。
577 遂昌王夢篆文沙號秋雨。有窺園詩鈔。
578 吳縣蔣世煥堯章號秋查。官六安州吏目。有皋城小草。
579 德清許昇元暘生號蔗田。〇兩浙輶軒錄補遺錄入。
580 臨川梁道奐輝垣有雪鴻詩草。
581 豐潤陶譽相覲堯號薌圃。原籍會稽。附貢生。官滁州吏目。有薌圃詩草。
582 武康唐靖聞宣諸生。有前溪集。
583 吳江史善長仲文號赤崖。諸生。有秋樹讀書樓遺集。
584 丹陽陸炳赤南號藜軒。有藜軒類稿。
585 甘泉汪坤元至號玉屏。原籍旌德。有忍冬盦詩集。
586 仁和戴良仲尉諸生。詩從宋咸熙耐冷譚采入。
587 江都程名世令言號筠樹。職監生。有思純堂集。
588 上海褚華秋鶴號文洲。諸生。有寶書堂詩鈔。

589 浦江戴殿泗東珊 一字東瞻。嘉慶丙辰進士。授編修。官至口口口口。有風希堂詩集。

590 吳江袁棠甘林 號湘湄。國學生。嘉慶初舉孝廉方正。有秋水池堂詩集。

591 青田端木國瑚鶴田 一字子彝。嘉慶戊午舉人。道光癸巳進士。官歸安教諭。有太鶴山人集。

592 歙縣鮑桂星雙五 號覺生。嘉慶己未進士。授編修。官至禮部侍郎。有覺生詩鈔。

593 全椒吳鼒山尊 號抑庵。嘉慶己未進士。授編修。官至侍講學士。有夕癸書屋詩集。

594 閩縣陳壽祺恭甫 號梅修。嘉慶己未進士。官翰林院編修。有絳跗草堂詩鈔。

595 德清許宗彥周生 原名慶宗。字積卿。嘉慶己未進士。官兵部主事。有鑑止水齋集。

596 嘉應宋湘煥襄 號芷灣。嘉慶己未進士。官湖北糧道。有不易居齋、豐湖、燕臺、滇蹄等集。

597 大興王廷紹楷堂 嘉慶己未進士。翰林。有澹香齋詩草。

598 仁和錢枚謝盦 一字枚叔。嘉慶己未進士。官吏部主事。有齋心草堂集。

599 錢唐陳文述退庵 號雲伯。嘉慶庚申舉人。官江南知縣。有頤道堂詩。又外集補遺、戒後詩存。

600 東鄉吳嵩梁蘭雪 嘉慶庚申舉人。由內閣中書歷官至黔西知州。有香蘇山館詩鈔。

601 臨川樂鈞元淑 號蓮裳。嘉慶庚申舉人。有青芝山館詩集。

602 婁縣盛大士子履 號逸雲。嘉慶庚申舉人。官山陽訓導。有蘊素閣集。

603 新建羅安綏之 號水村。嘉慶庚申舉人。有水耘詩稿。

604 湘陰楊先鐸聲父 號木庵。嘉慶庚申舉人。官桃源教諭。有醒齋詩草。

605 長洲宋翔鳳于庭嘉慶庚申舉人。官湖南新寧知縣。咸豐己未重宴鹿鳴。加知府銜。有憶山堂詩錄、洞簫樓詩紀。

606 嘉應李光昭秋田有鐵樹堂詩鈔。

607 南昌龔軾季適有歐可詩鈔。

608 海寧沈毓蓀于澗諸生。有琴硯草堂詩集。

609 烏鎮吳鉉堂雪坡詩見宋咸熙耐冷譚。

610 東臺袁承禮成之諸生。有嘯竹集。

611 桐鄉陳其德太華號松濤。官訓導。詩見耐冷續譚。

612 膚施張井芥航嘉慶辛酉進士。知縣。官至東河總督。有二竹齋詩鈔。

613 曲阜孔昭虔元敬號荃溪。嘉慶辛酉進士。官至江西布政使。有鏡虹吟室集。

614 金筑周際華石藩嘉慶辛酉進士。官江南高淳知縣。有家蔭堂詩鈔。

615 江都焦循里堂嘉慶辛酉舉人。著有雕菰集。

616 成都汪仲洋少海嘉慶辛酉舉人。官浙江知縣。有心知堂己未刻稿。

617 華亭張興鏞金冶號遠春。嘉慶辛酉舉人。有紅椒山館集。

618 德慶徐念高星槎拔貢生。官四川崇慶州知州。雨村詩話采其詩。

619 烏程張鑑秋水嘉慶辛酉拔貢。官武義縣敎諭。有冬青館甲乙集。

620 安化陶澍子霖號雲汀。嘉慶壬戌進士。授編修。官至兩江總督。謚文毅。有印心書屋詩集。

621 長樂梁章鉅茝林嘉慶壬戌進士。翰林。改禮部。官至江蘇巡撫。有藤花吟館詩鈔。

622 山陽李宗昉芝齡嘉慶壬戌進士。授編修。官至禮部尚書。有聞妙香室詩鈔。

623 吳縣顧蒓吳羹號南雅。嘉慶壬戌進士。授編修。官至通政司副使。有思無邪室集。

624 宜黃洪占銓介亭嘉慶壬戌進士。官編修。有小容齋詩鈔。

625 烏程閔名世應銓歲貢生。官宣平縣訓導。

626 錢唐王槐丹生業鹽。嘉慶時。城北秋鴻館中人也。有廢莪室詩草。

627 番禺陳曇仲卿詩集名曰海騷。伊墨卿弟子。

628 高郵王敬之寬甫有愛日堂詩、虛室詩。

629 常熟趙元紹孟淵有總宜山房詩集。在趙氏三集中。

630 長沙毛國翰青垣諸生。有麋園詩鈔。

631 仁和吳上尊典彝諸生。有能改齋詩集。

632 六合朱實發飯石貢生。有尺雲軒詩集。

633 海寧查揆伯葵一名初揆。號梅史。嘉慶甲子舉人。官薊州知州。有菽原堂初集詩。

634 武康徐熊飛渭揚號雪廬。嘉慶甲子舉人。有白鵠山房詩選。

635 海寧梁齡增仙槎嘉慶甲子舉人。有晚晴軒詩鈔。

636 仁和胡敬以莊號書農。嘉慶乙丑會元。授編修。官至翰林院侍講學士。有崇雅堂詩鈔。

637 婺源董桂敷篠槎嘉慶乙丑進士。官翰林院編修。有自知堂吟草。林昌彝詩話采之。

638 昭文孫源湘子瀟嘉慶乙丑進士。官翰林院庶吉士。有天眞閣集。

639 烏程鄭祖琛夢白嘉慶乙丑進士。知縣。官至廣西巡撫。有小谷口詩鈔。

640 溧陽潘際雲人龍號春洲。嘉慶乙丑進士。官安徽霍山知縣。有清芬堂詩集。

641 錢唐吳存楷端父號曼雲。嘉慶乙丑進士。官安徽當塗知縣。有硯壽堂詩鈔。

642 嘉應李黼平繡子嘉慶乙丑進士。官江蘇昭文知縣。有著花庵、吳門、南歸等集。

643 江都黄承吉謙牧嘉慶乙丑進士。知縣。有夢陔堂詩集。

644 天門熊士鵬兩溟嘉慶乙丑進士。知縣改教授。有鵠山小隱詩集。

645 湘鄉蔣湘垣師大嘉慶乙丑進士。沅湘耆舊集錄入。

646 蕭山汪繼培厚叔嘉慶乙丑進士。官吏部主事。詩見耐冷續譚。

647 荆溪周濟寶緒字介存。嘉慶乙丑進士。知縣改官淮安府教授。有介存齋詩。

648 嘉興岳鴻振嘯雯號櫻雲。有菊照山房稿。

649 高密單可惠芥舟貢生。有白羊山人詩。

650 景東程含章月川舉人。官至工部侍郎。有嶺南、江右等集。

651 山陰陳廣寧默齋官至總兵。有壽雪山房詩稿。

652 丹徒王豫柳村諸生。有種竹軒詩。

653 武進湯貽汾雨生 廕襲雲騎尉。官至浙江樂清協副將。致仕寓金陵。咸豐癸丑。賊陷金陵。守禦殉難。諡貞愍。

654 鄞縣黃定文仲友 號東井。官揚州同知。有東井詩鈔。

655 天長王雨春用軒 嘉慶丁卯舉人。有盧牝詩集。

656 仁和宋咸熙小茗 嘉慶丁卯舉人。官石門教諭。有思茗齋集。

657 天長程虞卿趙人 嘉慶丁卯舉人。有水西閒館詩。

658 丹徒張學仁治虞 號寄槎。嘉慶丁卯舉人。有青苔館集。

659 餘姚呂承恩戴山 嘉慶丁卯舉人。有紅雨山房集。

660 陽湖劉嗣綰醇甫 號芙初。嘉慶戊辰會元。授編修。有尙絅堂詩集。

661 桐城姚瑩石甫 嘉慶戊辰進士。官至廣西按察使。有後湘詩集。

662 錢唐屠倬孟昭 號琴隖。嘉慶戊辰進士。翰林知縣。官至九江知府。有是程堂集。

663 仁和錢林東生 號金粟。嘉慶戊辰進士。翰林。官至侍讀學士。左遷。擢庶子。有玉山草堂集。

664 平湖陸坊野橋 嘉慶戊辰舉人。官永康縣訓導。有草心亭詩鈔。

665 武岡萬開燧佩文 嘉慶戊辰舉人。官浙江知縣。

666 桐鄉陸費瑔春帆 嘉慶戊辰副貢。官至湖南巡撫。有眞息齋詩鈔。

667 仁和許乃濟作舟 號青士。嘉齋己巳進士。授編修。官至太常寺少卿。詩未刻。從淮海同聲集錄入。

668 滿洲麟慶見亭 嘉慶己巳進士。部曹改翰林。官至南河總督。詩從詩話采。

669 吳縣吳慈鶴韻皋號巢松。嘉慶己巳進士。授編修。官至翰林院侍讀。有吳侍讀全集。

670 婺源齊彥槐夢樹號梅麓。嘉慶己巳進士。翰林改知縣。官江蘇金匱知縣。有梅麓詩鈔。

671 嘉善黃安濤霽青嘉慶己巳進士。授編修。官至潮州知府。有詩娛室、息耕草堂詩集。

672 丹徒周瀛少谷有商芝山館詩鈔。

673 平湖胡金題瘦山桐華館詩未見。從宋咸熙耐冷譚錄入。

674 錢唐陳春曉覺庵號望湖。諸生。有晚晴書屋詩鈔、覺庵續詠、風鶴吟。

675 寶山沈學淵夢塘嘉慶庚午舉人。有桂留山房詩集。

676 海寧陳均受笙嘉慶庚午舉人。有松籟閣詩集。

677 丹徒錢之鼎元鎮號鶴山。嘉慶庚午舉人。有三山草堂集。

678 桐鄉沈炳垣曉滄嘉慶庚午舉人。官至上海同知。有斵硯山房、祥止室詩鈔。

679 吳江鄭璜元吉號瘦山。嘉慶庚午舉人。候選教諭。有海紅華館詩鈔。

680 無錫顧翰蒹塘一字簡堂。嘉慶庚午舉人。官安徽涇縣知縣。有拜石山房詩鈔。

681 侯官林則徐少穆嘉慶辛未進士。授編修。官至雲貴總督。贈太子太傅。謚文忠。詩未刻。

682 會稽王衍梅律芳號笠舫。嘉慶辛未進士。官廣西武宣知縣。有綠雪堂詩集。

683 富陽周凱仲禮號芸皋。嘉慶辛未進士。授編修。官至臺灣道。有內自訟齋詩集。

684 臨川湯儲璠茗孫嘉慶辛未進士。官內閣中書。有布帆無恙草、忍冬小草。

685 廣豐徐謙益卿號白舫。嘉慶辛未進士。官吏部主事。有悟雪樓詩初、二集。

686 漢川劉珊介純號海樹。嘉慶辛未進士。官安徽天長知縣。有亦政堂詩集。

687 義烏陳德調鼎梅嘉慶辛未進士。官衢州府教。授有存悔堂集。

688 海寧吳衡照子律嘉慶辛未進士。官金華府教授。有辛卯生詩。

689 順德張琳逸芳號玉峯。諸生。官康州訓導。有玉峯詩鈔。

690 婁縣欽善繭木有吉堂詩文稿。

691 歙縣江紹蓮依濂號梅賓。優貢生。有梅賓詩鈔。

692 興化顧仙根藕怡從紀荒詩略錄入。

693 合肥李春暢然有浙遊小草。

694 仁和朱棫蔚林號芸夫。諸生。有芸夫詩草。

695 鎮洋陸元文子鐵嘉慶癸酉舉人。官常熟教諭。有斂齋詩稿。

696 丹徒王蔭槐植庭嘉慶癸酉舉人。有過學齋集。

697 高郵夏寶晉慈仲嘉慶癸酉舉人。官山西絳州知州。有仕國絃歌錄。

698 沁州王省山松坪嘉慶癸酉拔貢。由教諭官至江蘇崑山知縣。有榮根軒詩鈔。

699 壽陽祁寯藻叔穎號春圃。嘉慶甲戌進士。授編修。官至大學士。晉太子太保。謚文端。有縵觚亭集。

700 錢唐吳振棫宜甫號仲雲。嘉慶甲戌進士。授編修。官至雲貴總督。有花宜館詩鈔。

701 錢唐潘賢可堂歲貢生。

702 太倉蕭掄子山貢生。有樊郵草堂詩。

703 青浦何其偉韋人號書田。諸生。有簳山草堂小稿。

704 吳江金奉堯黼唐稿生。有蘿月樹詩草。

705 錢唐蔣炯葆存號蔣村。諸生。官湖北孝感知縣。有蔣村草堂稿。

706 常熟郟談蘭坡諸生。有蘭坡外集。

707 元和嚴辰俶之號雪田。諸生。卬須續集錄入。

708 仁和李方湛光甫號白樓。諸生。有小石梁山館稿。

709 錢唐陳裴之孟楷號小雲。諸生。官南河通判。有澄懷堂集。

710 仁和趙澄鑒映瀾號梅史。諸生。有烟波畫舫詩稿。

711 吳江張履淵甫嘉慶丙子舉人。官句容敎諭。

712 青浦邵堂子山嘉慶丁丑進士。官河南氾水知縣。有大小雅堂詩鈔。

713 錢唐范元偉春船嘉慶戊寅舉人。官太平敎諭。有皋亭山館詩草。

714 永豐郭儀霄羽可嘉慶己卯舉人。官中書。有誦芬堂詩鈔。

715 華亭張祥河元卿號詩舲。嘉慶庚辰進士。官至工部尚書。諡溫和。有小重山房初稿。

716 歙縣徐寶善廉峯嘉慶庚辰進士。授編修。官至御史。有壺園詩鈔。

717 福州楊慶琛雪茮嘉慶庚辰進士。授主事。官至山東布政使。召爲光祿卿。有絳雪山房集。

718 番禺馮詢子良嘉慶庚辰進士。官江西南昌同知。有子良詩存。

719 海寧曹宗載問渠號桐石。一號鐵梅。嘉慶庚辰歲貢生。有東山樓詩集。

720 長洲王嘉福穀之諸生。以難廕世襲雲騎尉。官至江西文英營都司。有二波軒詩稿。

721 烏程高銓蘋洲歲貢生。官壽昌訓導。從兩浙校官詩錄采入。

722 衡山康曾城夢闌號㮚浦。貢生。有㯃桂堂詩集。

723 太倉孫玘嘉玉諸生。有漁古堂詩鈔。

724 震澤陳來泰仲亨號訒庵。諸生。有壽松堂詩稿。

725 錢唐徐恭儉壽生號寶幢。諸生。有修竹吾廬吟稿。

726 海寧姚鎮敬甫諸生。有經畬堂詩。

727 錢唐周三燮南卿諸生。有抱玉堂詩。

728 桐廬徐畿申郊諸生。有半舫詩鈔。

729 海寧馬錦古芸號笙谷。諸生。議敘鹽運司通判。有碧蘿吟館唱和詩。

730 石門吳文照香竺官廣東香山知縣。湖南衡州同知。有在山草堂集。

731 山陰高其垣省堂林昌彝詩話云。爲令於閩。初爲石碼關批驗。以勞績擢四品銜。

732 平陽鮑臺石芝貢生。有一粟軒吟草。林昌彝詩話采之。

733 海鹽朱錦琮瑞方號尙齋。官瑞州知府。有治經堂集。
734 會稽陳光緒子修號石生。官山東同知。有拜石山巢詩鈔。
735 錢唐孫吉昌訒齋甘泉籍。布衣。有訒齋詩存。
736 桐鄉鄭敬懷春畬布衣。有帶草堂詩鈔。
737 通州李琪元朗有少山詩鈔。
738 歙縣程襄龍古雪有古雪集。
739 昆明劉思詔玉匏有雨香齋詩草。
740 仁和沈起潛孔昭號芝塍。晚號莧園老人。道光初。舉孝廉方正。有芝塍詩鈔、於斯堂集。
741 鎮洋彭兆蓀湘涵號甘亭。諸生。道光初舉孝廉方正。不就。有小謨觴館詩集。
742 錢唐梁紹壬應來號晉竹。道光辛巳舉人。有兩般秋雨庵詩選。
743 錢唐許乃穀玉年道光辛巳舉人。官甘肅環縣、敦煌知縣。有瑞芍軒詩鈔。
744 宜黃陳偕燦少香道光辛巳舉人。官福建知縣。有鷗汀漁隱詩集。
745 陵川楊豫成立之號繹堂。道光辛巳舉人。江西知縣。官至道員。有享帚集。
746 天長戴蘭芬畹香號湘圃。嘉慶戊辰舉人。道光壬午進士第一人。官修撰。有香祖詩集。
747 番禺張維屏子樹號南山。嘉慶甲子舉人。道光壬午進士。知縣。官至江西知府。有聽松廬詩鈔。
748 上元梅曾亮伯言道光壬午進士。官至戶部郎中。有柏梘山房詩集、續集。

749 桐城姚柬之揩甫號伯山。道光壬午進士。知縣。官至大定府知府。有伯山集。
750 上元朱緒曾述之道光壬午舉人。官至浙江知府。咸豐辛酉殉粵逆難。有眈古齋集。
751 安福阮文藻侯亭道光壬午進士。官安徽寧國知縣。有聽濤館詩鈔。
752 寶山袁翼穀廉道先壬午舉人。官江西玉山知縣。有邃懷堂詩集。
753 海鹽趙玉鏘鳳樓號朶山。道光壬午舉人。官浦江縣敎諭。有浦陽偶存草。
754 益陽湯鵬海秋道光癸未進士。授主事。官至禮部郎中。有海秋詩集。
755 香山黃培芳子實副貢。自號粵嶽山人。有嶺海樓詩鈔。
756 吳縣蔡學海靜甫諸生。議敍知州。官至溫州知府。有漢州紀事詩、巴州、邛州詩。
757 會稽王文瑋伯重號窗山。官江西知縣。有志隱齋詩鈔。
758 六合朱穀昌稻生貢生。有拙修吟館詩存。
759 震澤王之佐硯農諸生。詩從繪聲集錄入。
760 昭文蔣寶齡子延號霞竹。有琴東詩草。
761 吳江郭麐祥伯號頻伽。貢生。有靈芬館詩集。
762 丹徒楊鑄子堅諸生。有自春堂集。
763 寶山張朝桂問秋諸生。有養拙居詩稿。
764 吳縣徐葵佩雲諸生。有濳如近草。

765 金山姚清華蘇卿有紘詩、塾詩。未見。從耐冷譚所采錄入。

766 常熟趙奎昌曼華諸生。官詹事府主簿。有澄懷堂遺稿。

767 固始蔣湘南子瀟道光乙酉拔貢。有春暉閣詩鈔。

768 寶豐李于潢子沆號李村。道光乙酉拔貢。有方雅堂詩集。

769 新城羅以智鏡泉道光乙酉拔貢。官教諭。咸豐庚申兵燹後。恬養齋遺詩僅存殘稿。

770 永北黃伯穎肯農道光乙酉拔貢。官福建場大使。有海粟山房吟草。

771 會稽章大奎德滋道光丙戌進士。官處州府教授。

772 金谿李栴竺香諸生。有思貽堂詩鈔。

773 海寧楊文蓀芸士貢生。官訓導。有述鄭齋集。

774 錢唐魏謙升滋伯一字雨人。歲貢生。官教諭。有書三味齋詩集。咸豐庚申粵逆陷杭。稿本被燬。辛酉。身亦殉難。著述全失。

775 德清胡光輔荅年道光戊子優貢。官江西上高縣令。殉粵逆難。有小石山房詩存。

776 望江何俊亦民道光己丑進士。翰林改部。官至江蘇布政使。有蓼約軒詩存。

777 元和朱綬仲潔號酉生。道光辛卯舉人。有知止堂詩錄。

778 武進湯成烈果卿寄籍直隸。道光辛卯順天舉人。官至浙江同知。貽汾從子。詩集未見。

779 錢唐戴熙醇士道光壬辰進士。授編修。官至兵部右侍郎。咸豐庚申。在籍殉粵逆難。卹贈尚書銜。謚文節。有習苦齋詩集。

780 吳縣曹楙堅艮甫道光壬辰進士。官至湖北按察使。殉節。有曇雲閣集。

781 達縣王正誼小滐道光壬辰進士。官河南按察使。有惜心書屋詩鈔。

782 嘉興朱珊元韭橋道光壬辰進士。官安徽望江知縣。改湖州府教授。見兩浙校官詩錄。

783 鎮洋陸麟書黻庭號子愉。道光壬辰舉人。黃右園刻其遺集曰。胥屏山館詩存。

784 漢陽葉名澧潤臣官內閣侍讀。浙江候補知府。有敦夙好齋詩鈔。

785 仁和王乃斌吉甫號香雲。道光壬辰副貢。以軍功官直隸州判。有紅蝠山房詩鈔。

786 長洲褚逢椿錫庚號仙根。貢生。有行素齋詩集。

787 吳江柳樹芳湄生號古槎。諸生。有養餘齋初、二、三集。

788 華亭張振凡翹彥號瘦峯。有大吉祥室遺稿。

789 會稽陳登泰子望官沂州府經歷。有拜石山房詩集。

790 金山丁繁培溉餘官同知。有溉餘集未見。宋咸熙耐冷譚采其詩。

791 海寧許梋辛木道光癸巳會元。刑部主事。有眞意齋詩存。

792 貴池桂超萬丹盟道光癸巳進士。知縣。官至福建布政司。有養浩齋詩集。

793 鎮海姚燮楳伯號復莊。道光甲午舉人。有大梅山館集。

794 錢唐吳安業杖仙原名穎。道光甲午舉人。有小斜川室初存詩。

795 候官何春元乾生道光甲午舉人。從林昌彝詩話采入。

796 粵東長樂温訓伊初粵東舉人。有梧溪石室詩鈔。

797 長洲彭蘊章詠莪道光乙未進士。官至大學士。諡文敬。有松風閣詩鈔。

798 臨桂朱琦伯韓道光乙未進士。授編修。官至道員。有怡志堂詩初稿。

799 漢軍銘岳東屏蘇完氏。道光乙未進士。知縣。官至道員。咸豐庚申殉粵逆難。有妙香閣詩。

800 建寧張際亮亨甫道光乙未舉人。有松寥山人集、婁光堂集、南來草、翠微亭稿諸集。

801 漢陽吳長庚少白道光乙未舉人。官至武昌府教授。殉難。有樸園遺草。

802 海鹽黃燮清韻甫一字韻珊。道光乙未舉人、官湖北知縣。有拙宜園集、倚晴樓集。

803 上海王壽康二如諸生。以子慶勳貴贈封太守。有自鳴稿。

804 光澤何長詔金門諸生。有敝帚齋詩集。林昌彝詩話采入。

805 侯官陳翊勳蘭臣布衣。有大夢山房詩鈔。

806 曲阜孔繼鑅宥函道光丙申進士。官東河同知。有心嚮往齋詩集。

807 道州何紹基子貞道光丙申進士。官編修。有惜道味齋詩鈔、金陵雜詠、使黔等草。

808 漢軍廣州駐防徐榮鐵孫號容菴。道光丙申進士。知縣。官至汀漳龍道。咸豐乙卯討粵逆於徽郡。殉節。有懷古田舍詩鈔。

809 侯官黃紹芳小石道光丙申進士。官刑部主事。有蘭陔山館詩鈔。

810 桐鄉陸以湉敬安號定圃。道光丙申進士。知縣。改官杭州府教授。詩集未見。自錄數首。見所撰冷廬雜識中。

811 新昌俞汝本秋農道光丙申進士。貴州知縣。官至獨山知州。有爐餘稾、北征詩鈔。

812 仁和高學沅伯蓀號高甫。一號小坨。道光丁酉舉人。內閣中書。有不秋廬詩稿。

813 吳縣吳嘉淦清如道光戊戌進士。官戶部員外郎。有儀宋堂詩集。

814 青浦吳淮秋槎號小樹。道光己亥舉人。有可娛草堂詩鈔。

815 延平曾世霖雨蒼道光舉人。林昌彝詩話采入。

816 遂昌吳世涵淵若號榕畺。道光庚子進士。知縣。官至雲南太和知縣。有又其次齋詩集。

817 邵陽魏源默深道光甲辰進士。官江蘇同知。有古微堂詩鈔。

818 監利王柏心子壽道光甲辰進士。官刑部主事。有螺洲草、漆室吟。

819 仁和胡琨次瑤道光甲辰舉人。候選教諭。咸豐庚申在籍殉粵逆難。詩佚。

820 江陰何栻廉昉道光乙巳進士。由吏部歷官至江西建昌、吉安知府。有悔餘庵稿。

821 善化孫鼎臣芝房道光乙巳進士。官翰林院編修。詩從林昌彝詩話采入。

822 武陵楊彝珍性農道光庚戌進士。官翰林院庶吉士。有瑞芝室存稿。

823 瑞安孫衣言劭聞號琴西。道光庚戌進士。授編修。現官江寧布政使。有遜學齋詩鈔。

824 婁縣姚椿子壽號春木。國學生。有通藝閣詩稿。

825 烏程孫燮呂揚號愈愚。諸生。有愈愚集。

826 南豐鄒端鐵遂歲貢生。有沙鷗小吟館詩草。

827 震澤趙函艮甫諸生。有樂潛堂詩集、菊潛庵賸稿。

828 平湖屈爲章韜園有紫華舫詩集。

829 錢唐曹德馨孟明號曹郇。諸生。詩稿未刊。

830 錢唐夏之盛松如諸生。有留餘堂詩鈔初集、二集。

831 海州湯國泰仁山貢生。同治丁卯鄉試，以年老欽賜副貢。有勤業齋詩初集、二集。

832 平湖黃金臺鶴樓貢生。有木雞書屋集。未見。從鴛水聯吟集錄入。

833 秀水于源辛伯號秋泉。諸生。有一粟廬詩一稿、二稿。

834 成都高瓊春卿諸生。旅客清江浦。有投濁集。

835 吳興俞照墉夢池有采芝集。林昌彝詩話采入。

836 吳縣張鴻基儀祖諸生。游幕。有傳硯堂詩錄。

837 閩縣周瀛暹□□諸生。詩見林昌彝詩話。

838 侯官吳鍾嶽壽仙布衣。有荔紅館詩稿。林昌彝詩話采入。

839 嘉興袁棟漫恬從林昌彝詩話采入。

840 錢唐鄒志路義衢號仲虎。貢生。有狷齋詩。

841 錢唐蔣坦藹卿有息影庵初存詩。

842 上海王城諸生。宋咸熙耐冷譚采其詩。

843 晉江黃貽楫濟川諸生。詩見林昌彝詩話。

844 金壇于慶元貞甫諸生。有復齋詩鈔。

845 秀水唐員益之議敍七品職員。有逸子詩集。

846 吳江徐堂仲升諸生。詩集未見。同邑陳訒庵錄示二首。

847 上元嚴駿生子駿號小秋。詩見選本。集刻未見。

848 上元吳國俊伯鈞官福建鹽大使。林昌彝詩話采其詩。

849 松滋謝元淮默卿江蘇知縣。官至廣西道。有養默山房詩稿。

850 常熟吳嵰兼山官浙江通判。有紅雪山房詩鈔。

851 吳江夏尚志靜甫浙江府經歷。有塵海勞人草。

852 嘉興錢泰吉輔宜號警石。官海寧州學正。有甘泉鄉人詩稿。

853 長洲沈亮寅生號朗亭。諸生。有松籟閣詩稿。

854 瀏陽周倬卓人號卓庵。有袖月樓詩。

855 武陵王之棠石農從武陵唐開韶所輯湘繫錄入。

856 婁縣葉蘭佩之號湘秋。諸生。有紅林擒館詩鈔。

857 新城楊炳子萱官浙江知府。有惜味軒存稿。

858 錢唐鄒在衡蓉閣諸生。江蘇主簿。有問桃花館詩鈔。

859 丹陽魏堃樹人號小野。諸生。有紅薇吟榭詩鈔。

860 華亭張鴻卓偉甫號篠庵。諸生。官敎諭。有綠雪館詩鈔。

861 **海鹽陳景高雲山**諸生。有綠蕉館詩。

862 **上海王慶勳叔彝**諸生。官浙江候補道。有詒安堂詩稿。

863 **全椒薛時雨澍生**號慰農。咸豐癸丑進士。官杭州知府。有藤香館詩鈔。

864 **丹陽林壽春臥梅**有讀月樓詩鈔。

865 **吳縣程寅錫仲虎**有蓮勺草堂詩草。

866 **上元伍承組補園**履貫詩稿未詳。據所刻山中草選錄。

867 **當塗馬壽齡鶴船**諸生。議敘訓導。有懷青山館詩稿。

868 **桐鄉嚴錫康伯雅**監生。江蘇補用知府。松江府海防同知。

869 **桐鄉嚴辰緇生**咸豐己未進士。官刑部主事。有小夢櫞館詩。○姓名同前人。增注號別之。

870 **嘉定朱岳崧高**諸生。有幽香書屋吟草。

871 **武進周騰虎韜甫**附貢生。候選主事。

872 **長洲江湜弢叔**諸生。浙江候補縣丞。有伏敔堂詩錄。

873 **吳縣吳嘉椿語樵**四品銜候選員外郎。

874 **錢唐張景祁蘊梅**原名左鉞。號韻梅。同治辛酉拔貢。乙丑補辛酉科舉人。有養素堂詩。

875 **杭府譚廷獻仲修**同治丁卯舉人。現官教諭。有復堂詩。

876 **仁和高望曾輔周**號茶庵。貢生。有茶夢庵詩稿。

877 **秀水金鴻佺蓮生**諸生。候選教諭。有承志堂詩稿。

878 **桐城無可**明大學士方密之以智也。入國朝爲僧。駐吉州青原山。有博依集。○以下方外。

879 **海昌元璟借山**有完玉堂詩集。

880 **焦山清恆巨超**號借庵。有借庵詩鈔。

881 **湘潭本照竹軒**卓錫南岳雲密峯。及湘潭懺心法華寺。有杯度草、漢上吟諸集。

882 **新建慧霖梅盦**有松雲精舍詩錄。

883 **海寧陳皖永倫光**之遴從女。楊雍建子副貢愼言室。有素賞樓詩稿。○以下閨媛。

884 **仁和闞玉**怨歌見杭郡詩續輯。

885 **陽山李毓清秀英**貢生王騶室。拔貢安福母。有一桂軒詩鈔。

886 **桂林何桂枝**幼失父母。鬻爲人婢。攜之揚州。後歸浙人給諫某爲妾。自怨作歌。人傳誦焉。

887 **杭州妓宋娟**以亂被掠至清風店。題詩于壁。後歸嘉善曹太史廷。

888 **閩縣邵梅宜雪友**一名飛飛。字扶搖。姚制軍幕員御史羅密側室。不得其所而死。

889 **漢軍高景芳**總督琦女。一等侯張宗仁室。誥封侯夫人。有紅雪軒稿。

890 **武進莊德芬端人**知府董思駉母。同知敏善祖母。早寡。課子成進士。有晚翠軒詩集。

891 **長樂曾如蘭**同邑林邦基室。寓家仁和。邦基卒。烈婦殉。臨終詩見杭郡詩續輯。

892 **太倉毛秀惠山輝**諸生王愫室。著有女紅餘藝。

893 湘潭王繼藻浣香貢生鎬立女。長沙諸生劉曾鋆室。有敏求齋詩集。

894 祥符馬士琪韞雪四川晉城張應垣室。有燼餘草。

895 順德陳廣遜靜齋陳次文司訓女。何文宰室。有靜齋小稿。

896 青浦張藻于湘太倉畢禮室。以子沅貴。贈一品夫人。有培遠堂詩鈔。

897 漢陽紀瓊蘊玉司城陳鶴汀繼室。封宜人。有繡餘草。

898 海鹽陸瞻雲蘅磯孝廉沈玉園麟振室。有適吾廬詩存。

899 湘潭石承楣湘雲諸生袁士彪室。黼庭太守承藻之姊。有繪水月軒詩鈔。

900 錢唐馮嫺又令錢廷枚室。有和鳴集、湘靈集。

901 錢唐梁德繩楚生沖泉尚書女。德清許兵部宗彥室。有古春軒詩鈔。

902 歙縣黃克巽適鄭某。以產難卒。有繡餘偶草。

903 荆溪吳蘭蘭儒中書舍人吳澍女。適薛翰。有凝碧軒詩。

904 襄城李氏監生耿奇標室。以孝烈旌表。

905 奉賢莊纛磐山教諭徐祖鎏室。

906 歙縣汪嫈雅安贈翁程鼎調繼室。進士工部主事廣東郡守程葆之母。有雅安書屋集。

907 崑山戴書芬月邨未詳。詩見宋咸熙耐冷譚。

908 錢唐楊素書韻芬夏松如之盛(見前)簉室。

909 錢唐沈蘭莖仙松如甥女。適羅氏。

附存

910 錢唐張應昌仲甫號寄庵。原籍歸安。增生。嘉慶庚午舉人。內閣中書。有彝壽軒詩。

911 錢唐張興烈懌齋號鎔伯。應昌從子。附貢生。廣東候補知縣。權翁源縣事。捕賊殉難。賜卹特贈道銜。給予世職。有雲來山館遺詩。

是編既改分類。其中有仿白傅秦中吟、新樂府。篇什多者。各篇分入各類。其總序即不能載。茲補錄於此。以見其匡時醒世之旨焉。邵長蘅吳趨吟序余久客吳閶。見風俗可慨歎者。效香山秦中吟。紀之以詩。楊芳燦寧夏采風詩序余牧靈武五年。聽斷餘閒。宣上德意。而詢其疾苦。懲其末流。亦吏職宜爾也。靈武隸寧夏。作詩備輶軒之采云。趙懷玉崇州樂府序余客通州四載。習見風土人情。賦樂府三章。俾知所警焉。孫源湘吳趨吟序乾隆丁未寓蘇臺作。辭質而徑。事覈而實。備采風者之取信焉。周瀛吳中吟序讀白傅秦中吟有感。因摘詩中字爲題。作吳中吟。陳春曉武林新樂府序湖山有美。推此名邦。里巷相沿。狃於積習。每慨澆風陋俗。力挽爲難。但教革面洗心。託歌以諷。因仿石湖村田樂府作此。黄安濤潮風十首序潮州民氣悍鷙。習尚浮囂。有條教莫能施。禮法莫能禁者。可惡可傷。可歎可憫。慨然成詠。至若數篇一事者。各題各序者。皆序載題下。如龔景瀚平涼樂府、蔣士銓周有聲固原樂府、朱實發前溪樂府。如商盤江右紀風、詹應甲施州樂府、樂鈞嶺南樂府、周凱襄陽吟之類是也。無序者。如蔣士銓京師樂府、梁紹壬燕臺樂府、陳聲和北行樂府、王蘇諺樂府、羅安洪州吟、袁翼珠江樂府之類是也。

清詩鐸分類目

是編選成。無力付梓。應敏齋方伯見而賞之。出資代刊。得以分貽傳播。所謂樂取於人以爲善也。旣感且敬。永志不諼。應昌謹識。

清詩鐸卷一

歲時

春雪歌　申涵光

北風昨夜吹林莽。雪片朝飛大如掌。南園老梅凍不開。飢烏啄落青苔上。破屋寒多午未餐。擁衾對雪空長歎。去歲雨頻禾爛死。冰消委巷生波瀾。吳楚井乾江底坼。北方翻作蛟龍宅。豪客椎牛晝殺人。彎弓笑入長安陌。長安畫閣壓氍毹。獵罷高懸金僕姑。歌聲入夜華燈煖。不信人間有餓夫。

夏雹行　錢澄之

四月初夜風雨大。雷電穿窗窗紙破。呼僮拄門帷藏燈。屋上茅掀不敢臥。老農早起聲叫呼。新秧如鍼一半無。始知夜來天雨雹。大者徑尺小盈握。土人細察雹傷處。邊江一帶無多路。又見有龍江北來。雨雹相隨渡江去。共占此災主兵凶。六月三伏災復同。黃禾垂粒雹打盡。老農拊膺黃雀慶。冬雷夏雹本天變。豈有一年兩度見。天官占驗不敢知。壞我禾稼使我饑。

苦寒行　倪承茂

燕山九月卽飛雪。元冬寒氣更栗烈。河西冰膠午不開。山頭凍雀眼流血。荒城日暮少人行。茆檐幾處炊烟絕。雲黯風饕日色黃。槎枒老樹重陰結。朱門貴客狐白裘。擁爐酌酒羅珍羞。誰憐路有凍死骨。句日委棄無人收。況聞淮南罹水患。十家八九趨他縣。窮途無食給饔飧。那有兼衣禦霜霰。昔年杜老憂民艱。願得廣廈千萬間。而今寒士流離轉溝瀆。雖有萬間知不足。

哀凍死者　陳文述

盛夏既酷暑。嚴冬必奇寒。朔氣動麕發。物情慘不歡。北風利刀箭。中人若刻剜。積雪沍衢路。堅冰結井榦。貓犬亦就人。飢鳥息羽翰。重裘襲狐貉。不異衣袖單。矧此無衣民。短褐嗟不完。赤足露肩髆。瘦骨支髀髖。被體尙如此。豈能望豆簞。夜聞泣路隅。曉已乞柳棺。城闉與巷陌。葦箔橫闌干。里正報官府。跳躍走豺貙。一一待臨驗。官亦行路難。昨聞大官過。牽舟逆羽綄。暮發胥江驛。朝泊梁溪灣。山魈走躑躅。跛鼈行蹣跚。斃者十餘輩。僵臥如鼠跧。見者慘肌骨。聞者摧心肝。閶門十萬戶。富家殊闤闠。百十付楮師。拯此惸與鰥。庶生太平世。不負天地寬。綈袍感范叔。大裘念香山。仁義各自爲。不在心力閒。窗外聲颯颯。天上雲漫漫。呵凍作此詩。讀竟還三歎。

冬暖行　屠倬

窮冬短景飛陽烏。照人顏面汗如酥。南園早梅花亂發。游蜂薨薨蝶蠕蠕。短檐窮民快曬飽。上脫絮帽下無裾。僛僛醉舞踏街市。中有老人嗟歎吁。閉藏不密陽氣洩。奮雷起蟄陰慘舒。原田句芒已畢達。一冬雨雪三日無。二氣升降有錯迕。來年只恐戕春蘇。不見丙辰正月雪。老樹凍煞千百株。

冬雷行　施閏章

今年八月春氣催。贛江桃李花亂開。仲冬蛙鳴草不死。殷殷動地聞奔雷。朝旬東南暮東北。翻盆驟雨荒城摧。乾坤戶牖何不閉。顛倒八極聲喧豗。江南夏旱秋雨淫。巴州漢水洪濤深。澤國魚龍窟城市。人家煙火棲山岑。百年怪事眞罕見。儉歲嗷嗷偏穀賤。催科力盡無金錢。上下相看淚如霰。

上元行

申涵盼

上元之夕人如狂。新燈新月同光芒。沈沈玉漏風色涼。綵樓烟接虹橋長。誰家游女踏春陽。珠環翠髻明月璫。誰家馳馬少年郎。雕鞍繡服紫金裝。朝臣朝罷歸倉皇。張燈高會淸燕堂。蛾眉擁簇奏宮商。盤堆珍錯杯瓊漿。年來日日慶豐穰。安樂不知戒履霜。君不見長安門外海波揚。介冑之士裹新瘡。又不見長安門內多流亡。夜靜呼號聲慘傷。何不移鼇綵以補戰士裳。作膏粥以充飢者腸。胡爲乎銀花火樹道相望。上元之夕人如狂。

觀燈行

李繩

觀燈例放上元夜。今歲二月盛張燈。吳俗侈靡劇好事。況傳燈綵尤甍甍。一朝風偃令何速。錦幄戶戶流蘇棚。閭胥濠上最瑰麗。人物幻翦綾羅繒。一家巧勝萬家鬭。綺結樓閣懸層層。宵來蚖膏徹衢陌。百花簇燦琉璃屏。衽袂鉤連競摩擦。肩背合沓疑頹崩。就中豔誇仙人燭。珊瑚搖曳朱絲繩。紫煙滿路千萬影。不知皓魄當空升。鬨然行辟來。前導倅輿丞。云領棉鐵甲。解赴西川征。黃旗隊隊眼晃耀。似與燈彩爭光晶。川賊跳梁川沸騰。列栅屯戍飛流星。雪山無路樵寒冰。鳥道一綫踰凌兢。可憐此邦勞轉餉。三軍待續傳鼉更。吾鄉賞燈一何樂。歡呼長夜豪興增。均屬赤子煦濊澤。向隅泣望銷戟矜。元宵重慶古則有。無益傷財聖所懲。吁嗟乎。歲時嬉遊多失職。張燈一夕費千億。何如散與窮黎作衣食。否則輸佐儲胥仰報國。

競渡歌

朱昆田

白龍潭。圓如鏡。年年五月龍舟競。市上紛紛走少年。未到五月先斂錢。今年龍舟更加樣。擔酒椎牛集丁壯。競兒醉飽驕豢龍。一一乘潮能趙漲。五月五日天氣晴。空城倒巷奔吳傖。人頭戢戢如束筍。人聲隱隱如飛蚊。或聚如鬬蟻。或散如驚麏。朱樓臨水簾半開。紅窗小舫連翩來。盤雲髻滑金釵溜。窄袖衫輕白苧裁。琥珀光傾大小甕。定州瓷盤出冰鱠。命縷新纏五色絲。香蘆小裹九子糉。醉眼爭看日端午。春雷填填聞打鼓。龍頭捲晴波。龍尾攪素浪。吳綾翦作旗。蜀錦裁爲障。競兒把槳各竦聽。疾徐恰與鼓聲應。鼓聲徐。輕樺緩棹閒以舒。鼓聲疾。長招斡波無一失。忽然趁勢眠水中。似欲入水尋龍宮。四圍觀者盡失色。蹶然而起何其雄。亦有好事者。買鴨投龍潭。鴨頭乍沒水。羣龍爭來撏。標竿一丈船心矗。直上竿頭齊誇速。斜懸倒挂比猿猱。橫身更以竿摩腹。復有快船紛如麻。名爲護龍森矛叉。茸城俠少好身手。各逞長技交相誇。須臾日落龍舟卸。細柳纏頭口瘖啞。舟沈野港人始散。我聞此俗尤堪詫。此俗江湖傳已舊。淫風最是吳人狃。枯槁忠臣不可招。婆娑少女安能救。今春連月雨不收。大小麥子皆無秋。急宜插秧向田頭。何爲輟耒事嬉游。當年元江陵。作詩諷競舟。岳陽刺史賢。百舟一不留。我作此詩非夸稱。亦欲竊比元江陵。

五日憶龍舟競渡歌

張學林

我生二十九端陽。十有七度客四方。江鄉風物匪所詳。時聞父老談滄桑。在昔殷富排歡場。龍舟五色紛朱黃。靳王廟前風飄颺。波濤怒吼鬐鬣張。泝潮上下呑晶光。尾高丈二兒繡裳。一躑擊破江滂洋。兒登船頂。索繫兒腰。與江面平。陡墜下。觀者驚譟。畫舸列觀拍手狂。購以梟雛勞酒漿。一日之費千金彊。海氛一擾民業戕。六十年來事渺茫。我聞斯語情慨慷。太息陳詞父老行。我昔十載西湖旁。年年競渡祈豐穰。亦歷蘭陵經吳閶。水嬉雜沓遙相望。繁華到處殊吾鄉。吾鄉何以偏凋傷。亦嘗蒿目私忖量。三吳戶戶勤耕桑。講堂午夜聲琅琅。鳴機軋軋宵未央。舟車萬里浮糗粻。四民力業披星霜。一日游讌終年忙。吾鄉坐懶入膏肓。掉臂城市騰脣槍。無稽一聽羣沸螗。貧窮到骨恣徜徉。百工鳩拙空郎當。士人讀書昧漢唐。駢頭鬭葉一室藏。百錢勝負爭搶攘。子弟玩愒居諸荒。天不雨金更雨糧。誰能亦手盈倉箱。江河日下心徬徨。父老頷首情蒼涼。予言砭疾藥石良。何時簫鼓徵樂康。

中秋山塘曲　王撰

秋江雨霽收煙霧。畫橈齊向山塘路。山塘簫鼓正喧闐。貴客維舟寺門樹。船中載酒嘗百罌。日斜月落輿縱橫。傳說連宵競開讌。十部梨園選應徧。歌按霓裳舊譜翻。舞飄翠帶紅妝炫。珠簾露腕袖輕旋。蕩子回眸拾墜鈿。吳兒生死歡場裏。那管人間水旱年。君不見野漲連天浸茅屋。十家五家相向哭。催科大吏下江南。不辨官糧來顧曲。

迎梅送梅曲　吳振棫

四月麥黃。五月梅黃。新蠶入簇雨氣涼。俗有蠶黃梅之說。逢壬非遲。逢丙非早。有水飲牛莫懊惱。碎金集。逢壬入梅。神樞經。逢丙入梅。崔寔農家諺。雨打梅頭。無水飲牛。東畦樹麻。西畦樹穀。蓑衣箬帽堆滿屋。吳下田家志。黄梅三時纔出門。蓑衣箬帽必隨身。其來其來雨有足。朝聞濛濺。暮聞淋浪。冬青花開覆短牆。農家諺。冬青花已開。黄梅雨不來。不愁綠繡鐮衣長。海東舶趠沸狂吹。炎官將來雨官避。牛跡分開不同地。今日何日吉日庚。俗云。逢庚出梅。雷公打鼓來送行。小暑更祝雷收聲。諺云。小暑一聲雷。倒轉作黄梅。打鼓送梅亦諺語。

輿地

和平吟 按和平縣屬惠州府

尹惟日

古峒踞雲山。寸幅難爲地。從無大鄉族。焉有衣冠第。改邑百餘年。往往好攜貳。昔賢憂患心。文治兼武備。不然荆棘中。何以設官吏。反覆今無常。殘者已憔悴。設誠安全之。族類猶我異。況乃橫追呼。一朝三檄至。益以無名派。捧讀徒流淚。愚者死官法。鬻賣及童稚。黠者奔鋌鹿。狼狽爲規避。蠻長更桀驁。遽忘冠履義。事固不可知。揭竿其故智。嗟嗟粤多難。輓輸勞當事。大小七十郡。貢賦原一視。和爲蕞爾區。存之亦如棄。剜盡一年肉。不供一餐費。無補軍國需。徒爾遭傷誶。連洲古巢穴。嶺控惠潮臂。動輒煩籌畫。往事言猶悸。內憂外未寧。奈何不加意。我不擇南州。投身禦魑魅。去國八千里。癡心言撫字。王事方旁午。焉敢告勞勩。但得減一分。民受一分利。痛哭亦多言。我固在其位。

朗陵行 郾城以南數百里。廬舍蘿條。田野不治。歷數十年矣。感賦。

馮廷櫆

荆河惟豫州。厥賦實第二。汝南天之中。亦屬中上地。漆絲既繁興。纖絮以時致。洎乎井牧荒。農民乃多事。或爲旱澇侵。或因兵燹棄。阡陌分錯陳。溝洫久廢置。朝廷重稼穡。特設牧民吏。厚以賜復恩。重以荒田議。匪惟念民依。亦將收地利。豈知羣有司。相視等兒戲。荆榛翳丘隴。瓦礫羅市肆。我欲呼流民。裹糧千里至。相彼高下田。畀以耕耘器。播穀居其始。種蔬及其次。三時課晴雨。豈曰非善智。惜非勸農官。懷此終何試。

隰州雜詩 錄四首

錢以塏

河東郡之西。迢遙三百里。思深哉遺民。俗猶伊耆氏。勢實蒲翟偏。土非絳沃比。險不通舟車。樸鮮習工技。陶復陶穴間。古風良可喜。但勿爲繭絲。庶幾結繩理。

山甿少機巧。所習惟耘耔。高原無灌溉。甘雨賴及時。往往春夏間。偏苦霢霂遲。寒威又獨蚤。秋半草木衰。未及實堅好。霜雪摧殘之。況乎山地瘠。揮鋤石纍纍。縱令雨暘若。未可篝車期。誰能哀憚人。但望蒼旻慈。歲歲大有年。庶勿嗟仳離。

人丁分上下。有丁苦無田。算緡但計口。不問陌與阡。當其催科時。烝索最可憐。土窰一破甑。棄之遠播遷。人去丁不去。籍在焉得蠲。鄰里代之輸。展轉相株連。及其歲已久。他鄉長曾元。忽聞蹤跡存。重跰斂丁錢。我欲除此困。稅額防虛懸。繪圖效鄭俠。憫此煢獨先。

民居似蜂房。穿壁爲營窟。其外低作垣。遙見窗戶列。老翁負薪歸。嶮巇行躄躠。少婦遠汲水。深澗瓦罌挈。山坡牧牛羊。小心視飲齕。晨驅驢轉磨。晚呼雞棲桀。卽此誇富饒。其餘蓋藏缺。豐年穀價賤。人仍飽糠麩。春韭與秋瓜。客至乃特設。風景總蕭條。可知民力竭。亟宜噢咻之。任誚陽城拙。

臺灣近詠射鷹樓詩話采十首之三　藍鼎元

臺俗皦豪奢。亂後風猶昨。宴會中人產。衣裘貴戚愕。農惰士弗勤。逐末趨驕惡。囂陵多健訟。空際見樓閣。無賤復無貴。相將事樗博。所當禁制嚴。威信同絳鄂。爲火莫爲水。救時之良藥。

臺地一年耕。可餘七年食。今歲大有秋。倉儲補云急。穀貴慮民饑。穀賤農亦惻。厲禁久不弛。乃利於奸墨。徒有遏糴名。其實竟何益。

諸羅千里縣。內地一省同。萬山倚天險。諸港大海通。廣野渾無際。民番合喁喁。上呼下卽應。往返彌月終。不爲分縣理。其患將無窮。南劃虎尾溪。北距大雞籠。設令居半線。更添遊守戎。健卒足一千。分汛扼要衝。臺北不空虛。全郡勢自雄。

舊邊詩九首　方還

鐵嶺迢迢接錦川。關城三面繞烽煙。春深秣馬蒲河北。秋老連營木葉前。滄海舊聞通運舶。金州誰解議屯田。諸軍自失橫江險。白草黃沙暗朔天。遼東。

北平雄鎮翼幽燕。千里潮河朔漠連。司馬高臺聞夜吹。盧龍古塞入秋煙。開疆競說分三衞。籌國何因棄外邊。歎息寧封南徙後。遂令烽火達甘泉。薊州。○初以大寧爲外邊。永樂中。寧王內徙。而薊始重內邊。此失策之大者。

萬全八驛接神京。上谷千年漢將營。地險旌旗藏殺氣。山盤鼓角壯軍聲。邊歌竟日來紅石。鐵騎中宵度赤城。誰識興寧殘廢後。漠南無計撥開平。宣府。○棄大寧後。土木之變。又棄興和。則開平亦不能守。

馬頭北去是雲中。極目川原處處通。繞鎮衞城分十五。沿邊都閫轄西東。明初設山西行都司。管轄東西一十五衞。頹垣正接葫蘆海名月。曠野長吹鵰鶚堡名風。聞道頻年還調戍。諸臣何策建奇功。大同。

三關平列勢逶迤。日落連城鼓角多。帳外深煙迷衆堡。營前孤月墜長河。赤山寒谷驚烽燧。青塚秋原入駱駝。誰使總戎移逸地。偏頭空曠牧人過。山西。○嘉靖中。撫臣請移總兵于寧武。而偏頭一帶。地皆空虛。

榆林四望黃沙際。千里連墩絕塞天。夾道陳兵橫套口。長城環塹繞延川。徙邊御史籌無缺。舊治綏德。成化時。都御史余子俊議移鎮榆林。內地遂安。折色司農計苟全。宏治中。改延慶等府本鎮之稅爲折色。軍用始絀。此地從來多勇敢。莫教枵腹事鳴弦。榆林。

鎮城西倚賀蘭開。滿目沙飛箄簗哀。冰合黃河朝走馬。雲迷紅寺夜登臺。膏腴昔日稱蕃庶。蹂踐連年盡草萊。欲識金城舊方略。濬渠卽是靖邊才。寧夏。○自築邊牆。並窪溝渠。修復秦漢故跡。爲全陝之利。

秋入平原動鼓鼙。弓鳴風勁塞雲低。漢家營壘沿山後。秦郡川原盡隴西。徵調頻年憂戍士。逃亡何計復烝黎。徘徊險阻誰爲守。花馬池邊落日迷。固原。○八郡。咽喉之地也。虞詡守階州。招流亡。開漕道。羌人慴服。卽其地也。明代調臨鞏西鳳兵防守。糧在本軍額內支給。乖前人策矣。

風急荒原落雁聲。西河霜氣逼嚴城。金笳幾處秋乘障。鐵馬連羣夜點兵。充國留屯沙際沒。嫖姚遺壘月中明。古來無限安邊策。哈密徒勞苦戰爭。甘肅。

仙霞關　陳壽祺

萬馬奔雲截翠屏。東南一柱此亭亭。十洲地入無邊碧。百粵天低未了青。絕磴捫梯爭鸛鵠。虛崖裂礀走風霆。淮南抗疏千年後。信有王公設險靈。

越王臺上海雲馳。曾憶將軍下瀨師。空詫九龍搴寶帳。頓看萬騎拜珠旗。一門箭筈通天迥。半壁山河落日遲。回首高峯橫槊地。猶疑深翠宿熊羆。李文襄扼耿逆處。康良親王大兵至。賊將獻關降。遂平之。

上方鐘磬入雲迢。積翠中天鎖寂寥。蘭橑宮壇羣帝近。桂旗風雨百靈朝。融城白雪迷春戍。傍广音掩。高屋之形。紅泉飲暮樵。獨倚藤蘿乘縹緲。寒花酹酒亂山椒。

城上雲隨石扇開。黃蒿猶罥女牆隈。三更鼓角催星落。萬谷笙鐘挾雨來。楓嶺北行邊地斷。漁梁南去惡灘迴。一夫荷戟尋常事。莫遣啼猿日夜哀。

龍沙讖洪州吟　羅安

白沙蜿蜒如龍行。支肢迴抱依街閎。西蜀鹽山移置此。日影摩盪生光晶。昔人是爲登高地。初從峼嶁至崢嶸。地祇孕育詫靈異。剷削復長神所令。眞君讖記一千載。元風重振沙踰城。奇哉此言今果驗。突兀勢與雉堞爭。共謂神人應候出。誅屠蛟蟒救蒼生。沈江鐵鎖可更鑄。八百弟子龍沙盟。我思神仙本荒誕。郡邑保障繫匪輕。茲丘俯窺城可越。豈無盜賊爲游偵。願告長吏愼防守。勿信奇邪杜奸萌。

題寶慶圖經形勢疆域篇三首　宋翔鳳

讀史紀方輿。其要在用兵。古今列成敗。綜覈皆分明。茲雖志一郡。山川亦縱橫。遠接黔苗悍。近雜民夷情。況界楚粵間。形勢有必爭。尺步算疆里。高下識險平。我先得數卷。開卷意已傾。非具域中見。此書難許成。往事太潦草。近賢信專精。粵西動小醜。不獨徒御驚。卽時正搶攘。按此自有程。瘠土人向義。古人已言之。城步萬山間。地闊田難菑。十里僅有人。居室多茅茨。夜行絕燈燭。日食無鹽醯。有田收數斛。卽可稱高貲。甘心守賤貧。不惑雜亂思。窮鄉戶不閉。盜竊人莫爲。所以胥小徒。勾結不至斯。茲邑號煩劇。爲地臨邊陲。至於論人情。醇朴眞易治。所恐久變更。衰盛防隨時。八排在連州。羣傜所巢穴。其中大繇亙。入者不能出。百穀產皆足。五兵利無匹。遂爲逋逃藪。敢避法令密。周防誠所急。駕馭費多術。全州與連州。行省隸非一。相去千里遙。經塗數旬日。亦有五排名。名近不同實。散作十三地。險阻容竄越。盜鑄與私販。此類稍難詰。卻異傜砦固。猶可鞭箠抶。

出嘉峪關錄二首　林則徐

嚴關百尺界天西。萬里征人駐馬蹄。飛閣遙連秦樹直。繚垣斜壓隴雲低。天山巉削摩肩立。瀚海蒼茫入望迷。誰道殽函千古險。回看祗見一丸泥。

敦煌舊塞委荒煙。今日陽關古酒泉。古玉門關在今敦煌。不比鴻溝分漢地。全收雁磧入堯天。威宣貳負陳尸後。疆拓匈奴斷臂前。西域若非神武定。何時此地罷防邊。又按文忠公奉使回疆。議墾田事。督墾萬畝。納糧充餉。抵免部撥新疆經費。有但期繡隴成千頃。敢憚鋒車歷八城之句。

春陵行　周凱

四座且勿喧。聽歌春陵行。春陵昔殷富。民樂織與耕。開箱疊羅綺。開倉糶米穀。白水足魚蝦。青山產竹木。峨峨光武廟。歲時民祈福。老守鄉里居。幼課子孫讀。大猵從何來。嘅自秦至楚。既有黥面徒。復有皤腹賈。其心貪似狠。其狀虓如虎。緩急苟有需。倉猝爲所蠱。始惑美言甘。後墮奸術苦。東家質馬牛。西鄰質田畝。奚啻利三倍。十子權一母。子母權不已。逋累那能贖。田畝仍爾耕。馬牛仍爾牧。彼自取盈餘。爾譬爲奴僕。廣廈讓居處。兒女遭折辱。昔補眼前瘡。今成几上肉。秦人何軒昂。楚人何困蹙。長官愛爾民。下令客民逐。慎勿便利貪。再受秦人毒。

陽關行用元道州春陵行韻

許乃穀

敦煌爲漢邊郡。我朝自雍正三年設沙州衛。遷關內五十六州縣民人凡二千四百餘戶以實之。旋改衛爲縣。辛卯秋。余由疏勒還涖敦煌。兩度兵差。十室九空。積欠倉糧三萬餘石。且金山采盬。官則連年賠課。黨河水淤。民則灌溉無資。上下交困。計惟有濬水源搜地利以治其源而已。作陽關行。

一人開明堂。三公和鼎司。小臣宰西秦。五載無寸施。脫身花門還。肯作岑參悲。敦煌漢雄郡。徙民民忘疲。揀金貢天府。地肥扶人羸。山空金今盡。如豹徒留皮。西極田暵乾。逋欠奚由追。況有沙鹻地。苗茁期無期。吾欲濬水源。集衆荷臿隨。地利弗禁搜。囊空有餘資。賦緩丁不逃。氓蚩恩自知。作歌元道州。憐元杜拾遺。千載結深契。惟荷皇天慈。不則事鞭撻。能爲奚忍爲。先子捐俸錢。先京兆牧黔西州。曾捐免民欠三千餘金。遺型謹奉持。恃人非恃法。此意當告誰。江南賦稅重。日用計權宜。秦中賦稅輕。呰窳猶支移。宋史。移此輸彼移近輸遠謂之支移。苟能裕其原。輸將肯後時。士豈志溫飽。吏合籌盈虧。會須百姓足。感激見情辭。

平行灘　　李柟

漢陽大商李本忠赴歸州。請於州牧曰。州多險灘。本忠之祖死于是。父亦嘗瀕于死。心竊痛之。願出貲募能伐石者。州牧可其請。州灘以平。又走蜀之夔州。一如請于歸州者。皆得請。君旣去諸灘石。又以楚舟泝江而上必用挽夫數十人負緪走崱屴間。恆失足顚墜死。乃鑿崖通道以利其行。始嘉慶乙丑訖道光庚子。凡平險四十有八。費金二十萬。蓋曠世義舉也。楚蜀有司聞于大吏。以上于朝。本忠及其子孫並膺四品章服之錫。或撰其事顚末。名曰平灘紀略。余更以是詩發其端。

五丁力大穿秦道。餘力不肯平巴東。蜀灘之害亙千載。今日乃生李本忠。本忠世世爲蜀賈。心痛祖父嬰其凶。仰天泣血發私誓。波神退立灘神從。夸蛾負山寓言耳。誰知世有眞愚公。瞿塘灩澦伏馬象。忽驚一旦蒼棱空。當其熾炭頑石裂。火光下徹馮夷宮。椎聲丁丁徧崖谷。夫役擾擾團沙蟲。夔歸諸險次第盡。人志一定天無功。古來賢達入蜀出蜀豈云少。顧此無策但覺心忡忡。丈夫行事關萬古。如君此舉誰能同。蜀江覆舟昔無算。夜深鬼哭搖江楓。似悲生世不在李君後。乃使白骨黑石相磨礱。君不見今日夷陵連峽岸。峨舸大艑行不斷。長年高歌估客眠。逢人都頌李淩漢。本忠字。

招寶山放歌　　徐榮

君不見浹口江。寄奴大艦排旌幢。長生人潰水仙走。築城置戍來句章。劉裕擊孫恩於浹口。又不見巾子山。行人斷舌懸高竿。越國樓船出東海。天上白虹翻紫瀾。張越公世傑。度宗時爲水師統制。次定海。元將令都統卞彪說之降。公斷其舌。磔於巾子山下。朝潮夕汐改人世。豪傑相望異遭際。臨山破直亦論功。姑渡擒倭還就逮。明俞大猷破王直於烈港臨山。又斬倭寇三百餘人於小姑渡。胡宗憲劾其縱倭。逮詔獄。疏辯得釋。雲中樓櫓鬱參差。都督威名鮫鱷知。盧鏜爲總兵。始築威遠城於招寶山上。天險尚傳盧氏壘。海烽爭避戚家旗。戚少保繼光爲鎮海總兵。倭人望其旗輒避去。英雄事去青山在。重見龍旂照瀛海。鬼皮韉軟馬繮腥。登騎一軍齊喝釆。辛丑六月。鄉人獲夷鬼二名。送軍中。裕節帥謙剝皮抽筋。令于衆。其奏疏有云。活剝其皮以爲奴才馬韉。生抽其筋以爲奴才馬繮。傳聞倏敗五羊盟。廈門險失全閩驚。夷人在粵。和約已成。忽復敗盟。攻福建廈門。七月。復來浙洋。滃洲血戰凡六日。絕盼竹山無救兵。夷人攻定海。陷。三總戎死之。參游以下死者三十餘人。竹山門自鎮入定之路。救兵只在蛟門西。雲屯招寶分金雞。悲笳沸海風月湧。列帳連山霜雪低。早潮忽打攔江岸。火輪飛過蟲沙散。傷心地上走元戎。空有蘭筋無款段。夷犯鎮海。招寶山、威遠城、金雞山守兵皆潰。提督余步雲下招寶山入縣城。裕帥退保寧波。提督亦奔寧。裕旋自盡。威遠城頭落照新。山花又報太平春。我來只灑潮頭淚。此是古來征戰地。

小潮音洞作在招寶山後。路極險仄。逼臨外海。內鐫此洞名。　又

招寶南來面回顧。脚插海心無去路。忽聞洞口接狂潮。呼吸天風有餘怒。風怒潮狂霹靂驚。奇兵已入威遠城。將軍棄甲督師走。倒海翻江聞哭聲。注見上。○夷人一艘攻招寶山南面。一艘攻金雞山北面。而潛以小舟由此洞上山。入威遠城。又以一舟由沙蟹嶺攻金雞山後。是以俱驚潰。先是。鎮海城外鉤金塘設四礮。可防此洞上山之路。余見其險要。白劉玉坡中丞。添設大礮三門。及裕魯山督師來。令江蘇黃太守守金雞山。乃謂鉤金之礮無用。盡撤至金雞山。夷人後竟由此上山。時平仍見橫雲堞。我攬藤蘿有餘慴。雲影懸空路似繩。海光潑眼身如葉。往事空傳六國來。

平倭勒石亦雄哉。不見周嵩出下策。定知李勢是奴才。洞外左壁刻六國來王處五字。右壁刻平倭第一關五字。大皆二尺餘。所署小字。苔纒不見。志云。王安石書。無可據。當是俞大猷、盧鏜諸人所題。晚潮拍面催歸屐。南望金雞增歎惜。一樣飛來沙蟹旗。臨時不得郎機力。奇奇正正古來聞。爭遣排成一字軍。已看金湯重部署。莫令風鶴更紛紜。頃辦善後工程。余囑以留意鉤金塘。今已築海成堤。可安大礮一十九門矣。

仙霞關　黃紹芳

竹光團綠雲。日色冷孤嶂。山落百蠻中。路出青天上。關門迴孤峯。飛鳥未敢傍。一綫走中原。石角皆北向。閩藩昔芽蘖。豕突逞狂妄。堂堂李文襄。提兵扼其吭。賊騎阻長驅。當關氣特壯。旌旗太末城。俯視爲神王。半壁東南天。一洗黃茅瘴。清晏三百年。雞犬保無恙。時有采樵人。落日聞歸唱。

總論政術

葵誠向　黃子雲

粗舉國是可施於今者。分疏九章(錄六)。竊比葵藿之誠爾。

冠裳定章程。先王位上下。近者私人子。檢閑漫陵駕。日曜羔裘朝。春生錦衣夜。綠幘傲金張。紫羅埒王謝。招搖過里門。揚揚自高價。咄嗟彼何人。采章敢濫假。由來服不衷。邦家係風化。章采布德音。品制禁踰跨。權衡著爲令。違者法無赦。秉茲姬公禮。炳煌昭中夏。

荒服若四體。華夏亙當中。王道日昌熾。萬國咸來同。蠢爾東方夷。負固爲島雄。深維柔遠義。不責包茅供。小人志罔利。市舶反交通。官司且有言。泉幣資其功。湯冶莊山金。禹鑄歷下銅。洎乎秦漢後。未藉海物充。飛龍運乾綱。援手於魚蟲。嶺外盛金沙。往者曾銷鎔。近知滇南礦。足以給司農。寄語行化臣。遏絕無從容。不聞商旅入。驅之如僕僮。堂堂大國威。祗需一丸封。

事非興作難。調劑貴帖妥。毋謂有成憲。紛更厭叢脞。戍卒滿寰區。昇平習游惰。糧粒瘡痍肉。恣餐白日坐。前哲籌訏謨。土田分種播。晝則負耒耜。夕則望烽火。既節度支耗。又乏宴安禍。獲禽當縱鞚。開帆當捩柁。充國與葛亮。營屯計非左。

惟王立中極。財貨靡不有。虞絃歌南風。要使我民阜。殷周徹助外。一一歸黔首。關梁供膳服。所賦時或偶。弘羊起利途。征醝兼榷酒。罪實萬世魁。法迺百王守。津吏益掊克。緡算及箕帚。裕國理果然。通商意則否。敢法西岐前。勿踵炎漢後。民生食飲需。毫髮莫橫取。曾聞周祠部。延燮。疏奏同野叟。災郡稅已弛。仰請行諸久。竊惟征商義。惡其望左右。蹊田而奪牛。毋乃傷忠厚。

王者圖致治。致治賢為寶。草野不乏才。辟舉何鮮少。漢家令郡邑。推籍升京兆。以此行黜陟。引領多奇抱。近承詔屢頒。下應徒草草。之官凜考核。惟務催科早。茅茹間一登。行誼未深討。銓曹所甄別。應對與儀表。於身取瓌偉。晏嬰軀則小。於言取辯給。周昌口難道。宣聖於子羽。不能無悔懊。奈何中材人。臧否一目了。伏惟責守令。諮訪察孤標。親疏苟矢公。安在以身保。薦賢為課程。自爾官箴好。失實者免秩。稱旨者上考。朝有推讓臣。士無窮約老。於皇文武勛。菁莪美豐鎬。

閭里游閒兒。白日競紛逐。柳絮罥春風。飄颺一無屬。出門媚冠裾。銜筵議粱肉。宵分竊虎符。酒半挑琴曲。風行江上下。綿延漸成俗。此實長奸回。烏能廢籍束。明明法六遂。鄭鄙各糾督。某也攻誦紘。某也任耕畜。其有不圃樹。其有不市鬻。胥先木鐸警。丞復蒲鞭辱。興行期十年。會見醇龐復。宗社鞏無疆。幅員封比屋。

卮言六首錄二　袁　枚

官以阜兆民。貴在知民風。所以漢守令。旌旗故鄉紅。貞觀分兩選。一西而一東。毋過三十驛。政和道猶同。元明有衰政。探符以爲公。章甫適越俗。燕鏄爲胡弓。嗜欲不相達。言語不相通。出都爲僨帥。臨民如聾蟲。方知古賢法。妙在人情中。先期而除弊。其弊方無窮。

常讀聖人書。恍然明治理。富之與教之。不言其所以。足兵與足食。亦不序原委。吾其爲東周。期月而可矣。學校井田方。一字不挂齒。唐虞命皋夔。欽哉兩字爾。大哉聖人心。堯舜同孔子。我但責其效。設施聽之彼。彼之能與否。惟在我所使。孟軻談王政。漸覺聒兩耳。後儒更紛紛。拘牽守故紙。常平倉最佳。東漢弊蜂起。車戰古最精。陳濤敗如洗。民靜政轉繁。人活法先死。宜乎三代風。戛然亦竟止。

讀詔寄都下諸侍御嘉慶癸酉　陳文述

木從繩則正。后從諫則聖。自命非稷契。何以事堯舜。嘉慶歲癸酉。季秋實秋閏。小劫應星彗。大憝起佒倀。三輔既伏戎。九門幾犯順。上賴天祖佑。下資文武奮。首惡雖藁街。餘匪尙列郡。根株始芟豫。滋蔓聯齊晉。大帥貔虎營。諸將鸛鵝陣。皇帝上聖姿。下詔勤清問。罪己示惻怛。求言篤忠藎。賢良劉蕡直。治安賈誼諍。諸君列臺諫。宜有尺書進。毛舉與瘢索。非以答明訓。所言頗不誣。請得肆其論。

漢道昔隆盛。未央起鬱嵂。唐室方熾昌。驪山九成出。皇居示壯麗。茅茨亦奚必。本朝家法厚。匠氏悉傭值。勞民民忘勞。臺沼成不日。左壁書豳風。右扆書無逸。刑徒奸易藏。水衡源懼溢。防微古有訓。所宜言者一。

西京創樂府。協律制未備。梨園出唐代。本非盛德事。吳音㚷靡曼。動心亦蕩志。其權並鹽榷。其勢聯官寺。外廷動熏灼。内府耗恩賜。失志易怨望。得意滋流弊。曚瞍掌律同。和聲襄上治。端冕聽虞韶。會見鳳皇至。待詔皆賢良。所宜言者二。

六曹綜治理。流弊百不堪。胥吏虎而翼。四顧心眈眈。法律隨所操。文網任所探。高下在其手。出入由其頷。窺槃伏如鼠。食葉噞如蠶。大吏坐畫諾。有律何由諳。遂令蕩平世。險阻生嵅巇。删繁就易簡。所貴精心覃。蕭規而曹隨。所宜言者三。

天庾國正供。轉漕關大計。國事與民生。今日極流弊。論治不清源。艱鉅何由濟。潞河運舟集。積習固根蒂。運丁苦郡縣。橫索不可制。郡縣苦百姓。浮濫莫敢議。雖有賢父母。空抱愛民志。豐年亦任行。凶札恐難繼。治道豈其然。正坐無術耳。琴瑟宜更張。所宜言者四。

漢代武功爵。空名在官府。不聞通籍入。濟濟有如許。監司及牧令。遑復論門戶。遂令天下才。氣懾守錢虜。力不任農工。才不逮商賈。一行始作吏。此意亦何取。上官樂趨走。遑復問良楛。古來程卓中。焉得有召杜。一卷黨人碑。反覆作雲雨。安民在察吏。所宜言者五。

名者實之賓。其理筦經曲。是非既顛倒。情理亦反覆。定制設養廉。卽以代常祿。所以畜妻孥。兼以豢僮僕。今之養廉者。實給尙不足。進一出以十。羡餘紛名目。無一不攤捐。追呼肆公牘。上下互相蒙。何異勸貪黷。所以文網密。無異濕薪束。六計重周官。所宜言者六。

讀書所見　汪大經

古寓兵於農。惟農卽爲士。橫經與負耒。原不分彼此。後世兵農分。士亦各異視。自詡曰儒流。鄉農屏弗齒。不知伊呂儔。舉不在城市。

治國如治病。十全爲良醫。其病苟沈痼。良醫謝難爲。寒暑偶見侵。豈無藥可治。乃謂勿藥喜。痊霍知何時。癬疥養癰疽。厥咎醫莫辭。

詠古 錄七首　蕭掄

選舉非一途。立賢古無方。維昔漢武帝。其臣號多良。弘羊賈人子。十三侍中郎。卜式進私財。釋蹻登廟堂。至今班氏書。列傳垂煌煌。天子欲用人。何必由膠庠。應運材自興。得勢名益彰。博士諸弟子。黯然乃無光。

天子無私財。利與萬方同。百姓苟富完。不憂國家窮。漢當文景日。宛然三代風。武帝置平準。計出桑侍中。宋當眞仁世。治亦幾郅隆。神宗用新法。將求國用充。閭閻既耗損。左藏終罄空。何如去計臣。恭儉法祖宗。

甽田行周世。耘耔見雅篇。區田此遺法。本自后稷傳。樹藝古有教。民乃慶豐年。後世郡縣吏。惟操賦稅權。目不見耕穫。足不履陌阡。漢代猶近古。農桑課自官。氾勝著要術。趙過教代田。桓寬論鹽鐵。說亦不可行。聽民自煮海。適令豪强爭。國家大利孔。必上持其衡。宜於出鹽地。計數定額征。官惟收一稅。吏不用多人。民皆得轉販。商詎操奇贏。界除遠近限。鹽去官私名。行無憂壅滯。價亦得常平。劉晏知此意。唐世號能臣。此事雖微淺。利亦在官民。

元人都燕薊。漕轉東南粟。海運患漂沒。河行苦不速。當時建議臣。本計謀殖穀。七十二直沽。引之灌溉足。其旁地勢寬。墾之土肥沃。因令諸富民。量力農事服。往募吳地民。並仿江南俗。築圩興水田。種稻兼種稑。一年利初開。三載倉有蓄。因視所墾地。計功授官祿。此誠大議論。能造蒼生福。當時說果行。冀州大豐熟。轉輸可漸省。斯民元氣復。敬告有位者。盍取此書讀。

明開會通河。轉漕由此進。獨有邱仲深。言宜兼海運。河身既淺狹。歲煩役夫濬。衝壞防黃流。築堤護尤慎。當其銜尾時。邪許聞遠近。但覺勞民多。未見程途順。海道似迴遠。雲帆達轉迅。漂溺雖足憂。省費差可信。幷防河道梗。藉以通饟餫。斯言誠良謨。足備當宁訊。庸人守故常。臨事多瞻徇。烏虖爲大臣。安可無學問。

富貴上所操。用以奔走人。人人求富貴。不得勢必爭。聖人知其然。權乃寄之名。君子秉大義。千乘可以輕。小人畏淸議。四維束其身。風俗由斯美。國本以不傾。後世隆斯道。翳惟漢東京。降及典午朝。名教棄如塵。相矜以貨財。王愷石崇皆大臣。變亂須臾間。懷古傷我情。

讀王子壽論史詩廣其意錄五首

朱琦

黜陟以三載。令簡吏無瀆。國之二柄賞與罰。先其大者而已足。秦人好量書。日夜不得息。隋文勞吏案。猜忌多苛刻。君不任相親其細。相不求賢鰥厥職。荀卿亦有言。主好要。百事詳。主好詳。百事荒。犖犖萬世挈政綱。親賢遠佞邦必昌。

取人必以言。高宗恭默尊如天。取人不以言。唐虞考詢胡爲然。能行爲上言爲次。眞知其人不待試。嗇夫喋喋釋之諫。忠規諤諤著廟廊。豈無椎樸不出口。亦有便佞舌如簧。兼聽則明偏聽闇。藥言窾言宜審詳。尙書道要守二語。有順汝心有逆汝。愼戒面諛君記取。

女無美與惡。入室先見妬。士無愚與智。入朝寵爭固。憸人辱高位。救狠方當路。救亂既無術。萬事委厄數。簿書徒疲勞。誤人邦國坐自誤。惠卿巧。令公喜。主簿黠。令公怒。用之則虎。不用則鼠。信哉小人易進而難去。

漢高落落英雄姿。當機立斷不復疑。爵不阿近罰不私。此意昭烈深知之。賢臣小人兩言耳。太息究論無厭時。天下豈可謂無人。惟賢知賢獲其眞。鄭有子皮齊鮑叔。進賢者賞蔽賢戮。天下安危各有注。將相和調士豫附。願書此語如陸賈。猶勝叔孫徇時務。

海內汲汲苦兵食。漏卮不塞終無益。稂莠不亟去。嘉禾不得殖。盜賊不盡剪。繇役無日息。緡錢下策出弘羊。變法之始猶端詳。朝布一令夕又改。雖有上策無由臧。吏道太雜礙官方。條例滋多飽胥囊。本計終當返耕桑。積弱何以變富強。

蕘言呈林少穆撫部

吳嘉淦

設官各有職。藎臣獨賢勞。往者值祲歲。居民慘鴻嗸。公時握刑篆。惄焉心憂忉。略仿鄭公法。善政窮秋毫。賑恤務實惠。井井羅科條。迄今碑衆口。名若華袞褒。江淮昨大飢。洪波無禾苗。餘災被蘇郡。撫字期同胞。

公去民重憂。公來民色喜。孰是父母心。而不慈厥子。比戶食爲天。近頗呼庚癸。市肆半居奇。穀值增不已。動言來無方。實藉牟利耳。公心定惻然。輕重揆事理。勸諭量平減。升斗恤閭里。勿令市儈流。私智逞譎詭。

有唐相楊綰。京兆減騶從。以身率羣下。儉德足箴諷。郡邑豈無才。名節咸知重。上下互相市。閑檢或弛縱。清望衆所欽。文簡相伯仲。先聲懾僚吏。夸詞絕諛頌。朗鑒虛堂懸。燭物自空洞。龔黃大有人。一出爲公用。

四民士稱首。賢者葆恆心。餘或累身家。貪縱乖前箴。道在養廉恥。待之異黎黔。絀辱偶一加。終身慚影衾。公來作矜式。度量何淵深。藎勸有良術。毋俾卽慆淫。峨峨泮璧士。終當貢南琛。

蓋公昔有言。治道貴清淨。利弊不滿百。勿輕變法令。蘇民久恬熙。柔脆少剛勁。風俗或驟易。勢格慮難勝。知公善因時。太甚去其病。餘惟事休休。涵育遂物性。大吏有德度。民志肅以定。不競復不絿。邦人仰新政。

善政

三不朽詩 高淳有嫠妻治母喪者。其妻往。誓死不食。因訟于令。令爲出俸錢使歸之。

陶澂

親恩如天。淪於幽泉。嗟爾寡妻。胡忍棄旃。從義所重。促音絕絃。促音絕絃。人誰不爾憐。所天惸惸。剜肉自療。傷哉何心。忍即於醮。視天蒼蒼。視水浩浩。剺面截耳。庶以云報。罔極者惟親。從一者惟身。微二人之故。孰知我侯之仁。吁嗟乎千春。

熟西北

周篆

三吳不薄徵。私家何由足。公室無積儲。薄徵未可卜。蓄積非無因。在生西北穀。穀亦豈易生。生從棄地熟。此細彼不贏。彼伸此可縮。用意陽鳩平。豐亨如轉轂。大驅游惰民。終身入檢束。非惟益正供。亦令實其腹。萬古甌脫場。罔兩和鬼哭。一旦風雨時。蓬茅成菽粟。取一豈爲貪。餘九恩已渥。何用費不訾。舟車遙督促。

浦風行

唐采

爲邑宰德符彭公賦。公宰海上時。督郵有東海聖人之題。每疾風暴雨。戒輸糧者勿渡浦。防覆沒也。後之邑宰。嘗以嚴限。致民有溺者。因憶公善政。作此。

浦風拔木浦水立。我思聖人能不泣。怒濤如山千尺飛。輸將絡繹無虛日。君不見彭公作宰稱神明。海邦善政聲錚錚。公誠撫民民自服。徵輸寧用相催促。吁嗟黃浦眞無情。蛟龍突鬬鬼神驚。煙雲貼水白日蔽。沙礫亂飛危閣傾。石壕之輩氣如虎。斯時猶欲鞭糧戶。糧舟葉葉爭西渡。不畏風濤畏官府。六十餘人同一時。身葬碧波誰救取。至今青燐渡口飛。啾啾哭向黃昏雨。

營無逋　潘耒

長刀垂腰臂蒼鶻。走入民家氣咆勃。婦女蒼黃男股栗。問此誰何索逋卒。營中舉債誠大難。一母十子何能完。賣兒典女苦不足。坐令平民骨髓乾。中丞念之中心酸。顧謂吾民。渴不飲毒井。饑不啖漏脯。營中有債愼勿舉。顧謂汝卒。汝爲天子守邊。將軍號令嚴如山。汝螫吾民。不汝赦憐。以汝劵來汝無苦。民貧莫償吾償汝。出金於府。焚劵於庭。自今兵與民。各牧爾牧耕爾耕。脫復出入債。時則有大刑。霜稜稜。日杲杲。街頭歡喜營中惱。寄言營中勿多惱。天子聖明。汝行當念公。祝誦不可了。

縛市虎　又

山中有虎。白額斕斑。磨牙擇肉。眈眈草間。市中有虎。不翼而飛。無晝無夜。搏人以肥。山虎尙可。市虎殺我。一虎十倀。動輒構禍。白日當天心。百怪宜潛藏。至仁雖解網。肯令虎陸梁。爪牙豈不利。虞羅已高張。搖尾寧得免。磔裂謝豕羊。一虎去。一市喜。百虎除。百市理。騶虞來遊鳳來止。甘雨祥風樂甫始。

粵西舊無育嬰堂創建告成有作　陳元龍

聖治重仁育。保民如保赤。矧玆眞赤子。能不加愛惜。粵土多遺嬰。戶口不增籍。匪厥父母忍。其故在貧瘠。有力能活之。無乃長吏責。七星巖之陽。夷曠地多隙。捐貲構廣廈。可貯兒數百。保姆有衣糧。醫藥有儲積。襁褓紛縱橫。背負兼臂掖。始或啼呱呱。繼乃笑啞啞。一堂皆陽春。生氣盎牀席。豫知廿年後。繁庶倍往昔。創舉不避勞。垂遠有成格。作詩告來者。無視爲陳迹。

建寧創建育嬰堂紀事　唐孫華

好生由帝德。濟物本吾儒。念此孩提小。須憑母氏劬。綠囊書未授。葦筱死何辜。貧室憎疣贅。豪家卽掌珠。豈緣心獨忍。直爲口難餬。未得辭懷抱。翻然擲道塗。放麑慈已斷。舐犢愛全無。司命何多事。浮漚付一軀。生來誰辨姓。父在早成孤。宛轉憐垂絕。辛酸聽泣呱。吾宗仁者性。家乾九太學首創。高義古人徒。囷稾先傾倒。金錢共委輸。招呼來衆嫗。流落拾諸雛。卜築辭湫隘。枝撑立棟桴。經營分廩餼。摒擋及裙襦。匍匐應知免。軒渠喜更蘇。禽知憐㲉卵。蟲解愛蒲盧。煦嫗皇仁播。飛蠉聖澤孚。天胎儆月令。亭育補洪鑪。盛事留堂構。他年永勿渝。

吳興太守行　姚世鈺

丁未春。上憫湖郡之災。緩漕運粟哺之。而民間穀菜蠶麥俱無。夏稅期且失限煩。有司徵求一呼。罷民輒延頸就鎖。扭至提以大杖。不顧。以爲杖而死同飢而死也。太守江都唐公惻然。恐絕百姓以負天子命。乃下令停徵。民欣欣走相告。余隸學官弟子。職在宣德抒情。爰仿少陵次山二家舂陵行體製作吳興太守行。以俟采輿誦者。

唐公多美政。第一惟停徵。能將一葉蔭。遮徧湖州城。湖州本水國。旱潦頻相嬰。上司入奏報。皇帝蒙嗟矜。救災議留漕。振廩開常平。奈何春夏交。雨點天瓢傾。二麥悉爛死。原蠶又無成。縣吏夜催租。打門雞狗驚。不食三日矣。失限罪所丁。民實畏官府。民豈甘敲搒。可憐饑饉迫。始覺性命輕。是時三伏熱。觸暑如遭烹。尫羸縣門集。縣官醉方醒。平頭搖羽扇。輕風來清泠。翠瓜切片玉。朱李沈寒冰。巍峨坐堂皇。鞭雷車砅砰。扑抶臀無膚。老耄難逃刑。何來朱書符。傳自太守廳。吏胥捩眼窺。顏狀變生獰。逝將焚如死。豈意脫然生。退衙遣歸農。閭里歡相迎。忍飢幸少安。兩月寬作程。鋤禾分辛苦。補救期秋成。何以報太守。請歌吳興行。不願公三公。不願公九卿。願得長借公。流澤苕溪清。百姓樂復樂。受福唯王明。

三善詩 乾隆丙辰。歐陽蘭畦廉使奏請禁革江西停葬、溺女、錮婢三事。作是詩以誌公德。　蔣士銓

冢人掌兆域。大夫掌族葬。年月各有制。封樹戒相訪。焉敢擇丘陵。而蒙拘忌誑。枯骸求富貴。人子心久喪。遂惑青烏言。百計營一壙。葬者恣侵盜。不葬成坐忘。虆梩或難求。骼胔豈無恙。民愚士夫鄙。停柩屹然向。堂存數世棺。頹泚盍惆悵。於戲歐陽公。蒿目默悽愴。赫然具封章。論列陳事狀。頹風倘能移。結草安可量。

吉夢徵虺蛇。璋瓦詩並美。如何女子祥。耶孃仇敵視。呱呱離母身。若以石投水。殺之不須臾。宛轉盆中死。耶如鳶嶇羅。孃若摩登鬼。禽蟲重胎夭。何況出毛裏。充此忍毒心。賊害將何止。於戲歐陽公。幼幼憐赤子。勑罰申厲禁。科斷及鄰里。生男名召杜。生女例同此。頹風倘能移。盡喚歐陽氏。

司隸掌奴婢。罪人本無多。媒氏判婚姻。恐傷天地和。德裕鎮西川。鬻婢分條科。三五列年限。歸贖除煩苛。韓柳守大州。脫免離羈囮。怨曠苟不形。豐樂登嘉禾。陋俗錮老婢。誰得操斧柯。兒女粲成行。厥父爲誰何。李沆放青衣。鍾離嫁婠娥。古來盛德事。奈此冥頑耶。於戲歐陽公。開籠縱鸚哥。陷井既解網。一一松依蘿。頹風倘能移。女貞樹婆娑。

典牛歌　　又

賣牛圖就延牛命。富家忽下收牛令。牛來便給典牛錢。有錢來贖牛便還。長者之門萬牛託。窮鳥投林水歸壑。可憐觳觳得全生。牛儈眈眈不能奪。天心轉處雨暘時。農夫稱貸爭贖之。離妻歸室逐臣反。再服犁耙游東菑。一家典牛萬家笑。積穀如山不肯糶。寧將剩飯飼雞豚。未許飢鴻乞粱稻。吁嗟乎。爾曹自作多牛翁。豈識銅山轉眼空。從來水牯能成佛。何苦輪迴牛角中。

修養濟院　　唐仲冕

王政憫無告。穹覆大帡幪。計口授厥餐。鰥寡靡不容。年深鞠茂草。露處號淒風。長官治其廨。亭館開玲瓏。此屋乃不修。諉曰金錢空。我來趣召匠。吏白籌先傭。册籍申臺司。稽覈常相蒙。我言百餘命。惟賴一畝宮。稍逼霜雪緊。半塡溝壑中。爰令鳩衆材。親與規百弓。牆垣築堅固。渠澮疏周通。分門別男女。比舍戒祝融。侏儒曳斷者。瘖聾扶瞽翁。相將就衢巷。笑語忘龍鍾。鼓腹午炊白。曝背朝暾紅。安得千萬間。安集無哀鴻。一夫恐不獲。在宥仰皇衷。小臣力其職。豈必財用豐。

紀鄧嶰筠中丞善政　　宋翔鳳

舉鄉賢　勵風紀也

鄉賢之舉風俗係。門閭斯式社斯祭。餘韻遷流欲委波。頹風推挽常循例。公撫江淮閱幾秋。關心舊德肆旁搜。桐城已推姚比部。宿松更及朱編修。文章道義俱無匹。俎豆千秋名稱實。肅然當路樹風聲。翕爾同時匙濫失。君不見婦人守節尋常多。破格還旌朱義娥。不獨幽光賴闡顯。要令風俗能漸摩。

課書院　明實學也

皖江今會城。論文立書院。按月舉課程。四方積賢彥。中丞政暇延諸生。先使自好能懷刑。獨標古均許識字。還明實學教通經。已知文章日作江河下。漸即骫骳失安雅。誰作中流砥柱看。自多拔幟登壇者。烏虖。士風民風本相關。士不空疏民不儇。今刊戶誦家弦本。早取浮華次第删。

潁州婦　廣仁政也

潁州婦。初適人。入門見夫壻。雄傑堪託身。男兒空具好身手。日就閭閻聚羣醜。一朝失墜禁網中。荷戈驅向邊城走。當年法令定僉妻。遠道數千行未稽。良人縲絏吏卒侮。風沙摧折嬰孩啼。身本出深閨。頗肯顧名節。遂多自殘傷。冀可明皎潔。國家立法懲敝彫。凶人投裔凶氣消。原人中情異從坐。陳法外意删茲條。不行亦如令。欲攜仍可聽。既使保室家。更教全性命。君不見潁州婦女免匪辜。公爲朝廷布仁政。舊例。潁州府屬兇徒結夥三人以上執持兇器傷人者。不分首從。發極邊烟瘴充軍。僉妻發配。公奏言。該府屬民俗强悍。非此不足示懲。定例之後。節次加嚴。何必以僉妻發配。例內似無深意。此等婦女。本係無罪之人。一經隨夫僉發。如長塗摧挫難堪。兵役玷污可慮。或本犯病故。則異鄉嫠婦。飄泊無依。或本婦身亡。則失恃孤嬰。死生奚保。況潁屬婦女。頗顧名節。一聞夫男犯罪。自知例應僉配。或傷殘以求免。或自盡以全身。在本犯肆爲兇暴。法網固所難寬。而本婦無故牽連。苦衷亦所宜恤云云。嗣奉旨删去此條。

江之水　請蠲逋糧也

江之水。溢涸無常期。有時水平得土見。人力墾爲一歲菑。江臯閒地無垠堮。幾年偸種勤收穫。畎澮溝渠漸接連。官司尺寸皆量度。從此官糧不可逋。鞭扑還徵累歲租。誰知水長田俱沒。到官那復完肌膚。不獨民無膚。亦知官有責。坐虛十萬糧。牧令都無策。公爲藩伯涖荆楚。肯爲窮黎陳疾苦。一時蠲免下明詔。隸不叫呼人自愈。吁嗟小民思易遷。貪目前利忘後艱。每祝江潮日夜退。還望江水淤成田。莫望淤成田。卽今上官有幾知痌瘝。湖北於嘉慶年間。查出民間私墾地畝。丈量升科。且追繳從前花息幾四十萬。而升科之地。未久有沒於水者。雖隨時題豁。而花息之追如故。道光元年。尚有應追銀十餘萬兩。追呼鞭扑。民不堪命。公權藩篆。力陳其害。陳望坡尚書詳請奏豁。得旨允行。

屠琴鳴美政詩君宰儀徵。旣治姦宄。思裕其生計。捐俸治紡織具。勸農桑。民化之。　　顧蒓

眞州鹽賈集。利在風易澆。四圍濱大江。萑苻匿輕舠。生涯在私販。出沒乘風濤。愚民惑所誘。子還遭我狃。甘佩牛與犢。遂令鳩變梟。黃金攫白晝。過者莫敢譙。屠君下車始。歎此莠亂苗。五家各相保。四民俾勿淆。燭微形在鏡。令速風奔潮。渠魁已就縛。翻翩傾其巢。邑中走相賀。堂上靜不囂。慨念羅網者。豈不惜膚毛。無業遽至此。況乏官甄陶。緬相廟俗淳。閭中化先操。春蘗秋萑葦。瑣屑籌寧勞。今有絮使擊。今有絲使繅。綜梱旣素講。牽挻亦預料。郊野忽改觀。逶迤桑麻交。崇陽葢藏富。襄城著作高。君其行勿怠。二子名同標。

前溪新樂府爲林小溪大令作　　朱實發

散米廠

放米設廠分四鄉。一鄉十廠隨其方。大口小口相扶將。手持賑單一尺長。硃紅官印鈐中央。姓名男婦登記詳。廠中分别東西廂。男東女西限以疆。一升一斗皆平量。米如珠白無粃糠。領米歸去午飯香。竟忘人世有饑荒。董其事者紳與商。不使胥吏參其旁。官也時復來登場。飢民鼓舞富賈泣。不得居奇賣一粒。

禁石宕

開石宕。斧鑿之聲驚天上。開石宕。玉卮穿破使無當。縣南一帶山延綿。藉爲一縣之保障。奸民牟利賂其官。官受其賂隨所向。朝採石。入幽壙。暮採石。登列嶂。有如一人身。刳剜到腑臟。坐使四境元氣皆凋喪。長繩繫其匠。對山加箠搒。朱書栲栳立禁狀。永保山靈得無恙。山靈無恙民陶陶。使君之德如山高。

葺窮屋

東支西拄幾間屋。風雪猛來屋欲哭。居其屋者孤寡獨。腹内僅有半盌粥。身上并無兩層服。如此穿漏那可宿。官來顧之慘心曲。嗟爾人兮不如畜。急召匠氏來。其速庀爾材。植其圮者起其頹。破者補之薄者培。窗櫺糊亮白紙裁。階除掃淨無塵埃。前者墮寒谷。今日登春臺。那怕風雪將人埋。

除漕蠹

一十八都數百莊。通縣十八都。每都又分各莊。莊户運米輸漕糧。漕中有蠹神趪趪。軀幹蘁立性強梁。包攬各都米上倉。有不從者遺之殃。奪斛不許官平量。少不遂意勢蹶張。能使一國人皆狂。以理諭之頭更昂。此蠹不除收無方。除蠹有若除犬狠。縛之以繩丈二長。大杖杖之臀生瘡。瘡起決配投遠鄉。從此漕倉肅漕政。更無一人敢恣橫。顆粒不浮民不病。一十八都皆奉令。

林少穆中丞治蘇新政詩以紀之

胡敬

姑蘇財賦地。賦出由田疇。田疇之所關。水利宜急籌。太倉有劉河。歲久廢不修。治蘇昔疆吏。賢數夏與周。築堤復均稅。心各民瘼求。公能舉其廢。借帑工爲鳩。方今捍海塘。深繫江浙憂。澹災朝發帑。星使雙槎留。浙西界江南。形勢大略侔。左江右太湖。支港中紛稠。惟杭盛潮汐。海翕波逆流。嘉湖接杭界。均控蘇上游。疆雖別統轄。水濫同一漚。所以唐宋前。嘉禾隸蘇州。正須將伯助。指臂效互收。側聞洞庭石。開採行汎舟。及茲霜降後。潮縮沙不浮。程工貴協力。迅速芻茭投。沿海盡桑麻。無俾蛟龍游。劉河公著效。匝月役已休。塘工以歲計。助順知陽侯。蘇兼得保障。鞏固期千秋。

海虞足風景。邑以虞仲名。中有白茆河。沙礫壅欲平。一朝具畚梮。河已瀏其清。從民所樂爲。功不勞經營。因公治河績。令我愾喟生。杭城東帶江。西拓明湖明。人言濬西湖。瀕海田可耕。不知南湖浸。流繞餘杭城。源自天目來。於此匯一泓。前明事疏瀹。萬頃波盈盈。邇來日蕪沒。彌望皆榛荆。其半成膏腴。計課官糧征。上流不能瀦。水乃與地爭。因之吳興郡。傷澇頻呼庚。豈惟病吳興。蘇亦患匪輕。法宜疏下游。上始功可成。瀦流與導委。兩省須合幷。望公福舊治。通力徐施行。白茆河積淤。常熟紳士請計畝捐資作工費。中丞率司道捐俸以助。一月告成。

東南歲積歉。吳會尤顛連。公疏可載入。言行名臣篇。元龍遺法在。采自吾鄉賢。此於公德政。未備僅舉偏。雖偏澤無涯。百命荷一肩。勸如得百家。盈萬命植焉。吾鄉亦設賑。量地糜各煎。當衝值南北。迤東及江邊。厰日賑萬人。少亦口數千。男女區以別。界域蘆分編。疲癃在所矜。送給任坐眠。大吏督賑來。冠蓋紛雲煙。憑籌次第給。魚貫無喧闐。薄糜不耐飢。殘喘藉苟延。飢猶不遑救。遑恤衣無棉。日斜賑始畢。空舍風蕭然。呱呱聞啼聲。中有嬰兒捐。骨肉本天性。忍棄不復憐。棄兒或收養。顧兒難兩全。流民一幅圖。悵觸滿眼前。自茲各村鎮。爭散米與錢。樂善人所同。所憚浮議牽。道在上爲倡。立法開其先。擔施法尤便。遠免度陌阡。今秋足禾稼。鼓腹償力田。救荒策樂善。溝壑已半塡。天如軫斯民。長賚大有年。癸巳冬。吳中薦饑。中丞仿明季嘉善陳龍正擔粥法挑赴各城。以濟老弱貧病。

國家設學臣。士氣藉培養。乘軺月采風。無暇拓函丈。閭左古有塾。書院由此昉。輔學臣不逮。鄉大夫所掌。鵝湖與白鹿。道岸深景仰。後來東林社。其失在標榜。然猶氣節存。以直矯羣枉。於今尙通脫。風會更殊曩。禿襟短後衣。儒也同儈駔。威儀既不飾。文亦多鹵莽。豈無媚學子。可待上宏獎。卓哉名公卿。精舍啓書幌。才甄浙東西。榮比龍門上。能於書院外。別示化行廣。遙遙小滄浪。曾到留夢想。水木何清華。軒檻幽且敞。公餘課生徒。月旦評不爽。範如儀徵師。春風隨几杖。中丞擇書院中能文之士。於小滄浪之淸德堂課之。月凡三舉。

仿香山新樂府三章 紀徐樹人宗幹宰泰安善政

徐寶善

闊布謠

吉貝花非泰安出。闊布歲輸一千匹。闊布亦非出泰安。紛紛機匠織龍山。布千匹。出民間。豪胥持牒入村落。雞犬夜驚人不眠。一千匹布金三千。脱卻布袴輸布錢。徐侯愷悌民父母。民入布錢官不受。官不受。民氣蘇。風饕雪虐天寒日。下有複褌上有襦。

小車謠

車班班。捉田間。田間捉車應官府。捉得驅將何處去。衣赭囚人絡繹來。官人解餉從輿臺。小車總向田間捉。吏胥火急官符催。一車人出十車費。搜括瓶罌罄藏蓋。前吏鷙鷹飽。後胥貪狼飢。誰憐牽車人。瘠骨撐枯皮。噫吁嘻。歲無恙。民無恙。安得保我赤子如徐侯。驛傳自捐車百輛。

石路謠

泰安達長清。石路迢遥百餘里。高高下下石犖确。軸折輈摧苦行李。昔我馬瘏我僕痡。山路顛蹶嗟崎嶇。如今石路平且闊。劇驂歧旁關政術。石路謠。行人喜。使君心平亦如砥。使君福民民不知。民知使君愛物慈。願留一片青山石。爲刻姚公紀德碑。

恤幼行

楊慶琛

北風雪花厚盈寸。撲面渾如寒水潠。敗氊裹體誰家兒。齒擊道旁訴窮困。呼兒來前問以故。兒言孤苦無生路。朝蹲廢寺夕破庵。三五成羣觸風露。我方蒿目傷毛裹。又聞斯語瞿然起。恤孤懷少理云何。一夫不獲深余恥。目之所及已若此。勢所未悉知何似。將兒飭縣妥安置。傳語縣官時留意。商之藩伯相會檄。徧告湘南諸郡邑。歲自子月至孟陬。九十日中饔飧給。賃覓閒房作公所。十六以下皆就食。慎選老役四五人。管領諸孤防爭執。左餐右粥日兩巡。布袴棉襦人一襲。飽食終日無用心。未免觸目生荆棘。或編栲栳或筥筐。予以竹枝教學習。二月春融各散去。酌給青錢使食力。才技縱非盡人能。飢寒幸免向隅泣。庶幾父母斯民心。稍盡痛癢相關職。敬告後人追前修。有其舉之愼勿失。

鑄農器

燬賊兵器爲農器。鄉民捕送賊盜者。酒食銀錢外。酌給數件。

蔡學海

牛馬放原林。劍戟鑄農器。每誦此兩言。躍躍如欲試。數年牧是邦。私心勤撫字。除賊以安民。尙恐賊風熾。捕獲賊具多。銷毁與民利。耒耜爲之修。錢鎛爲之置。鄉民送賊來。長官酒食備。賞需酌量頒。田具般勤賜。思以淨賊風。是用袪民累。

教紡織

鼠竊狗偷。實緣游惰。旋懲旋釋。晝出而夜復。然余繫之大堂。供其飲食。酌給錢文。命各習一藝。有紡棉花者。有織布者。有織屨織席者。藝成乃釋之。各有執業。庶不至終於爲匪矣。

鄉風每不齊。莠者常聚散。盡法誠可憐。非種卻須斷。思量所作由。游惰實居半。忘善惡心生。藐焉無忌憚。往往穿窬徒。貽累偏閭閈。收繫公堂上。供食給錢貫。命之習一藝。藝成乃釋案。同爲食力謀。庶幾孽可逭。嗟爾游惰民。面目亟改換。

佘民行

章大奎

至教本無類。括蒼有佘民。云夷裔罪裔。黜辱年既湮。男女常不履。俗尚異縉紳。鄉黨皆弗齒。羞與締昏姻。累世不與試。難廁儒冠身。麾之庠門外。有司不見賓。在昔阮學使。甌東駐輶辰。爰訪佘氏族。憫其久沈淪。特與設學額。章奏達楓宸。遂令草笠輩。獲與逢掖親。自此聞詩禮。文學遂彬彬。因思普天下。率土皆王臣。納廟兼任觫。通道及陌閩。矧茲華夏處。一視宜同仁。泥塗經拂拭。翹然出風塵。欣欣游化宇。共樂登臺春。

書燈田 建陽小樂府 美造士也 置田爲子孫膏火之費。故建陽士人鮮貧者。 鄒志路

鑿壁費鑿。隨月升屋。嗟嗟讀書夜無燭。飢腸轉轂。粥不得晝。嗟嗟讀書朝無粟。何人創此書燈田。膏腴割置東西阡。分收均收有遺則。菑畬經訓多豐年。明星在天燈影爛。滿城書聲起夜半。

清詩鐸卷二

財賦

吳趨吟 重賦

邵長衡

九四起鹽販。九四。張士誠小字。乘時竊爲王。毒斂周鐵星。鞭算析毫芒。刮膏嚙民髓。髓竭國亦僵。明祖自天授。作法胡乃涼。租簿定稅額。畝賦七斗盈。叶相沿三百年。吳閭有重糧。吳俗喜奢淫。吳民鮮蓋藏。譬如酒色夫。中乾而外彊。奈何吏吳者。又不悉民窮。叶春絲接秋穀。箕斂終歲忙。太守急縣官。縣官責甿農叶。里正彳彳來。杼軸倚空牆。隸卒獰獰來。雞狗亦倉皇。五日一搒笞。血殷布褌襠。寬大天子詔。考課大農章。銖黍不中程。斥逐及龔黃。豈不愛民命。且自念功名。叶吏半遭譴謫。民寧免流亡。我欲竟此辭。援筆心慨慷。

雍正三年恩免蘇松浮糧四十五萬恭紀四章

鄂爾泰

蘇松困浮糧。弊政始洪武。小民何堪校。蓄怨增租簿。上稽史臣書。禹貢傳中古。厥田惟下下。九等塗泥土。厥賦六七錯。實賴人工補。地勢無改移。瘠薄久共覩。奈何溷催科。正供寓斤斧。二百八十年。悠悠含疾苦。不見八閩地。嶺海環深阻。蘇屬一縣額。貢金已相伍。加以漕糧艘。十又增其五。不見滇與黔。綿延亙疆宇。眺茲松陵區。蕞爾何足數。豈知一邑租。兩省尙多許。寒暑咨農毗。杼柚空士女。涼法自前朝。抑鬱竟誰語。

洪武賦已重。永樂加耗連。二百七十萬。吳民苦烹煎。宣德聽周忱。畸零偶賜蠲。新澤施未久。舊額仍重編。增餉始萬曆。末季遂相沿。反裘負益斂。毳盡難爲氈。皇朝大一統。夏殷鑒從前。恩深若覆載。輸納羣勉旃。巍巍二祖繼。德音歲自天。賜全與賜半。曠典時昭宣。萬邦均愷澤。豈惟吳國沾。循環著爲令。遐邇共嬉恬。吳民勤耕鑿。安爾宅與田。惟希旱潦均。高下同豐年。

皇帝御寶極。三載恩波長。念此兩郡民。前代苦輸將。內無列卿請。外無大吏章。恩綸下九天。獨斷自乾綱。四十有五萬。億載垂焜煌。吳民喜逾望。流涕翻浪浪。塗巷盡歌舞。里社喧笙簧。一朝天語頒。萬戶樂無央。宸衷燭蔀屋。大澤沛汪洋。從此力田疇。稼庾餘倉箱。從此供炊杵。粳稻倍馨香。紛紛耕饁輩。顏色增輝光。

微臣奉旬宣。龍飛歲之首。頻年歲事歉。閭閻斬升斗。今秋雨暘和。比戶歌大有。臣嘗巡隴阡。一一徧擊扣。愚民跪陳詞。頌聖不去口。往時賦未減。支左或絀右。方將集公門。何由力南畝。自蒙聖主恩。夜臥快舒肘。朝光起荷耡。耘耔直到酉。昀昀百萬區。秩秩十千耦。老弱益加歡。婦子不相詬。百室既豐盈。風化自長久。錢穀臣專司。所期百物阜。願傾葵藿忱。與民祝萬壽。

鄂方伯爾泰奏減蘇松賦額恭頌　馮柷

皇帝踐阼。化協唐虞。臣鄰密勿。風企都俞。治益求治。勵精以圖。綢繆補救。仁惠覃敷。顧茲澤國。

爲財賦區。稅額側重。獨松與蘇。爰稽禹貢。厥土惟塗。厥田下下。江湖其瀦。有宋制賦。尙薄於儲。元時括勘。倍蓰以殊。明仇負固。稅視私租。繼雖酌減。難甦鮒魚。洎乎晚季。更竭征輸。民稠勤業。不就疎蕪。國家肇造。無藝悉除。按圖因革。未究根株。先帝巡方。軫念民痛。洊多蠲貸。困猶未舒。龍飛九五。嗣曆之初。彌縫繼述。波瀾有餘。東南引領。庶其及乎。待澤兩載。漸次規模。謂方伯任。即內司徒。畀之封疆。特許陳謨。承宣分陝。福星涖吳。保釐伊始。忍峻追呼。求民之瘼。撫籍嗟吁。密章入告。三奏天樞。以剴切故。聖心躊躇。親藩集議。積重難拘。綸音遂沛。闓澤須臾。省五十萬。以安向隅。粟紅貫朽。豈惜錙銖。四百年來。無此歡愉。如大寒後。忽煦陽烏。如饑饉後。得大有書。恩膏普被。浹髓淪膚。旣賡拜手。功誰歸歟。倘非補牘。何由簡孚。郇伯膏雨。不啻隨車。山甫清風。載披穆如。明良此日。康歌滿衢。山高水長。九峯五湖。請看兩郡。化日華胥。太平萬載。矢此吳歈。

恩減蘇松賦額紀事二首　彭啓豐

揚州之田稱下下。官田賦重天下寡。辛苦輸將四百年。農夫在邑吏在野。天子曰咨問司農。頻年軫念惟蘇松。貸爾積逋。弛爾正供。偕爾父子同時雍。

老農聞詔歌且泣。官租特減卌萬石。飢者得餔勞者息。向年吏胥頻下鄉。賣絲糶穀不得償。今年努力輸將早。大家小戶逋租少。繼今安穩釋煩苛。更願官清無雜耗。

詔減蘇松浮賦二十萬懽忭口號　黃子雲

盛朝疊有中丞疏。仁廟初。巡撫韓世琦、馬祜、慕天顏、湯斌四公俱上疏奏減。悉格於部議。澤國難寬洪武仇。明祖以吳民久附張士誠。疾之如仇。特加重賦困之。忽覩新綸天上落。至尊從善洵如流。久以全書同帶礪。順治、康熙朝屢降旨酌減兩郡浮糧。司農等動以賦役全書不可更易。何期寬政浹東南。雍正間先減四十五萬。聖神天子論年萬。衽席斯民踰代三。

百一詩論蘇松丁糧

沈德潛

丁糧盛蘇松。難與他郡較。供賦民力疲。況復增火耗。每兩五六分。七八漸稍稍。近者加一餘。官長任所好。捉輕兼捉青。官奪吏乃剽。爭先植其私。百私並尤傚。贏餘囊槖充。正供逋欠告。緬昔康熙初。大臣秉鈞要。政簡民力肥。黍苗陰雨膏。云何四十年。萬室困陵暴。充腹尚不給。焉能顧庸調。天家闕財賦。浚削竟何效。官司懼失職。加耗議讙噪。救焚用膏脂。炎炎看原燎。善政利漸復。積弊期迅掃。閭閻一何高。排雲聽誰叫。

吳中吟

王省山

吳民困於重賦久矣。持計者既多取之。又以私意爲盈縮。苦樂不均。民生困敝。有足慼者。因仿樂天秦中吟直書其事。命曰吳中吟。

吳郡東南雄。自古財賦地。漕糧百餘萬。歲歲軍儲備。連年遭荒歉。水旱迭爲厲。民困猶未蘇。取盈談何易。聖人治天下。權衡本經濟。上重天庾供。下爲民生計。二者不偏廢。義盡仁亦至。持籌者何人。搜括無遺利。況復存私心。強爲分軒輊。同是災區民。苦樂乃互異。追呼日煩擾。閭閻更凋敝。誰肯忍飢寒。束手以待斃。民窮盜斯起。有法竟難治。問其所由來。正坐科徵弊。草野困誅求。海內紛多事。惟宜亟反本。勞心勤撫字。民飽國自安。太平可坐致。老眼望時雍。共遊唐虞世。

米穀

官米行

唐孫華

去年霪潦歲不熟。惵惵窮民在溝瀆。詔書亟下有明恩。蠲減田租兼發粟。高檣大艑載米來。胥徒里正歡相逐。先時注册報飢民。烏有虛名登記錄。至竟無從辨阿誰。盈車滿擔歸私屋。官米猶嫌飯有沙。市上公然恣販鬻。石米七百青銅錢。貧戶無錢但瞪目。得錢飲博競歌呼。窮鄉寡婦哀哀哭。官家本意活煢嫠。徒使汝曹饜酒肉。汝奪飢民口內餐。燃臍應照塡脂腹。

穀賤行

湯右曾

江南得米如得珠。關東下飼雞與豬。我馬在櫪市束芻。秸稾纍纍子粒俱。問之市人笑盧胡。家有遺穗無逋租。黏酒賽神神降巫。村場擊鼓連臂呼。女有衣裳男袴襦。樂哉此樂無歲無。今夏小旱豆莢枯。皇皇閭井憂妻孥。幸天零雨困乃蘇。豐樂愼勿忘饑劬。大甕小甂粟謹儲。今年要備明年須。君不見堯湯水旱古來有。勸農合在循良守。

稗子行

劉青藜

婦子紛紛攜筥筐。齊向荒郊收稗子。晨出暮歸收幾何。一斗纔舂二升米。莫嫌此物太艱難。猶勝田間把耒耜。今年五月月離畢。滄海倒翻瀉不止。拍天巨浪浸層城。平原窪地可知矣。小麥淫蠹秋禾空。辛苦何曾咽糠粃。天生稗子惠子遺。殘喘暫延全仗此。只愁采掇會當盡。鴻雁嗷嗷飢欲死。

買米謠　方澤

漁陽歲儉水災被。青黃不接食翔貴。官倉出米取價廉。務要糶平貧民沾。年深廒底粟紅腐。買來揚簸半灰土。米少灰多那忍說。此灰都是農夫血。

貴米謠　周京

生小江鄉市城裏。北米南柴滿城市。江干柴船到如山。湖墅米船來似水。別州外府或歲歉。移粟移民猶可免。未若今年一例荒。並非水旱非蟲傷。從四月起說米貴。一日兩日爭喧昂。斗米三錢尚小斛。墅河搬運如蜩螗。如何豐稔似昨歲。忽爾換作荒凶年。逢人不解日徧訪。指數現在非偶然。一云連年買官米。聖主憂民預荒理。往往爭買滿常平。常平今悉無糠粃。又云官買吏亦買。彼此牟利結不解。平糶空勞大吏心。飢魂骨折猶驚駭。一云海洋齎盜糧。黃金百萬通豪強。吏民只辦自足計。即有傳說工包藏。又云洋米誘高價。愚民捐積從傾瀉。詭云他郡泛舟來。公然落海裝聾啞。近聞要截萬石餘。所去者多留者寡。遂令濱海諸州城。蹶起倉皇奔牛馬。到處訛言訴苦衷。未知孰是姑從同。小民洶洶囂不靖。士子仰屋嗟窶空。杭州仰食殊艱難。得遇年豐尚少安。惟求長官察民隱。莫廑帝念憂凋殘。

糴官米　姚世鈺

西蜀千石米。東吳萬里船。南風至湖口。五兩翩其翻。老少起奔波。典衣鬻釵鈿。官家許平糴。升斗爭相先。持籌縣小吏。工數青銅錢。十十與五五。先取肥腰纏。孰敢致剖析。應手提擲還。百呼不頷頭。垂橐路旁邊。歸來兮日暮。覆釜仍空然。黠者補不足。欲辨非忘言。仍將沙麥粒。得米聲暗吞。頗聞官長怒。示辱加蒲鞭。小懲無大戒。益喜恣欺謾。北里霍家奴。瓜葛多結連。指揮市兒輩。轉運如循環。穀賤卽騰糶。白粲惟紅鮮。餘糧到賒貸。子母生緜緜。少已變丹砂。富將鑄銅山。問渠那敢爾。乃吏蝨其間。平時雀鼠耗。一朝豺狼蟠。朝廷沛德澤。賑恤哀窮鰥。忍教絕人命。資汝生財源。百姓無噍類。問汝何利焉。何當尸諸市。使民不逢旃。

哀愚民　沈德潛

吾吳禮讓俗。胡然逞凶虓。無食訴長官。面縛乞平糶。長官怒赫然。敲扑如賊盜。愚民忘分義。烏鴉亂叫噪。千百爲一羣。厥勢同聚嘯。大吏捕曹惡。草疏上陳告。若輩當誅夷。迅疾不待教。至今嵬嵬魂。昏寐永無覺。追泝無食由。此事足悲悼。吳民百萬家。待食在商艀。轉粟楚蜀間。屯積遍涯隩。商利權奇贏。民利實釜竈。彼此兩相須。歉歲補凋耗。不知何人斯。建議與衆拗。常平博虛名。商屯竟一掃。譬如水無源。立涸看流潦。三吳旣紛爭。兩浙亦召鬧。腹枵輕國法。燕雀化鷹鷂。誰非斯人徒。而忍刈蓬藋。方今籌東南。民食此最要。安民在通商。利倍商遠到。粟多價自平。賑荒有成效。今皇拯皺急。因勢利以導。霜雪回春溫。下士陰雨膏。請看無知民。回心慕忠孝。

百一詩　又

食爲民所天。重穀本王政。吳民下下田。況處繁華境。年來旱澇餘。十室九縣罄。而何奸牙徒。手握貴賤柄。一石一兩奇。價直市中平去聲。出洋四倍之。囤戶互相競。海洋紛寇賊。毒惡類梟獍。有天無地處。劫掠逞剽輕。金多闕糧粒。孽芽未敢橫。一朝通內地。種類交手慶。奸牙爾何心。豢寇奪民命。官司無如何。伍伯空伺偵。此輩本么麽。夙秉貪饕性。同爲版籍民。豈不畏甲令。敢爲民食蠹。根柢那可問。如癰匿肺腸。詎識毒氣盛。久久終潰決。軀體受其病。斯意當語誰。令我憂心怲。

稞麥歎　查禮

自松州歷章臘所轄之寒盼商巴祈命。及口外之阿格甲凹鵲箇郎馱上中下阿壩十土千百戶諸土境。迢迢千餘里。戶口數萬。其間有產稞麥者。有絕無者。作詩記之。

松章有稞麥。格凹無稞麥。鵲箇無稞麥。郎壩有稞麥。窮邊千里遙。未能一例覈。天時固不同。地氣亦迥隔。六月尚隕霜。冬月聞霹靂。晴少陰翳多。雨雪昏朝夕。羌蕃生此間。不復歎土瘠。有麥聊充飢。無稞任乏食。竭來目覩之。教養實吾職。急欲代之籌。又少萬全策。功難與天貪。勢難與地敵。誰云中與外。處處宜稼穡。

示吏　張五典

社倉遺規傳紫陽。其人經畫行其鄉。出入不言屬胥隸。此中意旨微而彰。後來侵漁自當局。壯哉鼠雀多耗亡。里黨相推及大戶。有借牧令爲堤防。州邑案吏逞巧黠。就裏公然持短長。里豪蠹吏共利藪。駏蛩狼狽相扶將。一二村耆或自愛。刀筆立與生疣瘡。展轉託名恣驚擾。要平聲輸泉布羅酒漿。逼令私售滿欲壑。豈勞破費開私囊。歲久沿襲儼成例。廩虛一掃無秕糠。汝曹伎倆類如是。卽時指屈安可詳。長官於人亦平易。須知便腹貯剛腸。

穀貴歎　　胡翕年

東吳去秋書有年。瀕海之地樹木棉。木棉賣盡充賦役。官長不用加蒲鞭。何爲穀價日騰湧。一斗五百青銅錢。曾聞隔郡大苦旱。赤烏飛焰烘遙天。幾番插秧秧盡死。秋郊慘慄生荒煙。此疆爾界共憂樂。指爪負痛心熬煎。我行侵晨入城市。市間爭糴聲喧闐。少壯奔趨覓升斗。老羸躑躅無由前。販夫販婦汗成雨。得錢稍稍啜粥饘。大開社倉糶官穀。謂濟涸鮒游巨川。豈知價減量亦減。貰利乃復同市廛。餘糧盡飽碩鼠腹。胥吏日肥民日朘。今秋倘更逢儉歲。百千萬命溝壑填。吳郡昔稱富饒地。外強中乾劇可憐。輶軒過此應下淚。江頭尚有流民船。嗚呼江頭尚有流民船。

詠倉儲雜感詩　　張雲璈

倉儲所積穀。本爲不虞設。有斂必有散。取盈不取缺。推陳而出新。其理自可澈。遂有不肖吏。以此肆饕餮。假公濟其私。直以市道揭。欲將此贏餘。用蓋彼折閱。大吏懼其擾。彈章事遽列。出納毋許擅。寧俾久扃鐍。從茲任紅腐。謹守以自潔。無復轉環計。但事補苴說。偶一思變通。肘已從後掣。民力未云紓。官力實已竭。有用化無用。廢食竟爲噎。

囤戶歎　　吳蔚光

食葉則有螟。食節則有蟹。吁嗟兮囤戶。實乃民之賊。取禾三百廛。安坐不稼穡。較量極合升。蓄積過萬億。所望歲歉收。斗米貫錢直。市價一騰踊。頓取數倍息。聖人重倉儲。意在活邦國。或以勸補助。或以權假貸。誠恐災洊臻。草野多菜色。此輩至貪吝。設心復何刻。居奇巧射利。惡似含沙蜮。其名託貿遷。其罪勝掊克。元氣相流通。往往爲爾塞。庶幾怒雷霆。昊天予誅殛。

出洋米

吳蔚光

出洋米。出洋米。衆人趨利如流水。大爲之防民猶踰。何況水多防亦無。出洋一日十餘石。一月出洋已數百。內地石約二千錢。出洋石至六七千。海口卻從何處出。徐六涇口稱第一。福山白茆許浦復有之。牙行囤戶販商游食地保汛兵津吏營弁各各肥其私。或日買三升。或日換四斗。僧觀尼庵窖藏藪。桅燈紅照沙上田。肩挑背馱齊入船。小船飛渡大船接。大船得米小得錢。連朝價昂過一倍。市口悉推鄰縣買。不是太倉卽上海。太倉出洋有劉河。比聞上海出更多。官責牙行與囤戶。囤戶牙行狡如鼠。不糶不糴未浹旬。小鄉鎭多絕粒人。飢民盡怨官禁米。米禁纔張旋又弛。旋又弛。可若何。年來海久不揚波。米船萬斛席面過。官禁不如私禁好。其奈奸徒易滋擾。出洋米。齎盜糧。爲利起。不禁將何所底止。禁自衆人心上始。

貴米謠

魏成憲

穆門徵君貴米謠。前戊辰紀乾隆朝。斗米三錢尙小斛。其時已歎鴻嗷嗷。六十年來甲子轉。價倍翻云昔年賤。今春蠶麥皆有收。昨歲占豐炊玉徧。如何梅雨偶然多。旦暮喧騰關市河。特起官倉爲平糶。沿村乞米爭嘑蹴。齊民藏蓋家家無。甲第猶空甑石儲。習俗好奢不好儉。纔逢小歉便飢軀。近聞早稻登原隰。米船江滸如雲集。稍喜新秫價漸平。辛苦盤飧珍粒粒。有秋可望人心安。還怕風潮秋向闌。未雨綢繆煩長吏。先疇稼穡念艱難。

施州樂府沽白酒　平市價也　詹應甲

不平米價平酒價。人笑長官酒力大。平生麴蘗本無緣。飲醇之交都屏謝。施州土瘠山不腴。所產稻穀只一隅。肩挑背裹假人力。出境尚喜無舟車。運穀艱難運酒易。販夫爭致千金利。四鄉到處營糟丘。但有酒池無米市。官如示禁到閭閻。翻言販酒非販鹽。官今爲汝行法令。酒旗大書酒家姓。價比尋常十倍低。不出三日酒槽罄。酒槽罄。飯甑開。酒傭星散米販來。

西洋米船初到紀事　阮元

西洋夷船來。氊毼卽呢羽也可衣服。其餘多奇巧。價貴甚珠玉。持貨示貧民。其貨非所欲。田少粵民多。價貴在稻穀。西洋米頗賤。僅有內地平價之半。曷不運連舳。夷曰船稅多。不贏利反縮。免稅乞帝恩。余奏免米船入口之稅。仍徵其出口船貨之稅。准行。米舶來頗速。以我茶樹枝。易彼島中粟。彼價本常平。我歲或少熟。米貴彼更來。政豈在督促。苟能常使通。民足歲亦足。以後凡米貴。洋米卽大集。水旱皆不饑。

捋稗行　劉侃

無雨禾盡枯。幸有荑稗熟。翻然起平野。其勢壓苗族。貧家攜囊來。手捋動盈掬。圓粒細珠琲。舂碾煮成粥。腸空覺味增。珍視同嘉穀。急呼妻兒前。分勺共果腹。皇天不絕人。留此拯溝瀆。

米貴謠　趙元紹

大雲峨峨似山矗。嗟哉陽九逢百六。石焦金爍土龜坼。野火翻飛上茅屋。榆皮已盡草根枯。十丈谿河變成陸。晨起愁看日影紅。晚來幾見炊煙綠。去年米賤等糠粃。今日糠粃貴如穀。君不見千錢一斗萬錢斛。富兒色喜貧兒哭。

蕎麥歌丁卯大旱時作

潘際雲

田中焦。河底坼。南風長吹烈日赤。老農望天惟白雲。不種黃秧種蕎麥。麥種何所有。典衣買一斗。用力如耕青石巔。急圖已落黃梅後。三日下麥種。十日望麥苗。願把農夫千萬淚。變成微雨灑平皋。淚亦不能灑。雨亦偶然下。入土纔深半寸餘。兩瓣青青已殘夏。縣官來勘荒。僕從紛輿馬。山坡麥祗一尺長。境內災稱五分下。父老長跪言。糠粃朝夕缺。盼得蕎麥花如雪。多少農甿眼流血。

麥賤

吳振棫

春前憂雪少。春後憂雨遲。雪少麥根淺。雨遲麥苗萎。今年麥大熟。雨雪無愆期。腰鐮弗敢後。露積多如茨。重羅白勝雪。連展甘若飴。貧家得飽啖。婦子聚而嬉。鄰翁起太息。太息前致詞。年運有往復。豐歉有轉移。官倉鮮實貯。貯者或成灰。旱潦一不登。賑贍無所施。世無盧與扁。有疾當自治。吾儕謀蓋藏。甕盎皆可資。務禁豐歲奢。稍療凶年飢。不見三年前。榆柳皆無皮。

米賤謠歲豐米賤。貸錢耕種者。生計日蹙。感而賦此。

何其偉

耕田賴天倍收米。不如天公多雨錢。錢多事事皆可做。米多換得錢幾緡。前年斗米價六百。今年石米無二千。去年十畝四石粟。今年一畝仍四斛。仍四斛。減半價。無二千。錢更借。借錢了債債益多。典衣鬻器殘冬過。明年更賤將如何。

紅稗吟　徐寶善

陳留民困於澇。歲薦饑。黔陽劉芾林蔭棠宰是邑。憫之。黔人種紅稗如種穀然。致其種。敎父老種。歲以大穰。又設社倉爲聚積計。按氾勝之書曰。稗既堪水旱。無不熟之時。宜種之以備凶年。稗中有米。擣取炊食。不減粱米。又可釀作酒。稗之利亦豐矣。世以其似賁害稼屛之。過矣。稗宜于黔。復宜于豫。使廣其傳。俾山陬海澨咸殖。利不亦溥哉。

有稗有稗。于黔之陽。其赤如粟兮其實如粱。旱弗瘨兮澇勿禳。屢豐年兮家穰穰。一解。腜腜莘野。湯湯大河。大河湯湯。汨我陵我阿。萊額犂鑱。縣罄而嗟。疇降我康兮。嘉禾孔嘉。二解。厥惟賢侯。我民我飢。貽我赤稗。匪糲伊粢。翼翼之稗。惟侯暨之。稗之翼翼。惟侯粒之。三解。而粟斯敹。而食斯饎。立爾社倉。有筥有稯。饘斯粥斯。徧食爾德兮。爾公爾侯。育我罔極兮。四解。

貧米歎　夏之盛

捨貧米。計升斗。富者輸粟貧餬口。米肆劵劑百千剖。今歲歉收難濟度。幾家積財減施予。盈升可乞累斗無。望澤不均貧民怒。貧民爾勿怒。食貧固苦富尤苦。君不見嘉湖抗糧租莫徵。竭蹶尚須籌國賦。

買米謠　本照

我作買米謠。時維歲辛酉。記得去年秋。粳稻徧隴畝。蝗興幷旱潦。損耗卻罕有。胡爲今年春。石米四兩九。蓋緣倉儲空。軍餉方掣肘。富戶利蓋藏。紅朽苦積守。商賈操牢盆。大力負之走。爭糴價遂昂。居奇日益厚。負販及傭工。經營不餬口。辛苦得微值。千人買升斗。沿途如乞丐。靦顏向豪右。趦趄甫及門。豪奴但搖手。歸來聞號咷。合室仰空缶。嬰娘及老弱。枯瘠似衰柳。秋熟望尙遙。欲活焉能久。所以無知民。痛心而疾首。糾衆索強糴。開倉發甖瓿。遂成搶攘風。盜賊如林藪。官吏伸法嚴。差拘不勝數。里魁及博徒。一一加械杻。嗟爾蚩蚩頑。作孽實自受。貧富各有命。豈可妄劫掊。我作買米謠。以俟采風後。牧養實有徒。誰當執其咎。鄧顯鶴沅湘耆舊集按語曰。嘉慶辛酉。有長沙姦民喻亥三倡衆強糴搶劫之案。湖以南郡縣村落間。里魁博徒。聞風而起。當事重懲。始稍斂戢。道光辛巳間。吾縣及益陽此風猶熾。近武攸溪峒間。假阻米爲名。至於聚衆戕官。竊以爲治亂國用重典。非武健嚴猛不爲功。邦人君子莫肯念亂。不勝悠悠我里之懼也。

漕政

官倉行

唐孫華

今年窪土半汙萊。惟有高原存秔稌。井賦常憂不足供。敢望私家餘二鬴。俄傳府帖下徵糧。稅長閭氓走旁午。月令曾聞較斗甬。周官嘉量銘辭古。民間出入倘須平。何況徵收自官府。斛式製自崔中丞。頒行實由元世祖。至元間。中丞崔彧始製斛式。口狹底廣。至今用之不改。底寬口窄有成規。早禁淋尖戒多取。倉斛多浮滿。俗謂之淋尖。此式遵行四百年。一旦奸胥敢變侮。爭說今年斛製新。上下均平如甑甗。斛面高堆輒數升。悉委倉夫操量鼓。曲禮。獻米者操量鼓。孔疏。鼓。量器名。東海樂浪人呼容十二斛者爲鼓。胥使倉夫如使奴。指麾總奉胥爲主。民間粒米重於珠。載向官倉賤如土。早時賤價胥折乾。盡剜窮民膏血補。胥富全看金穀輕。民窮甘受鞭笞苦。狼藉倉場塡淤泥。穀飛眼見都成蠱。左傳。穀之飛亦爲蠱。可憐小戶闕晨炊。破竈無烟轑空釜。

盤糧行　　楊錫紱

國家一統車書全。萬年之鼎定幽燕。根本重地先儲峙。歲支不下百萬千。輓運東南資軍力。分設衞屯相轄聯。樞密重臣出專閫。控制七省淮最便。愼重天庾防漏巵。高張大纛列河堧。風帆銜尾兩岸集。丁旗悚息聽簽盤。軍門動輒守成例。百弊乃起相拘牽。不然耳目成偏寄。威福往往移中權。牙爪猙獰胥吏蠹。兼以鬼蜮相因緣。吹瘢索瑕各有託。大抵谿壑須塞塡。衆中簽役尤辛螫。盈縮在手無繁言。傾囊稱貸免鞭扑。膏血已盡猶垂涎。百萬軍旗咸坐困。有口未敢鳴煩冤。年深歲久相沿習。弱肉恣啖誰其憐。使者銜命任轉輸。九重德意先傳宣。才拙敢云事釐剔。庶幾一切繁苛捐。嗚呼。庶幾一切繁苛捐。元氣培養何時還。

起剝行　　商盤

古城墩前春水涸。楚舸吳艘齊起剝。募夫一名給百錢。百夫方可挽一船。沙淤路塞行復止。運丁愁苦汛兵喜。治河濟漕非緩工。河流不濬漕不通。起米難行還起貨。過關又恐遭巡邏。明年此地仍滯留。何不改造飛雲舟。梁王筠輕利舟詩。君侯飭輕利。搖宕邁飛雲。

徵漕行　　鮑鈐

國家制漕運。歲賦額有常。官軍皆仰給。遐邇同輸將。一石凡幾鍾。萬斛連龍驤。年年十月交。州邑齊開倉。三冬例徵兌。叢脞晝夜忙。符檄日紛沓。令甲晰毫芒。青腰白臍禁。吹求爭較量。憲府氣如龍。丁弁貪如狼。縣令賤如狗。胥吏驅如羊。嗟哉此黔首。疇敢相頡頏。

徵漕歎　　袁枚

沭陽漕無倉。水次在宿阜。去縣百餘里。官民兩奔走。富者車馬馱。貧者篙笆負。展轉稍愆期。鞭笞隨其後。北風萬里來。臘雪三尺厚。泥塗行不前。老幼足相蹂。今歲旱魃災。產穀半稂莠。粟圓而薄糠。零星他郡購。未來苦無穀。有穀苦難受。檢穀如檢珠。重疊須舂臼。粒碎聒相喧。色雜哤知詬。嗟哉我窮民。歷歷數卯酉。來時一石餘。簸完盈一斗。天雨不開倉。小住日八九。攜來行李資。不足餬其口。官怒呼吏來。命杖撾吏首。收穀爾太苛。爾命胡能壽。諸吏跪且言。公毋罪某某。旗丁古門匠。習俗久相狃。米色稍不齊。叱吏如畜狗。太府命監收。所來亦矇瞍。委阿無定詞。調停兩掣肘。此時收太寬。臨時安所咎。縣官笑且言。爾毋強分剖。我從通州來。斛糧萬萬數。糠砂半相和。俱已蒙上取。我食翰林俸。陳陳盡紅朽。何得此旗丁。需索為利藪。言畢旗丁至。猙獰貌粗醜。視米噤無言。仰面嫯欲嗾。我因思吏言。此事誠然有。更有持斛者。有意與苦手。播弄作浮萍。掃除恃箕帚。長官察吏嚴。孌人二五耦。披羊裘而釣。誰不識嚴叟。衆吏迎以入。勞金兼醇酒。此金此酒來。毋乃非民否。縣官自語心。爾已為民母。寧受旗丁嗔。毋使民守久。寧失邏者心。毋使喪所守。持此徵漕歎。願以告我后。

南漕歎　　又

握粟鋤粟十月征。大車小車軋軋鳴。雲連萬臿兩遞運。李斯如鼠倉中行。倉氏庾氏聲嘈嘈。搜粟都尉意氣豪。利之所在天亦忌。大官防縣如防妖。牽驢磨麥矐其目。憎烏竊脂縶其足。黃紙朝來刮升斗。朱符夕下封官斛。待暴日擊重門柝。不管甕黃與魯卓。水流汾澮其道壅。萬弊雜出仍無窮。或需精鑿強揚播。兩三觕作十回舂。或借一鬨分先後。富者收早貧磨礱。或書官符訛多寡。塗鴉難辨斗檢封。傔人別奏來重重。伍符尺籍生蠛蠓。共飲倉中一勺水。頃刻白粲成青銅。可憐鄉氓半樸魯。小人容易爲沙蟲。明徵法錢人所見。暗教折帛何所終。物不揣本齊其末。事方在北求諸東。我欲大聲呼大吏。胡不早辨賢與忠。古人信人不信法。將欲治彼先治躬。捐除文網道以德。如水沃雪草偃風。持其大體去已甚。官和民樂聲雍雍。吁嗟乎。君不見人肝代米古所記。察察爲明安得劉宏十女壻。

納漕行

毛上炱

朝上倉。倉門如蟻舟如鰉。暮下倉。倉差如虎人如麞。囤中本是不脛物。焉能朝進而暮出。頭廒不納末廒收。誰識潮毛與乾潔。大吏撫吳恤黎首。先頒鑄斛烙升斗。早稻晚稻別高低。東鄉西鄉辨好醜。誰何使者貂袾襦。日食有酒雞羊豬。上腰米色驗米樣。漆盤灰匣銅提鑪。上手標籌下手退。吞聲瞠眼相唏噓。大言若衆毋揶揄。若聞官府清糧儲。滾滾但要盤中珠。不爾何以供天糈。北風吹塵飛雪溼。中有老農垂首泣。儇家家無半頃田。前月已下催征帖。今年秋霪夏無雨。收割青紅雜成粒。大男小女上礱牽。新婦老妻下耞拾。十番篩簸九番搧。今朝圭龠明朝合。八口之家三月工。可以如數親交納。打門洶洶吏呼怒。堂上朱籤捉欠戶。

上倉謠

徵漕米有定額。而浮收者竊例禁。包攬者漁私利。無所控訴者此小民耳。爰作是謠。

吳蔚光

朝上倉。暮上倉。泊舟倉前三五日。天寒歲晚冬夜長。大戶千石中百石。小戶多止升斗糧。糧一斗。加數升。糧一石。加數斗。堆尖如山心未足。平斛響捎復何有。大戶包攬先入廒。囤中二米低且潮。小戶米縱乾圓潔。篩之扇之八九折。莫呼官。官不聞。閉衙召伎羅芳樽。賓從奔走如兒孫。莫呼吏。吏反嗔。漕丞記書豺虎羣。開口直可將汝吞。早收一刻漕賦辦。加四加三民亦願。腹中已飢身上單。更貸私錢倒版串。歸家愁語妻與孥。壞竈破屋空嗟歔。嗟歔復嗟歔。官吏眞何如。君不見我皇恩德及四海。緩征發賑還蠲租。

吳中漕運詩爲李蔭原先生作　　周有聲

去年吳漕輓不前。今年漕速如飛鳶。心知今年必有此。究問輓者胡由然。就中老人頗解事。相看匿笑還私論。自云牽挽代丁力。年年僦役吳江船。若曹此役實大利。丁弁依倚同猱猿。厥名兌費費何等。漕司胥吏同肥羶。餘皆乾沒縱自飽。妻孥粉黛僮衣鮮。淫朋宵晝競荒宴。摴蒱博塞誇豪賢。一船白鏹恣貪取。百不足道多盈千。縣官何能致數滿。但藉膏血塡坑淵。相循敲扑故事耳。假此亦得加削朘。運弁橫索十一二。尙有攫者何堪言。邇來漕弊亟搜剔。此習固結猶遷延。監司催船船不發。白眼坐對公喧闐。豈無官書罪驕悍。內荏安得施荆鞭。今年監司大夫李。冷面未許包苴干。扁舟按行到州府。縣吏無敢供盤餐。松江白糧更不易。往者一関撓奸頑。公來事事盡親綜。餽遺路絕徵無煩。縣官丁弁都縮手。敬受委諾爭趨先。就中大猾亦帖耳。帆檣渺渺馳風煙。何曾支詘有不繼。便覺奢縱無因緣。我昔事公備任使。信公懷抱冰淵堅。尤驚任事獨侃侃。衆所退懦公能肩。公來我記祖諸道。要語一一心銘鐫。謀身利害匪預計。委蛇何必皆名完。果然舉動中窾要。人初駭愕旋安便。更持三議白大府。先生以三事請之中丞。謂官吏浮收。運丁苛索。刁民抗輸。皆不宜姑息云。漕弊可肅漕政全。公誠竭精計民事。敢並與論書之編。

記道光戊戌江南徵漕事

陳文述

江南米價一石錢千七八百文。五十年來所未有也。惟價不及往年之半。未免穀賤傷農。乃旗丁橫索幫費不少減。致征收本色有加兩三倍者。折色有加三四倍者。竭終歲所入。不足以供。幫費之傷民甚矣。既爲文三篇以陳疾苦。復爲此詩以告當事。

江南頻歲遭荒歉。茆屋貧家餓死多。畢竟慈祥屬天意。也緣感格在人和。路旁米市家家足。江上租船日日過。五十年來無此樂。含哺鼓腹聽衢歌。

貧民歡喜農民苦。穀賤傷農信可傷。祗爲尖丁苛似虎。遂令漕總狠如羊。糧船以尖丁爲主。橫索者尖丁挾散丁爲之。漕總與尖丁合而門丁左右之。民不聊生。官亦受困矣。額征本自前朝重。蘇松漕額倍半於常州。三倍於鎮江。十六倍於揚州。十八倍於淮安。前代之流毒也。折色何如往歲強。吳民謂價賤曰強。甘上債臺塡慾壑。可憐循吏祗蕭黃。太倉令黃冕、元和令蕭翀。不忍多取。貸債以給幫費。各有情形各自知。莫憑權勢任施爲。妻孥衣食原難缺。飲博猖狂恐未宜。竟使南漕成痼疾。空期北壩作良醫。持平始得平安過。江海應難實漏卮。旗丁索費。藉北壩爲口實。其實州縣之所出。不盡歸丁。丁之所入。不盡歸北壩也。北壩索丁亦有太過當處。去其太甚。是所望於當局者。

敢比長沙策治安。三篇文字寸心殫。預防曲突談何易。力挽頹波事本難。白傅詩篇餘諷諫。杜陵涕淚祇心肝。杞人空抱憂天意。伏枕長吟永夜歎。

轉漕行

王槐

轉漕自明永樂會通河成。海運遂廢。國朝因之。至于今四百餘年矣。近時黃河屢決上流。河口淤塞。歲以爲患。蓋海運莫急于此時也。至風波漂溺之患。成化時邱濬、萬曆時王宗沐言之甚詳。海運旣通。文武不得不專事巡緝。使海氛肅清。是又出于前人利五害一之外者。余歷考漕運。作此以待采風。

輓輸軍國計。建策宜萬全。有明自成祖。遷都定幽燕。東南財賦入。轉漕惟艱難。入海畏漂溺。陸走苦役繁。壹志理河運。南北愁亙延。傳有老學究。老人白英。定議疏源泉。抑汶入南旺。中流分泝沿。遏抑汶水入南旺。至南旺而中分。分十之四南流。以屬徐沛。分十之六北流。以達臨清。置閘纍數十。水旱期無愆。舳艫銜尾來。葉葉風帆懸。成效三百載。我朝復因焉。豈知太平慮。未可垂不刊。轉運會一河。如人有喉咽。一日不下咽。其禍不可言。河身況淺狹。兩舟不並前。一夫苟大呼。萬櫓爲棄捐。一舟苟觸損。千檣坐迍邅。雖云省民力。得失難兼權。總衞置百十。旗軍籍萬千。建造每雷動。疏鑿恆經年。行糧坐有食。科索通夤緣。陰雨愁溼漏。淺澀勞推牽。一石供天庾。已費三石錢。近聞黃河水。上決下苦乾。每於扼隘處。淤塞成壖田。雲屯集畚鍤。日作夜不眠。無功但有罪。手足空胝胼。下策決河灌。計利不計患。頗聞數郡民。一夕淪深淵。醫瘡剜心肉。苟且旦夕安。所費又鉅萬。元氣何由還。害十當變法。此理須推研。海運有故道。島嶼分灣環。膠萊已垂成。相度功宜專。元人開膠萊河。在海運舊道之西。垂成而廢。利五害一。發論聞先賢。見王宗沐疏。造舟自有法。停泊亦有川。占候苟無失。那畏波連天。三春風力柔。往返輕而便。數旬已畢事。繁費半可蠲。次復理河運。疏通無梗湮。近海海可渡。近河河則先。坐收河海利。弗使困一偏。豈惟便轉輸。兼可清盜源。上紓宵旰憂。下息民力殫。漕儲國根本。作詩俟輶軒。

開倉謡

孫源湘

仲冬望日官開倉。大戶小戶爭完糧。老者幼者蹩躠者。或載或擔或負囊。朝報完。不得斛。夕報完。不得斛。飢腸雷鳴寒起粟。急折餅金賕吏胥。一石願加三斗輸。吏胥瞋目語。今年官府清廉焉用此羨餘。城頭鼕鼕兩更鼓。黑夜喧傳叫糧戶。官來前。黠如鼠。吏侍旁。怒如虎。大家動斛用力舉。狼藉不辨泥與土。尖如山。落如雨。一石米斛五斗五。微聞旁人稍稍語。今年官斛大於釜。少一升。百錢補。少一石。脫布縷。天明歸家見妻子。猶幸存得兒與女。

太守來

又

太守來來蘇我民。我民共仰太守仁。冤苦不得上訴公堂聞。昨日完糧到倉口。一石多攜三四斗。縣官嫚罵道不足。耗羨今年外加六。不盈此數糧不收。黑夜擔歸雙淚流。明朝破衣入質庫。不足還須脫布袴。道逢儒巾人。攘臂爲不平。與其飽官寧飽紳。盡寄鄉戶歸紳名。彼雖爲利非好義。猶勝官吏多欺凌。我舍我利圖我寧。惟望仁者爲澄清。昨聞太守來。夾道歡呼迎。太守爲民殛貪吏。太守爲民治漕弊。呵騶遙遙下倉門。有吏持籤夜捉人。微聞旁人道名姓。執縛都是儒衣巾。吁嗟。太守來來蘇我民。我糧依然我自完。加六不止加七完。但見儒衣鋃鐺跪堂下。太守下堂霽顏迎縣官。

恤漕　　屠倬

賦稅不可缺。追呼亦可憐。粒粒倉中粟。小民膏血煎。江南賦尤重。例由勝國延。民已習而安。科則例所編。取之不爲虐。所貴長吏賢。奈何有折色。石米錢五千。漕丁猛於虎。抑勒吏使然。其名曰幫費。千金開一船。丁則固已虐。吏實任咎焉。侵蝕到隸胥。況以私橐先。我后付我民。俾之使生全。祿糈后所詔。撫字吏所專。曾不我民恤。而忍加笞鞭。催科廿下考。待罪及四年。民隱敢不書。上有咫尺天。

催租行　　鄭璜

吏催租。猛如虎。官催租。黠如鼠。如虎吏可飽。如鼠官何補。吳江漕十萬。不論歉與豐。幫費一十萬餘兩。一一取給於其中。少取官有累。多取民更窮。佃戶不還米。捉將官裏打欲死。糧戶不納糧。知縣索米坐大堂。幫費無著落。軍船開遲官禍作。但願五風十雨百穀熟。一畝歲收米十斛。乃使官吏懽忻民不哭。

南漕行　　范元偉

收漕累在民。兌漕累在官。我舊吳中客。爲君言其端。十月由單發。下鄉先恐喝。今年米色要乾圓。堂諭煌煌違者撻。屆期聞倉開。滿載赴城來。今日不收又明日。寒風颯颯面撲灰。幸蒙吏人下垂訊。生憎米雜簸潮潤。可憐米亦不能言。風篩敢忤當官令。挑剔備嘗許入廒。猶道風篩未盡淨。廒上家人氣燄張。狐裘蒙茸閃有光。不識鉤輈作何語。樣盤上下如梭忙。大斛耽耽雄似虎。半空飛出忿攫取。淋尖踢脚無不爲。四圍抛灑白於雨。心頭剜卻塊塊肉。痠到心頭那敢怒。一石祗餘一斛強。餘米責令三日補。米不足數串不給。追呼似逐逃亡戶。近鄉遠鄉毋稍緩。懸牌已報倉廒滿。特開折色便民間。試較民間價無算。價無算。樂若何。持籌日日厭笙歌。作官江南好。卒歲得寶多。忽焉幫丁蠭而起。年年舊費增無已。生憎米雜兼潮潤。依樣葫蘆相摘指。恤民又恤丁。丁民本同仁。行月坐月糧有額。津貼又加額外銀。丁言邇來輸挽苦。添夫開剝增無數。過淮抵通需索繁。官不我憐誰與語。語官卽如去年冬。糧艘渡河陡遭風。身家性命俱險絕。米珠擲向洪濤中。至今魂夢時作悸。賠償未了公門累。嘵嘵衆口合一詞。停兌願甘就死地。冬兌冬開例有期。羽檄催儹如星馳。視漕使者兼程至。峨峨大艦揚旌旗。廚傳絡繹伺水次。饔飧鼎簋漿醴酏。嚮晨高坐倉廳上。官與幫丁互詰抗。使者通達老於事。但責官丁各獻狀。有米無銀愁煞人。朝來減折殫催征。米防色變期防誤。至此官難脣舌爭。惟祝挂帆掃幫去。黃粱夢醒兩袖輕。大官火速提漕項。餘者又須充兵饟。仙人妙手亦空空。無奈挪移到國帑。吁嗟乎。南漕之弊不盡此。我作歌行告輶使。累官累丁尚可言。哀我耕田者赤子。

論漕夫 雜詩之一　　王文瑋

國家歲轉漕。何止十萬夫。巨艘銜尾進。兩衆忽睢盱。腰藏利匕首。殺人血不濡。失一必償兩。彼此交相屠。縛屍棄江底。死者曾無辜。禍竟類蠻觸。衅或由錙銖。此輩難措置。急則皆萑苻。養癰既不可。當事宜良圖。

輸租樂　　彭兆蓀

輸租樂。農人不樂士人樂。二頃不須田負郭。卻向太倉充鼠雀。沓矣均田圖。茫然手實法。某乙租庸移某甲。勢與長吏相傾壓。長吏無如何。遍布纍纍多。公私各有利。追復相譙訶。獨不見農夫擔負官倉口。顆粒何能角升斗。多寡一任量人手。遺秉滯穗皆入官。鳩形婦子吞聲還。

漕倉行

薛時雨

東南財賦甲天下。之江上腴推嘉禾。冬收春運有定制。按在計畝無差訛。漕倉建立水之涘。閈閎高伉形嵯峨。廒口各自分監守。編排字數鮮蹉跎。鱗次櫛比備儲蓄。如翼如革如蜂窠。歲逢大熟官吏喜。大張文告嚴催科。誤漕漏課罰不宥。毋以良善罹網羅。民遵功令亟量穀。逾期輸納防譴訶。木礱戛戛晝不息。石碓兀兀深宵磨。紅鮮白粲秠種美。香秔熟糯精鑿多。簸揚既浮若珠玉。盛以囊橐裝以籮。一年血汗獲秋稔。負載出門淚滂沱。萬舟銜尾排水次。篙櫓塡塞防牽拕。望門投止不得入。漕倉咫尺如天河。胥吏眈眈作虎視。探囊出米親摩挲。七御八鑿茫弗辨。正供寬恕耗羨苛。豆區釜鍾各有額。嘉量上頒平不頗。如水忽淋勢趨下。堆尖高可青峰摩。嗟爾窮民苦無告。煎迫慘若投餤蛾。急兔返噬輒釀禍。洶洶糾衆尋干戈。牧民乃與民結釁。心勞政拙古云何。其中亦有狡黠者。慣倚刀筆爲斧柯。擇肥而噬擇弱食。漕倉盤踞等行窩。抗官玩法肆包攬。論以重辟理則那。蚩蚩之氓實可憫。升斗胡爲興風波。天寒歲暮廒未足。催收徐待春陽和。金穀典守下吏責。日與斗筲相切磋。敲比未忍加鞭扑。拊循期可甦痒痾。圍爐待雪乏清興。偷閒吮墨吟長歌。歌終倉吏請視事。升堂驗斛鼓吼鼉。

納稅行　　徐堂

涼風刺肌雪沒足。載米輸官珍數斛。置場不得入廒口。盜賊須防共屯守。米未驗者置內場外場。不得徑入廒。昔官索米米在田。今米來倉官索錢。吞聲負米入城市。米賤錢荒價不起。以錢抵米錢數短。稱貸豪家數纔滿。醫瘡剜肉大可憐。今年過去愁明年。請將此田沒官府。叩頭乞官官不許。

紀事新樂府　　葉蘭

婁縣漕書趙靜甫奸猾用事。善蔽官長。邑民田賦。陰受其害。父充縣快甚貧。靜甫暴橫致富。已退卯。賸捐縣佐。猶貪其利。陰爲把持。致有七寶區之事。擊斃十七人。實靜甫一人主之。而優游事外。衆憤焉。爰衍爲新樂府十二章。以紀其實。

五五斛

倉城冬月倉廒開。紛紛糧戶擔糧來。總書高踞衆役侍。米千百袋如山堆。費足醜米佳。費缺佳米醜。吁嗟米不會張口。挑剔還經記書手。方深大斛四役扛。樣盤另製斗許强。部頒鐵斛棄牆側。備而不用猶餼羊。君不見十石卸成五石五。糧戶吞聲暗叫苦。

買加頭

五五米卸斛挂籌。斛已足額添加頭。加頭之數不一定。四三五六惟所命。不須斛米但準錢。每一數加九百正。苟不承命卽訾訶。前斛之米委逝波。更嗾豪差把人捉。不顧紳衿恣毆辱。黃學博事。松人善懦任荼毒。併米重完再加足。再加足。休延遲。通盤計算猶便宜。若使乾包盡折色。錢十千餘抵一石。

匿謄黃

聖恩寬大赦賦緡。布告天下咸使聞。省頒謄黃逮州縣。嗟爾鄉民未經見。鄉民未見猶可言。可憐追比逾繁喧。雄鴨雌雞短頭布。不滿豪差一人賂。扛鐵四出催完輸。鬻兒賣屋紛無數。比及謄黃遍鄉貼。小民無肉但存骨。

賣荒謠

偏災流行無歲無。奈何據此爲利圖。買荒變易荒與熟。權總惡書任翻覆。問渠荒價夫如何。石賦賣錢兩貫多。嗚呼。昔日之荒委天數。今日之荒只須做。彼眞荒者無餘錢。敲扑追呼向誰訴。荒費所得非入官。私囊滿購田盈千。田雖盈千賦不完。書田樂得逢荒年。

横加白（肇釁之端）

七寶區。盡荒瘠。不完糧。祗完白。地少禾稻多木棉。雪朵盈枝幸堪摘。書言既免糧。其白價宜益。白銀每錢錢五百。小民竭蹶勉供億。去年風雨嗟漂搖。花萁不滿一寸高。已慨年荒忍寒冱。怎奈惡書更加賦。就令五百猶難供。況復益以一百銅。欲納無貲但觀望。罪以抗違大懲創。悍役聲囂雞犬愁。飛牌火急神魂喪。幸聞縣主心慈仁。曷不匍匐往乞恩。

一炷香

香煙繚繞霏長途。鳩形鵠面同爭趨。趨入縣衙盡蒲伏。手持炷香踞地哭。是時縣主西赴倉。肩輿亟返坐大堂。惡書聞之急呼衆。各各持械潛周防。官問鄉民爾何泣。訴言白價昂難納。但求諭總減其半。三百一錢願供給。縣主聞訴心惻然。云當曉示安窮廛。書伺案旁兀無語。兩目稜稜怒如虎。

白扁擔

縣主退。扁擔來。惡書喝打聲如雷。挑糧夫集如狼豺。白扁擔長六七尺。上書挑夫姓名識。橫捎直砍盡辟易。或折其脛或斷脊。是時雨急天闇昏。縣門堅閉難逃奔。一人洞垣首甫出。擊腦漿迸身翻蹲。縣主喝止喊聲破。已見血流滿堂涴。平明復報東門中。一尸碎膝仰街臥。

公堂屍

公堂公堂。今成北邙。積尸累累如羣羊。一尸項腫色青紫。雙眼睜睜噤牙齒。一尸瘦削微有鬚。腰圍血漬紅模糊。折臂一尸枕其股。隻拳猶握斷香炷。門側一堆橫八尸。蓋以蘆席形未知。階下六尸亦蓋席。席開略見婦人舄。嗚呼。昨日堂下跪。今日堂下僵。瞥覩此狀心摧傷。其餘逃竄雖還鄉。近日頗傳多死亡。

城隍來

縣場日暮風悲酸。吹人懍懍毛骨寒。昏黃月黑訟庭悄。牆角時聞鬼聲嘯。嘘嘘呷呷西復東。嘘嘘者雌呷呷雄。左右居人駴相警。行客聞之輒歸病。寃氛慘結成陰霾。解禳特請城隍來。請邑城隍神供縣大堂三日。城隍之神正而直。肯享牲牷聽驅斥。明靈不受奸奴誣。再拜稽首無乃愚。爲民則欺爲鬼恐。惡書此時神亦悚。

一朝發

初爲猾吏後蠹書。庸奴漁利人不如。錢漕鉤稽諸弊作。白鏹纍纍入囊槖。食饜粱肉衣綾繒。居然族譜通簪纓。堂前賓客日滿座。不是希顔即承唾。一朝驟富忘昔窮。只嗟不逮娱乃翁。乃翁往日飢寒急。一貫替人打三十。

竊名器

富則思貴人常情。其如例格不可行。娼優隸卒有明禁。若輩登仕羞冠纓。惡書自是好身手。接木移花掩先醜。入貲竟竊一命榮。貳尹頭銜頗自負。起而攻者羣紛紛。謂名與器難假人。郡庭學署有呈遞。側聞有客中調停。君不見竈下養。中郎將。爛羊頭。關内侯。漢時流品已難別。而況夫夫會要結。

且彌縫

朝傳省垣提總書。郡人或恐風聞虚。暮傳省垣提總書。羣言此孽應殲除。乃公自覺罪難逭。默數惡端早盈貫。且憑智計工彌縫。惟冀上臺免提勘。書愁無賄難干情。我知有賄無路行。方今烏臺明鏡徹。詎容魑魅潛其形。嗚呼。古人有一言。其理深且旨。千夫所指不病死。爾乎胡爲不聞此。

原跋曰。浮收加賦。縣主何以任其暴横若是。以初履任。弗能洞悉其弊。彼善蔽官長。則謂率由舊章耳。所謂清官難逃猾吏也。聞縣主去任時。流涕語曰。一官不足惜。何以對此十七人耶。皆我誤用人之過也。又曰。此詩傳至都下。言官據此入奏。獄藉平反。趙書按問如律。衆情稱快。道光二十九年四月記。

濬漕河篇

魏堃

漕河十日水初涸。縣吏徵夫供力作。淘河每歲百餘里。荷臿持畚苦疏鑿。白頭老叟遇河涘。自云耕種傍河水。淘河工作困遷徙。官糧剋減餓欲死。餓欲死。不足惜。堪恨年年苦工役。就中舞弊由胥吏。私飽官銀恣吞蝕。遂令草草了工程。河開一尺報十尺。十尺河水深。一尺河水淺。上下兩相蒙。工役歲難免。不然一年疏瀹可十年。何必年年事調遣。

輸租行　闔媛高景芳

驢馱口袋牛挽車。天陰防雨宜重遮。農人惜米如珍寶。官府視米如泥沙。不辭淋尖與加耗。早賜收取容歸家。願存升斗買粗布。聊與妻兒補破袴。盡情傾倒實堪憐。羞澀反遭倉吏怒。驅牛出城口吻乾。無錢沽酒當風寒。辛苦回來夜將半。細嚼筐中草頭飯。

淸詩鐸卷三

漕船

漕船行　朱彝尊

國家歲轉漕。每船六百石。官艙計所儲。爲斛千二百。其初由海運。險越虎蛟脊。波濤恆簸蕩。日月互跳躑。所以造舟時。不復算尋尺。入明改從河。水次盡置驛。不見眞州估。浮江販豆麥。縮之僅得半。滿載未爲窄。安用萬斛寬。邪許百夫役。過牐逆上魚。迎風退飛鷁。臘開徂暑到。久而蟲鼠咋。惟以便輓丁。夫婦得汎宅。南去挾枲絲。北來收果核。誰爲迂緩圖。內循匪朝夕。吾聞琴瑟敝。絃者必更易。國計在鼎司。何時建良策。

漕船行　尤侗

五日過一閘。十日過一關。問君濡滯何爲爾。積水以待漕船還。漕船峨峨排空來。影搖白虹聲如雷。官船逡巡不敢進。客船急向兩崖開。昔年曾見漕船上。今年又遇漕船迴。漕船回時猶自可。漕船上時鷩殺我。會河水淺靑草生。日燒三伏紅于火。閘門高閉溜潺潺。篙師縶纜垂頭坐。坐等漕船開始開。舳艫亙塞中流柁。其船重大皆千鈞。淮鹽蘇酒多包裹。睥睨榷司不敢呵。鞭撻划工無處躱。使氣便說有漕規。一呼羣起無不爲。茶梁木筏隨汝取。米市魚牙受汝虧。衆船亦羡漕船樂。不惟醉飽且施威。默思朝廷養此物。轉餉本供軍國乏。今費一石致一斗。國用日虛民日竭。運弁如狐軍如虎。下倉講兌氣莽鹵。踢斛淋尖頤指間。立破中人千百戶。縣官難與伍長爭。欲爭反愁漕使怒。卽今吳中穀價賤。意欲折乾寧論估。索錢不留雞犬存。缺米但云鼠雀蠹。腐爛漂沒亦不憂。敲扑糧長仍賠補。嗚呼。小民如此困催科。一歲租入有幾何。耕田輸賦豈敢少。奈供此曹魚肉多。君不見武侯治蜀屯田乎。木牛流馬眞良圖。

紅剝船行　勞之辨

天津以北。水趨大海。故上流易淤。漕船有阻淺之患。設紅剝船以供轉運。其來舊矣。船六百艘。出自通州永淸等六州縣。其地旗民雜處。紅剝獨用民力。及起剝時。漕船又受紅剝需索。似乎兩困。然天下事有宜已不可已者。此類是也。歲壬子。余督榷斯土。目擊情形。賦詩以告守土者。

東南輓粟來京國。萬廩千箱供玉食。今歲官租隔歲裝。弁丁道遠疲筋力。長年三老歷風霜。銜尾嚴程無暫息。行盡黃河與運河。河西套子行不得。船沈沙淤不利牽。大船重運分小船。官家有船號紅剝。更番接濟往來數。按畝抽僉奉有司。呼名點驗由關榷。昨夜靑蘋吹綠波。頂凌船過春流濁。帆桅簟纜一不齊。爾曹安得辭鞭扑。船頭長跪諸父老。只怨東皇開凍早。今歲賣田來買船。明年田盡船誰保。急公且濟本年漕。使君何事督堅好。我聞此語愁焉憂。官差民累無少休。十家產破難辭役。數頃田荒仍駕舟。嗷嗷眼盼南船抵。百計攫金還盜米。少婦撑篙狎浪頭。衰翁捩舵藏艙底。世路風波小加大。大船俛首愁無奈。回思冬兌臨江滸。悍卒驕丁猛於虎。巧立因公貼白鏹。誅求加耗防紅腐。莫言人事無循環。到此也歌行路難。君不見田家作苦胼胝力。官糧未了私先竭。軍剝民兮船剝船。一絲一粒皆膏血。

民船運

沈德潛

天旱河流乾。糧船難運行。官府日捉船。挽漕輸神京。虎吏奉符帖。遠近皆震驚。商船斂錢送。放之匿郊坰。民船空兩手。點之充官丁。大船幾百斛。中船百斛盈。江干集萬艘。一一標旗旌。五月發京口。六月停淮城。七月下黃流。八月指濟寧。口糧半中飽。楞腹難支撐。黠者盜糧粒。愚者時呼庚。太倉急轉輸。王事有期程。運官肆搒笞。牛羊役窮氓。夜月照黃蘆。白浪聞哭聲。願汝停哭聲。努力事遠征。大農有賢者。惠汝如孩嬰。

糧艘

彭元瑞

少讀曝書亭集糧艘詩。謂舟大費浩而運遲。重困丁力。宜撤而小之。心韙其說。嘗舉以詢清江楊勤恪公。大以爲不然。指畫事體。達於政。宜於民。方知書生之見隘矣。公總漕十有五年。七省舟楫之民。言之泣下。牖行日觸憶遺語。因概括成詩。

令甲凡漕舟。舟載七百石。所受未及半。楞然尚餘力。或言元海運。道易舟未易。官有歲修費。水有地形格。夫有千指勞。軍有終歲役。何如陋其規。取足容正額。章句紙上談。老成胸中畫。由來國家事。體大物不迫。始謀僅粗給。末路更蹙偪。轉漕連七省。營造如一式。或亂江漢流。或浮彭蠡澤。敢以天庾供。輕涉波臣國。歲葺政之經。官帑豈靳惜。彼苟有所利。不辭稍附益。材大用可久。質薄朽必亟。胡爲憚補苴。而乃勇變革。平江達通潞。數千里南北。置牐時蓄縮。設夫日爬剔。都爲運道謀。行旅蒙其德。苟爲易浮送。漸恐成淤塞。牽挽集百夫。其面有菜色。惰民不耕稼。貧人雜盜賊。千舟十萬衆。仰此以衣食。一朝忽奪之。誰歟非黔赤。荆襄伐竹木。三吳出布帛。西江擅陶埏。兩浙供蠶織。徽或販酒醯。下至羅履屐。日用飲食間。爲物頗繁賾。商固便附載。軍亦資儥直。懋遷有無通。彼此均樂得。屯田業久虛。僉運費孔劇。一物不能容。終歲何所獲。市冷物價昂。運艱商利窄。豈惟軍告病。四民被其厄。變法匪易易。利害必什伯。大官愧媕婀。聱儒流剋覈。指掌言亹亹。傾耳心脈脈。事往一日夢。人遥九原隔。安得如斯人。盡布中外職。

漕船牽夫行　胡敬

長河東注波滔滔。下游直上千糧艘。湍深波急不受篙。躦行箇箇長纆操。高岸躍上如飛猱。高鈎首戴重六鼇。欲進不得聲嗷嗷。十百俯仰同桔槔。我不見首惟見尻。首俯益下尻益高。天寒雨溼風飈颾。入夜尚爾聞呼號。手龜足繭膚無毛。中途求息哀其曹。受代不啻鷹脫縧。疇助爾力分爾勞。轆轤船脣安置牢。旋轉有若繅車繅。船中官人獸錦袍。臨風外被秦復陶。指顧叱咤何粗豪。三申五令鼓伐鼛。鞭笞橫加難倖逃。豈不念爾徒目蒿。天庾鄭重法敢撓。性命似此眞秋毫。吁嗟粒粟皆脂膏。倉中鼠愼毋貪饕。

糧船行　姚燮

糧船洶如虎。估船避如鼠。糧船水夫纏青巾。上灘下灘挽長繩。十十五五無留停。估船不敢鳴鑼聲。

催糧吏官坐當渡。皂隸揮鞭遵行路。遵爾今朝入關去。估船偶觸糧船旁。旗丁一怒估船慌。鑾拳如斗烏能當。願輸燭酒雞鴨羊。廟中罰祭金龍王。

觀船艘過閘

鄒在衡

國家制漕船。每額八百石。中倉計所儲。爲斛千六百。泝黃三百里。始自前明日。專責立官吏。沿堤置郵驛。迤從淮徐來。直到長蘆入。千閘嚴啓閉。三壩愼宣塞。但圖轉運功。似礙防河策。漕船造作異。高大過屋脊。一船萬斛重。百夫不得拽。上閘登嶺難。下閘流矢急。頭工與水手。十人有定額。到此更不動。乃役民夫力。鳴鉦集酋豪。紛紛按部立。短繩齊挽臂。繞向繳輪密。邪許萬口呼。共拽一繩直。死力各掙前。前起或後跌。設或一觸時。倒若退飛鷁。再拽愈難動。勢拗水更逆。大官傳令來。催儹有限刻。閘吏奉令行。鞭棒亂敲擊。可憐此民苦。力盡骨復折。辛苦拽一船。未必多錢給。聊爲救飢寒。強如忍餓卒。伊彼諸旗丁。夫婦安泛宅。大艙附商旅。低艕屯貨物。臘開夏盡到。米半蟲鼠齧。肆意自偸賣。罔慮數額缺。欺矇有司察。將米以水潑。暑溼互熏蒸。變爲霉爛白。運弁代之請。妄冀邀恩豁。不知天庾供。國家有定則。念彼東南民。胼胝力稼穡。毋以貢神倉。毋以奉玉食。乃在受兌初。耗羨苦逼勒。及至正供中。又敢巧侵蝕。更有篙師輩。作爲不可詰。好勇而鬬狠。衣革而弄鐵。及早爲稽查。有犯治不貸。庶幾消禍源。無徒事姑息。凡事至敝壞。補救當亟亟。方今聖天子。殷念漕運切。何以戢私侵。而兼省民力。上紓聖主憂。次將國帑惜。

剝船行

此直隸漕挽剝船。而江楚委丞倅代造者。人謂之優差。計利未籌害也。余奉差作此。

馮詢

萬夫邪許挽不得。粟米之征窮力役。十年一發水衡錢。五年小修。十年大造。詔令江楚爲剝船。制度煌煌頒部册。銖黍無差重周尺。異哉一紙公檄來。吏胥工匠歡如雷。斤斧一聲轟伐木。陡看奔走人煙簇。一船欲活千百家。竊恐沾濡膏不足。驗船有吏威權掌。望見津門齊駐槳。船到羣呼役奏功。憂疑誰識都船長。我聞唐時劉晏善造船。五百緡必給以千。成大事不惜小費。值有餘羨工精堅。又聞宋時呂相善馭役。篙人楫師許貿易。至清之水愁無魚。少販償勞何足責。朝廷惠澤豈不深。賤役亦懸君相心。萬民脂血一人慮。國帑忍付波浮沈。低首般勤語三老。戒爾篙工毋逞巧。吁嗟漏船如漏巵。決裂從來在中飽。

海運

海運四事詩　海運非不可行。當道者遏之。使不得行。有四事焉。作詩以告欲行海運者。

齊彥槐

增脚價

民愁脚價貴。官愁脚價賤。脚價本不昂。官能使之變。我昨到上海。廛閈訪已徧。關石每一石。市錢一兩半。石則二石五。錢則六三串。約爲錢二百。倉石每石算。朝來市人喧。或愕或笑訕。官定銀七錢。豈畏沙船散。我聞初不信。急入辨且諫。市中無此價。底事平空判。豈以觀察明。而受吏者騙。豈以觀察廉。而收商賈羨。市價米萬石。爲錢四千貫。九之三千六。爲錢與銀換。今米百萬石。需銀七十萬。更有他費溢。司農得無患。商情固宜恤。國帑何可濫。況有制撫藩。何能遂專斷。觀察怫然怒。

幾欲唾客面。及見我言直。斂容留我飯。我出未移時。榜已掛海岸。船商處處歌。豆賈家家歎。二蟲亦何知。觀察有高見。此價報朝廷。海運將不辦。

減沙船

朝廷慮船少。官乃慮船多。設爲巨艦則。執柯以伐柯。初定艙口橫滿九尺者封。不及則放。後見九尺者多。則又改爲橫滿一丈者封。不及則放。魚非鯤與鯨。縱之逝江河。觀察非不明。知一未知他。馬八尺曰龍。豈無千里騾。蜀駒小而駿。遠勝老橐駝。沙船有三等。小者形如梭。貿遷止佘山。固不足網羅。自中等以上。皆向重洋過。關東往來數。必能習風波。船船有符契。取驗無差訛。但求新且堅。何必碩而邁。觀察曰否否。大者平不頗。運糧重大事。奚取乎么麽。詎知吏胥輩。丈尺不同科。往往捉鰍蝦。而反遺蛟鼉。觀察察不察。腹心託羣魔。亟白于中丞。中丞謂我苛。予手無斧斤。將若龜山何。

限米石

沙船赴關東。運載豆與麥。關斛一千擔。尚未盡船力。關斛折倉斛。二千五百石。米重七折載。亦可千八百。其間有中號。再以七乘積。千二百有奇。盡船皆載得。以此爲船率。集得船千隻。二百四十萬。兩運恢可適。南糧除江浙二省外。約二百三十八萬有奇。三月自南開。四月早到北。五月帶豆回。六月又挂席。受兌無稽留。交卸勿苛刻。飄然一葉舟。疾比雙飛翼。今船放者半。載又虛半額。大號沙船限載六百石。中號限載四百石。楚豫米將至。何以塞鉅責。大木斵小之。玆意殊難測。

索麻袋

沙船運者豆。從來不用袋。漕艘運者米。亦復無袋載。白糧避塵沙。入袋便負戴。登舟袋仍去。散以貯艙內。米久必蒸熱。蒸熱米色晦。散貯溼浮面。全艙固無礙。袋盛氣以閉。壞則全袋壞。海運不憂熱。何苦速之敗。觀察曰否否。括囊慎不害。嚴密免攙雜。囫圇易交代。若爲攙雜防。大海無泥塊。若爲交代慮。曷不釘艙蓋。麻袋出浙東。三錢貿一對。一石一袋盛。爲費毋乃大。歲出況無多。僅足供糶粺。糙糧若盡用。欲買無處賣。麻袋惟白糧用之。江蘇白糧六萬九千二十五石。浙江白糧二萬九千九百七十五石。每歲所出。僅敷此數。尚須早備。今倉卒間欲覓二百四十萬袋。何可得耶。問官云必須。問商曰可廢。天下本無事。擾之自愚昧。

海運四詩寄潘吾亭觀察　又

海運既定。予將辭歸。有數事萬難已於言者。不敢以身在局外而不爲當道告也。

海船名號多。揀擇毋草草。浙船謂之蛋。閩船謂之鳥。其船往北稀。不熟北洋道。又未審來歷。難於責人保。無如用沙船。沙船最堅好。身家既殷實。海線復通曉。所愁胥役輩。賣放弄奸巧。合用不合用。辨之更宜早。船重人必多。船輕人必少。駕船問幾人。可知船大小。船舊人所憎。船新人所寶。出洋問幾次。可知船壯老。遣吏執丈量。巨細或顛倒。而況完與敝。益復難稽考。縣符關上契。不可以僞造。人數及次數。取驗已了了。運用一心妙。遠勝雙眸瞭。何必委多員。日逐吏胥擾。沙船耆舵水手人數有縣牌可稽。受載多者人數必不能少。大約十四人以上皆寬大之船。再驗船照往來關東。攬載不絕者其船必堅固可用。

易道窮則變。惟變是以通。漕事至今日。竭蹶可謂窮。旗丁索津貼。歲歲求增豐。子衿索漕規。擾奪矜豪雄。雖有清慎官。悉索何由供。浮收更勒折。只是苦貧農。今既行海運。運丁索無從。謂可收清漕。一靖刁惡風。奈何斂幫費。仍與河運同。沙船本無幫。幫費名爲空。朝廷恤旗丁。挽運若僱傭。貼贈有銀米。幾抵脚價中。行糧全不支。月糧半可充。以漕而辦漕。籌畫殊從容。戶部則例。各處有隨漕徵收貼徵銀米。以爲運丁長途挽運盤駁之需。蘇松糧道所屬。每米一石。徵銀一錢。米五升。謂之漕贈。浙江糧道所屬。每石徵銀三錢四分七釐。謂之漕截。又旗丁停運之年。行糧不支。月糧支半。上海沙船水脚中價。每石不過四錢。以貼贈銀米及全數行糧一半月糧併算。抵之已足也。幫費本私物。大吏當如讐。竟下符牒徵。從此變爲公。恐丁益無忌。索之復且重。州縣收愈浮。藉口誰能封。省此數萬帑。國家亦何庸。惜傷國體多。使我心忡忡。

國家開海禁。百四十餘年。船商自祖父。出海以貿遷。世受休養恩。子孫足園田。報效其本懷。踴躍咸爭先。祇因米無耗。畏累不敢前。奈何棄弗用。而用網划船。茲船何自來。作寇從蔡牽。殲魁有餘黨。戶籍寧波編。捕魚以爲業。出沒蛟虬淵。曩禁涉江南。案牘今在焉。其船本不大。船材更非堅。欲借挽運勞。濶入上海廛。北洋本無盜。萬里靖風煙。航海盡人諳。何勞使張瑄。狠子野心在。安得信萬全。況此大闤闠。百貨來如塡。揖盜而開門。恐難高枕眠。諸公或未知。不然豈非顛。毋聽吏胥語。若輩惟識錢。沙船以無耗米。懼到津蝕耗。無米可賠。堅不肯承。浙之網划船。遂乘間請運。網划船者。蔡牽餘黨。今編入寧波漁戶。常潛來江南。沙船受其害。費文恪公督江南時。奏禁不許進江南口。今賄通縣吏。改變名號。欲借挽運以弛其禁。其實船小而敝。不堪受載。守令不察。竟允其請。幸予訪得其實。言于方伯。乃止不行。

昨日商船來。見我紛涕泣。不爲脚價減。只爲耗米失。人言河運遲。不似海運疾。遲則耗難無。疾則耗不必。豈知海風大。更比河風急。河風吹一旬。海風吹一日。風能乾萬物。況米本帶溼。長風萬里扇。那得十還十。錢少猶可借。米缺無處出。一舉可傾家。何能不戰慄。我與船商語。公等勿煩鬱。觀察如父兄。當有斡全術。丁船官所造。丁食官中食。隨船倘予耗。一斗五升實。初議較軍船。已減三之一。一斗若不加。何以爲商恤。盍往見制府。面爲船商乞。旗丁隨船正兌耗米。每石一斗五升。始議章程。以海運爲期較速。折耗必無多。減去五升。每石給耗米一斗。是較軍船三分中損一也。

道光丙戌二月朔海運初發同潘吾亭宋小嵐兩觀察顏莘農陳芝楣兩太守許仲容王希伯兩大令赴吳淞口致告海神登礮臺作

陶澍

昔聞觀水必觀瀾。吉禱今來得大觀。萬舳寶沙通轉運。臺外有復寶沙。回環二十餘里。各船從此出洋。九重玉食念艱難。煙開島豁黃龍遠。潮滿神停白馬看。指點扶桑雲五色。日邊好路近長安。

經營焉敢避迂疏。天府由來重積儲。碣石舊程修禹貢。禹貢夾右碣石。爲海運之始。海濱新鹵闢河渠。元初張瑄朱清海運。由劉河口轉海門之廖角沙。沿嶼北上。其後殷明略開新道較近。由劉河至崇明之三沙放洋。明代王宗沐等由灌河口至鷹遊門轉運。膠萊沈廷揚由黃河口出洋趨成山。今俱沙壅難行。本年出吳淞口至十滧放洋。爲從來運糧未經之道。梯航遠道歸中極。溟澥多年奠左閭。香火乍收旗欲轉。不驚鈴語送吹噓。是日並祀風神。

兩載茨防諭旨宣。疏盈未許滯紅鮮。各省議折漕停運。奉旨不允。搬倉劉晏原中策。上年議請海河並運。照唐代轉運搬倉法。於清浦置倉。以備緩急。作楫商巖有大賢。海運之議。發於英煦齋協揆、曹儷笙相國、文秋潭太宰、王研農司馬、王省齋尙書。而蔣礪堂相國尤屢荷札商。路認登瀛多伴侶。吾亭諸公皆詞館舊雨。地非横海試樓船。同舟倍切同寅誼。郭李人曾望若仙。本年辦理海運。琦靜庵總攬全綱。穆鶴舫、陳心畬多所籌酌。賀藕耕及同事諸君力肩重任。俞陶泉、李葛峯兩司馬司局務。彈壓則提督王竹亭、總戎曹濟川、副將裘古愚也。申浦重來策騎從。望洋鎮日話從容。脂膏每惜東南竭。杼軸仍勞大小供。帝軫閭閻紓穗秸。以民力拮据。帶徵者遞緩。又被水後米質多雜。請嗣後紅秈並納。均蒙報可。海浮天地識朝宗。吾儕忝竊多民力。敬告羣僚矢協恭。

婁江馬頭行元海運泊舟於此。貢船蕃舶亦集焉。謂之六國馬頭。

蕭掄

婁江馬頭枕江水。潮落潮生長沙觜。舴艋瓜皮有徑通。樓船番舶無人艤。居人指點說元朝。轉餉雲帆此候潮。春風吹綠橋頭樹。曾繫千舟與萬艘。萬艘泊處江爲隘。海天如鏡雲如畫。長鯨吹浪不敢驕。賽罷天吳一帆掛。牙檣錦纜奏笙竽。萬戶威權佩虎符。英簜私函通六國。值金名紙重三吳。朱清事見邑志。烏言卉服來重譯。異物奇珍載盈舶。海人三尺立瑤階。蛟蜑兼斤登綺席。此時邑里盡豪雄。雅慕江南四姓風。畫閣紅亭江水上。珠歌翠舞妓樓中。風流歌舞賓朋盛。擘牋賭句誇遊勝。鐵厓詩老最知名。竹枝水調傳新詠。一自前朝此制停。繁華如夢有時醒。漸看烟火居民少。況復滄桑時代更。聞說漕河費疏鑿。放洋故道猶如昨。莫笑朱張無賴兒。一代輸將利原博。當今天子念倉儲。詔下羣公議轉輸。誰似伯顏持大計。免憂黃水決淮徐。馬頭父老分明記。當日星槎有十利。舳艫漫想覓封侯。明初朱壽封舳艫侯。一篇且上瓊山議。掄又有詠古詩明開會通河一首。論海運之便。見政術門。

錢法

江右紀風　無字錢

既鎚且翦。錢乃無字。任之不可。禁之益廣。

商盤

盜鑄者寡。盜銷者多。作重既不宜。作輕將奈何。鎚錢使之大。翦錢使之小。先鎚後翦之。積邊不爲少。千緡萬貫堆市中。制錢愈貴民愈窮。朝廷方下鼓鑄議。何不去采滇南銅。

鉛錢

汪仲鈖

網利人何巧。窮檐炭自吹。輕尤鵝眼甚。劣以鐵苗爲。市貨繁逾滯。官刑久尚滋。長沙有良策。敢告水衡司。

鑄錢行

謝啓昆

山出銅。祀太公。民盜鑄。錢神怒。權其子母得其平。法在銅重而鉛輕。小錢不禁自不行。市肆無擾民無爭。君不見錢唐有浦號錢淸。

擔炭行

褚廷璋

路入唯水關。巑岏通一綫。詰曲遇來人。背挑無非炭。斑白亦負戴。單衣纔至骭。任重杖乃興。浹髓皆流汗。滿面烟火色。十指黑如澱。問翁炭何爲。答言衣食衒。關內有黃廠。記里三舍半。山高多杼櫟。伐薪利用煅。其地鮮稻秔。斗粟百斤換。炭賣既易錢。錢復易米爨。以此老筋骨。餬口復顧眷。豈無高岸阬。屢蹟脛輒斷。豈無蛇虎傷。見則奉頭竄。隆冬雪霜天。努力尤不倦。豈不畏飢寒。但憂炭值賤。去年成都府。錢小不堪貫。私鑄塞其間。甚爲民不便。大吏閭當宁。行文各州縣。盡繳青蝦蟆。洪鑪重鼓煽。開局摩訶池。催炭急于箭。睢水炭所出。奉令孰敢謾。老少俱供役。牽挽走山棧。十日一往還。得鍰甫一串。燒木罄南山。尙不輸鎔鍊。公鑄私又攙。新錢舊復揀。今年府東南。民好又改變。只用辮子錢。一概斥爲贋。官禁抗不從。那復懼鼎鑊。漸至錢不行。貿易只米麪。以此代憂天。常抱杞人患。斑白何足惜。疲癃亦已慣。今年復來年。聊借炭爲彖。但使不擇錢。溝壑塡不怨。

銀錢行

李黼平

扶胥之南諸島環。識水驗風來欵關。獨檣銜尾帶三木。獨檣、三木。皆船名。象犀玳瑁堆邱山。淹留頗市中國物。厥錢䥯截形模圜。文爲王面巧雕飾。䀹眙黠首兼梟瞷。流行初許交廣地。懷挾漸出荆吳間。禹湯鑄幣救旱潦。周齊立法輸鄽闤。何來燒銀似安息。百貨準以論鈞鍰。重輕有常價無定。況雜鉛錫欺人寰。滇銅十萬罷開局。忍令厥柄操南蠻。竊聞去年咯嘔至。盈倉泉刀詔擲還。鮫人淚垂龍伯恐。不寶異物銷邪姦。玆邦近煩宵旰慮。看陳市舶天開顏。

銀肥賤海肌。見明史暹羅傳。今雲南呼海肥(音巴)。道光壬午。

夏之盛

銀肥賤。賤如土。每餅易錢六百五。久待力不能。賤售心彌苦。貿絲羅穀嗟無所。一解。

朝持十餅售三四。暮持十餅售一二。人心皇皇百貨滯。二解。

鎔銀官開鑪。羣肥如蚨趨。果然市價回越吳。但能除弊卽興利。人人爭羨官開鑪。三解。乙未。官鑄銀餅。鈐以縣名。

又

銀貶貴 道光丁酉以後

團團明月入手輕。蠻姬笑靨意態盈。淩躐銀母欺錢兄。一解。始自閩越及江浙。廛市東南徧攜挈。其銀品上中。權之錢有七。諸島私記字不一。二解。官昔煅之既弗能。以[illegible]午值賤故。官欲易之又弗行。乙未所鑄又不行。變本加厲值益贏。錢千五百例足陌。平準何日方持平。三解。

當十錢

高望曾

銅山不可采。泉源亦已竭。朝廷有事用孔亟。籌餉賑饑日益絀。變計乃以一當十。小錢重一錢。大錢四錢四。國家設法在利民。五銖特仿漢時制。大錢二。小錢八。並行原以杜奸猾。小錢四。大錢一。居貨轉以成交易。奸徒逐利隱窺伺。作僞紛紛靡底止。長官不察弊益熾。小錢日漸少。大錢塞闤市。民間暗耗不勝指。米珠薪桂悉由此。吁嗟乎。米珠薪桂悉由此。

鹽筴

百一詩 鹽筴篇

沈德潛

海濱斥鹵地。煎熬利經商。富國兼富民。天產逾蠶桑。不知始何人。重利輕更張。府海殊管仲。析利師弘羊。正課日漸增。四倍於尋常。羨餘三十萬。進獻同輸將。商竈俱受困。剜內難醫瘡。急公鬻家產。甚者罹桁楊。官征盡纖秒。私販走遠方。出沒山谷間。蔓沿江海旁。其始拒捕捉。其後爲探囊。我聞有元季。嘯聚於淮揚。士誠無賴徒。驅迫成陸梁。當今盛明世。國憲昭煌煌。莠民雖易薙。要須愼周防。內本而外末。理財有紀綱。勿用聚斂臣。恐令利源傷。鹽筴何足云。請陳大學章。

私鹽行

查嗣瑮

海濱斥鹵舊煮鹽。官鹽價貴私鹽廉。肩擔老稚有定額。私鹽例三十觔。老稚肩免。禁令特比他條嚴。何人妄籌救荒政。特示私恩寬厲禁。且教國課累商人。廣許販夫踰越境。初時三五潛結羣。後來千百譁成軍。肩摩踵接隘行路。船裝舶載迷通津。五日往還十倍利。百金立可千金致。不煩仁政出王朝。卻笑權奇皆末技。今日開某鎭。明日開某城。船頭堆石片。船尾標旗槍。一夫脫巾萬夫噪。白晝殺掠何縱橫。官軍出城復退舍。草間求活憐弓兵。人多勢橫火易熾。此輩初非有他志。君不見張九四。

悲竈戶

吳蔚光

竈戶竈戶家海邊。搬柴運滷官鹽煎。鹽色白。廒口積。鹽色青。秤頭停。鹽色黑且黃。捆配自少客入場。場中連歲多苦雨。雨多無柴更無滷。無柴尚可。無滷殺我。大信已過小信來。盼到天晴還弗果。一竈煎得鹽幾觔。一觔賣得錢幾文。糴米煮糜復難飽。況復柴荒兼滷少。柴荒滷少口似箝。場戶按戶催鹽煎。有時旺產走相賀。商家早斷付場課。

解州鹽池歌

謝啓昆

解梁之東鹽澤出。利賴烝民富居室。緜亙百里東西池。海眼通波伏地穴。賈瓦赤滷浸山根。謂是蚩尤版泉血。我行安邑窺禁門。但見顆顆纍珠屑。旺於春夏縮秋冬。鼓以融風蒸烈日。蓄水最忌巫咸侵。築堤每防姚暹決。撈丁歲役十萬夫。搨花廠堆千頃雪。分畦五百別溝塍。配錠三州計斤鎰。晉、秦、豫三省。自從虞舜彈薰琴。魚鹽之利並璆鐵。天官政令有職司。百事取供無匱竭。管仲謀國山海收。劉晏理財轉運設。河東鹺使始元明。盛世豸冠簪白筆。事簡乃命中丞兼。長蘆淮浙豈能匹。行商坐賈日脊疲。陸運水程皆肘掣。奉行都因俗吏玩。催科竟致正供缺。熟引未銷生引滯。私鹽轉伸官鹽屈。簽差戶戶避追呼。淡食家家愁折閱。猗頓俄生懸磬憂。牢盆愧乏點金術。帝曰法久則弊生。是宜改絃而易轍。敕宣大吏疏其源。課歸於丁賦無失。貿遷但要區封疆。呵禁不煩遣隸卒。官無苛政物力蘇。地不愛寶土膏溢。連年渠堰少乾澇。長垣委積豐比櫛。浮言塞外多越侵。豈識天家示體恤。況有修防屬監司。更嚴堵禦森法律。耆童負擔荷生全。筐篋簿書捐瑣悉。國之大利民共之。推行天下計非拙。帝德如天歌解阜。臣心似水矢清潔。河東大鹽池在解州、安邑之間。有東池、西池。均地立畦。分爲五百一十三號。課六錠者占一畦。十二錠者倍之。築禁垣周二千五百餘堵。東西中三門曰禁門。治畦者水面鹽花浮上謂之搨花。以其必擊搨而後成也。不用煎用撈。池北有姚暹渠爲保障。隋姚暹所濬。古永豐渠也。宋定行鹽地曰生引。已報掣曰熟引。文獻通考。崇寧元年。解州買瓦修治南北團池。沈氏筆談。北有巫咸河。此水入則鹽不結。築大堤以防之。口外產蒙古鹽。准由黃河運賣。或謂鹽歸地丁。則蒙古鹽無限制。不知未歸以前。口內食蒙鹽者甚多也。山西鹽法大壞。簽商則病商。加價則病民。惟課歸地丁。爲不易之良法。

捕私船　　阮文藻

巡邏緊。出梅嶺。巡邏寬。下萬安。萬安私鹽白如霰。來從興國論價賤。大男小女月幾升。生來稀見淮鹽面。昨日插羽來官符。緝私灘河護寶都。宋巡鹽兵名護寶都。市猾新充十餘輩。遙喝船住順風呼。眼生紫稜鬚蛸磔。舟人聞聲早攝魄。倒筐傾笥橫索錢。我亦當時慘爲客。誣指七斤綠箬包。鹽簽得無私滷淆。竟奉販徒好名色。佯嗔佯勸聲喧呶。忽然謝去入輕舸。敎趁南風早捩舵。老翁欹欹淚交垂。何時攫去黃金裹。皇恩減課恤竈丁。肩挑易米許貧民。無賴偏稱長布衫。長布衫、趕船虎。皆鹽場游手混號。張口如虎日昨人。此輩弓矢名捉私。莫敢誰何反護之。獨以客舟爲魚肉。博簺飲酒饒其貲。手中惜無鐵蒺藜。撾殺鼠子骨如虀。

板浦行

陳文述

天不愛道。地不愛寶。五風十雨太平春。相逢便覺人情好。君不見揚州自昔稱繁華。珠歌翠舞多豪家。一朝事去盡零落。炊煙斷續啼寒鴉。又不見蘇州往日稱佳麗。花天月地人如意。歡娛太過福難消。雨暘乖迕成饑歲。此地淮北之鹽場。北商習俗同南商。南商力竭北商困。商廝横比鹽梟強。五駁十扛皆弊竇。積鹽如山少人售。衣袽單薄竈丁寒。瓶罍空乏場商瘦。長沙開府才略兼。周覽山海哀窮檐。掃除積弊用良法。法去綱鹽行票鹽。招徠民販如趨市。口岸隨人更通利。十年積滯一朝通。枯魚窮鳥皆生矣。此法眞宜久遠行。豈知弊在利中生。商工壟斷官漁利。換羽移宮任立名。鹽廩包垣堆滿路。眞實票商無買處。挾貲枉自坐經年。人心嗟怨天心怒。杲日藏輝海不潮。箕風畢雨失均調。池鹽歉產垣鹽少。商窘官愁歎寂寥。煮海淮邦原利藪。況此池鹽利尤厚。浙鹽昨歲海潮淹。天心示警人知否。須識天心愛衆生。衆生受福要心平。人心但與天心合。風自吹墟日自晴。

私鹽歎

宋翔鳳

衡州定食淮南鹽。湖洄西上風水兼。商人道遠畏折閱。百餘年來轉運絕。地鄰郴桂粵鹽賤。官鹽不到私鹽遍。祝融峯南千萬家。貧民十九無生涯。肩擔背負獲倍利。歸來俯仰事皆備。商無所虧民有食。留此一孔爲餘地。銀少錢多商自累。大府擘畫心俱瘁。道是衡州引缺銷。督責捕私嚴吏議。文官金錢詎敢惜。弁卒蒙茸不能避。朝來捕得兩筐鹽。其後束縛一人至。詢之云是清泉民。昨遭大水家逾貧。曲措零星販鹽賣。三旬九食紓吟呻。喻以私鹽犯功令。念爾貧愚免考竟。階前號痛乃不止。無鹽無食同餓死。此時一身空手歸。全家總在溝渠裏。堂皇獨坐默無言。細思此事豈得已。明朝脩牘復上官。獲鹽無人過難諉。新令獲鹽不獲人者。文武官俱記大過。

官搜鹽　劉嗣綰

江船橫關截樓櫓。官來搜鹽擊官鼓。搜鹽但恐鹽不多。私鹽搜多官奈何。搜鹽奉官官橫絕。鹽快相看驚失色。昔年搜鹽鹽快驕。今年搜鹽鹽戶逃。道逢鹽戶勸勿苦。地不生鹽成樂土。

梟徒橫　屠倬

淮南百萬鹽。都向眞州掣。官引苦滯銷。那得梟徒滅。梟徒多如毛。淮鹽白于雪。梟徒橫莫當。百姓不敢說。請官說梟徒。梟徒橫何如。人言梟徒橫。官憫梟徒愚。君不見樸樹灣。紗帽洲。官兵緝私挨戶搜。又不見辰州蠻。巴杆老。梟徒性命賤如草。爾非生來作梟徒。利之所在人必趨。江邊有田爾肯種。縣官爲爾捐犂鋤。

官鹽行　吳慈鶴

官鹽如泥直四十。私鹽二十翻雪粒。官鹽在城不在村。村人買鹽還入城。私鹽遠近隨所至。夜半爲市常喧爭。錐刀之末愚者趨。買貴棄賤愚所愚。公家科條固嚴急。蚩氓性命輕錙銖。我謂不如弛其禁。貿遷往來置勿問。但使關津出榷緡。何須淮粤分商運。疇歟采風獻至尊。此事亦足蘇疲民。

青鹽歎

周凱

襄陽鹽分青與白。青鹽食一白食百。青鹽自淮來。白鹽自潞至。地旣殊遠近。價亦判賤貴。青鹽出官商。逆流挽運苦不易。白鹽出私販。肩挑背負殊便利。私販半是無業民。偷權什一救困貧。明知犯法干例禁。遂有截鹽之徒奪要津。雖未白晝敢横行。亦復烏合相鬬爭。細民無知狃小利。甘食白鹽不食青。官商日以弛。私販日以起。豈無長官事搜捕。厥罪未至殺乃止。我嘗讀史編。每爲長太息。劉晏掌牢盆。桓寬論鹽鐵。上裕府庫財。下濟閭閻食。就中有富民。轉輸得其力。我朝立法尤周詳。以之利民兼利商。轉輸天下無食淡。胡爲所異獨襄陽。吁嗟乎。利之所在民必趨。貪食便宜較錙銖。嚴禁豈能斷根株。何如改淮食潞兩便之。民食不缺課不虧。於時變通爲最宜。不然減價敵私亦可爲。

揚州歌寄王霞九侍御

湯儲璠

蒼鷹盤大野。百鳥聲啾啾。君坐烏臺上。聽我歌揚州。揚州能媚人。揚州能殺人。莫如鹽商巧。莫如鹽商狡。媚人醉顔酡。鮑家金卷荷。錦幃四十里。珊瑚七尺柯。峨峨大官府。紅旆當衢路。鹽能令公喜。亦能令公怒。公喜猶可過。公怒當奈何。前門進賄賂。後堂聽笙歌。歌聲猶未歇。炮臺飛霹靂。火促點弓兵。將軍夜擒賊。擒賊來何方。某水某山莊。但見負鹽人。哭聲震道傍。道旁私哽咽。我行堪歎息。口渴不得漿。腹飢不得食。有鹽全家笑。無鹽全家泣。八口望炊烟。一肩歸壓雪。惡溪流水嗚。如聞鉦鼓聲。深林燈火出。疑有鳥槍兵。槍聲忽轟起。紛紛赴江水。白骨已天涯。紅閨猶夢裏。同是江南民。貧富皆赤子。富兒以鹽生。貧兒以鹽死。死者恨茫茫。寃魂思故鄉。官兵不敢怨。只是恨鹽商。鹽商不賣私。私鹽無買處。賣私以功褒。買私以罪捕。鹽商爾何人。賊民今若此。誰知殺人刀。藏在媚人裏。君坐烏臺上。風采天下聞。可憐南鄉子。望歲還望君。我作揚州歌。思君心獨苦。嗚鳳在朝陽。北風煩寄語。

蕭掄詠古詩桓寬論鹽鐵一篇。見政術門。

官査鹽　陳偕燦

五日不食米。合室忍啼飢。十日不食鹽。長官要楚笞。長官列鼎需調劑。可憐無食鹽何需。鹽何需。長官怒。皁隸捉人聲似虎。前來伏地哭哀訴。鼠竄歸家典破袴。破袴雖典錢無餘。買鹽銷票馳如飛。嗚鑼喝道長官歸。

拏鹽梟 新樂府　銘岳

高樹嶺。何岧嶢。深巖幽洞潛魑魈。中有羊腸甚危險。往往出沒通鹽梟。千轉萬轉苦足滑。十觔百觔爭肩挑。手扶荊棘血淋漓。目眩厓壁心驚搖。年年偷販怯如鼠。卡將巡邏猛如虎。大夥不成擒。官畏梟拒捕。小夥不放行。梟畏官用武。可憐長跪將軍前。欲愬先泣中心苦。小人一家仗鹽生。小人一身伍鹽賈。昨朝買鹽光澤東。今行百里趨嶺中。嶺中路僻居人少。芒鞋踏破飢腸空。此鹽餘利百錢耳。

上養爺娘下妻子。將軍拏鹽民敢爭。但惜此鹽關生死。鹽梟舌敝官耳聾。一夫奮怒千夫雄。梟本亡命那惜死。手抽鹽杖輪如風。將軍霹靂聲行空。盤馬射梟開寶弓。一梟射到無梟敵。白鹽滿地拋沙礫。將軍貪功軍氣驕。兵士縛梟如縛苗。歸來送縣自招覆。上堂招覆下堂哭。一角丹書羽檄飛。十梟五梟駢首戮。吁嗟乎。高樹嶺。嶺樹高。時聞嶺下揮霜刀。時聞樹中鬼夜號。

鹽貴謠道光癸巳　　夏之盛

東南樂郊數浙地。比者炊珠復薪桂。海王之國無美利。日用所需亦極貴。一解。

秋冬雨緜緜。多在月下弦。小汛不足官盆煎。遑冀獵滷贍一年。市得觔鹽直百錢。二解。

髟髟草屋風雨淒。縱橫萬竈空東西。滷既罄。攙以泥。其味苦。其色黧。三解。

昔苦私販多。今幷官販無。販多窮民尚有賴。販無大賈亦就枯。羣梟本游手。散走歸萑苻四解。

物力窮。民生蹙。米價增昂。鹺稅不足。窮黎無食那論味。風雪城隅待賑粥。五解。

鹽罷煎後紀災詩　　曹德馨

臘滷給三月。伏滷給半年。日炙北風結。鹻氣蒸海壖。入夏苦恆雨。每在月下弦。小汛不足官盆煎。鹽觔嚮直十許錢。今者百觔價十千。匪惟價昂無購處。霜雪漫天日熬素。

鹺言二十首　　謝元淮

夏書貢鹽絺。管子正禺筴。王海致富強。權輿創霸術。漢置大農丞。牢盆祖鹽鐵。後世供邊儲。度支此由出。利權操自上。豪右息漁奪。均輸榷漸增。禁令網稍密。輕重得其宜。遠近算無失。千古會計才。劉晏實英傑。在宋端拱年。輸粟聽轉達。是爲召商始。私販因竊發。有元行引鈔。鐍遁傳脫脫。元史脫脫傳。罷綱運。聽客商赴運司買引。就場支鹽。許於行鹽地方發賣。明初立開中。通鑑綱目。洪武三年立開中鹽法。明史食貨志。召商輸糧與之鹽。曰開中。商屯餉戍卒。綱目。明初於各邊開中。募民墾種。築臺堡自相保聚。邊儲以充。缺馬中馬鹽。明食貨志。正統三年。寧夏邊軍缺馬。請召商納馬。上馬一匹與鹽一百引。次馬八十引。麒麟聚萬匹。厥後流弊深。民困稅亦絀。富哉天地藏。豈能盡搜括。

聖清隆百王。薄征恤商賈。法制有因革。課程皆可數。鹾綱首兩淮。藏富爲外府。當其初盛時。豈曰無小補。提行或偶聞。兩淮鹽引遇本綱暢銷。預提下綱引目接濟。名曰提行。乾隆戊子綱。曾奏請提行己丑綱。報効亦間睹。紈綺耀輿儓。驕奢習豪舉。游塵白日昏。至今邗江滸。

淮鹾地最廣。豫皖連楚西。舳艫泊漢口。白雪和沙泥。水商雜遝至。轉運踰山溪。楚人苦食貴。鹾賈猶居奇。漢口鹽價。於定價外以平色爲增減。每百金加一點。則獲利甚厚。鹽貴時加至五十餘點。今日扳包價。偶遇價平。總商稟請委員赴漢口。畫一增昂。名曰扳價。明日整輪規。漢口挨輪售賣曰整輪。弊在居奇增價。積壓後鹽。不拘輪賣曰散輪。主於跌價速售。不利巨賈。則請委員禁止小商私賣。估高鹽復惡。私販始乘之。浮冒不自反。乃欲嚴緝私。外私縱可緝。何能塡漏巵。

朝廷定令甲。一皆本人情。鹽律法獨重。霸術難持平。粟菽與布帛。百物咸通行。惟鹽限疆界。祗許商經營。他人不敢賣。賣者得惡名。嗟彼私梟子。豈非蚩蚩氓。貪利瞞賦稅。觸法應戕生。咄爾大腹兒。公私宜分明。奈何恣夾帶。百弊求奇贏。楚岸捆子包例重八斤四兩。加每引滷耗十六斤。攤入三百六十四斤內。每包六兩。又有買砠六兩。帶拐二兩。西林砠另添二兩。已重九斤餘。是爲包內之私。此外尚有禮鹽、帽子鹽、多捆子等弊。從前滷耗之加。惟五六兩月准行。後因姦商弊混。詭稱三時之鹽。多捆在夏月。朦混多帶。而院司駁飭。需費亦重。道光十年。奏准常年帶耗。每年省費十餘萬。窮鱗挂密網。漏此吞舟鯨。

夾帶利雖厚。猶難滿欲壑。巨蠹侵庫藏。厥謀乃更惡。巧借務本堂。附庫司鎖鑰。務本堂爲淮商辦公之所。出入費用聚於此。有堂商司其事。後忽附堂於庫。改堂商爲庫商。而官帑遂隱。歸商握矣。遂使度支金。纍纍歸私橐。預納給印本。抵對已駭愕。庫貯無項給。商用空印手本。不載引數花名。聽於請運時酌量銀數抵用。初名趕納。嗣易名預納。後更創爲減納。謂但納正項。其餘款一概從減。又以錢糧額數不便言減。變名爲緩納。謂閒款可從緩也。手本盛行。弊竇百出。後又有所謂溢納。因預納、減納紛耘之際。課款未定。其數虛積。遂謂之溢貼、色貼、平貼息。恣其剋扣。所給印本。概准抵對錢糧。迨本綱不運。又抵換下綱。手本抵對一次。則一化爲二。抵對十次。則一化爲十。懸墊資辦公。虛名竟無著。總商侵庫。輒以借領辦公爲名。詰所辦何公。則云商捐商用。向不報銷也。運庫空如洗。清查多僞託。所開應酬、公務、辛工、賙恤各款。均屬混冒。中立豈無人。春蠶反自縛。

兩淮引稅額。歲納百萬強。淮南北共行綱食鹽一百六十八萬五千四百九十二引。計正課銀二百十九萬七千二百七十二兩零。又加雜項雜費百餘萬合三百餘萬兩。虧帑七千萬。毋乃太不良。核計二十載。一錢未輸將。道光十年淸查兩淮庫款。虧七千餘萬兩。以每年三百萬計之。是國家二十餘年未收兩淮一錢。而說者藉口報効。謬也。公家置不問。裘馬仍揚揚。嗟此公家賦。絲毫皆有常。小民偶逋欠。鞭扑賣兒償。官吏或挪借。劾治依曲章。獨蒙寬大恩。此輩焉足當。所以林下客。去官多爲商。

淮北阻大河。頗與淮南異。磚池汲鹹潮。鹽鹽出之曬。運道苦艱難。引地復破碎。淮北鹽河。全資運河雙金牐啓放。方能浮送。由板浦關至永豐壩。舁入包垣。車運至周家莊。渡黃而南。又車運至老壩。上套河船。剝至三壩。易短槓入長河船。入淮所擺馬掣驗。再入所前垣加油包。北鹽舊以兩引併一引。後節省工費。改爲三引併一引。所掣額重一千九十二斤。舁至涺河口。上小剝船。至烏沙河。蓋已三易船矣。另裝南河大船。運至清江浦。由三牐三壩過洪澤湖。進臨清口。分赴皖豫各口岸銷售。其桃宿邳睢食鹽。由永豐壩掣驗。不赴淮所。其上河口岸。由武家墩過壩。入南河大船過湖。不由清江浦。其廬鳳及滁來等州縣。從揚州出瓜州入江。謂之江運。不過洪湖。各從地道之便。以省運費。牐水啓漕河。捆運趁秋季。淮北一綱之鹽。俟秋月啓牐後全運抵所。謂之秋單。迢遙隔湖波。輾轉勞剝致。由揚達所。經五剝十槓。浮費日以增。商力日以憊。竈產商不收。丁飢私愈熾。課食兩虛懸。日夜望調劑。調劑非辦運。瓜分還濟私。借款調劑。先與南商關說。按成瓜分。代納原謬語。淮北課則名爲淮南代納。實皆懸欠不繳。借馬歸無時。北商辦運。向借底馬錢糧。還者絕少。一架七百包。北鹽以三百五十大包爲一架。商人減規費。每架捆六百九十九包。因滿七百則成兩架。故缺一云。輕重何能知。北鹽三引併一引。包身重大。難於掣秤。夾帶最多。待此濟淡食。豈復吹其疵。北商銷之。惟一二家勉力辦運。不能深詰。招徠竟莫應。僉運羣推辭。有若病膏肓。和緩藥難施。又如値陷阱。趨避惟恐遲。坐困無一策。異議紛多歧。窮絕奇境豁。特育濟艱才。矯矯長沙公。實能衆善該。昔年轉海漕。雲帆越蓬萊。水利浚淞泖。運道江淮。叢脞衆束手。經畫獨恢恢。總制筦禺筴。陶雲汀宮保於道光十年九月授兩江總督。十一年春裁鹽政。始以六省鹺務隸總督。天衣妙翦裁。黃鵠翔寥泬。千里一徘徊。燕雀無遠識。羣聚翻驚猜。

道光十載冬。星使向揚州。兩淮疲敝。命戶部尚書王鼎、侍郞寶興來江。會同總督查辦。芟夷翦荆棘。澄淸截衆流。
綱紀再整飭。朝野抒謨謀。或言歸場竈。就場稅可抽。或言攤地丁。河東法可求。或言仍舊制。桑榆
效可收。其言皆甚辯。時勢宜熟籌。定議輕成本。岸費删虛浮。又議減賣價。散輪無滯留。根窩罷
不用。淮綱向有根窩。無窩不能行鹽。故凡立總辦運。先買根窩。如田之有契。行之有帖。有窩之商。按引納硃紙銀。報解戶部。爲
刷印引目。紙張硃紅之費。投收支房。核對花名引數。撲戳手本。塡寫硃單。無窩者。買單辦運。統一綱花名引數造册。謂之滚總。每
引窩價自八九錢至一兩五六錢不等。新章減爲一錢二分。水脚給從優。江船水脚。湖廣每引一兩一錢。江西一兩六錢零。中路
食鹽四錢至二錢不等。船戶具領。自商家帳房門价至儀徵下河客及埠頭帶攬等人。皆有使費。竟有不敷使用者。船戶惟以夾帶私
鹽獲利。今皆照例實給。憑社磔黠鼠。摵樹驅蚍蜉。百年煮海弊。沈疴庶有瘳。
寬猛濟威惠。治術寓經常。琴瑟音不調。徽絃須改張。淮北斥敝久。凍餒驅跳梁。節費毁二壩。北商以
五剝十槓爲苦。宮保乞毁套河三壩。又捆武家墩十字河壩。以省剝槓。而商捆仍屬寥寥。請運仍觀望。疲茶知難振。決策
當從長。淮南於淸釐後。稍有轉機。惟淮北終無所濟。於是決計改行票鹽。在昔魏甄琛。其言簡且明。溥兹山澤利。
惠我天地民。前明於兩浙。僻遠設山商。明史食貨志。嘉靖中。令山商每百斤納稅銀八分。給之票。使行於僻邑官商不
到之處。國朝兼票引。行之亦有疆。兩江山東均有票引兼行法。江湖分暢滯。斟酌留食綱。淮北綱鹽。共行安徽、河
南四十一州縣。今除江運八州縣。暨湖運暢岸十一州縣。滯岸天長一縣。仍令商辦外。其安徽之鳳陽、懷遠、鳳臺、靈璧、阜陽、潁上、
亳州、太和、蒙城、英山、泗州、盱眙、五河。河南之汝陽、正陽、上蔡、新蔡、西平、遂平、確山、息縣。又食鹽口岸。江蘇之山陽、淸河、
桃源、邳州、睢寗、宿遷、贛榆、沭陽。又例不銷。引之海州、安東共滯岸三十一州縣。一律變通。改行票鹽。飛章奏天子。措置

何精詳。道光十二年五月具奏。由運司刷印三聯票。一爲票根。申送運司。一爲存查。留存分司。一爲照票。以給民販。填注姓名、籍貫、引數、銷地。聽販請票運售。每引淨鹽四百斤。每包一百斤。每引四包。鹽價六錢四分。稅銀七錢二分。經費五錢二分。計一兩八錢八分。其後推廣暢岸。錢糧復額。每引一兩五分一釐。經費減爲四錢。鹽價減爲六錢。通共二兩五分一釐。捆工包索。民販自備。三場列五局。於板浦場之西臨疃、太平埝。中正場之花朶垣。臨興場之臨浦垣、富安疃。共設五局。委員駐扎稽查捆掣。富安口後併於臨浦局。三卡布三方。又於海州之大伊山、房山、吳家集設立三卡。委員駐卡。抽査以杜透漏。民販運鹽。出場過卡。查驗包數斤重相符。蓋戳放行。其餘關隘。毋庸再查。以免擾累。房山卡後移薔薇河。水陸互稽考。民販連舟航。課稅大盈溢。七月開局。至歲終行二十五萬餘引。丁竈歌豐穰。頓令斥鹵斥。化爲康衢康。峨峨雲臺山。實惟古鬱州。鹽田繞其下。昔在海中流。飛徙自南岳。神仙居上頭。靈境依賢哲。懷古心悠悠。壬辰四月夏。朐海鳴八騶。躬歷池井畔。竈隱勤咨諏。相度得成算。縱覽陟丹邱。宮保到海州閱兵。登雲臺山覽名勝。扶桑騰赤日。海水兼天浮。既登金牛頂。遙望船石溝。淸風自東來。麥隴青油油。此行關大計。宮保周覽疃竈。票鹽之議始定。非徒紀勝遊。世俗習故常。因循喜安宴。忽聞有更張。嘵嘵相搆煽。蜚語遠播傳。或虞激事變。阻撓既多端。恫喝亦數見。堅定賴良臣。勇決資邦彥。鄒公眉觀察錫淳奏調督辦。勱勵多俊才。委員龔州判照琪身先倡導。劉貳尹琨、孫參軍玉樹、劉鹺尹曙、張鹺尹梓林、馮參軍鼎祚、程鹺尹松分理局務。陳知事慶恒、姚參軍德恒、蔡知事俊分管三卡。王大令澄、孫少府豐分任巡緝。劉少府晉幫辦。青口場官莫熑、王汝錕、海州刺史伍家榕、王用賓、分司侯鑄、童濂先後經理。賢勞均著。指揮各盡善。創行事竟成。商民胥稱便。曩爲謠詠者。罔利還壟斷。嗟此悠悠徒。何足知利鈍。獨訝當世賢。

初亦持異論。

鹺始古爲難。守成今非易。惟茲票鹽法。行之有十利。其一國課盈。輻輳額增倍。其二民食充。老弱知肉味。其三莠化良。百斤許販賣。新章買鹽以十引爲一票。惟食鹽一引起票。海州、贛榆百斤起票。以便民食。免於鬬與刑。保全歲萬計。大小私梟。皆爲票販。既免官刑。亦絕私鬬。疃丁鹽有售。得錢時買醉。兒女衣食豐。此爲利之四。其五傭趁多。游民力自食。淮海竟宴然。窮黎藉賙濟。其六貨流通。貴賤不壅滯。推廣新章。如票塡州縣鹽壅銷滯。准就地呈明轉運他岸融賣。但不得越出票鹽四十二州縣之界。其七布大公。衆利無內外。其八免督銷。無復憂吏議。票鹽既行。各州縣督銷處分咸豁免。其九苞苴稀。官商少挾制。從來治亂間。草澤盜名字。剽奪起鹽徒。黃張略可記。票法今通行。永絕私梟害。是謂利十全。其利在萬世。東風雨初收。溼煙散林杪。路逢兩三人。語音殊了了。自言皆竈丁。其一爲野老。今春陰雨多。池鹽未得掃。前日場商來。送錢催鹽早。但有三日晴。交垣豈能少。往歲無人收。池坍茆屋倒。十家九逃亡。凍餓形枯槁。自從票鹽興。竈戶人人飽。誓不再賣私。官收無煩擾。回頭呼老翁。幸遇總督好。立法美且詳。造福眞不小。翁家住東村。相近高公島。大兒操漁船。小兒販蒲草。士秋洪水災。一片黍豆漂。賴此票鹽功。裝載場河繞。票鹽二十餘萬引。計舟運水脚十餘萬緡。蒲包價更昂。蒲包向値十餘錢者。驟增數倍。賣蒲買香稻。斗米千餘錢。積資十口保。海州歲歉。斗米千八九百文。而境內安恬者。賴票鹽之利。票商若雲屯。去來如飛鳥。銀錢布無數。傭僱到跛眇。吾州百萬民。籍活免流殍。其餘語甚繁。感悅爭頌禱。滯岸三十一。一一皆暢行。暢岸轉成滯。商運何零星。影射潛侵灌。滯去暢留。商猶不運。惟藉運票鹽。暗行浸灌。推廣息其爭。暘滯州縣。壤地相錯。票販經行暢境。官商輒執之以爲越界。多訟案。宮保燭其奸。復奏將暢岸十一州縣。一律推廣行票。商民歡慶。爭端始息。四十二州縣。本皆商所營。前行滯岸三十一州縣。今推廣安徽之定遠、壽州、霍邱、六安、霍山。河南之信陽、羅山、光州、光山、固始、商城等十一暢岸。共四十二州縣。淮北惟留江運八岸及天長一縣未改。因其運不力。票法爰改更。自應隨衆販。豈得強兼并。認課及認引。邪說未可聽。猾駔見票鹽利厚。妄覬壟斷。乃創認課認引之說。希圖朦混盤踞。官督尙無益。前經委員督商捆運。發給庫本。並令官運接濟。皆無成效。此輩復何能。奉行期永久。惟在守章程。奉行或不能盡善。難免流弊。惟當守定章程。隨時補救。

臨興有三疃。僻在海一隅。臨興場之唐生、興莊、柘汪三疃。遠隔青口。不相連續。相距百餘里。頗與內地殊。東連郯莒界。沿海屬贛楡。運道轉小海。官商每踟躕。三疃運鹽。須沿海舟運至臨浦。方入場河。厥地盡舄鹵。掃鹽雪不如。鹽多商不買。私販乃爭趨。食店三百引。代納名竟虛。贛榆設食鹽店一所。歲銷三百引。所借底馬。從未繳納。淮南代完雜款。亦屬空談。醃切通罗𦊅。秋蟹兼春魚。青口爲醃切口岸。春秋魚蟹二汛。銷鹽千餘引。憶昨來朐浦。草創立規模。翩然請自試。余以三疃透私甚多。恐礙大局。乃請親往查勘情形。定議設局收稅。令民販請票。自赴竈戶買鹽。一葦尋方壺。其夕泊青口。茫茫淩蒼梧。明日歷疃竈。徧詣煎丁廬。開誠布忠信。苦累爲蠲除。民竈大歡喜。踴躍樂征輸。經營事瑣屑。三疃情形各異。卽醃切名目甚多。有春魚船、盂河船、復水船、蟹船、北洋、南洋、下開、罗船、鉤船、網船、鯛子、旱罗、海蜇、幫豬、籃包、自醃、醬園、歇家等名目。請票自十五引至一百斤不等。土風悍且愚。網羅致豪猾。搜浦淸萑苻。三疃次第服。反側皆安居。唐生疃在青口南十里。興莊疃在青口北二十里。柘汪疃在青口西北七十里。皆巨梟出沒之區。先於青口設總局。旋於興莊、柘汪各設分局收稅。遂同內五局。一例渡江河。初議祗收食鹽醃切之稅。後見內河可通。遂招徠行票。舊增三十倍。上年行銷萬引。三十倍於原額。今二百倍餘。本年引逾六萬。且二百倍於舊矣。言利亦不易。致富豈無書。

泗上亂峯多。洪湖藏奸宄。連檣大艑來。探丸衝波起。咫尺成畏途。待渡舟爭艤。下令搜逋逃。湖山重湔洗。渠魁法必誅。洪澤湖爲票鹽必經之地。匪徒潛聚。搶奪頻聞。遴派文武員弁。捕獲巨梟。誅之。湖路肅清。脅從改則已。淮泗瀦巨浸。周遭數百里。分防勢多歧。專制乃足恃。移駐一軍來。控御資料理。宮保奏請將錢家集都司改爲內河水師。移駐老子山。專緝湖盜。桴鼓不復驚。鴨艄洪湖小船名競銜尾。

利弊每相因。市井尤叵測。小疵不足糾。大害須早革。近聞場局間。居奇頗抑勒。名爲廣暢岸。實併滯亦塞。挾貲遠方來。買鹽竟難得。垣廩堆如山。皆云有主客。試問客何名。詭姓示空册。求買故羈延。傲睨肆挑剔。意使諸民販。虧折無餘息。裹足不復前。把持乃獨益。減費成本輕。運道又改闢。票法借轉關。盤踞泯無迹。場局氣若通。官且爲所惑。自捆復自收。浮帶誰能覈。是宜掃陰霾。震蕩飛霹靂。庶幾寬大政。普被無阻隔。

大臣任封疆。公忠報至尊。小吏感知遇。奔走効劬勤。我生幸遭際。識拔蒙陶甄。所行多創舉。所値多糾紛。淮南隨星使。亭場初歷巡。道光十年十一月。奉委隨星使福智。查勘淮南通分司所屬場竈。繼往眞州渡。江船尤不馴。十一年三月。委赴儀徵編查江船實給水脚等事。淮北先一到。再來益恂恂。是年委查淮北情形。十二年又奉調往勸辦票鹽。三月赴板浦。議論猶紛紛。七月來祝其。開闢披荆榛。巡洋登秦山。遠出鶯遊門。閏九月出洋巡哨。登秦山。遂至鶯遊山察看海道。柘汪近荻水。海口名。阿夜山名晝常昏。約束遵號令。扞蔽爲籬藩。柘汪三面俱接東境。爲唐生、興莊三疃藩籬。輸納旣有則。民情亦欣欣。青口不設局商。不用場商。鹽價徑給竈戶。無把持中飽之弊。又創歸團挂號、自稽曬掃之法。令民販赴局挂號。親往所派團池。協同團長局差稽查竈戶曬掃。鹽歸公團。每人一號。每號一百引。十號爲一起。齊心合力。分團稽查。俟團鹽足數。合計均分給票。捆運鹽價六錢。由局對衆給竈。不准剋扣。亦不准民販私自給竈。以杜暗中添價。竈戶透私。民販公稟究辦。民販一日不到。此日之鹽。不准攤分。三日不到。卽將其號塗銷另補。人自爲力。場竈兩清。擡價、搶收、透私、把持諸弊悉除。獎敘切圖報。豈復憂艱辛。念此票鹽法。思欲垂千春。推之廣四海。一隅何足云。作詩備掌故。後世有遵循。

清詩鐸卷四

關征

湖口行

胡會恩

青青石鐘山。凜凜湖口關。潯陽匯彭蠡。九派奔潺湲。東南估客度江津。湖口新關愁殺人。烏篷艇子大於葉。朝去昏還兩算緡。江邊怪石如刀戟。衝濤觸船船寸拆。誰能冒險瞬息停。一任當關恣抑勒。正稅還兼雜稅供。雜稅何曾入大農。一自新關移使者。棹歌聲斷月明中。

七關吏

王式丹

客子治行裝。行行結徒旅。人言舟行好。陸行費資斧。五月南風輕。鵶軋鳴雙櫓。挂帆泝清淮。遥指公路浦。大索聯艨艟。當關吏如虎。客子笑謂吏。我行非商賈。吏嗔汝勿言。稅重豈獨汝。纖毫報朝廷。什佰私徵估。三關合一關。名減實倍取。出門已復然。前途更修阻。沿緣到宿遷。岸上呼何怒。但催納稅錢。不審隸何部。上閘復下閘。迢遞歷齊魯。赫赫清源關。乃在汶之滸。督榷既有官。濟甯更開府。一里輸兩稅。名項繁絲縷。所幸蒙豁免。破書及敝楮。關吏恣饕餮。孤篷困風雨。離關向北來。如魚脫網罟。衡漳達天津。苦遭三日拒。横索不敢辭。如何在畿輔。天子方聖仁。萬方荷噢咻。恩綸數錫租。温若母與□。額稅曾幾何。中飽難指數。維茲一葉舟。輸金十有五。況復千萬艘。聚斂歸何許。安得萬言書。叩頭告黼宁。

蕪湖關

查慎行

昨日出龍江。今晨抵蕪湖。順風滿帆幅。過關快須臾。關吏責報稅。截江大聲呼。舟子不敢前。捩舵轉轆轤。余笑謂關吏。奇貨我則無。浩吟三寸管。壓浪百卷書。船頭兩巾箱。船尾一酒壺。此外更何物。隨身長鬚奴。吏前不我信。倒篋傾筐筥。棄捐無一可。相顧仍睢盱。買酒例索錢。迴身若責逋。有貨官盡征。無貨吏橫誅。有無兩不免。何以慰長途。

關吏行

祝德麟

閘板初開水勢鼓。隨波艫舳紛翔舞。一船橫截河當中。忽見千船住篙櫓。云是臨清關口阻。卒如鬼。吏如虎。有客扣關關者怒。未幾兩翼啓中流。先放達官兼大賈。其餘各各排檣守。要檢筐箱搜釜缶。亦不索錢刀。亦不需脯酒。清晨停壓到曛黃。不怕錢刀不入手。東船嗟怨西船愁。我舟瑟縮同淹留。廿年冷宦歸休物。只有書箱載兩頭。

當關吏

王承祖

當關吏。氣揚揚。方舟橫波鐵鎖長。千艘蟻集不許過。盡俟閒暇來看艙。艙中問何有。倒篋復傾囊。寸長尺短不足錄。瞋目斜睨或恐有所藏。我行無長物。亂帙蠹走箱。皤然一笑獨舍去。磨丹漬墨不暇詳。旁有大賈舟。水痕千斛強。蒐羅瑣細應計日。珍祕得不爲所攘。神姦鬼黠難意料。但聞唧唧軟語行商量。須臾指揮高岸立。舟迴鎖落聲瑯璫。船頭打鼓燒利市。檣欹柁側幅幅風帆張。

內使行　景江錦

昂昂櫪馬脫轡銜。內使奉命來監關。內使來。津吏怕。學得主威恣叫罵。朝陳雜戲暮歌筵。水衡濫捲黃河瀉。插天洋舶高峨峨。民間估船銜尾過。夜檣列柵待完稅。輸官敢道徵求苛。探囊胠篋力掀簸。蓬窗周遭捉私貨。私貨見。篙工嚌。滿船縛急如連雞。搒笞敲扑莫逃罪。罰鍰横索千朱提。死生由渠一轉轂。得免官刑已蒙福。賣兒貼婦錢未足。內使揮金技船宿。

過關行　范來宗

三日過一關。一關度一厄。喧聲饞如虎。毛髮灑過客。無物尼不行。有物罰不釋。看艙既有例。打印亦有額。揚揚坐奸胥。逐逐走賤役。行李剩殘書。從晨守到夕。

過關行　趙懷玉

三日過兩關。一關一鎖鑰。歸人思奮飛。風利轉停泊。長年畏津吏。攜貨私納錢。羈客請放行。豪奴日高猶倦眠。關前挂帆日暮候。關上開筵酒肉臭。吁嗟乎。司農歲入十之一。餘者盡歸若曹室。利之所在弊卽因。但有治法無治人。天下患豈惟關津。

水關行　程尚濂

長綃帶角風翩翩。榜人眠檣坐叩關。鐵紐浮舟二十四。鼉梁横跨相鉤連。輕舠大艦集如蝟。魚貫不許爭喧闐。銳頭小胥躡絲履。三三五五同愁轅。吞舟之魚或漏網。搜刮乃在秋毫顛。一肩行李苦羞澀。顚擲受侮如野干。野干。獸名。無目。爲諸童子擿擲。受諸毒苦。見法華經。我聞爲關以禦暴。異言異服勤譏彈。居奇大駔裁以稅。豈令稗販輸緡錢。采風使者日旁午。阿誰獻此芻蕘篇。

蘆溝橋行　舒位

蘆溝橋。來去路。舉子忙。關吏怒。青袍中央坐粗官。兩廊吏役圍春寒。公車歷碌止橋側。一一呈取文書看。彼官肉食不識字。以目上下僞作觀。衣裳在笥書在腹。公雖無稅私有然。爲言客囊久羞澀。恰有二百青銅錢。供君一飽如律令。君其努力頻加餐。試禮部者譏而不征。其索錢以飯食爲名。粗官睨錢如未足。買菜拾矢再三瀆。增之一分笑口開。車聲隱隱過橋來。

杭州關紀事　又

杭州關吏如乞兒。昔聞斯語今見之。果然我船來泊時。開箱倒篋靡不爲。與吏言。呼吏坐。所欲吾肯從。幸勿太瑣瑣。吏言君果然。青銅白銀無不可。又言君不然。青山白水應笑我。我轉向吏言。百貨我無一。卽有八斗才。量之不能盈一石。但有萬斛愁。賣之未嘗逢一客。其餘零星諸服物。例所不征君其勿。卻有一串飛青蚨。贈君小飲黃公壚。吏睨視錢搖手呼。手招樓上之豪奴。奴年約有三十餘。庸惡陋劣鬑有鬚。不作南語作北語。所語與吏無差殊。我且語奴休怒瞋。我非胡椒八百元宰相。亦非牛皮十二鄭商人。又非販茶去浮梁。更非大賈來瞿塘。問我來何國。身但作賓客。問我何所有。笛一枝。劍一口。帖十三行詩萬首。爾之仇敵我之友。我聞榷酒稅。不聞搜詩囊。又聞報船料。不聞開客箱。請將班超所投筆。寫具陸賈歸時裝。看爾意氣頗自豪。九牛何惜亡一毛。爾家主人官不小。

豈肯悉索容汝曹。況今尺一除礦稅。捐棄黃標復紫標。監察御史開口椒。爾何青天白日鹿覆蕉。奴聞我言慘不驕。吏取我錢纏在腰。斯時吏去奴欲去。檳榔滿口聲嘈嘈。彼嘈嘈。我欸乃。見奴見吏如見鬼。

坐大樓　王蘇

巍巍復巍巍。大樓臨水湄。黠奴樓上坐。帆檣不敢過。奴子一揮手。磤聲響高阜。廝輿命開關。大艑珂峨走。貪賈私謁來。奴子笑口開。稅一漏八九。盜取府庫財。月成復歲會。主人缺常稅。稅缺主罷官。官錢不能完。主死貲產絕。奴飽返鄉邑。經過舊坐樓。依然翼中流。白皙美年少。箕踞坐上頭。

北新吏　美阮芸臺中丞也　樂鈞

中丞撫浙。兼主關榷。政令寬簡。商旅不擾。而北新關稅額贏足。身所經見。證以輿論。乃作此詩。

昔過北新關。關吏猛如虎。嗔喝啓箱囊。見金即奪取。今過北新關。但問來何許。見我案頭書。知我非商賈。關開船即行。不煩詞說苦。三年度此關。吏胥不訶侮。試問來往人。皆言關易過。問吏何能爾。使者無煩苛。賦稅自充裕。豈在多網羅。水清沙自潔。官賢弊自絕。飛櫂出錢唐。桐廬看山月。

關門謠　方于轂

綠頭籤。一籤三百青銅錢。硃紅票。大票小票皆要鈔。朝守關門。暮守關門。關門大開。洞若無人。守關猶自可。丈量急殺我。我船不過三丈長。長短惟憑關卒量。量船三丈。常報四五丈。船戶不敢擡頭望。可憐水脚活命錢。錢來都向關門塡。如此司關敢壟斷。積錢高應堆天半。如何還虧尚方之錢過百萬。

坐關謠　劉珊

紫羅裁袍雙袖窄。足底蠻鞾不滿尺。酒氣咆哮聲似雷。樓上咤叱走胥役。一木阻同萬里城。虎豹當關肆毒螫。翻筐倒篋任搊搯。商額取什汝取百。或無奇貨供羨餘。薏苡明珠竟莫白。魚燭夜燃紫焰昏。市倡呼按紅牙拍。錦帳朝酣夢不醒。江頭自泣秋風客。可憐鷹犬獵狐兔。主人高臥門羅戟。事敗坐法罪安歸。此輩飽颺去無迹。

杭關吏　陳春曉

杭關吏。踞守關南北。南北設兩關。榷使有專職。兩關之設爲通商。往來行人何戚戚。過關莫如杭關難。道路有言齊歎息。國家稅入能幾何。薄斂於民賦有式。富商巨賈法必征。捆載而來津渡塞。挐藏所關聽自輸。百僅科一聖恩溢。其餘僕僕山程負擔勞。熙熙水驛輕航集。謳歌一任出於塗。科條寬大明刊勒。杭關何不然。搜剔衆口傳。皇仁無遠邇。榷使皆循賢。其奈當關僕從積習侮。酒肉沈酣罔知商旅苦。胥吏羣狐假虎威。紛紛鬼蜮恣攫取。高睨扁舟一葉來。大聲疾呼亟停艫。一胥奮上船。衆胥爪牙舞。攘臂入艙中。大索横搜擄。纖悉零星一網收。罰以偷漏客煩憂。積少成多十倍求。天涯逆旅苦垂頭。

北新關　馮詢

北新關吏大於虎。咆哮生風爪牙舞。北新關吏小於蟻。腥羶未附心先喜。朝廷宫錦重七襄。幣帛之賦徵蘇杭。當關司榷賦有則。嗟爾關吏何披猖。有客扁舟自游泳。入境何知須問政。窮行不辦導行錢。度關忽下遮關令。豈有居奇餉吏饕。求疵向客窮吹毛。羈留三日恣大索。指揮羣役如搜牢。本爲營私借徵賦。發篋無私轉生怒。呵斥空成醉尉瞋。傳聞卻笑聾丞誤。算緡亦復計錙銖。籌課何曾充府庫。嗚呼關禁懲奸商。奸商度關如康莊。長官賠累吏乾沒。搜剔乃及寒儒囊。儒冠誤人徒自苦。不如去作河東賈。

揚關厄

李琪

何處關吏强。揚州關吏强。身爲觀察使。腰下寶帶銀間黃。佐以江都令。旁列伍伯紛成行。估客過揚關。橫索橐中裝。行旅過揚關。倒庋復傾箱。嗚呼。譏察分應爾。榷稅專不妨。所嗟舟人子。船料苦難償。珂峨巨艑尚易償。艛艄五尺惡能當。餓隸如虎復如狼。索錢不得繫道旁。無辜搒掠皮肉傷。頸上往往鳴鋃鐺。鋃鐺搒掠亦甘受。但願放船歸故鄉。豈意牙儈已估值。不知售與誰家郎。一家婦子皆踉蹌。攔道大哭聲何長。亡何竟作溝中尫。回顧官吏開華堂。皂衣將炙緋衣爲行觴。將炙復行觴。爲樂渠未央。嗚呼。揚州官吏一何强。

丈船行

黄爕清

大船峨峨泊官渡。小船戢戢如蟻附。大船小船相向停。關吏不來三日住。關吏丈船先索錢。關吏得錢始丈船。吏囊滿。船身短。吏腹枵。船身高。欲往揚州須腰纏。不然留看匡廬山。安得黄金餉吏橐。萬丈離愁爲我縮。

貢獻

寶楨行　陸世楷

逆臣雄據西南際。跋扈居然自稱帝。驕蹇由來非一朝。邸中服物多奢麗。王師百萬困滇城。城門夕啓官朝清。可憐珠玉焚不盡。滿宮玩好猶充盈。珠玉全歸將士橐。玩好雖存亦零落。進御喧傳寶楨名。那知人物同蕭索。細腰宮女半雞皮。傅粉伶人鶴髮垂。此輩豈堪充殿陛。坐令道路費驅馳。道路驅馳一何亟。夫輿舁送疲民力。牙牀石榻青銅屏。孿步傴肩喘不得。逆臣據滇歲未久。安得窮搜詫希有。應是前朝黔國遺。掌握百年歸唾手。沐公勛業炳丹青。白蠻黑僰咸來庭。後人席寵漸踰等。器制或恐乖常經。要知總屬亡國物。得此詎足昭威靈。皇家不貴珍奇類。萬里徒勞貢闕廷。

詔罷高麗貢鷹歌　王士祿

眞人御極臨八荒。百蠻九譯皆享王。西旅之獒越裳雉。貢物各各因其方。海東俊鳥好毛質。鐵爪金眸猛無匹。九都作貢來天家。特受韝鏇佐罘罼。晾鷹臺上秋天高。乘時驅獸行蒐苗。羽騎駸驔翠華至。星旂雲漢紛周遭。蒙鶡射熊未足羨。跋犀殪兕徒遮邀。是時摘絛試一縱。萬人昂首瞻青霄。飛鳥狡兔失巢窟。委身灑血塡君庖。至尊往往動顏色。玉虬迴轡鳴蕭蕭。柔遠傳聞勤睿旨。詔罷奇毛自今始。行葦兼存踐履慈。茁葭漫賦春田美。聖神舉動殊尋常。此事悠悠古誰比。君不見虬鬚天子眞英雄。受諫鷂死藏懷中。

龍衣舟行　　黃永

逢逢鼉鼓溪邊過。百尺樓船萬鈞柁。大字黃旗隔岸飛。錦衣獰卒當窗坐。千人邪許向前行。赤棒前驅不計程。鳳簫龍管穿雲去。錦纜牙檣映日明。牙檣錦纜過江來。霧縠雲紈幾日開。誰頒將士充邊賞。誰賜宮娥稱體裁。聖明儉德恤民依。曾敕東南罷錦機。皇躬但飾朝天服。貴嬪應無曳地衣。偏憎賈客紛紜集。翠羽明璫載絡繹。爭居奇貨附舟行。敢假天威同辟易。嵯峨大艑入皇州。往來南北春復秋。關吏郊迎晨負弩。郵亭續食夜傳饈。關津處處復留停。物價高低自品評。官府學侔三倍利。輿儓盡飽五侯鯖。飛揚意氣眞無敵。長棓大梃縱横列。畜怒偏工侮縣官。先聲況可淩漕卒。嗟余十載走風塵。幾度扁舟避野津。聞道皇家親浣濯。民間仍苦虎狼人。詩觀評。朝廷儉德。自古未有。乃若輩以尙衣之故。恣肆若是。此詩眞可入告。○賈客四句言裝搭之苦。關津四句言留停之弊。侮縣官。淩漕卒。其惡至此。

李中丞歌　黃連貢爲宣邑所苦。公奏免其半。善政也。詩以美之。　　高詠

中丞李公眞偉人。功名炳炳圖麒麟。青驄紺幰馳江漢。虎符玉節陳鵜鶘。荆吳作鎮新開府。九重南顧紓宵旰。邇來江南數十州。荒村廢井風飀飀。去歲蛟龍鬬不止。今年肥遺怒未休。況聞國家事征戰。羽檄横飛若雷電。又聞詔使索黃連。徵書十道宛城邊。刻期採辦苦不早。軍帖督催何草草。朝攜長鑱斸荒邱。篝筐棘荆淨如掃。我聞此物產益州。棧道連雲劍閣愁。君王不貴難得貨。小草奚足煩誅求。李公聞之仰而思。太平有道安爾爲。封章前後十數上。詔書立下甦顛危。其他善政不悉紀。此事卽堪播青史。監門繪圖何足奇。宣公奏議誰能比。

進鮮行　沈名蓀

江南四月桃花水。鰣魚腥風滿江起。朱書檄下如火催。郡縣紛紛捉漁子。大網小網載滿船。官吏未飽民受鞭。百千中選能幾尾。每尾匣裝銀色鉛。濃油潑冰養貯好。臣某恭封馳上道。鉦聲遠來塵飛揚。行人驚避下道傍。縣官騎馬鞠躬立。打疊蛋酒供冰湯。三千里路不三日。知斃幾人馬幾匹。馬傷人死何足論。只求好魚呈至尊。進鰣魚人不得食飯。以生雞卵和酒飯之充飢。冰浸梅湯以解渴。

金牀行　張鳳孫

博南山南北睒北。江沙晃漾黃金色。洪爐百鍊得精鏐。一流貨取十千直。蠻兒嗜利夙輕生。刳木爲牀臨不測。終朝三獲無錙銖。失足往往蛟鼉食。元明中使亟徵求。騷然一方廢耕織。投崖落塹不知數。貢作宮釵助容飾。國家百度鑒有殷。可因則因革則革。課從初額更不增。聊爲職方存舊式。恢揚前烈屬我皇。眷顧西南念民力。特頒明詔減什五。令甲永懸石深刻。昔聞古聖淡無營。擲金沈珠示沖德。物華地寶豈不貴。嗜欲一開恐難塞。百金罷役營露臺。漢文用以肥其國。今皇節儉實過之。要與黔黎共休息。金牀金牀盍舍旃。莫與風濤相轉側。

淳水蘭官武岡州作　朱頫

茲邑出淳水。其地產香蘭。芳風迎鼻觀。藻川紫莖攢。都梁名伊始。古志言不刊。客有好事者。遺書請交歡。幅終索秋佩。欲我采岡巒。班春曾稅駕。攬轡登岌峘。朝陽多栲樗。夕陽多楢樠。馬鳥及羊齒。蒙茸蔽林端。窮谷邃以深。露珠浥溥溥。幽人嘗絕迹。豈肯當門闌。披榛尋亦得。深恐民力殫。荔支貢喝死。紅塵奔馬鞍。洛陽進姚黃。宋人生譏彈。況復中谷蓷。詩歌嘆其乾。我不結同列。亦不媚上官。坊州求杜若。笑柄徒貪殘。唐時牒坊州求杜若。蓋因芳洲多杜若之詩而訛也。

熟竹牀

王蘇

大官納新涼。思臥熟竹牀。是豈咄嗟辦。磨礱工夫長。牀可頃刻寘。竹難逡巡醉。求舊不經新。白暗殊紅膩。臨安十萬家。家家嚮繅車。翠篠絡冰絲。千个淨無瑕。斷竹復續竹。牀生竹皮熟。昇牀獻大官。一段玲瓏玉。晚來月二分。鴛鴦嬉水紋。姬姜交口譽。何可無此君。此君本小吏。逢迎善心計。明日彈甘蕉。此君上青霄。

羨餘物 吳中吟

周瀛

朝廷有正供。何物名羨餘。積漸有由然。斂索飽吏胥。顆粒黎民命。虐取萬命屠。闗榷更橫征。名目不畏誣。蠹國復殃民。額外胡爲乎。

貢象行

吳振棫

巨象垂牙鼻倒縮。小象蹣跚重千斛。噴沙捲石山谷動。居人呼洶避入屋。蠻奴騎象如騎牛。牽控不假鞅與輈。象房新築懵卑庳。饋芻饋米懼象飢。象飢猶可病奈何。縣官跼蹐蠻奴訶。蠻奴訶。縣官起。區區懷中金。敢以辱遠使。奴言縣官可歸矣。病象猶能行百里。

開香門 珠江樂府

袁翼

村祠疊鼓迎香神。女兒盥手開香門。香農衣食託香國。但祈香樹多生根。年年買香充香貢。可憐香樹無人種。官不愛香愛香錢。錢多別購驪龍涎。打鼓退衙品香譜。那識山中香戶苦。

海塘

捍海塘

潘耒

築塘誰。湯信國。開國元戎秉成畫。約束海若麾天吳。長堤如城捍潮汐。修塘誰。趙中丞。經天緯地帝股肱。頽防崩岸悉築塞。不許蛟鰐横憑陵。越民食海亦苦海。寇賊風濤時一駭。只今萬里不揚波。障田況有茲塘在。我耕我耘。我稼我禾。鳴雞吠狗。煙火桑麻。無風雨災。不見兵戈。綢繆桑社功如何。海如杯。山如螺。中丞烈。不可磨。

築塘謠

施尉宗

築海塘。築天寒。土塘易築石塘難。不見帑金三十萬。西山木石連河干。雪粗如拳墮築指。築遲背怕牛皮鞭。怕鞭還怕築不堅。官賠家產工賠錢。

築海塘。築赤日。早涼登築暮不息。最苦金烏爍背時。汗流滴石石嘖嘖。豈不患。令如焚。豈不恤。工如炙。一寸疏虞蟻縫留。百萬生民化魚鼈。

築海塘。築春潮。春潮初來浪不高。縱然到岸僅沒骭。不浸石縫工堅牢。官賞酒。稽首到地稱上壽。但願功成官職超。遠通職貢近通漕。

築海塘。築秋風。秋風蕭蕭吹鬢蓬。朝築暮築丈尺咫。秋潮一洗還成空。幸存白石齒齒。罅隙滿堤如漏蟻。再塗石髓與黏膠。舊岸何如不洗牢。

重築雲間捍海塘紀事

欽璉

雲間東環瀛海碧。洪波淼淼蛟蜃窟。開元天子廑東南。塘築捍海如山屹。遂令滄海變桑田。夏麥秋禾民樂業。迄今千載塘浸圮。齧足衝腰一綫窄。中間修葺亦時聞。東苴西補究何益。余昔剖符新造邦。目覩殘堤心凜慄。上書反覆數百言。雍正丙午。余宰南匯。屢請修築。書載南匯縣志。當路悠悠置不答。未幾余亦解官去。荏苒星霜又四易。吁嗟天幸不可常。奇災一旦生倉卒。壬子七月十五夜。鯨噓蛟噫龍戰血。移山撼岳聲震驚。倒峽滔天勢奔突。可憐海濱千萬戶。夢中齊赴龍君宅。大吏驚聞奏九重。分遣僚屬徧存恤。余亦奉使南邑來。城郭人民感疇昔。遺民痛哭爲余言。吾儕生本傍海穴。田廬歲歲怕秋潮。堤防全仗一塘力。如何束手任廢壞。致使吾民遭異厄。微軀如拾暫偷生。茲塘不築終魚鼈。余聆此言一長歎。上聞每壅盈廷舌。漢陽徐君蘇州守。侃侃力贊數語決。飛章上達帝曰俞。金錢十萬何曾惜。正月始和鼛鼓鳴。丁夫雲集不須檄。乃知舉事從民欲。筋骨雖勞意歡悅。祗恐斯事民未諳。先期告戒頗歷歷。厥址惟寬厥巔銳。坡須走馬背須鯽。老木爲杵堅築基。巨石如盤空際擲。層層堆擊土膏凝。注以清泉闕不洩。更栽嫩草護新壤。盡塞古涵彌舊隙。塘舊有涵洞數處。今俱築塞。海潮涓滴不得入。吾民奉令踴躍趨。奮力爭先如赴敵。汗日蒸雲肯少休。羣工次第胥底績。蜿蜒長堤三萬丈。塘自奉賢縣柘林城北起。至寶山縣吳淞江口止。長二萬九千八百五十餘丈。百尺巍峨聳天闕。馮夷有怒不敢逞。海底怪物惴屏息。起看災黎喜色孜。從茲寤寐胥安帖。余忝董率日驅馳。是役承築者五十人。余與漢陽徐君總理。

幸藉諸公免隕越。作詩紀事代貞珉。增修勿墜望來哲。

築塘謠　　朱炎

海鹽三面海。賴石塘衞之。近歲秋汛作時。不無所損。然歲修不可不慎。移東掩西。虛內實外。工吏之奸。宜預防之也。作築塘謠。

登登聞築塘。築塘衞廬舍。伐石南山巔。伐木南山下。木截訂梅花。石琢排魚鱗。鐵錠筋絡骨。土備齒附齦。截木作樁。五五相比曰梅花樁。築石上狹下闊。縱橫間之。曰魚鱗塘。鐵錠以聯石交處。積土護石。曰土備塘。海門兩山夾。怒濤一箭射。吐納海與江。來往潮又汐。天子時下詔。陽侯近有靈。磊磊海上石。歷歷天上星。沓潮最足虞。颶風秋作汛。防秋如防邊。避風如避刃。風來胡可避。築塘計已周。塘石小齟齬。官府議歲修。歲修誠難爲。倉卒愼次第。有石不能言。毋使失運理。談山通鹽官。驅馬看塘來。莫謂踏石面。安步過平臺。

議修海塘有感而作　　陳文述

太息魚鱗起石塘。當年純廟此巡方。翠華親涖紓長策。玉簡明禋錫御香。列郡田廬資保障。萬家衣食賴農桑。如何六十年來事。容得天吳駭浪狂。

安瀾先要息迴波。搔首空吟瓠子歌。當局無端期節用。改一年保固爲兩年。又裁坦水歲修。致工員畏累不報險工。坦水樁石。無典守之責。致全行漂失。隔江何事便升科。對岸蕭山漲沙朦准升科。致潮力不能沖刷。併趨北岸。日久塘根護沙盪去。悉成險工。敵強深恐援師緩。醫雜兼防諱疾多。一語諸君須記取。海潮畢竟異黃河。

莫將客氣誤民生。籌策何妨略變更。多築盤頭挑溜轉。緩修坦水待江平。人才原不關科目。經濟終宜仗老成。最憶瑯嬛師相語。國家有益是功名。師嘗云。但求有益於國與民。何必功名自我出也。先人方略苦綢繆。回首宗盟感舊游。初建石塘。先府君佐刺史。始終其事。余亦曾客家默齋幕中。與聞修守。踏月曾過海神廟。嘯雲獨上水仙樓。假柯有曲君難謝。借箸無才我欲愁。畢竟治標兼治本。蕭山新漲最宜籌。余謂蕭山新漲。宜開河引潮。以資沖刷。迎潮仍恐沙壅。宜以近江一面爲口。口寬尾仄。並作川字河。庶南坍北漲。岸沙可復。

履勘海鹽縣海塘偕王別駕鳳生陪帥仙舟撫軍履勘　汪仲洋

兩浙濱海區。風潮苦奔赴。祖龍巡會稽。馳道連秦駐。鞭山徒妄傳。捍海在工作。坡陀變疊石。縱橫任指顧。壘壘十八層。一氣如鐵鑄。上殺而下寬。不撓潮頭怒。別有土備塘。腹背相迴互。昔譬肉傅骨。氣脈兩親附。潮漲排石來。土塘內撐拄。潮退吸土去。石塘外遮布。尤在樁木深。不使崇墉仆。左右兩山扼。中讓全海注。賴此一綫堤。九郡得生聚。念自前明來。舂銛歷朝屢。石既苦奔脫。土亦遭盪濾。大府重海防。險地親舉步。情形辨緩急。料物籌備具。上爲帑項權。下爲工員慮。所恃衆志同。屹若金堤固。長風卷海飛。現出沙塗護。

海塘謠　張朝柱

嘉定瀕海之墟。向有秋潮漂沒之害。築塘捍禦。雍正初。割嘉定東鄙之吳淞地置寶山縣。城縣海澨。遂獨當其害。乾隆初。邑令胡公仁濟添築護城石塘。其害稍弭。大吏逐年修築。防秋經費。胥出帑藏。道光十四年七月。颶風潰塘。大吏議以民錢築之。二年塘成。較前加高闊。然民力亦殆盡矣。

孤城瀕海險且窄。恰與馮夷分半席。奔濤駭浪來渤澥。終日彈丸供蕩潏。胡侯創建石作塘。百萬生靈全一壁。外加樁石固且完。歲歲增修有常額。天子不忍棄斯民。帑藏何曾肯慳惜。去年六月海揚波。夜半塘傾水橫溢。鯨噴鼉吼頃刻間。民居盡作鮫人室。洊饑數歲民未蘇。陽九何堪遭此阨。疆吏代帑議蠲修。大戶輸銀小戶役。差役如狼吏如虎。剜肉醫瘡徧搜索。嗚呼。安得化爲精衛鳥。常向西山銜木石。

河防江防附　橋梁附

淮水溢康熙己未十月。泗州水入城。

陶澂

川流浩無極。湯湯日東之。排決必就下。庶鮮溺與饑。後人何曲防。變遷成渺瀰。積久勢益壯。中流漾蛟螭。還聞淵漩底。潛伏巫支祁。昨者忽馮怒。驚波蕩寒颸。稽天正未已。彷彿堯初時。城郭苦卑溼。周遭況如箕。涌地及三版。民命爭毫釐。弭患謹未然。是誠在有司。浸淫入睥睨。倉卒烏能治。人事既闕失。烝民盡顛隮。

隋堤行

王連瑛

乙巳七月考城黄河決，夏邑不守。水薄永城外。郛城幾陷。居人避于隋堤以免。屢聞朝廷憂民之深。而治河者不力。因有是作。

長堤百里參差起。拍岸驚濤響秋水。堤上老人向客言。手足皯黣皮肉死。緬憶築河二十年。長官下令括民錢。白鏹朱提計畝入。包工折埽黃河邊。年年歲歲編夫速。縣吏捉夫入人屋。壯男編壺稱男行。可憐無復完骨肉。前歲荆隆告竣事。丹書屢下憂民苦。今年春旱民無食。入秋以來始陰雨。方期種黍色油油。漸望築場聲許許。七月飄風動千里。浪翻沙走流雲駛。夜半黃河天上來。質明十五歲乙巳。牀前活活河聲走。黿鼉鯨奔風怒吼。馮夷擊鼓河伯怒。豐隆決破土囊口。始看盤渦沒蓬蒿。漸見蛟龍來九臯。嵩室轘轅深水府。徐關碣石小秋毫。燭龍照耀羣龍囂。一夜千聲萬聲哭。婦子結襦渡亂流。波濤相豗走雷轂。風起沙黃浪更高。樹頭鴟尾萬人號。御風難假黿鼉力。渡海空瞻烏鵲毛。老夫夜來堤上棲。嬌兒嚙臂飢女啼。已幸生前見乾土。詎甘餓死塡溝谿。丈人試看堤邊柳。兩岸蕭蕭禿似帚。採盡青枝爲塞河。河今如此能塞否。河勢頻勞聖主計。催役屢裁大官費。似聞頒給內帑錢。誰實封題外府寄。累盡中原百萬家。達官盛怒敢咨嗟。爭似廿年作力苦。何如一旦委泥沙。老翁絮語方未已。北風捲波波立起。魚沸鬱兮愁吾人。波中之人長已矣。吁嗟乎。治河者誰河如此。

高郵堤雜謠

魏麐徵

堤如綫。河如箭。水齧堤。迸成電。

昔田畝。今沮洳。昔廬舍。陽侯居。吁嗟我民。波臣之餘。

雨散風止。怒流齒齒。官來喚役夫。瘡民忍飢起。

河水決

汪懋麟

黄河衝決淮河溢。白馬湖中千尺浪。淮陽城郭雲氣中。遠近田廬水光上。人行九陌皆流水。螺蚌紛紛滿城市。築岸防堤急索夫。里中徭役齊追呼。當家出錢貧出力。觸熱忍飢不得食。十日築成五尺土。明日崩開十丈五。

河堤篇二首

潘　耒

良醫視病人。察脈審其證。悉病所從來。治之藥乃應。濁河本北流。清淮自南亙。河徙匆奪淮。淮弱而河盛。一石八斗泥。壅礙入海徑。倒灌淮上流。湖淤可涉脛。埂堰始衝決。淮南受其病。塞決固治標。要須遂其性。下流無路行。東遏必西迸。瘡平毒未消。堡閉盜猶横。旁觀方憂危。當局莫予聖。治河近稱善。吾宗老司空季馴。河徙時未久。淮流尚爭雄。海口雖停沙。可以水力衝。淮主河乃客。主壯客不攻。用清以刷濁。當年策誠工。淮今僅一綫。河漲猶難容。淤沙積成土。不濬焉得通。古方治今病。和緩技亦窮。疏瀹費雖多。尺寸皆有功。堤成偷蟻漏。金錢擲波中。沈歸愚曰。二詩見治河要領貴通海口。以淮刷黄也。河堤使者。宜書此詩於座右。

開河行

唐孫華

朝開河。暮開河。要令斥鹵回盤渦。朝點夫。暮點夫。里胥追捕如亡逋。當今聖主仁如天。濬河本爲利農田。興作兼存救荒計。鳩工盡發水衡錢。嗟此河夫多菜色。晨餐何能待日昃。五月官錢半未頒。爾有肉糜從爾食。千鍬萬鍤聽鼛鼓。三丈河身八尺土。不辭霑體遍塗泥。可奈淋頭逢涷雨。樹上愁看逐婦鳩。桑間已有催耕扈。歷久河工未告成。農事匆忙漸旁午。縱得青錢給一餐。待餔不救妻孥苦。更遭官長日巡工。箠撻疲民恣訶怒。非關民力怠工程。自爲皇天不肯晴。未看翠毯盈疇闊。早見紅榴照眼明。尙作官身縶河上。何時隴畔得歸耕。昔聞周夏兩名臣。周文襄公忱。夏忠靖公原吉。疏濬川渠決滯堙。徧從水道訪曲折。輕舟屏從泊河濱。時入茅檐諮利病。村農共許話艱辛。澤被東南三百載。到今功德未全湮。嗚呼大賢久不作。爾曹誰復知經綸。今日河夫盡煢獨。背似土牛耐鞭扑。幾回持橐請官糧。官糧早飽官胥腹。重腿方憂疫癘生。獨漉水深泥又濁。自是農夫性命輕。誰能久候官倉粟。但願功成早放歸。急向田間驅黃犢。

柳枝行

張麇

河堤自古鐵與石。近日河堤柳枝塞。前歲河工未告成。今年柳掃又頒行。官糧一石柳一束。三倍秤來猶不足。胥吏如狼橫索錢。催頭那顧人家哭。楊柳青青滿舊堤。連年斬盡不生稊。滿船載向湖邊去。積久堆堆化作泥。君不見邵伯鎭南幾千戶。晨炊半是吳陵樹。

河上紀事

張永銓

三月逢三日。言別邗溝去。極北望關山。揮鞭上驢背。行行邵伯村。落日明還晦。旁有萬綠園。停驂爲小憩。四日雞始鳴。僕夫理征轡。傍午過盂城。入夕投林際。五日屆安平。迤邐河橋駐。屈指三百里。沿河走車騎。左右皆洪濤。長堤如帶繫。瞻顧心茫茫。馳驅防顚躓。勞勩總不辭。觸目心驚悸。豈無城與郭。煙靄涵一氣。豈無樓與臺。懷襄總如沸。榆柳漾狂瀾。膏腴皆淹淠。纍纍百年墳。水深沒碑碣。白骨幾成遷。遊魂何所寄。歷歷梵王宮。香臺半湊替。遙見寺隨波。近睇波圍寺。四野竟瀰天。

一望疑無地。邂逅遇老翁。痛哭且歔欷。張子蹙然悲。翦燭偏忘寐。呼酒澆愁腸。愁多不能醉。謂翁
聽我歌。我歌爲世慮。欲識河源流。一一猶堪記。自元開此河。通漕在淮泗。緣渠尚淺澀。海運原無
廢。勝國永樂時。徙都都燕薊。朝廷爲輸將。乃命宋禮治。其時采方言。白瑛獻奇計。遏汶勿復東。盡
出南旺界。彙歸龍王廟。河水分爲二。北支達臨清。南支接徐沛。高下置水閘。蓄洩常啓閉。牽挽千
萬艘。至今爲成例。誰知水逆行。終非神禹智。欲濬黃河流。先奪淮水位。一河且衝決。況與羣流會。
今歲築堅堤。明歲已隨潰。此岸甫告成。彼岸復傾圮。歲糜百萬錢。塡海曾何濟。天子爲宵衣。河臣
徒掩袂。嘗讀古人書。兼聞周用議。河之不安流。由於溝洫淤。卓哉汝南君。斯言眞確義。古者衆建
國。各食地所樹。不聞燕趙人。仰給吳楚稅。秦人壞阡陌。沃土遂成棄。地寶既不登。黍稷終難繼。西
北苦無禾。因莫興水利。東南患河衝。其弊亦所致。河從龍門來。萬里滔滔逝。若教流勿濫。應使源
先殺。上既分其支。下自安其派。我欲請於朝。下詔布中外。北地及中州。設官理溝澮。定理晝爲渠。
通流資灌溉。里廣或五六。里狹或三四。淺深審水宜。曲直隨地勢。十年告成功。沿河多分匯。盡地
皆腴田。靡處非秉穗。甸服粟米供。轉漕可無費。渠多走馬艱。盜賊幷難肆。不治河已平。不運漕弗
匱。不緝宄自消。一舉三善備。疏鑿何無謀。壅障眞成鄙。何以知其然。水性有至理。君弗信我言。爲
君且罕譬。譬彼膂力人。血氣還憑試。弗遇麟閣榮。或作黃巾恣。譬彼智巧人。心思任推暨。不讀聖
賢書。必搜楊墨祕。維水亦如之。順逆隨所使。善用功誠多。強制害相倚。子輿惡鑿言。千古炯開示。
胡爲當事者。曾弗加之意。俯仰揆厥由。一官傳舍置。成敗畏是非。利害工趨避。緬懷鄭國僑。擘畫

風雷施。試聽輿人歌。欲殺旋欲嗣。伏闕擬上書。毋謂藿食鄙。老翁囅然笑。搖手口還語。似嗤杞人憂。疑誚管窺細。謂我一書生。放言無所忌。當世豈無人。守轍終無異。子爲貧賤者。越俎謀奚爲。不如賦歸歟。結廬從爾嗜。重賦雖足悲。且作秦越視。水災誠可憫。何異滄桑代。凡此塊壘腸。勿以縈胸次。況乎經世權。肯向幽人畀。言之誠匪難。行之亦不易。坐而矢諸口。豈遂見諸事。賈生策未行。痛哭徒爲贅。我聞老翁言。慨然發長喟。

河兵謠

東南薰

我行至河濱。一望驚淵瀠。河兵悉河務。縷縷爲我陳。黃河道常改。遷徙無定在。今始南入淮。雲梯關注海。濁強黃勢驕。清弱淮流浼。力築高家堰。障之使東匯。藉淮以制黃。厥功自百倍。運道積沙淤。勢難通尾閭。黃逆入清口。奔注洪澤湖。湖淮復挾黃。湧灌高寶途。民抱爲壑憂。何以通輓輸。治源先葺歸仁堤。殺流急宜濬海口。坐使水由地中行。衽席之安可長久。

木龍歌

彭廷梅

爲泰州判官李雙士賦○木龍用以治河。見於宋史。曾鞏爲陳堯佐作傳誌其事。然制度失傳。漢陽李昞雙士匠心獨運。與古吻合。遂上其議於相國高公。適清口禦壩工險。高公用其法。遂慶安瀾。河東完司空仿行大效。蓋木龍能挑水。護此岸之堤。而水挑即可刷彼岸之沙。較之下埽開河。事半功倍。防河良法也。不可再失傳。爰作歌紀之。

伏羲一畫開鴻濛。萬類迭運五行中。飛潛動植各有屬。天用功大無如龍。水火土金各分羣。龍以木稱未之聞。木之爲物性則直。龍之爲德變不測。宋時防河議造作。曾鞏傳紀陳堯佐。前人制度今無存。不傳其法傳其文。李昞讀文因得法。陳之相公天聽納。楩楠杞梓松杉構。鳩材聚工在清口。篾篠簟篠笭箭筏。編纜惟急束惟密。非橢非銳非圓方。或伸或屈或短長。盤踞上游護御壩。木兮木兮龍力大。我聞黃河九曲曲灣。東灣西灘灣對灘。灘長一尺沙。灣深一尺窪。議者遇灣必下埽。遇灘開河引水道。開河下埽年復年。叩以二說之外心茫然。乍聞木龍皆疑異。紛紛猜忌生非議。不見河東完司空。用有成效奏膚功。龍耶木耶請攷論。象形按義取諸震。良法誰其得要領。前有堯佐後李昞。雖欲勿用何能舍。作歌徧告防河者。

河患　郭起元

河患自古昔。決溢分兩途。決由不得達。溢緣無所瀦。徙潰決之小。汎濫溢之餘。溢出事恆有。橫決眞可虞。寄言弭患者。修防慎須臾。

海口　又

禹河歸碣石。代遠不可求。海豐利津間。歸墟所經繇。南徙歲已久。遂奪淮浦流。下壅上斯潰。屢殷汎濫憂。潘公勤荒度。策在東上游。蓄清以刷黃。沙淤無停留。良法至今守。修防慎綢繆。海口雖云多。罕與雲梯儔。廣深非人力。天造此遐陬。滔滔東注水。細大靡不收。沛然達重洋。安瀾奠中州。無爲事穿鑿。築室滋道謀。

登雲龍山見黃河北徙　金德瑛

雲龍頭角孤岩嶢。衆山青翠來相朝。黃河猛迅山亦避。獨缺西面容滔滔。嵩室汴洛二千里。鬱鬱氣象連平皋。亭中賓主去已古。尙許陳迹觀瞻豪。彭城以河作地險。一曲東注天然濠。惜數萬戶處釜底。恃蟻弗穴金堤牢。今秋下矚詫異事。可厲可揭纔容刀。始知上游孫家集。一夜齧決崩洪濤。北山點點類洲沚。田廬多在銀盤坳。清河水道被橫截。逆入兗濟咸浮飄。哀彼征鴻陷中澤。羨爾逸鶴翔空霄。古者治河不治運。縱令游演存寬饒。今須俯首趨一線。甘受約束隨吾曹。自南自北兩俱病。顧淮顧運功加勞。薪芻木石日增壘。但有淤墊無疏淘。逢霖未免輒漲溢。經霜不放積潦消。當官隱諱糞苟免。涓涓弗塞匪崇朝。不然懷柔百神日。胡獨河伯逞其驕。俯仰諮詢動悱惻。豈爲閭九重題糕。明朝驛騎直北去。臨流更驗荆山橋。

赴淮渡江吟錄一首　　　　　袁　枚

昔年尹宮保。奏我牧秦郵。吏部議阻之。勳格相羈留。我今過此邦。一望無田疇。適逢黃水決。赤子生魚頭。使我果牧此。何以佐一籌。慨念今黃河。勢合淮汴流。祗因資轉漕。約束爲疽疣。人自奪水地。水不與人仇。河身日以高。河防日以周。縱紓一朝患。難免終年憂。何不決使導。慨然棄數州。損所治河費。用爲徙民謀。更置遞運倉。改小運糧舟。水淺過船易。敵淮事可休。路寬趨海捷。泛濫病可瘳。此語雖驚衆。此理良或優。安得陳明堂。幷告東諸侯。

答客問河防　　　　　陳　熙

千金築堤埽。九曲愼防維。廳營汛百輩。春夏秋三時。咫尺別深淺。頃刻分險夷。東備西復缺。此安彼又危。主者曰河帥。獨建大將旗。近乃置其輔。開府同節麾。奕奕八州督。臨事推總持。勞勞幾觀察。分道任驅馳。每當盛漲候。即慮奔命疲。洎乎水漸退。憊矣人莫支。客從皖上來。笑問我所知。我謂客勿喧。聽我畢其詞。治水無良法、古昔語可思。補偏而救敝。因時以制宜。水於天地間。如身賴血滋。壅之則爲患。心腹及四肢。宣導在循軌。灌輸虞漏巵。思患防之豫。見幾安可遲。土石工並舉。江淮績兼施。衛民瀕海曲。挽粟達京師。當行願弗止。當用莫相疑。先成後或毀。近察遠或遺。未雨先綢繆。所見聊測蠡。

葦蕩營即事　謝啓昆

鄂杜竹稱海。蘆洲此名蕩。飛雪亂晴晝。不辨輪與廣。計畝踰百萬。營制轄以兩。其左濱海瀠。右居黃河上。四圍天覆盂。一片青浮盎。荻芽抽芒刃。老幹森甲仗。傷彼采樵人。風雨無饁饟。用以塡金堤。力與奔流障。惟柔能制柔。物理固難量。

于公盡地利。趙公乃廢之。復於齊勤恪。廣於錫山嵇。康熙初。于公成龍爲河帥。始置葦營。五十年間趙公棄與民爭訟不已。雍正初。齊公蘇勒復之。嵇公曾筠更廣其制。兩河實攸賴。下楗束茭隨。不惟固宣防。緝奸亦在茲。逐鹿鹿有主。爭田田有蹊。貨惡棄于地。力不爲己私。不知誰作俑。邊界棄如遺。計其所賦入。國課輸毫釐。惰民貪天功。豈肯勤畬菑。遂致虞芮訟。越畔多參差。我無召公德。質成滋愧詞。乾隆二十九年。當事以葦蕩濱黃河。地不産蘆者千餘頃。召民耕種。每頃納課二錢八分。迄今開墾寖寖。其犂熟者復坍入黃河。遂致官民爭訟不已。

海運苦無車。舟運苦無澤。乃名曰筏運。制略仿溝洫。其廣不盈丈。其深僅倍尺。荷鍤俄成雨。坳堂貯涓滴。洊然有雲興。畎澮遂充積。草紮兼繩縛。團圓守定式。一人負以趨。聯絡累十百。銜尾葛陂龍。捷於泛波鷁。轉輸達河壖。次第受廣舶。忽焉杯水枯。一束艱萬石。蚩蚩魚蠻子。盗決甚蟊賊。厥職兼虞衡。厲禁敢辭力。

田賦有耗羨。此亦有正餘。正者有定數。餘則隨盈虛。譬如寡婦利。秉穗遺錙銖。但要充公用。不得供樵蘇。收之以官帑。一一歸河儲。風波偶失利。乾沒或有諸。灑帶著爲例。欺罔庶消除。向多失風飄沒柴束。余仿糧艘灑帶之例。通幫分賠。故近日失風者少。田野食瓜果。于律亦有誅。矧此司筦鑰。安可通苞苴。我詠行葦詩。苞葉春風舒。載賡蒼葭什。采采霜落初。萬卉同一本。愼勿傷鶵鋤。清明有采青之禁。

羊報行

張九鉞

羊報者。黄河報汛水卒也。河在皋蘭城西。有鐵索船橋横亙兩岸。立鐵柱刻痕尺寸以測水。河水高鐵痕一寸。則中州水高一丈。例用羊報先傳警汛。其法以大羊空其腹密縫之。浸以綮油。令水不透。選卒勇壯者縛羊背。食不飢丸。腰繫水籤數十。至河南境。緣溜擲之。流如飛。瞬息千里。河卒操急舟於大溜候之。拾籤知水尺寸。得豫備搶護。至江南。督弁以舟飛邀報卒登岸。解其縛。人尚無恙。賞白金五十兩。酒食無算。令乘車從容歸。三月始達。余聞而壯之。作羊報行。〇按此即元世祖革囊遺法。

報卒騎羊如騎龍。黄河萬里驅長風。雷霆兩耳雪一綫。撇眼直到扶桑東。鼇牙噴血蛟目紅。攫之不敢疑仙童。鬚郎出沒奮頭角。迅疾豈數明駝雄。河兵西望操飛舵。羊報無聲半空墮。水籤落手不知驚。一點掣天蒼鶻過。緊工急埽防尺寸。滎陽頃刻江南近。卒兮下羊氣猶騰。徧身無一泥沙印。轅門黄金大如斗。刀割彘肩觥沃酒。回頭笑指河伯遲。濤頭方繞三門吼。

淮上流民歎　張雲璈

淮黃歲歲漲。動以鄰爲壑。山清高寶水中央。十戶九家歎漂泊。去年水來田始耕。今年水來田未成。終年種田無一粒。萬目懸懸水上泣。西家無田散四方。東家有田亦水荒。有田無田皆逃亡。夫擔簦。婦擕筐。零丁躑躅來他鄉。他鄉不比故鄉苦。便到他鄉誰是主。去年施粥在揚州。但道揚州爲樂土。朝亦不得栖。暮亦不得栖。黃昏空巷風露淒。富家大屋牢雙扉。暫從簷下相爲依。無端猛雨深濺泥。男方呻吟女又啼。倀倀滿街面如墨。官來議賑心孔亟。朝廷日費百萬錢。供爾流民纔一食。君不見安瀾之慶誠爲多。若要治民先治河。不爾其奈哀鴻何。橫流誰使年年甚。此咎須知水不任。嗚呼。水不任咎竟誰任。

挑河謠　李賡芸

挑河挑河。河底沙多。挑河得錢。我腹果然。淮水清。河水濁。淮強方能與河角。淮迫河行使之速。河流不停沙不伏。河不停。順軌行。淮揚沃野千里平。年年無潦年年耕。年年耕。年年熟。年年秔稻堆滿屋。人不挑河也果腹。

河決歎　趙然

神河之水不可測。一夜無端高七尺。奔濤駭浪勢若山。長堤頃刻紛紛決。堤裏地形如釜底。一夜奔騰數百里。男呼女號聲動天。霎時葢葬洪濤裏。亦有攀援上高屋。屋圮依然飽魚腹。亦有奔向堤上去。骨肉招尋不知處。苟延殘喘不得死。四面茫茫皆是水。積屍如山順流下。孰是爺娘孰妻子。仰天一慟氣欲絕。傷心況復飢寒逼。兼旬望得賑饑船。堤上已成幾堆骨。

河上雜詩 道光癸未冬日

梁章鉅

我初習外吏。一麾來水鄉。專城江漢間。長年事堤障。量移到東土。乃復專修防。河流本浩浩。淮海彌湯湯。袁江如釜底。高堰如巖牆。既須黃濟運。又須淮敵黃。或資掣托勢。旋虞倒灌強。理河兼理漕。所繫非尋常。捍患復因利。何由兩無妨。

昔聞雲梯關。河淮入海途。行部乍涖止。所見形已殊。及關雖浩蕩。出關猶康衢。道周夾楊柳。蕩畔圍菰蘆。濁流中一綫。委折百里餘。更越青紅沙。甫歸浩淼區。今人喜耳食。恆言暢尾閭。挑濬功焉施。淤墊漫難圖。勞費且無已。放手徒睽盱。豈知治平策。不外河渠書。束水以攻沙。名臣有遠謨。

海口利用束。河身利用深。積久多所留。詎能免旁侵。沙墊流自高。岸陁堤遂沈。古人創成法。疏瀹匪自今。浚船亟往復。鐵篦相差參。江淮近十載。填塞增嶔崟。置此獨不講。徒擲虛牝金。隱憂在眉睫。斯理頗易尋。

防河用碎石。浮言多和附。謂此前無仿。厥病後將痼。我昔直樞禁。頻讀河臣疏。一官蝨其間。目擊甫有悟。河身本隆起。浩浩沙所注。掃根刷始深。石質重乃固。剛柔互爲制。水土永相護。斷無外遊虞。倒梗中汎路。試看冬水落。兩岸軒豁露。濺濺未停流。粼粼總如故。比來久瀾安。藉以殺河怒。上節府庫糜。下減茭薪數。石菑詳班書。激堤備酈注。古昔有明徵。莫緣防口誤。瓠子歌曰。隤林竹兮揵石菑。師古注。石菑者。謂臿石立之。然後以土就填塞。賈讓策曰。爲石堤激使東。師古注。激者聚石於堤旁衝要之處。所以激去其水。並見漢書溝洫志。又水經注曰。漢永初七年。令於石門東積石八所。以捍衡波。謂之八激堤。皆可爲碎石坦坡之緣起。

我所司葦蕩。疏材徧海曲。以佐搴揵需。歲採有額束。乃緣物產豐。難免弊竇伏。議者如目睹。惜者亦踵續。謂倘盡量收。何煩度支督。貨惡棄於地。況飽奸徒慾。我思利所叢。操之忌太蹙。三營百千家。長年資事畜。一朝奪所恃。事變焉可卜。輸將自有程。忍創聚斂局。

修防歲無已。先事籌蕩柴。其名曰圍估。霜晨期必來。初循大河堤。直到海北隈。年來歲額絀。苦旱多枯摧。泉源久湮廢。膏腴等汙萊。河湖近映帶。斥鹵資盪排。直須講蓄洩。亟使溝渠開。

河堤經費繁。袁浦冠蓋萃。往者風侈靡。揮金每如芥。安危且利菑。悖出尋亦敗。比來風氣上。去奢復去泰。歲支有常經。仕宦非往概。庶無撲滿虞。且免漏卮匱。我本澹泊人。喜值清明會。古心先自鞭。冗費要共汰。幸毋揚其波。官謗吁可畏。

治水篇

陳文述

治水如治病。症必探其源。治水如治兵。局必籌其全。慮患在事後。決策在事前。扶危與定傾。但令平不偏。今之治水者。所見殊不然。不與地理準。不與天時權。但恃勢與位。未許他人賢。虛懷與和衷。二者無一焉。高寶爲欹器。滄海鄰桑田。洪湖爲漏卮。巨浸成滔天。見水不見地。災民殊可憐。減壩雖云開。黃河水濺濺。禦壩雖繼啓。洪湖流涓涓。湖水壅不消。河身淤益堅。古方治今病。那得沉痾痊。羸師當大敵。那得軍威宣。豈無和緩學。疇能猜疑捐。豈無孫吳略。疇能倚任專。得兔每忘蹄。得魚恆忘筌。空談亦何補。自悔言諓諓。

河工四汛詩見潘煥龍臥園詩話　麟慶

桃汛

漲暖桃花閱茭防。卽今之埽。金堤宛轉束流長。垂楊遙映春旂綠。秀麥低連汛水黃。麥黃汛在桃汛後。竹箭波翻飛羽急。皮冠人到獻貛忙。例於春汛簽堤。搜捕貛鼠。書生自問無長策。仗節深慚服豸章。

伏汛

風輪火傘日無休。來往通堤大道頭。黃綻野花沿馬路。大堤每堡開路二。曰馬路。綠紛細草襯龍溝。堤上放水處曰龍溝。例用淤土種巴根草襯底。以防汕刷。關心水勢逢金旺。屈指星期近火流。荻亂豆花均汛水名將次到。先時修守費前籌。

秋汛

節交白露又巡行。秋水瀰漫望裏平。搜底不同桃浪暖。蓋灘已見荻苗生。長堤梭織勞參伍。列堡環排肅弁兵。傳語通工休玩愒。大家踴躍待霜清。

凌汛

河冰凍合朔風粗。策馬巡行歷舊途。夾岸積凌全漲白。沿堤插柳半塗朱。椿排雁齒參差掛。埽比魚鱗上下鋪。預祝安瀾來歲慶。殷勤修守犒兵夫。

江堤行示馬北平明府　周凱

大江來自蜀。千里趨江陵。浩瀚而砰訇。一堤焉能勝。居民護田廬。力欲與水爭。東西兩岸側。建堤如修緪。江身日以高。堤身日以增。下視諸村落。江水高飛甍。瀕江各州邑。歲受陽侯淩。請帑論鉅萬。堤有請帑修者。勒限覲厥成。我來何家埠。丈尺量以繩。寬高悉如法。瑣屑詢耆民。彎堤形如月。謂以緩相承。上下兩搭腦。堤新舊交接處曰搭腦。築者尤戰兢。砂礫挖務淨。硪杵須層層。且言此官工。子來俱歡騰。堅牢應無慮。請看堤上氓。比屋如鱗次。猶懼堤難憑。別有民修者。又有官督民修者。其力固未能。工頭使狡獪。胥吏隙是乘。強者抗不出。弱者默不應。愚者事畚鍤。黠者醉友朋。工力半虛耗。侵潰相頻仍。民力不足惜。民命亦堪矜。是在賢父母。奸猾重警懲。吾言百之一。聊爲長者陳。

河決中牟紀事癸卯六月　　何栻

黑雲壓堤蒙馬頭。河聲慘捷雲中流。淫霖滂沛風颼颼。蛟螭跋扈黿鼉愁。隤竹揵石數不讎。公帑早入私囊收。白眼視河無一籌。飛書驚倒監河侯。一日夜馳四百里。車中雨漬衣如洗。暮望中牟路無幾。霹靂一聲河見底。生靈百萬其魚矣。河上官僚笑相視。鮮車怒馬迎新使。六百萬金大工起。

河堤　　楊文蓀

河流雄萬馬。河堤險一簣。築堤豈無防。原爲不虞備。下流苟勿壅。胡由致崩潰。治河無賈讓。爭以下策試。清淮弱如綫。濁河日奔恣。淤沙積百丈。海口塞弗治。河身高于堤。帆檣迴雲際。蟻穴倘一決。驚濤注平地。治病不察脈。橫裂適爲累。嗟哉神禹功。疏鑿豈小智。

附橋梁

石橋謡橋爲雨水沖破。土人索扛車錢無算。行客盡阻。　　馮詢

橋上泥。石之皮。皮剝盡。骨獨支。橋上水。跨橋起。石不爛。水不止。橋上車。破橋趨。車如龍。化爲

魚。橋上馬。重車駕。不得上。不得下。橋有民。怒狺狺。予以錢。笑欣欣。橋有客。聲唧唧。行路難。立道側。橋有官。橋不看。水灌城。有城門。

繩橋　吳昇

灌口繩橋見范成大吳船錄及坡公詩。今失其故處矣。之河西者從上游白沙渡。然極湍險。一舟覆。輒百人溺。乃召父老諮地利而重建焉。行旅稱便。紀以詩。

飛緪杙閣牽長虹。九行五道懸穹窿。千牛輦石轉地軸。萬匠磨斧貪天功。圍闌左右曳且掣。虔版首尾銜而縱。其長百有二十丈。蜿蜒直徑河西東。大風幡幡忽掀舉。夭矯作勢騰飛龍。染家晾帛漁曬網。比擬方信前人工。閱冬徂夏事迺蕆。由近及遠行相從。我爲長吏請先導。臨淵之懼心忡忡。一跬蹉踖愈簸盪。甚我疾走毋春容。上無一髮可援手。下則百尺奔驚瀧。未能乘查竟八月。已似梯霞而御風。身如雲浮脚棉軟。達岸迴視人飛空。山民緣筰止一索。到此騁步康莊同。肩擔首戴踵趾錯。見星未已來憧憧。此邦扼要枕夷夏。北走番地西羌戎。飛江鐵螂苟不設。雲棧何處通蠶叢。自今陸海廢葦渡。餒腹空吼蒲牢鐘。梢公賣船且勿惘。要除溺鬼洪濤中。

七里溝建橋歌　許乃穀

環邑七里溝。水阻路。人不得行。余詢土人。問何不建橋。曰。環無橋。且其地崖陡沙鬆。水猛甚。作亦弗成也。因思先大夫牧黔西時。嘗造鐵索橋。今三十餘載矣。欲效之而無可任者。會邵陽聶君創祿欲於城北爲橋十三。志未遂也。余鼓舞成之。事竟。輒以斯役屬焉。詩以記之。

環江萬壘飛驚濤。環江千里無一橋。行人躑躅過不得。行吟涉畔心忉忉。七里溝前兩山立。矗起直上干雲霄。山雨忽來山欲浮。魚龍直上山巔遊。濁流怒捲石如屋。亂舞江心擲平陸。一心利濟豈無人。到此驚嗟都踖踧。木石如何與水爭。長虹那得臥縱橫。我思先子牧黔陽。曾鑄生鐵爲橋梁。屹立波心三十載。至今萬姓銘肝腸。小子法師用鐵索。兩崖對峙石爲脚。以鐵入石鎔兩頭。沙走濤飛不能落。經始戊冬迄己春。司其事者聶創祿。聶君爲橋一十三。往來行旅無停驂。遊客居然肩事勇。吾儕對之能無慚。烏虖。安得化爾千萬人。坐使宇內皆精神。橋乎橋乎利一邑。但推此意九州四海同熙春。

黨河柳橋詩　又

敦煌城西。黨河湪流東北。水湍沙深。爲橋輒圮。夏涉水漲幾滅頂。冬涉冰凝若蹈刃。邑人童榮誓建橋而力不逮。僅綳長木於上。今三十餘年。涉者往往顛踣。余憫焉。按國語。單襄公適陳。見輿梁不修。知陳之衰。五代王周因定州橋壞還民租車。曰橋梁不修。刺史之過。乃償民粟治之爲。烏虖。是有司之責也。爰與少尹余君捐廉爲之倡。沙州營官弁洎邑人士商賈。醵金繼之。甕土椓基以沙遝木入水。不腐也。截作籠。實以瓦石稭土。護以毛柳刺松。層疊而起。爲柱八。分柱四。駕大木其上。鋪以稭土。遵若平陸。凡高二丈三尺。長三十二丈。闊二丈有奇。兼建棹楔於橋東西。以連其氣。費制錢一千六百餘緡。邵陽聶創祿、邑生王繼文、工胥李潤董其事。道光壬辰十月庀材。癸巳正月興工。十月蕆事。沿流植紅柳萬株。牓曰柳橋。用坡公兩橋詩韻落之。

黨河發南羌。一氣飛虹霓。夏漲闊於江。秋涸小若谿。躑躅人踝沒。蹴踏馬足低。奔湍拔矮樹。急流呑高堤。冬涉冰削刃。顛踣非人擠。西隅一千家。日日來城西。帶水似絕壑。迢遙難攀躋。誰著塞雁翅。誰騁天馬蹄。有舟數人受。無橋萬衆稽。乘輿而濟人。笑殺閒鷺鷥。蟻集事鎜鍤。魚貫躋階梯。幸臥垂虹影。可以渡障泥。鄰女謝輕車。相約出中閨。晨昏任熙攘。童稚偕提攜。燕泥成駕鵲。牛刀嗤割雞。森森蒔樫柳。堤固同沈犀。千條灞水情。一枝陽關蔾。不見金城橋。黃河第一橋在蘭州。長河入天臍。河至砥石入海爲天臍。

清詩鐸卷五

水利

吳農歎　顧夢麐

四座且勿喧。聽我吳農歎。農本民最苦。吳尤極塗炭。茫茫九州儲。江南橫居半。誰又半江南。蘇松數州縣。縣皆五十萬。編若魚在貫。往時水利修。入海流沔沔。霖霪亦時遭。蓄洩憑晝旦。勤耕儉所食。輸輓尙非難。自從黃浦塞。奄至白茅暵。劉河再見枯。如狂障其瀾。雨潦爲都居。一積遂莫散。分流劇奔注。春水方渙渙。含羨似穀芽。栽蒔滿邱段。截虹喜欲舞。挂龍驚已汗。號呼大棚作。蟻附手足亂。須臾防守疏。千頃墜瀰漫。室廬黿鼉雜。婦子魚鼈怨。空梁竈徒懸。晨坐午不爨。徵帖六月下。聲息復非慢。豈乏高原收。取盈無兩案。經營迫稱貸。但釋胥吏憾。白身造公庭。捶楚皮肉爛。田荒無人售。俗薄無處竄。在潛寧爲鱗。在飛寧爲翰。有客前告我。斯義未河漢。時災天所爲。不雨久成旱。地災人所棄。下流百世患。上者師神禹。疏鑿一朝斷。還海故道時。滔滔去何絆。次者爲白圭。高築尋丈岸。齊施桔槔力。猶得飽精粲。不然守故智。因循自愒翫。吾聞俯首泣。覓句倣畫墁。聊爲四座歌。敢望要途看。

濬溝洫

周篆

不溉何用耕。無泉安取灌。自非濬溝洫。經營意徒亂。千里莽蒼間。邐迤平若案。豈不任耒耜。無以禦潦旱。溢須地飲乾。枯祈天渙汗。此實人事乖。非關農越畔。高引何處山。低築幾許岸。源遠雲漢回。流分絲縷散。土生生氣奢。立苗苗力悍。會見青青莖。條成白白粲。非徒實公儲。南紀資襄贊。未雨先綢繆。在此高下判。地勢無山河。亦略隔使斷。世事偶不然。并足資禦捍。

杭州水利不治者累百年矣巡撫趙公考城河故道悉濬治之鄉人來述喜而作詩

朱彝尊

武林古澤國。十八澗九溪。當年宋宮闕。溝水流東西。陳迹漸已湮。深谷皆成蹊。民居日湫隘。編竹兼茈莿。猛火一燎原。悲焰百室迷。塗徹大小屋。繘井愁難躋。女丁配夫壬。相顧但愴悽。吏治徇目前。孰能防禍梯。中丞溢世才。利器劙水犀。下車命丞倅。故道資考稽。率錢具畚鍤。曾不煩鉏犂。經始底告成。歲序尚未睽。坐令闤闠間。無異蘇白堤。紅闌雁齒列。赤石羊肝封。嘔啞小航船。蹀躞快馬蹄。停鞭市蓮藕。倚檻來鳧鷖。柳陰觳犬鳴。露脚莎雞啼。祝融迴其馭。婦女方安栖。乃知濟時策。不在拯顛隮。公之治水術。豈獨過白圭。泉清原隰平。名與召伯齊。我家由拳城。閭巷多蒿藜。願公於墨吏。如決濁水泥。上以答天子。下以寧羣黎。

城渠開

潘耒

臨安城中十萬戶。泉源蓄洩渠一縷。何年梗塞半爲土。深不容刀淺如釜。血脈既以枯。咽喉鬱不吐。

煩蒸偪側奈何許。火災數起疾病多。使我民兮苦復苦。車軒軒。中丞來。中丞來。河當開。敎令一朝下。動地歡如雷。千夫畚。萬夫鍤。波鱗鱗。泥獵獵。疏渠之淤濬渠狹。雲揮電霍不停睫。二百年來沙礫場。方舟連筏流湯湯。役徒百萬不費民間一斗粟。中丞經略誠非常。君不見白公堤。李公井。一時功績千秋永。嘉名更有趙公渠。誰能補入河渠書。

城渠開和潘次耕頌趙中丞作　吴農祥

錢塘萬井苦斥鹵。萬井舂泥浸堂廡。前賢遺迹阡陌荒。三尺清泉千丈土。千丈土。咽不流。銅街鐵市成山邱。居者歎息行人愁。往往餘孛生斗牛。城渠長。何年塞。長蓬蒿。亂荆棘。皇皇負販兒。奔走苦無力。郭東有樵郭西禾。我獨何爲困衣食。城渠淺。何年開。不見融風晝夜起。至今瓦礫埋黄埃。我欲上天扣閶闔。安得黄金白璧輸將來。侃侃中丞公。下敎敕郡縣。荷臿萬夫歡。立繩十里徧。浂者細如絲。奔者白於練。民不疲勞吏無倦。昔年河渠眼中見。報公功德豈能忘。譬如清流之水繇澤長。

吴中吟溝洫　王原

井田制已廢。溝洫意未亡。大川注畎澮。引溉利乃長。細流比如櫛。爬梳歲爲常。小民昧久計。偷惰相顧望。官府怠於理。王制弛不張。一切趨目前。如宿郵亭郎。旱潦乖蓄洩。小災成大荒。巨浸曰震澤。底定由三江。三江迹半湮。如噎幾廢吭。濬治自壬子。吴淞流湯湯。廿載半爲陸。轉瞬堆沙岡。東南淼大海。泛濫須築防。芻言陳利病。早計綢繆方。

築堤歌　張景蒼

土橋郡之陽。歲久皆水鄉。袁贛之水何澎湃。東南一望成汪洋。百年老堤沖決口。淹沒沃田萬餘畝。前人雖築莫善後。日費斗金不垂久。遂陽白公撫豫章。民瘼寢食未嘗忘。下車之始首建此。指揮籌畫何周詳。匡襄更有賢太守。不避風雨身先受。一日督率萬千人。能使人人不停手。五里長。十丈厚。打千椿。堆萬簍。猶恐未堅牢。沿河遍栽柳。中丞建此不易功。惠澤豈在蘇之右。臨安堤與臨江堤。利濟千秋同不朽。

下田雨歎

徐昂發

古者制田畝。其要惟溝防。崇方與廣繝。秩秩懸憲章。厥田雖沮洳。堤岸峻且強。水淫不能災。歉歲成豐穰。漢時賢守令。此義尙肅將。奈何千載下。朘剝爲循良。養人乃食人。田事豈所詳。遂使三尺雨。下隰波滄浪。嗚呼匠人職。古法未渺茫。溝防廢不修。萬姓罹凶荒。一言俟采風。吏責非天殃。

築堤行爲李鹺使作

陸奎勳

淮流合泗本禹迹。通江刷河絕地脈。堤防涵洩規畫詳。此邦幸免蛟龍宅。鑿山鑄頑銅。不及煮海功。淮揚鹽筴額征二百萬。亭場三十瓜分下上中。往者范文正。長堤捍海隅。始釋昏墊災。永利豐國儲。泰州東臺場中央。清浦一道波茫洋。石尤風起斷行旅。捩柁長年顏色死。估船寸步不得進。挾貲惴惴萑苻取。疇爲范公補闕略。高高下下勤相度。鹺使李公清能者。命建新堤僉曰諾。方秋洚水決下河。鳩形鵠面流亡多。救荒良策在興役。百二十里環坡陀。縱遇風濤惡。銜艫挽一索。支港架浮梁。斥堠謹宵柝。原田每每仰灌輸。嗷嗷雁戶那其居。何羨芍藥之陂龍骨渠。竭來邗上五春秋。名蹟一一圖經搜。陳侯塘。陳登。邵伯埭。謝安。晏相溪。泰州西溪。袁守櫃。宋袁中儒。滄桑陵谷幾變遷。惟人能支天所壞。實心實政享厥名。明年快睹李堤成。淸風作誦屬吉甫。書績穹碑曜千古。嗟使旋病疫。惜其事中止。

舟行福山港

欽璉

具區貫六州。汪洋衆水腹。尾閭洩吳淞。一水去難速。古人憂國心。議論詳簡牘。分流殺奔溢。度土循地軸。袤延二百里。濬浦三十六。歲久大半湮。蒲葦長蓼蓼。尙聞海虞境。江海分茆福。白茆、福山。二港也。水自白茆出者注海。自福山出者注江。吾來値嚴冬。淺涸僅盈掬。舟子告途窮。停橈且止宿。曉起問野老。歎息眉頻蹙。前年曾疏濬。遺迹欣已復。其廣極丈尋。其深沒車輻。棄置今十載。沙積水仍縮。豈惟阻商旅。實乃病洩蓄。玆情屢上陳。縣官屏勿錄。吾聞重歎息。鄙哉徒食肉。咫尺近城闉。福山港在虞山北門外里許。公餘盍寓目。芻牧宜早求。愼勿效平陸。

舟行吳淞江

前人

吳淞古稱三江一。太湖之水從此出。二江湮沒已莫考。玆江廣亦溝渠匹。茭蘆叢生夾岸旁。洪濤變土騖滄桑。微波細水勢力弱。豈能暢達流湯湯。江流旣滯潮流溢。時傷室廬及阡陌。譬人滿飲塡胸腹。泄瀉無由必上逆。吾聞錢氏據吳年。營田軍卒歲數千。作渠導河更番至。水旱不虞民熙然。自宋迄明良法革。一任汙泥隨潮汐。直成平陸始倉皇。暫一開疏竟何益。先皇宵旰念東南。親簡大臣命細探。十萬金錢頒少府。如雲畚鍤集丁男。自冬徂春功垂成。馮夷肆虐巨堰傾。松江太守隨波逝。疏入九重爲震驚。詔書切責諸臣恐。紛集江干議論洶。河臣稽古誇奇謀。木龍拖刷削臃腫。平江百里水迅疾。柔艣輕帆馬奔逸。是時余方署縣篆。目擊顛末頗盡悉。迄今九載余重經。兩岸已見沙泥停。嫩草初生細如髮。農夫耕治畦與町。聖朝建極御九有。洞燭三吳是澤藪。特降德音諭羣僚。隨時修濬戒勿後。大哉王言睿慮周。如何在位竟悠悠。推篷四望一長歎。誰司民牧貽君憂。

汴城開渠浚壕紀事

孫灝

汴城周袤二十里。四方商賈塡溢。城中無水道。患積潦沮洳不可行。環城之壕半湮塞。水無所宅。癸丑歲。總制王公周闉相度。宜開渠浚壕。請于朝。許之。工成勒諸石。余從襄事。賦詩紀績。

汴水源出大周山。京索須鄭來赴之。東流一支別爲蔡。古之漕運千帆移。趙宋故都河穿郭。水門上下流瀰瀰。至元以來就堙塞。鴻溝蒗蕩車轂馳。灌城賊訌自明季。沙壅土積高纍纍。大梁城中十萬戶。四達之衢九達逵。千輪蹄走百賈集。魚鱗萬瓦紛參差。泥中積潦苦漫漶。水無歸宿將安支。環城塹壕久淤澱。空有其號無其施。黔南公來急民事。大召僚吏告有司。此而不圖困士處。具爾畚揭宜毋遲。譬如人身有脈絡。血氣隔閡四體虧。溢者欲疏淤欲濬。上奏天子條其宜。九重恩沛制曰可。吾皇保赤垂洪慈。城中之渠利用鑿。涓滴入地曲折隨。十三橋乃覆其上。千四百丈長有奇。四門掘壕數且倍。衆流輸寫奔高陂。匪惟導水水有宅。兼豐物產饒生滋。紅蕖綠芰雜蒲葦。魚蝦螺蛤隨取貲。其旁植以萬條柳。其下拂拂風徐吹。汴人額手拜且舞。遂告訖事書之碑。我聞水利首六府。火金木土穀兼治。以溝蕩水潴蓄水。町防偃規王政遺。水渠溝洫古所志。師古不泥宜權時。汴蔡故道那可復。漕運四渠亦奚爲。但令去患收所利。疏鑿最是關蒼黎。金水之河到城下。歸壑曠望心神怡。從茲作息載高厚。歌詠聖澤流聲詩。

吳江長橋歌

葉舒璐

蘇文忠公嘗言。吳江長橋實三江五湖之咽喉。橋洞爲鄉村河港之脈絡。明蔡忠襄亦疏稱長橋係浙直孔道。古人爲門七十有二。以殺水勢。良有苦心。乃貪利者占爲茭蘆數百頃。漸塡爲平壤。架作市房。又數頃矣。湖水一漲。灌城而入。則全縣之田蕩然。是橋之設。關一邑大利害也。今夏淫雨傾圮數⿰彳共。當事鳩工董治。非復故迹。爰縷敘以告之。

茲橋名利往。板築慶曆年。元初甃以石。赭血驅神鞭。踵事漸增飾。欄楯絢朱鉛。危亭高崒屼。俯瞰萬井煙。仿像渴虹飲。呾呷流腥涎。洞門七十二。下杙鋪層甎。兩獅互蹲伏。雄勢窮雕鐫。鎭壓砰訇怒。弱纜差安便。梯空接銀漢。冷浸蟾輝圓。行人踏鼇背。履道如砥平。往來朝及暮。戛轂兼摩肩。到今閱幾代。林谷形移遷。鐵索嚙易朽。礎柱能牢堅。修葺苦不早。旣壞思扶顚。譬若壺已失。敗絮塞漏船。畚挶徒爾爲。繁費糜金錢。不救蟻堤潰。轉速鼉梁捐。緬維司空職。視途在所先。單子卜陳咎。覆轍垂簡編。國工失繕治。病涉伊誰愆。吁嗟此澤國。吐納瀆與川。尾閭洩入海。橋實通喉咽。潮汐積淤澱。衆脈何由宣。奚堪水故道。湮沒茭蘆邊。漲灘劇瘕痞。妄冀成桑田。陞科稅重額。遺累非戔戔。豪家況分占。架構參差廛。湖身日就窄。壅噎莫甚焉。吾欲悉剗去。曠望環淪漣。由來興大役。毋取但補偏。堤須復厥舊。⿰彳共必規其全。蒸同統萬土。椓用石鹽椽。蝃蝀插天峙。百丈縈蜿蜒。湍奔了無梗。絡脈常鉤連。愚公志則勇。孰假澄清權。

書吳鑑齋傳後仁和吳炌上范中丞書。言三吳水利。時雖不用。識者韙之。其傳吳農祥撰。　齊召南

維揚古澤國。巨浸曰太湖。首西受荆霅。尾東蟠姑蘇。汪洋匯羣川。浩淼帶三吳。中有無數山。錯落點鷗鳧。外有無數渠。網目環蜘蛛。舟楫會東南。村郭依葦蒲。稻田足澆灌。財賦雄寰區。稉米雪色白。百萬漕京都。一線牽官河。青天行舳艫。往者明代季。水利廢勿圖。有司例因循。所急惟催租。自從吳淞外。港汊有若無。青龍旣以湮。白鶴亦以枯。三泖及七丫。關束何能逋。時雨成愁霖。積潦冒泥塗。我朝勤政理。濬距恤民瘼。吳生淹雅人。慷慨捋髭鬚。畫地圖可成。著論博諮諏。震澤源與流。十指腡紋臚。上云稽古昔。下云陳其愚。拜手告岳牧。幷諗鄉大夫。莫惜工費鉅。底定復禹謨。雖殫目前勞。際海永無虞。諸公亟圖效。大笑生何迂。生言固不迂。見或守一隅。從來獻良策。下策爲時需。吳生老布衣。經濟才可敷。我讀吳生傳。彷彿同王符。

上塘行　汪沆

上塘河水百里程。西仁和接東海寧。夾岸腴田三萬頃。禾苗灌溉長青青。我昨扁舟出北郭。道逢田父泣相告。縣符火急催新糧。起視田無一粒穀。年年五月梅雨多。小浜大港接官河。懊恨堤堰私盜決。尾閭洩盡成枯禾。方今官長比召杜。哀爾農人勤作苦。眼看畚築急修防。河水瀰瀰盈上塘。明年飽飯歌豐穰。滿篝滿車輸官倉。

淞江水　濬河無擾美守令也　祝德麟

淞江水。緯湖經泖貫海門。沏迭漩澴三百里。岸痕消長俄頃間。朝潮夕汐來無已。潮來挾沙至。汐退

留泥去。沙停泥積底漸高。未礙郊原寬闊處。市廛十萬環郡城。城河如帶交迴縈。洩洿流惡利疏浚。十年五載工頻興。人知開河好。那識開河惡。郡符縣帖下如雨。吏胥里正滔滔樂。吏胥領符催斂錢。里正持帖沿門傳。得錢太平且分潤。官囊吏橐先充然。箛篍鼕鼓紛轇轕。百肩挑荷千指握。今日簿來巡。明日尉來察。不問爬梳丈尺深。只向人家虛恐喝。饜其欲遂報工竣。其實工無十七八。今年亦開河。開河利賴多。民工民辦不涉官吏手。但令父老董率無征科。有時令尹出。弗待鞍馬馱。繖蓋屏弗御。僕役靜無訶。緣堤終日勞奔波。兩岸泥淖沒袴韈。忍飢忍渴徧咨度。惰者激勸勤者溫語呵。子來距躍樂且歌。華亭誰。廡城王勤。婁縣誰。仁和張昌運。領以太守趙鑑堂宜喜。如琴瑟弦調宮商。平時飲淞一杯水。興利攘弊難具詳。五旬蕆事若無事。河深尋丈波汪洋。少婦暮澣衣。老嫗朝接淅。聲聲但頌使君德。不用乘輿濟人學洧溱。亦不必穿渠溉田似鄭白。聽我歌。淞江水。淞江水流達四鄰。司牧之官請視此。

磁州見水田　　齊翀

東南多曠人。西北多曠地。昔人謂東南有可耕之人而無其地。西北有可耕之地而無其人。溝洫力宜盡。往往成廢墜。遂令水汨陳。爲害不爲利。我行自粤東。道經荊與豫。憑軾覲原畝。時或詢民事。中州曰粤衍。陰陽之和萃。其藝惟黍麥。其田等赤埴。谷汲而山居。詎無泉脈庇。亦有秦與洧。不以資灌漬。弗瀦而弗防。盈涸聽其自。十仞潦既傷。五仞旱復熾。茫茫千里途。由鄭而及衞。每歎阡陌開。膏腴盡委棄。竭來磁州路。水聲鳴沸沸。特書慶新渠。路旁碑贔屭。高下原隰間。龍鱗相櫛比。溝塍歷落開。界畫分行位。一從而一衡。井井有經緯。禾稼方登場。陌上無遺穗。恍若在江鄉。陂塘相鬱蔚。井田不可復。澮遂宜建置。都水與農田。其政非有二。禹貢紀濬川。田與河兩治。周禮載稻人。均舍法明備。或云幽并壤。土疏水易匱。朝浸夕輒暵。澆灌談何易。我觀耕耰功。道在耘耡至。泥融罅不生。糞多土成淤。孟氏著深耕。特爲闡其祕。昔余從裘文達公治北直水利。言及農田。公云。高安相公嘗經理農田。以土疏不能蓄水。其事遂寢。近閱周碩勳廉州府志農桑篇。有再犁一條云。初春犁過頭遍。至將插時再犁再耙。蓋頭遍止能使泥土解散。必再犁再耙。然後田中之罅隙漏縫塡塞充滿。可以耐旱。試以上下脣連之田驗之。凡一犁一耙者。遇旱先乾。若再犁再耙之田。容易不涸。而禾色榮枯亦各別。因思孟子深耕易耨之旨。益信其說非誣也。磁州燕晉交。非同江淮洳。胡亦兩爲渠。芊芊秔稻植。偏隅既可施。推之一以措。惟水能滋木。天地此生意。旱蓄澇洩宣。一一爲儲預。因之疏淪通。兼可防壅潰。況任西北土。而經西北費。飛輓可不勞。天下咸衣被。國用於以饒。民生於以遂。偉哉虞伯生。力陳徙薪議。

七浦塘

張椁

七鴉東西浦。延袤百里長。西浦五十里。東浦四十彊。瀦洩兩郡水。利在東南鄉。西受巴城湖。北連白茆塘。貫輸具區委。崑新及昭常。不濬十餘年。淤沙高於岡。或旱而乾暵。或潦而汪洋。所以沿塘民。久不藝稻粱。昨日撫檄下。東浦尅期浚。縣官大歡喜。吾民得沾潤。興利守土責。大要在廉愼。吏胥大歡喜。吾家得沾潤。亟召圩保來。亟把册籍進。圩保大歡喜。吾身得沾潤。估土晰分毫。驅丁及髫齔。吏胥及圩保。聯屬如介擯。一日估土方。二日計工段。三日分田畝。舊籍任點竄。兩手持繩竿。

上下任轉換。一一爲關說。絲絲盡榷算。圩保白吏胥。今日須開工。舟輿及廬舍。一一皆預供。帷帳及飲食。種種皆豐隆。吏胥白縣官。今日須開工。上官限頗迫。不爾恐誤公。縣官令出票。票下急如火。須臾萬鍤興。千百無一惰。汙泥沒至骭。短衣不蔽裸。近者饁送忙。遠者餱糧裹。近者暮歸還。遠者棲蓬顆。圩保及吏胥。各各張繖坐。一日浚五寸。兩日浚一尺。十日五尺強。蟬聯互鳩覈。竣工四十日。不則不汝釋。五日縣官來。圩保大扑責。圩保利扑責。醵錢有常格。十日縣官來。吏胥大扑責。吏胥利扑責。醵錢有常格。逡巡一月餘。數萬付一擲。民橐早已空。民力亦已竭。其實計通河。高卑甚凹凸。有錢尺當丈。無錢丈當尺。圩保及吏胥。對面慣乾沒。況復通海沙。潮汐易淤積。淤積轉眼間。農商兩無益。圩保白吏胥。今日須收工。舟輿及酒食。一一皆預供。吏胥白縣官。今日須收工。上官限已迫。不爾恐誤公。縣官出片紙。萬衆讙歸農。歸農競相語。爽若開樊籠。我力雖已竭。我橐雖已空。來年方應候。歸猶及田功。不出三四年。還當此相逢。圩保謂吏胥。遠當送乃公。腹心久相託。他事仍求通。吏胥謂圩保。何用太匆匆。不出三四年。還當此相逢。七鴉袤百里。東浦四十強。瀦洩兩郡水。利在東南鄉。不濬一隅病。濬之闔邑創。不旱而乾暵。不潦而汪洋。十年一再浚。所費誰其償。況有他幹河。畚鍤以爲常。古人用民力。時刻殷如傷。興利豈弗善。立法恐未臧。作詩諗來者。隱憂在維桑。

吳淞水利古意　　趙王佐

三江水利。說者不下數百家。而顛撲不破者。惟郟氏、單氏、夏公忠靖、周公文襄四人。予讀其書。采其辭意。作古詩四章。

於利水或有補云。

治湖懷何人。其一曰郟氏。欲治太湖流。先去太湖累。西北挈其綱。東南爲之紀。一一得所歸。俾毋亂湖水。湖水既安瀾。會見歌億秭。治水以囿田。君言不外此。得失判六條。碎金在故紙。卓哉崑山書。水利從茲始。

郟子已自奇。單書更可玩。上爭溧陽堰。下爭吳江岸。江尾接海門。大患在梗斷。去梗岸增梁。治湖思過半。末後浚三江。湖流息奔灌。固曰先導水。殊塗理實貫。東坡上其書。不行堪喟歎。異世取知音。兩書耿雲漢。

勝朝成祖初。疇咨得忠靖。治水蕁禹迹。吳淞惟綱領。爰自古垂虹。迤邐達范浜。劉港與白茆。迅瀾水勢猛。引湖合其流。分趨江海境。浦潊既開淘。堤岸漸修整。堅築無倖功。良法今還炳。

夏公去幾時。吳淞仍湮塞。緬惟正統年。文襄迹尤赫。經度江東西。直北獨坦易。平窊一斗泥。亡何成疆埸。坐是遏江流。水道日偪側。公旆駐江干。立表爲之的。往來七浦間。渠牐貽典則。洊任甫二年。妖孛生吳域。大雨挾雷飛。颶風吹海立。萬姓待三秋。千里嗟一白。堤防復繕完。賴公起溝瘠。歲久大功成。猗歟駕古昔。

胡敬林中丞新政詩。見善政門。

津門樂府 十字圍 思水利也　　鄭祖琛

忠毅疏。潞客談。冀北何地無江南。咿咿啞啞水車動。綠楊委地春鬖鬖。長官一片心。農夫千日力。

棋盤畫出十重圍。白沙化作黃金色。斥鹵可耕渠可通。古今農事將毋同。吁嗟乎。落落海濱地。茫茫古人意。居民懶畚鍤。競逐魚鹽利。豐碑下馬拜賢王。苔痕綠上斜陽字。

沁渠行　　黃定文

明袁應泰令河內。鑿太行爲五龍口。放沁水灌田。歲久湮塞。癸卯。康茂園觀察濬復之。連歲旱暵。渠所溉五縣無飢人。

亘靈劈山洞山底。夜半精魂泣山鬼。千年石髓摶成泥。山頭一片黑雲起。五龍口豁山崢嶸。一呼一吸爲雷霆。白波翻空海水立。銀河倒挂天瓢傾。天瓢飛灑建瓴下。高截成渠低築壩。迸散春泉掣亂蛇。平分遠隴明方罫。去年春旱連千里。五縣山田獨平水。千畦百汊巧隨人。行所當行止當止。今年旱魃憂偏方。淇衛赤地人徬徨。覃懷老農笑且舞。我有萬斛瓊瑤漿。卻憶前年斷流咽。渠背坼如龜兆出。樂事重追二百年。監河使者眞仁術。沁源恩波萬古流。枋口龍口功相儔。晉司馬孚築枋口。引沁水以富河內。唐溫造又修治之。司馬溫袁今寂寞。天敎霖雨付康侯。

劉河行　　蕭掄

三江禹道跡久訛。並海今有劉家河。國朝初載漸湮塞。白公疏濬生煙波。百餘年來潮復汐。衆流合沓趨逶迤。斗門建閘謹啓閉。灌溉沙壤生嘉禾。河邊鄽市綰海口。烟帆雨舶來經過。東洋西洋耀珍怪。南海北海通鹹鹺。我昔少年此觀海。市上聯袂肩相摩。百貨塡溢地饒樂。居人醉酒酣笙歌。誰知通塞勢無定。轉眼大澤塡泥沙。前于後康州守于鼇圖、康基田。事疏鑿。百姓疲曳遭撝訶。金錢十萬委流水。旋開旋塞堪驚嗟。市中老人三歎息。安得海若驅蛟鼉。力排積土使深廣。幾里依舊來星槎。我謂通商利猶小。水旱事關民瘼疴。東江湮没淞淺隘。川谷往往成陂陀。婁江入海此遺跡。東南宣洩幸有他。邇來如人塞其口。一遇霪雨憂將多。上流奔趨下流塞。具區泛溢可奈何。當事誰爲白刺史。亟修舊迹休蹉跎。

蕭掄詠古詩元人都燕薊一首。見政術門。

浚河渠

彭兆蓀

日者府帖下。云道浚河渠。田夫任力役。業主任蠲輸。朝擔五斗泥。暮去一尺土。岸頭鼕鼕催大鼓。亦日行天汗如雨。華輿翠蓋何雄豪。沿堤鞭扑聲嗷嘈。近來官長多嫻事。不論農桑論水利。吾昨扁舟葦岸過。沙深水淺奈膠何。舟人指點向予道。此是今年新浚河。

丹徒河

朱綬

我昔乘舟京口驛。黑泥兩岸如山立。河身日狹地日高。水縮西風行不得。朝廷帑金費千億。年年畚臿勞民力。可憐撈淺不撈深。仍使崩沙水中積。焦山海門近咫尺。擔土何如投大澤。

苦旱行

柳樹芳

己卯六七月大旱不雨。余維我鄉號澤國。然近年菱芡蘆葦梗塞。吳人祇圖目前微利。互相侵占。不思疏通水道。一遇旱潦。洩水無由。汲水莫繼。此一大弊也。本此意作是篇。

仲夏多雨秋多晴。商羊舞罷朱鳥明。天公欲以威克愛。驅下旱魃恣憑陵。絕無微雲觸石起。高張大傘空中行。草木槁死何足惜。可憐憔悴禾數莖。農人望雨如望歲。桔槔終夜無時停。大地爲爐日爲炭。忍看萬物同煎烹。吾思備旱之策先導水。疏通溝洫江湖平。白渠溉田決爲雨。蘇堤衛水湖澄清。縱有災沴不爲害。天定每以人力爭。平時不講臨事晚。嗟此水利何由興。沿洄港汊舟楫斷。蔽塞泥淖葑蘆縈。寸水欲汲眞不易。安得手挽天河傾。杞人一夜憂不止。曉起又見懸銅鉦。

大水行 癸未五月　　前人

我吳澤國四面水。上承太湖下注海。中間橫貫吳淞江。滔滔不盡供輸委。積久漸塞水漸停。茭蘆占據紛縱橫。長橋以西龐湖南。淸淺無復烟波生。前年重濬淞江道。略去淤泥如去草。欲返故道積習難。一番利濟枉搜討。年豐幸免淫潦災。千門萬戶顚如雷。珍窮水陸恣遊讌。樂酣歌舞起樓臺。天心那不赫然怒。敕下雷霆不返顧。推倒阿香車數兩。連宵達旦雨如注。雨注水溢喚柰何。東阡南陌浸成河。憑高一望水村地。漂廬沈竈無人過。愁來不怨天公譴。但願河流通利便。疏瀹重興忠靖功。謂夏公原吉。力鋤強暴毋侵佃。君不見當年莊中丞。惠吳功德至今稱。第一先將水利興。乾隆二十八年。莊公有恭撫吳。濬吳淞。利及五十年。

欒城官舍紀事 八首之一　　桂超萬

縱目覽形勝。朝登欒武臺。左右尋雙河。源泉安在哉。故道犂爲田。見利忘其災。歲旱澤如暵。歲潦濤如雷。我爲補苴計。陰雨防未來。隴頭廢井修。路旁深溝開。治河決恐害。浚河塞須排。何當疏血脈。不使河身埋。治河滹沱支流。開之防氾濫。浚河宜復。籌款爲難。

穿井謠 廬江勸民詞之一　　朱錦琮

地中皆有水。井始黄帝穿。無井不成邑。有井乃爲田。舒縣常苦旱。罕逢大有年。高岡田百萬。方塘鑿田邊。入夏天不雨。徹底無微涓。胡不掘爲井。水當來九淵。一井溉畝十。百井溉畝千。占地較塘少。興工尤省便。山頂泉輕清。九仞莫棄捐。造井古有法。載稽玉曆篇。清夜置盆水。水中驗星躔。星光明大處。下卽伏甘泉。既直底用木。八角甃以甎。井幹取質實。收綆轆轤圓。瓶羸不可用。木斗輕而堅。以之代戽水。挹注相流連。終朝資灌溉。隔夜聚清漣。井泉生於地。塘水因乎天。天時有亢旱。地脈無變遷。源泉用不竭。旱魃虐無權。

從梁茝鄰方伯章鉅勘吳淞江水利

謝元淮

東南稱澤國。農田資水利。震澤定橫流。三江入以次。疏濬審原委。圩岸因地勢。蓄洩各乘時。旱澇乃有備。小民利目前。司牧忘遠計。遵守互因循。坐令古法廢。滋蔓葑蘆侵。閼塞湮瀆閉。淫雨偶爲災。汎濫竟莫制。所以賢哲人。殷殷獨留意。江南數郡田。倍蓰供賦稅。田僅百之一。賦幾十之四。漫淹任拋荒。公私交困匱。蘇松居下游。尾閭通腸胃。飲啜無所消。脹滿可立斃。治療應早求。策效殊非易。東江迹久湮。婁水流亦細。黄浦同逆河。三江已失二。吳淞承太湖。獨爲宣洩繫。舍此今不圖。民瘼將難治。黄渡達滬濱。高仰節節異。新閘束水口。吸潮使爲害。潮長沙與俱。潮落沙獨滯。畚鍤豈能供。塗泥棄何地。吳越撩淺夫。久廢難復置。郟亶著議詳。宋明開淘繼。聚訟徒紛紜。空言鮮實濟。要須旺清源。禦潮刷濁穢。來雖挾沙來。退亦挾沙退。以水治水法。百年保無弊。若決澱泖流。分注吳淞界。一如瓜洲河。江運兩不礙。方伯今召公。下車首農事。念爾三吳民。辛苦望樂歲。欲拯汨洳鄉。登諸衽席內。槩載爰親臨。溪蕩考支派。成算瞭于胸。形勢明若繪。老弱扶攜觀。奔走指麾蓋。謂言六十年。盛舉今見再。三江水利自乾隆二十八年莊中丞疏浚後。今六十三年矣。雖有節挑。未著全功。父母惟我公。天教活吾輩。我聞田父言。感激生歎慨。經綸濟時艱。仁心衆所賴。縣令爲親民。大府職察吏。但擇守土賢。肯遺斯民累。公昔籌宣防。遠慮建讜議。衣帶此江水。直如浚溝澮。便擬鄭公渠。還歌召伯埭。

農政田制附

踏荒詩見百家詩存　陸求可

長吏稱善職。首在課春耕。如何荒阪上。石田紛縱橫。將毋因水旱。或亦爲軍兵。賦斂既以多。踐踏復不輕。以茲耕作少。遂使蔓草生。我行荒田畔。招呼集衆氓。努力治墝埆。畢志芟茅荊。耒耜與牛種。吾當爲經營。庶幾歲有秋。平疇禾稻盈。

墾荒詞　薛所蘊

亭午炎歊背如炙。無牛拖犁躬自拽。兩日纔耕一畝田。汗滴焦土渾血色。黃昏歸家睡模糊。里胥扣門急索租。熟田舊稅完上倉。道是新墾荒田糧。荒田布種未秀實。官家租稅從何出。

勸農行　劉廷璣

周篆熟西北篇。見善政門。

勸農勸農使君行。從者如雲擁出城。未聞一語及民生。但言橋圮路不平。未知何以惠編氓。卻怪壺漿不遠迎。東村淡泊胥吏爭。西村更貧難支撑。使君已博勸農名。惟願及早迴雙旌。不來勸農農亦耕。勿勞再勸雞犬驚。

歷下城東觀刈麥

彭開祐

九州辨土宜。播穫事俱異。惟麥胥務登。種尤重齊地。播之法則同。穫乃非一器。我行東城東。嵖華拱晴翠。山前麥正秋。刈者早羣萃。乍觀捷若飛。熟視驚其智。齊人爲我言。武鄉善屯事。剙昔創渭濱。今猶受其賜。長刃是號鉫。直鋒而柄植。有網背結之。環張宛箕罝。網角三繫繩。兜項便所使。其法用兩人。前後不相離。前者截地來。兩手如展翅。橫掣聲砉然。斜行疑掃彗。拉朽兼摧枯。同茲勢猛鷙。鉫割網是承。舉網卽倒委。有幅先繫腰。方廣以受穗。後者盡幅牽。狀若逞螳臂。掠入間用鉤。恐其或旁墜。幅滿輒卸場。往復便且亟。十鉫刈一頃。曾不終朝遲。初刈曰看邊。陌頭還坐視。甌窶縱滿篝。旁觀不敢覬。刈畢曰放圈。羣起拾以次。絜之且擷之。歡趨或顛躓。諒此猶古風。遺穗總弗棄。來牟既悉登。屑麪戶新試。重羅白雪塵。麷蕡禮告備。紙錢壠上飛。是又薦新義。爾雅月令篇。纖悉猶未記。我觀稷下風。因憶江東利。治田俗本勤。穫尚遜此易。所恃惟霜鐮。鞠躬苦盡瘁。逝將計歸耕。十畝湖田治。擬傳捷法施。麥隴器重肄。

東郊勸農臺灣守任中

錢琦

時雨足芳田。駕言出東郭。出郭安所之。勸民勤力作。涓涓溪水流。寥寥天宇廓。芳草競鮮新。野花自開落。游覽豈不佳。中懷別有託。

行行三五里。遠見村煙生。好風忽微吹。散若浮雲輕。紆迴緣仄徑。軒豁登高坪。籬落有新致。樹木含古情。兒童走相告。父老前致迎。官爲爾農來。爾農慎勿驚。聽官殷勤語。游惰將無成。官昔弄文史。不解事犂鋤。廿年竊厚祿。一飽慚侏儒。陶潛歸去來。田園已荒蕪。田荒尙可治。無田將何如。爾農幸有田。曷弗勤菑畬。旦晚打門急。縣官來催租。

爾農不古處。習鹼好鬬訟。訟則必終凶。勝亦安可用。良田旣失時。朝餔行乏供。剜肉思醫瘡。毋乃自貽痛。水平波不興。馬發勢難控。爾農味官言。官言微有中。

與其豐年玉。不如荒年穀。所以耕鑿民。含哺而鼓腹。臺陽本沃壤。一歲凡三熟。雨暘況時若。大有預可卜。荷笠朝扶犁。橫苗晚驅犢。此景行繪圖。坐聽躋堂祝。

紀潘功甫區田種稻事

韓　崶

潘子試行區田法。躬執耒耜督課忙。春糞和泥厚培壅。臘水浸種調元漿。線堤參差畫溝塍。綺陌高下隨陂塘。元精蟠結根柢固。焉用蒔插勞分秧。毋寧捨此麥收利。愛惜地力利乃長。請看婁江東皋下。苗生彌望交青蒼。一莖五穗得未有。高科峨峨六尺強。中間一穗實三百。顚倒撐拄頭低昂。以此綜核收斂數。畝十六石數倍償。不知公從何處得此訣。讀書稽古巨眼張。參以己意妙通變。以挑勝巧憑評量。他年取則偏天下。坐看瘠土皆豐穰。旱潦不憂沴戾絕。非徒梓里農夫慶。嗚呼。潘子不在朝而乃在野。功業不居稷契下。

紀柳州楊太守勸民開墾荒地事

汪彥博

邗都蒼鷹猶可見。魯恭馴雉則已無。世人不解字氓術。翻笑儒術爲途迂。古來網密奸益衆。往往聚黨滋萑苻。守令有盜弗敢發。畏避文法相欺誣。號求治者矯斯弊。盡效嚴酷矜良謨。赭衣牽道獄犴滿。日對屠伯干號呼。見事風生任威怒。何暇惻惻哀其愚。楊侯才多抱偉略。建旗邊嶠新分符。下車慨然獨有念。治民當求牧與芻。柳江地曠雜傜僮。菁林巖洞藏奸徒。首嚴保甲布條教。比閭族黨同提扶。夜來且喜盜風息。警以守鼜寧停枹。又恐平民失業久。流爲邪匪身羅辜。爾田爾宅爾自惰。盍募傭值開平蕪。郊原彌望盡茅葦。官荒亦必官招租。糞田導水蓄牛種。勿辭四體勤瘏塗。要識使君勸耕意。豳詩纖悉堪繪圖。此事觀成五年後。將使墝瘠皆膏腴。乃知本固外可禦。治之有序和甘孚。試看渤海賣刀劍。請爲叔度歌袴襦。

寧夏采風 沙鹻田 牧靈武作。靈武隸寧夏郡。

楊芳燦

我來叓吏考。治賦無寸長。常恐民力絀。勸課達其方。弭節原上村。父老相迎將。舉策諏父老。念爾不自量。不見古王制。三耕備一荒。比歲值豐稔。猶然無蓋藏。而反累守宰。不得充官倉。父老拜且語。語多情慨慷。自言農家子。四體敢惰忘。此地多硝鹻。春潮凝若霜。腐根不出土。嘉穀無由芳。又有河壖地。風沙卷雷碾。往往萬金產。廢爲狐麂場。黃流況屢徙。圻壠如排牆。君看數種田。猶科現在糧。其間可稼處。馬體中毫芒。孤莖出蕪穢。赤立凍不僵。沙鹻之所免。堤堰之所鄣。耘芓之所壅。豚酒之所禳。上熟畝盈石。中熟六斗強。最下升與豆。子本安得償。腰鐮事未已。吏牒紛在堂。愧荷使君語。生事終茫茫。余聞搔首歎。此寔古塞疆。蓐收迺乘旺。金饑本不穰。百卉變衰落。五種無精良。喟彼好事者。乃云魚米鄉。斯言孰傳播。重爲吾民傷。

澤農謠　周濟

何來一區田。不種粳。不種秫。但種雞頭與茭白。茭白水淺雞頭深。水深二尺淺一尺。茭葉利如劍。雞頭亦多芒。種者低頭水撲面。體無完膚恆被傷。問渠何不種稻麥。答云租重難爲償。此田畝租十六斗。斛加一斗恣主量。年年自送上倉去。從無蠲減憂災荒。茭芡利多猶可給。稻麥利少將何入。可憐名號是澤農。歲歲將錢買顆粒。居民度地古所慎。今世司空竟何職。

區田圖爲潘功甫舍人作　齊彥槐

我友子潘子。示我區田圖。此法本阿衡。其詳閲漢書。大略田一畝。每歲半畝除。所種半畝田。每行一尺虛。晝唰欲其寬。分行欲其疏。惟不盡地力。地力乃有餘。耕欲深毋淺。耙欲細毋粗。源深根自固。土細苗易舒。不種之一行。翻耕出泥塗。三耘復三耨。培壅肥如酥。種用雪水浸。冷則蒸弗虞。糞用雜草燒。煖則毒可祛。天生布穀鳥。穀雨桑間呼。烏呼急播穀。不可緩須臾。吳農貪種麥。麥熟已夏初。拔秧更蒔之。生意離根株。地利既竭盡。天時復愆踰。入土根不堅。枝葉何由敷。非不勤灌溉。非不事犂鋤。四體終歲疲。所獲常區區。稻麥各有宜。荆揚異青徐。兼種而薄收。作計毋乃愚。區田不種麥。所少惟夏租。詎知當秋成。穰穰滿篝車。歲豈盡豐稔。地豈盡膏腴。元氣葆勿傷。雖旱無槁枯。去年婁門東。試種田壹隅。莖生八九穗。穗結千百珠。三分畝之二。已得十石儲。一畝三十鍾。古人豈我誣。潘子信豪傑。捐田濟鄉閭。復訂區田編。以教諸農夫。經世事遠大。蒼生仰通儒。豈直范希文。庶幾稷契徒。我有陽羨田。歲歉多荒蕪。願言秉耒耜。學稼同樊須。安得天下農。奉此爲楷模。廩高齊丘山。榮邑四海無。

龍尾車歌　　前人

神龍捲水非獨神。實有利器藏其身。利器在鬛不在鱗。鬛附於尾旋轉勻。九天雲垂尾一伸。水隨鬛轉轉入雲。泰西儒者生海濱。所居殆與蜿蜒鄰。無事靜觀龍取水。製爲水車像龍尾。八繩附臬螺絲旋。繚繞往復成迴川。兩頭空洞桶底脫。半腰約束環中圓。飛流直下三千丈。水不自知其已上。激浪奔騰似決渠。神機活潑如翻掌。江南農家尠蓋藏。踏車十日憂無糧。泥沙拋棄吁可惜。源斷澤竭終成荒。盍觀此龍尾掉河。尺水可以興洪波。內無退轉外無漏。崇朝百畝如滂沱。一車當五人當十。用力甚少成功多。八家同井辦一具。旱潦不患田無禾。利熊二士來西海。法入中華三百載。布衣能述不能行。霖雨還須有人在。侯官中丞今大賢。講求水利籌農田。聞余述作亟欲覩。二龍躍上荆溪船。草橋試車日卓午。傾城士女觀如堵。雲蒸霧湧噴薄來。歡呼動地聲如雷。塘寬十畝深二尺。車乾七寸纔三刻。中丞大笑與我言。此利不止關田園。邇來洪湖拍天際。懷襄往往爲民厲。千車倒挽刷黃流。兩壩三河可長閉。劉河堙塞久欲疏。車水遲遲恐糜費。伐輪百部寘河滸。畚鍤興工日可計。

蕭掄詠古詩甽田行周世一首。見政術門。

撫彝沙　　許乃穀

衙散鼕鼕堂鼓撾。鄉里小兒來訟沙。沙乎何曾一錢値。乃亦爭此堪歎嗟。爲言以沙糞阡陌。麥苗易青禾易碧。鎭𡾰不用沙肥田。直把膏腴委荒磧。君不見用才得所皆美材。遷地勿良君莫猜。小兒小兒汝莫哭。我能辟地開渠供爾千家之饘粥。

嶺南勸耕詩十二首

徐　榮

東風入新年。海氣吹淺綠。茫茫潮花田。矮矮榕樹屋。開燈聚鄰里。添丁酒新熟。粵俗。正月十三日。里社結棚開燈。里中去歲生子者。出添丁酒一罇。老人城中來。打春適寓目。今歲土牛黃。爆花不須卜。迎春日聚東郊觀土牛。競以紅豆五色米擲之。曰打春。占書云。土牛頭黃主熟田家。五行志。雨水節以李婁花占年。李婁花今嶺南謂之爆花。視我翻根泥。理我屎尾瀆。明朝擇黃道。送兒入鄉塾。農亦從此忙。流光甚奔促。正月。

社翁來行田。不食舊牛水。提要錄。社翁不食舊水。故社日必有雨。曉來新雨過。生機盎然起。瓦盆預安排。浸種及時矣。波平吹鴨頭。泥軟排燕齒。南岡麥可收。高田亦須理。二月收麥。亦有正月收者。其田滬至四月。可種早禾。春耕尋手勞。古語已如此。勞。耰也。齊民要術。春耕尋手勞。秋耕待白背勞。老牛爾毋疲。美終在勤始。不見鵓鳩聲。濛濛木棉裏。二月。

春不分不暖。禾不分不強。悤悤及淸明。處處傳栽秧。載肥白木桶。擔禾黃篾筐。一蘸一蒔之。布列各有行。糞謂之肥。分秧時蘸而蒔之。禾易長。彎身鶴俯啄。筋骨每恐傷。日午家人來。白飯聞魚香。非無多牛翁。批耕安且良。佃田日批耕。不如甘微勤。食力味更長。三月。

種山候星尾。種潮候水節。廣東新語。瓊州芒種日以星候秧栶犁。尾星出則秧死。𥕢尾星出則秧黃。二星在南極下。潮田或曰雄田。卽駱田也。三四月乘水節種之。秧艇下雄田。來往快一瞥。東家鹽罷燒。西灘草亦絕。是時天四空。踏浪萬頃雪。堂堂沙頭來。督作甚嚴切。淋灰及潮退。蜞蜆敢萌孽。豚蹄祝夫人。風醉神自悅。明年沙裙生。燈歌報神烈。沙田一歲種草。四歲種禾。禾既收。以海水淋稈燒爲鹽。其尤濱海者曰沙灘。總佃曰沙頭。新生子沙曰沙裙。每日潮上。蟚蜞蛤蜆之屬。隨來傷禾。預以灰治之曰淋灰。所祀禾穀夫人。附會爲姜嫄。實不知何神。四月。

出耘及五月。稻花亦已齊。蕭蕭天無雲。田水如琉璃。上有炙背日。下有沒髁泥。忽然白雨來。更替相蒸炊。諺云。早禾壯。須白撞。此景那易繪。此情焉敢疲。不受路人憐。不求官府知。回頭語大兒。此田曾祖遺。但願汝能勤。常如吾此時。五月。

六月早造成。一收謂之一造。是爲小豐年。淥頭荔枝熟。菱藕皆森然。果物不足珍。去去行吾田。芃芃大小暑稻名。粒粒垂朝煙。收割喜及時。嘗新隨所便。牆東芋屋開。雜煮香拳拳。諺云。六月六。開芋屋。耕者切芋成粒。和米煮爲飯。不全食稻也。小人貴知足。何必羅葷羶。積儉抵常豐。人力可勝天。六月。

上穀納官倉。次穀私廩盈。餘穀棲畝間。飼鶴亦長成。處處結緣茶。村村田了聲。廣東新語。東莞、麻涌諸鄉以七月十四日爲田了節。兒童爭吹蘆管相慶。謂之吹田了。十五日盂蘭會。相餉龍眼檳榔曰結緣。潮州謂之結星。田事詎易了。晚造方催耕。漚藁及分秧。愛此處暑晴。秋風來何時。餘熱方與爭。七月熱更甚。謂之爭秋熱。縱橫水松陰。十里溪流清。作勞且暫憩。上有涼蟬鳴。七月。

七月天雨金。八月天雨銀。諺語。雨夜休雨晝。晝雨傷禾身。糞田事已畢。暫得爲閒人。昨日作秋社。今朝祠祭新。宗祠尤重秋祭。常於社後舉行。藹藹見昭穆。油油任天眞。微胙出先澤。孩稚有必均。醉話夕陽中。此樂難具陳。嗟哉逐末徒。去鄉離六親。八月。

江鄉不知寒。雲山四時翠。微霜變烏桕。始覺有秋意。出門行黃雲。雲闊浩無地。潮來龍骨鳴。潮去禾蟲醉。禾蟲狀如蜈蚣。長一二寸。夏秋間早晚稻將熟。蟲自根出。俟潮長入田。乘潮出海。村民因網取食之。西風吹黃魚。拍拍開兩翅。聯翩海上來。趁此煙雨穟。但願年屢豐。飲啄爾何忌。黃雀亦名禾花雀。較瓦雀微小。綠毛紅距。九月海上來千百爲群。以禾花爲糧。相傳黃魚所化。十月復入海。廣潮瀕海地沃。衍數百里皆田。任其食。無害於稼。土人網取食之。蹂躪所傷。多於雀食。故田主禁人獵取云。降占行可收。霜降收者名降占。場圃當預治。九月。

孟冬大禾熟。嶺南尤重晚造。名之曰大禾。晚收當此時。田車挽獨輪。村綖撐瓜皮。日入捆載歸。庭宇香穲穲。餘利及寡婦。秉穗有滯遺。豈惟積高廩。社倉無所虧。君看大田稾。可備終年炊。幸哉太平民。鼓腹當雍熙。歌舞答神庥。報賽焉敢遲。十月。

行船不饒風。耕田不饒土。諺語。穡事既以登。餘力及蔬圃。晚造既登。種蔬或麥。謂之春花。實三收也。冬泥須早掘。舊堤亦當補。人言農家樂。所樂在辛苦。東鄰習奢逸。被服賤麻縷。今年已賣田。兒輩當記取。隨分畢婚嫁。努力撐門戶。莫嫌鄉風陋。此事自太古。十一月。

雷南地氣暖。臘鼓聲和柔。酒孃宜老人。新釀已可篘。刮塘魚正美。橙柚非外求。團欒聚兒孫。色笑何油油。傳聞雷瓊間。新秧此時抽。雷瓊間皆三收。十二月布秧。明年二月熟。沃土何必羨。惟勤服先疇。乘屋及閒暇。犂耙亦待修。舊雷接新雷。明春當有秋。十二月。

清詩鐸卷六

田家

田家翁

王孚美

丁男入縣晚未歸。老翁自掩溪邊扉。風急月落霜滿屋。敲石取火飯黃犢。布衾不補冷如鐵。病骨天陰痛欲折。甕頭有酒不敢嘗。來春換米輸官倉。

牧童謠

施閏章

上田下田傍山谷。三年播種一年熟。老牛亂後生黃犢。版築將營結茅屋。催科令急畏租吏。室中賣盡牛亦棄。今年逋租還有牛。明歲田荒愁不愁。前山吹笳後擊鼓。殺牛饗士如磔鼠。牛兮牛兮適何土。

田父詞

毛師柱

老農生長婁江邊。自言力作思逢年。那知年豐更愁苦。令我不得中宵眠。箱中有粟囊無錢。公庭敲骨眞可憐。傾箱不足了官稅。依然土銼無炊煙。烏虖。人生筋力百可用。愼莫歸種江南田。

田家苦

方中發

渚蒲芽青山杏紅。家家曉起催農功。隴上驅牛西復東。犂頭偪剝春冰中。火耕水耨各盡力。櫛風沐雨不遑食。四月栽禾時已亟。貸粟豪門廿倍息。火雲燒天日如虎。暴背耘苗汗成雨。朝來乾坼禾下土。踏踏水車兼婦女。祈神幾度盼西成。腰鐮穫刈歡秋晴。低田苦淫高苦瘠。實穎實栗徒虛名。築場納稼先田主。新逋宿負爭償取。碌碡聲傳穀已空。終年竟爲誰辛苦。賣牛夜對妻孥泣。看看乞食離鄉邑。常平倉穀年年入。農夫餓死無顆粒。

田家　　郭九會

田父夜徬徨。生計摧中腸。雞鳴呼婦子。好與若商量。佃田不數畝。分水只一塘。作時嫌力少。成時無剩糧。旣積公私逋。復憂水旱荒。何以償宿負。何以充蓋藏。曾聆老農言。勤儉不可忘。吾與若母子。努力以相將。婦聞長歎息。神沮意激昂。蓬頭跣雙足。不作閨中妝。日中把耡犂。日晡挑糞筐。小兒無氣力。騎牛牧草場。草色綠如玉。牛背穩如牀。大兒兼樵采。乾蒲與枯桑。婦於風雨日。完補破衣裳。田翁更矍鑠。耕耘時刻忙。不惜汗成粒。所痛肉醫瘡。力作敢云苦。鞭扑難禁當。

農民苦　　李光地

四民最苦是農家。食無兼設衣無華。遇歉已傷熟亦病。坐視大賈居贏邪。不受公廛佃富室。場登早已來分瓜。天行十八無盈數。私租豈肯毫釐差。朝廷時有蠲優詔。農錢多不上官衙。或逢繇役富者免。追胥仍向農家撾。初春指畝貸升斗。桀強收息數倍賒。年豐未足塡責負。仳離荒歲又何嗟。衝炎冒雨敢辭避。但恐乾溢及桑麻。聖朝寬恤無虛載。訓辭深厚漢文加。歎息作甘人長苦。殷勤示儉國無奢。噫嘻農業爲國本。聖祚應與姬曆遐。

田家行　陸隴其

誰云田家苦。田家亦可娛。上年雖遭水。禾黍多荒蕪。今年小麥熟。婦子儘足哺。所懼欠官錢。日下便當輸。昨夜府檄下。兵餉尚未敷。里長驚相告。少緩自速辜。不怕長吏庭。鞭撻傷肌膚。但恐上官怒。謂我縣令懦。傷膚猶且可。令懦當改圖。陽春變霜雪。爾悔不遲乎。急往富家問。倍息猶勝無。田中青青麥。已是他人租。聞說朝廷上。方問民苦荼。貢賦有常經。誰敢咨且吁。不願議蠲免。但願緩追呼。

田婦行　季麒光

臨淮道上逢田婦。赤脚蓬頭立高土。卻指斜陽向客言。淮西風物由來苦。地疏水闊瘠且荒。昔年曾此生眞王。千里蕭蕭禾稻少。平原脈脈多高粱。富家問僮兼問婢。貧家耕作尋常事。大婦前行中婦隨。少婦紅顏能荷耜。夜習機杼晝習田。茅簷籬戶朔風穿。聽來蟲鳥知晴雨。舉室蒼茫出看天。三更催起裳衣倒。四更盥沐雞鳴早。五更挈伴走中逵。天明始到田頭好。何翁復向坑前呼。兜粟移薪又刈芻。黃口啞啞啼土榻。竹筐瓦缶相攜扶。阡陌高低互淩躐。壯者躑躅弱蹩躠。鐮鋤在腰兒在背。面面汗流仍背浹。削徧桑麻更摘瓜。白楊高栗啼悲鴉。大風颯颯黃塵滾。肌膚寸寸積泥沙。酷日當天烈如火。尺布蒙頭衣肘裸。渴掬河流飲樹邊。饑餐麥飯田塍坐。生來憔悴長荒村。低頭倩視臂間痕。一身耕織劬勞併。滋味長年齩菜根。爲言辛苦猶不足。食無餘粒衣無幅。頹牆敗草壓牀頭。夜雨秋風頻痛哭。吁嗟乎。人生百歲曾幾日。鬢毛空向秋霜白。面黧指皴昧涼暄。環堵殘年夜啼泣。生平不識脂粉香。好花不戴眞可惜。爲語珠樓金屋人。田婦何曾少顏色。

老農　尤侗

披衣過東郊。倚杖問秋穀。荒草滿溝涂。老農相對哭。二月響春雷。三月霖春霂。四月荷鋤來。小雨如珠玉。五月旱既甚。蘊隆至三伏。萬里曠無雲。赤日燒茅屋。青苗元以黄。滄海變爲陸。我耕數畝田。三年無私蓄。朝憐婦子啼。暮畏吏人促。今年又苦飢。且恐速我獄。爲我與天言。何故欺煢獨。徒空野人家。豈減縣官粟。吾謂若毋聲。何不食糜肉。公卿不撫脾。有司不蒿目。一夫田幾何。嗷嗷愁容蹙。秦楚多大兵。盜賊空城宿。白骨半邱墟。何處問穜稑。餓死事極小。苟安心亦足。誰將雲漢詩。補入流民牘。

山農詞　金德嘉

茀堂四壁不蔽雨。鼉箔蜂房走田鼠。新婦銅釵换米炊。縣隸苦嗔飯熟遲。往年人客留我屋。人有盤餐馬有粟。今年客至坐雞栖。不聞雞哺聞兒啼。阿翁有家不得住。身帶桁楊縣西去。

典衣詞　前人

二月南榮日杲杲。農夫牽牛踏春草。春暖又當畝稅期。主伯亞旅齊典衣。坐市列肆多錢賈。估值公然書爛朽。氈包席裹纔一金。踟躕不敢近官府。治就白金官無咨。吏手低昂安得之。儆天之靈十報六。長跪請待麥子熟。詔問循良下虎符。報最昨言苛政無。吁嗟我生獨不淑。舊稅還將新婦鬻。田家鬻婦亦不傷。可憐嫁去無衣裳。

麥粥歎　　又

麥秋積雨麥欲落。田婦腰鐮隴頭斸。小兒口涎餅餌香。越陌手弄菜花黃。縣吏催租縣帖下。到門指麾秣官馬。不惜傾筐飽饕餮。近前但怕馬蹄齧。內顧宿舂無斗糧。款客何以上高堂。縣門昨有發倉事。安得荒村拜官賜。縣隸拍手笑且呼。爾乃何人問官儲。飢民口數夜書紙。城門旦開去如矢。依倉雀鼠常苦飢。倉吏前月歸休矣。田婦仰天行躑躅。櫪下顆粒還可掬。且斧溼薪炊麥粥。

歲晚古詩　　金張

討租顆粒無。幼女願淮折。賤良義不可。轉賣尤謬絕。誰能如我家。混混泯分別。打罵業既除。飢寒念頗切。免租竟起田。愧與爾永訣。兩年算大無。我累不待說。轉念有田耕。行乞力尙竭。是人已乞食度歲。若我換佃人。何以供餉餟。反側不成眠。賣田吾計決。

田家行　　藍啓蕊

飯牛耕東菑。雞鳴星皎皎。春風二三月。播種起常早。四月長新苗。五月鋤青草。汗溼心如焚。烈日何皦皦。高田常苦旱。低田常苦潦。溽暑六月至。炎蒸滋煩惱。冉冉黑雲馳。閃閃雷電繞。冒雨不得閒。勞勞通水道。七月涼風生。寒蟬鳴樹杪。八月鴻雁來。除芒穫新稻。霜露侵肌膚。九月桑麻槁。四時歷艱辛。所望西成好。登場穀穗多。兒女得以飽。穀多苦價少。官租何時了。札札弄機杼。夜夜織到曉。

踏車曲　趙俞

杉欓作筒櫝作軸。烏鴉銜尾聲轣轆。赤露兩肘腹無粥。踏車辛苦歌如哭。前年井底泉脈枯。去年甌窶長菱蘆。旱年掘窩轉水入。潦年築堤翻水出。水入水出車欲裂。農夫那不筋骨折。無奈今年又苦旱。塘水少於衣上汗。往年車完人盡力。今年車破人無食。人無食。不足恤。努力踏車聲太息。伍伯催租秋賦迫。連年未報災傷册。

田主歎　查嗣瑮

龍山届兩海。東北窪下西南高。高田既荒低亦旱。田主佃戶同嗷嗷。官司行文惜佃戶。更下飛符責田主。田主不荒佃戶荒。私租莫徵徵官糧。買糧上倉苦不足。佃借官威翻貸粟。時上官出示。禁取私租。復令田主貸恤佃戶。況聞賑粥檄捐租。那得賣田來買穀。明年未必是豐年。家家賣田誰買田。

憫農詩　查慎行

豳風本王業。稼穡知艱難。立政務明農。化理自古然。我從田間來。疾苦粗能言。請陳東南事。約略得其端。初冬下菽麥。深溝及春前。根株載培護。益使土力堅。麥黃未及秋。晚蠶又催眠。祈晴三四月。雨水翻連綿。針水分稻秧。襏襫行耕田。時方仰膏雨。杲杲恆當天。炎威一熏灼。泥淖同熬煎。委身沸湯中。辛苦少所便。好風槐柳下。欲往不暫閒。老稚皆靡寧。桔槔遠吸川。或防霧損花。又恐蟲傷根。半年隴畝畔。力竭心亦殫。如此冀西成。食報理或存。但令畝一鍾。歲事幸告竣。私租入富室。公稅輸縣官。所餘已無幾。未足償勤拳。況逢水旱加。往往多顛連。逃亡等無地。芻牧肯見憐。高位有仁人。垂聽宜惻焉。所以古大臣。農事恆惓惓。流移進圖繪。咨儆陳風愆。有時亟施賑。詔旨輒擅專。有時撫瘡痍。逋賦請緩蠲。不上封禪書。不獻羽獵篇。乾坤生生機。君相操微權。一念苟憫恤。惠風自遐宣。矧今天子聖。綏邦必豐年。

邊農歎

方正玭

南人食香稻。邊民食燕麥。燕麥復不多。稊稗充朝夕。年年五月耕作遲。即有冷雨來扎之。北方呼雹爲冷雨。迎秋更畏霜與霰。處處災祲釆謠諺。今年郡邑慶西成。家有餘糧換疋絹。有絹可織糧可舂。又恐市上豪猾難相容。

田父行

方朝

節候歲不同。藝植殊早晏。窪田常苦潦。高田常苦旱。穀性各有宜。操作在方寸。田家有經營。老農歷聞見。荷鍤五十年。不知華髮變。策杖詔諸孫。力田幸無倦。力田豈無營。條桑亦勞止。歲功冬甫畢。方春復耒耜。役役百年中。辛勤何時已。稍喜風日和。青苗將可恃。日暮息種作。行行過鄉里。相逢漁樵人。一杯醉西市。西市酒有餘。東皋期竭力。慚愧號老農。向人歎無食。雞聲催曙星。男耕婦操織。秋風伐社鼓。豚啼思賽德。築場桑樹邊。兒曹皆起色。豐歲豈可常。方穫心轉惕。

拆車行

陸晟

六月不雨至七月。七月不雨河水竭。農人無計拆車歸。車拆人歸農望絕。憶昔排車爲插秧。烏鴉銜尾戽水忙。老翁稚女悉更代。六十日不離車場。岸高車豎水莫繼。更設一車灘下遞。兩車併力晝復夜。淺淺谿流何以濟。須臾谿涸車且停。外塘之水猶盈盈。全家轣轆搬車出。塘邊引水山谿行。連日狂風撲沙岸。官塘水捲行舟斷。欲搬無水可奈何。只得停車叉手看。吁嗟乎。今日不雨望明朝。朝來依舊青天高。青天高。苗已焦。拆車歸來哭號咷。從今八口空嗷嗷。可憐種苗苗不熟。田中盡是心頭肉。

刈麥行　李天塹

偶攜游屐來郊坰。麥畦高下鋪黃雲。三三兩兩婦子集。腰鐮運臂工無停。滯穗遺秉委狼藉。前村囷載等山積。笑我雖無負郭田。對此閒愁頓消釋。忽有老翁前致詞。君居城市來何之。請君小憩與君語。田間疾苦君安知。去年秋旱禾苗枯。石田奧草成荒蕪。樹皮石粉供一飽。官租未了猶追呼。入村黑夜將人縛。脚踏公門如病瘧。飢火腸迴轉轆轤。鼓吹肉部鶩敲扑。歸謀諸婦淚潸潸。昔日醫瘡術已艱。此時更覓心頭肉。止有中丁五尺男。癡男索飯牆東哭。賣去商人作奴僕。白鏹入手完條糧。官耗加三老四六。幸免催征夜打門。尚容枵腹度朝昏。今幸天公動憐憫。一畦麪足餅餌馨。刈麥登場恐化蛾。廩收倉貯苦無多。宿逋已去三之一。又值新征比限過。老翁刺刺語不住。欲起被褐再申訴。催租健吏忽登門。手持黑索繫翁去。

麥蠶歌　吳屯侯

二月結冰三月霜。只今四月麥未黃。稚子久飢不能待。摘歸顆顆香盈筐。砂盆煖焙青半破。一家欣欣齊上磨。撮來掌上如新蠶。入口不減春餳甘。近時重食不重衣。一襦難貿升粟歸。縱有春蠶似蟻繭如斗。不如麥蠶能救貧人飢。吁嗟乎。無蠶只愁富人恥。若無麥蠶貧人死。

插秧歌上程觀察

顧成志

木棉歲歲雨傷鈴。上下岡身作稻塍。夜看參星占水旱。夏來甲子喜天晴。燕子巢成蠶子老。秧針簇簇青如草。幾時芒種試開書。鴉軋車聲夜連曉。農夫養秧官養民。第一先教潤澤均。擁欲根深扶欲直。晤滋稂莠及時耘。一耘再耘日鹿鹿。婦子嗷嗷望禾熟。卻到禾收意轉愁。前年糶盡今年穀。

田家雜謠五首

沈瀾

賽田社

春雨秧苗針。秋雨禾垂耳。社公占得陰晴權。春秋禱賽封羊豕。里正朝來徧掠錢。錦棚高矗神祠前。傀儡裝成演歌舞。爭邀親串開華筵。詎知閨婦賣釵釧。祗博當場一酣醼。春田龜坼秋稻空。社公神靈君不見。

舉田債

布穀屋簷喚早耕。農夫驚起多歎聲。缾儲無粟誰負耒。征稅煎迫難逃生。商賈握錢列市肆。舉債償息什加四。且救眼前貧入手。半供縣官半胥吏。耕場磷磷稻芒垂。共道年豐慰宿期。那知稏罷未入屋。已被商家催納速。

輸官倉

官倉周圍編作號。按戶配廒輸正耗。縣帖昨日火急催。納足官倉送運漕。農家惜米計升斛。倉吏踐踏成糞土。但祈收貯不作難。吞聲敢訴三時苦。漕艘銜尾供京儲。達官飽食府中居。莫言粗糲難充飭。都是農民膏血餘。

償租限

公家催徵有程期。立冬之後雪寒時。私家收租亦開限。健僕如虎恣鞭笞。初限全完寬升斗。二限繼納免愆咎。三限乍過健僕來。全家催蕩鶩雞狗。有女卷髮兒扶牀。牽出鬻賣不得藏。官糧尚寬私糧酷。那能天眼燭茅屋。

稍桑葉昂價預貸爲稍

吳儂育蠶惟論筐。一眠二眠仰食桑。稍得豪家葉百箇。吳地葉不論觔。惟稱幾箇。朝夕采飼免徬徨。眼看蠕蠕競上簇。繭少同功聲撲撲。婦姑抽繅費轆轤。一堆霜雪照羅縠。貨與舶商給直低。償他稍葉尚不足。君不見臨時購葉走趲趯。有人養卻空去聲頭蠶。俗以空手育蠶爲空頭蠶。

刈麥行　沈德潛

前年麥田三尺水。去年麥田半枯死。今年二麥俱有秋。高下黃雲遍千里。磨鐮霍霍割上場。婦子打曬田家忙。紛紛落磑白於雪。瓦甑時聞餅餌香。老農食罷吞聲哭。三年乍見今年熟。

種田戶　李化楠

種田戶。業良苦。叱犢扶犂耕瘠土。春忙力盡幾支拄。又屆驕陽少膏雨。艱難幸得值有年。那得倉箱盈萬千。烹羔酌醴招鄰里。解囊糶穀輸官錢。官錢不欠儂心樂。免教催科受敲扑。那知世情多變態。正供雖完官事在。東家犯罪我爲鄰。西家爭訟我中人。爲中爲鄰累無已。差傳票喚何能嗔。一到官署遲未理。門前守候動經旬。官坐高衙方飲醇。司閽如虎寧堪親。一腔憤懣向誰訴。不敢言兮焉敢怒。旅店晨昏度淒涼。回首田園春色暮。春深未得勤耕作。眼見蒿萊田卒汚。又況訟師胸有矛。頃刻海市與蜃樓。淸白良民受寃枉。鐵拿械繫陷法網。安得賢侯視我如赤子。事事入人心曲裏。聽爾言。爾勿哀。我亦身自力田來。固知不翦稂莠良苗災。

打麥詞　　畢沅

荒村小姑髮垂額。手把竹枷聲拍拍。云是今年苦雨多。收得區區幾斗麥。昨日割麥。今日打麥。催科在門。飢不及食。大姑回頭語小姑。縣吏下來酒缾無。汝飢汝餓汝勿呼。阿爺責遣骨髓枯。

催租行　　尤鈞

浮塵飛滿村前後。殷殷降降徹昏晝。磨礱穲稏比戶喧。餘得斗升歡已透。誰歟一棹來江干。鮮衣耀日帶大冠。頤指頗學貴人態。場前兀坐稱長官。老農慴伏不敢語。小僕從旁相爾汝。今年租米早入倉。莫教縲絏無逃處。老農聞之意倉皇。悉索捆載恐不遑。手脚凍皴皮肉死。粒米視作明珠量。量後翻教更呈樣。不爾風前更篩颺。呑聲飲泣悄無言。空船飄蕩隨風浪。隨風浪去苦不前。未知此租還幾年。側聞貴官已籍沒。來歲輸作官家田。

踏車曲　　顧瑑

朝踏車。夜踏車。三日八日食一瓜。老農呼天兒呼爹。誰人知我踏車苦。含涕朝來告田主。田主宿酲苦未醒。鼾睡風窗呼不應。朝踏車。夜踏車。轆轤水畔聲咿啞。農夫踏車飢欲死。紅粟官倉飽蒼鼠。年年積穀爲民飢。民飢得不告官司。官司無言吏胥怒。無錢不上飢民簿。

吳中田家歎 庚午年

趙曾

吳中田賦一何重。云是天庾充正貢。可憐胼胝三時勞。租稅纔完室已空。今年雨暘喜歲收。江南處處歌有秋。川楚估船今又到。田家飢餒何須憂。縣倉已開價不起。官家要錢不要米。二斗賣得一斗錢。吳中依舊無豐年。

種春田謠

龔理身

語溪風俗。先春二日之夜。邑民於縣衙外犂土爲田插秧。次曉鄉農聚觀。以形勢高下。行列疏密。卜歲豐歉。名曰種春田。

農夫望歲先望春。鳴鑼打鼓迎芒神。先期禱雪仰蒼昊。到日撒穀塡郊闉。語溪風俗此則異。占歲全憑縣前地。春前兩日夜之分。共挈新秧荷農器。暫將官道犂作田。曲者有陌直者阡。手把良苗走且插。頃刻遂徧東西偏。曙色曚朧日初上。四鄉觀者紛攘攘。彼觀占高原。此觀占下壤。高原下壤勢易成。未必家家盡豐穰。種春田。卜秋禾。所穫不齊可奈何。我爲爾民一指說。穫稼不如穫福多。但令歲歲値賢宰。先秋早聽豐年歌。

田家詞

陳廷桂

前年旱。草根樹皮存者罕。去年疫。遺骼多於道旁石。今年豐。黃雲千畝吹香風。秋蟬催人穫早稻。腰鐮已具人力少。以錢雇人須及早。東家西家同薦先。哭聲直上干雲煙。死亡已盡逢豐年。官租既完宿逋脱。女嫁男婚室家作。此時纔有生人樂。但願無事驚長官。吏不到門雞犬安。萬一苟活無飢寒。

刈麥行　石鈞

遠風冷冷天宇廓。麥熟平疇事刈穫。腰鐮日暮負麥歸。饑烏依人樹間落。歸來倚戶自太息。去秋田荒常乏食。向人稱貸過殘年。許到春收倍還直。今朝麥在打麥場。明日麥在豪家倉。淒然無語淚垂臆。獨抱麥柴歸破牆。

刈麥詞　吳智

靡草死。小麥熟。腰鐮刈得畝幾斛。種時借米償不足。老婦倚牆翁仰屋。吁嗟麥熟我空腹。夫婦相將啜麩粥。

晨雞行　應文若

雌雷不鳴雄雷鳴。炎帝日日驅火輪。金鴉雙翅騰赤雲。大田小田飛蓬塵。山火烈。河水熱。晝夜桔槔聲不絕。田間一粒粟。農夫心頭一塊肉。無肉一身痛。無粟一家災。君不見開府堂前夜舉觴。傳花四座迎新涼。迎新涼。樂未央。雞聲喔喔殘月黃。開衙打鼓行朝香。

踏塘車　方薰

去年踏塘車。田中赤裂飛黃沙。今年踏塘車。田中滉瀁多魚蝦。去年一旱三五月。今年風雨橫交加。踏車一日。雨落一尺。水深轉車足無力。雨不止。車不休。眼中淚。車上流。子鬻去。妻難留。妻難留。道旁哭。來日何人共車軸。

老翁賣牛行　袁承福

老翁賣牛手持餅。持餅食牛抱牛頸。念牛力作多年功。灑淚別牛心不忍。今年有牛無田耕。明年有田無牛耕。今年牛賤人皆賣。明年牛貴人皆爭。此牛賣去田難種。恨不與牛同死生。洪水滔滔四宇逼。人兮牛兮兩無食。勸翁努力活荒年。賣兒賣女尤堪惜。回首視牛牛眼紅。吐餅不食心戀翁。買牛人自鞭牛去。老翁淚溼東西路。

插秧女　陳文述

朝見插秧女。暮見插秧女。雨淋不知寒。日炙不知暑。兩足如鳧鷺。終日在煙渚。種秧一畝寬。插秧十畝許。水淺愁秧枯。水深怕秧腐。高田已打麥。下田還種黍。四月又五月。更盼分龍雨。襁褓置道旁。有兒不暇乳。始信盤中餐。粒粒皆辛苦。

牧牛歌　胡敬

秧針刺水波瀰瀰。牧事春郊煙雨裏。短衣遮骭來壠坻。叱叱驅牛聲不已。大牛前行角雙犄。小牛後隨拳短尾。陰紅絡頭軛斜倚。力盡鋤犂汗霑髀。畦東西走不計里。傯臥荒塍鞭不起。牛兮辛苦無我詈。欲鞭不鞭主人意。區區芻秣報已多。主人責牛心太苛。

犂田行　吳存楷

秧田青青麥田黃。初日下照田夫忙。驅牛入田聲叱叱。鐵犂壓脊牛毛光。春泥犖埆苦堅硬。犂深入土三尺強。欲前不能卻不敢。向人作喘走且僵。老翁揮鞭與牛語。牛乎牛乎力須努。爾不見農家四月催插秧。以膝倒行齊著土。痛深腰跺不得息。時有毒蟲齕雙股。又不見稻田六月水如湯。赤足踏車日當午。背炙驕陽皮盡焦。手掬泥漿汗成雨。耕農力作自年年。扶犂豈獨爾牛苦。秋成敢望積穀收。但求租稅完官府。

踏車　前人

水聲活活。車聲鴉鴉。去年踏車稻揚花。今年踏車纔放芽。秧一寸。水一尺。引水入車爭點滴。盡是農人眼中血。莫嫌踏車苦。莫笑栽秧急。有水有秧大快活。深林幾處挂空車。塘底泥乾車不得。東家水少西家多。分車奪水相詆訶。田中秧死不暇顧。牒訴到官官奈何。手把枯苗泣歸路。朱票下鄉期敢誤。鞋脚費多須早償。打門縣役催錢怒。閒卻水車無用處。明朝賣向鄰村去。

踏車歎　陳均

溪水清。田水濁。腰挂橫轅足轉軸。婦子唱歌聲似哭。去年雨少枯我苗。平疇俱作龜文焦。今年雨多水過腰。小麥爛盡蝌蚪跳。雨少踏水入。雨多踏水出。兩脛青苔背赤日。朝餐未食飢欲踣。長官宴客張水嬉。管絃嚮遏行雲飛。清歌頗厭秧歌惡。一舸垂楊深處移。

襄陽吟躬耕樂　勉農夫也　周凱

聲聲布穀催東作。桃花李花滿村落。勸耕一路吹豳籥。願爾年年稼多穫。天有旱與潦。爾但謹溝壑。地有瘠與肥。爾但勤錢鎛。襄陽地多沙磧。少塘堰之蓄。水旱聽之於天。昨日輸官糧。今日糶新穀。花豬美。村酒熟。兒童放學笑驅犢。五風十雨歲不惡。堯舜在上樂耕鑿。隆中之人甘淡泊。

插秧詞　劉珊

雨足雨足。樹頂白波高於屋。雨止雨止。泥壓秧苗扶不起。天公倒水亦大好。玉女盆翻惜太早。山農歡喜澤農泣。往年戽入今戽出。堤高一尺水拍堤。風捲河波轉內溢。湖田有秧無處栽。秧船載滿城中來。市上攤錢論觔賣。青葱顛倒場邊堆。東家老婦西家請。晝夜催犂無半頃。男婦持鐮水沒腰。半刈麥[illegible]半插苗。漉泥誤把魚蝦撈。似聞南山雷起蛟。城中之秧爛如草。且復喂牛牛不飽。縣官濡筆報雨風。一燈夜剔三易稿。

看青謠　前人

市猾招搖三五輩。徒手博簺錢神退。去作鄉里看青人。分據圍焦各樹隊。左手提斛右擔筐。稻麥菽菽憑我概。汝收十斛我則三。預指罫畦防銍刈。不然嘯聚羣乞兒。寸草尺莖悉捆載。鄰媼出爲排糾紛。添多減少乃安寀。但欠升斗必取盈。回頭更拔一稜菜。可憐終歲竭胼胝。除納官糧種猶貸。半爲鯨鯢谿壑塡。里胥蹀躞來作態。青衣大袖冠飄纓。村犬尾搖不敢吠。例索時豐今當增。噤口何能倉猝對。里胥市猾互爪牙。盡力爬搜肌骨碎。市猾斂金壽里胥。大酒肥羊託神賽。噫嘻。社有鼠。城有狐。鉤尾蠆足餂民軀。安得鐵蒺藜。撾殺此輩殲其渠。

踏車曲

蔣炯

遮日蘆篷低似屋。篷下杉車聲轣轆。以人運車車運輻。一輻上起一輻伏。輻輻翻水如瀉玉。大車二丈四。小車一丈六。小以手運大以足。足心車柱兩相逐。左足纔過右足續。踏久渾如在平陸。高田低田足灌沃。不惜車勞人力盡。但願秋成穫嘉穀。上供國稅下卒歲。舉家賴爾水龍福。

犂田曲

蔣炯

削木爲軌橫牛脊。駕以長犂約三尺。麻繩雙絡垂牛腰。塍高水淺行易勞。駕牛老翁頭盡白。叱牛揚鞭雙踝赤。牛行在前翁在後。人牛齊心復齊力。雨犂水田土易勻。旱犂阪田多苦辛。牛毛半脫牛尾掉。驅牛不行翁怒嗔。歸來解牛放道左。大牛嬉遊小牛臥。年年犂田無盡時。問翁那不鬢成絲。

水車謠

陳裴之

踏水車。踏水車。車水忙煞鄉農家。年年車水夏初畢。今年車水秋未歇。官河日淺幾寸餘。博得農田土微溼。土微溼。日正高。高田苗槁低田焦。朝車暮車苦不足。磽土炎蒸坼龜腹。忍飢往叩田主人。爲言車水多苦辛。窮家婦子乏長力。數緡僱得農家鄰。欲向主人貸工本。主人睨之發微哂。昨聞官長嚴催科。免漕告災應不准。加七加八未可知。我家食指尤難支。爾曹貸得工本去。催租他日休教遲。上訴主人聽儂說。儂本鄉民敢虛飾。但願收成過十分。半納官倉半私室。縱然凍餒過殘年。也得全家聚蓬蓽。訴言未了雙淚垂。雪涕懷錢遽辭出。水車斷齒須亟修。車水人工待炊食。

田車謠

王嘉福

朝踏車。暮踏車。轆轤銜尾翻烏鴉。繞疇接岸聲咿啞。自從五月天不雨。大河小河斷魚罟。中田日見稻秧焦。疲盡耕牛人力苦。驕陽炙背火雲熱。手足胼胝筋骨折。農夫滴淚不成泉。河水乾於眼中血。踏車辛苦幸莫論。歸磨陳麥充飢飧。荒罫欲報無錢買。早晚催租吏打門。

田家刈稻辭　褚逢椿

催租迫重九。田家無逸人。腰鐮晃白日。平波臥千莖。雞雛聚握粟。雀至相喧爭。所欣小兒女。五尺能負薪。種麥須及雨。刈稻須天晴。願言有遺秉。庶以報力耕。先期輸官稅。追呼免吏嗔。

晚秋田家詠　黃燮清

穫稻

西風八九月。積地秋雲黄。刈穫須及時。慮爲雨雪傷。曉鐮動殘月。晚擔歸斜陽。農家終歲勞。至此願稍償。勤苦守恆業。始有數月糧。嗟彼豪華子。素餐饜膏粱。安坐廢手足。嗜欲毒其腸。豈知民力艱。顆米皆琳琅。園居知風月。野店知星霜。君看穫稻時。粒粒脂膏香。

礱㲉

檐際噪乾鵲。晚來天氣清。穀燥已可礱。場圃及新晴。蟄龍未出穴。野曠殷雷鳴。輪推落月轉。梁動飛塵輕。篝火照昏壁。人影團寒更。野叟驗稻色。老眼殊分明。輸租必嘉種。勿與官吏爭。粗糲雖不飽。少食亦養生。

踏車謠　屈爲章

商飆欲起稻初花。桑柘陰中笠影斜。田家作苦無休息。到處晚涼喚踏車。朝出長庚星未沒。暮歸皓月峯頭出。東家有錢買犢耕。灌畦千頃坐驅叱。西家健婦常苦辛。隨夫赤脚翻車輪。人力安得如牛力。日望禾頭長太息。

瀏陽水車歌

周倬

瀏陽水車風作輪。緣江旋轉盤空雲。輪盤團團徑三丈。水聲都在風輪上。瀏水日夜西北流。高岸低坼開深溝。輪盤引水入溝去。分送高田種禾黍。盤盤自轉不用人。年年祇用修車輪。我聞江南戽水用人力。赤足踏車聲轉急。夫妻子女同一車。雨淋日炙色作霞。我車較彼分逸勞。引來不怕田塍高。一家之車漑十家。十家不憚勤修車。但使車輪長在軸。不愁秋來禾不熟。

農夫歎

楊炳

日如火。火繖初張避猶可。日如湯。炙熱之勢不可當。夫踏桔槔。婦推穲稏。稚子兩三。牿牸叱咤。四體勤劬。汗如雨下。雨不來。汗難代。汗一點。血一塊。一寸禾。一寸血。血枯一人死。禾枯一家絕。君不見招風紈扇吹團欒。雛姬環侍羅冰盤。水亭五月不勝寒。

農夫歎

徐堂

入冬五十日。而無十日晴。田家未刈穫。場地禾縱橫。風傷兼蟲食。所得無餘羸。況茲騎月雨。檐滴無停聲。溼薪不受火。新穀芽重萌。耕耘力春夏。忍飢望秋成。豈知秋成日。不救飢腸鳴。江南財賦地。漕輓輸帝京。行看催租吏。叫囂雞犬驚。昔爲稱貸家。今亦爲窮氓。錢錢不易得。張衡詩。錢錢何艱得。安能免笞搒。有魚聚寒碧。有鳥翔太清。于天獨何辜。淚向田間傾。

村農歎

錢泰吉

前年禿魃生。去年商羊舞。今年幸有秋。催租一何怒。小兒向母啼。狀若畏猛虎。東鄰租早完。報賽擊土鼓。西鄰賂里胥。負租亦安堵。而我何以償。身上無完縷。輸將困敲搒。賤與犬羊伍。吁嗟農納租。王政無苛取。奈何樂歲農。反不如商賈。村農爲我言。淚下紛如雨。三年一歲豐。那補兩年苦。

戽水謠

閨媛毛秀惠

綠楊深沈塘水淺。轆轤車聲滿疆畎。倒挽河流上隴飛。渴烏銜尾迴環轉。今夏旱久農心勞。西風刮地黃塵高。原田迸裂龜兆坼。引水灌之如沃焦。男婦足繭更流血。鞭牛日夜牛蹄脫。田中黃秧料難活。村村盡呼力已竭。

蠶耕謠

陸瞻雲

耕耘苦。農夫烈日勞旁午。稼穡難。築場忙後先輸官。歸來檢點釜中粟。補苴今年仍不足。蠶桑難。采桑女伴身苦寒。紡織勤。鳴機裂下歸賈人。賈人端居坐華屋。纖指不動曳羅縠。

樹藝

藝麻行

梅庚

雙溪野積人藝麻。女績男耕無怨嗟。自鑿昆明習組練。府帖傳來急如箭。沿江設局修舳艫。黃麻千捆軍前需。朝廷軍需聞給價。但願當官免笞罵。明年麻地將種蒿。蒿深吏索人能逃。

種花吳趨吟

邵長蘅

山塘映清溪。人家種花樹。清溪鴨頭青。門前虎丘路。春陽二月中。雜花千萬叢。朝賣一叢紫。夕賣一叢紅。百花百種態。牡丹大嬌貴。一株百朵花。十千甫能賣。朱門買花還。四面護紅闌。繡幕遮風日。嬌歌閒清彈。復有些子景。元人呼盆景爲些子景。點綴白石盆。咫尺丘壑趣。屈蟠松檜根。買置几案間。一盆直十鐶。老圃解種花。老農解種穀。種穀輸官租。種花豔儂目。種花食肉糜。種穀食糠秕。還復受敲扑。剜肉難爲醫。嗟呀重嗟呀。老農苦奈何。呼兒賣黃犢。明年學種花。

新茶行

宮鴻歷

六安山中種茶客。來宿平塘主人宅。我亦肩輿憩此間。土牀相近蓬窗隔。客子喃喃語僕夫。今年寒土春不蘇。六安山中雪一尺。黃金如土茶如珠。進茶例限四月一。三月寒猶刺人骨。旗槍未向雪中生。檄符已自州城出。何處南枝長粟芽。持金轉買向鄰家。往年一樹一金值。今年三倍輸官茶。儂家有茶十六樹。里正來科種茶戶。慳囊撲滿三百文。沽酒殺雞完旦暮。明朝賣女與商人。七尺鋃鐺始脫身。官火乾焙局秤大。折耗錢增二十緡。幕司齋送到銀臺。蠟裹筠籠當面開。通進堂官凡幾輩。樣茶一一封呈來。可憐進茶未十日。春雷一聲萌蘖出。換鹽換米不值錢。只今販向全椒驛。我聞此語重悽然。靈荈如今合棄捐。但知挏乳和酥煮。誰解分泉沃雪煎。中朝又說武夷好。陽羨棋盤賤如草。頭綱入庫飽蟫蠹。枉用僉名書進表。

采茶歌

陳章

風篁嶺頭春露香。青裙女兒指爪長。度澗穿雲采茶去。日午歸來不滿筐。催貢文移下官府。那管山寒芽未吐。焙成粒粒比蓮心。誰知儂比蓮心苦。

蓬草篇

周錫溥

余自蘭州循中衞回寧。接府檄。委勘香山雹災。山在衞城南八十里。而至災所幾百里程。跋涉大磧至彼。出錢易粟蜀不得。訪之。則居民山中故食蓬草也。持示余。有沙蓬、水蓬、綿蓬三種。食之之法。入水一沸。漉出之。別入水。熟以爲羹。充日夕饔飧之具。多則乾以禦冬。余乃知邊塞間窮民竟有啖草以爲生者。命烹以進。腥糴幾不能下咽。而邊民終年食此。可歎也。按蓬卽蒿類。見於毛詩、爾雅諸書。蒿類如莪蔞、邪蒿。味甘氣香。可以供蔬。然非常食。又如博物志所載一種蓬草子。作飯無異秔米。今山民所茹者。皆根葉。未聞有子如秔米者。非美種也。余目擊慼愴。以爲雨雹天之常沴。而茹草人之奇厄。因詠是篇。以補風土志乘之缺。並以告其縣令。俾加賑焉。

金城歸來寒始退。淩晨飛騎至中衞。衞東半壁繞邊牆。香山卻出邊牆背。炎風五月雹如雷。捧檄行勘香山災。路窮巖斷百里許。始見屋角烘烟煤。居民迎謁舞相屬。我僕已痛車卸軸。呼令喚米充一餐。山中食草不食粟。夜深月黑人奔波。太息奈此官供何。口道草名手摩挱。逡巡余側那忍訶。一種頭垂如羽葆。名曰沙蓬出沙杪。一種微窪谷下苗。厥名水蓬類蔞蒿。別有綿蓬葉爪碧。入夏軟現兜羅色。青裙小婦瀹殘冰。三種齊烹待官擇。土氣苦腥味苦澀。舌本艱強嚼不得。推案置之長太息。問民啖此經幾秋。豈無五種田可耰。民言寧夏河爲塞。此山嶁嵯懸河外。禹時棄地秦時壕。偶有人民雜魑魅。枯暑戰霜陰氣涸。重霾軋露陽施閉。舍南老翁面凍梨。知春不知楊柳稊。病思清井澆肺渴。雪盡卻飲沙中泥。先時父祖營耕壟。萬鍬斸山山脈動。短苗初茁冰花開。又報沙蟲大如蛹。官耔委棄如土苴。子孫啖草爲生涯。草少人多日一啜。飢腸宛轉鳴繅車。昨尋薦地西山麓。牧放牛羊盼年熟。肉可充食皮可衣。贏得餘貲作稃粥。雹災暫過旋成空。牧場死骨撐青紅。老鴉惡鴟飽狼藉。五更往往啼腥風。東家西家淚沾灑。回看蓬草嗟獨在。謝天再拜乞天慈。但願葳蕤得長採。我聞此語感且吁。大哉天地何事無。記我南中歲無恙。廩囷遮迾如屏障。市橋豚酒滿眼酤。老饕未饜猶惆悵。自從作吏來邊關。邊黎照眼飢羸瘢。每聞流亡夜輾轉。忍竭膏血營炮燔。豈知香山近咫尺。性命乃有懸草菅。人生九土共覆載。不著食籍良可歎。行告爾主發陳廩。漏澤一線回天慳。語闌攜槧疏所記。客次蕭颷北風厲。莫怪我詩多苦聲。請官嘗此三蓬羹。

花兒匠　汪如洋

紅塵多少看花客。說到栽花苦無策。匠人家世住豐臺。能使花紅復能白。紅紅白白千萬叢。巧奪造化回天工。擔向朱門索高價。歸來蓬戶猶春風。朱門看花朝復暮。看取花新忘花故。殘枝剩蕊飽霜露。罌盎牆陰不知數。攓之使活接使附。盡是匠人衣食具。吁嗟乎。匠心日巧花日新。花朵自新根自陳。賺盡世上看花人。君不見蓬戶忽富朱門貧。

種柳行　張問安

二月農民事農畝。官府下來催種柳。吏持白梃橫驅民。民來稍遲吏怒嗔。八口辛勤杖牛力。欲避鞭笞惜不得。柯條露載千車馳。牛行不前民涕垂。種柳年年竟成例。柳苦難爲一歲計。塗朱置堡空無人。夜寒守望還需民。豪猾連雲近城住。公然晝伐道旁樹。村童拾屑供廚煙。奪還還詐童父錢。民業抛荒吏蹂躪。禿柳無枝官不問。吁嗟乎。安得一官常十年。坐看柳色青到天。

漚麻歌

江右以種麻爲業。漚於溪者。旦暮不絕。感而賦此。

沈毓蓀

朝漚麻。暮漚麻。陂塘水清淺。縷縷迎風斜。漚罷張機深夜織。一梭兩織無停息。換米前街杼柚空。身無完衣淚沾臆。君不見朱門嬌女羅紈鮮。日日池頭看采蓮。

蘆柴行

陸炳

一蘆值一錢。無錢斷炊煙。蘆灘千萬頃。樵夫不息肩。樵夫固自苦。無錢竟誰憐。君不見蓬頭婦女走江邊。拾柴爭似拾金鈿。

采葛行

毛國翰

永之祁陽。土瘠田少。惟葛布名于天下。永俗女任力作。雖士族亦朝采夜績。貧者多以葛給其家。爲作采葛行。

祁陽葛蔓山險阻。上山采葛村中女。朝畏長蛇暮畏虎。山風吹鬢飛秋蓬。歸來治葛不言苦。終朝采葛露霑裳。終夜辟纑不盈筐。機聲軋軋日色赤。百絲千縷未成尺。祁人地瘠山田少。高田種麥低田稻。去歲小旱禾半枯。妻號兒啼不得飽。織葛一幅值二千。斗米五百青銅錢。貧人生計殊可憐。江南富女厭粱肉。樓上當風曳羅縠。

吳趨吟 賣花家

孫源湘

前花後花中非花。五色璀璨如朝霞。入門花光看不定。鶯語玲瓏花外聽。天家花事祗一春。儂家花事四季新。雪蕉疑懸摩詰畫。翦綵訝出隋宮人。先期爲珍後期寶。開在當時轉如草。卽將人面比桃花。多見何如偶見好。宣州白盆一種妍。紅箋書價値十千。朱門買花爭早得。罕物不惜黃金錢。種花種百本。衣食自然生計穩。種穀種一年。剜肉補創租不全。種花人家肥。種穀人家飢。明年儂作種花家。手提花籃去賣花。一籃花値金一兩。妓館遊船還倍賞。

華筍行　　吳振棫

華州民種竹而不鬻筍。長刀巨梃。邏守甚嚴。竊之者深夜入林中。往往爲守者所殺。而官廚重此味。尚有忘軀命以射利者。余過華州。感其事。因作是詩。

華人護筍不鬻錢。欲養竹竿青上天。貴人朶頤輒來乞。官募貧兒使偸掘。風號月黑匍匐往。二寸尖尖柔玉長。滿擔懷袖歸大笑。明日獻官官有賞。禍機一發身被創。生者幸矣死莫償。孤兒寡婦自啼哭。筵上但誇春筍香。往時應募人廿四。近亦貪生數辟避。只愁高宴急徵求。地凍雷遲苦難致。吁嗟賞盜盜乃多。饞舌殺人將奈何。吾儕作吏那免俗。曷不飽食花豬肉。

拾蘆根　　郭儀霄

豪家蘆葦刈如山。貧家兒女拾蘆根。蘆根如刀血盈指。拔得蘆根淚如泚。飢腹倀倀炊無米。沙頭曬日面如鬼。君不見官舟峩峩駭鳧鷖。大酒肥羊馬頭住。

賣花船　　鄭談

賣花市上開園看。賣花街上提籃喚。還須他方去賣花。芬芳壓載船爲家。嬌紅豔紫艙中有。一船停處人爭取。昨見河干賣花人。是我鄰居農出身。我欲詢其故。彼先向我訴。昔日田荒戶逃亡。自鬻身於虎丘之山塘。主人本以花爲業。因而學得種花法。全家安樂衆香國。生涯四季利倍得。遊船妓館尤得利。略無計較錙銖意。至今衣食頗饒足。年年耕種無荒熟。除是在家即在船。千樹萬樹花值錢。有錢人不論貴賤。堪歎從前學種田。言訖一笑開船去。未知此去又何處。

花兒市　　張祥河

花兒市中多市花。市花五色人前誇。人來買花價不賒。製花有匠極工巧。枝葉紛拏出春爪。一飯花中儘堪飽。擔花早起上長街。千純錦繡街頭排。護花高縣鳳字牌。富家生女稱國色。一花三日插不得。貧家無米愁炊烟。女兒買花不惜錢。

采豆行　凶歲後。村人乏食。今年多種黃豆。煮食者皆黃瘦。余憫之。　　康曾城

朝出采豆完。持歸煮作糜。今年米價甚昂貴。此豆雖少能療飢。釜中豆泣婦亦泣。三日未炊鍋漏汁。傾豆塗甕糊補完。再爇薪條釜邊立。分羹那足饜腸腑。收汝眼中淚如雨。試出門前望高處。幾處炊煙出鄰戶。

花局子　燕臺樂府　　梁紹壬

李桃應候開無差。烘而出之名唐花。先時者珍後時賓。開在當時轉如草。挽回造化信有之。斲削元氣良由斯。同根相煎何太急。阿奴火攻出下策。不須翦綵方隋宮。不須羯鼓撾春風。頃刻千紅兼萬

紫。雲羅霞錦開重重。京師女兒美如玉。最妙芳齡十五六。眼波秋水黛春山。灼灼花枝鮮耀目。頗聞羅帳夜橫陳。煖炕熏籠熨體頻。人亦如花嬌養法。蕊珠烘透十分春。容顏轉眼渾非舊。玉骨香桃可憐瘦。自是英華早發舒。面痕容易觀河皺。矧茲弱植力無多。雨妒風欺可奈何。縱有十重金步障。難留隔歲玉枝柯。世人看花惜花少。花若有知花亦惱。不若移根冷處栽。自開自落年年好。豈知好景發年年。爭得非時競逞妍。若使名花都有壽。何人肯費買春錢。

采茶行　　閨媛吳蘭

山家女兒鬟盤鴉。雨前雨後采新茶。澗水瀰淪渾似鏡。淩波照見顔如花。采不盈筐長歎息。三春辛苦向誰說。擔向侯門不值錢。一甌春雪千山葉。

清詩鐸卷七

蠶桑

蠶詞　王士禛

青青桑葉映迴塘。三月紅蠶欲暖房。相約明朝南陌去。背人先祭馬頭孃。

戴勝初來水染藍。女桑濃葉滿江南。誰家少婦青絲籠。知向香閨飼女蠶。

玉蛾飛飛金繭酥。蠶時幾日閉門樞。白葦與儂作璘藉。黃金與儂作踟躇。自注。璘藉。蠶箔。踟躇。梭也。

鳩鳴屋角桑葉低。三眠四眠蠶始齊。小姑嬌小好閒事。簇蠶學䏻學添梯。

繅絲曲　嚴我斯

田家四月桑葉稀。鵓鳩啼雨乳燕飛。吳蠶上山繭如雪。絲車索索鳴柴扉。車上少婦飛蓬首。兩月辛勤露雙肘。朝忘沐櫛夜無眠。那得新衣縫女手。須臾府帖下鄉村。里正倉皇來打門。但償官稅苦不足。更向廚中索酒肉。君不見富家女兒嬌綺羅。吳綾越絹無人馱。

繅絲行　高士奇

浙西民力勤。種桑無閒土。家家養吳蠶。筐籃滿廊廡。當春蠶子生。日夜守復覩。陌上女盈盈。采桑出庭戶。但憂蠶偶飢。那顧兒啼乳。計日蠶上簇。占時慮風雨。相看結繭成。堅勻白且膴。清和早夏時。茅檐置瓦釜。竹裏聲啞啞。繅車類輕櫓。持絲付機娘。織成黻與黼。侯家尚新奇。窮工繪花譜。千疋輕翦裁。那識蠶孃苦。所喜年歲豐。南北通商賈。巨舶販海洋。連鑣賣城府。婦子樂餘閒。時節到重午。刈蒲縛綵稯。食罷作繭虎。

蠶月愁霖曲

徐倬

雨靡靡。三眠時。樵採斷。炊扊扅。豆麥爛。農人飢。人飢尚可。蠶飢則那。

漏丁丁。雨屑屑。漏已停。雨不歇。農夫踝上泥。蠶婦眼中血。但見梅子黃。那得繭頭白。

雨淫淫。夜方深。朝雨濕人面。夜雨濕人心。人心不願天雨粟。亦不願天雨金。但願陽烏展兩翼。略暵桑條蠶得食。

披蓑采桑歸。四壁無一完。既愁蠶箔溼。還怕蠶身寒。屋漏有時葺。天漏幾時乾。那得女媧手。一出補天漏。

雨點落梧桐。徹夜騷騷耳欲聾。早起炷香拜天工。綵衣孃子掃晴出。攔街小兒罵癡龍。獨不見山棚未卸繭如琲。前索官租後私貸。白棒黃荆扶爾背。

采桑女

朱昆田

采桑女。清且妍。盈盈纔十五。鬒髮初覆肩。生長村舍中。不識黛與鉛。新春買得流年圖。把蠶最好惟小姑。吳蠶三眠復三起。紫山看火屋角呼。采桑女。采桑宜及時。采多畏葉乾。采少憂蠶飢。蠶不如饑。齊上簇。三日山頭繭如犢。小繭作絲光比銀。大繭作緜軟勝茵。城中美人學歌舞。羅綺成堆視如土。霜雨獵獵十月寒。采桑女兒衣仍單。

蠶婦吟　邵曾訓

姑采牆下桑。婦采陌上桑。桑葉昨嫩今日老。天氣今陰昨日好。一解。守候蠶眠不思臥。麥秋寒覺夜難過。蠶荒舅姑怒。蠶熟新婦苦。二解。今年四月少晴時。蠶病家家不出絲。新絲價長舊絲上。舊絲未贖新絲當。三解。有絲不上身。有絲不賣人。縣官徵比已赦租。家主只恐胥無膚。四解。

繅絲行　徐永宣

柳花村巷晴窗南。蠶神祀罷事春蠶。一箔三眠日卓午。食葉聲中作風雨。婦姑餉蠶不得閒。雙眉不暇描春山。戴勝飛鳴繭成早。繅車索索絲皓皓。賣絲抵稅輸縣官。入冬子婦仍號寒。

養蠶詞　陳梓

田家養蠶極苦辛。蠶大費力小費心。臘月十二蠶生朝。炒鹽獻竈家家勞。清明夫婦莫走動。隔夜采花浴蠶種。蠶種不一分炎涼。熱看冷看須忖量。屈指來朝穀雨近。出城買紙糊蠶筐。轉綠變藍蠶子出。蠶子始出時綠色。繼藍色。鵝毛撣落房中藏。先以嫩葉如乳哺。一眠三日魚鱗鋪。二眠兩日連桠枝。三眠插替勞何辭。每眠三日。換出老桑葉。謂之替蠶。今年二姑把蠶穩。不如頭姑昏昏小姑狠。出火一錢二百倍。大眠一斤五斤外。如此收成定十分。割肉先獻蠶將軍。掘筍勿叫筍。叫筍蠶要損。喫薑勿喚薑。

喚蠶要殭。况今天時頗温和。微風拂拂雨不多。雷驚沙脹更何慮。人力到時天豈誤。大眠以後廣送葉。老翁提籃小兒挈。不愁葉貴只求飽。四十二餐一齊考。蠶熟腹通亮曰考。山棚灼火眞小心。起望山頭白皜皜。三日齊封門。五日始採繭。一斤採十斤。合家開笑臉。前村後村絲車鳴。咿咿啞啞聲相聞。或歎白肚孃。上山一半殭。或恨出火早。蠶了葉又了。四鄉各比並。只有我家好。我家雖好勿喜歡。地丁昨夜來催完。豪家復要蠶罷米。今早撑船泊村裏。官糧不抵私債苦。一石冬春須石五。賣絲分完兩手光。一月替汝空奔忙。落得繭黄績緜綫。織得緜綢一丈半。去年無襦今有袴。畢竟蠶桑是長算。不恨官私兩迫促。但願年年如此十分足。放膽且喫豪家粟。鄭世元曰。田家情事。銖黍具悉。可補吳風。

簇蠶詞 惠士奇

麥風細。蠶眠地。桑葉殘。蠶上山。蠶房漸覺侵微暑。乍暄還暖愁煞汝。朝爇熏籠夜點燈。鴉脂驅雀貓捕鼠。一日茸茸粉絮結。兩日堆堆白於雪。三日團團論斗盛。小婦量來大婦稱。繅出新絲付機杼。織成十樣花紋綾。君不見繭稅年年充國課。浴蠶孃子常衣布。

養蠶謠 王時翔

蒿葉青。桑葉綠。吳蠶蠕蠕勤萑薄。小婦擕筐禳雀飛。鵓鳩亂啼紫椹熟。温風密雨遮深房。地爐熾炭融冷光。三眠常忌醉人見。村巷家家斷酒漿。櫻桃紅過杏子黄。茶旗盡展麥垂芒。眼前百事俱屏卻。但望雪色新絲長。簇山高。高似屋。捉蠶上山去。花貓捕鼠愼勿觸。老媼拂布裳。拜向馬頭娘。暗祝今年多做繭。要抵舊債充官糧。繅車絡絡杼札札。織成綾錦空羨殺。君不見采桑貧女凍欲死。富女裁衣疊箱裏。

蠶婦謠　朱奕曾

三月三日天氣清。苕溪女兒逐隊行。提筐攜筥不厭重。爲言采桑育蠶種。初生細如絲。薄刀切葉聲差差。一眠二眠蠶上架。桑葉漸與黃金亞。衣釵質錢買桑葉。只論有葉不論價。大姑鬖髮鬆不梳。小姑辛苦脣不朱。老婦椎髻飼蠶食。衣裳不解體不舒。日間防蠶飢。夜間防鼠齩。保蠶如保嬰。刻刻難離抱。三眠之後蠶始壯。燒紙祈神祝蠶旺。買牲市酒皆貸錢。一家羅拜求神貺。時交小滿蠶上山。昂頭纍纍絲如蟠。瓦盆烈烈然炭火。雌雄結繭何斑斕。繅車轣轆轉銀牀。飛濤滾滾百沸湯。大姑纖手把絲緒。一莖抽出萬丈長。纔喜新絲初出釜。硃牌粉票來官府。完糧刻日不許遲。胥吏下鄉猛如虎。蠶娘授絲與主公。主公接絲賣城中。賣絲得銀納官稅。可憐今歲蠶事空。蠶娘痛哭陳詞說。辛苦看蠶枉勞力。未贖酬神買葉錢。寸絲尺縞留不得。主公涕泣告蠶娘。賣絲未足淸官糧。上司行文又催促。儘拚五月賣新穀。

吳興蠶詞錄七首　周煌

好是風風雨雨天。清明時節鬧桑田。青螺白虎剛祠罷。留得灰弓月樣圓。清明節。育蠶之家設祭。又食螺。謂之挑青。以其殼撒于屋上。謂之趕白虎。門前用石灰畫彎弓之狀。祛蠶祟也。

羅帕兜來正打包。曉寒新火出堂坳。辛勤甚有爺娘意。抱定綳兒不肯抛。取舊年所布種。以帕裹之。置熏籠。謂之打包。然後貼之胸前。待煖而出。

已從蠶國見蠕蠕。市葉稍來得現無。認取牀頭堆箇箇。鵝毛新刷有攤烏。蠶初生。蠕蠕而動。以鵝毛刷于籠中。謂之攤烏。凡葉二十斤爲一箇。有餘則賣。不足則買。謂之稍葉。稍有現有賒。

戢戢聲中聽轉希。可憐腸斷不勝飢。小姑新婦銀鑾脫。贏得砧刀快似飛。束葉爲砧。剉細葉如縷。飼之。稍飢。卽謂之斷絲腸。

纔到三眠半月強。卽時懶意滿筠筐。一篝燈焰青如許。長伴香閨照繚娘。蠶將眠少食。曰紅懶思。有食娘、起娘、繚娘之名。繚娘者。將熟欲作繭者也。

立夏初過小滿來。繅車聲動隱如雷。盆三已見銀爲線。串五猶誇雪作堆。諺云。小滿動三車。謂油車、水車、絲車也。絲細白者曰合羅。稍粗者曰串五。

去年葉貴不任餐。今歲蠶傷又苦寒。聽取吳兒盆卜好。阿蛾手引轉團團。引蛾布子桑皮紙上。小兒置水盆旋轉。祝曰。阿蛾轉團團。今年去了來明年。

繅絲歎 陶元藻

繅絲繅絲乍出盆。催徵虎吏早入門。吏云賣絲輸我稅。婦云無絲姑不温。吏聲轉厲婦聲苦。婦翁抱絲入城去。婦牽姑衣不敢言。姑視繅車泪如雨。賣絲翁歸意轉歡。今年官賦賴婦完。巾箱雖空魂夢安。一夕騷騷北風起。翁姑僵臥同長歎。

繅絲曲 陳景鐘

三春雨足桑葉肥。家家飼蠶晝掩扉。三眠三起近小滿。桑甚垂垂葉已稀。盼得紅蠶齊上箔。更喜同功繭不薄。大婦收拾繅絲車。小婦安排湯滿鑊。銀絲抽繹比清霜。虛空堆牀生白光。啞啞軋軋聲不絕。綠陰低處新絲香。小姑回頭笑問嫂。轉眼相看織成縞。茜紅鴨綠染隨心。長翦腰裙短裁襖。嫂云小姑爾未知。阿哥正苦賣絲遲。明朝抱入城中去。已值官糧徵比時。

紀吳興蠶事六首　　莊綸渭

臘祭牢丸繭樣饒。臘月十二。俗名蠶生日。浴蠶種。搓粉作繭形。祀竈祈蠶。春回爭翦舊桑條。窗封薄薄桃花紙。戶插毿毿楊柳標。清明插柳。爲熯蠶種之始。少婦澣衣忙欲返。阿娘前席早相邀。倩助蠶事。呼曰蠶阿娘。宜蠶喜拾鞭春楮。豐兆先占遇歲朝。立春日鞭紙牛。家拾碎紙歸貼蠶室。兆曰宜蠶。

浴種先籌暖種時。蠕蠕將出故風之。蠶種夜露爲天浴。又有茄根灰水鹽汁等浴法。暖種。置茵褥下。嫗育以氣。十日始化生。將出。先一二日懸於風前。取風以動之之義。筐翻玉羽輕蒙紙。葉淬銀刀細切絲。帶雨摘來常怕溼。長晴攤處更須滋。辛勤三餉何曾間。初眠三日。再眠三眠皆兩日。起而飼之。謂之餉。輕重頻權阿母知。始權其種。初生乃權其子。三眠大眠又權之。以知蠶之消長。

競食條桑頓易消。晴窗潛聽雨瀟瀟。葉當四月街頭賣。立夏後三日開葉市。蠶到三眠市上挑。俗名出貨蠶。索價低昂傳遠近。關情冷暖話晨宵。草山簇簇如秧插。萑箔平鋪待詰朝。上山先一日架棚。

沈沈簾影靜煙村。家垂蘆簾。不許往來省視。謂之蠶禁。怒吏追呼不到門。遲速火蠶分冷熱。始生烈火熨之。凡三日夜而眠。曰熱火蠶。六日八日而眠。寒燠惟其時。寒則稍加溫焉。火僅微烈。曰冷火蠶。舊新筐葉替朝昏。俗謂換葉爲替。眠過漸覺烏兒長。蠶初出名烏兒。食旺全無白大存。初餉不過二餐。夜如之。繼加數曰旺食。蠶能食而不繭者。俗名白大蠶。

今日上山天氣好。催絲還有炭盈盆。三眠起餉。五日夜而四眠。謂之大眠。眠三日乃大食葉。凡七日而上山。兩日而成繭。必用炭火催之。名曰蠶炭。豆子青青喜斗量。人多以蠶豆占蠶。春醪爭祝馬頭娘。大眠上山必祭。蠶沙淨處絲綸富。蠶沙在腹。淨一節則絲富一節。光可外照。桑葚甘時吐屬香。一縷橫空身往復。千層團結首低昂。家家看火靈禽喚。山棚下炭火不慎。輒致火患。是月有禽適至。其聲宛云家家看火。雲髻偷梳總未遑。

積繭盈筐欲出蛾。村娃翦虎午風和。車旋響軸翻銀礫。繅絲以三斗繭爲一車。手拓兜緜漾素波。促織聲中催整線。采桑歌罷漸聞梭。縣官亦仰西陵氏。輸賦由來蠶後多。

蠶開門行　朱休度

春雨多。桒爛死。桑葉薄於紙。蠶喫不足待僵矣。貧農皇皇揭火債。買葉不顧葉價昂。到家蠶娘急。捋葉指出血。可憐飢蠶欲僵不僵。將就作繭投釜湯。蠶開門。聲啞啞。蠶娘繅絲。伸手縮脚。債主到。敲絲車。算來不彀償。蠶娘目瞪口咨嗟。夫乃告債主。勿懊惱。明日入城有女賣女有兒賣兒便相了。債主去。蠶娘哭。人無語。雞腷膊。

看蠶篇　馬恆錫

倉庚一鳴蠶事忙。西頭婦女多采桑。桑葉沃若歸盈筐。寶寶蠶家呼蠶之稱也食葉夜漏長。縛薪作山山滿廂。阿娘排車姑煮湯。車聲鴉軋絲如霜。秤梢喜比去歲昂。小姑低聲問阿娘。織成可作兒衣裳。娘笑兒言眞癡狂。爾爺身背百孔瘡。絲少值輕結寸腸。不聞打戶吏虎狠。官府不寬應免糧。

采桑曲　張問陶

新蠶蠕蠕一寸長。千頭簇簇穿翳桑。天地生桑作蠶食。一日不食蠶已殭。春來無雨桑林禿。少婦提筐向蠶哭。温風如火逼人來。擁鼻空吟采桑曲。吁嗟乎。蠶不飢。人不寒。蠶飢忽如此。歎君何處誇羅紈。黄塵撲面風捲沙。倚牆矮樹啼昏鴉。忽憶朱門正歌舞。吳綾一曲爭繁華。吁嗟乎。吳綾一曲眞豪舉。不知葦箔春蠶細如縷。豈獨春蠶細如縷。君不見道旁餓殺采桑女。

蠶生日辭 山家以十二月十二日爲蠶生日。炊南瓜和秫作餈。拜禮甚虔。爲作此辭。　錢枚

炊新瓜。潔瓦缶。翁上香。兒進酒。阿婆拜前婦拜後。春爲蠶忙冬祝壽。蠶神喜。蠶子肥。蠶神怒。桑葉稀。不願餘錢易新穀。不願兒女易冬衣。齊叩頭。告神聖。惟願桑多蠶不病。來年官糧早端正。多賣新絲來續命。

養蠶行　王槐

吳興徧地皆種桑。家家四月飼蠶忙。陰陽災沴傷草木。桑樹雖多葉不足。葉不足。蠶苦飢。無力作繭抽新絲。絲少賦多難稱貸。賣絲更把桑葉賣。胥吏門前爭叫呼。翩翩春服何其都。君不見輕紈細綺白如雪。寸寸蠶娘眼中血。

蠶事二十詠 吳興訪育蠶法。得二十事。參以志書所載。各系以詩。　李宗昉

初過穀雨打包期。帕裹籠熏好護持。生怕當風翻面壁。東家新婦哺兒時。一護種。取紙上所布子以帕裹之。置熏籠一宿。謂之打包。乃取貼于胸前。踆則活出。

妝罷從容問小姑。明朝日出好攤烏。春葱細掃蠶如線。不辨鵝翎與玉膚。二下蠶。既出。以鵝毛掃於筐中。謂之攤烏。

頭葉纔過二葉齊。相逢多半在桑梯。投將紫葚供兒食。兒莫懷歸日未西。三采桑。頭葉盡。采二葉。須老農善采者。留其條來歲生葉。

溼痕侵曉露盈筐。風戾槐陰送午涼。獨對藁砧無語坐。最堪腸斷斷絲腸。四飼蠶。束藁爲砧。剉細葉如縷。飤之。稍飢。卽謂之斷絲腸。

紅懶思兼青懶思。辛勤分箔下春時。繚娘何事營巢急。一寸秋心一寸絲。五捉眠。將眠不動食者。曰紅懶思、青懶思。食者曰食娘。眠起者曰起娘。又有將熟而先作繭者曰繚娘。

雞脚槐頭減綠腴。蠶娘餉過餉蠶雛。問儂夫壻桑餘幾。留得銀釵壓髻無。六餉蠶。眠起初食曰餉。

千頭簇簇布苔階。嫩葉勻攤綠似揩。鋪遍三弓窗隙地。向郎分取讀書齋。七鋪地。掃地藉蘆廢。散葉其上飼之。

迴廊縛架巧嵌空。茆舍蘆簾結搆工。休怪阿郎叉手看。比儂花樣更玲瓏。八縛山棚。架巨木。上數蘆簾。相去尺許。以細竹結爲方孔。所以架草。曰花格竹。

去年秋有稼如雲。束藁供蠶作繭勤。遺秉還分鄰嫗好。隔籬花犬漫狺狺。九架草。截禾稈如帚。倒植竹間便作繭。

山頭傴仄上山初。山勢高低密復疏。知是功成棲隱地。門前已聽轉繅車。十上山。

緖風絲雨變寒暄。榾柮初燃氣候温。休向枝頭呼葉貴。二蠶初起綠遮門。十一撩火。爇火貯山棚下。亦曰灼山。先是。有鳥如曰葉貴了。至是又有鳴者。曰灼山看火。

千山冰雪映簾櫳。分繭稱絲各課功。銖兩星星兒不識。屬郎將去問兒翁。十二采繭。六觔爲一筐。率收繭一觔爲一分。以十二分爲中平。

蘭閨深靜日初長。緜顆烏頭別繭忙。揀取同功付嬌女。翦成雙虎過端陽。十三擇繭。口傷不能爲絲者爲緜顆。垂成而死者爲烏頭繭。

合羅串五又肥光。風轉繅車拂拂香。戲語小姑添活火。絲成裁作嫁衣裳。十四繅絲。細而白者曰合羅。稍粗者曰串五。又粗者曰肥光。

賸繭鋪霜軟復勻。光生翠釜有經綸。添裁細被分零線。賣向江干續釣緡。十五剝蛹繭。

竹架彎環妙轉旋。雪光瑩淨月光圓。阿翁今歲添新襖。裝取絲緜換木棉。十六作絲。

薄鬢疏龐不識秋。儂家眉樣故風流。倩郎畫筆郎酣睡。栩栩匡牀自夢周。十七生蛾。

繞盆旋轉引兒嬉。蛾去來年種更滋。素段織成煩妙婉。草蟲新樣繡螽斯。十八布子。生子後。小兒引置水盆。旋轉而遊。祝曰。阿蛾轉團團。今年去了來明年。

喃喃村語說禨祥。如月如錢費揣量。天馬何年逢伯樂。故應重問馬頭娘。十九相種。村嫗習此者。就種之斜整疏密。擬其形似。撰語占吉凶相欺。

老翁傴背學和南。稚子流涎果實甘。來歲一姑還福我。無蟲無鼠十分蠶。二十賽神。一姑把蠶則葉賤。二姑把蠶則葉貴。三姑把蠶則倏貴倏賤。

養蠶曲　　孫源湘

蠶喜靜。密室簾櫳生客屏。蠶喜煖。深窗無風日華滿。清晨采桑珠露滴。葉葉玉纖親拂拭。不梳不沐一月忙。紅蠶滿箔繭白黃。絲成許兒作布袴。賣絲不彀充租賦。貴家女兒不識蠶。裁紈翦綺終朝憨。養蠶人家無寸帛。七十老翁凍折骨。

種桑三首　　屠倬

眞州不知蠶事。課自余始。邑故無桑。民憚遠購。乃自吳買十萬本給之。作詩以勸焉。

起家自田間。蠶事故所諳。春郊五畝宅。彌望桑柘佳。吾鄉苧蘿村。采桑多越娃。朝畦婦姑共。夕隴鄰嫗偕。桑條拂霜翦。淨綠春雨揩。眠起視時節。飽臥事莫乖。朅來宰此邦。惻惻傷我懷。地力誰爲盡。民生詎有涯。不見呰窳俗。偸生滿江淮。

濱江曠土多。灌溉亦頗沃。去年種木棉。今年子已熟。種桑如種棉。即此生理足。本計在一勤。所望民氣復。吳羌徧桑田。樸茂好風俗。家家箱篋盈。婚嫁饒綺縠。胡爲局方隅。曾不習杼柚。我有萬本桑。俾汝人一束。清明葉漸生。牆下陰覆屋。

一本三尺強。一束百本移。樹藝有方術。日夕勤糞治。壓條在接種。烙瘢初翦枝。曖曖茅簷下。椹熟亦療飢。爾民未習此。瑣屑莫苦疲。利興百年遠。效不三年遲。爾民亦有父。庶足衣帛資。爾民亦有子。勿慮饑寒爲。衣食比閭足。他日視此詩。

蠶婦歎

黃安濤

城東桑葉不值錢。家家養蠶過二眠。二眠已過雨不止。箔上眠蠶寒欲死。貧家那有深房櫳。穿牆入戶多酸風。蠶娘視蠶如性命。連夜速備熏爐烘。呼兒入市添薪炭。泥滑難行歸去晏。眼看箔底淚珠流。戢戢剛成無一半。去年葉貴絲賤賣。今年葉賤蠶又壞。養蠶本爲償債來。那識養蠶翻作去聲債。朝來河邊傾一筐。暮來河邊傾一筐。不愁室無糧。不愁寒無裳。妾身安得如蠶僵。

種桑十二詠

周凱

襄陽桑葉尖小有刺。性堅。不宜蠶。得繭僅堪爲帛。售諸豫人。以爲緜綢。其桑蓋荆桑類也。按農書。荆桑薄而尖。條葉堅勁。魯桑圓厚多津。條葉豐腴。余於荆之遠安。購小桑八百餘株。種之大堤上。移栽未善。活者十之七。農書載壓條法。齊民要術及氾勝之書載種葚法。此非文告所能悉。不能家喻戶曉也。思以士爲之倡。民乃從之。遂託諸吟詠。幸襄之能文者傳述之。

種葚

齊民要術。收葚之黑者。翦去兩頭。惟取中間一截。子堅栗。枝强茂。而葉肥厚。將種。先以柴灰掩揉。次以水淘去輕秕不實。曬稍乾。種乃易生。氾勝之書。五月取椹。水中濯灑。取子陰乾。肥田十畝。大麥與椹子各三升三合和種之。桑生與黍熟高下平。以利鐮刈之。曝令燥。放火焚之。桑至來春生。一畝可食一箔蠶。此吾鄉種條桑法也。

君無棄桑葚。桑葚千黃金。今年下一子。明年桑成陰。南風五月來。子又垂桑林。鳴鳩亦解意。拂羽好弄音。

壓條

八九月間。擇桑枝柔大者。攀至地。壓以土。即生根。就生根處截斷。移栽他處。一枝可壓數株。傳轉無窮。壓條者不接枝。

涼秋八九月。絲已織成衣。門前有桑樹。枝大葉復稀。攀枝壓土中。土肥根亦肥。移根植牆下。春來蔭幾圍。

接枝　葚之所生。其葉多薄。俟幹大如指臂。翦取大葉桑條接之。自茂盛。襄人果木皆接法。

翳杏可接桃。翳艾可接菊。以桑接桑枝。一氣斷復續。既非寄生者。奚待類我祝。所以同根生。慎哉念鞠鬻。

移栽

桑如指臂大小。皆可移栽。種樹書云。下埋龜甲。盛茂不蛀。或用大麥亦可。先掘地成坎。貯水攪成泥漿。須濃厚。乃移栽之。根令舒暢。上用土培。厚築堅實。名坐漿種法。不必日澆溉。

兒童學種瓜。時復傍桑陰。呼童移小枝。枝小力易任。培土不厭厚。掘坎不厭深。切勿傷根株。其木自森森。

壅灌　冬月。就桑根掘坎。實以糞。加土壅之。五六月旱。宜灌水。

九月築場圃。十月納禾稼。徘徊桑樹間。老農有餘暇。肥土壅其根。築以白木杷。笑顧道旁泉。烈日不畏夏。

采摘　采桑宜摘葉。不宜攀折枝條。

昔有秦氏女。其名曰羅敷。微行遵南陌。攜筐伴小姑。采桑念蠶飢。不惜手拮据。婦人重節烈。羞見魯秋胡。

去初葉 初發葉爲初桑。倘飼蠶不盡。當去之。否恐明春無力。次發爲二桑。不須去。

春來雨水勻。桑葉大且圓。采之飼我蠶。蠶飽已成眠。蠶眠葉自稀。葉葉不論錢。去之留餘力。長養待來年。

伐遠條

桑條遠出而細長者。宜伐去。俟明春另長嫩條。否恐成雞桑。豳風以伐遠揚是也。亦宜相度其勢。可留爲壓條用。

忽聞翦翦聲。出自纖纖手。梯影亂斜陽。伐條去其醜。譬彼護良苗。先在除稂莠。愼無攀折之。不比道旁柳。

禁再采 初桑葉肥嫩。可飼蠶。二葉澀。飼蠶作絲。僅可爲紘。周禮禁原蠶再蠶。恐妨馬也。

隰桑葉有儺。童童望如蓋。云是采後生。飼蠶亦何害。無乃味苦澀。吐絲恐不類。況復蠶與馬。應星不兩大。

收霜采 葉經霜而落。收之餵羊甚肥。兼治目疾。

枯桑知天風。風多氣已寒。嚴霜昨夜降。林間葉聲乾。爾羊忽來思。晨夕供飽餐。牧童有餘情。坐看丹楓丹。

剔苦皮 桑老而枯。或中空葉黃。蠶不食。先剔其皮可爲紙。然後伐其木爲器用。

吾鄉有赫蹄。狀似魚網爲。問工何所成。云是枯桑皮。其理緜且厚。炸油避雨宜。剔之以爲紙。桑者所當知。

兼種柘 柘亦可飼蠶。繭色黃。

周禮命野虞。春禁伐桑柘。蠶食吐繭黃。絲成待善賈。所願利三倍。歲熟多婚嫁。何以勸農桑。勞酒同飲蜡。

飼蠶十二詠　又

襄之民。從余種桑十年而大茂。余又慮飼蠶之未善也。附飼蠶法。按蠶經。蠶性喜靜惡喧。故宜靜室。喜煖惡溼。故宜板室。尤宜密以避風。火以助煖。淮南子曰。蠶食而不飲。二十七日而化。夫竭二十七日之力而得繭。工亦省且易矣。蠶具以箔以簇。竹葦所爲。襄之事蠶者。以席置諸地。敞其屋不加火。宜其難養也。余將延浙人敎之。先就余家人所素習者。分爲十二詠示之。其成絲後。爲織之事。襄民當自求之。玆弗載焉。

迎貓 蠶忌鼠。迎貓以避之。

元宵鬧燈火。蠶娘作糜粥。將蠶先逐鼠。背人再拜祝。裹鹽聘貍奴。加以筆一束。爾鼠雖有牙。不敢穿我屋。歲時記。正月十五日作粥。登屋上食之。呪曰。登高糜。挾鼠腦。欲來不來待我三蠶老。蓋爲蠶逐鼠也。陸游詩。裹鹽迎得小貍奴。杭俗聘貓加筆。借取逼鼠意。

浴蠶 清明取蠶子。以桑柴灰水澄清。微溫。輕拂之。厚緜絮包置緜被中。數日生。寘人懷更速。

鼓笛喧神祠。戶戶祈蠶畢。溪女各分種。昨過寒食節。厚絮密密包。灰水但輕拂。桑芽小於錢。乍看纖手擷。

初眠 俗名頭眠。蠶初生蠕蠕若蟻。采柘嫩桑葉。翦細飼之。四日頭微白。不食。退皮。爲頭眠。

今日天氣和。蠕蠕動蠶子。知是第一眠。薄薄鋪繭紙。風從東方來。小姑色先喜。漢書天文志。正月上甲。風從東方來。宜蠶。翦桑細飼之。四日頭已起。

二眠 自初生七日二眠。又不食。將退皮。如頭眠狀。凡蠶四日一眠。眠一次。蠶大一次。

春寒忍顏色。不復畫蛾眉。二眠蠶欲起。攀桑折柔枝。所願桑葉多。令我蠶不飢。且緩賀箔籠。邵謁詩。春蠶未成繭。已賀箔籠實。曷先具筐槌。梅堯臣蠶槌詩。三月將掃蠶。蠶妾具其器。

三眠 最宜著意。飼葉者當晝夜無間。

采桑復采柘。曉夜來相從。吳蠶已三眠。膏沐難爲容。不惜妾勞苦。但愁雨與風。殷勤課諸女。念彼寒號蟲。

大起 俗名大眠。食葉愈健。脫膚而起。漸有黃光。絲在其中矣。

憶自享先蠶。日已近三九。門前過客稀。助蠶倩鄰婦。況當大起時。采葉不離手。食健聽有聲。絲絲漸縈口。

分箔

二眠後。蠶漸大。卽宜分箔。禮云。曲植筥筐。曲。箔也。植卽蠶槌。以架箔也。筥。圓器。筐。方器。竹葦皆可編。架高去地三尺許。下可炙火。自下而上五六層。蠶至大起。視其食葉稍減。中有瑩光者。置一箔以便先上簇也。俗謂起娘。以其先熟也。

先蠶著箔上。相之具苦心。漢書藝文志有相蠶經一卷。昂昂青鴉觜。小大毋相侵。筥圓而筐方。位置深房深。分藏待上簇。中有帛與金。

炙箔 蠶宜溫。上簇時更宜加煖。微火炙之。毋太烈。

大蠶已吐絲。小蠶看猶卧。恐犯春風寒。候火不敢惰。蘆簾疊疊鋪。桑柴細細剉。宜溫毋太烈。守爐忍飢餓。

上簇 以稻麥稭或竹篠葦幹。縛如山。將蠶通體瑩徹者。置其上。俗呼上山。勿遲。遲則繭薄。

蠶老色微紅。有絲何纏緜。麥稭與竹篠。縛之如山然。捉蠶上山來。所戒在遲延。不羨大於甕。作繭箇箇圓。

下簇 上簇三日。皆成繭矣。宜摘繭。

雲隴麥將秋。雪繭蠶已熟。鄰翁各相賀。利以三倍卜。獻繭將告功。紛紛喜下簇。寄語紈袴子。愼勿賤羅縠。

擇繭

中一蛹者曰獨繭。雙蛹曰雙繭。二三蛹者曰同功繭。擇獨繭、雙繭之堅白者爲細絲。同功繭及雜而薄者爲粗絲。爲帛。其有內潰而漬溼者曰陰繭。另置一處。僅可爲帛。凡繭尖細堅而腰小者。雄也。圓慢厚而腰大者。雌也。相兼而收。以簇中者爲佳。近上絲薄。近下不生子。取雙繭。待蛾生子。承之以布。或以紙。月直大火。以鹽水沃其子。俗謂醃蠶。以待來年清明浴之。

枝葉兩相當。辛勤歌采桑。不願同功繭。但願獨與雙。視腰辨雌雄。結喜簇中央。沃子待來年。甕窖宜深藏。

村村煮繭香。軋軋繅車聲。探湯引其緒。入手光晶瑩。上市賣新絲。織素分粗精。歸祀馬頭娘。共慶蠶桑成。

繅絲 爲繅車以繅絲。

看蠶詞　吳衡照

日防生人夜防鼠。村裏家家都閉戶。綠陰時節徧江南。屋上鳴鳩定晴雨。幾日看蠶眠。幾日看蠶熟。簇蠶上山棚。爇薪守蠶箔。小姑日討山棚信。再拜神前代娘問。大姑一月頭不梳。玫瑰花開未簪鬟。大姑稱繭小姑量。阿娘踏車煮繭香。絲成母女各歡喜。里胥打鑼催上忙。

押桑謠 乙丑歲。桑葉大貴。苕霅貧家有以兒女押樹桑家者。感而賦之。　嚴辰

養蠶活兒女。只今兒女在何許。水村桑葉等珠球。抱向桑家押桑歸。豈無嫁時裳。賣去充官糧。豈無頭上飾。典來供朝食。猶幸膝前兒女多。若無兒女將奈何。語兒莫哭更莫嬉。蠶飢爾療蠶熟不爾飢。贖兒好待賣新絲。可憐繭成動繅車。追科吏又門前譁。

勸蠶歌　高其垣

其垣爲閩令。念閩省地瘠民貧。薄於生計。思爲開無窮之利。著試行蠶桑說上之大府。捐貲購地於井樓門外。蒔桑六千餘株。其秧由浙運至。道光末。陳中丞慶偕開藩來閩。頒其說於郡縣。令省垣設局。飼蠶勸民。其垣又於浙買運桑秧三千餘萬株。分給布種。且募浙之善飼蠶者至閩傳授。前後捐重貲。力任其事。不爲浮議動。作歌紀之。

我本浙中人。曾作閩中吏。身自田間來。且說田間事。江南二三月。牀頭蠶種發。家家皆飼蠶。正值清明節。節當春風香。女兒爭採桑。青青柔桑葉。恰恰連宵忙。全家夜來苦。但願蠶絲吐。二眠至大眠。上山猶閉聲。作繭方告成。堂前繅車鳴。繅車聲轆轆。賣絲錢滿橐。不畏吏催租。沽酒街前酌。女兒藏餘絲。留作嫁時衣。一月雖辛苦。一歲休愁飢。浙中利若此。閩中風土似。城外半膏腴。種桑可千株。我今買桑樹。復購繅絲具。蠶師愁無人。家鄉急覓去。轉瞬春風市上譁。偏栽桑樹如栽花。秋燈門巷鳴機杼。富擬湖州百萬家。

哀春蠶　于源

今年蠶市開。處處説蠶熟。奢心十倍成。歡聲遍茅屋。一解。蠶信日以熟。葉價日以昂。誰家傍門前。乃有百株桑。二解。倒我箱與篋。拔我釵與珥。葉貴買不歸。看看蠶餓死。三解。背人忍雙淚。日暮拋田中。不如往年殭。猶得充藥籠。四解。人家作成繭。幾日有絲賣。不穀還葉錢。又添蠶罷債。五解。蠶歉與蠶熟。只苦養蠶娘。城中販葉客。新絲做衣裳。六解。

蠶詞四首　于源

纔卜油花禱祀虔。今年蠶事勝前年。一灣流水汲新綠。剛是春風浴種天。

十畝青桑蔭漸繁。怕人來往笑言喧。明朝求個村夫子。字寫蠶花貼板門。

翦刀聲裏日遲遲。早閉柴關謹護持。忙殺朝來看火鳥。幾番啼上最高枝。

温和天氣扇微風。雪色堆山一室中。郎喜吐絲成五色。妾思作繭要同功。

馬頭娘神絃曲

黄金臺

神鴉噪晚巫簫迎。綠陰滿地香風生。白粥一盂酒一斝。喃喃拜禱靈祠下。東家姑婦西家姨。辛苦育蠶勝育兒。葉價怕昂絲怕賤。蠶娘心事惟神知。乞神默護賴神佑。村歌里語當筵奏。但願新縑萬匹光皚皚。宫坊錦樣如雲堆。不求小姑嫁衣足。綠襖紅裙任翦裁。

木棉

鋤田行

唐孫華

瀕海高田半鹵潟。木棉初長不滿尺。非種相侵易蔓延。手把鋤頭那許釋。久晴無雨土益乾。鋤頭下處如擊石。偏到炎天戶戶忙。日午當空火繖赤。可憐一笠不遮身。傴背長供紅日炙。鋤頭側入不容差。惟恐誤鋤傷根芽。草盡更祈微雨潤。眼穿幾日開黄花。海風但願無漂蕩。秋到家家動紡車。

木棉歌

王晦

吉貝舊從海島植。流入中華滿阡陌。故老相傳號木棉。其功直與蠶絲匹。年年四月來牟黄。播種人田乘雨隙。迸芽發葉僅寸餘。田中茂草先盈尺。揮鋤流汗浹故衣。赤日中天痛如炙。半載辛勤到九秋。西風忽發苞初拆。幸逢稔歲霜信遲。照眼花叢如雪白。田夫珍重逾夜珠。挈兒呼婦親手摘。歸來索賣價苦賤。百計經營供婦織。機聲軋軋寒月闌。十指凍裂心不惜。待輸公賦償私逋。縱成萬匹難存一。吁嗟此物衣被天下民。回看農婦兩脚赤。

詠木棉事　金俞邁

春來白地幾犂鋤。不種草麥者爲白地。草淨泥融雨一蓑。荷葉田田柳飛絮。種花時節正清和。種花。

鋤花偏喜日卓午。曦馭炎炎似火輪。只道火輪能殺草。不愁燒殺把鋤人。鋤花。

地不宜禾不植桑。崖州老姥爲開荒。捍彈紡織皆堪詠。擬入豳風第幾章。樹出南蠻諸國。漢時流入廣州。吳地所種乃草棉。與廣州之木棉異。元至正間。松江烏泥涇汚萊不食。偶傳此種。崖州黃婆敎以捍彈紡織之法。死而廟祀之。

水淤沙浮土瘠貧。荒鄉何策可資身。星機月杼連村巷。盡是東南食力人。二首治布。

種棉曲　陳萊孝

海南人家家種棉。交秋試花花燭天。秋收一畝觔二百。百觔價値錢四千。丁男色歡婦子喜。活計今年粗足矣。豈知米價貴于玉。五十觔棉米一斛。八口嗷嗷竈突寒。一家依舊團欒哭。嗚呼、枉說種棉勝種禾。賣棉買粟能幾多。可憐租稅兩莫辦。南鄰相約走別縣。

和方宜田宮保木棉歌題其圖　陳章

島夷卉服傳自古。但聞僅有麻與苧。木棉之名出高昌。赤花大樹非其侶。柔根弱蔓如豆藷。不植泥土植沙土。種時四月梅雨後。立苗欲疏毋莽鹵。枝未著花先去心。桃少實繁難悉數。白茸茸裹乳鵝毛。鐵鋌擿去核盡吐。宮商錯雜竹弓彈。紡之織之就機杼。足令衣被天下人。那羨吳綾與蜀紵。尙書爲政有要領。凡利民生靡不舉。最愛此花儕桑麻。能救茆屋僵凍苦。世多不識菽麥人。丹青乃命良工補。己饑己溺推此懷。直欲春臺廣嫗煦。

木棉歎　　錢載

我聞木棉花。傳自哀牢林邑高昌國。地氣江淮本相得。葉似青楓花似葵。花鈴倒挂同攀枝。涼秋八月白緜吐。一朶半朶科頭垂。科頭垂。哭村姥。昨日風。今日雨。上岡涇多草。下岡涇無土。花熟防風更防雨。怕似鄰州去年苦。去年崇明上海海波嘯。人家屋頂龍鰌掉。舊時岡隴種花處。夜夜陰寒鬼燐照。我家租種橫瀝黃沙田。海唑風雨愁相煎。諺云。山擡海潮來。海唑風雨多。唑音鋤。花荒官私兩無辦。不紡不織何能延。黃婆廟。烏泥涇。天晴獻雞酒。願乞黃婆靈。我田若可種稻還種麥。更送春風紙錢百。

木棉花歌　　錢大昕

木棉之花古未有。流傳乃自林邑南。高昌緬甸及南詔。移來交廣雷瓊儋。桐身楓葉芙蓉蕊。秋來結實離相參。周遭徑尺修數丈。非杞非梓非楩楠。蠻方寶此作活計。不數八蠒吳中蠶。爾雅釋木置不錄。南州舊志披琅函。迦羅婆劫載梵夾。嘉名肇錫由瞿曇。草棉晚出乃居上。卑枝弱幹霜苞含。古終古貝名少別。騷人辨說徒詀諵。何人分種到江左。花開處處臨澂潭。吾鄉所種皆草棉。沿其名曰木棉耳。崖州老姥年七十。卓椎雙髻頭鬖鬖。傳來上世種植法。至今立祠香茅庵。烏泥涇上靈旗卷。風鬟霧鬢留空龕。遡來傳授五百載。鄉村男婦人人諳。弓彈捍軋良自苦。如食蓼葉蟲知甘。吾生雖無田負郭。

田家月令曾研覃。畷城土燥不宜稻。稻田十僅得二三。三月纔過微雨潤。木香花下香醃醰。木香花開。種花之候。農夫走尋官曆日。翻閱敗壁袪白蟫。詰朝相戒種花去。蓬頭散髮除襤衫。從朝至晡不得息。汗出浹背流如泔。東臯幾日生意早。新芽迸土抽瑤簪。火雲觸熱青笠覆。草根細斸長鉏鍛。向午不憚日杲杲。淩晨時聽鐘韽韽。應門稚子攜酒榼。饁餉小婦簪宜男。嗟爾婦子大作苦。面目黧黑中心慚。去年種花花事歉。家中積儲無一甔。今年天氣晴更好。十日一雨波渟涵。里巫醵錢賽村社。社翁社母醉且酣。巫言祀神神不怒。福汝庥汝非戲譚。三秋轉眼西風緊。捉花處處爭搜探。提囊花鈴大于繭。腰繫圓籠攜荆籃。不辭采擷指爪禿。十十五五頳肩擔。歸來茅舍夕陽暮。少長列坐齊羅聃。紅蓮飯熟出破甑。菊花釀美開新坩。拍手頓足紛雜沓。太平有象樂且湛。朝來忽訝聲剝啄。市牙估客頻停驂。得錢捆載渡江去。吾廬依舊空沈沈。長含切。早花促後花漸少。霜黃滿地羣兒撏。賣餳老翁打鼓過。傾筐換取目眈眈。促織初鳴河射角。篝燈一縷光猶弇。黃紗夜紡軖車鬧。抱布賤售憂如惔。我農經年長碌碌。夫豈本性由來耽。官租私債償未足。吁嗟筋力何以堪。吁嗟筋力何以堪。明年力作催丁男。

採花婦

湯禮祥

崇明宜種花。種花如稻粱。七月花已齊。八月採花忙。道逢貧家婦。悽悽復惶惶。採花在沙上。兒女在母傍。自言去年花。一采盈一筐。今年夏不雨。風潮復驚狂。有花半吹落。況乃根已傷。一枝三兩朶。疏散不成行。盡採一日花。不抵一宿糧。丁寧小兒女。採白莫採黃。白者賣與人。得錢充飢腸。黃者無人買。裝爾舊時裳。到此望已絕。饑來更無方。我聞貧婦言。去去猶彷徨。種花既苦旱。種稻亦亢陽。不見高原田。苗死無餘秧。皇天實降災。江浙同時荒。赤地已千里。樂土竟何鄉。

東鄉謠　吳蔚光

西鄉田高。五月下苗。北鄉田少。六月去草。南鄉田低。八月稻齊。惟有東鄉田近海。專種棉花弗能改。種棉花易種稻難。種棉怕溼兼怕乾。稻十分。算全熟。棉廿分。算纔足。休望足收成。只望沒空鈴。鈴空無大礙。風潮莫爲害。七月風暴多。吹得鈴子沒一科。八月潮信大。湮得鈴子沒半箇。今年幸無潮與風。陡然生出棉花蟲。齩節節便斷。喫葉葉便短。葉短難再長。節斷花亦傷。何況蛀盡棉花根。我泣呼蟲蟲不聞。業主下鄉來催租。我子無袴妻無襦。無襦無袴更無米。還有鄰家賣妻子。

種棉行　劉文培

崇川種棉不種稻。種棉利比種稻好。稻田不雨苗卽枯。棉田不雨苗仍保。四月撒種種易生。五月屑草稭漸成。含苞夏末秋落實。只憂霧雨不憂晴。前年去年雨滂沛。霧裏蟊生花果墜。米無錢買薪無株。比戶咨嗟眼垂淚。今年收成倍往年。雪花壓樹霜滿田。償逋糊口難兩給。得隴望蜀還怨天。勸君不用心沖沖。明年再熟家計豐。君不見江南稻田更辛苦。手捧枯苗涕如雨。

摘棉花行　張金棟

涼風吹動八月節。如彈花鈴箇箇裂。籠雲帶雪綴梢頭。盈盈白繭田中稠。農家挈伴摘花去。一朵兩朵次第收。大婦拾來懿筐貯。小姑擷得玄裳兜。日燥風高花盡坼。摘得前頭後又白。併疊將歸略取乾。不愁今歲兒號寒。朝换肉。夜换酒。常挾棉花市上走。豪家一日去還租。身上衣衫原露肘。

木棉四詠

黄安濤

碾核

我聞古德言。色界花多子。子多花亦多。木棉正如是。何以入筒中。渣滓須淨洗。木工與金工。先後互呈技。以金利其轉。以木植其體。如牀支四脚。如鼎聳兩耳。中横鐵門限。吐納分表裏。譬諸頤有物。下咽莫逃齒。板踏一繩牽。輪轉雙槌使。花飛繭衣如。核走珠盤似。手足踏且摇。昏黄鳴未已。周官嬪婦職。化治從兹始。

彈花

木棉已離核。其質猶未融。膠絲以爲絃。揉木以爲弓。挂以青竹竿。背坐如釣蓬。移將局脚牀。藁䕸攤一重。揎袖續續彈。響與鳴箏同。貧家屋褊小。那有深房櫳。流溼既苦雨。當窗又愁風。彈罷腕欲脱。兩鬢如飛蓬。富家玉滿堂。帖地氍毹紅。擁絮不加暖。誰憐寒女窮。

紡紗

生女曰弄瓦。紡甎肇古初。抛甎用竹木。厥制參輪輿。繅車亦其類。絲車固攸殊。右手摇曲柄。風輪轉疏疏。左手曳緜筒。一縷牽徐徐。纚纚等抽繭。緻緻疑辟纑。始焉欖核似。繼乃芋頭如。紅閨有針神。分絲細於蛛。持作手中線。縫衣尚嫌粗。誰知斷復續。寒女費工夫。

織布

年光迅飛梭。織婦心獨曉。不待候蟲鳴。夜作恆及早。溪頭浣紗畢。風戾向晴昊。運軸皆小姑。入扣共丘嫂。秩然經緯清。皭如顏色皎。擘絮殊精粗。中量分大小。有大布小布之別。貧家卒歲資。紈綺非所寶。但願尺寸贏。粗粗製裙襖。壁上油燈乾。殘機剛得了。未遑計有餘。入市付郎抱。

采棉行

祁寯藻

采棉復采棉。棉花滿秋田。噴香裹粉白且鮮。重如柳絮輕如煙。十十五五采棉女。褰裳來往花間語。一摘盈一筐。再摘盈一筥。盈筐盈筥摘未息。當窗機杼鳴促織。織成尺布不上身。且免米鹽乞旁人。可憐辛勤僵十指。半爲輸官半鬻市。市中車馬何踟躕。清酒絲繩提玉壺。貧家有女寒無襦。忍死不願雙明珠。

木棉歎

王慶勳

江南產木棉。種者十之五。藉以裕民生。大半此爲主。計自癸未來。每歲遭多雨。雖不書豐年。初非無小補。今歲入秋時。結子綻無數。屬望到西成。自然恣意取。士商工與農。莫不欣且舞。誰知浹旬中。淋漓水平滸。雪白吉貝花。坐視同草腐。一分不得收。更比昔年苦。昔年猶可支。今歲將何拄。杼柚既已空。尙須供天庾。縱或緩催科。敢望人三鬴。嗟哉我鄉民。瞻仰靡依怙。

木棉謠

朱岳

農家種花勝種稻。土花更比沙花好。花蟲不畏畏風潮。播種還爭下手早。黃梅雨足青草生。脫花要趁天公晴。貧家無錢僱客作。夫把鋤頭婦餉耕、秋風吹花花欲舞。捉得花歸忙織組。年年花價貴如金。織得布成賤如土。一年辛苦望花熟。花熟尚愁饘與粥。脫花。去草出花也。鄉音作搨。

紡織

紡車曲

趙俞

阿孃日一筐。小姑日五兩。手腕欲脫胝生掌。六月七月風水蕩。木棉枝梢棲螺蚌。明年欲種苦無種。入市換米米價踊。紡成不比木棉重。君不見豪家容光耀明月。翠鈿珠靸玉條脫。眼中紡車是何物。生女莫作田家婦。終日蓬鬆亂鬢髮。又不見昔年江鄉兵火發。城中婦女脚不襪。竄身荊棘皮綻裂。不如田家婦。局縮紡車且就活。

促織謠

邵長蘅

促織復促織。涼秋八九月。新婦扎扎當窗織。一日織丈餘。兩日合成匹。婆言無襦。兒言無衣。翁欲易米煮餔糜。縣中租吏來。叩門聲如雷。阿翁趣辦飯。阿婆烹伏雌。持布送租吏。租吏含怒譙言爾物何輕微。新婦十指出血不得一縷著。房中淚下如綆縻。

夜紡女

汪孟鋗

一絲長。一絲短。窗隙風窺無與伴。低頭欲理還愁斷。十指凍皴紡聲急。一把費將無限力。油燈煎盡但成滴。竈頭有粟食已空。晨炊未備無青銅。急須攜取入市中。金雞唱曉斷更鼓。喚起夫壻啼兒女。

織綾曲　陸坊

王江涇上明春燈。鳴機紅女宵織綾。綵鴛蕩漾飛不起。驗取綾紋半湖水。一梭成匹千萬絲。賣作誰家歌舞衣。隱稱纖腰寬作袖。倚寵猶嫌花樣舊。君不見吳下連年蠶歉收。新絲織盡機人愁。

織布謠　錢之鼎

織布織布。夫無襦。身無袴。晨光未熹儂上機。蓬頭垢面。朝不得炊。機聲軋軋日亭午。汲水斫薪纔滌釜。篝燈挂壁夜不眠。三更五更自勤苦。縷欲密。匹欲長。縷稀匹短錢不足。寸寸斷絕儂肝腸。貴賣青蚨一百四。賤賣青蚨一百二。剩來機上數尺零。兒裁作衫女作帔。北風吹窗草肅肅。東鄰西鄰愁仰屋。持布賣錢儂買穀。世上窮民幾人燠。

恤緯詞　孫玘

農種粟。農常饑。女織布。女無衣。織布勞從種花始。使我春不得避陰雨。夏不得避炎威。常恐草沒棉花稀。乍見花盤生。又見花鈴老。花開最怕委泥沙。頻祝天公風雨少。提筐挈籠倒箱中。私債官糧賣頓空。留取餘花藏破篋。彈紡成紗衣阿儂。向曉踏機鳴唧唧。天寒日暮纔成匹。伍伯催租攫作錢。依然敗絮當風立。

貧女織　吳長庚

霜稜稜。風獵獵。寒燈餤縮紙窗裂。車聲軋軋指流血。不辭指痛摧心肝。但願織成輸縣官。織爭一寸輸累匹。那得餘棉暖姑膝。

織婦詞

嚴駿生

東家織婦命如葉。軋軋機聲夜無歇。銀箭頻催星斗稀。碧梧已上將殘月。絲絲應攬淚絲紅。愁蹙雙蛾罷整容。爲誰製就合歡被。穩覆鴛鴦春夢濃。西家有女歌入選。豔錦香羅稱身軟。昨宵笑曳散花綾。嬌憨亂把金刀翦。

清詩鐸卷八

丈量

丈洲行

錢澄之

今年有官來丈洲。千金之產充洲頭。稅加十倍出散戶。散戶逃亡洲頭補。洲已崩去稅在身。富賣山田貧賣女。村人訛傳官如虎。洲頭那當鞭撻苦。情願破產共輸金。求官勿來官不許。官通算法善開方。到洲升合無敢藏。誰者傳此勾股術。使我洲頭家家泣。

民謠之一

尤侗

急丈田。長洲縣。田幾何。百餘萬。奉部文。一年限。朝廷丈田除浮糧。浮糧若除須補亡。下跨河水上山岡。桒畦菱蕩都抵當。插旗四角周中央。男奔女走羣張惶。上官督縣令。縣令責里正。里正不識弓尺寸。轉倩狙獪代持籌。長短方圓一手定。一手定。一手更。私田縮。公田盈。移重挪輕無不有。田主瞠眼不敢爭。縣家覆丈豈能徧。但取溢額可考成。急丈田。限一年。官比粟。吏索錢。官田未見增什一。民錢已聞費百千。君不見一縣圖書七百四十一日造。黃册堆積高於天。

鸕鷀灘紀事

管　棆

頹垣禿樹茅屋破。有一老翁獨趺坐。問翁年紀今幾何。頭白齒童何所作。去聲。答言蹉跎七十強。屢遭喪亂形神傷。避兵直上猿栖穴。運餉常過犵子鄉。十二年來兵革少。結茅此地還草草。山田地瘠常苦耕。十有九旱一卽潦。兩兒四孫食指繁。一歲勤種多無存。官租徵罷尙不足。促夫僱馬還來村。前年又下丈量示。索雞呼酒盈差吏。叢巖密箐皆不遺。競以報多爲上計。我家薄地三五區。頻年水旱多荒蕪。今歲計畝又盈倍。拳械不敢留錙銖。大兒勤耕無力作。小兒差夫赴官約。幼孫門東方叫號。瓶中無米將誰索。老翁七十還何求。夜夢不免追呼憂。吏來又要報荒產。欲訴長令門無由。我聞此言心甚惻。青山向我愁眉結。老翁老翁愼勿言。保爾童稚兼丘園。前年秦隴大饑饉。詔書日下行蠲賑。此地曾經戰伐餘。何人早上鄭監圖。朝廷雅重汲內史。君等勿爲桑大夫。

縣總行　　羅天尺

無田苦。苦易知。有田苦。苦難支。無田之苦上無以事父母。下無以畜妻子。無田無年死已矣。有田到底無田似。鄉落傳來有新政。淸丈嚴行奉憲令。縣總都總大似天。沿門日索公食錢。腰牌在身恣吞剝。歲暮猶自催量田。弓步手。書算手。量寡量多爾何有。曉事還應出例錢。腴田尙可塡荒藪。錯上上。田中中。大官按册魚鱗封。坵段井然易不得。易不得。賤子有稅無田插。獨搖雙艣江心立。

催科

催糧行　　錢澄之

催完糧。催完糧。莫遣催糧吏下鄉。吏下鄉。何太急。官家刑法禁不得。新來官長亦愛民。那信民家如此貧。朝廷考課催科重。鄉里小民肌膚痛。官久漸覺民命輕。耳熟寧聞冤號聲。新增有名官有限。兒女賣成早上縣。君不聞村南大姓吏催糧。夜深公然上婦牀。

寡婦行　張丹

荒村積雨生荆杞。春田麥爛春火死。十室九戶閉門坐。葛蛇藤鼠竄牀底。中有寡婦抱兒泣。仰天張眼淚不已。門前柏樹啼曉烏。樹下行人持火符。赤脚麻鞋泥滑滑。敲門直入中堂呼。云是胥徒催賦稅。官令不得遲斯須。行糧火耗無不有。更教點卷撥民夫。卷卷里正有兒名。弓矢要錢馬要芻。大竹之皮日敲扑。五日一比臀無膚。寡婦聞之雙淚滴。眼看孤兒聲不出。去年秋稅賣花田。今年春雨空華室。十日不火釜生塵。死生母子何可必。此時吏徒如虎攫。坐索酒黍要雞鴨。面赤眼白看青天。啾啾唧唧多輕薄。寡婦出門賒酒至。白芋黃韭復大嚼。

歲暮行　龔鼎孳

天寒鼓枻生悲風。殘年白頭高浪中。地經江徼飽焚掠。夜夜防賊彎長弓。荒村哀哀寡婦哭。山田瘦盡無耕農。男逃女竄迫兵火。千墟萬落倉箱空。昨夜少府下急牒。軍興無策寬萑鴻。新糧舊稅同立限。入不及格書駑庸。有司橐橐罪貶削。緡錢難鑄山非銅。朝廷寬大重生息。羣公固合哀愚蒙。揭竿扶杖盡赤子。休兵薄斂恩須終。

湖西行　施閏章

辛丑分守湖西。瘻瘠歲饑。有司坐逋賦。失職相望。余奉檄按部督促。是時西南用兵。不逾時符牒三四至。吏民後期者法無赦。烏呼。一官貶斥不敢辭。當奈民何。有痛相告誡而已。

節使坐徵斂。此事舊所無。軍糈日夜急。安敢久踟躕。昨日令方下。今日期已逾。攬轡馳四野。蕭條少民居。荆榛蔽窮巷。原田一何蕪。野老長跪言。今年水旱俱。破壁復何有。永訣惟妻孥。腸斷聽此語。掩袂徒驚吁。所慚務敲扑。以榮不肖軀。國恩實寬厚。前此已蠲逋。士卒待晨炊。孰能緩須臾。行吟重嗚咽。淚盡空山隅。

催科行　方中發

負郭荒田百餘畝。一半兔葵一半莠。十年九年無升斗。日日追呼急奔走。可憐重趼手還空。輸將常苦居人後。堂上怒號吼若雷。杖死不許一開口。我家貴人未沒前。胥吏到門同寒蟬。如今箕踞中堂上。瞋目大叫横索錢。割雞治酒兄事之。強拭淚痕笑相延。早知廉吏子孫貧。不如被褐還負薪。親舊閉門小人侮。敢言苛政猛如虎。

布穀謠　邵長蘅

村墟五月布穀鳴。家家驅牛向田塍。誰令我家充里正。荒田地白不得耕。昨日縣卒至。驅迫入城市。官府怒我輸税遲。繫獄一日再論笞。肉腐蟲生。垢面蓬首。親交來相探。牽衣泣下不能止。附書與親交。歸告我妻賣兒子。

庚申春日記所見　顧彩

江南何其悲。草木不容長。萌芽纔發生。已爲飢民饗。無食思播遷。無廬何偃仰。強半枯瘠兒。形骸類魍魎。久餓腸已摧。兼絕粥饘想。終塡涸鮒轍。豈受江湖養。漸漸二麥秀。今歲庶豐穰。存者或得餐。死者魂已往。如何催科吏。程限不暫爽。鞭撻鳩鵠民。驅令供軍餉。徒有骸骨存。安能事耕紡。苦役彌乾坤。蒸黎在羅網。反羨死者安。無膚受笞杖。我爲飢寒軀。終朝逐塵坱。騎驢蹴骷髏。三三更兩兩。低眉不忍看。汗出忽盈顙。荒原萬鬼哭。落日衆田響。猶有劫餘人。含悲涕惆悵。

金德嘉典衣詞、麥粥歎。見田家門。

催租行　朱樟

催租吏。不出村。手持官票夜捉人。今年官糧去年欠。不待二麥田頭春。衙鼓三聲上堂坐。又發雷籤急於火。新例。以風火雷籤追。新糧半待舊糧催。前差未去後差來。男呻女吟百無計。數錢先償草鞋費。剜肉徒充隸蠹肥。醫瘡豈爲農夫計。誰憐禾黍被風吹。秋粒無收官不知。官不知。誰與說。短袖貧兒仰天泣。不求按畝蹹荒田。只望緩征勾縣帖。春來雨水皆及時。青桑吐葉無附枝。蠶山落繭車有絲。不怕官庫堆錢遲。東鄰白頭嫗起早。黃口小兒啼不飽。無錢能買爪牙威。七十老翁拏過卯。杭州比糧日謂之過卯。

臨江道中　胡慶豫

舟行江岸高。苦爲暑氣逼。維舟長林間。緩步入巖側。茅茨四五家。寂寞炊煙息。稚子啼門東。老婦聲唧唧。鄉語未分明。似訴朝無食。老翁仰天呼。語發淚霑臆。去年雨不濡。無禾又無麥。今年夏徂秋。井枯田盡坼。稂莠旣弗除。良田亦爲石。上官急兵需。豈念民肥瘠。府帖日三下。追呼一何迫。縣吏夜敲門。眠臥不貼席。報災徒紛紛。乃爲州縣格。天子誠愛民。九閽萬里隔。嗟哉蔀屋愁。我聞心怵惕。安得長空雲。平疇遍膏澤。

剝啄行

張澤棨

剝啄剝啄聲頻頻。門前果到催科人。意中怦怦向有此。不道風雨來侵晨。縣符一紙持吏手。聞說新官立法新。軟語低言苦不足。欲勞來人無酒肉。黃梅一雨釜生魚。撲撲縛雞雞上屋。

乞兒行

劉青藜

天寒歲聿暮。風雪無時休。行邁日遲遲。舉目增我愁。念彼流亡人。顛連滿道周。況復挽我車。哀呼聲啾啾。借問爾何鄉。何爲此淹留。答云家晉陽。耕桑頗自謀。頻歲遭水旱。田畝少所收。忍饑寬正賦。不肯辭故丘。有司借名目。無藝日誅求。黠者依險阻。跳梁弄戈矛。軟弱守窮巷。鉤索反見仇。血淚灑公庭。縶頸等罪囚。低聲向老吏。乞歸鬻兒酬。咆哮甚猛虎。索保始頷頭。脫身攜妻子。棄家到中州。聞說南陽界。荒陂足鋤耰。牛種旣難辦。棲身何所投。匍匐大道旁。殘喘仰行輈。今日得苟延。明日信悠悠。見爾已心酸。聞語涕更流。嗟爾本良民。誰使塡壑溝。羞澀客囊空。聊復遺乾餱。恭聞聖天子。西顧垂殷憂。赫怒誅貪殘。中丞行部搜。租逋概蠲除。懷綏渥且優。勿作他鄉鬼。努力返田疇。

李天塹刈麥行。見田家門。

欠糧民

李化楠

欠糧民。縣差捉來催比頻。一一喝令伏階下。衣襟露肘皮肉皴。或老或少相扶拽。堂上長官詢緣因。去年牒下今幾月。粒米無輸何逡巡。別戶完納皆最早。獨爾拖欠眞可嗔。縣官呵咄言未絕。中有老翁向前說。長官可容聲訴乎。題起源頭淚嗚咽。田必有糧何容諱。我糧雖有田則未。田在元明間。曾有祖產傍海阪。當年頗稱膏腴地。歲歲每有千箱收。爲苦潮汐不時至。年深久刷成沙洲。至今已作鰍鱔窟。荒荒一片泥淤浮。後世無田艱餬口。爲人作傭乞升斗。少壯猶能力經營。今已衰疲成老叟。我聞此言心爲悲。撫之不暇安忍笞。爲民請命牧民事。莫似春陵但詠詩。

催租行

金蓉

東鄰野老慘不樂。狀如紇干山頭雀。飢來乞食走荒村。逢人欲語聲先吞。云自三秋黑蝝舞。田禾漂泊偃黃土。上官連章報有秋。縣官徵租苦誰訴。朝行北山麓。暮宿南陌頭。阿婦已塡溝壑死。阿女遠隨估客舟。家有黃口兒。不知今在否。仰天一慟淚交流。悲風蕭蕭起長楸。君不見官衙對雪張高宴。里胥持帖下鄉縣。

徵穀謠歲丁巳。有所見而作。

王惟孫

月黑鵂鶹呼。飛啄人家屋。昨夜縣符下。火速徵官穀。惡吏如虎虎擁狠。踞坐上頭索酒肉。窮年辛苦奉公家。誅及雞豚猶不足。官府愈怒吏愈橫。寡婦哀哀舍南哭。夜深聲咽四壁愁。吏醉去眠寶釵樓。

催科

陸繼輅

催科沿陋習。縣官利贏餘。撫字果心勤。彼民亦樂輸。嗟哉大杖下。日夕聞號呼。欲識官心腸。但看民肌膚。

宿田家書所見　趙紹祖

日暮傍田家。叩門欲投宿。啓戶有老翁。相迓入其屋。告以近市人。偶然來山谷。爲問今年荒。田家恐不足。老翁聞我言。色變意轉酷。答言去歲歉。家猶有餘蓄。今春連夏雨。無麥復無粟。合村婦子號。一日不再粥。縣令不報荒。催科似火速。追呼已難當。加之以鞭撲。歎息言未已。兩吏來相逐。老翁急避走。入門肆督促。向客索主人。復訝面小熟。亟去適鄰家。隔籬聞索穀。捉雞徑出門。村店換酒肉。

納糧歎　王廷紹

瞻軍採買民間糧。村民賣糧投官倉。官倉距村近百里。有翁守糧泣路旁。自言種田五十畝。每畝獲糧不滿斗。採買不問年豐荒。惟計丁糧查戶口。昨日里正下鄉來。頭橫皁帽腰朱牌。據牀先索雞與酒。酒酣叫罵聲如雷。我子官僉送戰馬。我女前村已早寡。老妻貸來半斛糧。是女轉向鄰人假。白頭負重步蹣跚。有糧何能遽到官。但願明年無水旱。不妨今歲耐飢寒。官倉斗大民間小。民間價昂官價少。官價從來不給民。納得糧時官債了。那知路逢納糧人。未曾到倉倉吏嗔。謂粒不圓兼不燥。將回速將陳易新。我家之糧已全糶。有田尚沒黃河淖。吏怒官威可奈何。官軍又出延津道。

鄉收歎縣官臨鄉催科曰鄉收　齊彥槐

村村夜半敲銅鉦。明日鄉收官出城。狼胥虎役至百十。連村雞犬爲之驚。排門逐戶搜家具。婦女簪環皆攫去。鋃鐺拖曳老翁來。痛杖纔虧五分賦。倍完不過銀一錢。欲脫鋃鐺錢十千。逍遙那及乞丐好。家家賤賣完糧田。捕蛇者說非虛託。蛇果不如胥役惡。君不見鬻妻質女供官差。哭聲一路皆鄉約。

王省山吳中吟。見財賦門。

村鑼歎 官到催租。則村人傳鑼以警衆。　馮詢

東村打鑼西村驚。破鑼皇皇作飢聲。飢無宿糧官催征。嬌兒夜啼爺早興。爺謂怕鑼避鑼去。打鑼人在爺何處。安得碎鑼鑼可嫌。碎以爲鋤爲鉤鐮。地無鑼聲是樂土。春社醵錢奏簫鼓。

打比較 新樂府　銘岳

打比較。二八卯。堂鼓鼕鼕人擾擾。比簿圈分印。刑筒籤亂抽。皁隸騎人如騎馬。皁隸打人如打牛。明朝奉票又下鄉。但聞鄉裏鳴鋃鐺。鳴鋃鐺。催完糧。官催完糧民不少。民已完糧官不曉。者番錢米且下腰。下卯上堂聽比較。

催租吏　蔣坦

催租吏。夜捉人。手持官票目怒嗔。今年不用折錢例。縣官要納投封銀。堂下鼕鼕響衙鼓。堂上錚錚拖鐵鎖。傳呼暖閣聲若雷。怒擲紅籤疾於火。前差去。後差來。舊糧納。新糧催。鄉絲未熟布衫破。貧廬擲出啼聲哀。老翁不歸老婦楷。數錢先納肩輿賫。里胥好言勸煮飯。荒廚塵甑難爲炊。鄰家借米

米色糙。小兒怕看紅纓帽。明朝計費無一錢。過卯任捉老翁到。

封櫃米　又

封櫃米。石米每加二。石米歲入官。其二屬胥吏。胥吏日日鼓腹游。揮金夜宿倡家樓。東鄰翁嫗頭皆白。啞啞相對燈前泣。夜半里保來。具說縣官尊。催索額征米。折價錢七緡。硃票赤於火。鐵鎖來捉人。老翁股戰栗。哀白里保言。請展五日限。納費八百錢。老嫗見里保。趦趄不敢前。坐必里保上。食必里保先。天明揚長出門去。翁廚三日無炊煙。

閨媛高景芳輸租行。見漕政。

稅斂

稷毛行　施閏章

田家飲泣罷爲農。悔不將田全種稷。無菑高坐忍餓死。無稷搒繫千家空。可憐稷毛歲一割。割剝非時稷不活。況復山家種植稀。咄嗟那可飽搜括。官家作艦頻遣兵。稷麻聚斂盈空城。麻雖倍直土所出。稷非厥產從何生。羽書飛促勢倉皇。用三作一不相當。誰知轉自蕪湖買。婦無完袴兒無糧。連歲兩河需柳掃。芻粟三秦重荒耗。普天萬國困軍儲。分在供輸復誰告。語卿忍淚且勿悲。人間禍福無窮期。不見西南戰地赤。殺人如草鳥不食。但令瘠土莫干戈。力盡輸稷死亦得。

信民謠六首　鄭日奎

鉛山紙。搗束冊。厚如錢。白如雪。尤物勞民民力竭。幾工能得一番成。官府一聲千萬幀。但願交官官不怒。價值有無誰敢訴。

靈山茶。浪得名。一甌鮮芽曾幾莖。風味敢與蒙芥爭。長官徇名不問實。公私食用皆取給。羣豪茗戰華軒時。山氓痛哭那得知。

玉山燭。纔盈尺。膚裏光焰雖絕殊。總出民膏與民力。官司科索無常例。一呼不應施鞭箠。有心同燭焦。有淚同燭流。柏樹柏樹爾之尤。

湖山虎。文采異。官愛虎皮責獵戶。不用持錢入市肆。獵戶聞命如聞雷。張弓冒險山之隈。昔苦虎不去。今苦虎不來。雖餵虎口何足哀。

汭川鯽。味信美。誰教汝能實腸能調胃。官一票。動百尾。數不足。搒欲死。我行代汝供刀几。

信州穀。何太賤。價百錢。無人問。不課不供父老怨。且莫怨。還應喜。誰家更有買穀錢。一歲不登大亂起。飽餐飯。耐鞭笞。但得室家不分離。猶勝死兵與死饑。

采砂謠　田雯

大如斗。赤如日。官府學神仙。取砂何太急。一解。

囊有砂。瓶無粟。奈何地不愛寶。產此荼毒。二解。

砂盡山空。而今烏有。皁衣夜捉人。如牽雞狗。三解。

匍匐訟堂。堂上大呼弗已。誤我學仙不長生。爾當鞭笞至死。四解。

淘金謠　又

淘金戶。淘金大江側。水深沙淺淘不得。夜聞追呼來打門。官司追課如追魂。呼童挑燈取金看。囊中祇有分毫積。金多課少輸不及。里胥大怒遭拘執。賣金買寬限。金盡限轉急。往來坐牀頭。婦子相對泣。相對泣。亦徒爲。輸官難再遲。南莊有田尚可鬻。莫教過眼遭鞭笞。獨不見西家賣金猶賣屋。戶逋金金不足。

梅庚藝麻行。見樹藝門。

錢以塏隰州雜詩人丁一篇。見輿地門。

豫民謠　邵長蘅

大車何碌碌。小車何逐逐。牛蹄剝剝石确确。運米連連入函谷。只言秦民饑。不顧豫民哭。百金僦夫致一車。富家賣田貧賣犢。米入函谷關。倉囷高如山。不救秦民饑。只飽秦倉鼠。秦倉肥鼠大於狸。秦民羸作溝中土。

乞食翁　陳恭尹

冥冥青楓林。戢戢歸飛翼。飛鳥亦有巢。老翁行乞食。問翁何方人。揮涕答不得。良久前自言。家在東山側。薄田五十畝。父子藝黍稷。宿昔天地平。黽勉努筋力。中婦提壺漿。小婦當機織。老妻低白頭。扶孫共匍匐。冬日農事歇。斗酒呼親識。雞豚稻粱飯。壯我衰顏色。寧知屬戎馬。秋毫見取索。一歲耕且鋤。不足供賦役。芸田倦未起。肢體被鞭策。貧家力已竭。公家求日益。有田以自養。反以速窮厄。欲賣與豪家。鄉鄰少人跡。當時富貴者。荒草生空宅。歸來語孫子。流離任所適。重恐官吏至。豈能受逼迫。黄泉亦相見。何必人間客。欲呼一飯别。盎無半升麥。出門各分手。痛哭辭阡陌。哀哉竟至今。兩不聞消息。老身一葛衣。朽爛委荆棘。餓死汚人鄉。不死長悽惻。昊天澤萬物。我獨罹斯極。下民日憔悴。上天安可測。

蘆州行

查慎行

江干積薪如列屋。巨艦裝來聯萬斛。天生此物充正供。歲歲陳根發新緑。舊崩沙岸刪未除。新漲荒洲報方續。三年一丈久成例。增減何曾量盈縮。不知此課起何年。坐待擢枯滏同束。我聞王府有遺利。藪澤閒田聽樵牧。如今尺寸籍農丞。作俑必由桑與卜。踏地輸租爾勿慳。逃空那得出人間。但看歸雁知人意。不敢銜蘆徑度關。

宮鴻歷新茶行。見樹藝門。

朱頫渟水蘭篇。見貢獻門。

題杜太守甲知通州日罷榷油酒雜稅文稿後

王元啓

關征暨廛稅。國賦自有常。誅求逮負販。奉法殊未臧。公心切民隱。疾痛如身嘗。作書告大吏。陳義何慨慷。飛章達宸聽。恩語來天閶。歡聲動衢巷。共拜聖澤長。乃知盛明世。選吏須循良。德澤不下究。吏實乖其方。公恩廣且永。潞水同汪洋。

采蕈歌

程夢湘

平菴傜。高山傜。輸納土稅非一朝。土稅維何茶與蕈。地瘠山荒爭采盡。采茶猶自可。采蕈愁殺我。今年春雨何其多。蕈少雨多將奈何。我聞前宵有吏徵租到傜戶。傜民畏之猛如虎。嗚呼。宰官何忍以口腹之細故。竟使吾民受煩苦。朝來叱吏聲其罪。自此永除香蕈稅。

寧夏采風 **糧草稅** 牧靈武作。靈武隸寧夏郡。 楊芳燦

邊徼地何瘠。罷民心所矜。歲收無常數。賦入有定名。夏麥秋穀粟。二豆莞與青。四色分兩稅。畝入斗二升。析爲子母耗。芻束相因乘。其餘減則地。五稔栽一登。差徭復叢集。與田爲重輕。計彼平歲獲。奚止大半征。況又科所無。疲喘何能勝。繭絲吏有職。按簿事敲搒。米鹽綜纖悉。瓜蔓紛鉤縈。不知入者寡。烏知取者盈。側聞前明日。置屯此邊庭。沿河九衛所。一一習戰耕。軍三屯戶七。二丁資一兵。取足峙芻糧。歲收算其贏。地利旣殫盡。百役滋繁興。軍操著空籍。賦額懸逃丁。撒派事紛拏。包賠議沸騰。卓哉朱癹疏。一字一撫膺。我朝覃天澤。深仁被邊氓。蠲賑若山積。休養致太平。小臣來吏此。纔閱五歲星。前春豁逋欠。今歲復減征。時聞諸父老。感激涕縱橫。

寧夏采風 **渠工稅** 注見上 又

黃河走鳴沙。雙峽名青銅。洪濤一縛束。勢急如張弓。靈武秦漢渠。上流扼其衝。刷沙借水力。疏濬易爲功。春融土膏發。士民自鳩工。錢不借水衡。費不煩租庸。相安百餘年。衆議無異同。郡城渠有四。漢唐留舊蹤。我朝復增置。天澤何龐鴻。灌溉十萬區。禾麥青芃芃。農祥甫晨正。土脈如撥麷。長官符亟下。按畝人夫充。土石雜薪楗。堆積如山崇。萬人具畚鍤。築鑿聲隆隆。大渠三百里。支渠橫

復縱。料理稍不愼。奔潦仍相攻。千緡萬家產。擲向波濤中。溝人大修防。民力或不供。里長貸官錢。逋欠還重重。利害固相倚。苦樂殊未公。所願良有司。撙節念疲癃。勿受黠民欺。勿爲奸吏蒙。恃人不恃法。慮始復慮終。任人專則奮。用法簡則從。始事宜急急。終事毋怱怱。庶幾金堤固。耕鑿安三農。

間架稅

唐靖

高風搖層巢。衝波潰伏穴。災至何所逃。棟宇靡安宅。縣官踏街衢。鞭度督尋尺。市廛旣櫛比。一一登方册。郭外中田廬。桑榆掩阡陌。喧喧騶從來。露冕巡郵畷。茀椒幾枝椽。華門幾柱磶。豈有奇贏資。亦賦金錢額。三載役軍興。箕斂力已竭。秣馬刈新禾。鑄砲銷農鐵。誰爲桑孔臣。剝膚及椎骨。

蘆田歎

吳嵰

種田未熟先種蘆。蘆田亦納官家租。郡符縣帖日數下。謂此尺寸皆膏腴。春風暖吹蘆葉大。秋雨冷浸蘆根枯。去年蘆花大於雪。飛滿邵伯秦郵湖。今年湖水漲千尺。波浪屋角搖菰蒲。此身且未判生死。詎惜半畝蘆田蕪。奈何租吏無時無。

稅契歎

齊彥槐

國家稅契無定額。不比催科嚴考覈。民間買賣況無常。百契那無一張白。恃符蠹役恣騷擾。驗印奸胥工恐嚇。罰惟半價索之全。稅止十金需者百。山人僅有山數畝。白契康熙遠年迹。鋃鐺繫頸犯彌天。賣卻青山案纔息。等閒一紙可傾家。從此無人買田宅。

力役

水夫謠

錢澄之

水夫住在長江邊。年年捉送裝兵船。上水下水不計數。但見船來點夫去。十家門派一夫行。生死向前無怨聲。衣中何有苦搜索。身無錢使夜當縛。遭他鞭撻無完膚。行遲還用刀箭驅。掣刀在腰箭在手。人命賤同豕與狗。射死紛紛滿路屍。那敢問人死者誰。爺娘養汝纔得力。送汝出門倚門泣。腐肉已充烏鳶飢。家家猶望水夫歸。

捕匠行

錢澄之

今年江南大造船。官捕工匠吏取錢。吏人下鄉惡顔色。不道捕匠如捕賊。事關軍務誰敢藏。搜出斧鑿同賊贓。十人捕去九人死。終期鎚斲立在水。自腰以下盡生蛆。皮鞭亂揮不少紓。官有良心無法救。掩鼻但嫌死尸臭。昨日小匠纔新婚。遠出寧顧結髮恩。晝被鞭撻夜上鎖。早賣新婦來救我。

牽船苦

陶澂

前月馳檄來。盡說兵船回。上官號令殷如雷。輿儓驛吏紛相催。城中壯夫應入選。千錢百錢俱得免。蚩蚩只有田間氓。帶索驅來似牽犬。臺前點唱各應聲。分曹逐隊城中行。羈縻不得暫歸去。待食可憐雙目瞠。此時茫茫斷消息。半月一月那有極。鶉衣蓬首面黧黑。耕穫無人思如織。才聞鼓角臨風前。城中叫呼聲徹天。十人共索聚城下。計取百人牽一船。船中貴官意殊別。不事風帆事牽掣。沙膠水淺船不行。到處鞭笞背流血。迢遙百里見淮陰。明日牽船更有人。吹角插旗城下住。看爾辛勤送前去。

築堤苦　又

築堤苦。三日築成五丈土。束薪爲樁土爲輔。千人畚鍤百人杵。勉力向前各俯僂。不爾恐遭上官怒。曉來併築臨河洲。紛紛築者當前頭。豈知再決不可收。飢魂弱魄沈中流。沈中流。築堤苦。新堤不成還責汝。我心憂傷淚如雨。

挽船曲　梁清標

寧爲官道塵。勿爲官道人。塵土踐踏有時歇。人民力盡還戕身。長安昨日兵符下。舳艫千里如雲屯。官司僱夫牽纜去。扶老攜兒啼滿路。村村逃避雞犬空。長河日黑濤聲怒。縴夫追捉動數千。行旅裹足無人烟。窮搜急比勢如火。那知人夫不用用金錢。健兒露刃過虓虎。鞭箠叱咤驚風雨。得錢放去復重僱。縣官金盡誰爲主。窮民袒臂身無糧。挽船數日猶空腸。霜飆烈日任吹炙。皮穿骨折委道旁。前船夫多死。後船夫又續。眼見骨肉離。安能辭楚毒。呼天不敢祈生還。但願將身葬魚腹。可憐河畔風淒淒。中夜燐飛新鬼哭。

挽船行　孫廷銓

中流振簫鼓。云是貴人船。挂席滄江上。弭櫂春城邊。城邊何蕭條。空屋澹無煙。征帆遲不發。錦纜須人牽。州符下四郭。悉索其敝廛。父老帶丁男。腰鐮往麥田。但有寡妻存。力不任牽連。來騎一何怒。飛鞚走闐闐。鞭撻縱橫下。不得少遲延。銜索似枯魚。什伍且俱前。裹糧不及夕。往返動盈千。聲勢若雷霆。道路競喧傳。皆云江南來。束人投逝川。微軀誠自惜。寧爲問募錢。長吏且被縛。長跪乞見憐。蠲除雖有詔。趦趄未敢言。哀哀挽船行。時命亦已然。詩觀評以擬少陵無家别諸篇。可謂神似。

築城行

王庭

日長築城多。日短築城少。長城萬里餘。日築苦不了。農夫荷鋤朝出田。官差捉人行向邊。有身多作城下土。築城還家十無五。

鄰翁行

吳嘉紀

鄰翁皓首出門去。慟哭悔作造船匠。伴無故舊囊無錢。此去前途欲誰傍。聞道沿江防敵兵。造船日夜聲丁丁。工師困憊不得歇。張燈把炬波濤明。監使還嫌工非速。如霜刀背鞭皮肉。肉爛腸饑死無數。拋卻潮邊飽魚腹。力役人稀大將嗔。遠近嚴搜及老身。眼看同輩死亡盡。衰羸焉有生歸辰。回望故鄉妻與子。蕭蕭落木西風裏。爨下連朝方斷炊。柴門寂寞無鄰里。常憑微技自圖存。微技誰知喪一門。君不見船成蕩漾難舉步。千檣萬櫂蘆灘住。增金急募駕舟人。有司又派江南賦。

苦役行

郭鳳喈

朔馬下南征。羽書調役急。倉卒用萬人。派令田賦出。官差夜打門。啼兒復吠犬。貴賤總不分。捉應縣官點。三鼓赴軍前。縶縲防躲閃。肥男扛大銃。瘦男負矢鞬。疾馳逐橐駝。困憊足雙趼。飢渴死道旁。尸骸溝壑轉。丁徭有常供。驛傳有常額。兵興二十年。權宜措大役。誰知征戰罷。役苦仍未革。郡小遭摧殘。民力衰已竭。

點夫行　王　待

市頭五鼓爭喧呼。摐金伐鼓點縴夫。傍人借問向何處。云送蒙古鐵騎還京都。麻繩纍纍如魚貫。面無人色髮蓬亂。縣吏亭午開重門。傳呼一聲爭叫奔。點畢驅之空室裏。萬姓搶頭淚如水。三日一食那可得。妻兒飢號來索米。十日半月艨艟至。傳令開門拽船去。霜旗狼纛騰寒空。尨裘貂帽彎長弓。高顴紫髮雙睩瞳。見敵即愞民即兇。縴夫相戒須努力。足步稍緩生荊棘。身無完衣腹無食。清霜夜半迎風泣。舟子持梃索大錢。出之稍遲揮長鞭。路上橫屍相枕藉。飢烏飛啄狗爭食。回頭道上聞傳呼。縣吏急來催縴夫。

派夫行　張新標

樓船峨峨乘漲急。府帖傳呼夜如織。派夫踰萬備牽輓。長年胥吏逞胸臆。前驅丁壯已傾城。去住存亡無信息。閭左那更有餘丁。吁嗟欲訴口如塞。吏呼轉怒益何驕。曉事里人承顏色。比戶競輸長例錢。殷勤猶恐生反側。上戶買脫中戶隨。寂寥窮巷悲何極。籍少差繁按册呼。拘縶空房虞遁匿。母餉子兮妻餉夫。可憐十日不再食。大纛高牙頭站來。肆言夫少恣掊克。驅人無異犬與羊。欲生不得死不得。官長猶遭怒罵威。小民血肉豈堪惜。老胥見勢且逡巡。愼莫近前逢怒嗔。歸來宿逋今償得。他日攤夫再向人。

開河　陳維崧

前年大水廬舍沒。今年無雨井泉竭。江南江北盡開河。官司夜點開河卒。朝開河。暮開河。河身龜坼將如何。千夫畚鍤競邪許。淤泥堆積成陂陀。三日開一尺。五日開十步。監河使者河上住。虎鬚錦織一何怒。峕峨大艑誰家子。楓林祭賽刲羊豕。船頭打鼓催發船。那得河中一杯水。官艙罵吏吏罵夫。爾曹飽飯何爲乎。河夫聞言淚雙墮。家貧路遠夫常餓。君不見河乾田焦冬復春。滂沱須賴皇天仁。缺釵淘得送沽酒。官莫枉卻開河人。

匠車行

姚士塈

匠車過。聲唧唧。道傍聞之起歎息。停驂試問車中人。吞聲躑躅爲具陳。蠢爾小邦梗王化。開疆急用水犀兵。鴨綠江頭風浪闊。艨艟舴艋不日成。羽檄分馳募匠役。我攻匠役復不精。縣吏按籍點我來。有身敢避邊疆行。昨遇彼土更戍者。爲道四時竟無夏。冰雪連天自古今。春動土浮時沒馬。林深曦影不到地。熊羆清晝咆大野。日雜虎狼行。暮伏蒿萊下。當時同行惟我還。訴到艱辛淚猶灑。我聞此言心如擣。萬里一身隨百草。父母生我時。望我攻藝娛其老。我今無還期。生別惻惻傷懷抱。安得同鄉爲寄書。爲報已死陰山道。噫吁嚱。不願生入榆關前。但願死去消息傳。地下煩冤何日訴。年年鬼火照寒邊。

索夫謠

管棆

蠻天怪事無不有。官票呼夫類呼狗。蠻天郵政何可常。官符驅馬如驅羊。黔山峭崒高。滇嶺崢嶸起。中留一綫路。相距二千里。倮苗叛服由前朝。置軍設衞煙氛消。我朝威德奠八極。改立郡邑紛官僚。

租庸輕末地甌脫。歲輸金帑連金鏃。強臥山城獨無事。常脫冠服隨耕樵。誰知一事更瑣細。頭銜夫長兼廄吏。前差猶未行。後使復相繼。短衣匹馬何其雄。手持旗布三尺紅。傳聞一片使差至。奔走婦女號兒童。翻身下岡三十里。疾若過鳥追飆風。入門大吼震山谷。呼雞盈盤酒盈斛。從奴十人韎韐裝。列坐彈箏幷吹竹。明朝侵曉將出門。輿騎雜沓闐城闉。餘威鞭馬復鞭卒。背似土牛著鞭裂。泣言去歲當農忙。肩挑背運走且僵。石田磽确不得種。日日采蕨充餱糧。君今輜重計盈百。十步九頓還跼蹐。送君前行免鞭撾。後來又有軍門差。

管楡點夫行。見科派門。

麻陽運船行　查愼行

麻陽縣西催轉粟。人少山空聞鬼哭。一家丁壯盡從軍。老稚扶攜出茅屋。朝行派米暮催船。吏胥點名還索錢。轆轤轉絙出井底。西望提溪如到天。麻陽至提溪。相去三百里。一里四五灘。灘灘響流水。一灘高五尺。積勢殊未已。南行之衆三萬餘。樵爨軍裝必由此。小船裝載纔數石。船大裝多行不得。百夫幷力上一灘。邪許聲中骨應折。前頭又見波濤瀉。未到先愁淚流血。脂膏已盡正輸租。皮骨僅存猶應役。君不見一軍坐食萬民勞。萬氣難甦士氣驕。虎符昨調思南戍。多少揚麾白日逃。

憫河夫　邵錫光

彳亍上淮安。竄名入編伍。鑿築限嚴程。稽遲罹罪罟。催工下文書。翹翹插雙羽。主將心彷徨。上官親按部。曉夜趲畚鍤。無時住鼛鼓。冬衣麻布裳。尖風注強弩。夏日面目焦。蛆蟲生兩股。言念同役人。半作河旁土。一日遲給糧。飢焰灼肺腑。一日折給銀。十分短四五。朘削任爪牙。何途籲憲府。長跪訴長官。祈念貧役苦。一訴長官慚。再訴長官怒。差役督工程。鞭箠倍嚴楚。天高呼不聞。忍悲淚如雨。

開河行 順治丁酉作

殷陛

十有四年歲丁酉。余冒風寒臥疴久。清晨有吏犖打門。踞坐揚聲若雷吼。云有憲檄下。鑿河惟恐後。官儒與大戶。派工同計畝。勤者賜帛給牛酒。惰者鞭撲隨械杻。余向老僕言。汝急備糧糗。勤督諸佃戶。濡遲惟汝咎。老僕謝主人。茲事殊掣肘。昨朝至河上。舊道咸岡阜。深尋廣十丈。俯瞰勢壁陡。輸租按籍有某某。半已竄亡半病叟。出錢雇募工浩繁。大則傾倉小傾缶。主人聽僕言。有懷無從剖。典衣盡絲縷。發粟捐甑甂。嗚呼。去年鑿練川。勒石誌不朽。今年開劉河。兩邑奉奔走。開河本利民。利興弊亦有。愚民破家爲禍首。奸徒包攬乃利藪。東村易濬西村難。甲乙挪移在人手。使君兮使君。千丈渠成萬骨枯。作此哀歌告我友。

築堤謠

李勅

歲築堤。築堤苦。止二更。作五鼓。十人饘粥一人煮。刻期會食時用午。河凍冰冽。鑿冰破膚。鑿冰行取泥。賤命而貴土。寒雲漠漠天雨霜。督工長官髭鬢黃。烹羊宰牛持大觴。持大觴。戚如狼。

里胥歎

馬駿

得已之役役不已。里胥夜半鞭夫起。腳踏層冰手抔土。髀肉凍裂黃河裏。可憐民命等鴻毛。哀怨無聲霜月高。孟冬捉人季冬放。尙說翻工到河上。河上河徙河岸決。驚濤一片噴黃雪。千村萬落竄烝黎。河伯爲災里胥悅。里胥悅。金錢竭。

縴夫哀　鄭世元

行行重行行。但聞岸上搰搰牽船聲。赭衣赤棒亂鞭走。眼穿不見杭州城。途長舟重腰骨折。日午未食飢腸鳴。脣焦口苦呼荷荷。眼見性命須臾傾。低頭躑躅不敢哭。但云願死不願生。長官莫逞威。縴夫敢訴情。縴夫不是狴犴囚。乃是天子版內之良民。胡爲性命視如雞犬輕。雞猶棲於塒。犬猶得主憐。司晨守夜各有候。飲啄猶自全其天。嗟哉爾縴夫。果然性命不如雞犬輕。日暮忍餓仍驅行。

河夫謠　朱一蜚

朝開河。暮開河。朝開一尺深。暮開一丈多。一丈無獎勸。一尺有鞭呵。嗟哉民力能幾何。五更往役霜滿衣。日暮不歸妻啼饑。河夫河夫爾誠苦。督工掌家不須怒。官作有程限。河夫豈敢誤。長官裘馬不知寒。可憐河夫衣服單。力役本是小人分。凍死河頭不敢恨。

挽船夫　沈德潛

縣符紛然下。役夫出民田。十畝僱一夫。十夫挽一船。挽船勞力聲邪許。趕船之吏猛於虎。例錢緩送即嗔喝。似役牛羊肆鞭楚。昨宵聞說江之濱。役夫中有橫死人。里正點查收藁葬。同行掩淚傷心魂。即今水深泥滑行不得。身遭撻辱潛悲辛。不知誰人歸吾骨。拚將軀命隨埃塵。茫茫前路從此去。泊船今夜在何處。

官縴夫　吳省欽

馬悠悠。車班班。陸程緊。水程寬。縴夫牽船如蟻攢。祇憂飢。勿憂寒。流汗浹背風吹乾。風利腰挺挺。風逆腰環環。官人坐船伐鼉鼓。疾行貸汝緩鞭汝。纔送前官迎後官。官人猶說坐船苦。

陸縴歌　韋謙恆

黔山陡削。肩輿不能上。乃繫二繩於輿之左右。使人分曳之。以佐輿人。名曰縴夫。余憫其勞。因爲之歌。

犖犖确确穿山坳。居人騰趭如飛猱。肩輿送我巖邊宿。若遵大路忘其勞。忽見懸崖插千仞。輿臺趦趄不得進。短纜聊同上瀨船。長繩略似服箱紖。一夫邪許衆雷同。牽挽直到層霄中。蝸角雙雙向人面。蝦鬚裊裊當晴空。行步雖工力已竭。白汗翻漿僅免蹶。枉希代馬強追風。翻類吳牛驚見月。峯頭已過喘未停。息肩相與趨郵亭。得錢幸足供醉飽。小人勞力古有經。棄馬用人我心怍。肯惜傾囊爲軟脚。安得更籌衣食源。俾爾長享田家樂。

人夫謠　張雲璈

一日更一驛。驛吏夫亦更。賴此蚩蚩輩。送我赴前程。此輩本烏合。無由問姓名。避役先避重。取值必取盈。其性既狡獪。其狀似愚獰。有時得錢足。遂復姦計萌。中途遽逃匿。鬼蜮無由偵。倍值重雇募。敢惜緡錢輕。古時驛有卒。此法已難行。有夫猶有長。庶可專責成。踪跡得其實。往來毋敢營。大府遽裁撤。自謂弊可清。遂貽行旅累。弊乃百倍生。有舉莫或廢。頗覺斯言誠。所以賢大吏。貴在通下情。安慶向有夫頭。自某制府裁革後。人夫多逃。頗爲行旅之苦。

轉粟謠

吳　俊

少陵西山詩。轉粟上青天。余征苗還桂江。舟中誦此句。歎其工。爰憶昨事。作詩紀之。

萬兵日食米百石。每石四夫肩頳𦘺。人負二斗二升。崖壁陡絶處苦不勝。甲鎧鍋帳欒鉛礮。百兵又需六十夫。一夫升米累而計。千石僅足五日儲。平原轉戰何足道。輜重絡繹驅長塗。所苦青天切天上。鳥道一綫旁趨無。躋則入雲顛墮谷。膏血點點塗榛蕪。將軍號令如火急。帳下廋語庚癸呼。俯見溝底小旗出。每運糧一起。押運者執小旗前行。千百蟲蟻行蠕蠕。知是江內運糧至。合軍洗釜顏懽愉。竭夫之力飽兵腹。兵飽夫已白骨枯。古今情事類如一。黔山不與蜀道殊。我無杜陵驚人句。哀此役夫長感吁。天寒賊退米垓積。將軍馬上彎天弧。歸來笳鼓競雜遝。好事爭繪征苗圖。嗚呼。與其繪此征苗圖。盍不收取役夫之骨還彼父母與妻孥。

築城謠

錢九韶

城垣塌盡土沒隍。盜賊夜上縣君堂。縣君聞之色倉皇。慨捐清俸築城牆。三百青銅木尺五。三分雪花一板土。良吏分明特辛苦。惡役騷擾惡如虎。役衣裘。百姓愁。役食肉。百姓哭。築城衛民民先死。盜賊乃在公門裏。

擔夫歎

張　井

雨後官道泥滂沱。縣吏奔走達官過。擔夫足䐗身短簑。邪邪許許聲相和。平地泥淖成深河。況乃山澗縈陂陀。沙石刺足如刀劘。痛哭誰敢爲延俄。不知擔中物爲何。使我不得稍伸哦。使我一步一蹉跎。督役官人青油韡。馬上搖鞭生怒訶。不見北來雙行贏。估客捆載高峨峨。蹈泥馱走疾如梭。汝今濡滯意則邪。垂泣告官莫太促。擔夫生來止兩足。

河上謠

毛國翰

濁水一石泥一斗。泥作河堤水作口。官吏捉人長築堤。不見河堤種蒲柳。朝來北風吹大雪。貧兒裲短不掩肘。僱卒豈無官庫錢。白遭凍餓常八九。去年河決高家堰。萬落千村爲澤藪。大黍小黍果魚腹。腰鐮那得姑與婦。存者兒女無人賣。十家病餓九家走。荷鍤來充築堤卒。歲晏生理復何有。轅門擊鼓懸大旗。筵上貂裘蒙錦衣。往年堤上官馬瘦。今年堤上官馬肥。沿河催呼築堤卒。不見堤旁凍死骨。

起夫歎

劉嗣綰

吏胥起夫聚鑼鼓。攔街捉人入官府。人畏吏胥如畏虎。吏胥捕人如捕鼠。吏胥十錢不給五。紛紛欲逃路途阻。此時田功正勞苦。田中亦有虎。田中亦有鼠。田中無人鼠食黍。哀告吏胥胥不許。朝來便是催租人。鞭撲相看淚如雨。

江山輿夫歎

沈學淵

車不方軌馬不前。竹兜穩臥羣峰巔。以人之肩代我足。客囊不惜青銅錢。輿夫向我忽三歎。如此錙銖君莫算。馭牙飽槖吏飽囊。畀余區區不及半。飛蚨三百路四程。裹頭白髮吹星星。爲言前日貴官過。傔從嗔余太軒輊。一傴再僂不敢言。酬以力士黃絲鞭。橋亭小憩秋陽熱。袒背示之猶見血。

輿人行

林則徐

輿天習險百不驚。登山乃如平地行。陵危反試騰踔力。連步不聞喘息聲。眼前羣峰矗如削。徑窄林深石頭惡。拍肩竟作雲中遊。失足眞防天外落。心欲止之不可留。曲於旋蟻輕於猴。但看俛仰若無事。已是崔巍最上頭。前者歌呼後者應。歌聲啁唽難爲聽。我恐須臾繫死生。彼方談笑輕身命。嗟爾生涯劇可憐。勞勞竟日償百錢。答言不覺登頓苦。生來慣戲巉巖巔。卸輿與汝息腰脚。殘杯冷炙付汝樂。誰知酣戲夜不眠。野店昏燈縱蒱博。

輿人哀

楊鑄

大府朝向京口行。大府夜跕歸金陵。主簿持鞭縣官走。馬蹄騰踔堅冰鳴。大府輿儓氣如虎。呵斥縣官視如鼠。縣官惴惴供應忙。輿夫三百肩衣箱。驛程二百錢五十。足蹂泥濘餐冰漿。酸風攪雪龍潭黑。輿夫僵踣行欹側。白桿如刀裂凍膚。夜深獨立吞聲泣。東鄰同伴昨到家。五人凍死埋江涯。兒啼母哭縣門訴。縣官沉醉難排衙。

過壩謠

又

上壩挽長繩。下壩收短綆。高低三尺水。長養百夫命。客船上壩橫索錢。官船上壩不敢言。官船搖櫓西泠去。大笑客船如上天。

壩夫詞

徐畿

生小不種南山田。日往壩頭盤客船。轆轤挽索牽船過。前者發聲後者和。朝朝暮暮走不停。盤旋恰似牛上磨。前日雨多水溢堤。脽尻一半沾淤泥。今朝風雪塘水凍。冰笮環環觸手痛。在生誰勿惜苦辛。一家所仰惟一身。破突無煙盎無粟。天寒日暮愁殺人。傭值分來不滿百。猶足還家煮糜食。

傷夫頭　　張朝桂

夫頭貪利競相逐。共道河泥可充腹。俗謂包河者爲喫河泥。拖泥帶水走江干。沙渚紛紛聚如鶩。誰知胥吏貪更甚。安坐欲食夫頭肉。十丈加二錢折七。夫頭再扣十存六。錢少雇夫夫不來。揞向泥中受鞭扑。胥吏腰粗夫誤工。東家賣田西賣屋。吁嗟乎。賣田賣屋償不足。夫頭紛紛入牢獄。

魏埜濬漕河篇。見漕政門。

清詩鐸卷九

科派

馬船行　陸世楷

南人使船如使馬。北人用馬還用船。將軍驅馬一萬匹。載馬直須船一千。千船費金約五萬。其價殆與馬等焉。此金那得出公帑。下牒直索民間錢。官胥牙儈半飽橐。販兒賣婦誰爲憐。粤中盜賊利舟楫。千頃蒼茫淩一葉。江村遥望隔波濤。驊騮雖健難追躡。北師藉馬方成功。豈知馬更藉船通。何如用船且舍馬。伏波横海名猶雄。黄金費盡龍媒蹶。殘櫪蕭蕭閑厩卒。馬船已朽馬骨高。朝漢臺邊嘶夜月。

貧婦歎　彭孫遹

姑蘇城外漕壕上。大者官船小客舫。鱗集雲屯晚未休。風鬟霧鬢來相傍。向船長跽淚四垂。手攜弱女懷抱兒。行人問婦何所苦。斂衣起立徐致辭。家住毗陵北山裏。良人本是千金子。自有田廬樂歲時。還餘僮僕供驅使。一朝不幸值踐更。縣符府檄何縱横。官家税一吏税五。里胥谿壑猶難盈。忽聞征南大兵至。趣令軍需倉卒備。催符如雨絡繹來。此時漫說新安吏。二月新絲三月穀。賣田不給還賣屋。僮僕逃亡家計無。良人淚盡雙眼枯。迸莫無由棲故里。竭來乞食走吳趨。吳趨客店聊饘粥。計食千錢過一宿。兩兒三女年比肩。飢來只解牽衣哭。七口艱難仰一人。他鄉況是婦人身。已知旦夕塡溝壑。尚忍須臾訴苦辛。語畢還聞嗚咽久。逡巡似愧紅顏厚。哭聲錯雜未分明。說苦終時不去口。可憐天地未休兵。江南往往多橫征。安能刻日銷金甲。處處春風鼓腹聲。

買穀行　郭鳳喈

風吹郭門草肅肅。鄉中老翁來買穀。白頭赤脚走中途。手攜女兒淚簌簌。軍帖要備三年糈。縣官限期追積貯。官差入門怒如虎。此曹寧知百姓苦。去歲流離遭干戈。今歲無雨乾殺禾。十家九家火不舉。老翁子亡遺一女。鬻女買穀輸官倉。輸入官倉供雀鼠。

鴟上屋謠　又

夫應徭。子戍軍。軍書插羽催紛紛。田間禾黍歇。婦女在家啼。昨夜通和使者來。官軍取給牛羊雞。雞喔喔。狗觫觫。樹底老鴟飛上屋。

江邊行　吳嘉紀

江邊士卒何闐闐。防敵用船不用馬。督責有司伐大木。符牒如雨朝暮下。中使嚴威震舊京。軍令還愁不奉行。親點猛將二三十。帥卒各向江南程。江南誰家不種木。到門先索酒與肉。主人有兒賣不暇。供給焉能饜其欲。老松古柏運怱促。精魂半夜深山哭。一一皆題上用字。樹樹還令運出谷。出谷到江途幾千。將主騎馬已先還。家貲破盡費難足。衆卒仍需常例錢。道路悲號不住口。槎枒亂集成山阜。一朝舟檝滿沙汀。只貴數多不貴精。君不見揚州戰船六百隻。輸盡民財乘不得。寒潮寂寞葦花間。日暮灘頭渡歸客。

送馬吟　田雯

桑乾道。交河野。羽箭材官南送馬。太僕火印何權奇。瘴鄉不產龍媒姿。一行五百匹。日馳百里。農夫剉草。婦子汲水。官府來何方。打鼓屠羊。鞭箠在手。意氣揚揚。芻豆供給苦不足。獵犬韝鷹飽餘肉。送馬者去吏索錢。農夫鬻牛婦子哭。沈歸愚曰。寫盡農家供官之苦。

柳梢行　姚文燚

春風楊柳枝枝綠。秋風楊柳枝枝禿。黃河嚙堤塞敢後。捲柳爲箒高於屋。府帖下縣縣下村。村小亦需數萬束。出柳之村仍送柳。丁男盡挽牛車走。流汗舉踵不少休。載取民膏到河口。吏胥收柳橫索錢。無錢自向河邊守。嗟乎。百姓雖勞烏可已。瘁瘏莫怨黃河水。君不見昨歲江南造海船。伐木丁丁數千里。

御馬來　又

御馬來。御馬來自黃金臺。天閑上廄雲錦堆。日行數十里。毋使馬虺隤。節度出境點馬匹。太守迎馬駐荒驛。縣令督民築沙堤。排沙不許雜瓦礫。瓦礫雜時傷馬蹄。沙堤築就勞民力。但得馬無恙。民勞安足惜。未知此馬臨戰陣。可能成功竟無敵。馬過百姓甫安睡。明日按畝派馬費。

前修塘謠　鈕琇

朝聞官兵至。暮下修塘檄。官塘不修墮軍機。官塘修時民孔戚。泥一斗。甎一箕。負之擔之向水涯。盡是塘夫膏與脂。皇天不識塘夫苦。淫雨增波齧塘土。大官督修急如火。杵聲薨薨築且堅。復索私例血流鞭。泣言大官幸勿嗔。囊中尚有賣兒錢。

後修塘謠　又

官塘修。平如砥。馬蹄的的行不休。官塘蹋入瀕湖水。大官親勘怒何赫。口道塘夫用無益。派税民田須滿額。錢歸石工去採石。石工徵錢態復驕。椎牛釃酒日逍遥。塘邊零落貧家子。税重田荒飢欲死。哀聲不入石工耳。

點夫行　管 棆

夜投龍里縣。喧呼聞點夫。三户成一鋪。五鋪當一隅。遠者來百里。近者沿山居。排攉保仍押。弟去兄相扶。奔疲面目黑。負背形神枯。水深泥沒踝。衣破肩無膚。苦情不敢説。欲語先嗚嗚。自從寅卯後。寇賊盈村閭。毁廬委榛莽。殺人棄土苴。十室九死竄。一日千徵輸。官軍從東來。逐賊如驅雛。畋漁本民命。幸者俘爲奴。承平十四年。稍稍聚孑孤。哀鴻始來集。僵斃行將蘇。前歲忽時變。蠢爾倏負隅。山邑大騷動。鞭撻紛街衢。自此供億苦。從朝抵日晡。或歌采薇什。或征皇華車。或宣揚明詔。或拜爵遷除。動輒計千百。要不有錙銖。今年更太數。十日九長途。山田正插蒔。不能把耒鋤。夜半打門叫。驚走號妻孥。雞犬飛上屋。牽走寧須臾。黄塵赤日道。列火燒洪爐。山高更磽确。路遠還崎嶇。又聞昨前站。死者非形癯。大都舉家竄。何苦傷微軀。縣官聞亦苦。終日相奔趨。國賦既不足。

典質無釵褕。沿家苦哀諭。閉戶如視膜。出財用民力。民困其奚如。黽勉存喘息。恐亦淪溝渠。我聞斯言苦。太息長欷歔。用一緩其二。昔人言非誣。子來不終日。此獨非民歟。觀風知大概。所係非區區。何人鄭監門。上書幷繪圖。

管棆鷓鴣灘紀事。見丈量門。

市丁行

朱樟

赤脚市丁眞可憐。土人謂之赤脚丁。里正催納排門錢。亦曰排門丁。一身飄蕩覔衣食。縣籍有名勾不得。追呼東舍及西鄰。多說市中無此人。長官新來議幡改。名目雖除稅額在。有賦例隨田上行。計畝加派無重輕。鄉丁皺眉市丁喜。偏枯之政徒爲爾。譬如十指長短生。痛癢何曾分彼此。市丁樂。官不知。鄉丁苦。姑言之。去年秋旱雨不下。今歲霜早禾熟遲。小家門戶苦不保。只在青黃未接時。

敝車行

宋銑

瘦馬如堵牆。敝車如破屋。軸欹輪半缺。中路行彳亍。問之不敢言。欲言已先哭。云本村中民。養馬聊代犢。春犂陌上田。秋負輸倉粟。闔家四五口。粗可供饘粥。一朝忽傳符。官差占輿輻。青衣兩長官。入門張怒目。左手擲鋃鐺。右手持文牘。朱書若盤鴉。一一爲我讀。某村車若干。去人毋許宿。鄰里前致詞。公事敢辭役。村民有苦情。長官當俯燭。前街多富豪。後巷住宦族。連羣畜肥騾。結隊騁長轂。胡勿向彼言。而來窮戶督。長官乃大呼。小人敢爾瀆。官今坐堂上。網羅休自觸。有車而車當。無車而身贖。聞言各驚惶。相顧氣惡縮。隻輪與寸蹄。計戶儘求索。烹我塒上雞。舂我囷中粟。呑聲且強笑。傴僂相款曲。臨行更醵錢。多少隨典鬻。區區未云敬。愼勿嫌齷齪。自從到官來。曉夜窮奔逐。人日麥一升。馬日藁一束。人飢骨零丁。馬飢尾禿速。兩全勢所難。生還願已足。行矣毋多談。左右恐耳屬。不見黃塵飛。傳呼一騎促。

騾車行　孫士毅

騾車行。何局促。縣官簽牌吏夜捉。吏下村。里社哭。雞鴨驚飛多上屋。騾論頭。車論輻。五家一騾草十束。十家一車車不足。以騾償車還帶犢。草多折官錢。車多折酒肉。里長城中歸。強邀縣吏宿。社鼠憑城狐。公然擅禍福。吏言追呼嚴。長言戶口熟。騾肥吏索錢。騾瘦官怒扑。里長中間手翻覆。一騾派丁夫。一車雇村僕。丁少還向別家鬻。不知何官長。朝暮空馳逐。危坐車箱中。無言怒以目。爾怒以目我以腹。車郎當。騾獨漉。一官過。一路哭。

修堠謠　李憲喬

始安江岸側。有婦行隨夫。擔持畚與鍤。一身多泥塗。我行時借問。夫言婦亦歎。烽堠設何爲。使我連村困。前夜吏到舍。叱喝府帖下。一丁出百甎。十戶供萬瓦。典盡兒女衣。稍具甑瓦資。更驅自轉運。營造不待時。嗟我生爲農。舍業從堠工。田秧雖得插。廢棄如枯葑。秧枯卽絕食。餓死行可必。誰言兵衞民。我死彼卻逸。此邦雖邊鄙。同是天赤子。樂歲有災凶。皇天那如此。國家久承平。軍衞豈宜輕。願告守土吏。勿使民恨兵。

頭人謠滇南新樂府諸篇之一　汪如洋

官站需夫驛需馬。簡派捐輸出鄉社。一鄉一社一頭人。馬牙夫店充一身。大差夫馬攤煙戶。小差尋常一百數。浮開剋給利贏餘。有差不若無差苦。有差派出民不驚。無差日日飢腸鳴。入城官長笞。入鄉鄉衆毆。前站獰鬉似虎虓。此時頭人不如狗。

市馬行

邵無恙

陰風颯颯烏雅雅。縣官下鄉索良馬。千金飾馬送達官。百金先送司閽者。閽者得金云馬好。縣官火急徵馬草。胥來捉人草不足。落日縣門哭野老。爲謝野老豈得已。縣官視民猶赤子。君不見驊騮騄駬駰騏驥。達官之門門如市。

春臺篇

趙雷生

迎春扮春臺。此風不聞古。積弊沿黠中。乃爲民所苦。先時有胥吏。斂財搜比戶。浸淫及市場。錐刀競商賈。虛詞恣恐嚇。呑聲誰敢吐。屆期抵東郊。前後擁旗鼓。農官與保介。衣裳濟楚楚。閭里良家子。頓作纖腰舞。刀槍劍戟戈。天魔獅象虎。飾稱祈豐年。觀者環如堵。豈知盡錙銖。一擲輕泥土。何似順民情。自足迓天祜。

南山竹

龔鉽

南山之竹青入雲。一夜砍除心欲焚。問君何事亟須此。織席遮馬迎將軍。薄薄片。薄薄織。長夜不眠寒月白。當戶吏來催轉急。祗須四百青銅錢。買吏折納都懽然。

瘦馬行

孔昭虔

邑有徵發。令戶出馬。村民某。鬻女市馬以應。官嫌馬之瘦也。笞之。因取樂府舊題詠其事。以爲新樂府。

門前小吏持牒來。門內嬌女啼聲哀。兒女情輕官法重。賣兒買馬充官用。官用不可稽。簿尉嗔嫌遲。出門重回首。欲去牽翁衣。牽翁衣。呑聲哭。苦應官裏役。舍卻心頭肉。荒村歲儉輕紅顏。換來瘦馬嘶寒煙。馬瘦更求芻牧錢。枯尻獵獵鳴秋鞭。不怨肌膚裂。但痛骨肉別。肌膚有時完。骨肉難重圓。茅屋燈昏夜如水。思女無眠半宵起。起來窗外聞啼烏。風前啞啞飛將雛。

大車謠

吳慈鶴

大車焞焞。曉行不見日。夜行猶見星。云送薪料赴河北。公使迫促無留停。大車三牛兩牝馬。愛惜鞭笞不肯下。農家辛苦畜養來。今日蹄穿血流踝。傳聞大工需料二萬垛。垛各五萬運以五十車。近者百里遠者數百里。嚴急不可晷刻踰。豈無帑金發自少府。所費太鉅仍資里閭。可憐薪盡無以炊爨猶自可。祇恐牛馬盡死來歲誰菑畬。

里下車

陳均

里下車。里長輸。縣官徵役朝下符。打門火急聞追呼。富者賄吏免。貧者膏轄趨。無馬代以牛。有車還出夫。炙風吹塵日炙膚。車不能進人挽軀。別有餉車牛並馱。負重上坂行踟躕。石棱一蹶兩轅折。牛蹄脫落踣路隅。長官怒牛鞭鄉奴。鄉奴長跪願受扑。但求稍緩牛須臾。死牛可奉候館肉。生牛留辦官家租。

擾累

鹿城吏

王昊

打門鹿城胥。云是郡丞使。郡丞攝令篆。新奉上官旨。軍輿急秋糧。連夕飛符委。主人素習儒。家世住城市。僅存百畝田。未穫傷於水。縱有饘粥資。搜剔竭骨髓。更慚供晚餐。僅可及二簋。胥聞忽作聲。汝言大非是。吾昨過西村。羅列遍雞豕。今吾到汝家。所飲寡水耳。秋糧何必償。但須郡丞喜。郡丞愛金錢。汝家豈無此。丞喜吾亦歡。走勞補瘡痏。予也聆斯言。入戶足如枳。丞怒猶自可。胥怒民立死。誰寫春陵行。獻之聖天子。

墓樹行

吳農祥

江南打船斫大樹。嚴檄浙河東西路。十圍榆柳伐園林。百尺松杉斬邱墓。豪家貴門惜不得。下里單寒何足數。縣吏持籌點樹根。號叫江村小民懼。深山大澤已零落。曲港疎籬空愛護。龍顛虎死委道傍。鳳棲鸞嘯隨霜露。嗟余先冢在蕭臺。手植經營日百迴。晝瞑風驅千幛合。夜深濤漲萬溪來。今年里正報官早。蒼棱紫榦珊瑚倒。丹砂宮帖鐫皮膚。數頃終傷不自保。樵牧已今將十年。茶山楓徑無炊煙。疎花野竹掃除盡。江南萬里鶩蕭然。北郭荒塋賸遺燒。冢樹留因天子詔。飢寒或仗兒曹賢。摧殘應被穿窬笑。聞道戰艦如山浮。州府千樹徵諸侯。輸將不辭河伯力。芟薙眞作山靈羞。摩抄華表心甘折。汨汨溪流助嗚咽。白頭孫子立斜陽。長慟無聲淚成血。

養馬行

梁佩蘭

庚寅冬。耿、尙兩王入粵。廣州居民避竄。徙於鄉。城内外三十里廬舍墳墓。悉令官軍築厩養馬。梁子哀之。作養馬行。

賢王愛馬如愛人。人與馬並分王仁。王樂養馬忘苦辛。供給王馬王之民。馬日齕水草百斤。大麥小麥十斗勻。小豆大豆驛遞頻。馬夜齕豆仍數巡。馬肥王喜王不嗔。馬瘦王怒王扑人。東山教場地廣闊。築廐養馬凡千羣。北城馬廐先鬼墳。馬廐養馬王官軍。城南馬廐近大海。馬愛飲水海水清。西關馬廐在城下。城下放馬馬散行。城下空地多草生。馬頭食草馬尾橫。王諭養馬要得馬性情。馬來自邊塞馬不輕。人有齒馬服以上刑。白馬王絡以珠勒。黑馬王絡以紫纓。紫騮馬以桃花名。斑馬綴玉鎖。紅馬綴金鈴。王日數馬。點養馬丁。一馬不見。王心不寧。百姓乞爲王馬王不應。沈歸愚曰。以贊頌之筆。寫風刺之旨。貴畜賤人如此。其敗亡也必矣。

九嗟九首

張曾慶

一嗟運漢米。萬里勞筋體。雲山跋涉險。輓輸日垂涕。斗米數千錢。家家空如洗。

二嗟運漢豆。棧道穿雲岫。吏胥縱饕餮。黔黎日消瘦。粒粒供戰馬。萬戶絕飣餖。

三嗟運漢夫。骨肉不相扶。迢迢千里道。歷歷經崎嶇。大暑常暍死。大寒凍倒塗。

四嗟運漢驢。驢夫萬金餘。驢鳴如哀猿。夫役如枯魚。畜骨塡溝壑。人骨生蟲蛆。

五嗟諸色匠。一一供兵帳。奸胥苦需索。漁奪千萬狀。稽留歷歲月。父母不得養。

六嗟運芻藁。寸莖貴如寶。非關騰市價。西成天不造。徵馬嘶櫪下。萬姓塗肝腦。

七嗟田園好。求售如芥草。有土三征累。無產一家保。催科逃未得。先業成煩惱。八嗟子女壯。提攜鬻市上。生女不字嫁。生男不終養。一旦相拋棄。骨肉成悲愴。九嗟蕪菁根。獵月徧地掀。富兒攜市賣。貧兒竊取吞。苦蘖能幾何。荒野已絕痕。

猛虎行　管　棆

山南白晝猛虎來。柴門竟日常不開。村東少婦血漬草。村西老翁骨成堆。官府明文下獵徒。村舍奔走相號呼。入門不顧索雞酒。由來苛政猛於菟。亦毋張爾弓。亦毋亡爾鏃。明朝羣起頌相公。虎畏相公渡河北。

賣魚婦　江　剡

賣魚婦。街頭哭。粗布裹頭頭髮禿。短衫碎盡裂不縫。赤日炎炎灼皮肉。生計蒼茫煙水窟。歲旱河乾少魚鼈。終宵舉網不盈筐。提魚換米兒望孃。魚價苦賤米價昂。賣魚未足充飢腸。紅纓皁隸公門虎。路狹相逢何遽怒。朝來祈雨斷宰屠。敢賣鮮魚忤官府。頃筐奪得免經官。漁婦泣途魚泣釜。行過屠門肉價高。聞道得錢皁隸許。空手歸來日已旰。兒女牽衣催煮飯。傷心告兒須忍飢。夜夜明星天正旱。

鑿石謠　汪　沆

朝鑿石南山。山脊白於雪。暮鑿石北山。山坳陷百尺。兩山之下墓纍纍。新鬼含怨故鬼悲。試問鑿石何所爲。盜疊假山官不知。城外之墓家家有。鑿石不休痛疾首。誰與大書深刻禁穹碑。賴有良二千石鄒太守。公名應元。無錫人。

貴人出巡歌　　袁枚

一龍上天百蛟舞。狐假虎威威勝虎。龍虎無心欲害人。此輩獰獰爭攫取。婢下有婢號重儓。奴外有奴難悉數。投鼠忌器隱忍多。積習成風人世苦。君不見霍家奴。欲蹋御史門。御史跪奴乞奴恩。又不見爾朱僕。主人敝衣僕華服。與夫兩臂金釧雙。身坐高車人側目。蜀中男子張君嗣。受人送迎疲欲死。人自敬丞相。與張無與耳。趙儼偶然問服散。頃刻藥物堆如山。方知言語正不易。捕風捉影生波瀾。古來豪貴皆如此。此弊於今尤甚矣。門外已費千黄金。門內未飲一杯水。我戒貴人愼出巡。重門洞開休養尊。先能察下才安民。不然懸魚瘞鹿徒作僞。一琴一鶴能汚人。

固原樂府破毒碑　除脚匱也爲固原吏目張傳心作　　蔣士銓

官吏甘心作五毒。皷畱公行萬民哭。民車盡官車。官驢盡民驢。有錢買放去官字。驅車趕驢來趁墟。此錢何名曰脚匱。作俑誰興在官利。賣鞍焚軸免當差。十次官差無一次。張公切齒髮上衝。恨官賊民民力窮。日發文書四五封。州府司院請命同。上司準此除虐政。解毒從茲救民命。萬民爭立解毒碑。車作歡聲驢涙垂。

石匠行　　李調元

有翁折脚啼道上。皮肉淋漓新喫杖。如狠差吏驅出門。不許攔街呈訴狀。旁人指點翁來因。舊是南山伐石匠。問翁何爲遭鞭箠。眉皺胸塡氣沮喪。往時縣中例立碑。去思德政屹相向。不知有益黠首無。各謂甘棠何足讓。十字市口樹如林。幾欲斲盡青山嶂。自吾祖父供此役。日往高巖親度量。車輦夫扛百不停。巍巍鼇戴萬人仰。立時官府顏色歡。給賞纔足沽村釀。此項名爲里下派。何曾一家解索償。而今室內無一丁。只餘老身權補放。字刻青天過手多。至今名姓半遺忘。朝來新令初升堂。便有循聲千口颺。不卽鳩工垂不刊。龏黄未免心怏怏。昏夜傳呼急於火。天明縣前聽點唱。可憐蕭條一細民。囊橐無錢倩誰餉。今者稍稍㥥私情。拍案立卽遭考掠。君看腰間錘與鑿。薄技陷人無地葬。但使官名果不朽。身雖餓莩亦何妨。

販夫歎

吴　壽

蜩螗沸高林。蟋蟀啼空谷。朝作千錢販。暮持數升粟。升粟莫言少。千錢莫言多。南溪買魚蝦。北村買雞鵝。縣帖昨夜下。禱雨迎大士。宰割例有禁。申嚴徧廛市。縣胥揚揚去。販夫貿貿來。奈何相迴避。中道爭喧豗。再拜白縣胥。寧知生計薄。販固食不飽。不販家何託。縣胥怒攘臂。縣帖爾抗諸。揚言白縣官。攫取仍無餘。縣胥相讙去。販夫空擔返。行行赴訴誰。日中焉得飯。南鄰宴賓友。北里鳴笙篪。嗟哉販夫婦。待販舉晨炊。錢亦不可得。粟亦不可貰。酌水祝大士。願與驂潛翳。

兵差行

馮　城

鐸鈴夜半傳喧豗。連朝驛路飛黄埃。羽檄交馳備夫馬。郵卒走報兵差來。兵差瀘溪動地至。將驕卒悍憑陵氣。墮喈坐索官吏供。嘍突能令雞犬避。深箐危梁亂石灘。鞭笞里役窮登扳。科差生同病死苦。奔命疲過衝繁難。乾州難民半黔醜。雨濘沒髁僵復走。丁男不足村婦來。巖谷追呼更招手。山坳按點方竿緡。負挑累百數十千。乾沒不已更攘奪。狼嗥蟻鬬紛相連。前隊已去喘方息。後隊頻臨催霹靂。迓往勞來難轉輸。搜捉洶洶亂如織。卻教糧站作營屯。時管糧站。暮宿誰能拒壁門。兵燹重添俗吏厄。介胄但覺偏裨尊。鼓角聲中氣如湧。羽林撼踏千山動。安得天戈橫掃劫全消。放馬櫜弓長不用。

快馬來　吳昇

快馬來。城門開。赭面髯者聲如雷。縣官縮匿不敢出。但言下鄉今未回。前驅正喧呶。後車又雜沓。磨刀向豬羊。入市捉雞鴨。薪禾倍數供。厮役應聲答。堂上纔一卮。階下已百榼。擾擾走廚人。閃閃動風蠟。夜深上牀伸兩脚。今日悶飲大不樂。

一點朱　王蘇

長官一點朱。小民一點血。官符出官府。炙手手可熱。皁隸東西走。伍伯先後行。莫怨守捉使。朱票有汝名。黑索袖中藏。朱票袖中出。汝若不見信。大令有朱筆。朱筆任意下。不方復不圓。長官一點朱。小民萬个錢。

固原樂府 破毒碑　除民害也 爲固原吏目張傳心作。　周有聲

車曰官車。驢曰官驢。官安得此。脚櫃所驅。官恐差來煩急遞。有差但呼脚櫃至。焉知此輩喜差來。一車一驢皆足利。驅車趕驢送向官。脚櫃倘索朝餐錢。驢死車摧不足惜。衣囊典盡襦無完。此毒流傳聞最久。張公一書斷其後。碑名破毒立路隅。驢耶車耶終日走。君不見豬羊雞鴨有牙行。百姓剜

肉充官腸。官衙事事類如此。無錢橫索誰能當。安得張公再起除民累。盡去爪牙如脚櫃。

捉魚行

陶譽相

赤日鍊長空。火雲散如燬。三旬天不雨。山塘涸見底。老役持符來。奉命索金鯉。南村問漁父。漁父臥不起。北岸問罟師。罟師翻詆訾。老役不敢歸。抱泣空潭裏。一限青竹紅。再限肉脫髀。三限實難堪。出境覓鄰市。一網值千錢。半夜行百里。到手幸我生。入門恨魚死。官價既逕庭。官秤復倍蓰。呑聲不敢言。負逋慮千比。長歎白老妻。老妻淚如水。空室已磬懸。鬻彼呱呱子。入夜不見兒。閉戶涕不已。斯時華堂上。笙歌繞朱紫。珍羞羅金盤。微聞贊魚美。

王延紹納糧歎。見催科門。

木簰行

樂鈞

木簰蔽江來。黃旛書上用。營繕在有司。豈同方物貢。木簰來。民船驚。上所用。有常程。誰敢不讓簰前行。一解。

木簰之來。或風或雨。水手三百。氣盛於虎。船不及避。擊碎如瓦釜。木簰水手猶嗔怒。船人墮水不死。登岸走如鼠。二解。

湯湯運河。其狹如帶。高寶既漲。河堤既壞。湖之洶洶不可以杭兮。河之湯湯不可以遠望兮。三解。

前有糧艘。後有木簰。西有湖波。維舟乎東涯。維不及杙兮木簰來。木簰之來。或笑而歌。或怒而訶。嗟爾民船。涕泗滂沱。四解。

道旁歎

張井

道旁有老嫗。嫗僂髮似雪。黧面雜泥垢。敗絮衣百結。手持長柄鑱。十步九蹩躠。試問今何爲。欲言先哽咽。老寡窮不死。守此形影孑。一椽不蔽風。數畝餘薄劣。縣吏昨下鄉。氣象何猛烈。云是達官過。除道要整潔。比戶棄鋤犂。千丁攻窪垤。我田官路旁。亦在除治列。今年春雨多。塗淖深難裂。半月風日晴。泥乾撑凹凸。自維事井臼。業與男兒別。況茲老病兼。曾不飽啜啜。力作已三日。足繭手流血。腹空臂無力。土塊堅如鐵。數畝尚未耕。但恐程期迫。我方奉簡書。聞之心悲切。去去勿復言。使我顔面熱。

吳慈鶴大車謠。見科派門。

吳振棫華笱行。見樹藝門。

石船行

張鑑

黄河夜決祥符牐。會通河水泥一尺。大官治河百餘里。朝奏開工伐山石。石帆山高入青雲。匠人日琢枯泉根。大船連卷一百尺。小船拉沓千餘斤。櫂郎運船猛於虎。估客吞聲不敢語。挺然長篙插波心。三百青蚨回一艣。得錢夜就倡樓眠。歸來掠食仍開船。

牛行遲

王正誼

牛行遲。馬行疾。昨日里胥徵牛車。運送軍裝如火急。今日宛轉泥淖中。泥淖沒輪行不得。將士震怒撾牛主。鞭牛不起殺牛食。牛死車敝身杖創。歸來獨向牛欄泣。

捕捉

錢澄之水夫謠、捕匠行。郭鳳喈苦役行。並見力役門。

捉人行　劉漢藜

桃葉渡頭行人稀。秣陵城中晝掩扉。胥吏如虎滿街巷。長索縶人如縛豨。閭里驚惶皆動色。傳聞補伍披鐵衣。市人安可驅之戰。時事若斯堪歔欷。前月舟從江上過。萬艇鱗集水邊臥。篙師無食妻子愁。言待班師將軍坐。吁嗟小民亦何辜。水陸一時遭轗軻。

捉人行　朱彝尊

步出西郭門。遥望北郭路。里胥來捉人。縣官一何怒。縣官去。邊兵來。中流簫鼓官船開。牛羊槖駝蔽原野。天風蓬勃飛塵埃。大船峨峨駐江步。小船捉人更無數。頹垣古巷無處逃。生死從他向前路。沿江風急舟行難。身牽百丈腰環環。腰環環。過杭州。千人舉櫂萬人謳。老拳毒手爭毆逐。慎勿前頭看後頭。

誣賭行　析遇蘭

前村喧呼若鼎沸。羣吏捉人人走避。老翁頓足老婦啼。問君叱咤緣何事。健吏嗔目向老翁。袖中出票硃圈紅。忽聞誣賭有名字。螻蟻命在須臾中。農家世世事耕織。摴蒱局戲都不識。次男嬌稚未出門。長男新歸自塞北。幷州豪猾多金銀。一擲百萬那足論。何不執向官府去。徒爾横行驚小民。里中惡少城中擾。厭飫膏粱顏色好。問君養此欲何爲。忍以哀鴻飽梟鳥。君不見東家兄弟遭株連。鬻田無主不得旋。又不見西家父子遭逮累。徒有皮骨無金錢。一人被誣十人仆。薄言往訴縣官怒。官怒鞭箠倘可支。吏怒手足將安措。嗚呼。木有蠹兮粟有秕。千人指之無病死。下民易虐天難欺。煌煌聖言猶在耳。

裕州吏

楊倫

暮投旅店宿。吏呼夜打門。云是郡符下。急發南陽軍。主人有子婦。三日方新婚。捽頭驅之去。淚落聲暗吞。絲履五文章。單衫蛺蝶裙。狠藉收不得。翻倒兼瓶盆。古來肅軍律。秋毫不擾民。貔貅況野宿。何爲重紛紜。我亦被迫逐。中宵動征輪。荒雞正喔喔。感歎隨吟呷。

劉嗣綰起夫歎。見力役門。

捉騾車捉船

捉騾行

張映辰

軍行裝載須馬馱。大吏檄下徵官騾。縣官捉人吏捉騾。惟恐濡滯遭譴訶。吏人持符下鄉堡。虎踞當道森閻羅。行人豈知徵調急。纍纍負重來關河。道旁忽然遭捉騾。鞭之令下遑問他。簦屩貨物都棄置。徑牽騾去無誰何。囊金搜取意未厭。但飽吾欲還汝騾。可憐獨客無齎糧。騾去難行空自傷。朔風吹雪盈路旁。依人簷下涕泗滂。留之七日不得去。眼見溝壑相塡將。方今朝廷愛黎赤。如救焚溺瘠饑荒。轉輸供億出內帑。絲粟不以煩編氓。此邦官吏豈獨無聞見。胡爲乎縱令若屬爲民殃。嗚呼•東鄰有騾不敢畜。西家納錢騾亦捉。君子耆老盡徒行。鉤衡空駕轅端曲。縣官打鼓催騾足。吏人告言騾難捉。騾難捉。錢已足。安得年年歲歲將騾捉。幾家歡笑一路哭。

孫士毅騾車行。宋鉄倣車行。並見科派門。

壽陽太安驛書事　王省山

早行太安驛。有吏如虎狠。攔路捉行車。努目爪牙張。往來數十乘。覊絆盈山莊。得錢縱之去。無錢空徬徨。我來逢鼠輩。憤恨結中腸。安能傾旅槖。以飽蠹役囊。征輪不得前。且復飲一觴。國家設守令。百弊宜周防。奸宄苟克除。乃以安善良。政成及商旅。行者歌道旁。吾思古循吏。仁風遠播揚。

捉船行　錢澄之

縣裏今年大捉船。有船不近長江邊。往時繫纜闌江口。如今橫艦截江守。峨峨大艑載官鹺。官不放行可奈何。捉船到官候糧久。可憐無糧繞船走。男兒生計亦無窮。何苦老在波濤中。從今應與江神別。此生誓不理篙檝。閒得一夜心不休。明朝替人駕小舟。

捉船行　吳偉業

官差捉船爲載兵。大船買脫中船行。中船蘆港且潛避。小船無知唱歌去。郡符昨下吏如虎。快槳追風搖急櫓。村人露肘捉頭來。背似土牛耐鞭苦。苦辭船小要何用。爭執洶洶路人擁。前頭船見不敢行。曉事篙師斂錢送。船戶家家壞十千。官司查點候如年。發回仍索常行費。另派門攤云雇船。君不見官舫嵬峨無用處。打鼓插旗馬頭住。

封船行

李念慈

兵舟南來橫河住。河中十日斷行旅。捉船載兵軍檄急。賈船散逃無處所。被捉倉皇催起載。狼藉裹裝堆岸渚。船人載兵不得餐。持米偸向艄艙煮。煮成被奪兒女啼。還恐兵聞肆箠楚。忍飢夫婦雙淚流。夜棄舟航行乞去。

捉船行

鄭世元

客行在西吳。喧呼聞捉船。云奉憲司票。取數須一千。烏程縣堂曉傳鼓。縣官排衙點船戶。東船西舫寂不行。里正如狼吏如虎。行人坐守居人困。百里官塘斷商賈。罟師漁父都含愁。城南城北水斷流。千艘萬艣城中集。葦岸蘆港風悠悠。大船競輸錢。差役幸暫免。小船無錢只一身。捉住支吾應供遣。自從名隸公家籍。日日河頭坐白日。太倉合米聊入腹。誰爲饔飧顧家室。可憐有船何處撑。江干萬衆俱吞聲。沈歸愚曰。捉船不行。日坐河干。可發一歎。復一笑也。

捉船行

鮑鈐

昨者羽書至。諸道齊徵兵。荆州及江浙。虎賁三千名。備邊向滇蜀。萬里從軍行。水道歷常潤。刻期促登程。上司亟申令。捉船載行營。長吏性火烈。咄嗟無留停。伍伯縱鷹犬。扁長如游偵。大索逮旬日。四境喧且驚。千艘連舳艫。齊集杭州城。城下方鞠旅。沿塘列桅旌。歷歷津堠塞。森森刁斗鳴。健兒氣驕猛。搶攘勢莫攖。嗟哉剌船翁。白頭送長征。何時達江滸。鞍馬任驍騰。古云不驛騷。紀律須嚴明。願言告都統。勉旃報朝廷。

捉船行　楊倫

川塗積雪白皚皚。打冰一路聲轟豗。客子歲暮歸心急。艖艀買得先催開。縣符昨下急如火。達官當來用船夥。大船放走小船留。三百行舟盡無柁。蓬底數日斷炊煙。里正猶來橫索錢。妻孥蹙頞共歎息。賣船始得過殘年。我亦稽留店中住。百里天涯限跬步。船邊翻羡鷗鷺飛。振翼江頭自來去。

船戶歎　陳文述

前年河水枯。舊年河水凍。今年春雨少。柔櫓澀菱葑。帆檣鱗次排河堧。衞丁作勢橫索錢。糧艘載貨兼載米。米多起剝須民船。官符捉船教捉空。胥吏捉船先捉重。重船空船一例捉。閒泊河干仍不用。有錢空船亦不停。無錢重船亦不行。估客坐愁船婦歎。眼看晝舫春波明。年來衞丁猛如虎。索費無窮窘官府。縣官爲公兼爲私。朘削無非小民苦。衞丁苦官實苦民。丁應日富民日貧。傳聞苦累因北壩。百年民隱誰與陳。羈累無端到行旅。大艑峨峨在河渚。糧艘暢行或放汝。私祝河流漲春雨。

捉船行　陸費瑔

淮陽澤國多風沙。居民生計船爲家。百金起船不起屋。船成官帖紛搜拏。但使全家得半食。寸紙斜封敢論直。今日受雇明日行。貧船被驅富船匿。千艘紐接黃河曲。折檣敗槳須修築。天妃廟前津鼓喧。驛吏持鞭上船逐。侵晨叩官分官錢。十人赴功五人粥。乘船達官方醉眠。船頭歡呼船尾哭。

捉船行　蕭掄

婁江馬頭聚艫舳。縣官下符吏來捉。捉船云載兵出征。一兵一船亦已足。吏胥乘勢橫索錢。要令盡數充兵船。大船中船私買脫。小船捉得還遭鞭。有客乘船方問渡。吏向前津邀勒住。驅客上岸客乞哀。倒篋傾囊充賄賂。更有田家舴艋船。不設帆檣載農具。忽有人從縣裏來。聲言欲捉當官去。船小如何供應官。敎儂操舟事更難。不如輸錢求免捉。典衣賣犢眞須拚。往時捉船困船戶。今日農家亦良苦。幸而淮徐旋罷兵。吏欲捉船更無名。

捉船行 客從丹徒來。言剝運捉船事。

朱綬

大船峨峨塞江口。小船兩槳沿江走。官符倉卒捉船來。民船商船齊束手。借問捉船何所爲。公家轉運有常期。運河水淺不可渡。千夫邪許行程遲。丹徒閘前暮潮落。舳艫銜尾江臯泊。昨日挖河三尺深。朝來又見泥沙濁。官中火急催捉船。船船並集長江邊。船中百貨岸旁棄。篙師估客心煩煎。大船裝米數百石。虎鬚豪吏相驅迫。小船捉得無所用。獻錢始向江村匿。

小船歎

高瓊

官去官來差不停。江中日見官船行。江中官船不知數。又見官符捉船住。大船買脫中船藏。小船倉皇避無路。前船已被吏爭捉。後船索錢吏更惡。官差所用船無多。船戶家家受劫虐。旣應官差又壞錢。如此生涯亦可憐。殺人爲盜尋常事。何必區區守此船。

大船喜

又

海上烽煙久不息。羽書飛到徵兵急。官吏持符將捉船。馬頭船已如林立。大船一載千萬擔。十分之中三分賺。沿江關稅不能逃。關征稅取去其半。惟有兵差差得過。上載官兵下載貨。油柴鹽米不須錢。歸來還免各關課。船戶爭趨計懋遷。纔聞差到卽爭先。行中使費包私貨。衙內夤緣送例錢。兵差差罷船仍在。去也如飛來也快。不怨兵差歲歲多。只願兵差得常載。

捉船行　王柏心

沿江舟子竊相語。聞道南軍捉船戶。健兒應募充長征。東下雷池更鵲浦。船頭躍立先拔刀。手持軍帖氣勢高。紅旗擲出插船首。語汝船戶安敢逃。船戶跪垂涕。風波恐留滯。津渚多未諳。生理憂不繼。軍人怒莫當。我往無宿糧。主將示恤士。掠貲佐行糧。大船小船犒緡錢。橫搜豪攫盈腰纏。軍人醉飽買歌舞。船戶踉蹌哭向天。我聞軍興未闕餉。舟車榷算道相望。師行紀律何爲哉。此曹橫掠最無狀。沿江今見捉船勇。入陣誰知見賊恐。貪貲仍復惜頭顱。增軍百萬徒成冗。誰其言諸驃騎營。滅賊不須多募兵。兵多更苦劫賊多。日毒生民將奈何。

官馬

田雯送馬吟。見科派門。

官馬行　李良年

北方高涼多種麥。麥若不登農絕食。何爲卻種官路側。日操豚蹄祝高岡。馬來但趨路中央。錫我歲入如茨梁。嗟爾何愚抑何瀆。馬不食麥天雨粟。不若持竿事驅逐。錦衣使者來如雲。駊騀欻忽數十犖。老農哀呼馬不聞。朝田青青暮荒土。縣符催輸猛於虎。田家明年祀馬祖。

官馬行　朱樟

皇華驛前相官馬。太息一回幾泣下。馬何不幸登官槽。腰帶瘡口皮無毛。後蹄線痕接烙印。骨格尫羸豈神駿。借問此馬何其疲。連年多被大差騎。大差抽騎誰敢惜。爭向驛亭橫需索。丞何人斯能舉肥。動言官馬不任鞿。就中最畏斷養卒。鞭向危崖誤一蹶。人無苞苴馬不前。一馬死時官墊錢。以錢償馬馬乃壽。馬曹性命懸伊手。三年馬價盡折乾。翦取耳尾還交官。嗟爾何冤事箠楚。馬本無知爾何苦。願遷怒馬怒於人。庶幾不傷天地仁。君不見玉街春試桃花騮。珊瑚鞭綏踏青游。馬肥乃喜馬瘠嗔。奚官寵辱繫馬身。牽向柳陰頻歇力。弄影行驕更迢逸。同然一馬貴賤殊。伏櫪誰憐血汗駒。近聞火牌又下迎天使。九折坂前看馬死。

官馬行　孫士毅

官馬行。行何遲。馬老不足供鞭笞。官馬行。行何瘦。肥馬多在胥吏廄。稓一束。豆一升。草頭一點如飛鷹。歸來髀肉皺生蠅。芻在槽。馬在野。長官飛帖驛丞驚。明日看花要快馬。

官馬過　劉嗣綰

官馬過。馬牌踉蹌馬兵臥。官傳令馬前。驅馬不前使馬鞭。馬不能言馬牌哭。官減馬糧入官腹。年年養馬常苦飢。一朝用馬馬銜悲。嗟嗟馬敢愛死力。但使官家無害馬。馬死長途亦不惜。

官棧馬　陳均

官棧馬。官簿錄。棧中馬少官徭多。奴沒馬錢例不足。朝迎貴官來。暮送豪家宿。前棧既無芻。後棧更誰牧。途長馬飢行不速。瘦骨敲銅任鞭撲。踉蹌幸駐驛前足。揭鞍并揭馬背肉。汗流喘息毛蝟張。忍痛悲嘶聲似哭。回頭卻見使者驄。連錢帖金鏡懸玉。尋常芻豆不肯嘗。卻打里門求苜蓿。

驛馬行　林則徐

有馬有馬官所司。絆之欲動不忍騎。骨立皮乾死灰色。那得控縱施鞭箠。生初豈乏颯爽姿。可憐郵傳長奔馳。昨日甫從異縣至。至今不得辭韁轡。曾被朝廷豢養恩。筋力雖憊奚敢言。所嗟飢腸轆轤轉。祗有血淚相和吞。側聞駕曹重考牧。帑給芻錢廪供菽。可憐虛耗大官糧。盡飽閑人圉人腹。況復馬草民所輸。徵草不已草價俱。廄閒槽空食有幾。徒以徵畜勤縣符。吁嗟乎。官道天寒躡霜雪。昔日蘭筋今日裂。臨風也擬一悲嘶。生命不齊向誰說。君不見太行神驥鹽車驅。立仗無聲三品芻。

養馬行　王文瑋

營中養馬馬日瘦。兵丁食糧兼食豆。持鉞將軍來演兵。馬蹄落落如人行。弓弦不作霹靂聲。但聞中的高呼名。君不見教場昨試大宛馬。將軍折脅墮馬下。

附驛卒詞　薛所蘊

閭閻困斂乏幫帖。差煩馬瘦芻茭絕。典妻鬻子敢辭苦。惜馬無錢動捶楚。聞道軍中馳告語。一日一夜行千里。昨年偶爾悞一時。縣官逮治驛卒死。五更三點不交睫。頭枕驛門候消息。

馬草

馬草行

吳偉業

秣陵鐵騎秋風早。廄將圉人索芻藁。當時磧北起蒲梢。今日江南輸馬草。府帖傳呼點行速。買草先差人打束。香芻堪秣飽驊騮。不數西涼誇苜蓿。京營將士導行錢。解戶公攤數十千。長官除頭吏乾沒。自將私價僦車船。苦差常例須應免。需索停留終不遣。百里曾行幾日程。十家早破中人產。半路移文稱不用。歸來符取重裝送。推車挽上秦淮橋。道遇將軍紫騮鞚。轅門芻豆高如山。長衫沒髁看奚官。黃金絡頭馬肥死。忍令百姓愁飢寒。回首當年開僕監。龍媒烙字麒麟院。天閑轡逸起黃沙。游牝三千滿行殿。蔣山南望獵痕燒。放牧秋原見射鵰。寧坐雕胡供伏櫪。不堪極目草蕭蕭。

餵馬行

戴明說

鎧甲遍城潦遍野。檄文傳喂南征馬。里正中宵布裹頭。顆粒寸草逢人求。南陽處處經征戰。輪蹄一沸十三縣。有檄但促征豆芻。將軍額外還折夫。一夫數金囊槖好。復驅市人鍘馬草。箕踞怒箠五十日。罷耕撤肆奔潦倒。市人逃死小吏危。中夜忻然投白水。妻孥已盡茅簷燬。但避誅求死亦喜。詩觀評。哀慘之極。如聞邊歌野哭。

芻豆行

趙進美

大船十丈如連屋。小船數尺走相逐。白浪十月高於山。大船小船浪中宿。漁船最小如鳧輕。漁婦亦脚牽纜行。破席作帆不得挂。持篙逆浪雞未鳴。雞鳴喔喔霜在鬢。五船載豆十載芻。借問何往軍前須。西走湖江南越湖。荒村瓦飛船尾轉。水氣昏濛日易晚。蛟龍欲與戰士爭。羽書詎責風伯緩。憶昔年豐歌納稼。青芻之微豈論價。自從烽火傳江邊。城中鬻女村鬻田。陸行負戴水舟楫。一束近欲值千錢。吁嗟。遺民經亂少安棲。卑雜魚鼈高狐狸。復見逃亡餘敗堵。苦陳敲扑無完肌。昨聞軍符夜深至。朱批白版數行字。空城人稀鵂鶹啼。郡吏無言顧縣吏。

運豆行　劉漢藜

大梁城南黃塵起。牛車千羣連郊鄙。道旁輿夫向我言。昨夜府帖下州里。云是南征戰馬過。槽剸催輸如流水。更兼運豆充芻牧。委積如山誰能紀。數鍾僅能致一斛。晝夜鞭策無停晷。固是官廄要馬肥。那惜窮民竭脂髓。今春截草向襄城。一束百錢猶云輕。野外處處插草廠。堆如山嶽勢崢嶸。究竟官馬不喫草。遍地禾苗無留莖。猾吏賣草充私槖。小民有口誰敢爭。今冬過馬能幾何。有司徵豆數萬多。近者百里遠數百。稍遲輒遭長吏訶。自從湖南動戈鋋。每歲常經數往還。中原況值瘡痍後。民力久盡黃河邊。徵徭煩重充私槖。供億艱辛絕可憐。誰人肯下賈生淚。封書一奏聖人前。

牧馬行　張新標

軍符日夜徵馬草。官差絡繹長河道。打草堆積高如山。斂盡民財供宿飽。須臾龍種拂潮來。碧髯紫眼健兒催。公家芻茭任狼藉。需索留難勢若雷。初聞信宿南城下。忽漫奔馳遍四野。長吏趦趄未敢前。傳云奉文駐牧者。今年洪水拍天長。纔餘隙地補稻粱。官租私債望收割。忍同苜蓿供騰驤。況復稻肥馬不食。踐踏盡委泥沙側。揚鞭四出捉行人。近城五里斷消息。兒奔女竄掩蓬蒿。遍處輪蹄孰遁逃。已飽饕飱志未厭。更索金錢氣益驕。人命摧戕輕若土。紛紛捆載何須數。前軍聞已渡河梁。後軍仍有十日住。臨行搜括更煩冤。千家今有幾家存。雀噪猶如新戰壘。人歸無復舊柴門。呼天搶地嗟何及。東鄰覓子西鄰泣。收拾餘燼晨未炊。徵租虎吏溪邊立。詩觀評。民間疾苦說得極痛快。極纖細。

馬草行　　朱彝尊

陰風蕭蕭邊馬鳴。健兒十萬來空城。角聲嗚嗚滿官道。縣官張燈徵馬草。階前野老七十餘。身上鞭扑無完膚。里胥揚揚出官署。未明已到田家去。横行叫罵呼盤飧。闌牢四顧搜雞豚。歸來輸官仍不足。揮金夜就倡樓宿。

官草行　　徐賓

黄雲壓城雪皛皛。轂摩軫接輸官草。中有一車委道旁。一牛僵死一軸倒。車尾哀哀哭小童。車前坐歎垂白老。問之云是此邦民。離城百里居山堡。宣化城中馬萬餘。官司發錢買禾稾。一日須用幾萬束。村村輸輓猶嫌少。價值騰貴不可支。賠補購辦分所宜。連宵備得草數足。僱車覓牛恐稽遲。銜冰犯雪行三日。崎嶇歷盡嶺與陂。那知交納有新例。無錢不收徒嗟咨。連朝候收資斧竭。人無宿食牛亦飢。昨夜西風冷刺身。牛如蜎縮死車塵。今早官衙當比較。伍伯奉令來拏人。兒子捉去幼孫哭。老翁老病楞腹守車輪。不愁凍餒無糗糒。只愁兒子久寃累。不愁牛死幷孫哭。只愁此草交非易。老翁老翁勿復言。我是關南牧馬吏。

效樂天體詩之一

劉青藜

驛馬有常額。飼秣支天儲。如何千村裏。計口具青芻。一丁三十束。束必十束逾。昨有農家子。滿載充官需。主者不時收。遷延日欲晡。低聲前致辭。某里某甲輸。委積雖滿地。僅作一束餘。踉蹌出廄門。仰天號路衢。行人來借問。自言生何辜。家無一稜田。派名日追呼。聞說官給直。何曾見錙銖。老吏動咆哮。逼索如催租。屈指營辦足。翻謂有餘逋。勸爾且吞聲。努力完須臾。明朝急符下。行行就囚拘。

馬草行

俞縣

滄洲烽火徹夜紅。援師奉調來南中。援師五千馬萬匹。所過軍營吹篳篥。縣脅索草候經臨。硃票紛紜遠近出。家家并日辦馬槽。辦豆更辦剉草刀。草船滿滿連百艘。馬草積如山岳高。援師驅馬江干過。餘草零星棄道左。老農束取負擔歸。燃草煮豆聊充飢。吏役首告盜官貨。哀哉愚民家頓破。

清詩鐸卷十

刑獄

湖天霜

葉　燮

湖天湛然青。盛夏飛嚴霜。霜嚴結陰慘。白日沈荒涼。厲鬼啾啾鳴。行路聞心傷。埋寃爾爲何。毅魄非國殤。生爲蚩蚩民。安分柔且良。眞盜失伏辜。漁人罹禍殃。殺人不抵死。袖手反代償。有耳非不聞。有眼詎失芒。一人愛功名。片語進斧斯。邈矣三宥仁。孰察五過章。一朝四百指。駢首堆荒岡。湖水自終古。流恨徒湯湯。寄語司牧者。殺人宜愼詳。沈歸愚曰。殺四十人以至一人官爵。天道好還。必不使之保首領留種類也。

哀東獄

山東州縣獄卒。率以牐版拘囚人於夜。不令轉側。罪之輕重弗論也。因作哀東獄篇。

金　埴

哀東獄。獄卒狠。纍囚一入成虀粉。東獄法。版爲牐。夜夜牐人儼羅刹。爾罪輕。爾罪重。總加牐版僵難動。獄卒怒。囚轂觫。上天下地兩局促。始信人間有地獄。古者拘囚爲犴牢。但嚴守視圜牆高。獄卒夜臥圖逍遙。動輒藉口防逋逃。烏虖。獄卒藉口防逋逃。不聞獄中夜半聲嗷嗷。

私刑惡

鄭　燮

官刑不敵私刑惡。掾吏搏人如豕搏。斬筋抉髓剔毛髮。督盜搜贓例苛虐。吼聲突地無人色。忽漫無聲四肢直。游魂蕩漾不得死。宛轉迴𨔣天地黑。本因凍餒迫爲非。又值姦刁取自肥。一絲一粒盡搜索。但憑皮骨當嚴威。纍纍妻女小兒童。拘囚繫械網一空。牽累無辜十七八。夜來鎖得鄰家翁。鄰家老翁年七十。白梃長椎敲更急。雷霆收聲怯吏威。雲昏雨黑蒼天泣。

閱囚籍有感

沈德潛

報囚當秋月。囚籍何紛紜。貪盜與淫殺。一一乖常倫。咎繇有餘怒。唐帝無哀憐。何爲郅隆代。干紀多莠民。閱實故其罪。鍛鍊或非眞。太寬失刑憲。太密防銜寃。死中求一生。全憑寸心仁。求生百不得。此心庶可捫。那敢恃聰察。視人如雞豚。取快祇一時。應計子與孫。願體三刺意。毋虧聖人恩。

恤囚吟四首

李化楠

囚應死於法。不應死於吏。吏非必有死囚之心。而約束不嚴。體察未周。以致飢寒無可告訴。疾病莫與醫療。化作青燐者衆矣。姚邑監獄。數十年來未加修葺。牆宇傾頹。屋舍低小。衆犯共居一處。溼氣熏蒸。疾疫間作。囚之孱者。往往莫救。嗚呼。囚不以罪死。是誰之過歟。爰請上官發帑。鳩工改舊。識數言自警。亦以告後之典獄者。

一入圜扉絕可憐。求生何計死徒然。諒難三宥全開網。空有千愁孰解懸。吏卒無情呼黑獄。妻孥有淚滴黃泉。傷心久罷團欒夢。況是飢寒疾病連。

蓬頭垢面死爲鄰。風雨淒其十二辰。棘樹陰森連鬼國。殘燈明滅伴愁人。存亡就裏機關巧。倚伏從中仔細論。莫使伯仁由我死。霜臺卽此是陽春。

治獄非難斷獄難。罪人生死寄毫端。死如有恨冤何已。生果能求寢亦安。望斷家山音信杳。威尊獄吏骨毛寒。緒長緒短均成淚。忍作從旁冷眼看。

切骨嚴刑痛莫支。況逢暑溼並蒸時。言多不盡憑誰說。病到垂危只自知。獄繫十年灰已死。冤成一字案終疑。叮嚀此際須詳慎。頭上青天那可欺。

刑名　　查禮

刑政屬秋官。掌於大司寇。圜土居罷民。其網疏不漏。教善使自強。從新以革舊。不改而後殺。方可表仁覆。好生德體天。古聖每三宥。

粤稽蚩尤刑。椓黥與劓刵。唐虞存其名。而未有其罰。因知肢體戕。所辱甚於殺。立法如穽深。一陷不可拔。今求省刑書。律嚴例毋忽。

收孥與赤族。漢魏並遵秦。徒流繼笞杖。李唐爲近仁。一人向隅泣。滿堂俱悲辛。維彼獄吏尊。囹圄作陶鈞。儀辨俗自安。刑中民自新。

固原樂府 趙秀才　平冤獄也爲固原吏目張傳心作　　蔣士銓

赭衣囚首蹲階下。劇盜誰何秀才也。秀才手無縛雞力。身無破空翮。頭髮鬆三寸。鼻涕長一尺。焉能爲盜拒伍伯。徧體鋃鐺餘骨立。妻來橐夫饘。子來牽爺衣。人鬼關門但一紙。死生呼吸微乎微。倅州者誰張傳心。目光炯炯秦鏡臨。秀才無罪解縲絏。縱囚歸理書與琴。明日街頭縛眞盜。秀才痛哭千人笑。可憐覆盆之下豈無人。焉得陽烏同一照。

折遇闌誣賭行。見捕捉門。

示屬吏　韋謙恆

凡應發新疆改遣內地者。配所脫逃。捕得卽斬。例也。然犯者時有。乃飭所司俾治本業。爲衣食資。并申明律令。各縣銅牌。鐫逃者立斬四字。庶觸目警心焉。

去惡法必嚴。矜全意逾至。一綫苟可生。邊隅俾安置。蚩蚩眞愚氓。稍縱迺卽逝。火急追捕亡。旣得那可貰。譬若池中魚。荇草足游戲。一躍思江湖。翻入枯魚肆。嘉彼良有司。頻爲饔飧計。作息安其天。狡脫更何爲。奈無廣長舌。時時警聾聵。不如藉頑金。鐫以律令字。使之佩終身。優游於盛世。

仁人　趙嘉程

仁人能愛惡。以惡全其仁。豈不重生命。所棄止一身。倘或事姑息。所惡已不眞。尚恐肆大慝。竟至傷彝倫。我心匪上智。我意木和春。大義有當斷。大法有宜遵。此理旣無歉。神明存乎人。

永新獄　姜曦

殺人者死罪無赦。煌煌憲典誰不聞。五聲之聽在聰德。高下出入毋紛紜。伊昔雜診漢遺法。變鬬殺傷冤必伸。迄宋宋慈權臬事。洗冤集錄諸家言。驗毒有法用釵探。証以爪甲及齒齦。越元王與海鹽令。別釵眞僞妙義申。銀釵足色變黑色。擦洗不退爲毒眞。自元迄今四百載。守之弗替如典墳。更有虛弱身卽死。屍身弗現靑黑痕。以釵探視果變色。仍以毒論無可原。別說檢毒視骨色。毒否以骨黑白分。毒輕毒重概勿辨。矛盾驗法何足云。咄哉余治永新獄。朋謀下毒羣奸民。裝傷矇驗狡誣賴。衆口附和如犬言。如法視驗毒乃現。質究屍屬及伍鄰。共吐明白首從判。幕胥交搆大吏嗔。置釵勿問謬詰駁。慘令死骨遭蒸燔。教囚翻異縱囚出。如縱虎逸放蛇奔。詎知冤魄現白晝。羣奸陸續亡其身。從來果報不足道。玆事親歷非無因。按寶山李保泰撰曦墓志曰。君習法家言。老于幕學者不逮也。任永新令。邑人許青奇謀死胡華國事起。許欲佔吳方谷山場。會吳與胡以鬥毆架訟。許謀毒死胡。嫁禍于吳而徼利之。君往驗視。如洗冤錄法以銀針探喉。盡黑。因盡發其謀毒情事。具讞。許以三千金行賄。君斥之。因別爲道地。而詳讞之文頓卻。主謀者竟無恙。君賦永新獄一篇紀其事。

終訟謠

祖之望

余讀湖南志載宋陳桂孫之言曰。閭里間頻歲凶。幸不死於訟。死於飢。噫。楚之好訟。自昔已然。人知飢而死。不知終訟之凶亦足以死也。作此以諷之。

有犬狺狺。投骨而爭。獄以象之。人而獸行。說文。獄從兩犬言。汝有兄弟。如足如手。汝有姻婭。如賓如友。胡不相能。而相蘖媒。汝適自裁。人共汝咍。凡人有過。苦不自知。胡不自訟。而訟人爲。天之降凶。飢可得食。汝乃不惠。自矜詐力。瀕死弗悔。悔將何及。維楚有田。聯阡絡陌。其佃爾田。其宅爾宅。歸告而父。而長而兄。睦婣任卹。樂玆昇平。

吳童冤

趙懷玉

吳江城。高矗矗。民之無良聚爲族。小兒往往恣摧殘。父母聞之不敢哭。縣官單騎收諸兇。肢殘骨斷哀兒童。生者那可續。死者猥藉缾罌中。縣官怒究根株始。三窟蟠根連浙水。飛檄交馳大吏聞。浙人欲生吳欲死。此事傳聞吾未睹。人縱可欺天亦怒。明律難寬兩觀誅。渠魁僅遣三邊戍。可憐縣官民覆翼。一朝反被交章劾。原情幸有聖明知。九重特下除官敕。獨有吳童身莫贖。牧民之義今安屬。同是提攜捧負恩。忍令盛世遭魚肉。君不見東海灘頭濁浪奔。靈旗翻處祀抽筋。天中蒲酒中秋月。歲歲祠前賽似雲。

又

縣門敞　崇川樂府　戒興訟也　客通州作

縣門敞。州門寬。入之易易耳。欲出殊艱難。一朝之忿投片紙。兩造虛詞互相抵。冤非覆盆寧待理。中人十家產如洗。君不見南山有飛鳥。羽毛怕人觸。訟縱能申身已辱。縣門州門休廁足。

過嶺十首　去粵臬任時作。所言多刑獄事。

姚祖同

回首繁華地。名都壯海潯。明珠輕薏苡。孔雀抵家禽。信矣民生厚。猶歟帝力深。永懷唐魏儉。庶以節滔淫。余宦游所至。物阜俗華。無踰是邦者。國奢示儉。是誠在長民者矣。

鬻利貧何擇。輕生詐亦愚。如何鑒誣服。翻遣受刑誅。縱任封狼逸。奚煩窮鳥拘。未知賢守令。詳省檄文無。潮州等處頂兇之案。貧民受僱代戮。有至死不悔者。亦有受愚尋悟者。地方官概不加察。迨到省覆訊得實。檄提正犯。州縣斷不肯批解發回另審。亦不肯更正。無非宕延拖斃。冤上加冤。余檄商守令革其弊。欲使民命不枉。而州縣亦寬其處分。去任時尚未得覆文也。

訴恨塵封牒。爭雄甲在門。俄然蠻觸鬭。終快虎狼吞。佩犢思醲化。還珠有治源。徵兵何擾擾。雞犬盡諸村。潮州等屬械鬭之案。昔聞其積習。幾無治法。及到粵體察實情。乃知好勇鬬狠。固屬蠻方常態。亦由長吏訟獄未平。小民冤忿莫釋。以致自相仇殺。其糾衆械鬭。皆預先定期。可以勸導禁遏。無如闒冗之吏。昏然不知。其貪酷者。更利有案到官。藉以羅織富戶。亦知而不禁也。强宗悍族。庇其罪人。請兵下鄉。要其縛獻。乘勢抄掠。禍及比閭。由是頑兇拒捕。禍端紛起。正本清原。治之固有道矣。

抵法容留養。爰書寓赦書。推恩原孝治。鬻獄到奸胥。網漏紛如戲。盆冤雪亦虛。敬敷欽恤政。豪猾在先除。任內州縣具報死罪留養之案。查出虛揑者二十餘起。均詳請奏辦。猾吏作奸壞法至此。若不究懲。憲典安在。

秋讞刑無赦。猶聞一綫原。豈知收繫酷。下有積屍冤。搒掠從胥吏。瘡痍逼溷藩。驚心民命重。按部忍無言。粤東秋審情實。重案不過百數十起。而每歲干証拖連。以及輕罪淹斃者。常至數百命。州縣報案。無日無之。其中問官之拷掠。獄卒之淩逼。飢寒病疫。無所不有。此外蠧役私設班館。恣用非刑。妄拏私拷。斃命不報者。尚不在其列。無形之誅戮。始數倍于秋審句決之犯矣。余通檄嚴查究辦。未竟而去。後有慈惠之師。將扇祥風而除虐燄。此爲先務矣。

國法無中外。華夷凜禁防。不聞推刃罷。坐遣挂帆颺。拔刼冤難雪。睢盱勢漸張。重城森列戟。排闥敢跳踉。余視事之初。有以此舊案陳訴者。兇夷已遁回本國久矣。犯隔重洋。案經奏結。無可措手。爲之憤恨。夷情本多奸詐。近益藐視禁防。亟宜講求駕馭。

安民先弭盜。薦牘重梟渠。豈意千金購。爭同奇貨居。圜扉催比附。雲路藉吹噓。刑賞歸忠厚。凝思慘不舒。州縣委員拏獲盜案。例有議敘。如審有斬梟重罪多人。則破格保薦。各省皆然。粤東尤重。州縣補缺畀事。至另設獲盜班。海疆重地。原以整頓捕務。而行之日久。流弊滋多。賄買情託。無所不有。人人視爲捷徑。惟恐殺之不多且速也。間有疑似之案。一經覆訊虛誣。則謗讟譁然。以不肯迴護。妨其保薦也。惡習喪心。豈復知哀矜勿喜之意。

用法惟平允。矜疑或在寬。頻聞參重典。毋乃慕周官。獷俗看稍息。刑章豈不刊。恭惟休養澤。民氣怕傷殘。周禮。刑亂國用重典。非治平常法也。粵省刑律有加重各條。當時或因盜賊鴟張。民情獷悍。權宜懲創。非可奉爲典要。今獄訟漸稀。盜案日減。與昔迥異。似宜改遵定律。毋庸加重。余曾爲大府言之。

會匪盈山澤。名同實不倫。曾常牽善類。匪乃盡奸民。憶昔邪氛靖。羣欽廟略神。驅除兼解散。成法合遵循。粵東會匪之多。各縣各村皆有。爲首者自係詭詐兇悍之徒。次亦糾人搶劫。非安分者。而亦有懦弱平民。或族姓孤單。慮人欺侮。希入會後有恃無恐。亦有貧乏冀同會助喪葬。紛紛闌入。不可勝計。皆爲匪徒勢動利誘也。甚至生心覬覦。良善富戶。强之入會。拒之則立時搶劫。一經給錢入會。幸保身家。迨匪徒等犯案株連。有口難辯。胥吏乘機　詐。拖累無窮。閭閻被擾驚惶。往往激而滋事。此皆入會而未爲匪。一以會匪目之。過矣。愚意宜拏爲匪之人。而不必問在會與否。如其凶惡滋事。雖未入會。亦所必拏。如其安分馴良。雖入會亦尚可曲恕。蓋拏匪而不拏會。則奸徒不能漏網。而良善足以保全。辦匪而專辦會。則平民多被株連。而兇徒得施扳陷。粵東界連粵西、江西、湖廣數省。會匪盈千累萬。此拏彼竄。不可究詰。因循誠慮養癰。而籌辦不可不慎。憶昔川、陝、楚。邪匪滋事時。數十萬人。誅不勝誅。其後朝廷剿撫兼施。設法解散。遂致平定。夫會匪之不皆爲匪。亦猶教匪之止燒香喫齋者。不皆悖亂也。辦理機宜。所當熟計。

一攬秦關轡。重抽瘴海帆。未成歌茇舍。翻遣費樫函。殖患嘉禾損。鋤難惡蔓芟。繡衣吾懍懍。輕便是征衫。余任陝臬五月。任粵臬九月。

施州樂府　劫礮火慎拘提也。野處之民。土姓十居八九。差役拘提。有被攔截者。謂之劫礮火。　　詹應甲

劫礮火。牽者在前挽者左。十步彳亍九步跛。中有一人手帶鎖。兩山夾澗聲喧豗。亂石紛如冰雹來。釋彼寧家聽汝回。汝不肯回同曳去。磨墨伸紙捉書據。汝自縱逃官不恕。役歸白官先受責。官怒添

差差失色。大索十日竟不得。爲言陰磤不與陽磤同。赤脚蠻婦頭飛蓬。刼之不勝婦轉喜。背負嬰孩擲地死。汝命不能償我子。吁嗟乎。胥役神奸本出奇。遇此伎倆無所施。若非拘之不得法。定有里甲爲把持。欲滅其火風倒馳。試看怒雷不作青天時。

雀穿屋 施州樂府 飭刁衿也

又

雀衣青青雀頂白。自磨其角手加額。從此有司偏愛惜。何況學官不我責。公堂認作雀兒窠。甘爲旁人屈膝多。不向空城求粒食。慣從平地起風波。一波未平一波起。雀噪可憎雀自喜。別有雀豹據雀巢。羣雀畏之不敢抵。公然鷹搏吸鵝膏。甚且鶉奔斷雞尾。不思感帨早驚尨。忘卻整冠先礙李。豈知法網總難寬。褫去鵕冠憑一紙。

下鄉決訟諭民詞

嚴如熤

山民質敦樸。風俗本來淳。自從蕩搖後。良莠雜齊民。流徙無根蔕。莩葭盡姻親。越畔怒咫尺。負債憤杪分。鬬狠肢甘廢。逞忿目怒瞋。潑油訽地主。開花連族鄰。班長齒牙利。捧檄雷火奔。半途拘野店。保舖羈城闉。口岸錢屢貫。草鞋費幾緡。牌懸伺質訊。高衙聽鼓振。青天蓋一尺。轇葛斷難遵。兩造混黑白。曲直誰爲申。羈久膹皮骨。息狀投中人。虛誣不敢坐。自首各有因。無辜坐受累。抱屈那得伸。可憐供魚肉。一案十家貧。無訟古所難。化理慚守臣。當衙語訟者。抱牘且歸耘。四境吾庭院。匝月再周巡。林陰足憩息。寺廟亦安身。芻菱槀先具。供給不煩勤。按轡周村落。團練成一軍。外以捍寇盜。內以息紛紜。邪慝未易除。爬搜不嫌頻。商自安爾市。農自服爾畛。階下擁兒童。案頭環耆紳。快爾雪冤意。慰我求瘼殷。我聞刻木吏。對之尙稱神。又聞搖金舌。聽之不厭諄。此邦周南舊。穢德貴能新。兔罝武夫化。喬木貞女純。匪彝勉相戒。王道供遵循。自注。山民土著質樸。不輕搆訟。流徙來者爲新民。鼠牙雀角。輒成訟端。訟師唆之。互控不休。凡訟師株連。人有打破油簍詢地主之語。又山民稱差役爲班長。藉案牽累曰開花。奉差喚人。多押途中。至城中又另羈保舖。官常不知。差役詞證共食保舖中。爲口岸錢。差役至訟家索資曰草鞋錢。舖堂挂牌皆訟常規。山民訟棍上堂。輒稱一尺青天蓋尺地。訟久不決。兩敗俱傷。取息而散。山民常言。官司沒有打斷。只有和斷。官於誣告棍徒不能懲治。輒曰到案卽行自首。姑寬免究。時下鄉團練。諭以四鄉每月各五日。就近理詞訟。示八字條約。外拒流寇。內除白役。

司圜雜詩八首錄六

李鑾宣

我生素貧賤。年年苦飢寒。前年爲博士。去年作都官。今年治刑曹。其職惟司圜。黑海浩無底。豈見波與瀾。纍纍衆囚徒。鐵鎖行蹣跚。中更十數人。虛懸梁棟間。尻旣不著地。頭亦難觸藩。奄奄僅一息。身無寸膚完。斯刑一何酷。悽惻不忍看。急呼吏胥至。戒之毋作奸。用脫其桎梏。稍覺心神安。王者有五刑。原以除凶頑。矜彼亦人子。罹法良可歎。哺之以糜粥。臥之以草莞。衆囚俛首泣。我亦摧心肝。

初日上短牆。役夫起炊爨。飯熟舁竹筐。親爲衆囚散。啓鑰出衆囚。鋃鐺繫頸腕。十十與五五。先後走魚貫。一人飯一盂。吏胥盱以悍。黠者稍滿盂。癡者僅得半。我欲防其奸。一一過眼看。偶然入口嘗。不覺興浩歎。天庾萬斯箱。厥米白以粲。此亦太倉粟。何故獨糜爛。囚也前致詞。厥弊待君判。猾吏肆剋剝。煮飯不以炭。敗薪雜馬糞。燃火火不熯。及至將熟時。先用冷水灌。灌之亦何爲。一粒兩粒算。聞言心惻然。官懦法必玩。

炎夏日苦長。汗出多於漿。滿室飛青蠅。嚀沓不可當。入夜更偪仄。豹脚蹲如狠。飢蝨曳修尾。獄中壁蝨俱有尾。吮血同嚙齜。罹此縲絏苦。欲睡且無鄉。爾囚夙何孽。四顧徒倀倀。呼囚出廡下。命吏掃其牀。掃牀更掃屋。箕箒齊簸揚。冰枠貯新冰。茗椀茶烟颺。薰以松柏枝。雜以蒼朮香。安得須菩提。法雨汴慈航。三千大千內。世界皆清涼。

冬日又苦短。階前百草枯。朔風卷寒雪。屋角狂飆呼。嗟爾獄中人。皸瘃傷肌膚。單絲不被體。裸立如枯株。亦有垂死者。偃臥久不蘇。典守我之責。此事當急圖。筆札求友生。金錢爲囚輸。百錢買一袴。千錢買一襦。鋪草盈其牀。爇炭充其鑪。凍者於我衣。餒者於我餔。沃喉先薑湯。飢腹轉轆轤。鬼伯亦爾憐。入夜聲欷歔。

謝傅曾有言。春秋多佳日。嗟哉圜上中。纍囚環一室。春則癘疫滋。秋則寒氣冽。鞭扑膚已傷。往往易罹疾。老婦與嬰兒。株纍尤宜恤。豈無官醫來。一診事已畢。我爲市參苓。我爲買芪朮。鍊蜜如鍊珠。點膏如點漆。每日日出時。親引病者詰。給藥病或瘥。不敢委役卒。雖乏上池水。亦是仁者術。惻隱人之心。皇天憫蟣蝨。

皇天分四時。春生必秋殺。欽哉恤惟刑。民隱細推察。罪人入囹圄。豢養均草蔡。彼亦有妻孥。夢寐空窗寢。君恩許相見。相見悲攣瞎。月進期以二。每月初二、十六。二日。例許重囚家屬入宿。謂之進家屬。孽芽再萌茁。大澤如江河。支流衍澎汃。治法須治人。此地豈羅剎。

諭訟師　陸玉書

四民之中士爲首。品行文章貴兼有。今之學者吾不知。不爲經師爲訟師。訟則終凶豈不聞。強顏藉口因家貧。貧也非病何足恥。胡爲務此喪行止。莫謂小節何所妨。須知孽積天爲殃。文人之心獄吏筆。機巧變詐那可當。愚民雀角逞小忿。輒復從旁授以刃。百計誘之騎虎背。欲下不能惟我聽。遂令親戚成仇讐。甚且同室操戈矛。戶婚田土細小故。經年累月猶不休。始猶暗中作長城。繼而出面爭威名。訟者厭訟求息事。於中猶欲爭輸贏。可憐家業已傾敗。訟牒句稽還未艾。訟師偏作壁上觀。心在局中身局外。忽來長官勤案牘。惟日不足繼以燭。每事必欲究主使。按名查拘籤不宿。黠者免脫免此身。愚者逡巡縶以繩。輕則戒飭重羞辱。重則牒學褫青衿。吁嗟十載寒窗苦。甘蹈刑章遭夏楚。區區蠅頭利幾何。斯文掃地實自取。我見此事輒愴神。此身同是膠庠人。胡勿廉隅知自飭。束躬圭璧爲儒珍。自古祿在學之中。悔尤能寡豈終凶。幸毋陷溺不知返。苦口兩耳仍如充。

讞獄示牧令　葉紹楏

爲惜民勞合少休。蒲鞭治術賴賢侯。斂才始免才爲累。兼聽還虞聽未周。越俎漫誇庖可治。刻舟終恐劍難求。職思無忝談何易。莫更輕爲出位謀。

治到爰書獄已成。蠻方端合驗輿情。敢因止辟輕言辟。尙恐求生未得生。民有怨咨難謝責。律多疑似貴持平。圜扉草滿推循績。願上春臺答聖明。

固原樂府　趙秀才　雪人冤也爲固原吏目張傳心作　周有聲

固原州。賊多暴。我翁治之民服教。家大人曾牧固原。安人何必有奇謀。弭盜惟當弭眞盜。越數年後張公來。奸役捕盜捕秀才。秀才但能勸文字。何能攫奪爲奸頑。目瞪口噤不得語。公以色聽明其冤。草堂花開酒正熟。秀才歸來喜還哭。插花置酒拜公前。公位在堂無敢瀆。古人縱囚囚聽約。張公縱賊賊就獲。聞道此州誇好官。我翁去後張最賢。

洪州吟 **珥筆民** 羅安

害馬去。羣畜寧。稂莠鋤。嘉禾植。奈何容此珥筆民。擾我黎庶安有極。置身列在四民外。城市作家但游食。操術不愼利傷人。淬厲筆鋒成霜鏑。一部律例爛胸中。興訟起獄巧羅織。教猱升木無不爲。變幻譸張亂曲直。愬冤眞若切肌膚。索瘢並不遺罅隙。詐諼案牘滿公庭。欺罔法吏等戲劇。嗟此善良民。畏法常惕息。一朝被誣枉。噤口訴不得。焉得長吏如神明。冰鑑高懸燭奸慝。安邦首在安善良。若輩直須屏四國。

嶺南樂府 **買兇** 殺人者賄一人代爲抵罪。名曰買兇。雖茹刑亦不吐實。 樂鈞

富兒殺人走亡命。貧兒受賂頂名姓。甘心性命輕鴻毛。雖有于張訟難聽。頭顱賣卻値幾錢。價高不過三百緡。妻孥得此暫溫飽。餐刀伏鑕無冤言。東市雲寒日色薄。臨刑猶自念餘橐。北邙山下紙錢飛。何處青蚨貫朽索。富兒生益富。貧兒死終貧。貪天徇財寧殺身。錢能使鬼還通神。

嶺南樂府 **造餉** 無賴乞丐。往往殺人移富者之家。索錢而寢其事。名曰造餉。 又

羣丐殺一丐。嫁禍多牛翁。多牛雖吝不敢吝。金錢如土傾囊中。丐不披堅不執銳。公家糧餉何由致。

殺人得錢身晏然。此是乞兒造餉計。夜埋死丐深谷裏。燐火熒熒哭冤鬼。乞兒從此非乞兒。飯羅貯金返鄉里。金隨手盡更無賴。故智欲行前事敗。吁嗟狡獪胡可長。縛向市曹償業債。

嶺南樂府　械鬬　鄉民持械聚鬬。閩之漳泉爲甚。粵亦時有。　又

執戈不關衞社稷。磨刀不爲殺盜賊。蝸爭蠻戰嗟無名。共膽千奴死不惜。或爭邊界比吴楚。或有違言似鄭息。可憐口舌生戎兵。頓與村鄰作仇敵。鬬有強弱無勝負。殺傷抵罪各如數。彎頸桎足囚纍纍。官法豈能少寬恕。近時川陝餘寇氛。搜原剔藪勞官軍。何不奮身備行列。疆場血戰求功勛。死綏死賊得死所。械鬬之死彌冤苦。官長教令聞不聞。各保身家和四鄰。

鄧撫善政　婦妊身　明疑似也　宋翔鳳

婦妊身。夫繫獄。閲月十有二。生男始臨蓐。無何夫沒隔數年。叔欲出嫂。控訶甚堅。過期生子俗所異。問者難決心徒憐。婦悲哭。兒亦啼。一時堂皇間。紛紛呶呶不可齊。公乃出。問其叔。爾嫂無外遇。平時信親族。證嫂不貞者。惟爾一人獨。例不得出汝嫂。財不得入汝手。汝旣靦然列衣冠。甘爲誣衊增家醜。此人聞之愧流汗。始據醫書與剖斷。驚憂恐懼孕過月。況復其夫正臨難。折以事理引以書。斯婦乃得攜子歸安居。有斷斯獄者。亦當細細爲爬梳。

又　脱營卒　平反冤獄也　又

南鄭有營卒。與甲小嫌無大隙。平時里閈復往來。共聽鼙弄長街夕。兩人舊憾亦已細。某甲還家三日斃。妻孥疑惑訟縣庭。官吏粗疏罪先蔽。遂認置毒在餺飥。賣者見者言鑿鑿。誰知三刺變供詞。漸

覺衆情殊閃爍。更審營卒詞。買藥毒鼠信有之。至於謀害情。實未有此事。奈賣餺飥者。所言堅不異。因呼賣者前。爾日所賣幾。一日約有二百枚。買者可能一一指。不能一一指。汝何獨能識此卒。詢以此言詞理屈。命加搒笞叩頭陳。縣役教之使妄揑。還詰鄰婦及甲妻。始吐實情乃可追。數日前爲瘈狗噬。醫未得效心狂迷。迨是夕歸病增篤。逾日不治如中毒。醫者至。事方釋。脫營卒。罪縣役。

苧衣篇

獄訟繁興。上官持法苛細。風雪中苧衣載路。皆牘中牽連。經歲不得歸者也。

陳文述

朝見苧衣人。躑躅府中趨。暮見苧衣人。瑟縮旅中居。問爾胡爲來。羽檄催朱符。問爾胡不去。案牘方齟齬。問爾來幾里。水陸郵程俱。問爾來幾日。歲月寒暑徂。邇或千里遙。期或經歲餘。何曾扞法網。牘尾牽連書。雪消已見睍。霧障猶塞衢。北風吹鴻雁。集霰方載塗。驟寒忽中人。刀箭森肌膚。啾啾籠中鳥。戢戢釜中魚。畏子不敢奔。引領歌大車。翻羨赭衣温。猶得生須臾。骨肉任爾睽。田園任爾蕪。鄉關不可見。望眼雲模糊。大官方持律。剖析窮錙銖。問爾歸何期。獵盡歲且除。朝餔不果腹。苧衣行亦無。太息苧衣人。爾曹眞何辜。

小兒歌一

連州民好訟。思所以化之。作歌授小兒。俾家喻戶曉。

程含章

小兒歌。小兒歌。歌詞雖俚義不訛。非有大冤莫好訟。訟庭之下冤情多。漫說青天分皂白。世上幾個包閻羅。公差如虎吏如豺。行行色目須安排。一言不合官人怒。鞭撲紛紛雨點來。肌寒病痍困牢獄。母妻問視門不開。小兒歌。汝聽止。有錢者生無錢死。從今莫聽訟師言。留下田園與孫子。

小兒歌二

州民多輕生。借命圖賴。復作此歌。

嗟爾愚夫婦。輕生實可傷。小忿胡不忍。服毒懸高梁。汝死亦徒死。汝命誰與償。借屍肆圖賴。搶掠搜筐箱。打門破屋壁。兇狠如狠羊。頹風胡不挽。毋乃廢刑章。刺史今執法。威令嚴加霜。作歌告爾衆。毋自取滅亡。

省訟　屠倬

小兒習驕縱。頑劣無不爲。豈翳孩提性。父兄實誘之。循循識規矩。督勸資嚴師。有時不率教。聊以夏楚威。愚民蹈法網。厥咎如小兒。飲食亦興訟。所爭或刀錐。弟兄有交鬩。鄰里有相欺。釁豐乃至微。厥罪且重罹。長官民父母。家國無異施。有子誠不肖。寧改父母慈。何爲獨於民。而不一致思。苟能正其本。赤子皆良知。宥過與刑故。信之使不疑。以漸格其俗。孝弟實始基。方今聖治隆。民氣固未漓。敢效俗吏爲。抉摘毛與皮。古有循良吏。爲政不尙奇。要當培元氣。刑措庶可期。

打怨家　潮風之四　黄安濤

徵械鬬也。潮俗強悍。貧氣輕生。小不相能。動輒鬥殺。名曰打怨家。非條敎口舌所能禁諭。勢積重而官則權輕。是宜威克乃允濟也。

打怨家。有何怨。有怨胡不訴官衙。睚眦輒爾兵相加。壯丁在前老弱後。籐牌鳥鎗卒然湊。今日鬬。明日鬬。彼洞胸。此絕脰。一鬨紛紛如怒獸。殺人者誰莫窮究。官來彈壓空寨逃。祠堂屋宇點火燒。出此下策眞無聊。亦有調停兩和懌。反覆無常旋搆隙。小懲大誡終何益。烏虖。安得十萬糗糧三千兵。制事許以便宜行。三月以往可使蠻村懾伏民無爭。

潮風之五　買輸服　又

哀被誣也。潮俗。非命死者。其家每置兇徒不問。輒告懦而富者。爲索錢計。欲壑既滿。大讐亦忘。出錢者名曰買輸服。弱肉强食。傾家有之。

買輸服。爾何因。纍纍鬼頭銀。銖積多艱辛。乃甘跪獻誣控之家人。殺人是甲不是乙。甲乃窮子乙富室。擇肥而噬奇貨居。一棺肯蓋千金軀。慳囊破。出無奈。强者歡娛弱者賀。岸上餓虎飽。水中飢鯨饞。可憐有冤不自直。口中石闕碑長銜。

潮風之六　宰白鴨　又

憫頂兇也。潮俗。殺人眞犯輒匿不出。而被誣者。又恇怯不自申理。乃買無業愚氓。送官頂替。貪利者罹法網焉。名曰宰白鴨。是可憫也。

宰白鴨。鴨羽何離褷。出生入死鴨不知。鴨不知。竟爾宰。纍纍死囚又何罪。甘伏籠中延頸待。殺人者死無所冤。有口不肯波瀾翻。爰書已定如鐵堅。由來只爲香燈錢。頂兇者多孤子無依。所得身價。彼謂之香燈錢。以死後旁人爲之繼嗣接續香火也。官避處分圖結案。明知非辜莫區判。街頭血濺三尺刀。哀哉性命輕於毛。勸君牘尾愼畫押。就中亦有能言鴨。

潮風之七　速弔放　又

惡擄贖也。潮俗。不逞之徒。每結黨擄人。關禁索賄。甚有淩虐至斃者。被害訴牒。必籲曰速弔放。以人爲貨。甚于盜賊。是可惡也。能惡之者誰也。

速弔放。情辭哀。叩頭向縣官。火急鄉閭來。老爹如不來。阿總尚可使。潮人稱官爲老爹。皂役爲阿總。速弔則生遲則死。贖還者多。弔放者少。忍氣復呑聲。羣凶婪肚飽。窮魚脫網鷩鳥嬉。不加誅殛官何爲。試看被擄人。鳩形鵠面生理摧。虎狠之穴木鵝積成堆。擄人者每以堅木鑿兩穴。鉗其足。名爲木鵝。

凍死囚 吳中吟

周瀛

朱門酒肉臭。路有凍死骨。一歌杜陵詩。悽然淚交睫。五侯貂裘擁。四姓瓊筵設。圍爐促歌舞。云是賞風雪。豈無僵臥人。亦有索米客。里巷微時交。飢寒久割席。何況囹圄囚。鋃鐺繞身鐵。心肝凍欲裂。飢膚凍欲血。論死恩未施。凍死冤常結。

息訟篇示邑人

邵堂

蟬聯條約文煌煌。鼠牙雀角毋上堂。長官階戺施行馬。桎梏桁楊列堂下。當世不遇包閻羅。羅鉗吉網誣伏多。縱使神明片言折。已糜金錢飽鬭卒。枷鎖鋃鐺縶公府。吏如毒蛇胥猛虎。敝衣質錢苦不足。田園揮手空杼柚。汝今莫聽刀筆言。汝所訐控非奇冤。豆羹簞食各瑣屑。但忍須臾萬事滅。

愼刑篇

楊慶琛

縣官最與斯民親。虛堂懸鏡臨如神。父母髮膚戒傷毀。嗟哉三木囊其身。罪之所積殺無赦。要當情法持其平。世俗救生不救死。聖皇垂戒常諄諄。我從觀政入秋曹。削瓜面目寒如冰。十年親鞫要囚獄。得情彌復生哀矜。湖湘陳臬總憲典。桁楊刀鋸傷聞聲。杖笞尚不輕嘗試。奈何重典戕其生。故出之失等故入。竟令死者冤難伸。屬吏決獄多憒憒。輕重委之幕中賓。大聲疾呼告屬吏。用刑詳愼銘諸紳。

羅雀悲獄囚爲獄卒所虐。余於風雨夜輒往視懲誡之。爰賦是詩。

張維屏

羅雀悲。苦渴飢。豈惟渴飢。手足縶維。一解。

黑漆卑溼。罕見天日。頭聚蟣蝨。衣不蔽膝。雨楚風酸助嗚咽。二解。

中宵不能眠。念之心惻然。風雨籠燈突往視。獄卒可惡囚可憐。立懲獄卒加笞鞭。三解。

越日呼之使來前。爾曹造孽須痛悛。衆囚有罪在地獄。爾忍苛虐圖其錢。試看頭上蒼蒼天。四解。

勸息訟詩幷示諸生

趙玉鏘

憶昔趙義門。孝友情何篤。禮教久陵夷。健訟成澆俗。骨肉啓釁端。無非爲布粟。兩造本一家。忿爭直與曲。計較及錙銖。竟忍傷手足。宰官難辨明。積年留疑獄。翻增狐假威。囊橐飽所欲。嗟彼愚無知。自甘受桎梏。何乃庠序人。縣庭亦僕僕。刀筆肆囂陵。儒冠早玷辱。我願邑諸生。身受名敎束。誼正利不謀。自然篤親屬。根本既克敦。文藝始足錄。否則四維亡。法網終自觸。訟凶是格言。盍共聽忠告。

聽陽朔訟

何俊

太守坐堂上。下來陽朔氓。二人各持牘。莫氏實弟兄。問兄爾何訟。阿弟實不情。弟雖實不情。友愛則惟兄。問弟爾何訟。阿兄爲田爭。兄既爲田爭。何不讓於兄。皤然老母來。曰季實不仁。季既繼諸父。反噬求重懲。母既求重懲。官法詎肯輕。杖季季痛楚。豈非爾所生。良言發天性。既悟爭已平。垂涕願還牘。三口同一聲。

哀癡兒　憫冤也粵中吟之一

戴熙

東家富兒狗食肉。西家貧兒人啜粥。富兒一朝怒殺人。縣官急捕驚四鄰。貧兒不願生。富兒不願死。不如鬻身代爾死。白鏹兟兟媚妻子。上堂對簿氣象豪。行歌一曲來市曹。貪夫殉財古亦有。似爾性命眞如毛。吁嗟乎。城南枯骸寒無槨。寡婦嫁人孤兒哭。

新樂府　領硃籤

銘岳

出硃籤。雷火風。雷威火猛風行空。領硃籤。風火雷。風旋火轉雷轟豗。籤上名多餓隸喜。指名大索喧閭里。城門失火池魚殃。富家酒讌貧鋃鐺。望望青天號復哭。官衙如海官如木。辨冤容易見官難。老饕不飽無傳單。

新樂府　押班房

又

押班房。班房亦可押。雀鼠之爭。魚鷺不狎。暫用牢籠使民怯。押班房。班房不可押。兎罹羅。兕入柙。不畏官法畏私法。虎頭牌。風火雷。一一龍門點額回。堂上久忘點鬼簿。屋中已築望鄉臺。招魂人去聲哀哀。

盜賊

綠林豪

錢澄之

江頭來往綠林豪。弓箭在手刀在腰。門裏劫商門外坐。捕捉公人當面過。殺人打貨上船行。人人知是食糧兵。箭簳分明記名姓。官府朦朧不許問。君不見西家被刼報官知。合門拷掠血淋漓。

錢澄之縣門行。見兵卒門。

邏卒歎　方拱乾

西湖自古多明月。錢塘門鼓黄昏發。士女齊拋簫管船。如何月減湖光歇。近來新添騎馬兵。湖烟未黑斷人行。士音全操關東調。金丸亂射鵁鶄驚。富家有租收不得。田夫捉主賣送賊。五金十金百千金。贖歸還恐官司識。高樹柵門防賊走。賊反銷門置人守。前宵橋東殺牛兒。昨夜溪邊賣米叟。城中有兵雄且都。賊去山中兵在衢。煌煌鐵馬四百騎。縛得倡家兩博徒。

擬秦中吟雞犬　誠諱盜也　張英

雞犬不收戶不閉。休哉此風誠至治。或駕單車賊壘清。或縫綵線渠魁斃。能使桴鼓長不驚。漢家京兆稱能吏。不聞上避考功法。聞雷掩耳成壅蔽。年來水旱多窮民。荒村雞黍無寧歲。老翁匍匐訴縣官。未語吞聲先出涕。縣官無端怒且嗔。案頭老吏識官意。區區爲爾稻粱謀。誰肯明廷干吏議。吁嗟老翁夫豈愚。翻然搖手向官吏。昨夜荒村犬不吠。老翁抱孫且酣睡。

捕賊行爲侍御夏公賦。　汪懋麟

邑小山荒舊多賊。鴟梟亂啼林晝黑。官吏束手不敢捕。驅捉殘黎苦羅織。井里蕭條人跡稀。三二老稚無完衣。戶籍雖存半爲鬼。流亡竄徙何時歸。公曰吾民豈爲盜。單騎夜馳走相告。賊黨羅拜涕泣陳。自此鄉村不爲暴。紛紛良民買犢耕。齊道我公神且明。空城忽增二萬戶。四境但聞雞犬聲。治盜從來重良吏。渤海曾聞得龔遂。但使開誠復革心。翻笑縫衣亦多事。

估客泣

邵長蘅

何處估客強。廣州估客強。峨舸巨艑四角幡。珊瑚玳瑁五木香。珍珠百斛載中央。一解。

鼓鼕鼕。二更斷。毗陵驛邊鳴號箭。何來探丸少年。拔刀跳盪無前。倏欻燃炬燭天。官兵城上視城下。口噤目眙不敢前。二解。

珊瑚玳瑁五木香。珍珠百斛載中央。一一席捲去。但去莫計量。三解。

持牒訴縣官。縣官不爲理。訴太守。太守卻案不肯視。遙呼罵蠻奴。今時太平安得有此。估客吞聲淚瀰瀰。四解。

賣柴翁

顧嗣立

賣柴老翁六十六。旁行傴僂頭髮禿。閣閣梆聲孤燭搖。帶絮披氈蹲矮屋。自言今年田稻歉秋成。遂使陸梁小醜黃昏行。大官嚴令申保甲。柵門添置魚鱗接。西山日落斷行人。當街不敢收鵝鴨。前夜街西火焱流。昨宵羣嘯城南樓。倒騎屋山入闤闠。珍珠玳瑁落臂韝。長街寂靜月如水。十十五五公然遊。金吾兜牟舞駿馬。劈面驚回伏鞍下。須臾賊退始張威。攔街呼喝平民打。打平民。莫敢陳。嚴夜禁。立法新。老翁無嫗又無孫。里正驅來守柵門。三十青銅博一夜。更長頭眩目昏昏。近聞官兵號令肅。冀得下鄉殲鼠族。安排布被折鐺邊。一覺瞢騰眠破屋。

峽山行　　又

先考功令山陰時。鼎革初定。山賊竊發。民不聊生。而峽山一村。尤盜藪也。上官方議剿滅。先考功馳詣武林。請於巡撫蕭公。以招撫自任。遂從二小吏乘扁舟至峽山。直入賊營。諭以禍福。衆皆感泣羅拜。誓爲良民。先考功書其名於籍。給以免死牌而縱之。復榜鄒鄉。諭令自新。餘黨皆向化。復命蕭公。全活數萬計。迄今五十年矣。峽山父老爲嗣立追述往事。咸欷歔泣下。嗣立因賦是篇。歸示子孫。以補家乘云。

白波如鏡光新磨。兩山雨洗青嵯峨。綺紛阡陌接衡宇。峽山一村同姓何。我行訪友榜村口。市聲風攪炊烟斜。閭閻老幼步蹌蹡。太平雞犬無讙譁。二三老人向余語。銜淚敍舊雙滂沱。維昔順治歲在子。四海渾一收天戈。妖氛餘孽聚山谷。孤鳴梟噪張爪牙。槍竿纏布白帕首。剽掠倉囷喧官衙。十家被害九家哭。僵尸積路如亂麻。擂金擊柝號團練。兵民與盜誰分科。茲地環山更險惡。逋逃屯聚爲巢窠。羽書如電上州府。官兵調發疊鼓撾。昆崗火炎焚玉石。吾族噍類窮奔波。賢哉吾侯來何暮。泣事三日驚傳訛。侯曰此皆吾赤子。縣令不救理則那。日行三百謁開府。爲言若屬良民多。或詿其兇或誘餌。赦之詎卽非農家。一弦一矢請勿用。掉三寸舌聽凱歌。親書供狀百口保。甲兵手洗翻銀河。因乘扁舟從小吏。波風吹帶紋如鞾。旌杠刀槊森牆堵。林巒兵氣騰峆岈。從吏見之正股栗。吾侯氣壯朱顏和。爰召賊酋告之曰。汝曹獨非人情耶。紡積耕耘各有業。婦依夫壻兒隨爺。奈何違性陷非僻。矜凶挾狡開呀呀。撑骸刲胏就屠戮。鬼村啾唧堪咨嗟。曷不從我悉歸順。各安田畝間漁蓑。侯言未終盡感泣。抱頭拜舞髮鬖髿。丐汝死命賜之酒。投戈棄甲爭紛拏。千村萬落夜聲靜。水田但聽官蝦蟆。迄今相距五十年。生男生女攢髻丫。君看家家大作社。鑄金禱祀陳華奢。宗支蕃衍誰之力。君家汪濊恩靡涯。嗟余懷綳早失怙。靈運述德慚么麽。偶尋山水到茲地。先人厚澤彌深遐。合之家乘與邑志。目見奚啻百倍加。援筆聊作峽山曲。傳諸子姓千秋誇。

江右紀風　不種田（溯鄱湖者。險在秋冬。揚瀾左里之民。利在溺焉。）　商盤

揚瀾左里不種田。一生好搶失水船。彭蠡風濤天下惡。湖中壞船多水涸。獨有揚瀾左里民。正喜風濤日日作。豈無救生之役防汛兵。分財掠貨同横行。亦有周溪渚溪兩巡檢。呼應不靈扑不敢。嗚呼。利災樂禍神所訶。太守不禁理則那。賣刀買犢猶可教。左里揚瀾本非盜。

捕賊人　貢銘

奸民窺伺夜作惡。穴牆直入鄉居房。恣情探取蓋藏物。家家守夜人隄防。鄰村巨猾吏招集。坐守屋舍分餘贓。昨聞東家暗緝獲。縛之直送縣門旁。捕人欣然快得意。更索酒錢循舊例。不加鞭扑賊安然。主人錢盡終無濟。明日公然下鄉村。得錢還送胥吏門。

題于清端公紀績圖市肆微行一章　沈德潛

金陵帝王州。繁華甲諸郡。莠民雜其間。奸宄日豪横。長官惟營私。有罪何暇問。公來迅疾行雷霆。強梁惡少難藏形。巨魁投竄餘讁責。兒童婦女稱神明。公從何處得踪跡。傳說市肆常微行。戟門晨開喧角吹。驄馬行來衆人避。愚民爭看眞青天。咄咄如聞詫奇事。白鬚赬顏一老翁。前宵共飲屠沽中。

百一詩之一　又

南方多暴客。殺奪爲耕耘。韡刀裹紅帕。行劫無昏晨。事主訴縣官。縣官不欲聞。朱符遣悍吏。按戶拘四鄰。保甲及里正。鋃鐺入公門。鞫讞恣撻辱。需索空雞豚。盜賊實遠颺。株累及衆人。縱虺虐鰕䱉。主者何不仁。前年中丞公。志欲窮其根。峻法緝湖寇。遠慮防海氛。一從彈劾歸。若輩彌紛綸。遂令湖海間。屯聚如飛蚊。吾思牧民術。先威而後恩。治弊用重典。古人之所云。霜雪旣已加。相濟在春溫。勦誅豈常用。盜賊亦平民。

警捕人之虐　郭廷翕

流民便作賊。迫於不得已。捕人亦作賊。何說以處此。世上流民尚可數。捕人林林遍官府。捕人安樂流民苦。

捕人養賊如養鼠。縣官養捕如養虎。虎掠食人官不識。知而故縱虎而翼。鼠兮鼠兮何足道。有虎有虎當道立。

歸州紀事詩　秦鐷

梁谿詩鈔序曰。任歸州時。按捕巨盜張紅貴等。旣成讞。臬司堅持不可。勢且反坐。禮堂屹然不動。事上聞。特命使鞫之。盡得其實。禮堂以是受上知。去歸州日。民歌曰。良司牧。去何速。大盜除。萬民福。半年官。恩膏足。

歸州衙前筆架山。歸州衙後將軍山。背山面山衙鼓發。三峽之水聲潺潺。嗟予到此甫三月。悲生風木涕淚潸。官事羈身未及代。萑苻忽起何凶頑。地名塊石爲窟藪。窮谷深岩產稂莠。習符煉法結匪徒。鐵牛護身破枷杻。一門四惡稱巨魁。張紅貴。張楚望。張玉堂。張紅順。水懦包容亦已久。黑面紅衣挂長鬣。昏夜招呼集羣醜。明火持刀叩門戶。老婦驚啼少婦走。主翁就縛恣拷掠。倒篋傾箱始脫手。除暴安良國法昭。茲事驚聞那可宥。翁婦良長吁意慘傷。誓不鳴官泣臥牀。去歲東村被劫掠。放盜歸山何獗猖。囹圄長羈待遣戍。官法倒置理不常。桎梏吞聲死萬里。不如默默守故鄉。我聞此事心已惻。況聞此語增太息。墨綬從事淚霑濡。執法鋤奸是吾職。筮神卜吉知盗縱。遣卒分拿限時刻。盗既得錢宰牛羊。有肉如林懸屋梁。娶婦入門羅酒漿。賓朋雜坐斟滿觴。釵環在首身衣裳。徵媒過聘皆盗贓。突來州牧與游擊。選壯傳丁擒虎狼。一盗知死魂沸湯。絮被蒙頭氣不揚。二盗伏地悄無語。倉皇泣拜惟老娘。鐵索縶頸牽就道。觀者羣呼天理彰。是時亢陽雨遂沛。甘霖足慰蒼生望。甘霖足慰蒼生望。世道人心不可忘。

新灘書事

蔣業晉

上灘之難如登天。千夫力挽一綆懸。下灘之險疾於箭。奔波直下逐流電。行人到此心膽驚。性命眞比鴻毛輕。灘邊最能最能。水手名也。少陵有最能行。慣入水。不利人生利人死。昨客不戒沉厥舟。誰與援手心煩憂。有人翻身卻援手。攫得錢刀撇波走。走歸召黨酒相賀。日夕駕浪伺船過。

紀盗

孫士毅

短檠濡雨憎無豫。曲彔牀中正擁絮。訛如街鼓聲乍停。探丸暴客來何遽。重垣立毀更打門。蜂簇蟻屯不知數。列炬儼張太乙軍。吐氣便噴蚩尤霧。罽巾裹首足妖芒。櫑具橫腰森武庫。自言五步能殺人。京兆聞名不敢捕。主人縮伏如凍鷺。目眙口噤足僵踣。子敬空留座上氈。仲容幷乏竿頭袴。戍卒倉皇卻不前。一任羣呼整暇去。逸者漸遠追者驕。故作虛聲驚里嫗。當途錯愕立限程。從事遷延終負固。維虎有倀雉有媒。毋迺奸胥實調護。鼎湖萬竈埒通都。吁嗟村落那可住。側聞西北方治兵。光祿塞邊稽首附。遐荒之寇盡掃除。卻怪門庭滋隱蠹。揵書旦夕報神州。草澤豈容仍嘯聚。星星之火涓涓泉。不憂一家憂一路。擬排閶闔叫九閽。轉喉恐觸長官怒。

嘓嚕曲　頌黃制軍也

李調元

嘓嚕。本音國魯。蜀人呼賭錢者通稱。呼作平聲。行常帶刀。短曰線雞尾。長曰黃鱔尾。皆象形而名。內分紅黑。晝曰紅錢。如剪綹割包之類。夜曰黑錢。如穿牆鑿壁之類。或三五成羣。或百千成黨。少則劫奪孤旅。多則抗拒官兵。蜀中爲害。莫此爲甚。公名廷桂。漢軍人。自公制蜀。此輩斂跡。及去。無不望公再來也。

黃鱔長。線雞短。青天白日兵戈滿。黑錢去。紅錢來。山橋野店雞犬哀。殺人不償命。皆冒古名姓。夜來假面劫鄉民。平明縣堂充保正。刀爲益州劍爲閣。天胡不將此輩戮。安得再來關內侯。盡使帶牛兼佩犢。

魚蠻子歌

張雲璈

楚江漁者。連船數十。無論晝夜。截流而漁。所在有之。蓋卽坡公詩中所詠魚蠻子也。坡公謂其不耕有餘。以爲至樂。深幸之也。近日此輩千百爲羣。多爲刼盜。大吏因嚴夜漁之禁。亦未盡遵。故有感而作。歌雖仍蘇詩舊稱。而命意則與坡公異。

魚蠻子。生長風波不畏死、平生似與魚爲仇。不盡江魚不肯止。羅罟欃木排中流。如山白浪天邊浮。

扁舟爭與浪高下。一網截斷瀟湘秋。此曹豈必無性命。事有所託拌生求。以身居險心更險。取人每作萑苻謀。雖然以是爲世業。中藏叵測難窮搜。大府知之嚴令甲。不許深宵相混雜。果能出入盡有稽。縱有探丸敢陰挾。恐有治人無治法。嗚呼。恐有治人無治法。

摸椿行

彭淑

宜城縣下流水溝村落間。有村老人爲余言。賊初起時。將至一村集。必先得其里一人。夜則縛以入其里。使之以姓名捶門。門啓卽殺先縛者。而又縛此人。入其室。搜殺已。卽又以所縛者叩鄰之門。門啓亦如之。搜殺盡。一村人無覺者。謂之摸椿云。傷賊之黠。哀民之易屠。使賊滋蔓也。因作摸椿行。

夜半黑風吹怪雨。前驅豺狼後猛虎。鵂鶹嘯羣作人語。妖狐頭戴髑髏舞。犬不吠。雞不號。鬼伯叩門求其曹。以火來照揮霜刀。殺人如草無諠囂。東鄰殺盡西鄰及。問客何來開門揖。千門萬戶排闥入。男婦駢頭但柴立。尸骸撐拄如丘山。祝融入夥飛炎煙。以人爲燭光灼天。羣魔血牙飽腥羶。千牛炙。萬石傾。上馬捫腹腹彭亨。平原廣廣縱且橫。不聞哭聲聞笑聲。摸椿摸椿在何處。千村萬落條條路。白蓮花死不迴顧。搖旗打鼓前頭去。

過石灣感上年捕大盜何德廣事

吳俊

殺非可爲政。不得已用之。彼有叵測志。謂我不能治。十百散川藪。一呼而羣隨。探囊兒戲耳。殺人涎流頤。戚戚守與令。誘捕無所施。韙哉鄭子產。其言不我欺。水懦故多死。噬臍良已遲。縛虎必入穴。斬蛟先壅池。石灣上中下。三村自逶迤。蹂躪及禾麥。欺侮到鰥嫠。篝火聚一室。四鄰不敢窺。時惟大除夜。月晦星迷離。密請大府令。急遣八百師。開城更四點。疾走無人知。乘其淫且醉。布我網與機。周遭四十里。搜縛將靡遺。人心憤貫惡。天道憐氓蚩。殺一以活百。姑息非慈悲。獄成磔其桀。餘罪遞有差。此事小不慎。難免成瑕疵。兵凶忌嘗試。行速滋駭疑。罪人幸斯得。愉快翻嗟咨。辟也欲止辟。書以告有司。

放鶉鴿

王蘇

賊充捕。捕養賊。衣賊衣。食賊食。縣官捕賊賊不得。豈知賊在捕家匿。賊如短狐捕如蜮。夜深與賊傅兩翼。穿人牆屋掘門閾。被擾之家勢孔棘。清晨告長官。官問游徼卒。卒言諸穿窬。悉已縶徽纆。烏能出門作蟊賊。失物之人語頓塞。鼕鼕鼓動賊四合。攫人衣物到牀榻。始知捕家夜夜放鶉鴿。

查保甲紀事

唐仲冕

吳江澤藪多萑苻。張田楊港各一區。力編保甲仍履勘。初至渭字稼字圩。港南港北徧菱蕩。兩圩之民多業漁。漁者夜出曉歸舍。蹤跡未易窮根株。立竿牽繩日矖網。夜爲柵欄周其廬。其船往往鋭而橢。穿溇收隝如馳驅。始焉肆竊繼行刦。吏或縛取難駢誅。港外設柵幾出入。時復網漏吞舟魚。長船改截秋扒式。漁目編烙戒勿疏。到今行旅與富室。尙苦囊篋遭探胠。我來逐戶按其籍。或先伏法或外逋。所存二百八十戶。示羸匿壯防追胥。東南更有房字圩。夾岸貴字比鄰居。其南暨北戶三十。置屋不與楊港殊。門戶雖別內通合。捕者欲逐空踟躕。昔時楊港有淫祀。木偶旣沈宮已瀦。今移張田臥雲寺。夜聞官至負以趨。朝來追詰出二塑。二老面白三老朱。手持黃金僭冠服。視前沈像殊相符。

羣言珓卜供酒肉。急則陰佑踏船呼。此祠建自毀祠日。急令碎之堂階塗。封鐍寺門杖守者。隔別牆宇判里閭。爲生自可足蟹稻。嗟爾莠民宜澌除。

縱賊行

程名世

縱賊不捕賊不息。夜夜村鄉防盜賊。鳴金擊柝盡虛聲。有賊來時反逃匿。東家昨夜直入堂。西鄰今夜復踰牆。里正持錢來慰語。嚇人愼勿到官府。

捕湖盜 洪州吟

羅安

何處捕盜去。捕盜鄱陽湖。鄱陽距洪三百里。羣盜於此多亡逋。沿湖上下商盡舶。白衣搖櫓誰猜渠。翻空巨浪蔽楚吳。朝散暮聚嘯菰蒲。官吏躡其後。望洋輒驚呼。揚帆瞬息隔南北。雖欲蹤跡知焉如。豈無汛卒與巡邏。眞盜反縱僞盜拘。今年府牒稽民籍。漁戶九姓編如律。徒有治法無治人。良民擾擾苦多役。捕盜去。盜棲萑苻宜急捕。索盜不必索漁戶。

海盜 嶺南樂府

樂鈞

粵東海面分東西中三路。並有舟師防禦。南風盛時。盜從安南大洋連檣而至。西路商舶最先受害。洪濤出沒。甚難捕獲。

山盜如狐狸。海盜如鯨鯢。巢穴逋逃易焚掃。波浪出沒難擒圍。此徒半出安南國。閩粵亡命亦從賊。白艚狂趁西南風。五月商船行不得。頗聞西路豪富民。婦女兒童多盜羣。買船借盜權子母。一家晏坐收金銀。漁人捕魚出外洋。暗中往往齎盜糧。此皆盜源盜羽翼。兵汛懈弛官難防。鎭將終年駕檣艣。時捉海盜送大府。東市懸首方纍纍。又報商船被搶擄。洪濤萬里連番夷。蛟宮鼉窟雲迷離。寒海口有佛郎機。發聲如雷盜不知。

除盜賊安南吟之一

李宗昉

鄭僑古惠人。有時如火烈。萑苻盜爲患。剗除盡遺孽。南贛昔盜藪。林洞競突窩。有明王文成。搜討絕萌孽。幸逢聖明代。太平安畛畷。豈無穿窬者。晝伏夜攘竊。甚則晝掠金。通塗遑跲跌。近時粤貨蕃。嶺路多瓯鮠。岸邊劫孤舟。底洞嗟漂潎。當彼鼠竄時。猶易尋窟穴。鄉愚利其貲。隱忍不敢說。吏胥藉牙爪。攫取恣詭譎。縣官方得意。此境無告訐。何知巖谷間。姦宄日膠結。呼籲坐舉主。聞者心膽裂。亦有避吏議。不如取容悦。解盜縻金錢。容盜安蹇拙。但保腹不潰。勿卹偶瘡癤。不知長繩朽。引之終必絕。其絕必有處。詎得保庸劣。告爾弭盜司。除盜在剛決。

白撞歎

徐謙

白撞手。胡爲來。幼失教。長不才。嘖嘖自誇好身手。假兄假弟結匪友。狹路攫錢財。眈眈勢如虎。一旦聞搜拏。皇皇竄如鼠。鋃鐺貫索入囹圄。階前匍匐淚綆雨。桁楊加爾身。鞭笞加爾股。流徙遣戍别鄉土。爺孃妻子走相送。尙云爾惡髮難數。爾但低頭赧無語。白撞手。亦何爲。飢寒相尋死且隨。躑躅萬里將倚誰。今日雖悔不可追。假兄假弟安在哉。白撞手。徒爾哀。

己巳紀事

張琳

歲己巳八月。盜掠乾滘村。艨艟比如櫛。礮擊雷殷天。夫豈無官軍。遙望不敢前。村民競奔竄。痛哭紛喧闐。一身不自保。金帛盡棄捐。可憐紅顏婦。驅縶歸盜船。盜已揚帆去。兵來搜雞豚。哀哉富庶地。十里無炊煙。道傍黃口兒。頓足掩面哭。問兒哭何爲。吞聲爲予告。賊初來鄉村。勢等虎狼酷。脫身幸先逃。屏息草間伏。遥聞刀斧聲。天半火光燭。賊去潛來歸。赤地慘心目。兄嫂被俘虜。爺孃遭殺戮。死者不能葬。生者誰爲贖。狐子一身存。露處已無屋。腹忍三日飢。何人飼饘粥。

博羅縣　　吳慈鶴

孤城抱青山。蕭蕭百餘家。昔爲神仙居。今有虺與蛇。民貧性命輕。地大耳目遐。作奸犯科事。何由達官衙。頗聞探丸起。散亂如鶩麕。殺人亦穰糊。食肉無爪牙。大府擁萬兵。未肯一矢加。殺賊相公怒。我民死如麻。潺潺石龍江。清水爲赤沙。肉既飽豺虎。血猶醉魚蝦。彈丸雖未破。四野無犬豭。嗟爾人何苦。不如萇楚花。

羅浮婦　　又

哀哉羅浮婦。白日哭道塗。其詞雖拉雜。聽者盡踟蹰。婦有父與母。婦有姑與夫。婦有離乳兒。玉貌聲呱呱。一朝山賊來。親戚盡宰屠。兒既供賊飽。婦亦遺賊汚。中夜幸走脫。冤讐忍模糊。因來縣官城。得瞻相公軍。叩頭愬所苦。相公亦辛酸。城中多降虜。婦昨遇其人。背有免死字。手有朱提銀。婦家悉殘破。彼獨逃誅刑。讐恥無不報。白手搶其膺。相公雖盛怒。婦不與俱生。誓刳賊心肝。祭我地下靈。

歸善縣　　又

兩城插旌旗。竟夕響刁斗。四郊已烽煙。城爲官府守。憶昨搶攘間。玆邑實禍首。海隅多妖民。十百扇隴畝。奸卒頗應之。意欲劫鍵牡。夜半歃血盟。烈火燎原阜。太守上其事。激切淚灑肘。雖邀相公來。未肯按誰某。一狼付湯燖。衆虎放林藪。兇淫無鬼神。殺戮到童耇。煢煢瘡痍民。忍飢荒谷走。賊從草間來。欲語刃在口。甘爲彊死魂。噴血射賊首。

派尾墟　又

晚過派尾墟。一老倚僵樹。似經喪亂深。嗚咽向我語。賊去兵始來。賊來兵已去。玆村山谷間。兵賊偶一遇。其時秋八月。白晝響刀鋸。民屠骨肉腥。賊飽飛揚遽。幕府遣諸將。將來惟空村。稍稍剩錢絹。往往逢雞豚。貪卒競攫取。賊起忽如雲。倉卒不相救。勇夫變秋魂。幕府甚寬大。厥罪不復論。兵敗由自取。民死一何冤。遺我窮獨叟。慟哭收子孫。

八圻行　沈起潛

吳江有塘名八坼。往來行李如絡繹。水路平通吳會船。陸程近接金閶驛。有客云自平川來。一舟滿載多貲財。到此停橈日已暮。苦無僕從相追陪。原知慢藏終誨盜。低聲私向營兵告。今夜無忘擊柝嚴。詰朝定有多金報。幾度丁寧始下船。坦懷無患高枕眠。南柯一夢不復醒。那知此夢長遊仙。賊舟猛於虎。抽刀刲肺腑。血肉六截分。金銀滿囊取。營兵怒號。白刃急操。追及十里。賊無可逃。雖報讐人獲。重泉命難續。恨血千年江上紅。游魂半夜船頭哭。我亦孤客棲頭艙。一葉飄泊蘆中央。尋思此事不成寐。蓬窗獨坐徒徬徨。吁嗟遠遊道。何如在家好。行路而今難更難。孤舟孤客摧心肝。

新造墟　張維屏

出城路人喧。聽者或變色。昨日新造墟。破曉海賊入。鄉人早料此。各自備矛戟。相持成一鬨。倉猝勢不敵。婦女遭生虜。火焰尤慘烈。有客揮短刀。殺賊計六七。賊怒齊奮呼。長鎗洞客腋。民心本非怯。賊實恃死力。豺狼誠披猖。得飽願少息。兵來賊已去。藥緩病太急。紛紛居民逃。鑒此若前轍。羊城太平久。老不識兵革。堂堂大吏在。日夕亟籌畫。紀實爲此詩。空言究何益。

贖人行　黃培芳

海上盜船動盈百。東南西北候過客。相逢砲火聲轟天。萬衆齊呼飛過船。人人土色心膽裂。短刀交下白如雪。盡掠財物兼捉人。捉人上船佯怒嗔。奴顏囚首見板主。賊首稱號。板主頭裹紅羅巾。貧富詰罷各乞命。千金百金贖一身。大呼紙筆作細字。索取百物限浹旬。逾時不贖剖腸腹。速寄家書歸至親。典衣貨產并哀貸。拮据措置潛悲辛。遣人入海與交易。但得再活寧論貧。更有細民居海畔。日日驚惶四逋竄。夜匿荒山洞裏眠。晨歸破屋茅中爨。盜船惟向炊烟來。奔逃不及遭羈絆。老父留贖兒放回。速賣耕牛數虧半。含啼鬻子僅取盈。老父歸來苦家散。人亡財盡四壁空。不死兒殘死困窮。君不見兵船西。盜船東。兵船候潮。盜船乘風。兵懦或退避。盜衆還相攻。不恨兵船不得利。但恨不見黃總戎。謂黃公標。

沙井兒　陸麟書

江頭日落黃雲低。沙井小兒掩面啼。阿爺報糴入城去。官中拘繫如籠雞。家無長丁孃饋飯。留我守舍羍兒欺。今晨啗芋纔半飽。日暮待孃來煮糜。出門遥望過兩槳。謂當是孃近復非。悲風蕭蕭浪漸惡。孃縱欲渡愁船稀。萬一拚孃幽隸舍。苦我更向誰啼飢。早知縣官惡聞竊。不合浪訴干嚴威。如今不願官捉賊。不願追取箱中衣。但願爺孃攜手歸。有牛任賊自牽去。有穀喚賊來同炊。

患盜甲辰冬作

柳樹芳

古之爲盜者。往往由飢寒。今之爲盜者。飽煖事宴安。錦衣而肉食。入市長遊盤。有時樂爲盜。性命全於官。不然竊鉤誅。吏胥不我寬。此風效尤衆。黨結河之干。一呼動千百。退據深山蟠。國家幸無事。磐石如蜂攢。養疽漸成癰。一潰身易殘。誰爲醫國者。勿作常疾看。

羅墩行

王文璋

殺人之賊常紛紛。殺佛之賊今始聞。不知惡賊行詭詐。佛且殺之人益怕。西江勝地羅家墩。今年夏五賊帥屯。將軍九江馬總戎戰死刀創滿。按劍而嗔及世尊。其間花石多焚毀。江邊胔骼隨流水。破垣縷縷過炊煙。窺客殘僧面如鬼。山門彌勒誰噬臍。此中空洞無所齎。衆阿羅漢指可擲。金身剝落惟塗泥。怪鵙忽啼凜然出。痛心烽燧銷何日。人與世尊同此劫。努目金剛救何術。君不見斷頭將軍斷頭佛。

欒城紀事

桂超萬

衙要車徒來。屑小易溷跡。五里一野廬。遣役往潛緝。健僕住兩頭。信籤當符檄。以兩家丁分住南北交界更棚。命護送行旅。各役取籤回。雪月出雲梢。孤城萬家寂。策馬我親巡。寒柝碎空碧。鐵面冰凝鬢。粟肌風伺隙。執轡手全僵。狐裘猶顫栗。況爾徇路人。鶉衣值永夕。

守更謠　　于源

官軍畏寇民畏盜。夜夜梆聲滿街鬧。雜以胡笳發哀叫。今夜東家。昨夜西家。儻有警急。喧入官衙。山東潰兵綠林客。久滯此間豈長策。中宵愁看城頭月。

東鄰行　夜有偷兒入室。家人繫之。將召里正鳴之官。大父命釋之。椿謹述其意。　　褚逢椿

東鄰夜驚呼。西鄰燈四集。須臾聞縛人。舉燭照顏色。頓地但乞憐。囚首面深墨。自云好賭錢。家徒四壁立。老母頗愛憐。惟願寬拘縶。或曰歸之官。訟庭可窮詰。或云不如鞭。庸何傷一抶。翁言衆勿喧。子來前且息。天地生一人。各有養生術。子今方少年。臨財冀苟得。或者荒於嬉。不自食其力。我家舊青氈。不足應子急。頃爲屋上烏。今爲褌中蝨。家中有親乎。得毋倚門泣。悔過猶可爲。比匪愼所惑。去去勿復言。叱奴緩之逸。盜賊本良民。焉用太相逼。

佘山行　道光乙未六月。徐德興於佘山遇盜。水手趙仲亮、朱凡倌等被戕。賦此弔之。　　王慶勳

佘山蒼蒼海中央。海水卓立雲飛揚。嗟爾乘風破浪何至此。冒險謀生可憐死。錐刀之利能幾何。性命一擲隨風波。孫恩盧循忽相迫。潑水刀光飛霹靂。刳腸截脛恣狂兇。熱血淋漓滿船赤。就中健兒趙與朱。魁梧狀貌與衆殊。短兵相持勢不敵。可憐竟喪昂藏軀。受傷者半匿者半。跧伏盜旁空憤惋。父母妻孥了不聞。片刻之間人鬼判。吾歌且悲還起舞。風湧潮來怒如虎。潮聲風聲。聲聲不平。一唱三歎。百感交并。嗟爾乘風破浪何至此。冒險謀生可憐死。

干掫行　　夏之盛

梆橐橐。鑼瑺瑺。市燈初熄夜未央。三更星斗照衢里。鬱攸警早知。鼠盜跡亦弭。四更月上譙鼓寒。小吏瑟縮迎大官。大官歸。小吏散。冷巷偸兒喜呼伴。

建陽樂府　江湖　惡盜也建陽多盜。盜以江湖爲師。江湖者。盜渠也。　　鄒志路

平頭會。雙刀會。姦宄草竊此爲最。南槎司。北雒司。頑民多拜江湖師。煌煌令甲若無覩。嘯聚公然爲儔伍。焚舟奪貨崇陽間。滿地江湖困行旅。誰與詰盜勿憚勞。翦其羽翼。殲其曹長。使江湖恬靜無風濤。

西藏樂府　夾壩來蠻子結隊刦人。曰放夾壩。　　夏尙志

夾壩來。行人見之顏如灰。羣山陡於壁。捷如猿猱馳崔嵬。一人嘯於前。衆騎隨於後。遙問客囊何所有。有物脅以威。無物褫其衣。人苟或抗之。不得令生歸。告官長。官長謂爾何惘惘。告土司。土司謂爾何無知。彼有羽黨數千人。本屬化外無知民。捕之不勝捕。戮之不勝戮。九死一生客還家。無言獨自呑聲哭。

渡江溯淮途中所見　　鄒在衡

朝憂盜。暮憂盜。盜賊橫行吏莫告。昨聞刦米船。可憐骸骨沈深淵。今聞殺將弁。屍棄水中血猶濺。有盜于丹陽五里鋪殺捕盜將弁。刦盜犯。東南地是財賦區。江村秔稻年豐腴。如何盜賊久充斥。行人膽落愁長途。君不見江南大好繁華藪。歌管紅樓夜酣酒。水鄉已作古萑苻。醉夢鶯花尙虎阜。

清詩鐸卷十一

兵事

兵馬歎　鄭　溱

寇如梳。兵如櫛。暨陽仙居同一轍。敵來官去不顧城。敵去兵隨民是囓。馬廝竈養掠滿囊。良家婦女營中列。

空城吟　梁清標

昨年來江淮。民風何皞皞。蠶女勤織作。田塍滿秔稻。今從嶺海歸。人煙空城堡。紅顏匿窮鄉。所存惟村媼。茅屋無窗牖。門徑餘蔓草。客來爭錯愕。陳辭色枯槁。前月下軍書。王師事征討。前驅已疾馳。後騎復就道。謠諑日數驚。妻孥難自保。丁壯負芟芻。嬰兒失襁褓。吁嗟曾幾時。千里頓如掃。聖主仁如天。流離哀蒼昊。屢詔軫窮檐。殷勤慰父老。軍興勞輸將。蠲除會須早。

老翁歎　彭孫遹

曉發秦郵驛。晚投界首村。炊煙寒未起。十室九閉門。道旁老翁長歎息。此地由來稱樂國。大兵頃者一經過。頓令閭里無顏色。持刀投石碎門戶。百物縱橫恣所取。擊豕刲羊事酒筵。趨迎猶恐逢其怒。

此恨吞聲何足道。妻子堪憐不自保。今年猶有兩三家。明年飄泊成荒草。我聞此言悽惻久。自發吳閶經界首。但逢逆旅多致辭。處處煩冤如一口。老翁此語最酸辛。可知艱苦皆身受。誰言橫海建奇勳。用兵不戢徒自焚。江南巨麗佳氣色。須臾蕭索生愁雲。稻粱鳧雁一朝盡。健兒躍馬猶紛紜。當年空笑魚將軍。

南信　　顧景星

南信久不聞。賊情倏如鬼。羽檄晝夜飛。帳殿封片紙。邯鄲抵宛平。夾道一千里。快馬馳健兒。跳跋黃塵裏。有倅來黃州。三問方啓齒。苦訴軍需難。民貧欲枯髓。攻圍今幾道。取用固不訾。內顧金錢空。外仍泥沙委。民勞傷天和。寇攘恐中起。敢問常平倉。儲偫今有幾。

兵車行　　徐旭旦

兵軍出海道。下瀨與戈船。一軍向甬上。一趨仙霞關。徂冬過會城。旌旆鳴飛鳶。代馬色爲羣。貔虎多控弦。長轡互輜重。雷轂聲闐闐。闤闠白日閉。行人莫敢前。奔走窮巷內。忽遭驅與牽。老弱背戈甲。壯夫擔橐脊。排擊廛市門。呼酒求魚鮮。飲酣躍馬去。不得謀一錢。里甲頻夜呼。單戶弗暇眠。後隊明且哲。主將轄道邊。令下孫討逆。兵民兩靜便。戍閩已及瓜。跨海將期年。九重詔班師。觧甲還幽燕。軍符下郡邑。舳艫董驛傳。大吏儲牛酒。芻粟峙江干。小吏視舟楫。帆檣蔽河沿。萬夫責牽挽。百貨積如山。武林十萬戶。仰粒江楚間。生當無事日。曷辭兵車連。仰首祝蒼昊。億姓深可憐。

兵船行　　王昊

陣雲壓城日光白。羽檄紛馳騎充斥。颶風昨夜起鮫宮。鬭艦千羣復何益。憶昔軍興催造船。吳民髓竭無金錢。刺史流汗縣令哭。老農含血遭笞鞭。一朝連烽迷海道。帆檣如山倏然倒。旗鼓虛張楊僕營。艨艟已入田横島。沙溪十里飛黄埃。人家門戶晝不開。横刀躍馬滿街市。海船方去官軍來。君不見軍中健兒不羞走。盡是幽并好身手。十村九村無人煙。不掃鯨鯢掃雞狗。沈歸愚別裁評曰。造船累民。爲清海氛也。乃遇寇退避。復掃村民。禍烈於寇矣。　魏石生溯洄集評曰。賊來兵遁。賊去兵來。京口之事。可爲浩歎。

被兵謠　　朱觀

寇未來。苦無兵。寇既退。兵臨城。昔時華屋今爲營。
朝持弓。射飛鳧。夕揭網。打游魚。乍往乍來擾里閭。
田種麥。苗芃芃。牧馬場。於此中。蠶食無遺屬望空。
民苦飢。兵果腹。既供酒。復索肉。處處貧窮家家哭。詩觀評。兵之慘毒甚於賊。言之髮指。

京口行　　邵長蘅

前月有人京口至。向我具説京口事。可憐十萬良家子。被驅血作長江水。馬首紛紛紅袖啼。城中處處青燐起。玉帛子女委如山。良民痛哭官兵喜。憶昨海艘蔽江下。艅艎艨艟捷如矢。礮火朝轟建業城。烽煙夜照瓜洲市。豈無浙軍但袖手。將軍陣亡中丞走。天塹之險一葦杭。區區孤城亦何有。從來兵機有翻覆。龍江關頭晝飛鏃。佽飛材官騎若雲。死國還能立戰勳。將軍突騎來酣戰。虎頭燕頷誰不見。腰間血洗大食刀。馬上横飛僕姑箭。追奔逐北旋枯蓬。沿江報捷速飛電。此時雄軍卻入城。苦死雞犬無留生。殺民何銳殺賊怯。烈燄同焚玉石傾。昨來寡婦哭交衢。骨肉喪盡身羈孤。腹飢足繭但偃臥。日暮哀哀眼血枯。

訛言行　又

白頭老烏啄城角。城中半夜狗㲉㲉。訛言北來兵屠城。居人卻望城外哭。鼓聲鼕鼕天欲曙。拖男抱女出城去。尺五金鏃傳令字。官出彈壓訶不住。亡賴惡少三四羣。茜纓戰襖假作軍。黃蒿落日古城下。白奪釵鐶紅繡裙。嗚呼若輩何其愚。訛言動衆王法誅。爾曹慎勿輕轉徙。道路往往多貙虞。此邦守土誰者責。官吏抱印空城居。

沙陽行　吳遵鏌

去年過沙陽。桑麻蔚成行。健婦躬當爐。小兒手提筐。客來問所需。家有新黃粱。雞豕隨所欲。幷有鮮魚嘗。今年過沙陽。白日野荒荒。婦女一不留。兒童去何方。老翁守門戶。見客猶徬徨。索米出升合。稗黑兼沙黃。索羹無以應。藜藿勸充腸。借問此樂郊。胡爲忽淒涼。云自六月中。烽火動武昌。官軍遠征討。其來自荆湘。經過此信宿。村小乏壺漿。供億理固宜。豈敢惜空囊。所幸妻與子。先時已走藏。至今未敢歸。我留視此鄉。客聞再三歎。爾賊何猖狂。上勞我官軍。下爲赤子殃。

應城行　又

漢東城郭如雲起。中有應城城蕞爾。城內編民向萬家。家般戶足畏遷徙。我來此邦經亂離。比屋慘慘行人稀。雞犬無聲地闃寂。空階鼠趁牆烏棲。道旁古廟試投足。四壁傾頹堂宇蹙。鬼卒俱愁風雨侵。神明亦受塵埃辱。廟中老叟病骨立。問所由來涕横集。自言家住陌頭西。八口終年常自給。武昌鼙鼓揭天來。紛紛夜半城門開。壺漿不是居民意。白刃當前暫乞哀。賊亦倉皇前復卻。幸獲須臾緩溝壑。官軍數萬倏臨城。賊逃翻把居民索。老人聞變起洶洶。脫身獨走窮山中。歸來妻子杳何在。舊里蕭條鄰舍空。賸得一身翻似贅。生生死死俱無計。半架荒祠暫作棲。青燐白日常相對。我聞叟言鼻酸辛。蒼蒼者天胡不仁。獨此一方罹殺戮。感召災怒非無因。叟云浩劫非人使。此地爲君目擊耳。近聞收復漢黄城。千里之間俱若此。

訛言行　沈德潛

烏啞啞。狗觫觫。狐狸跳踉坐高屋。訛言一夜傳滿城。城中居人半號哭。雞聲角角。鼓聲斷絶。扶男攜女出城闕。縣官來。太守來。榜示彈壓不肯止。荒村深處依蒿萊。訛言煽惑犯王法。唐虞盛世何爲哉。探丸惡少紛成羣。帶刀放火行劫人。平沙古岸荻蘆渚。白日往往沈冤魂。告縣官。縣官謂唐虞盛世安有此。告太守。太守謂訛言煽惑當誅汝。汝曹奔竄自送死。愚民吞聲淚如泚。

書綿州牧劉慕陔守城事　趙翼

綿州有舊城。地扼潼川渡。垣墉圮已久。履屐可平步。蜀賊方蔓延。州守蚤卻顧。先期集版築。百雉屹鐵鑄。城成賊隨到。殺氣振煙霧。百里避難民。望城作生路。開門聽其入。赤子得慈父。衆志本成城。有城志益固。弩臺彀機括。戰格列梐枑。賊方盛氣吞。梯衝百道樹。矢石所及處。仰攻悉顛仆。紛堞俄成赭。盡是賊血汚。相持三晝夜。救至始解去。偉哉保障功。活人已無數。向非憑堅城。仳離衆曷護。繫茲應變材。衝要端可付。書之風百僚。武功出儒素。

又

諸羅守城歌 諸羅縣。後改名嘉義。

諸羅城。萬賊攻。士民堅守齊効忠。邑小無城只籬落。衆志相結成垣墉。浸尋百日賊益訌。環數十里屯蟻蜂。援師三番不得進。山頭連夕惟傳烽。是時矛戟脩羅宮。陣爲天魔車呂公。吼聲轟雷震遙岳。噓氣滃霧迷高穹。賊用枋車來攻。爲砲擊碎。孤軍力支重圍中。草根樹皮枯腸充。鬭飛鳥雀不敢下。恐被羅取爲朝饔。裹瘡忍餓猶折衝。壯膽寧煩蜜翁翁。百步以外不遙拒。待其十步方交鋒。一砲打成血衕衕。尺腿寸臂飛滿空。戈頭日落更夜戰。萬枝炬火連天紅。何當范羌拔耿恭。赴援艦已排黃龍。會有長風起西北。揚帆直達滄溟東。

永寧保城歌 爲永寧令高式青妻錢唐趙氏承覲募勇保城作

張九鉞

我聞康熙丁酉宜陽賊。西京永寧伏蘆澤。高侯巡野敢擁之。寨中脅草招安檄。是時洛西久太平。金門白馬無戍兵。城中守陴四老卒。里巷訛言夜數驚。永寧自廢金門、白馬、峪底諸戍後。城守無裨將。丁酉。宜陽賊亢挺平後。始移嵩縣把總率兵四十名禦焉。縣君錢唐趙氏女。膽智深沈急區處。千金懸賞保危城。釵釧綺羅賤如土。洛陽韋裦儒生豪。銜恩請奮同雷鏊。更有驍雄曰韋六。能挽強弩連長矟。縣君呼賜玻璃鍾。出弢寶劍雙蒼龍。汝守府庫惟汝功。胸懷官印廳事東。韡刀帓首環家僮。如坐大將武帳中。滿城肅習生英風。城頭壯士揚旗鼓。女几妖嵐收不吐。青天光光日晶晶。殺鬭蒯塞皆干櫓。大軍四集攻賊壕。高侯投崖碎臂尻。入營密告賊虛實。間道爭上擒猿猱。功過相當朝議正。歸安職守矜殘命。長歌壯士捧雕軒。城市無驚燈火盛。曾摩廟峽虞妃碑。曾賦道中雲英祠。可憐壑婦錢唐返。劉鳩誰人奠一巵。長沙太守平寇記。太倉錢公汝驤以平賊擢守。未及保城賢媛異。翠幟螺墨淚如鉛。白頭自寫含辛事。遺卷沈吟七十載。漏痕蠹粉猶騰彩。我令爲作保城歌。望輕才薄將奈何。吁嗟乎。望輕才薄將奈何。

章衮。雷鋆。章六。皆保城義士。

臺灣紀功詩爲沈眉峯郡丞颺作

祝德麟

書生上馬能擊賊。不必平時衽金革。流俗動以儒爲戲。謂尠軍功出文墨。不見汀州沈郡丞。手無縛雞半絲力。勘工畢擬汎歸槎。彰化城中一過客。夜半賊發如蜂蟻。斫吏早探丸赤黑。文武駢頸膏賊鋒。窫窳鑿齒遍充斥。君時旅館夢初醒。性命危於燎邊荻。既非封疆守土臣。又非戎幕參軍職。草檄并無盾可磨。運籌那有箸堪借。身雖爲客終是官。敢以秦越視肥瘠。暗中號召集義民。頃刻萬千成羽翼。賊方椎牛大饗宴。劫庫燒倉紛指畫。忽訝神兵降自天。野鼠抱頭四竄匿。登陴籲衆守乃固。馳牒乞歸援漸益。乘其不備擣穴巢。唾手孫盧已禽得。稍緩須臾勢滋蔓。誰能滅此安朝食。大官具事達紫宸。天子非常喜動色。詔賜修翎擢一階。畀以重洋千里域。君昔薇垣老橐筆。晏嬰長不滿六尺。胸中竟有甲兵藏。賢者所爲固不測。茲邦自昔居化外。顏思齊鄭成功劉國軒朱一貴踵肆逆。負險竊據井底蛙。聖代威稜罔不克。遂編郡縣隸版宇。耕鑿日繁田野闢。近來醜類偶伏莽。不值巨靈掌一蹠。福公平林爽文。雖云頑獷性自成。未必滄瀛教便隔。是惟有司善撫馭。姦宄銷萌妖沴格。殺戮固以立聲威。恩信何難安反側。颱颶行變仁風柔。鯤鯨亦沐恩波適。

殺賊篇

張雲璈

賊人多。官兵少。賊殺人。如刈草。初時賊畏官。官來賊退事卽完。後來官畏賊。賊來官退賊愈逼。星星之火能燎原。涓涓之滴成巨淵。本期撲滅在旦夕。豈料毒流經歲年。百姓流離幾曾慣。生長承平不知亂。無端忽入鬼門關。賊殺一半官一半。賊殺一半官不知。官殺一半當賊算。有如驅猛虎。但敢譟逐不敢近。又如捕飛蝗。死者無幾生者翔。兵死百人以一報。賊死一人以百告。一片沙場肝腦塗。戰功還被他人冒。巍巍大府居上游。牙旗玉帳千貔貅。窮追旣少斫足馬。衝突更無燒尾牛。揚兵難爲子儀計。灌芻豈有睢陽謀。公然縱賊使之去。滋蔓一任鄰封憂。若教按以失律罪。其罪當比輿尸浮。嗚呼。烏合之勢何時止。豈必武臣不惜死。君不聞列鎮盡如周將軍。此輩那能飛至此。

老林行

又

荆宜隕竹山連亙。萬木陰森塞山徑。此中不測如深淵。巨猾元姦易亡命。厥名爲老林。奇險未許相追尋。年來楚匪跳梁久。中間盡是逋逃藪。去如鬼魅藏。來如風雨集。散如蠭蠆飛。聚如螻蟻蟄。昧然而往不可窮。猝然而遇不可執。況兼四達多歧途。彼雖能出我難入。天生叢翳爲賊巢。消息何由知緩急。我謂上策宜火攻。焦土一炬崑岡紅。仆其大者使斷道。焚其小者俾自通。外以嚴兵截要路。內以勁旅搜潛蹤。陽馳電掣生融風。驅遣回祿爲先鋒。草間狐兔無所容。次第自見殲除功。卽今大功將見蕆。毋令餘孽依爲墉。將軍是時計須決。燧象火牛古所設。寧教一地作飛灰。猶勝千村流戰血。豈不聞擒賊必先擒其王。得虎終須入虎穴。莫使王多賊易成。莫使穴多虎偸活。

峴山高 督軍華公撫流亡也。○川陝楚軍事諸篇。錄五首。

徐鑅慶

峴山高。高崔巍。襄江北走檀溪隈。我公登高望烽火。望見鴻雁雲邊哀。蕭蕭木落呼鷹臺。賓僚罷毀黃花盃。開倉發粟拯奇災。金鐃鼉鼓聲如雷。路人不復思羊杜。但說輕車都尉來。華公適拜世襲輕車都尉之命。

檢骸骨 卹死亡也

又

孟冬十月狂飆吼。平地飛沙死人走。死人萬萬來雙溝。雙溝，苦戰之處。雙溝夾河人血流。流屍浪湧有時立。烏鴉翻風半天黑。下啄死人腸腦出。荒郊野狗瘦如豺。餓與飢烏奪人食。路人過此空長吁。可憐屍骸滿路隅。誰能灑淚上枯骨。只有襄陽諸大夫。

役夫歎 急轉餉也

又

北風淒淒天雨雪。十步九折雪沒膝。短褐破袴臀肉裂。軍糧火急不得息。天寒路滑無脚力。四更傳說又移營。官人騎馬我步行。步行爭比馬行速。日日馱糧何處逐。馱糧夜宿同馬牛。馬牛縮毛人縮頭。況復前山有狼虎。生死向前敢辭苦。

釋囚人 達脅從之隱也

又

襄陽江頭曉吹角。捉賊軍書如火速。鄉兵縛得一囚來。亂髮披肩白頭禿。我問囚人何所爲。叩頭觳觫涕淚垂。自言家住黃龍峪。有田有宅多孫兒。自從賊過東村宿。燒盡村前村後屋。擄將婦女及丁男。雞犬不留多被逐。牽連擄載進賊巢。女盡羈留男殺戮。賊營飽肉皆長大。老瘦何堪受飢餓。籏旗負戟百不能。遍體鞭箠逼推磨。朝隨牛馬欄邊食。夜伴死屍坑裏臥。黑夜翻山脫賊營。暗尋鬼火亂墳行。三天三夜穿荆棘。纔得回村縳進城。呑聲説罷低頭拜。前生作孽今生債。寧教就死向公庭。還勝偷生投賊寨。我聞此語心腸酸。可憐囚人骨髓乾。忽憶唐朝新樂府。戎人被縳多寃苦。何況皇朝覆載寬。赦及三苗舞干羽。襄陽使君聞此言。休令新鬼增煩寃。此老無家向何處。且歸賑廠城南路。太平送汝回村去。

請展賑 汪公爲民請命也　又

飢烏飛來食人肉。賊過千村萬村哭。大雪狂風二月天。無米無柴又無屋。中丞騎馬行江濱。江聲嗚咽吹沙塵。檀溪寺中餓人滿。羊杜祠邊春草短。東西賑廠十八處。但願天公放晴暖。況復年前未種麥。棄子抛妻各逃散。賊來不得把犂鉏。非是耕夫敢偷懶。樹皮木葉食且盡。累月人煙淫炊斷。中丞中丞活我來。繼我督部消天災。天災消。天賜惠。太平時節起造新祠堂。官銜雙寫尚書巡撫長生之祿位。

築寨行　馬允剛

余於嘉慶四年八月授沔縣事。時教匪充斥境內。民舍被焚。奔竄流離。目不忍視。因率里民修堡築寨。計平地修堡四十處。山中築寨百餘處。自此民得安居。賊不能擾。爲築寨行。

朝廷設州縣。安民最爲先。奈何教匪興。親見此顛連。遺孽起川楚。奸黠動烽煙。滋蔓漢輿地。焚掠徧山川。閭閻日奔逃。難期生命全。山城當衝途。供支已可憐。況復無寧日。當官眞憂煎。因念堡與寨。嘉謨留前賢。率此凋殘民。共効畚鍤緣。平川可修堡。垣墉保市廛。山頭可築寨。木石期崇堅。或如飛鳥巢。高居雲漢邊。或如猛獸穴。幽邃林谷偏。或如雲中梯。猿狖愁攀聯。或如海中蜃。鴻鵠來蹁躚。綢繆墐牖戶。轇轕排桷椽。遙遙人語迴。渺渺炊煙緜。最愁風雨至。榱桷爭翩翾。巢居豈不危。暫期避戈鋋。登陟豈不勞。且可免刀弦。悲哉此哀鴻。中澤聲漣漣。何日紓此禍。南畝安耕田。

劉大觀書馬雨峯大令禦寇事。雨峯宰秦中。嘉慶戊午七月。奉檄轉餉甘肅協川軍麥十萬石。赴略陽濟軍食。運至。賊寇略陽。鄉民避難入城。武弁閉城不納。雨峯曰。城以衞民。不納。民奚往。督民囊麥入城。賊攻城。城門朽敝。峯雨以麥囊堵城。恃以無恐。大兵旋至。賊解圍去。己未八月。任沔縣。賊勢方張。牒鄉父老築堡四十餘處。賊不能掠取。賊圍沔。請發鉛丸火藥爲備。軍門靳之。雨峯以火藥一囊分十餘囊。多製竹箍。箍標一旗。曰軍需火藥。其可須臾運畢者。乃令累日運之。賊聞有備乃去。

秋懷詩 從聽松廬詩話十二首錄六。〇按詩蓋指川陝楚苗匪事。

王芑孫

衮衮諸公捧劍韜。草間羣盜尚如毛。洗兵待挽銀河下。轉饟仍過玉壘高。風外馬嘶頻踠足。霜前鷹意欲離絛。何當援筆供磨盾。雪滿平蕪血滿刀。

苗蠻戡定又萑苻。三楚連年震鼓鼙。惡少數羣丸赤白。好官平日轂丹朱。荆襄自古經龍戰。樊鄧中宵到虎符。漸喜封章都實達。科名端不負吾儒。

天彭井絡勢紛紜。蟻集蜂屯合復分。無數元戎親握槊。何來孃子卻成軍。雨昏巫峽函箱陣。日射夔關虎豹羣。花果園中哭都護。翩然大鳥下新墳。謂花果園之戰。

陝右傳烽過竹山。蒼黃消息近商顏。刼營驍將纓先結。據險書生甲自擐。組練三千新鄴部。風雲百二舊函關。定知虎旅從天下。快掃妖氛唱凱還。

種區仲保幾豪酋。警報滇黔騾數州。文武江湘方論帥。西南昫町妄稱侯。三更壘騎圍堅寨。一路紅旗達御樓。聞道苗民也辛苦。至今輓運抵車牛。

久將市舶作郊廛。關吏今憂闕算錢。哨卒空教懸什伍。將軍其奈少樓船。盧循就款終爲賊。徐福逋誅肯作仙。黃浦濤聲秋萬鼓。左編夜誦想荆川。

東川行

戴殿泗

客來從東川。殺氣橫方州。屯兵逾五萬。蟣蝨生兜鍪。叢山何峻險。賊勢同拘囚。尙贏十萬餘。決鬬死則休。志士爲悼歎。致亂固有由。豪家擅鹽井。雜聚傭保儔。惟地有蟈匪。蛇蝎潛難搜。行商窘逢刼。急赴鹽徒謀。設食解散之。幸勿脣戈矛。州牧坐堂皇。謂可攫厥賕。拘執其豪魁。罪之以窩留。城門忽晝閉。梏拳方環投。衆徒意弗忍。聚跪哀相求。羣蟈聞之怒。呼朋起相毆。遂招荆湖羣。摧城掠其酋。遂攻州廨舍。以牧爲仇讎。從是搆兵端。嘯集益相揉。哀哉州及縣。四屬無寧甌。上將宿重兵。討捕越春秋。馳驅幾孱士。欲敵萬鶬鶖。殺戮非不慘。梟決未足酬。大角動兵氣。懍悧何時收。么麽本恃險。螳拒徧多籌。獸虞在阱奮。魚防脫釜遊。況復雲棧外。褒斜夾巖陬。東鄉接西鄉。聲勢潛相咻。試問牧民伯。何以嚴干掫。

師律行

程尙濂

陣後甫一呼。全軍如蟻潰。慕容三萬人。何以屹然在。草木皆晉兵。不爲風鶴惴。師律在平時。堅明乃精鋭。烏合徒紛紛。蹄之同蹶塊。所以細柳營。天子動容喟。

雜感

汪仲洋

昔者張永德。力規周世宗。何徽樊愛能。退衄不可風。推枕誅二將。納諫何其聰。全軍盡股栗。所向心膽同。統御無驕懦。皆歸紀律中。浙兵在前代。禦倭常有功。兩立不離伍。塞上驚軍容。沿海久安謐。訓練無英雄。寇至望風潰。壁壘爲之空。金城驗方略。我昔從髥翁。戰陣習閒暇。如與大敵逢。決機快風雨。身先當賊衝。勁旅不回顧。親兵皆選鋒。乃識中軍令。不在文告工。

堂堂李忠定。招募河汴間。探原論得失。五利兼五難。光武收銅馬。曹瞞用黃巾。差比淮陰侯。力能驅市人。洞庭誘水賊。獨有岳家軍。重募弗嚴約。著手徒紛紜。漫詡賁育勇。立致韓彭勛。需索更淫掠。駭絕誰敢言。臨敵聞巨礮。各自招驚魂。散亂不歸伍。又不還家園。萑蒲習舊業。但道軍令寬。

海安城諭父老時海賊犯雷瓊

程含章

晨起閱孤城。徧歷險要所。城廂四百家。足以固吾圉。乃召父老前。無譁聽吾語。海賊盡虛聲。登岸不如鼠。賊在船久。上岸身搖足浮。不能疾走。毋存退避心。齊心可禦侮。前港石可塞。港闊難守。塞去六十餘丈。後岸木可堵。作木柵三處。草中可藏錐。海濱鐵貴。削竹尖。暗置草中。籬下可伏弩。耕者碫乃鋤。樵者礪乃斧。強者荷戈殳。弱者守門戶。婦女不知兵。瓦石勝干櫓。晝戰視吾旗。夜戰聽吾鼓。爾爲吾股肱。吾作爾心膂。官民同一心。何賊不可禦。

練勇　又

詰奸嚴保甲。無分賤與良。濱海居者。有民籍。蛋籍。一體編查。防夜置鉦鼓。沿海設更鼓十六處。無論農與商。有衆成一旅。簽丁得三百七十八名。益以家人書役。并存城殘兵。共五百餘名。吾兵氣已揚。鄉民無紀律。見賊恐倉皇。乃授五色旗。旗各分一方。隨方設隊伍。逐隊分中央。就中擇雄健。拔作百夫防。無事勤職業。聞警執殳斨。器用必精利。短者可繼長。兵民爲一心。弱者可繼強。合視爲一氣。分觀各成行。動則如江河。靜則如山岡。登臺看進退。觀者如堵牆。歡聲動海澨。慕義來三鄉。部下已成師。附近三鄉咸奉號令。共得二千六百餘人。軍勢愈以張。蠢爾鯨鯢子。何恃敢披猖。

誓衆　又

壯士齊登堂。人各飲吾酒。守備吾已預。勝算操八九。賊至毋張皇。相顧如足手。吃緊大關頭。止在走與守。賊劫村莊。慣以礮聲恐嚇。鄉民膽怯。空村走避。賊得入無人之境。故切切申明誡諭之。爾走賊入來。家財化烏有。虜掠辱妻孥。殺戮盡雞狗。賊來我當先。我死聽爾走。不死爾先逃。誅斬異身首。臨陣孰先登。金牌大如斗。飛書上臺司。官職可立取。死事恤爾家。祟祠名不朽。創傷予爾醫。殘廢養爾口。軍令嚴如山。吾言豈虛誘。

受降　又

瑞雪降三洲。天將殺運收。嶺南無雪。嘉慶己巳冬。廣肇各府得雪二三寸不等。明年海盜平。飛鴞食桑椹。鷹隼化鳴鳩。梁許與李郭。布款咸來投。海盜梁亞晚、許茂盛、李服盛、郭就喜等。共七百餘人投誠。嗟爾蠕蠕者。尚非頑梗儔。爾罪豈不大。天恩不汝尤。爾怨豈不多。良民不汝仇。散爾兄與弟。（賊黨以兄弟相稱。）收爾楫與舟。攜爾衣與履。獻爾戈與矛。給爾文與引。分爾糧與餱。歸爾鄉與里。買爾犢與牛。耕桑爲正業。工作亦良謀。商賈與樵牧。行行非下流。永言棄前惡。無負皇仁優。

題海州陳參戎治鹽梟投械歸農圖

葉申薌

天下大利歸之農。咄嗟游惰屯如蜂。饑軀爲盜勢必至。誅之太忍縱則凶。參戎陳君本儒將。緩帶輕裘擅清望。一朝磨刀瘴海邊。忽訝將軍降天上。是時沿海多巨梟。韓刀抹額吹奔飆。不耕而穫利萬計。鹺船鹵竈爭遮要。竭來搏噬鬭如虎。淮北淮南侔大賈。鮫宮駭浪世人驚。鱷窟封泥疆吏苦。參戎下馬甚憫之。一新壁壘張牙旗。鯨鯢誓掃報天子。恩威並濟宣皇慈。積誠既久豚魚格。曰吾游民爲窮迫。軍門泥首涕交頤。自言從茲散阡陌。賣刀買犢謀更生。願安耕鑿同堯氓。綠沉聯翩抱苫臥。烏犍蹵踼牽風鳴。灘場有地各遷徙。刁斗無聲悉披靡。嗚呼猶是萑苻人。不畏參戎畏天理。君不見化賊爲民張益州。全銷猛鷙鷹爲鳩。又不見勸民農桑龔渤海。刀劍紛紛俱脫解。至今竹帛有餘馨。往往好事圖其形。此圖一闋甘棠詠。丹青彷彿猶可尋。（按圖刻嘉慶甲戌事。）

書金鄉令吳公堦守城事

柳樹芳

堦。陽湖人。山東縣令。嘉慶癸酉七月。攝金鄉事。九月。山東賊起。曹縣、定陶俱被蹂躪。而金鄉獨完。

先事疏綢繆。臨事輒頹墮。事窮乃捐軀。孤負干城荷。吳公獨不然。偉績著山左。其時金鄉南。伏莽寇已夥。大府心焦勞。同僚志庸瑣。公獨慷慨言。首欲驅么麼。智能燭民奸。勇可激民惰。繩以保甲法。糠粃須揚簸。合以兵農勢。訓練日危坐。一朝變卒至。守陴任自我。軍令重如山。令出誰敢哆。軍資助自民。民願無不可。能守始能戰。滅賊如滅火。勸懲苟不先。效死那能果。定陶豈無備。但見烽煙鎖。保城以衞民。是眞民之爹。

書山東運司劉公清擊賊事　又

賊之伏髳山也。清請於撫軍。率兵先往。直擣巢穴。東省之平。清爲戰功第一。素愛民。民呼爲劉青天。

殺虎絕穴。斬蛟入重淵。賊藪不先傾。根株歎棄捐。論功誰第一。僉曰劉青天。公昔官蜀中。談笑無戈鋋。黄巾數十萬。畏公不敢前。是時爲運司。禦賊髳山顛。彼將圖大舉。陰與滑濬連。公曰此吾任。但勿撓吾權。事每制於後。聲貴奪其先。元戎請十乘。慷慨懸旌旃。精選五百騎。文淵參將馬建紀與周旋。賊見劉公來。辟易如崩騫。東奔忽竄西。定陶縣復全。追逐五六日。流血滿陌阡。直擣扈家集。定陶要地。百里銷烽煙。東省遂底定。帝曰惟汝賢。駐營仍勦撫。直豫防蔓延。時當兵荒後。民如水火煎。救溺與救焚。非公誰復憐。欲上功德碑。再呼劉青天。

賊至呈諸將 道光壬寅。夷犯金陵。　湯貽汾

賊至不須驚。羅胸富甲兵。一心酬聖主。衆志勝堅城。自古平戎烈。由先料敵明。江樓拚痛飲。今日斬長鯨。

守城謠　陳春曉

官守城。兵守城。民亦共守隨官兵。城存與存命始生。城亡與亡命亦輕。城中之民靜不驚。城外之民

嚴列營。城中城外宜約束。那有一夫敢退縮。夜分刁斗聲聲促。曉來萬竈炊煙續。令下如山矢不移。官與兵民同心無或離。軍法守城宜如此。睢陽而後長已矣。可笑無端小醜來。官與兵民亦可哀。城外不曾加一矢。城頭鼓譟聲變徵。賊勢鴟張突入郛。東門乍破西門呼。兵民潰散中丞孤。白刃相加無完膚。中丞既死城亦失。不改初心完大節。其餘文武皆奇絶。散如鳥獸無蹤覓。簿尉偏裨何足云。巍巍方伯屏翰分。朝廷遇汝恩不薄。可有心肝奉至尊。中丞死。方伯替。斗大江城岳牧寄。但能耿耿矢孤忠。殘軍猶可張旗幟。奈何倉儲庫帑全拋棄。舍卻全城無顧忌。竄身荒谷妻孥避。

奉檄調赴軍營途中雜書　王省山

曉行滸墅關。兩岸森旗幟。連營當要隘。設防預爲備。招募到軍船。人勇兵亦利。江南風氣柔。軍政久廢墜。老弱僅充數。紛紛等兒戲。亦有壯健人。外強中更悖。偶然聞賊來。投戈甲早棄。歲糜數十萬。緩急焉能濟。捐貲募鄉勇。乃爲救時計。可戰亦可守。訓練期精鋭。

四山圍秣陵。高低列屏障。翹首觀軍容。連營屹相向。竊據石頭城。賊壘紛附傍。堅壁不出戰。經時未接仗。兵驕將吏懦。安坐久觀望。主帥無籌策。師皆空糜餉。我聞蔣子言。智勇兼爲上。雖有百萬師。呑敵原在將。奈何庸庸輩。臨陣膽先喪。漫云兵力單。衆寡不能抗。樂毅破強齊。孫武拔楚帳。韓信趙壁摧。曹操袁軍盪。均以少克多。古人語豈誑。惟其軍有法。是以氣彌壯。懷古倍傷今。臨風自惆悵。

難民逃出城。經過鐵心橋。官軍斷其路。搜索無一毫。金銀既攫去。赤身伏荒郊。嚴冬十二月。雨雪時飄飄。飢寒相逼迫。痛哭聲號咷。昔時兵衞民。今日兵爲妖。畏兵甚畏賊。有足難奔逃。主帥昧軍法。約束無科條。與爲從逆生。誰肯作餓殍。是以獷悍徒。甘心附賊巢。哀哉吳中民。進退心忉忉。難中更遭難。骨肉相棄拋。纍纍溝壑中。橫尸委蓬蒿。含冤何處訴。萬里君門遙。

官兵不殺賊。惟知逞私鬭。連營自操戈。烽煙暗白晝。問其何以然。各各開利竇。到處擄金帛。淫凶掠閨秀。彼此互爭奪。宿怨從此搆。主將不能禁。任其擐甲冑。鄉勇乃效尤。何曾解禦寇。見利亦垂涎。豪奪誰能究。紛紛肆剽盜。爭先惟恐後。小民畏兵勇。甚於畏猛獸。世亂無法紀。憑誰告我后。

兵勇無紀律。處處肆剽掠。土匪更效尤。乘機爭竊發。或則冒官軍。旗幟紛昭灼。或則假鄉勇。什伯相聯絡。截路據要隘。恃強欺懦弱。持刀屹相向。誰能不駭愕。嗟哉難中民。性命安所託。我心憤不平。急令拘黨惡。鼠輩到官來。嚴刑事鞭扑。今日纔理冤。明日還如昨。世亂多奸宄。焉能盡束縛。何時海宇清。振救甦民瘼。

附賊行　憫脅從也

又

粵匪初倡亂。數千人而已。自從入吳來。殺戮不可紀。其勢久窮蹙。旦夕將爲鬼。豈知豺狠性。出沒偏譎詭。沿江肆擄掠。驅民如羊豕。順之或可生。逆之則必死。露刃被迫脅。從賊豈所喜。愈脅日愈多。數萬猶不止。恃其烏合衆。聞風皆披靡。況乃土匪多。紛紛附如蟻。反顏事讐敵。甘心爲所使。驅之當先鋒。銜枚行更駛。殺人以媚賊。攫金以肥己。一朝忽敗陣。流血成河水。死者不足惜。生者復如此。更有衣冠族。喪心吁可鄙。公然爲賊謀。運籌帷幄裏。但欲求富貴。何暇顧桑梓。倘能速悔悟。

解散歸田里。抑或憤倒戈。殺賊壓其壘。庶可立功勳。一洗從逆恥。

撫卹難民　又

粵匪據金陵。凶殘肆殺戮。百萬陷城中。老幼齊拘束。買命索金銀。得錢人可贖。哀哉白下民。乃罹此荼毒。乘間思潛逃。跳躍心似鹿。偶然脫虎口。夜行晝則伏。倉皇出城來。何處可投足。煢煢無所歸。飢腸如轉轂。太守行仁政。撫卹下令速。設局分男女。晨夕餐白粥。古廟暫棲身。幸可免枵腹。冬則施棉衣。夏則給單服。人多地湫隘。誰能避蒸溽。家園成灰燼。流離至今獨。父母及妻子。死生猶未卜。羣盜尚縱橫。石城未收復。團聚杳無期。晝夜吞聲哭。

秣陵紀事　又

秣陵遭變亂。倉猝未設備。忽驚粵匪來。雜衆擁千騎。四野張黃旗。熏天烽火熾。大喊入關來。豺狼任吞噬。殺人紛如麻。凶殘無不至。壯者被迫脅。露刃瞋目視。順之或可生。逆之登時斃。強逼隨之行。從逆豈其意。俯首入賊巢。呼爲新兄弟。驅之當先鋒。有死更無二。哀哉白下民。聞風爭逃避。纍纍滿道旁。誰復能禁制。扶老更攜幼。踉蹌走田際。但求全軀命。何暇顧家計。努力向前行。十步九顛躓。復有閨中人。仳離淚如漬。伶仃走荒郊。飛蓬亂雙髻。懷抱小嬰兒。兢兢恐失墜。後顧追者急。前奔少力氣。自度難兩全。割慈中道棄。白日暗無光。青山煙塵蔽。陡然罹禍殃。是誰階之厲。逆賊踞善橋。閏七月初四。沿江數十里。連營高壘砌。附近各村鎮。蹂躪同一致。既無兵駐守。而又無火器。飛書頻告急。耳塞兩目閉。東南本要隘。主帥甘棄置。僅恃鄉團練。強寇焉能禦。遂令無辜民。肝腦悉塗地。自從陷金陵。小醜遂肆志。妖氛日蔓延。江湖如鼎沸。豈無兵與將。紛紛等兒戲。黑衣遍體著。紅羅腰間繫。閃屍怪形狀。與賊了無異。前徒方臨陣。後隊忽已逝。糜費數千萬。奢淫日縱恣。誰肯奮戈矛。撲滅此醜類。巍巍大將營。軍門列鼓吹。決勝無奇策。終日惟酣醉。三城未克復。萬姓早疲敝。師老久無功。轉餉安能繼。宵旰日憂勞。宸衷何時慰。我居危亂邦。痛哭陳時事。憤恨不能平。挑燈隨筆記。事皆親閱歷。豈採衆人議。庶激將士心。感愧知奮勵。掃蕩海宇清。重遊太平世。

聞粵西警八首錄六　陳偕燦

無端殺氣動蠻天。十萬沙蟲事可憐。西粵山高鄰象郡。南荒秋老黠狼烟。居閒運甓思陶侃。歲晚登樓感仲宣。猶是聖朝全盛日。么麽應見靖窮邊。

羽書飛騎越關津。小醜跳梁豈易馴。桂海可無驅鱷術。柳州空有捕蛇人。諸公袞袞猶臺閣。大地茫茫遍棘榛。擊築悲歌無限感。蕭疏霜鬢滯風塵。

淚灑琴堂日影昏。那堪妖鳥啄城門。幾人自信封侯骨。一死先酬養士恩。碧血青燐虛郡邑。赤眉黃霧滿鄉村。書生報國無餘憾。七品官階且勿論。謂殉難諸大令。

崑崙遺蹟溯元宵。宣撫奇勳說往朝。八桂山川仍掌握。一軍草木易魂銷。桄榔歷洞妖狐肆。箐筱緣谿士馬驕。誰與至尊紓積慮。漢家新選霍嫖姚。謂新簡兩提帥。

胡牀坐嘯倚南樓。風雅平生藻鑑收。一自帆頭朱雀潰。空令海上白龍愁。將軍早已傳三箭。時甫平楚匪。都督依然領八州。極目塞雲開府地。滿庭榕葉暮鴉秋。謂鄭夢白中丞。

海內聲名仰斗山。詔書珍重紫泥頒。晉公節鉞臨淮蔡。漢相旌旗掃洞蠻。許國忠貞心共白。憂時憔悴鬢先斑。出師未至身先死。頓使英雄涕淚潸。謂林少穆宫保。

閘章門拒賊獲勝　王文瑋

黑雲漏日光。江城氛祲惡。賊帆飄忽來。片紙吹風鶴。士民盡駭奔。將吏都驚迮。寥寥三千人。守陴兵力薄。鎔鐵鎖空江。排牆坼高閣。賊來環城攻。並從地道鑿。敵樓坐中丞。張小浦先生。天姿最卓犖。慷慨語諸軍。性命賊掌握。彼視爾若仇。等死勿倒卻。勝賞敗必誅。奮袂齊應諾。更賴旌陽仙。助陣靈風作。長鑱無所施。飛火不能著。我軍合而強。賊勢分亦弱。閧然退渡河。一戰知氣索。繄我宰偏隅。邑小無城郭。時承乏萬載。幾費獨躊躇。深慮旁抄掠。得此消息真。煩襟頓開拓。今夜看長空。攙星當已落。

述事誌慨　許梋

殺人如草路隅橫。消息鄉關半未明。見說窮村了無寇。新來殘卒作干城。許村、許巷等處。本無寇。上游以潰卒二百人駐守。大肆劫掠。殺鄉民二十餘人。有揭其首于竿者。

威名宿將尚連營。破釜沈舟誓一行。天意亦隨人意轉。陣雲開處戰場晴。記名總兵副將吳再升。號稱敢戰。賊畏之。庚申七月。張玉良之兵潰於嘉興。導賊至長安鎮。吳自杭州來。與賊戰于虹橋。以寡不敵衆而敗。賊大掠。竄回嘉興。上游復檄吳守石門。辛酉二月。賊至石門北三里橋。吳與戰。追至六里亭。遇伏而敗。退守長安。三月。吳約守海寧之總兵張威邦。分路進攻石門。又約蒙保廎之大盜詹天生。尅期並進。時石門無大股賊駐守。期可必克。

皂旗失約恨如何。拔劍爭禁斫地歌。浴血先登仍畫餅。可憐吳玠戰功多。吳攻石門垂克。而張威邦、詹天生皆在半途不進。欲俟已克而分其功。吳孤軍無後繼。賊反乘之。遂敗歸長安。三月。詹天生約吳及張共攻石門。張不出。吳恨其負約。亦至半途而歸。詹亦無功。賊復至長安。吳戰垂敗。彭君以平江勇來援。賊乃退。越日復大至。平江勇殲焉。吳敗退臨平。自是勁卒皆盡。氣沮不復能戰矣。

述客語故鄉事 客自故鄉來。述辛壬間事。檃括其語作此。

又

思見故鄉人。畏聞故鄉事。侵晨起握髮。跫然足音至。預恐摧肺肝。且復慰來意。俄延羅酒漿。怫鬱難久制。徐徐叩其端。傾耳已欲涕。

虎狼乃非寇。昔士今鄉官。賊以士人爲僞鄉官。尺布黃抹額。儼如峨高冠。發機爲寇倀。鞭烙肌膚殘。株連到石槨。正坐金簪攢。往往面如生。斬之棄其元。迹其滔天惡。罄竹難書丹。借問皆何名。嚬蹙不忍言。

人奴亦良苦。豈無豢養恩。賊至乃反噬。導令叩主門。門非主人舊。荒遠無名村。夜半束縛去。見謂多金銀。迫令出所藏。微命始得存。歸來對妻孥。愁泣動四鄰。卻顧應門犬。搖尾來依人。

賣主代有人。忠義終不絕。敢謂臧獲儔。盡屬虺與蝎。同時有蒼頭。字未一丁識。爲主守門闑。從主負羈紲。念主困稻粱。代主謀薇蕨。朝出賣黃虀。歸納羨餘物。試語反噬奴。或轉笑其拙。此復何足論。所愧在簪紱。對客起斂容。宜在大書列。問年四十餘。宋姓名則佚。

夜宴行

吳安業

華堂夜宴延羣英。紅氍蹴踏百戲呈。心搖魄動目送迎。耳聾不聞飛雹聲。一甌少瀹花乳清。美人徐起侑瓊斝。詼諧嘲笑春風生。軍書火急遠不驚。賓歌既醉唱五更。主呼明燈前導行。幾日管鑰不上城。優游無事嬉太平。

武林紀事 庚申三月

黃燮清

傳聞捷報過錢唐。誰信潛師出武康。可有臨邊黃節度。苦思擊賊段涇陽。軍門上策惟清野。部曲連屯每亂行。立馬吳山形勝失。羣公應變太倉皇。

金牛湖上豔陽辰。鶯燕樓臺入戰塵。三月桃花紅犯雪。兩堤煙草碧成燐。可憐佛國同羅刹。何處仙源結比鄰。畫舫珠簾零落盡。杜鵑五夜弔殘春。

達官眷屬盡神仙。鼓枻浮家去渺然。萬戶脂膏留待賊。十門鎖鑰苦防邊。佩環零亂珠沈浦。羅綺叢殘玉化煙。恨水茫茫流不竭。有誰噀血籲蒼天。

亡命屠沽氣燄張。一時應命備戎行。窮搜玉帛驚雞犬。虛擲金錢豢虎狼。釋甲盡更紅抹額。倒戈翻試綠沈槍。臨危反噬嗟何及。一死模糊事可傷。

三衢重鎮擅威名。保障全吳在此行。光弼韡刀思將種。景隆紈袴墮家聲。頓師不進翻徵餉。臨敵無功尚縱兵。回首鳳皇山色好。當時父老望蜺旌。

森嚴節鉞鎮江湖。咫尺烽煙偵探誣。變起腹心奸早伏。軍無犄角勢先孤。赤心報國和衷少。白面談兵衆論殊。數萬生靈同浩劫。疆臣定識是捐軀。

棘門兒戲漫論兵。賴有將軍細柳營。背水奇功爭死地。撼山威令抵長城。大呼振臂孤軍奮。力戰同心敗局撐。夜半神燈看破敵。挽回殘劫奠蒼生。

桓侯甲仗走驚雷。矛馬先登毒障開。赤幟精神寒賊膽。皂旗威望重邊材。狂瀾突捍錢江弩。焦土猶温楚炬灰。可惜餘氛殲未盡。還須飛將鼓行來。

烽火　　孔繼鑅

烽火驚心草木寒。殊方醜虜雜相干。嚴霜聲死中軍鼓。落日旗空大將壇。黠首流離棄丘壟。至尊哀痛託心肝。中天明月黃霾掩。狐鼠縱橫夜未闌。

書憤　　又

區區邊虜誰滋蔓。鼓角中原萬里聲。楚將誓心收夏口。東師束手棄湓城。連江歌哭餘殘壘。半壁安危仗主兵。公等崢嶸肝膽在。九重垂淚盼昇平。

又繼鑅江上詩摘句。漢室功名期耿鄧。江天圖畫改金焦。高枕兜鍪看山色。一時閒煞羽林兒。募卒苦多無賴子。整軍當用有餘才。

金陵雜述絶句錄四　　何紹基

向帥遲回孝陵衛。曾公徑逼雨花臺。從知膽畧殊高下。坐看堅城力戰開。曾沅圃中丞進師成大功。

城上神威礮萬斤。枉資劇寇挫吾軍。後來地道終殲汝。智勇深沈第一勳。

爵督來敷有脚春。直從草昧出經綸。金陵王氣今銷盡。爲掃繁華返樸醇。滌生節相接辦善後。力任艱鉅。

廢壘臺城迹未磨。登臨北望止煙波。太平門外行人斷。玄武湖中鬼火多。

楚氛惡　高學沅

楚氛惡。楚氛惡。荆襄千里蔽艫舳。風鶴紛傳曉天角。中有長沙賈生哭。添玉壘。糜金錢。二千萬。資兩年。裹糧坐甲頻遷延。轉餉不繼憂心煎。何人借箸能籌邊。

君不見四首　孫鼎臣

寧波城中夜叫烏。紹興城中晝見狐。家家逃兵挈妻孥。紛紛涕泣滿路隅。病者委棄無人扶。十隊五隊來姑蘇。姑蘇今年復大水。田中高低長蘆葦。君不見。蘇州民。一斗米值錢千文。

大營前後兵八千。屹立不動堅如山。軍中無事相往還。蛇矛左右一百盤。引弓卻射雙鳴鳥。歸來夜傍刁斗眠。夷人麾兵出復沒。東莊西莊日流血。君不見。定海城。日夜涕泣望官兵。

大船峨峨泊津口。小船營營匝前後。船中健兒好身手。白布裹腰紅抹首。船人登岸時八九。居民滿城走如狗。開府危坐論堂皇。犒以酒食分兩旁。君不見。天津市。連日官人買羊豕。

北風蕭蕭殺氣橫。番禺城頭日演兵。戈矛銛利鎧甲明。沿海百里舟爲營。壯士踴躍誓不生。意欲殺賊爭先鳴。樓船夜月滄海曲。夷人歌舞粤人哭。君不見。制府林。單騎北走行駸駸。

浙東紀事　陳景高

搔首臨風喚奈何。蒼茫碧海正干戈。艱難世事謀猷少。感慨人情涕淚多。重譯洪濤曾獻雉。横行白日竟鳴鼉。紅塵那有神仙窟。方丈瀛洲亦尉羅。

落伽山色秀雲湄。烽火連天佛亦悲。馬謖豈堪爲將帥。睢陽不愧是男兒。怒潮泙湃爭胥濟。仄徑倉皇斷午炊。欲寫流民陳黼座。可憐鄭俠少當時。

赫怒雷霆玉詔臨。空山猿鶴亦驚心。計窮難鑄防江鐵。才少空抛募士金。北去風霜臣罪重。南來雨露主恩深。升沈宦海尋常事。轉爲黔黎淚滿襟。

涉筆家書幾斷腸。途窮未必死能償。侯封燕頷宜無負。命致鴻毛亦太剛。大吏千鈞辜付託。孤兒一綫續循良。福星當日輝煌處。只有青燐繞白楊。

鐵六合歌

薛時雨

金陵陷後。賊屢撲六合。弗克。時有紙金陵鐵六合之謠。扁舟過此。作歌以美溫北平大令守禦之績。

紙糊金陵城。龍蟠虎踞虛得名。鐵鑄六合縣。衆志成城經百鍊。温候磊落人中豪。勛名上軼太眞高。頻年教養勤撫字。乃能執挺衞四郊。陰雲慘淡悲風號。紅巾十萬排江臯。投鞭斷流已深入。背城借一將安逃。梯衝百道攻深宵。擲金伐鼓軍鋒鏖。十盪十決屹不下。此城比鐵尤堅牢。君不見。鐵甲無功鐵騎走。鐵甕臨江潮怒吼。六州一錯鑄難成。斗大孤城名不朽。殺氣東南作陣雲。隔江遮斷馬頭塵。酬庸讓爾銘銅柱。擢髮將誰鑄鐵人。

短歌四首

又

彗星在天光在地。河漢西流蟠殺氣。中夜徬徨不能寐。起向長空私灑淚。陣雲如墨橫東南。將軍盤馬臨江潭。執鞭負戟多奇男。昔時犢鼻今華簪。我欲從之中心慚。

亂世作官特一走。尺土一民我何有。金印纍纍大如斗。擲向東流等敝帚。雲程水驛何艱辛。餐風宿露來江濱。同舟相顧多同寅。孰爲閒散孰要津。五十笑百良有因。故鄉千里無遺民。死者狼籍生嚬呻。以友挈友親因親。百口遂乃肩一身。牀頭金盡無顏色。去汝何從尋樂國。江海波騰天地窄。屋漏七星住不得。居停主人目且側。有麥麴乎對曰無。有鞠藭乎對曰無。可憐腹疾憂河魚。土偶敗將桃梗俱。大憝未平小醜起。稷粗棘矜誰氏子。常恐戈矛生眼底。嗟我流離乃若此。倚劍悲歌聲變徵。

徐州城北老兵　曹德馨

嘉慶歲癸酉。曹衞賊弄兵。我方適河北。稅駕古彭城。大吏束手門晝閉。撼城洶洶河決聲。道逢老兵向我泣。往歲征苗大殺賊。力者不賞賞不力。凡是軍功但一吷。知我讀書有老親。勸我早歸毋逡巡。我聞兵言肅然返。阿母久已憂不飯。

書感咸豐壬子　王柏心

寇何知遠畧。將不用奇兵。詎解先人至。徒聞散地爭。搗虛猶未緩。持重轉無成。潰覆仍相繼。威輕法更輕。

秉鉞宜申討。登壇在運籌。安危關一將。徵調竭諸州。獨任專征責。難窺制勝謀。騰章方告捷。高壘復何憂。

桂水日流血。妖星夜吐芒。輿尸悲五校。奔命誤多方。後效宜收燼。前驅孰裹瘡。羣蠻坐得計。談笑掠軍糧。
近報騎田嶺。探丸又結屯。三湘愁鼓角。五管斷聲援。速可除滋蔓。遲將縱燎原。如聞籌筆者。環卒擁轅門。

諜來行　又

賊來如飆去無迹。去不敢追來不逆。連營十萬但觀壁。日費千金未足惜。賊行拔壘偵已空。中軍飛捷爭言功。火光燭天墜賊箭。諜來又報掠旁縣。

粵賊陷岳州　又

岳陽山川用武國。太息丸泥塞不得。五千戍卒望風迷。賊騎縱横纔二百。哥舒戰敗關始開。今者不戰雄城摧。鄂州西門捍不早。恨無老羆起當道。

悲鄂州失守　又

巨猾煽嶺嶠。全楚爲戰場。鼓行下江漢。悍獷恣猘狂。浮橋跨天塹。肉薄不可當。乘闉冒苦霧。蟻附緣池隍。居人化白骨。守臣殉封疆。自從巴丘陷。失我西南防。倉卒戰場地。未陣先奔亡。連兵二十萬。不能固金湯。天意縱妖亂。人謀亦豈臧。勃蘇卒復楚。蹠穿何慨慷。痛哭懷義士。使我心感傷。

感事五律七首錄五。乙卯。

廟謨勤指授。方鎮共安危。並有匡扶責。曾無犄角師。畫疆援輒斷。奉詔赴仍遲。仗此殲凶猾。終難歲月期。

沿江收潰散。往往憚長征。只自糜虛餉。何能益勁兵。喧呼惟縱博。剽掠未還營。此輩終須汰。軍威始得行。

南卒矜驍果。摧鋒捷若飛。來因千賞赴。散即掠貲歸。但可借輕銳。仍難效指揮。治兵無節制。難與蹈危機。

處處徵丁壯。村村築戍臺。瘡痍猶未起。符檄屢相催。寇至誰當禍。民窮尙括財。佳兵古有戒。不戢恐爲災。

專閫一方雄。牙旗鎭渚宮。養威恆坐甲。馳奏獨論功。飛蓋趨門下。彯纓徧國中。爛羊盡都尉。何必遠從戎。

寧波東鄉梟民作亂因追慨辛丑年事　夏尙志

鱷浪鯨波日汗漫。焚廬掘冢逞凶頑。頗聞閒諜多汪直。不見干城有任環。士卒甫看嚴陣出。鄉兵先已倒戈還。從來治本須求末。戡亂尤宜愼止姦。

碌碌庸庸列鼎台。祇應仗馬共徘徊。片言妄博中朝譽。百萬空糜內庫財。戍卒經年猶裹甲。居民沿海半罹災。可知興革關邦計。竊位何堪逞辯才。

緩帶輕裘號令明。參戎智勇足干城。無分帳下均甘苦。不獨胸中有甲兵。細柳軍容周太尉。渭橋紀律李西平。但教同德申天討。蠢爾鯨鯢敢橫行。

何事前軍遽引回。流民蟻附渡江來。哥舒竟拔襄城遁。趙括原非上將才。玩寇失機誰執咎。以兵資敵更堪哀。紛紛赤子誠何罪。一夕無端賸劫灰。

爰書慷慨叩軍門。聞說監軍備虎賁。臨難捐軀無苟免。守臣與士共亡存。居恆頗覺清談壯。寇至誰先跣足奔。肉食本來無足責。獨憐黎庶孰招魂。

海防重鎮此咽喉。何事中樞少運籌。禦寇宛同兒戲事。稽勳應錫醉鄉侯。頗聞公宴軍中樂。不見韓刀陣上抽。胔骼如山尤可慘。礮轟兵解付東流。

奸情如蜮費防猜。射影含沙去復回。纔聽凱歌關外入。已聞警報夜深來。軍中不少封侯夢。海上難求捍患才。撫恤流亡安反側。莫教邊釁更重開。

連日諸軍振旅還。前茅後勁士桓桓。弓刀隊列皆精卒。蛇虎旗分頗壯觀。似此嚴師同細柳。何緣轉戰失樓蘭。功高誰似張英國。三縛降王海甸安。

奉符至定海追感辛丑八月失城事　又

兵變由來已駭聞。開門揖盜更云云。將軍縱有捐軀志。士卒難逢敢死軍。借貉導蹤情狡獪。如蠅扇醜日紛紜。頑民梗化誠堪痛。玉石甘心與共焚。

四圍攻擊已堪憂。況是孤懸島上州。不見援兵航海至。空聞拒礮土城修。潛師暗襲陰平險。逆夷假我軍裝。山後潛進。示弱方知冒頓謀。坐視連營三帥殉。督師何事太悠悠。

烽火連天殺氣昏。妖雲毒霧黯蛟門。風號廢壘青燐閃。日落荒郊白骨屯。番鬼亂吹城上角。奸民四掠海邊村。生靈安樂承平久。小劫從知有數存。

將星宵墜竹山門。援絕孤軍返旆奔。馬革裹屍成大節。麟臺畫像慰忠魂。睢陽祀典南雷共。壯烈勛名簡册存。仰見聖明優卹意。人臣何忍更辜恩。

防兵歎　又

將星黯澹妖星明。川西直北皆徵兵。援兵四集不聞戰。蠻觸到處無堅城。三年前報粤氛急。佗烏蠻花早摧劫。滋蔓難圖遍疆域。七澤三湘皆陷賊。士馬非不多。兵刃未接先倒戈。嬰城非不守。鎗礮未開官已走。男奔女竄紛道途。通都大邑成丘墟。官民那復更區別。骨肉不得同馳驅。飛書草檄煩戎幕。敵壘樓船虛造作。殺氣連天駭水犀。軍聲徧地愁風鶴。江關已是悲瘡痍。徵輸又復無休時。庚公文字難威鎮。房相憂勤空爾爲。羽林突騎稱精勁。狼土軍鋒猶用命。方畧如能善運籌。肯使平原逞梟獍。那堪市駿無龍媒。招賢空築黃金臺。終軍豈爲請纓至。學究原非借箸才。君不聞紛紛鄉兵義勇尤無良。畏賊如虎亡如羊。沿途擾掠轉輕捷。出何狼狽還何強。又不見醜類帆檣滿江滸。達官粉飾民安堵。聯營防禦豎旌旗。軍令居然貌威武。

感憤詩四十首錄十一　伍承組

堂開天主近天閽。賓館恩榮舊史論。賊始假天主教以倡亂。按此教海外諸國所崇奉。自明萬曆中西洋人利瑪竇來京師。始流入中國。並創建天主堂。神宗當日禮之甚至。歸化漫相矜絕域。異端從此啓多門。詖淫邪遁辭誰闢。儒釋神仙道不存。天主教歷詆各教。我正遐思東海國。曾將重典置妖言。日本國嚴禁天主教。習者殺無赦。

白蓮八卦久披猖。皆嘉慶間邪教名。誰識狂徒愈益狂。累表禳災七日復。賊中每七日一禮拜。上表祈福禳災。高臺講道萬人望。賊中每設高臺講道。語皆不經。太空條定先教誦。賊僞造天條十。每飯經温不敢忘。賊令人每食必誦所造讚美經。天旣能言還有父。賊凡事詭云聽命於天父。並有天母、天兄、天嫂等稱。始知鄒衍未荒唐。

太息西夷竟不賓。覬覦從此啓奸民。妖書傳習重重障。嘆夷習天主教。賊中所奉天條書。云卽遺自嘆夷者。毒物消除萬萬緡。鴉片煙。每年中國出洋銀踰於千萬。朘我脂膏兼弱我。壞人心術卒戕人。如何作俑同流者。自治偏能厲禁中。夷自禁其國人。食鴉片者死不赦。惟賊亦然。

十堂開處等閒看。賊初起分爲十堂。遺恨垂成失永安。賊困粵西永安城中七閲月。官兵圍之數重。竟任逸去。嶺嶠重深防虎易。江湖浩大斬蛟難。賊自永安潰圍出。卽犯桂林。屠全州。擾湖南。陷岳州。渡湖入長江。勢遂不可制。三湘文武同朝盡。八皖貲糧一夕殫。武昌破。文武多死。抵安慶。一夕而陷。歎息金湯如此固。是誰貽誤爲憑闌。

高牙大纛擁兵閒。辨賊何人力不孱。潰我腹心機早失。賊間諜先事在城中。愚人耳目令猶頒。賊已近。輒諱言遠。兵實敗。猶詭云勝。長江千里上游重。一棹孤飛大帥還。賊旣破武昌。長江之險與我共之。防守尤要。陸制軍建瀛。忽自上游駕小舟飛棹還江寧。最是遥驚風鶴處。天門山卽東、西梁山。作八公山。制軍入城之次日。賊舟卽抵東、西梁山。天塹重重守不單。卻教安穩渡無難。小孤戍散空波咽。小孤山在宿松境。夙稱天險。大勝關虚落日寒此關在江寧境。千丈隄防穿蟻穴。六朝形勢失龍蟠。石頭空倚郊原壯。切莫長城再誤看。

烽燧銷沈斷鼓鼙。萬人如蟻已登齊。賊破江寧。始由穴道。繼以四面緣雲梯上城。囂聲過處全城寂。城陷時。人皆避匿。街衢寂然。但聞賊衆忽忽往來。殺氣騰餘落日低。北顧煙塵飛滚滚。賊自北門先入。南來雲樹隱淒淒。夜深燈燼漏還急。月黑風悲烏又啼。哀大城也。

將軍戰久陣雲迷。白下門開踐馬蹄。流血可憐膏野外。呼聲瀰振撼城西。皇城在東。駐防滿洲所居。西爲外大城。漢人所居。嬰兒並盡悲何極。厲鬼能爲恨尚齎。三萬餘人同日死。生還能賸幾遺黎。哀皇城也。誓掃欃槍膽氣橫。大權後屬亂先成。向帥至江寧。已在城破半月後。七旬三見雄藩破武昌。安慶。江寧。一老孤撐巨寇驚向帥年七十餘。賊畏之。呼爲老向。雞犬能安山守虎。豺狼可盡海驅鯨。東南半壁都交付。傾盡葵心答聖明。

二百年來久道成。西山寇盜敢縱橫。將軍自是多持重。父老惟知速蕩平。宵旰憂勤逾四載。戎行威奮幾專征。何人早晚江南下。武惠功名無重輕。

興師五載太紛紛。草野何知尚有聞。紙上談兵長議論。疏中殺賊盛功勛。艱難錢粟同輸餉。大好山川且駐軍。一片模糊凝望處。陣雲不是是煙雲。軍中多食鴉片者。

節制如山靜鼓笳。無端誰使一軍譁。江寧官軍有劫糧臺之變。憚嚴情與樂寬異。私鬬勇如公戰差。又有兩軍互鬬之事。括到金銀遁客藪自城中逸出者。官兵每伺要隘掠奪。毀將薪木野人家。官兵借搜柴爲名。擾害鄉村。賊梳那更甚兵櫛。父老吞聲敢怨嗟。

江南行　　鄒在衡

越女莫唱歌。楚女且住聲。四座靜勿譁。聽歌江南行。江南地本神皋區。吳淞三泖似畫圖。京江名勝天下無。生長婦女玉不如。閨房綽約多麗妹。尋常金粉亦怕汚。禮法自持閾不踰。何期海上急烽火。誰使巖疆失關鎖。瀛海戈船動地來。巨礮攻城碎環堵。遠近哭聲天地震。鬼卒如麻一齊進。哀哉婦女何處藏。百輩紅顏殺身殉。死者何人書節烈。生者倉皇途路泣。可憐窈窕冰雪姿。鬼卒追來竟攫得。此時慘者容。羞者目。嘶者聲。顫者肉。踢者肢。碎者服。散者髮。跣者足。血淚凝皆。刀光砭骨。宛轉柔軀道旁辱。丈夫奔救不敢哭。鬼子去。鹽梟來。鹽梟劫人還劫財。江南豈少守土吏。忍令百姓同蒿萊。大帥連兵方避賊。疆吏飛章求撫急。皇仁廑念萬民命。詔示羈縻罷兵革。鳴金伐鼓夷船開。峨峨大艑官舫回。笙簫歌舞迭番起。江南依舊多樓臺。烏虖。江南依舊多樓臺。人道江南樂。我道江南哀。瘡痍滿目不暇問。亡羊補牢何人哉。君不見江南官。氣如虎。睥睨上下誰敢忤。纍纍百姓荷校來。半爲豪家責逋賦。

興安旅館憶往感懷八首錄三。咸豐辛酉冬作　周騰虎

帥走孤城白日昏。血書蠟裹到吳門。捐軀殉節人同義。驅市成軍恥獨存。父子一朝甘併命。僕徒九死戀餘恩。卽今脫險悲前事。鬱憤猶思叫帝閽。庚申三月。賊犯常州。督臣何桂清棄城走。州人士誓以死守。賊來益衆。義紳曹禾以血書請救於中丞徐公。中丞命余募二千人往援。人徒甫集。而吳門兵變。開城延賊。余父子均陷城中。時余所率團勇八十人。無一散者。余謦遣之。始得微行出。

宗邦淪喪最傷神。三戶亡秦痛莫伸。欲以一成恢夏甸。不虞十日萃黃巾。魚龍怒勢爭翻浪。狠虎叢中又脫身。慚愧孤城經過熟。鬚眉爭識再來人。余痛常州之陷。欲糾一軍復之。請於當道。無應者。浙江王中丞奏余赴洞庭東山。辦理太湖防務。私幸可用爲規復鄉郡。乃僅十四日。賊艘大集。協鎮戰敗死之。余僅以身免。去年吳門脫身。由具區之吳興。今年又短褐至湖郡。

名士無如諸葛君。東山才望久傳聞。負牆七日秦庭哭。背嵬千屯鄂國軍。不戰自能收殺運。先聲到處廓妖氛。識荆已抵封侯貴。黃海來搴浴日雲。左太常用兵最有紀律。所過皆誦德。

武林新樂府記庚申、辛酉兩次失陷事。　張景祁

杭城再陷於賊。余皆在圍城中。見聞最確。亂定後追思往事。疾首痛心。因編爲新樂府十章。直陳無隱。比於作歌告哀之例云爾。

一丸泥　悲援絶也

庚申二月初旬。賊自廣德、泗安薄湖郡。十九日陡襲杭州。時城中兵僅一二千人。大吏不知所爲。下令閉城。至二十七日城陷。未嘗決一戰。

一丸泥。閉函谷。枹鼓無聲車折軸。忝城蕩蕩。寇來不止。假朱旗。卷玉帳。紙鳶信絶無奈何。將軍方聽蘇臺歌。張軍門玉良自秣陵大營赴援。道吳門。大吏款讌之。比軍至。城陷三日矣。賊旋遁。向使不留滯。杭城可冀瓦全。哀哉。

守城隅　歎鄉團也

自癸丑金陵陷。浙省設協防局。募鄉勇數千人。分城中爲四隅。以紳士領之。按期操演。恃以無恐。及城破。鄉勇號衣委棄路旁者。所在皆是。

守城隅。募壯丁。盛車騎。彩羽纓。家藏鶴膝戶犀渠。千金犒賞籌儲胥。高城忽崩來虎貙。君不見軍衣委路衢。

燭龍翔　懲兒戲也

大吏傳令。百姓守城。城内共舉義旗。塡街溢巷。列炬如晝。三日後油燭並罄。防守遂弛。

燭龍翔。何般閫。銅鉦沸。彩幟翾。門前小兒不解怕。錯道添燈是良夜。城如火。霄如墨。燭龍翔。鬼車泣。

反戈鋋　驚兵變也

二十日潮州復。勝勇淫掠東城。居民攫三人縶送藩署。勇大譟入刼。將爲變。仁和令李君福謙急解之。始罷。大吏旋令都轉繆公梓統其衆。二十七日黎晨。清波門外地雷發。城崩數十丈。繆方指揮禦賊。勇遽刃之而以城降。繆公前守衢州。三月而圍解。時大吏中無能軍者。倚之若長城。惜哉。

反戈鋋。若鬬虎。遇民則虎遇賊鼠。紫薇行省門不開。可憐肘腋生禍胎。惜哉睢陽非將才。

築長壕　惜武備也

賊退後。王中丞有齡撫浙。諸路兵悉至。乃修築長壕。增設礮臺。城上營房環列。置轉運車以上下。兵士器械旗幟罔不精備。六月、十月賊兩至。悉擊退之。奈上下游皆賊據。規復無期。自守門戶而已。

築長壕。千夫雷動臨江臯。龍頭天竈豈不固。惜哉世無高敖曹。懸軍上。縋軍下。城上礮車飛屋瓦。下有賊騎鋤桒把。

水上萍　傷飢擾也

辛酉九月。賊大隊薄杭。相持兩月。城中糧盡。至剉莩根煮萍藻食之。死亡過半。軍士以搜糧爲名。破戶穿墉。恣行刧掠。大吏知之而不能禁也。

水上萍。飢可烹。園中莩。飢可煮。哀哉百萬民。忍死各無語。但聞鬼夜哭。那得天雨粟。軍民諒同情。何以穿我屋。

大將幢　刺江防也

水師副將貴廷芳駐師江上。徵歌鬥舞。孤城危急。尙與將弁讌飲妓船。城陷不知所之。

大將幢。橫江浦。畫船戰艦紛歌舞。樂復樂。絃管聲。慘復慘。風鶴兵。江波忽紅滿城火。載得西施同一舸。

通江路　譏敵紿也

城外盡爲賊砦。議開江路以通糧食。方伯林福祥駐師望江門外。與賊酋鄧光明約和。許以白金四萬兩通江路。賊佯諾之。及使者齎金往。而賊以刀仗出迎。我軍大挫。

萬黃金。通江路。搜括脂膏餧豺虎。大吏責令城內各圖董事。按戶輸捐助餉。雖極貧戶無得免者。朝遣一使來。夕報一使去。使者未返和約成。鐵騎突出刀鎗鳴。四鼓急點城上兵。

悲風來　弔駐防也

庚申之變。內城堅守。將軍瑞昌時率駐防兵出擊賊。賊頗畏之。收復與有力焉。及城再陷。賊銜之刺骨。并力攻破之。闔城舉火自焚。灰燼亘數里焉。

悲風來。摧高臺。朱鳥啁啾白雁哀。朝殺賊。暮殺賊。繖蓋何由埋馬骨。大烏夜啄子城碎。不見王孫路隅泣。

宴軍門　惡從逆也

署錢唐縣令袁忠清。暨前署仁和縣令李作梅。爲賊監軍。仍領仁、錢二邑事。紅巾繡履。輿馬出入。意氣甚盛。林福祥亦降於賊。事平之日。伏法衢州。其他武臣從逆者。又不勝數矣。

宴軍門。福祿酒。龍旗前。纛蓋後。金尊再行樂三奏。賊每具食。必奏音樂。堂堂縣令來上壽。錦纏股。紅帊首。

聞賊陷金陵　　高望曾

粼粼建業水。鬱鬱石頭城。東南此喉咽。羣雄昔所爭。萑蒲爾何物。敢盜潢池兵。前年起南粵。營巢揭竿旌。黨羽日滋蔓。下逼襄與荆。樓船若雲集。飛礮如雷鳴。長江跨天險。勢欲吞長鯨。神州踞衝要。大將方屯營。六師奮桓武。豕突何難平。將軍不好武。晏食誇貂纓。臨敵僅思免。鼠竄逃餘生。虎狼斬關入。鋒利誰敢攖。黔黎慘屠戮。骨肉交衢横。郡縣失防禦。甘效壺漿迎。半壁壞屏翰。中原如沸羹。軍符走江浙。烽燧通宵明。魂夢驚鶴唳。遷徙悲魴赬。想見秦淮水。應流嗚咽聲。

登陴守賊欲攻桐。守嚴不懈。賊往來城下不敢近。上有賢侯。下有紳衿佐之。往往能創賊。　　無可

賊擁萬騎城下過。城中有人城不破。縣官愛民民上城。各門擐甲分諸生。諸生守城合兵法。小民守城無歎聲。曉來射殺賊下馬。賊遂移營向東下。

大纛行悲請兵之無濟於事也　　又

大纛行。行何遲。日行三十里。尚恐勞其師。河北郡縣日告急。發兵追賊追不及。幸得不追賊入山。若與賊遇何時還。

寄夫子　　閨媛汪嫈

武士好言兵。赳赳輒攘臂。此事談何易。古聖猶惴惴。大氣養浩然。鋒端君子避。運用具全神。謹慎第一義。野戰未可非。將步兼將騎。所虞驕易敗。禍每生得意。智名與勇功。豈堪膺闒寄。聲色不動

中。能肩天下事。

附錄紀庚申二月粵匪陷武林事二月二十七日　張應昌

黑氛壓城雲氣惡。地慘天愁狂雨落。雨聲淋浪賊至郭。橫刀躍馬無人覺。彼虜初來百騎耳。四郊弛防無一壘。長驅城下赤幖起。崇朝頓失湖山美。大吏戰兢急閉城。城外予賊無屯營。城內盡納烏合兵。兵不殺賊戕吾氓。豈無義團願敵愾。官禁其逃叱之退。開關縱民亦何礙。養賊殃民兩貽害。外侮不禦內變生。內應外合官聾盲。坊衢火舉城垣傾。守卒奔逃梟勇迎。可憐臨安十萬戶。半剩空房半焦土。掠財焚屋更殺擄。荼毒甚於金陵苦。五都百廛聚墉櫛。許史金張高閥閱。一畝儒官環堵室。盡化煙雲在頃刻。殺人如麻刀矛攢。血流如河骸如山。老稚婦女廿軀捐。懸梁入井投池淵。六日橫屍十餘萬。漏網逃生亦魚爛。死者齒骼納塗炭。生者無家絕衣飯。援軍幸來師子吼。三月二日。張帥玉良兵至。入城殺賊。賊走。奪門拔幟賊驚走。保此遺黎堅壁守。然已蹂躪什八九。假令一鼓氣早作。何至吳山馬蹄蹴。帷幄無籌將退縮。一死難酬億兆哭。羅撫軍殉節。吁嗟如此好湖山。錦繡笙歌六百年。咸淳以後烽煙傳。無此毒痛凶虜殘。七寶山前歎蕭瑟。西湖月冷鶯花歇。出門親朋一路泣。入室婦子號咷說。西浙東吳接脣齒。又見蘇臺遊鹿豕。四月十三日陷蘇州。災逮葭莩與葛藟。相對楚囚共流涕。傷心地獄換天堂。休話當年蘇與杭。東南貢賦空筐筐。吳越男婦荒耕桑。捐輸億萬民膏竭。十載養兵都作賊。百年休養生聚絕。一旦三吳傾半壁。武臣惜死文擁財。軍中韓范安在哉。仙鄉佛國皆蒿萊。目極江南庾信哀。我已窮民老而獨。淡飯粗衣守蓬屋。一朝縣罄空所蓄。七十衰翁悲蹙蹙。滿地煙塵行路梗。

轉徙頻傳風鶴警。佗傺漂零隨所騁。千里江關萬重嶺。鄉園回首淚潸然。死別生還欲問天。衰齡不早溝壑塡。大刦相逢怨大年。

辛酉九月驚聞武林復陷　又

亡羊漫說補牢堅。危廈安能一柱搴。河上翺翔軍似戲。釜中游泳命難延。析骸易子遭奇厄。城中絕糧。餓殍載道。破國亡家哭昊天。最是傷心生我忝。遺書寶墨付雲煙。

唏歔佛國天堂地。都是青燕白骨堆。萬姓無家隨賊去。三更有月入城來。煙寒靈鷲人踪滅。血灑啼鵑鬼哭哀。亙古湖山無此慘。我生遭遇太摧頹。

戒逃亡 新樂府　張興烈

賊未來。城門開。賊將至。城門閉。城門開後城半空。官吏在外民在中。誰人開城迎賊進。頃刻城中半灰燼。明日飛文報失守。備言苦戰幾時久。登陴死守力不支。刀創在身印在手。投河飲刃死復生。幸遇鄉民負之走。大吏矜憐置勿議。委曲能爲爾曹計。寬爾之罪奏爾功。愛惜人才須破例。回天巨手妙斡旋。薦牘俄看姓名隸。罰鍰詔許輸邊粟。塞翁失馬眞爲福。能吏須從捷徑求。小民那得身家復。嗚虖。國家例設守令官。守土之責無或寬。與城存亡乃大義。奈何城破身獨完。不能棄官爵。焉能捨性命。安危原不繫蒼生。刑賞何人操國柄。烏虖。瘡痍滿目戰骨枯。張巡許遠今則無。死生大節凜然在。不見吾鄉三丈夫。謂徐君青中丞有壬。朱小歐廉訪鈞。卞小雅明府乃譝。

瓜步吟 慨潰圍也　又

大江二月喧春濤。戈船撾鼓風蕭蕭。幽幷老將健臨敵。羽林十萬神軍鏖。棘門霸上快游戲。重英駟介矜逍遙。鴻溝峨峨天塹裂。扼險如守東西崤。妖星夜飛赤如血。長鯨駊騀奔空濠。決堤螻蟻鋌而走。當關虎豹嗔不嗥。震驚百里匕鬯失。于思棄甲爭翱翔。錦帆欲發斑騅送。長城自壞嗟何用。螢苑陰燐白日埋。邗溝戰骨瓊花夢。愁雲漠漠天漫漫。南飛烏鵲僵羽翰。何如擊檝中流去。權作燒兵赤壁看。

武功

秦中凱歌十二首　王士禛

精華錄注。流寇王輔臣。郎馬鷂子。殺姜瓖獻城。爲三藩叛據平涼。士禛居易錄曰。當輔臣之叛。秦隴震驚。總兵孫思克與靖逆侯張勇、奮威將軍王進寶同心討賊。會故大學士圖海大軍入關。累戰累捷。賊惟據平涼一城。力屈乞降。河西三帥之功爲多。余作平涼凱歌。曾經御覽云。

上相乘春西出師。至尊推轂建旌旗。兩宮絡繹黃封下。天廄飛龍賜與騎。

新開麟閣賞元功。頗牧重看出禁中。此去西人須破膽。將軍昨日下遼東。康熙十四年。圖公以副將軍平察爾。獻俘闕下。

軍中歌舞喜投醪。令下如山戒驛騷。扶杖已聞秦父老。王師有詔肅秋毫。

天上黃河萬里來。巨靈高掌抱雲臺。遙看丞相行營過。日射潼關四扇開。

涇原西北駐王師。尺一無煩介馬馳。共道皇恩天浩蕩。不教京觀築鯨鯢。平涼府。宋爲涇原路。

莫愁登隴望秦川。休道長安在日邊。驛騎流星催露布。捷書三日到甘泉。

虎狼十萬競投戈。不唱三交隴上歌。朝見降書來北地。暮見烽戍罷朝那。慶陽、固原相繼降。○十六國春秋。隴上歌。隴上健兒曰陳安。戰始三交失蛇矛。三交城在寶雞縣。慶州。春秋時屬戎國。戎後幷于秦。屬北地郡。漢屬安定。漢書志。安定郡朝那。故戎那邑。

衮衣照路有輝光。班劍威儀出尚方。大將橐鞬迎道左。萬人鼓吹入平涼。

三軍解甲隗囂宮。百丈磨厓待勒功。欲紀元和天子聖。更攜參佐上崆峒。隗囂故宮在秦州。崆峒山在岷州。

丹青圖畫上麒麟。五等俄驚寵命新。未許熊羆歸禁籞。且懸堂印鎮三秦。部議。圖海封侯。有旨封二等公。仍以經略駐漢中。

河西三將氣如虹。百戰功名次上公。詔下一時齊虎拜。漢朝爭羡竇安豐。將軍張勇封靖逆侯。提督王進寶進奮威將軍。總兵孫思克進提督。

三月軍鋒次渭橋。旋看飲至紫宸朝。空言韓范威名大。五路何曾制曩霄。夏元昊于宋。稱名曩霄。而不稱臣。見宋史夏國傳。

辛酉十一月紀事此紀平吳孽也　又

招搖方指子。七日後長至。五星如連珠。貞符協天瑞。詄蕩天門開。日射觚稜次。公卿儼行列。百僚咸備位。雲中露布下。琅琅動天地。十月日在未。二十八日。軍府秉諮議。雷動傳滇城。十萬連步騎。貝子坐武帳。諸道師總萃。將軍拜祓社。偏裨怒裂眥。搜穴窮狐鼠。然犀照魑魅。天上舞鉤梯。地中鳴鼓吹。不遑濡馬褐。況敢執象燧。膽落鐘鉦聞。約長髮競繫。半年築長圍。屏息門晝閉。樵採路久絕。啖食到殘胔。鼫鼠悔已窮。蟻援復何冀。孺子一匕殊。賊首吳世璠自剄死。僞相五刑備。僞官方某等刑于軍前。自然天助順。豈曰吾得歲。昆明水清泠。金馬山贔屭。妖氛一朝洗。磨崖勒文字。釐圭命召虎。秉軒寵邴意。六詔歌且舞。給復置官吏。皇哉聖人德。涵育及動植。手提三尺劍。削平諸僭僞。何以硎曰仁。何以淬曰義。所以八年中。次第芟醜類。師行不驛騷。民居不憔悴。自茲萬斯年。櫜弓兵不試。敢告載筆臣。著之大事記。

滇南凱旋歌六首此爲章泰貝子、賴、塔二將軍凱旋作。

又

鈞天樂動五城樓。玉輅前行十二斿。親見萬方頻送善。翠華三度幸盧溝。湖南。福建。雲南。大軍振旅。皆駐蹕盧溝郊勞。

將軍收取舊山河。飲馬蘭滄萬里波。珍味天廚人不識。禁中特遣一封駝。

升中大禮祀圜丘。黃幄天淸宿霧收。朝罷將軍先受賞。尙方催進紫貂裘。

都人夾道看旌旄。萬里歸來血洗刀。韝上奇鷹皆帶角。仗前天馬盡拳毛。

原廟衣冠二十春。太平今見上陵辰。象犀瑇瑁新供祭。巧使安南備九賓。上將謁孝陵。適安南國請封表至京。

淸時王會徧諸方。絕調昇平嗣柏梁。從此漢家新樂府。白狼添詠又三章。今年上元。賜朝臣宴。效柏梁體。賦昇平嘉宴詩。後漢書。白狼王唐菆等慕化歸義。作詩三章。

擬七德九功舞歌效樂天體

田從典

七德舞。九功舞。武緯文經耀千古。朝廷干羽在兩階。天下車書盡九土。我皇御極垂衣裳。四方萬國來享王。自朝乃至日中昃。堯兢舜業不敢康。爲念斯民亦勞止。丹詔夕封馳萬里。咨爾强藩且戢戈。釋甲歸來見天子。苞有三孽方憑陵。一朝敢弄潢池兵。蕩搖滇黔連楚蜀。虔劉閩越驅鯢鯨。驛聞天子赫斯怒。皇言一宣天日午。誓將滅此後朝食。取彼兇殘畀豺虎。臨軒命將親推轂。中有天潢建牙纛。日射春旗萬馬鳴。雲開曉帳千官肅。一從荆鄂向三湘。一自江州下豫章。西指秦川臨劍閣。南經吴越度錢塘。王師所至如風雹。合圍掩羣開一面。狼奔鼠竄皆倒戈。市肆不驚芸不變。王師所至多謠頌。行者願齎居者送。天語殷勤再四宣。無令南畝妨春種。一年轉戰雍梁間。二年克敵威荆蠻。三年掃清甌與越。一鼓遂進仙霞關。四年官軍收閩地。逆臣稽首歸藩位。五年賊渠死岳陽。六年百粤置胥吏。七年一舉入成都。夾擊東西疾度瀘。八年蕩掃昆明穴。普天率地歸皇圖。羽騎宵馳傳露布。從此江山復如故。侍臣拜手賀昇平。武士鳴鐃歌大濩。我皇恭己開明堂。木鳳銜書下八方。嘉與吾民共休息。欲偕斯世爲陶唐。思齊太任及太姒。翼子貽孫既受祉。恭上徽音萬國歡。再沛恩綸與更始。昔時民間苦被兵。烏烏聲樂多荒城。今日言旋復邦族。閭里不聞愁歎聲。昔時民間苦征役。男子輟耕婦休織。今日公家免踐更。鼓腹行歌仍作息。欃槍滅迹三階平。我皇宵旰猶未寧。手披日覽釐庶績。早朝晏罷勤蒼生。天縱聰明兼聖學。研精書史窮丘索。著述開天冠百王。四海文明生禮樂。舞七德。舞九功。五絃之琴歌南風。願令世世陳王業。王業艱難萬古同。

補錄 鐃歌六章 恭紀聖祖親征噶爾丹事　李必恆

從軍樂

牽馬出里門。匽蹕邊城去。西陲有遺孽。狡脫甚投兔。滅誓此朝食。家室非所顧。附書與六親。不必念苦辛。天子是主帥。拊循如家人。天子是主帥。士氣爲之揚。天子是主帥。甲胄生輝光。早夜五十里。在道無兼程。軍中米粟多。到處泉流清。昔怨從軍苦。今歌從軍樂。功成受上賞。圖形在麟閣。

役者謳

輦粟陟砠。山石齟齬。豈不憚行。念我聖主。念我聖主在軍中。親秣跗。旰乃食。蚤夜不得休息。小人戢戢。敢告勞苦。驅駝千匹牛萬頭。峙乃糗粻負乃餱。餘粟纍纍棄道周。野鳥爭啄聲啾啾。

歸化城

歸化城。徠羣生。日入之部就我日出主。聞風者。施施來。來施施。帝念之。作室家。相地宜。俾爾父母兄弟妻子無寒飢。出作入息。以遨以嬉。駐者歌。行者思。歸化城樂不可支。

破陣樂

礮車轟天白日燒。烟如虓虎軍聲鏖。天威所到心膽墮。霜刃未交敵壘破。塵漫漫。大風起。鼓不絕。馬逸不能止。窮寇解甲降。巨憝抱鞍死。皇帝曰嘻。武不可究。罪人斯得矧敢多。又旦日。將軍來。幕府上功簿。峨峨甲仗高於山。孳畜谷量不知數。天子受賀軍門開。山呼萬歲聲如雷。

釋纍俘

臨高原。漠北墟。其無人。但見風馳霆擊沙石的礫爭飛奔。殲渠魁。喪厥元。自餘跂行喙息百一存。寡妻弱子俘軍門。皇帝德大。蓋載遠邇。曰予不孥戮爾。多賜緡帛美酒甘食。與之更始。傳告衆人。赦汝脅從貸汝死。盍歸來乎聖天子。

大愷

奏愷樂。歌彤弓。摐鼉鼓。鏗鯨鐘。洒再行。樂三終。羣臣拜手上奏功。帝不自功謂汝庸。爾諸臣來。大者公。小者侯。釐爾圭瓚。秬鬯一卣。維茲山川田土弗敢愛。分土三。列爵五。及苗裔。永終譽。

平定臺灣恭紀六章

陳壽祺

紫宸前殿下霓旌。黃海戈船破浪輕。窮島盧循虛盜弄。中朝韓說遠專征。欲除害馬安司牧。豈爲封鯢樂用兵。聖主軒弧原存握。坐看萬里陣雲平。

貔貅十萬競搖鞭。飲馬鯤身七島前。金鼓已聞扶杖拜。鐵衣何待枕戈眠。石門劖翠驅妖鳥。玉案摩青墮跕鳶。壯士不愁銀漢挽。天教飛雨洗兵還。

捷報甘泉堠火微。三軍歌舞捲紅旂。桐城夜靜潮雞合。竹塹春遲戰鴿歸。笳鼓中流隨使節。風霜絕徼憶征衣。金閨昨夕刀環月。草綠西園蝶未飛。

門遁羅漢碧天高。夾道飛花拂綵旄。驃騎歸來珠勒馬。龍驤浮渡玉環刀。榕陰極戍嚴鐘鼓。梅雨芳田靜桔槔。震疊懷柔兼遠略。萬方親見聖躬勞。

聞道婆洋萬里途。鯷人鮫妾百蠻趨。大荒枕海迴天地。絕域占星控越吳。日月高擎三島樹。風雷長護六壬符。神京聲教無遐邇。寧數蕭家職貢圖。

風帶春濤入短簫。衣冠飲至未央朝。裴公勳伐穹碑壯。鄂國丹青羽箭驕。貔虎禁中皆脫劍。黿鼉海外已成橋。漢廷空下珠厓議。誰見搏桑銅柱標。

新鐃歌四十章 照怡志堂稿定本錄

朱琦

臣聞天下雖安。忘戰必危。進不忘規。近臣之義。伏惟我朝肇造之初。八校分屯。兵力最彊。太祖受命。一成一旅。奄有五部。太宗繼之。招來屬國。東自朝鮮訖西北海。世祖申命。遂定中原。統壹天下。聖祖重光。削平三藩。世宗底定青海。高宗蕩夷藩戎及大小金川。拓疆二萬里。仁宗之世。逆匪震驚。旋以乂安。列聖偉烈神謨。具在實錄。謹述其略。被之聲歌。凡四十章。命曰新鐃歌。道光癸卯。史館纂修臣琦謹撰。

戰圖倫

戰圖倫。圖倫汝安逃。義旗東指秋雲高。健兒彎弓頭虎毛。告天大舉得天助。南關北關收五豪。五豪部。隸建州。美酥紫貂炙肥牛。九國不逞方協謀。協謀奈爾何。爾騎三萬紛渡河。太祖曰咨汝參佐。授計榻前但酣臥。九國之衆心不一。挫其前鋒果大捷。我軍八校張八旗。兵不在衆用以奇。萬人一心力則齊。請看長白眞主龍興時。

戰嘉鄂

大冰如橋橫斷矼。四馬化龍飛渡江。江水深。不可測。兄弟五人敵八百。前棟鄂。後嘉鄂。

戰烏拉

烏拉水。松之濱。爾扈倫。諸部俯首悉來臣。秋高馬肥百千羣。烏拉恃強敢不賓。烏拉主。爾何爲。曰來置質且請昏。我國賜以勅書如天恢且仁。狡爾烏拉迺敢擾我邊。迺敢寒爾盟。太祖曰嘻。我將親征。召我諸名王。督我子弟兵。嘬鋒罕山踣五城。自搴大纛斫其營。諸王貝勒奮呼格鬬一一皆驍騰。烏拉旣伏誅。葉赫以次平。太祖命將愼擇人。用能親臨成大勳。敢書此語告子孫。

戰界藩

戰界藩。界藩築城多滿兵。咄哉楊經略。乃敢深入犯我薄我城。薄我城。不可當。傾天下兵集瀋陽。一爲杜松出中路。斷水瀧瀧渾河渡。一爲馬林會葉赫。一由清河入鴉鶻。驍將劉綎出其南。會朝鮮兵萬有三。蚩尤東指陰芒寒。我軍集都城。鎭靜以密覘。先破中路兵。南北多亂山。輕兵乃敢圍界藩。太祖命貝勒以二旗援。自統六旗擣其堅。戰方合。大霾晦。明兵列炬戰且退。萬矢雨集射其背。可憐渾河多横尸。急馳尙間厓。一戰又殲之。綎軍深入猶不知。乃令降卒往紿之。綎軍殊死戰。爾營亦已亂。太祖雄姿天下無。紅袍白馬神所扶。斷頭將軍血模糊。是役僅五日。破明十八萬。我朝東興始此戰。信哉廟謨在能斷。

虎爾哈

虎爾哈。今來朝。近砦五百紛相招。收其羽翼以自豪。健兒入侍帶寶刀。洽以威德宅我郊。田廬器賄河衍饒。肘腋內清絕鳴骹。以夷攻夷遼歸遼。上兵伐謀離其交。我能致人師不勞。

平哈達

我師逾混同。敵人有矢不敢攻。我師平哈達。敵人有矢不敢發。問胡不敢發。使鹿使犬歸我家。大白小白亦神驕。龍虎將軍多爪牙。

設駐防

設駐防。分遠近。納巖嚴斥堠。吉林畫疆畛。自古防邊須邊氓。愛護鄉里人之情。山川險阨度地形。兵能識將將習兵。何事紛紛遠調徵。

朝打牲

朝打牲。夕遊牧。養兵不費國乃足。上馬而侯王。下馬而僕隸。主臣脱略無拘忌。約法不繁民易知。進戰者賞退後者誅何疑爲。

費英東

遼陽費英東。儒將何雍容。壯哉額亦都。跨城如羆熊。同時復有順科洛。料敵多中饒智略。三子信神駿。直義尤桀卓。飲至歡然篤勳舊。銀黄兎鶻看輻輳。問誰虎視立殿前。老臣諤諤建正言。朕尤愛公能好賢。

瀋之陽

瀋之陽。惟滿之疆。瀋之北。惟滿之宅。始時滿人。但務游牧。今宅其郊。築城峙轂。始時滿人。尚未備官。今設六部。官守斯專。始時滿人。騎射是藝。今創國書。秉聖之制。始時滿人。未有學宮。今日莘莘。姬孔是崇。太宗曰吁。凡此大政。列祖之謀。惟新滿洲。是輯是鳩。惟舊滿洲。其聽無譁。爾父爾兄。毗予有家。孰荒其邇。而威於遐。

林丹汗

林丹汗。爾書極誕謾。爾國有衆四十萬。我國之衆不及爾國半。爾恃其强。諸部皆叛。叛者多。莫敢何。駝馬彌山翻倒戈。興安亂石青峨峨。

陰山塞

陰山塞。花馬池。池上煮鹽多健兒。西北面面皆距河。柳可爲笴地宜駝。麥垛有鐵可鑄戈。巴噶年年來議和。

温多嶺

青海叢叢温多嶺。樹綠如海秋無影。中有三雁繞樹飛。一雁向人鳴尤悲。將軍仰天馳射雁。白草漫天雁不見。雁不見。從天落。背負一矢入敵幕。我軍從之大噪呼。山中草木紛駭吁。怪魅攫人據朽株。君不見聖人有道百靈扶。雪山獅子雄牙須。又不見葉雷注矢心胆粗。奪弓復有千年狐。

降額哲

額哲既破。莫我遏兮。王師所至。如火烈兮。夫惟神武。不嗜殺兮。紅旗日日。來奏捷兮。横海大草。滌戰血兮。從從六盟。多降卒兮。地廣民衆。乃終滅兮。聖人修德。天下悦兮。

遼以西

遼以西。漢制之。遼以東。我制之。兩國修好。視此册書辭。前年受款袁經略。陽爲甘言陰敗約。今年投書沈督軍。烏牛白馬徒紛紛。乃知和好不可信。不如及時講軍政。

扼石門

扼石門。攻吳襄。烈烈萬葦燒大荒。我馬西來聲騰驤。長山反風火助狂。火助狂。多神奇。頗疑天助人不知。臣敢再拜獻一辭。文皇馭軍嚴且慈。法行自近不敢私。錦州偶緩攻。親如睿王且召歸。永平少失利。貴如阿敏付獄吏。自古興廢在人事。以賞則勸刑則畏。明政胡爲失。事權不專令不一。我國胡以勝。功罪不乖天子聖。

涓之水

涓之水沄沄。其州曰營。嗟爾小邦。其敢不庭。明之覆爾。爾戴若父。我之鄰爾。爾乃以爲兄。爾父告饑。具餉與粢。爾兄請糴。曾莫恤其私。爾豈遠我。爾則畏明。爾毋昵爾父而陵爾兄。不戰而款。爾將渝盟。我不爾讐。爾自召兵。

袁督師

召我來。袁督師。兵用詐。爾弗知。沙河之援來何遲。爾有兵。翻倒持。爾約降。受我辭。碧眼小兒大笑之。兵用詐。果弗知。下馬酌爾酒一巵。嗟哉袁督師。方略載此不復諱。祖宗遠戒良在茲。邊臣孤忠世亦有。愼勿聽受反間爲人欺。

長白山

長白山。雲氣白且長。上有聖女驂鸞翔。丹霞夾月佩明璫。天賜朱果發其祥。逮我四祖國寖强。太祖太宗日重光。攀鱗附翼篤天潢。頗聞教練嚴有方。班班文武濟以鏘。出腰羽箭射天狼。入參謀議侍兩廂。蘄蘄龍種美且臧。豫鄭肅勤凡十王。圖形褒鄂須眉蒼。薦之太廟配馨香。黑龍江水流央央。請歌壽考千萬霜。

七旗戰

七旗戰。一旗走。給爲奴婢類馬狗。七旗走。一旗戰。賞罰視此成律貫。五大臣議政。十大臣議兵。盡去障蔽無隱情。萬里蕩蕩邊海靑。

天祐兵

天祐兵。紛來降。鴨綠以西爭率從。天聰聖人多大功。於時羣部嗟嗟。韜甲興文。諸王貝勒再拜獻萬壽。恭上皇帝尊號曰仁聖寬温。建國號大淸。以崇德紀元。追王四世以上。隆禮備樂。懋建懿親。班爵異姓。王暨蒙古外藩。所任必賢。太宗曰吁。思子良臣。良臣誠可思。尙德任功天下治。

山海關

世祖皇帝初紀元。命睿親王略中原。是時逆闖已陷燕。三桂請救山海關。我師整隊次連山。賊衆百萬亙海壖。前驅搏戰衝中堅。立馬而觀纛旛旛。塵沙中起顛坤乾。我軍大呼風爲旋。鐵騎直貫其陣穿。天淸塵開耀戈鋋。賊睹辮髮豹兩鞬。驚曰滿兵劇潰奔。兼程追之入沁源。羽檄夜飛奏於閽。六龍騝騝來親巡。披豁蒙霧日再暾。燔柴祭告廟與天。赦書日馳海四蹲。於闐於蜀於粵滇。或禽或殪或柔馴。皇帝大聖武且仁。迺顧赤縣哀墊昏。大建藩輔崇元臣。苛政盡除與更新。萬年溥鬯融大鈞。

老祕書 謂大學士范文程

老祕書。無與匹。獨請入關申紀律。大河以南可傳檄。一言先救民。天道不嗜殺。赤手挽劫運。元氣迴萌芽。早暮何沓沓。臣不知有家。咄哉老祕書。爾救時何亟。屢奏減賦寬民力。咄哉祕書無與匹。

出虎牢

出虎牢。肅幡幢。白頭老監來約降。投鞭徑渡揚子江。高驤大祖踏鍾阜。四鎮分裂不能守。烏啄通濟門夜開。江左誤國多庸材。樓空燕子竟何在。錢唐三日潮不來。

平逆藩

三藩握重兵。姑息非國政。洪惟我聖祖。特允徙藩請。老奸卷滇來。西南截其半。我軍集荆襄。誰敢渡江捍。天縱英智洞萬里。詔賜其子應熊死。岳樂軍豫章。簡王鎮江南。泝袁搗長沙。湖口斷舟帆。洞鄂未西輔臣變。秦州寧夏相繼叛。嚴詔亟發滿兵萬。圖海將軍往涖師。洞鄂以下皆制之。一戰大破賊平涼。斷其左臂三輔安。大兵專力於湖南。荆襄鄂岳兵急進。閩粤告捷江西定。將軍穆占提陝兵。會拔永興湘東十二城。詔簡親王遏茶陵。盡縛懦帥訊於廷。天下蠢蠢動軍興。不加一賦民不驚。五年天與翦長鯨。我皇聖武天下平。

噶爾丹

噶爾丹。峙駝城。萬駝如山縱復橫。駝陣堅。不可摵。風急草枯秋黯黮。背江一火截其腰。駝起嚙人尻益高。須臾火猛風怒號。大磧中斷山爲焦。可憐番兒半燒死。駝僵滿地鞭不起。但聞圖聲鳴何悲。瀚海路絕來窮追。棄人用駝爾何爲。

昭莫多

前年飲馬臚朐河。決策再征昭莫多。臘土往偵無舛譌。兩軍西出逾忽阿。帝親告廟陳樽犧。黃纛翠蓋鞭龍鼉。千乘萬騎排楯輵。礮載子母兩象馱。決拾佽飛劍相磨。北孟納蘭涉逶迤。環以幔城高峨峨。鉤陳白虎來撝呵。嗟爾準部至么麽。窺邊乃敢縱牧牝。大軍距河伏叢柯。奪山徑上千丈坡。忽然下馬吹紅螺。箭鏃如雨擲飛梭。阿奴可敦金盤陀。珠鈿委地蹙雙蛾。斡難漬血流回渦。武不可究思止戈。爰詔駐蹕翔鸞和。回視大嶺青可摩。千官整隊肅鵷鵝。獻俘頒賞珪瑁瑳。蒲桃滿琖酌碧醝。老胡踏筵促使歌。雪花如掌紛鬖髿。北斗以南奈若何。我欲走兮無橐駝。帝大歡笑天顏酡。迺親勒銘篆蚪蝌。插漢七老鑴巉嵯。薦之太學備切劘。西海至今清不波。

平臺灣

五馬奔江鄭氏昌。一婢生兒鄭氏亡。梟雄割據亦有數。鐵人三萬空撞搪。湖邊飛舸弄寒日。白土山前鋒盡折。永明年號那可支。奪取澎湖作巢穴。潮頭十丈忽驟高。揚旗打鼓亦自豪。獷狠短祚付孽子。吼門喧呼潮又起。五百戰艦來如飛。報道官軍入鹿耳。海外納降誰草檄。姚侯深算老無敵。生番雜處思善後。淡水何時洗鋒鏑。我聞三十六島形勢相鉤連。全閩屏蔽不可捐。雞籠易守亦易失。後來牧民當擇賢。

平青海

平青海。青海功最奇。潛兵直擣桑駱西。或謂大將軍帳下多異人。遁甲預決勝。番奴駭如神。或謂大將軍撫降跨赤騧。飛行渡弱水。異域紛矜夸。或謂大將軍誅殺頗有權。令行矗如山。恩行流如泉。以臣所聞殊未然。當時聖人威如天。詔任岳侯使居前。軍行不孤利有援。將佐調和出萬全。異時策淩亦如此。貽幾大獲惜中止。擁師不救將誰責。將帥纍纍盡誅死。

狩木蘭

狩木蘭。木蘭圍場三百里。四十八王來稽首。萬馬如雲護天子。紅川草枯獸正肥。厓口出哨初合圍。狐狼號呼不得走。毛血雜沓窮煙霏。更有神鎗發何速。隔林哮虎倒厓谷。帝親彎弓響霹靂。一矢横穿兩白鹿。從臣觀者咸歡呼。日尋罷獵還穹廬。横腰什榜起獻壽。頒賜侯王同大酺。此誠藝武不憚勤。翠華年年望時巡。世宗手詔忽大息。舊制當循此非急。朕自宮中求治理。今歲木蘭且姑已。

制府來謂大學士鄂爾泰

制府來。能撫苗。改土歸流苗不驕。疏陳治本毋治標。三邊門戶嚴周遭。餉事甫定關鎖牢。棘道雲黑秋騷騷。阿盧土司地不毛。鵵鵮小管驚鳴鞉。烏雄各責將誰逃。願假一軍往置橐。誓雪大恥搜砦猫。計禽爲上要領操。疆臣任事敢告勞。

太金川

莽莽金沙兮瀘水阻絶。冉駹外徼兮萬山崒崒。中繞洶澗兮多雨雪。九司逼處兮叫冤䟘。狡虜違慠兮亟命誅拔。莎羅奔遁纘以猾。剽若妖兮獠跳蒼狖。恃碉爲固兮據穴竅。投穽莫逃兮斫莫坼。時出剽兮噉何嚇嗜。士驕而懟兮莫敢相軋。迺詔元弼兮汝其往撻。鍾琪貰罪兮爾自湔祓。一碉猝破兮數碉前揠。餘碉三百兮動淹旬日。不如棄而直進兮潰其巢窟。帝仁忽休士兮將止殺。臣義不俱生兮弗殄弗歇。遂犂其庭兮兇部盡踤。惠蠢下濡兮均草蔡。地廣難周兮帑亦内竭。其爲國長計兮贊我勳劼。

格登山

純廟既平達瓦齊。定邊定北統厥師。乃於格登立碑。皇帝大悦。自製銘辭。銘辭惟何。臣請誦之。格登之崔崔。其壘自摧。格登之巀嶭。其營若綴。師行彭彭。渡伊犂川。粤有前導。爲我具船。曰擣厥虛。曰殲厥旅。爰有後謀。將韜我武。三巴圖魯。二十二卒。夜斫賊營。萬虜股栗。汝頑不靈。尚竄以走。汝竄以走。誰其納之。縛獻軍門。追悔其遲。既臣斯恩。既服斯義。爰載兵要。以詔億世。

大戈壁

兆惠敢深入。黑水屢潰圍。直從大戈壁。飛渡白龍堆。騰格十萬棄不用。兩和卓木皆遁歸。

嘉峪山

嘉峪之山。嚴關峨峨。壯士挂弓舞且歌。金泉如酒流成河。黄沙宛宛迴天戈。

靖川楚

逆匪起川楚。先後調直省兵及禁旅索倫。糜帑三千餘萬曾未奏厥勳。睿皇帝四年始親政。逮大學士珅。責以欺罔專擅籍其門。自今將佐敢有玩兵養寇復通賄賂者。其視珅。一。

迺詔百姓。生長太平。豈知有兵。半緣胥吏煎迫四散而忿爭。朕日夜思之恆痛心。讞囚姑緩刑。特獎良吏趙華與劉清。二。

新兵毋再增。客兵毋輕調。官兵清野堅壁。士兵爲偵導。凡爾鄉勇其有挺身殺賊及陷賊死者。大吏悉以告。三。

皇帝曰。功之不蕆。由任將非人。爾參贊。德楞泰。累戰常冠軍。爾都統。明亮持重能拊循。爾額勒登保。鯁亮忠勤。爲諸將先。賊憚其威。其授爲經略大臣。四。

麾下之士。曰羅士舉曰楊遇春。若熊之蹲。若龍之驤。幕府之傑。曰龔景瀚曰嚴如熤。一佐蜀帥。一控嶓函。五。

川以東。參贊扼之。川以西。將軍遏之。餘匪入老林。卒禽獮而薙滅之。六。

七年十二月。飛章大告捷。皇帝乃下明詔。宣布中外。班爵元功。暨諸將士以次各晉秩。普免天下租賦民大悅七。

龍駒砦

討賊方急。募民以攻。始仗其力。敢終怙其功。養之或病國。汰之懼爲賊。勿養勿汰。惟龍駒砦。誰其牧者劉青天。龍駒龍駒不可鞭。長養兒女得夜眠。

青龍港

青龍港。戰青龍。不怕千萬兵。只怕李總戎。霆船如山怖殺儂。

復滑臺

妖星落。滑臺摧。欃槍倒射聞轟雷。白蓮邪說方再起。變生畿輔亦已危。青宮膽力最英勇。親持統矢殲厥魁。飛報行在俱變色。廟庭蹀血驚鐏礐。詔書罪己何哀痛。心腹有患非邊陲。黄村兒逆行就縛。河北累捷方窮追。借問當時大將誰。那侯楊侯專節麾。楊侯面赤頗多髭。平日愛兵如愛兒。那侯不擾民。難民爭來歸。君不見大兵一到滑臺摧。萬里宣布天子威。

黎陽城

黎陽城。小如斗。先臣三月誓死守。誓死守。當奈何。吏民城頭往荷戈。縣官日日來巡城。城上殺賊不聞聲。賊攻不肯息。賊計日已蹙。明日大軍到。破賊一何速。縣官出城往供軍。軍中供頓苦不足。供頓不足當奈何。瘡痍滿眼奈若何。落日慘慘寒伾岡。枯骨如山埋蒿邙。川原血漬秋草荒。籌筆一編留日紀。小子欲述先流涕。始時民苦寇。寇退又苦軍。軍罷有凶年。此語非妄聞。嗟爾邊吏愼毋輕言兵。聽我歌黎陽城。

謹按。我朝肇造區宇。兵如雷風。無敢旅拒。窮沙遠海。重譯數萬里。皆郡縣而尉候之。實廟算之勝也。而軍容武德。猶未被管絃。薦郊廟。豈非闕美歟。且兵者。國之大事。爲後世法。聖清武烈。凌跨萬古。載於累朝實錄。及輯爲方略者。詳矣。然機要所在。猶未顯揭於篇也。嘗推論古帝王用兵。其最先者有二焉。曰知人善任而已。曰信賞必罰而已。自黄帝以來。未有不由是者。是故敵之强弱不同也。功之遲速不同也。親征之與命將不同也。然制勝之道。惟此二端。而最易明者。尤莫如本朝祖宗近事。蓋機要旣握。則天下豪俊。我得而制馭之矣。九服之干紀。我得而芟薙之矣。四夷之桀黠窺伺。我得而鞭笞之。臣虜之矣。琦以詞臣踐諫垣。文辭詠歌。固其職也。亦以導揚盛美之萬一云爾。臣琦識。○按侯官林昌彝詩話。載此歌四十九章。蓋未定稿也。云琦忠孝秉至性。並深於詩篇。依音節。不貌襲古樂府。而可與少陵、香山接踵。其忠愛之忱亦可見。是歌作車攻馬同之詩讀可也。其所用之書。曰一統志。曰盛京志。曰熱河志。曰列祖實錄。曰開國方略。曰回疆紀略。曰三藩紀事。曰平定教匪紀略。曰川陜紀略。曰列祖列宗詩文集。曰武功紀盛。曰聖武記。昌彝命子慶焞注之。別存。注本未見。

清詩鐸卷十二

將帥

盪寇將軍歌

旌旗蔽天鼓震地。盪寇將軍擁兵至。大城聚哭小城走。馬前纍纍縛官吏。傾儲掃境欲未充。步騎四出疾若風。馬馱車輦盡金帛。須臾紅粉盈軍中。異時羣盜曾驛騷。指麾不若將軍豪。寸苗尺榦掃立盡。纖鱗細翼無一逃。詔書數下憂師老。金觴翠袖方傾倒。黃巾忽報東方來。將軍拔營向西討。

戰城南

馮溥

戰城南。短兵接。血流沒髁氣不慴。盤龍刀缺矢集面。目眥裂盡光如電。夙矢忠義報君恩。馬革有無何足論。人拾斷羽將軍字。鳶啄遺骸烈士魂。日光黯兮黑雲合。雨色淒淒風颯颯。舊時部曲半存亡。馬嘶舟旐猶蹴踼。元戎不動屹如山。六博高歌意氣閒。雙鬟醉擁封侯骨。待畫麒麟奏凱還。

少年行

吳兆騫

少年便弓馬。落魄無所憂。自矜紫臺客。愛作朱門遊。曾陪北部大都尉。新事西京博陸侯。三月春風滿京國。待詔期門執長戟。銅駝街畔臂鷹歸。金馬門前賜衣出。天書趣拜羽衣郎。腰間鏤帶黃金璫。

鸊鵜杯傳仙液暖。鵕鸃冠插翠緌長。歸來塞外驅騶馬。賓御如雲曜原野。落雕都護揖車前。射雉參軍候鈴下。驕奢直擬徹侯家。貧賤寧憐舊遊者。海東健兒浴鐵衣。沙場幾度決重圍。有功不解謁權貴。戰如熊虎誰知之。

將軍篇刺馬逢知也。是馬未敗時所作。

董俞

城西聞礮聲。城東聞礮聲。殷殷復塡塡。礮聲如雷轟。乘宛馬。揚翠旗。雕弧長戟百隊馳。中有將軍踞坐五彩輿。珊瑚爲輿軛。玳瑁爲輿屝。四角綴金鈴。內施紅氍毹。頭上何所飾。朱纓靺鞨光陸離。身上何所服。天吳蹙錦貂襜褕。刺史伺候顏色。縣令負弩前驅。朝謁將軍門。夕侍將軍堂。將軍中央坐。銀燭正煒煌。歌姬一百二。翠袖搖珠璫。陳設擬皇宮。服食效上方。將軍召客。客步趦趄。座中盡屛息。再拜捧一卮。以次上壽畢。呢呢多諛辭。將軍笑謂爾曹。今吾不樂何爲。黃金如丘積。白金如山高。誅殺足快意。人命如菅茅。道旁蚩蚩咸謂將軍豪。嗟嗟將軍何其豪。

將軍行爲提督馬逢知得罪作

董含

強非虎。貪非狼。臨津有小吏。與之弓。不能張。胡爲棄所事。潛身竄邊疆。投充騎都尉。先驅効戎行。一解。

左吹悲笳右擊鼓。窮寇勢將遁。我軍色如土。明晨去之二百里。殺戮平人。上功幕府。二解。

一年十夫長。二年歷參戎。三年握兵符。尊嚴亞王公。將軍拊髀坐帳中。何時金印盤螭龍。褭蹄當與南山同。三解。

將軍起甲第。內列十二樓。樓下鋪氍毹。粉黛居上頭。四角夜光珠。管絃間清謳。捧觴進酡酥。將軍大醉喜復怒。拔劍斫斷珊瑚鉤。四解。

輂黃金。募死士。尺書走海島。東西同日起麾下。健兒能射生彎弓。夜夜南塘行。五解。

新天子。垂旒坐明堂。收治支黨。無令猖狂。豔妻配象奴。少女發教坊。將軍若盧出。緹騎刀如霜。解衣恐怖叩頭泣。父子狼藉東市旁。哀哉將軍。不如爲吏。可以久長。六解。

跋扈行

魯曾煜

將軍居京雒。跋扈不可當。夫妻炫第宅。堂寢分陰陽。閣道淩雲起。連屬互相望。懸之以明珠。煜煜明月光。黃金如山積。大萬不可量。外廄汗血馬。來自西戎疆。其旁開園囿。採土築層岡。奇獸畜麒麟。珍禽養鳳皇。春風一夕吹。百卉氤氳香。夫爲擁身扇。妻爲墮馬妝。絲竹揚淒清。金石紛擊撞。美麗有秦宮。夜夜侍玉牀。生男尙公主。生女進椒房。勢能毒漢主。何有固與綱。哀哉何大儒。亦來上壽觴。奴子逢公卿。不復迴道傍。百僚俱震慴。天子爲迴遑。中使持黃紙。夜半圍府牆。夫妻赴東市。相顧淚浪浪。婦女走相詈。小兒瓦礫將。回望歌舞地。惟見黃塵揚。嗚呼空跋扈。悔不爲忠良。

贈吳將軍

袁枚

名士勝。從威信公征金川。三戰皆捷。金川奪氣。將軍請往降之。袍而騎。酋長橫刀來迎。將軍徑入虜帳。笑曰。暮矣。索枕臥。鼻齁齁甚酣。且召諸酋。責以大義曉之。諸酋齡噤不得語。乃椎牛行炙。蠻舞雜進。定約詣大軍降。凱旋。天子召見。勞以酒。擢總兵。癸酉。挂冠歸西川。余相見於秦淮。聽述前事。

金川誰築受降城。單騎從容自請行。潑水刀光迎上客。吹燈虎穴聽鼾聲。捧盤香火朝哱耳。傳箭江山夜罷兵。椎盡肥牛三百隻。歸來殘月在西營。

閃閃紅旗海色開。妖星半夜掃龍堆。闔門泥首張嬰出。滿耳夷歌朱輔來。旅矢長韜還武庫。金瘡不裹上雲臺。男兒此處難消受。天子親斟酒一杯。

殲賊行　襄勇伯明將軍亮幕府。談將軍蘭州戰勝事。　蔣業晉

我出秦關歲辛丑。適遇逆回害官守。烽火傳邊結陣雲。雷聲動地墮天狗。河州已陷蘭州危。戎馬郊原驚踐蹂。一時飛將缺邊關。四路徵兵趨隴右。智勇傑出明將軍。星馳羽檄西川聞。率師不待九重詔。殺賊豈以疆圻分。是時官軍少簡練。將不知兵難轉戰。用命誰同臂指連。登壇要識風雲變。賊寨據險山岩嶢。深壕峭壁愁猿猱。矢石仰攻不得利。那能計日空其巢。將軍精心運籌熟。思入夢中神亦告。聚米山川一掌收。偃旗壁壘重淵伏。忽看天上白羽揮。地中礮火齊發機。熊羆突出紛而馳。攻其不備勢莫支。淮陰沙囊拔地起。陶侃竹木軍中資。周遭立寨戰守備。聚而殲旃徵刻期。將軍預儲布囊五百。得卡時即令盛土疊起。以蔽矢石。再用木萬株。周圍立栅如城。從孔罅中施槍砲。賊始窘蹙。刻期殲焉。我時未遂從軍志。飽見飽聞亦快意。即今幕府共追陪。置酒重論前日事。被創力戰數曹參。屏樹忘功重馮異。將軍威望本軼倫。功臣像早圖麒麟。奮身討叛氣作愾。設伏制勝機通神。君不見李愬淮西勳莫比。櫜鞬道上儀其人。是時相國視師。

北庭都護行　蔣業晉

承恩公將軍奎林。資兼文武。忠勇絕倫。出爲北庭都護。蕃回畏懷。期年移烏里雅蘇臺將軍。余抵戍時。已啓行。未見也。知其政。思其人而作。

南山有竹直不扶。括羽鏃礪懷以須。渥洼之馬龍爲徒。星精下降天閑儲。人物絕類稟自殊。濟時英傑生非虛。惟公大將行則儒。忠信甲冑禮用俱。往者滇海申天誅。急槍怒馬千人呼。譬若獨鶚推羣烏。一人知己無雙譽。遠移節鉞天山隅。輪臺四野黃雲徂。長風捲沙雪片粗。蕃羌射生飲酪酥。每惜游牧窺邊虞。秋獮冬狩軍政符。六鈞弓注金僕姑。壯士一一勇賈餘。圍場霹靂聲連珠。羣番讋竄如鼪鼯。烽臺焰絕鼓不桴。經營荒漠垂久圖。耕屯悉力勞征輸。南接高昌北伊吾。糗糧車乘隨時需。遠近徵調難牽拘。斟酌多寡善因除。公之叱咤風雲驅。公之平易陽和舒。一規定遠籌邊謨。期年化洽軍民蘇。龍城濤霽侔皇都。我來遠戍同集枯。瞻望弗及空欷歔。玉門關外柳色鋪。長城之倚廣廈居。星雲垂象昭天衢。文武爲憲詞非腴。北庭都護如公無。吁嗟乎。北庭都護如公無。

王將軍拔柵歌

趙翼

王將軍。眞丈夫。從征緬甸常前驅。千七百里到宋賽。地名。賊柵十六虎負嵎。我槍及柵不及賊。賊柵出槍偏著軀。相持三日未得便。飢鷹側腦需攫雛。元戎下令攻肉薄。萬衆牆排尙前卻。將軍是時心膽堅。挺身突出爲衆先。我不殺賊賊殺我。直騰而上呼震天。一人獨前萬人恥。多少健兒總拚死。接踵入柵捷若風。貪殺不遑割左耳。但見片片霜刀飛。頃刻染成血花紫。羣蠻有刀不及交。鈍者被砍黠者逃。乘勢遂克賊柵四。其餘悉遁惟空巢。是時元戎親督戰。目覩先登識其面。呼來帳下問姓名。

飛章亟奏南薰殿。天子非常賜顏色。小校超遷十二級。擢官遊擊階將軍。孔雀修翎長一尺。三軍聞之懽如雷。誰不横戈思殪賊。我聞建德擊世雄。乘霧升寨稱奇功。又聞隋破高麗日。有肉飛仙擲白空。罕之靡雲百折上。開平采石一躍衝。如君矯捷好身手。古亦不多今豈有。君言非不畏戈鋋。朝廷公道軀甘捐。不見古來多浪死。沙場白骨誰爲憐。

楊鬍子歌 楊軍門遇春。四川人。

馬履泰

賊怕楊鬍子。賊怕鬍子走脫趾。不怕白鬍大尾羊。只怕黑鬍楊難當。賊正蒼黃疑未決。瞥見黑鬍擲身入。刀嫌太快矛太尖。只使一條鐵馬鞭。逢人撾人馬撾馬。血肉都成虀中鮓。須臾將士風湧波。縱横步騎從一騾。賊忽乘高石如雨。鬍子鞭已空中舉。賊忽走險奔如蛇。鬍子騾已横道遮。森森賊寨密排壘。鬍子從外陷其內。重重賊隊圍如帶。鬍子從內潰其外。鬍子鞭騾繞賊走。吞賊胸中已八九。瞋目一叱鬍槎枒。賊皆仆地爲蟲沙。相傳失路曾問賊。賊指間道教鬍出。賊豈不怨鬍子鞭。頗聞鬍子爲將賢。鬍子待士如骨肉。蟻大功勞無不錄。拔擢眞能任鼓鼙。拊循含淚吮瘡痍。噫嘘嘻。賊中感服尙如此。豈有官軍肯惜死。

李將軍歌 忠毅公剿海賊蔡牽戰歿事

宋湘

入海斬蛟。登山射虎。壯士出門。寸心報主。生也臣不敢知。死也臣不敢辭。臣知殺賊而已。焉知生歸死歸。汝賊蔡牽。汝何么麽。海水四晏。無風鼓波。汝賊蔡牽。汝何瘦狗。狺狺血人。千里牙口。汝賊蔡牽。我來將軍。將軍飛來。汝聞不聞。汝賊蔡牽。汝何不柁。上天入地。將軍殺我。汝賊蔡牽。汝何不弓。出日入月。將軍如風。汝賊蔡牽。汝何不死。罪大海小。將軍守此。迷迷離離。將軍之旗。歌歌舞舞。將軍之鼓。將軍曰刀。蒼天晝高。將軍曰矢。怒潮夜死。吁嗟乎。臣不滅賊。臣甘死賊。臣且滅賊。臣竟死賊。海水無情。天風盡墨。臣北面稽首。謝天子聖德。天子無悼臣。臣死臣之職。大海蕩蕩天所圍。雲車風馬神靈來。上帝許我梟厥魁。明年蔡牽死。戰士休徘徊。龍宮開。靈風回。

明將軍破賊歌 教匪擾孝感。明將軍亮一鼓破之。數年。漢陽人誦德不衰。歌以美之。

黃承吉

西南殺氣何紛紛。崑岡火炎玉不分。黃鄖之間虎口出。伊誰所賜明將軍。妖氛突起雲夢澤。萬姓號呼望棨戟。大別山南日欲斜。將軍下馬渾無策。明發宜城取次沽。暮行擊踘朝投壺。幾回中令戒休息。親占庚吉宜前驅。伺者日多民日恟。將軍按兵色不動。僚佐硜硜數勸行。將軍傾酒如泉湧。停師三日日在丁。曉風吹霧天冥冥。欻然擐甲上馬去。麾旄倏爍如流星。倉皇發賊蒲騷口。賊口咸噤詎能走。平地俄成縱獵場。風毛雨血空羣醜。將軍躍馬歸漢津。五千甲士遺三人。平明蹩躠又返二。士民驚睨疑通神。訇然蒲伏向馬拜。將軍威福誰不賴。不見荊襄大道邊。至今骸骨相搘蓋。滔滔漢水流無窮。此邦千載稱英風。安能迅速掃餘孽。都似將軍一戰功。

張鐵槍歌

屠倬

張君永祥。河南淮寧人。川楚教匪亂。張率鄉勇三百。破賊五千於盧氏縣。以功得把總銜。棄之歸里。吾師儀徵阮公撫豫。效力撫標。公撫浙。復從教習各營槍法。公內召。倬適宰儀徵。從公所聘得之。俾率民壯緝捕。倬之出都也。公以詩贈行云。梟徒潁泗來。小鬬竟如戰。我昔謀增兵。請者議未善。倬心識之。甫到官。撫軍即飭捕巨梟蔣光斗等。凡三月。擒治略盡。余所募壯士咸服君。較藝皆出君下。然客倬所三載。未嘗自言盧氏戰功。今倬晤沈司馬始知之。其不伐又如此。竊歎當世知君者。落落罕其人。而才有幸不幸。時有遇不遇。才之不遇。則時之幸也。爰製序作歌贈之。並慰夫奇才數奇之臧用於承平者。

張侯偉然八尺軀。十年從軍歸荷鋤。閒抛鐵槍倚牆壁。膏血漬蝕腥模糊。天生奇才辨殺賊。張侯鐵槍無與敵。不由行伍非甲科。自募鄉兵隸兵籍。往年蜀楚困鋒鏑。官兵如麻只充額。廟謨清野堅四壁。誰能一呼十當百。張侯領隊三百人。殺賊五千淸賊氛。臂槍走馬氣益振。歸來帳前血浴身。錄功上報不受賞。要讓勳業歸官軍。儀徵中丞出撫豫。此日張侯正歸去。領標較射推第一。感泣平生最知遇。中丞防海移浙中。材官列隊張俱從。轅門豎旗親教戰。張侯使槍如掣電。一軍羅拜聲動天。鮫鱷羣飛海濤濺。至今海上誇鐵槍。頭白軍官未曾見。張侯身如虓虎雄。氣似嬰兒柔。奮臂激忠義。敵愾皆同仇。生不用世歸卽休。區區論功壯士羞。翻然就我來眞州。肝膽傾露三年留。我知張侯眞。逢人說張侯。邵平瓜落西風秋。烏虖張侯將白頭。

大將行　　周凱

古來大將皆崛起。未必少年通經史。用心往往合天心。不殺之殺殺乃止。將兵百萬不戮人。鄧禹自知昌孫子。焚香一炷誓衆軍。曹彬貴與宋終始。君不嗜殺臣好生。至今典册交頌美。有功不忌乃主恩。爲善必報亦天理。此中一念慘與慈。間在毫釐謬千里。獨不見殺降不令李廣侯。坑卒終賜白起死。古來大將鑒在此。

贈別羅天鵬軍門 思舉

又

月牙弓。錐子箭。短衣匹馬身百戰。至今創痕猶著面。連珠弩。自來礮。皆公自製軍器。攻城破砦誇神妙。至今軍中莫能斆。將軍精悍若飛虎。短小能超百丈柱。談笑不諱少年事。風塵時墮英雄淚。胸中武庫自森森。天生偉人付才智。論兵不假尉繚書。法古能師諸葛意。風霜旄節昭雄武。威奉朝廷鎮南土。恤兵路不受壺漿。愛民夜不驚桴鼓。昔謁將軍來穀水。百杯醉聽狂言喜。今別將軍去齊安。百里走送勞金鞍。欲別不別勸加餐。西望玉關雲漫漫。時噶什喀爾張格爾滋事。恐有丹詔來金鑾。將軍之德民所歡。將軍之名使賊聞之心膽寒。

羅將軍燒敗歌

吳振棫

名思舉。蜀人。少無賴。嘉慶初。川陝不靖。賊據山險爲營。屢攻不克。軍中募健兒能破賊者。公應募。夜獨往燒其營寨。賊驚潰。累官至提督。

蠻雲蝕月萬帳黑。將軍大醉夜燒賊。火勢逐風風怒號。電旗葉開光更高。摧枯拉朽頃刻耳。草間狐兔安能逃。將軍大笑萬骨仆。單騎歸營刀不汚。噫吁嘻。以膽狎賊賊膽驚。將軍不死賊不生。後來威名到草木。小兒夜怖無啼聲。十年罷戰收干櫓。蛇虎繁霜無疾苦。雕青惡少賣刀來。山上新畬舊焦土。

寶山田令署中夜話

蕭掄

海風蕭蕭吹我冷。海城夜聞角聲警。高燒官燭逞雄談。卻望海天心耿耿。似聞昨者羽書來。臺灣寇鋒猶未摧。天子爲遣羽林出。將軍應把樓船開。妖氛流毒無定所。未必江南竟安堵。此間主客將數人。不識誰能守門戶。我謂君盍建一策。移兵三千駐馬跡。馬跡山在崇明外海。高據層巒瞰大洋。那有盧循敢深入。況聞其上亦有田。昔人馬鬣猶巍然。足知此本耕桑地。旅穀遺蔬紛被阡。屯田可減養兵費。且耕且守眞長計。襟吳帶越聲氣通。海天自此無兵氣。君見吾見亦頗同。言之幕府未敢從。慮無大將能守此。卻落鮫波鯨窟中。吁嗟乎。海濱連綿幾亭障。高牙大纛常相望。如何欲用一奇謀。使道江南不出將。良由國家太平久。戢戈櫜弓罷刁斗。武臣相習只恬熙。那有一人好身手。君如他日長外臺。乞奏天子先求材。

黃總戎行

張維屏

萬口爭傳黃總戎。廣東老將今黃忠。總戎習水識水性。夜半伏水如螭龍。賊船峨峨壓賈舶。總戎出海賊已空。羣賊畏之如天神。衆軍親之如家翁。蒼顏獨立心忡忡。將星墮地來悲風。盡瘁死當爲鬼雄。盡驅蛟鰐朝祝融。國家優渥賞有功。偏裨授以專閫崇。纓冠翎翠珊瑚紅。纓冠翎翠珊瑚紅。嗚呼。安得再見黃總戎。

哀廬陽

王文瑋

爲江岷樵中丞作也。公新寧人。以孝廉得浙江縣令。署秀水。居憂回籍。會粵西寇起。投効軍營。洊陟知府。寇圍長沙。公散家財。募死士。助城守。敘功稱最。瀏陽奸民周國虞聚衆思爲亂。公勒兵掩擊。傾其巢。擢湖北按察使。賊犯江省。公奉檄來援。賊穴地藏礮。火發城頹。蜂擁欲上。公力遏獲全。又以巨礮擊賊遁去。三年冬。授安徽巡撫。馳救廬州。時守兵甚單。錢粟俱竭。公方禦東城缺口。奸民勾賊由西門入。公遂自刎。親兵三百死亡殆盡。公死。遠近皆氣奪。

公昔領隊趨江城。旌旗色變人盡生。公今秉符救淝水。金鼓聲沈公竟死。蚍蜉不援雀鼠空。東牆礟黑西牆紅。義卒甘心生死同。上天入地從我公。吁嗟乎。精魂往來風復雨。衆鬼啾啾作人語。

楊將軍歌

名遇春。陝西提督。善戰。賊呼爲楊鬍子。平滑。封男爵。

柳樹芳

揮刀直入道口寨。臨陣挽鬚早結隊。兀然復覩髯將軍。驚散沙蟲幾百輩。將軍毅勇眞無敵。隴西關右曾列戟。一朝滑濬賊未平。雲驟風馳電爭掣。毀巢破穴不須臾。從此膽落梟與狐。佐成平滑功第一。將軍樹下來徐徐。立身須從忠義起。此風不振羣委靡。將軍豈是大刀徐。將軍豈學鐵槍李。

老兵歎

朱琦

金門已偪廈門失。老兵歎息爲我說。飛書兩月程期奔。我家主帥孤大恩。廈門屯戍兵有萬。況又鎖鑰連金門。當時烽堠眼親見。主帥逃歸竟不戰。獨有把總人姓林。廣顙多髯氣森森。自稱漳州好男子。當關一呼百鬼瘖。可惜衆寡太不敵。一矢洞胸腸突出。轉戰轉厲刀儘折。寸臠至死罵不絕。嗟哉漳州好男子。安得防邊將帥盡如此。與爾同生復同死。按林把總名志。

哀舟山三總戎殉節詩

孔繼鑅

辛丑。暎夷犯舟山。總戎王錫朋。鄭國鴻。葛雲飛。同日戰殁。詩以哀之。用陶詩詠三良韻。

戰撫兩失馭。外患誰實遺。吁嗟大難端。其來亦云微。舟山孤無援。若爲地所私。得失委三鎮。遙策拱旌帷。四山合死力。士氣無所虧。碧血濺海水。三忠同一歸。舉世競論議。臨難覘從違。武人耀國乘。念之中心悲。寄語大將壇。毋輕短後衣。

楊將軍歌 讀楊忠武侯傳。歌以紀之。

孫衣言

將軍馬上揮雙刀。一生殺賊紛如毛。西上崑崙掃月窟。東涉滄海收風濤。先皇駕馭多雄傑。將軍戰功初第一。紫宸殿前披軍書。往往九重喜動色。爾時楚蜀多烽煙。黄巾比戶稱戈鋋。方舟屢蔽漢江下。吳鹽欲斷夔門前。黔陽花當尤負岨。毒矢殺人血濡縷。深榛苦霧不見天。豈但黄金與子午。官兵食肉良可哀。武陽壯士如死灰。將軍年少人未識。強弓硬箭營門開。回頭叱馬躍十丈。萬人隊中騰身上。電光一綫轉眼無。前山但聞霹靂響。平原格鬭尤如神。見賊愈多能忘身。錦衣繡帽結束好。營前勒馬笑不嗔。臂槍一呼萬人急。五花如龍追不及。逐北歸來秋風腥。寶刀未洗血光溼。十年戰罷沙塵清。西南萬里安春耕。豈獨兵威振殊俗。兒啼不敢聞姓名。國家折衝在千里。欲守四方須猛士。頗聞當時賊中言。相戒莫遇楊鬍子。今者烽火連江津。攻城殺將何紛紛。廉頗李牧伊何人。安得復有楊將軍。

鐵槍歌贈張永祥 永祥事。見前屠倬詩注。

趙函

張鐵槍。名永祥。得名有如王彥章。彥章雖勇臣朱梁。人死留名豹留鞹。吁嗟不如張鐵槍。鐵槍中州人。能禦中州賊。賊騎來五千。當之以三百。盧氏一戰陣雲黑。賊避槍鋒向西折。不躪中州竄巴僰。軍門官以七品官。鐵槍不需銀艾縶。中丞得之命訓團。十十五五長槍攢。鐵槍來時衆槍立。滾雪飛花一槍急。任教地上萬人呼。空際寒光裹肩胛。阮公去。屠侯來。梟徒横。滿江淮。鐵槍縛盜如驅羊。

若輩無足攖吾槍。以槍頓地卻馳去。羣梟摵槍同摵樹。徐徐引弓殪其魁。王虔以來此獨步。我與屠侯交。未識鐵槍面。乘槍一哭屠侯奠。丹旐前頭始相見。長身豐頤黔且髯。養如木雞神氣恬。威稜在骨不在貌。謇謇訥訥持恭謙。揚州梟徒近露刃。白晝殺人官不問。長槍副統更何人。治以毛錐劣三寸。鐵槍鐵槍爾善藏。昔何勇健今何恇。阮公萬里屠侯亡。嗚呼誰知張鐵槍。

驍帥　　王柏心

驍帥楊羅俱寂寞。空聞麟閣待圖形。天戈尙未淸蠻塞。河鼓今誰應將星。南楚萬山烽燧偪。西風千里髑髏腥。高城肯作王罷冢。憑險何難扼洞庭。

野哭　　又

百粵烽煙慘。三湘野哭哀。徵兵半天下。失計一庸才。白羽誰麾扇。黃金在築臺。朝廷求猛士。或者向塵埃。

感事七絕錄二首　　又

任嘲呂姥與蕭娘。萬馬環營劍戟光。不遣賊鋒驚玉帳。蒼生何惜委豺狼。

嚴城一夕盡塡闉。攻具梯衝若鬼神。但有盤龍能突陣。肯敎飛燕竟揚塵。

張軍門歌哀張殿臣軍門。庚申四月。諱國樑。江南提督。謚忠武。　　又

登壇者誰先潰奔。戰死獨有張軍門。軍門奮迹起羣盜。能以赤心酬主恩。桂林侍御精鑒裁。軍門初爲劫盜。後詣大營降。則桂林朱伯韓侍御實主之。川西老將能用才。謂向軍門。朝爲偏裨暮作帥。年少拔起當河魁。

張家黑幟威名壯。驍賊見之魂魄喪。單騎親突萬軍中。火箭橫飛接馬上。力復江淮數十城。全吳不覩烽燧驚。下令恤民專殺賊。壺漿夾道皆歡聲。去年建策修長圍。壕塹三重斷走飛。檻中窮獸日夜泣。翹足可展犂巢威。蒼鷹奮擊不受紲。駿馬脫銜疾電掣。閫外進退孰專決。坐恨庸才制英傑。奔星去秋犯牛斗。去年九月二十一夜。有奔星如月。犯牛斗。牛斗之次。主吳越。春雪寒飛三尺厚。壞雲如山宵壓營。軍門裏創劍在手。格鬬未已俄喪軀。雄師十萬骨亦枯。豈惟精銳飽豺吻。天柱長城今則無。吁嗟乎。國家羅致文武士。奇才翻自綠林起。天生忠孝好男兒。不令功成先戰死。白門悲風夜不止。怒激江濤噴海水。

黃沙行美田總戎永稠　吳嵰

秦關戡亂已三月。防邊士卒今還家。千人之軍靜不譁。四百里外來黃沙。居民夾道紛如麻。攀轅臥轍將軍車。將軍田公心志虛。戎行辛苦不自居。大功歸秦不歸豫。我兵未戰賊已除。賊除未盡民猶恐。農時一失無遺種。邊防卽此尤應重。三月旌旄豈虛擁。嵰也軍門久從事。曾歷西南戰爭地。每聞賊去兵始來。可憐兵過賊又至。豈無兵賊驟相逢。獨怪居民兩爭避。身行萬里十年中。此境分明尚堪記。祇道人情盡如此。今日黃沙事殊異。紛紛呼佛更呼儒。將軍處之心不愉。始信扶危存至性。何須決勝見良圖。良圖非出人意表。識才遠大古來少。取民養兵兵日驕。用兵衛民民不擾。我爲翻作黃沙行。如田將軍眞矯矯。

權六合縣事溫北屏太守歌　馬壽齡

紙糊南京城。鐵打六合縣。民間語。乍聞此語色爲變。繼遇士著人。娓娓談弗倦。一邑親團數萬人。兩載身經數十戰。晝夜巡行腰脚健。賞罰無心避嫌怨。僕攜簞豆愁主飢。蹲踞茆檐手捫飯。每戰當先民互爭。草鞵緊峭長衣褪。戰罷向民三拱揖。檢點死生振旅入。生則鼓掌臨風笑。死則枕股紛雨泣。骸骨奉入土。精魂奉入廟。焚香酹酒四叩頭。累爾累爾予不肖。百姓感之淚泉湧。道路聞之神亦竦。縣無小。人成衆。官無卑。權可重。偉矣温太守。是爲仁者勇。

紀張殿臣總戎國梁近事　又

賊人出句丹陽路。張公奉令驅賊去。賊畏張公如畏虎。紛紛竄入太平府。張公乘勝呼衆士。雨驟風馳三十里。賊入城外開戲場。張公直抵新土牆。賊聞公來走且僵。入城擬作螳臂當。張公大叫雜賊走。城門難閉賊難守。須臾度賊盡走入。發號閉門斷賊首。魚游釜底雞在籠。萬箭千刀都在手。屍成丘。血成壑。一將身領九百人。殺盡賊兵一萬弱。元戎召入親慰勞。立換頭銜共談笑。大勳不伐古臣風。三讓承恩慚未報。

魏塘乘風亭詩　薛時雨

同治癸亥秋。宮保李公。遣楊少銘軍門。潘琴軒、劉仲良兩方伯。李幼荃、吳白華兩觀察。率偏師攻魏塘。余參其軍。宮保掉小舟。察形勢。踰月。魏塘平。越三年。邑人于城西長春塘築亭勒石。題曰李宮保駐節處。而名其亭曰乘風。徵詩及余。魏塘。余舊治。又親在戎行。見聞皆確。成四十韻。

秉旄告視師。籌筆今留驛。堂堂李臨淮。中興贊偉績。雄兵壓三吳。計先清肘腋。奠定吳淞江。移師略鄰邑。諸將方交驩。艅艎四面集。我時居幕賓。謂我情形悉。舊種潘安花。新草枚皋檄。磨盾作前驅。見聞較詳核。魏塘本蕞爾。負嵎命久逆。偪陽小而固。虎牢險且逼。水鄉港蕩多。假途未易襲。元戎乘輕舟。要害親周歷。刁斗肅宵征。旌旗煥晝日。營弁聞公來。踊躍各三百。義旅聞公來。免胄趨風疾。父老聞公來。香花跽道側。蟻賊聞公來。閉關私惴慄。攻城必奪隘。指示紆籌策。一鼓下風涇。白牛河水赤。再捷下斜塘。狂奔賊倒戟。城社伏狐鼠。倚此作兩翼。翦翼蔡不飛。坐困甘屈膝。入城未血刃。網解脅從釋。魏塘遂大定。四境歡聲溢。商賈葺市廛。臨街逐什一。閭井買耕牛。墾土開阡陌。生聚迄三年。水火重衽席。嘉禾轄七縣。此邦早安謐。喘定敢忘恩。巍巍溯明德。節麾日以遠。去思積胸臆。築亭水之湄。翼然如鳥革。墩因安石名。碑爲叔子勒。結社報欒公。憩棠懷召伯。燕然只自侈。鋪張轉失實。茲亭出輿情。謳歌遍澤國。公昔定東南。公今平西北。名豈藉亭傳。偏隅仰勝蹟。盈盈長春塘。千春水長碧。徵詩及賤子。往事詳披繹。惜我倦乘風。久作退飛鷁。

哀二賢詩　譚獻

贈太保林文忠公則徐

林公出閩中。溟渤與懷抱。留侯如婦女。富貴致身早。瓊厓氣蕭森。珠澥流浩淼。中有英吉利。揚帆颶風矯。流毒阿芙蓉。奇技時辰表。歷宦公鎮粵。憂心惄如擣。鑿舟沈侏儷。縱火燔輕窕。奇計出精誠。豈徒尚智巧。安坐制千里。威名被百草。得公三四輩。猾夏敢紛擾。吁嗟棘上蠅。瑾瑜不自保。功成竟下吏。出塞乃集蓼。中朝王相國。尸諫遺疏稿。同時兩藎臣。悲歌向蒼昊。天高雨露降。歸朝雙鬢皓。無端桂林郡。潢池弄兵狡。卽家畀金印。出車奉征討。黃霸再適潁。歡呼擁父老。前旌粤東境。渠魁檻車轑。傳聞賊中議獻章正乞降。公薨。復擁之逸。風霜一何酷。瘴癘竟相撓。老臣死勤事。七十不爲夭。大呼恨蜂屯。不瞑志電掃。浮雲下閶闔。翩翩白旟旐。烽燧日夜飛。從此豺狼飽。

故安徽巡撫江忠烈公 忠源

烏虖江公卒。東南撤藩籬。公仕本異數。酬知亦云奇。跳梁憤小醜。廬郡環攻時。悲涼許國身。奔走亦以罷。枝柱閱數旬。飲泣人登陴。雖緩雀鼠掘。誰爲膏油遺。逍遙七千人。犄角空相持。軍門大星隕。山崩走熊羆。溯公一書生。頖宮擁皋比。尊俎信折衝。組練畜健兒。上相樹旄節。薦之白玉墀。墨經用變禮。金革安敢辭。挺身百戰後。累卵南昌危。一斷墨翟帶。共護天王旗。桓桓背嵬軍。蟻附不敢窺。廬城傳巷戰。散卒如雄師。憶公奉手版。作令嚴且慈。童年識眞卿。淸癯屹巍巍。秋風鵰鶚孤。何由盡狐狸。長弓忽解膠。江水揚蛟螭。蕭蕭伏波營。執挒千帳嬉。犀甲哀國殤。吳楚日以糜。靈風起天末。旌蓋耀江湄。旐頭不墮地。雄劍安所施。

黑虎爺 向軍門出戰。常有神光籠罩。賊視之爲黑虎。稱爲黑虎爺。　　魏塈

黑虎來。來何晚。提軍向。一身膽。桓桓虎臣今見罕。帷幄運籌操勝算。誓滅此賊賊驚散。鍾山山麓戰鼓撾。威名幸憚黑虎爺。軍門鐫誓滅此賊四字小印。

兵卒

縣門行

錢澄之

縣門朝開官不出。昨夜大盜進官屋。健兒被傷公子死。衙外知更衙裏哭。樅陽臨水萬餘家。公然船過彈琵琶。縣上差兵親認得。鳴鑼捉賊通街譁。家家揭竿闌江口。船到江口誰能守。弓箭在手刀在腰。一夫上岸千夫走。差兵晝夜尾船行。獲之乃是纛下兵。可憐寃煞城中人。嚴刑至死無一聲。纛下兵來不敢鎖。當堂揖官對官坐。官免殺傷已有恩。明日同官赴轅門。移文調取軍前用。臨去傳言謝官送。

老婦行

戴明說

南陽古號天中宅。歲歲兵車過邊卒。南陽止剩百人家。家家含淚聽篳篥。戍卒自領官家粟。但願啜麥不啜秫。長吞踊躍雄如鯨。輔車纔潤盤飧失。供者佝僂啜者怒。轟雷愁氣崩殘室。老婦長跪方致辭。當頭一擊血如漆。所望移威加豺狼。何褻一劍及蟣蝨。軍麾整肅古來難。雝邊悄憶李光弼。

劉漢藜捉人行。見捕捉門。

徵兵謠作於崇禎庚辰年

傅惟鱗

聞道羽檄下州縣。徵兵補伍資征戰。昔時只道從軍苦。今日從軍轉宴宴。呼盧六博爭梟雉。撒地青蚨常數萬。朝來郊射鬬便環。中途時得客人錢。倡樓恣飲不能奈。拔刀每欲向人前。主帥雖不給正餉。幾敢瞋目行威權。有時聞警趨壁壘。轔轔蕭蕭何雄偉。縱使流氛高逼天。兵將常離數百里。馬不勞我日秣芻。鞭箠威人如威奴。一時誰敢少撓阻。割級正好獻幕府。誰家有女顏色嬌。馬上常馱伴寶刀。父母夫壻每追哭。十里不見黃塵高。駐馬又復無營隊。各人跨馬投闤闠。夜來宰卻塒上雞。天明擕去奩中黛。護防城郭尤泰然。棲遲暾飲相呼讙。一人稍稍不得志。百千上馬揮刀鐶。爭先報名挂名簿。駿馬驕嘶耀威武。臨行卻囑女與妻。隄防兵過爲兵虜。

聽老兵話　　高晫

遠山疊秋色。涼風脩脩寒。殺氣凍黃雲。旅顏慘不歡。老兵就我語。坐石聊盤桓。十三落邊土。十五投三韓。十六列戎行。十七侍大官。十年甲不解。防秋桃花灘。苦戰三十載。一子沒桑乾。妻死不知處。母死孤墳殘。中年入京華。既又向函關。西居未煖席。忽征南北蠻。去年破水西。今年瀘江灣。朝躋泥石裏。夜宿水草間。力殫倦樵採。累日多不餐。沙磧不言瘁。爲君數箭瘢。聞語未及竟。惻惻摧心肝。將軍策奇勛。士卒敢憚難。不見淩烟閣。矗起青雲端。

口號　　尤侗

世間怪事無不有。旗兵白晝劫江口。我登江船遭毒手。操刀嚇人攫金走。不知將軍安在哉。方擁高牙飲醇酒。

裁兵行　　沈名蓀

少年何緣入兵籍。弄刀彎弓有膂力。一生無業又無田。仰給縣官充口食。外臺開府屬文吏。裁減牙兵誠是計。制軍提閫大總戎。何亦芟除爪牙利。每路奉裁盈千人。此中豈盡老弱身。合并腹地十餘路。萬有數千游手民。安鄉插里難羈束。萑蒲叢叢樹林綠。

搶柴行

劉青藜

樵子日在山。耕夫日在田。衆兵何所事。不耕不樵剽掠城市間。一解。
柴車轆轆來。那問誰家送。雙牛雨汗拽不前。未及到門車半空。二解。
耕夫囑語。柴已無多。主人責我奈何。三解。
老兵忽大怒。主人奈我何。四解。
主人聞之懼。搖手戒勿語。耕夫不解事。脱手鞭一舉。五解。
老兵瞋目去。大聲呼其曹。眼看逐隊來。戟手聲嗷嘈。六解。
排汝門。闖汝堂。仆汝几案。傾汝酒與漿。七解。
見者抱頭竄。聞者色凄涼。家家私相囑。我柴任彼搶。不見渠家耕夫笞背主人藏。八解。

官兵糴

顧仲清

戊辰夏六月。兵變駭楚疆。天子命將出。整旅趨蘄黄。師行所過邑。比戶多憂惶。居民皆竄迹。市肆留空房。開市民苦兵。騷動安能止。閉市兵苦飢。何處求芻米。飢兵捉胥徒。鞭笞愁欲死。縣官出分解。詬詈隨之耳。賢哉舒城令。初仕來舒城。其才非百里。遇事曾不驚。先戒守城卒。開門入官兵。汝曹飢欲食。何用搜窮民。縣官自有米。官兵自有錢。有錢持易米。交易何所嫌。縣官坐堂上。官兵羅堂前。出米及芻豆。估價且勿譏。問米何由來。問豆何所致。驛積及倉儲。隔夜先取備。兵既各持糧。官亦起策騎。驅兵速出城。毋得更生事。客從鄰邑來。具言官兵過。縣官派民錢。民懼思逃播。縣官既憤民。縱兵攫百貨。窮民觸兵威。擄掠肌膚破。又有一鄰邑。亦經官兵來。縣官派民錢。供應如風雷。奸胥大飽腹。兵去民告哀。告哀官不理。訟之中丞臺。作吏須能事。愛民由中誠。請看舒城令。賣米安兵氓。

營弁歎　郭瑞齡

字不識一丁。弓須挽兩石。需糧復需餉。故事空名册。可憐司農款。年年必足額。鬬雞走狗樂朝夕。滿堂喝雉呼盧客。訓練何曾諳紀律。紀律不諳猶可言。縱奸參盜皆兵役。吁嗟乎。武夫禦侮稱干城。腹負恐愧將軍名。

黄子雲葵誠向詩勸屯田篇。見政術門。

戰城南　周永銓

戰城南。陣雲黑。血雨迷空。白日失色。轉戰城東西。又來戰城北。刀聲鼓聲相併力。髑髏纍纍。腥風四吹。積骸成莽。征馬不馳。將軍按部伍。一半沙場屍。縱有親知收白骨。白骨滿邊陲。安辨誰家兄與弟。爺與兒。愁魂慘慘泣陰雨。鬼聲黑夜作人語。生不得分主將一寸功。死不得附鄉里三尺土。惟有青燐照終古。

戰城南　沈德潛

戰城南。苦寒月。刀聲過處紅雨飛。一片黄沙堆白骨。戰罷飛狐西。又戰金河東。今日壯士死。他日將軍功。軍中夜宴撾鼉鼓。錦帳妖姬對歌舞。殘兵僵臥風雪中。鬼馬相隨鬼妾語。鬼妾語。鬼馬號。

雄雞翦夢天不高。羽書曉過陰山麓。十萬髑髏作人哭。

京軍謠　秦朝釪

使君城東來。幨帷露猶溼。京軍三五輩。瞋目當衢立。使君從騎瘖如猴。京軍有馬肥如牛。猶云馬劣不肯騎。怒氣勃勃形赳赳。大呼問官豈此州。胡不下車與我謀。嗚呼。國家養爾百年恩已極。咆哮勇氣且斂戢。長弓硬箭去殺賊。

病兵吟　楊揆

道旁逢老兵。顏色殊慘悽。路長官馬力苦疲。徒步牽馬行踦踦。破帽不蓋頭。敝裘不掩脛。斜風倒吹雪滿領。欲訴艱辛語還哽。自言十五二十時。滇南蜀北屢出師。長年未及脫兵籍。點行復遣征烏斯。朝不得食。荷戈拓戟。暮不得息。踐更行汲。天寒行汲山復深。十步九折傷人心。徘徊躑躅不能去。但恐烏鳶啄肉來相尋。忽逢官騎一何怒。嗔汝灰頹更箠楚。令嚴何敢與齟齬。但聞垂首背人語。此輩當年本同伍。

回兵行　趙懷玉

回兵氣揚不成隊。醉望青天眠馬背。軍官亦念成功難。縱有驕恣都從寬。賊屍狼藉塡巖谷。剖膽收之療人目。漫言一膽直多金。猶有榆皮拄飢腹。誰無父母爭提攜。兒女被驅如犬雞。寄語回兵休再逞。偶爾生還亦天幸。

新乞兒　詹應甲

荆南道旁新乞兒。呑聲嗚咽前致詞。自言舊籍長沙卒。二十從軍少壯時。當年瀘水煙塵沸。花苗蠢動犂鋤棄。身雖卑賤筋骨强。得到戰場方快意。戰場賊來同亂鴉。爭先截殺如芟麻。大小百戰那知死。刀缺矢窮心不讋。忽逢飛鏃傷一目。再爲礮石斷一足。目傷足斷氣未銷。馬上猶能奮馳逐。大軍奏捷班戎行。幕府點名重過堂。完膚壯丁皆選入。老弱殘廢難充當。令嚴法正不得語。繳還甲仗出軍伍。足傷非馬行不前。何以爲農與爲賈。蹇投古廟炊寒煙。寶刀已鈍難質錢。鄉邑無家歸不得。營門舊侶誰相憐。途窮無計學求乞。一餠一糜度終日。髀肉作瘡力漸微。夜聽髑髏呼伴急。賤卒雖死何足哀。同征將校書麟臺。

征夫苦

徐晥

征夫苦。征夫苦。半載新婚別如雨。爾腹有胚胎。未辨男與女。生男莫作行伍人。生女愼莫嫁行伍。行伍紛紛出邊關。彎弓盤馬幾生還。將軍得立邊功日。壯士白骨高於山。今日生離卽死别。我勉王事爾苦節。他日翦紙招我魂。陰雨啾啾來蹩躠。吁嗟哉。屍不同埋魂同穴。爾營空冢先標碣。皦日流光心似鐵。

募鄉兵

史善長

朝募兵。夜募兵。府帖火急無留停。排門比戶抽强丁。一丁百錢米一升。官爲支給以日程。宜施卽介山崢嶸。下游黄漢上襄荆。水陸攔截緊於星。要使曠野皆堅城。椎埋惡少多竄名。磨刀霍霍喧相爭。十里五里險隘憑。殺人爲功官所令。手毒漸覺軀命輕。肉肥酒大羅羶腥。飽食且贍妻兒生。一賊不獲官不刑。有時斬馘羣矜能。告身百道飛如蠅。羊頭狗尾彯長纓。一笑目已無公卿。昨者大將方南征。瓜期未代烽煙横。借力終恐違師貞。何當彎弧射欃槍。銷甲散伍還歸耕。

征婦怨　孫源湘

荷鋤被驅去荷戈。虎符下調征交河。經年不覩雲中雁。夜夜空閨惡夢多。朝來慘報全軍没。寸骨不歸歸辮髮。結髮恩深翦紙幡。葬君遺髮招君魂。魂兮莫怨沙場死。戰死沙場尠餘罪。東家阿父死官糧。官府下鄉械妻子。

蘭山行　陸元文

蘭山城中聞點兵。點兵三日不得行。娘爺别兒夫别婦。一城無聲聞哭聲。飄然破褐途窮士。眼見旌旗向東指。兩人共一騎。十人共一車。承平不知事兵革。駿馬换牛刀换鋤。半夜飛符催火速。報道山東噪青犢。幕府森嚴張令甲。點兵不前有軍法。爺娘裾牽婦帶拖。雖有軍法可奈何。將軍昨傳言。士卒爾勿諠。不必殺賊但防賊。此去保汝骨肉全。四更營前響觱篥。五更涼風起酸瑟。金鼓隱隱烟塵昏。幕烏高叫紅日出。君不見羽書旁午調兵守。兵到城空賊早走。

石麻子　陳春曉

石麻子横行錢唐江上。以踞奪沙洲爲生活。劉中丞韻珂當破格用人之際。宥其已往。轉加恩禮。乃感奮。嘯聚數千人。爲一江捍衛。勇敢之氣較勝官兵。

石麻子。横行江上名聞爾。虎踞沙洲莫敢指。一呼草澤羣兒起。綠林豪客曾驅使。隔江咫尺烽煙驚。

中丞焦灼籌專征。破除成見善將兵。不馴之輩馭以誠。使貪使詐無不可。一朝激勸義勇生。軍門許長揖。破格恩禮及。問爾何所能。號召羣雄集。不用甲兵與刀戟。鍬鋤鍤鎛鋒堪接。相撞相擊一當十。中丞用汝嘉。賚賞羣兒誇。功成當爲奏天子。先已薰沐頭銜加。石麻子。爾知否。中丞待爾恩深水。一江願爾同仇倚。賊來不盡殺不止。莫似官兵輒怕死。不怕死。石麻子。

官兵行　又

楚兵前。蜀兵後。官兵之來本爲民。民畏官兵甚於寇。役民之力鞭箠加。攫民之食街衢走。豈徒排闥逞黃昏。更敢持刀驕白晝。官兵官兵爾誠強。昨夜將軍下沙場。爾果效命歷戎行。定當一鼓殲貪狼。用張殺伐武維揚。乃聞礮火轟天起。巨寇猶遠數十里。魂飛棄甲爭渡河。紛紛可掬舟中指。官兵官兵太不仁。不能殺賊祗殺民。逃卒軍中罪罔赦。官不汝殺賊乃戕汝身。自今願爾咸安馴。誓掃東南海上塵。永銷金甲同樂春臺春。

大兵調浙挾婦女來長官訊得擄掠罪狀誅數十人婦女給貲送還鄉長歌紀之　又

捷書三楚方馳報。吳中殘虜猶羣嘯。烽火無端犯浙西。頻年防堵眞堪笑。餉費丘山萬萬錢。窮檐爨突苦無煙。猶道籌防兵未足。東西徵調羽書連。木蘭自昔從戎異。兜鍪巾幗今兒戲。雄兔紛馳雌兔隨。沿街咄咄羣言沸。別有桃花馬上娘。羅裙血色豔紅妝。共說將軍新眷屬。營中寵異帳中藏。彼姝與痛爺娘決。白刃叢中啼不得。薄命隨鴉已可憐。傷心伴虎從誰說。到此思尋一死難。何時始解三生劫。刁斗無聲夜未央。鼠貓那管兵符急。火速元戎催進兵。大江昨夜雨如傾。蛟鼉怒吼波濤立。舳艫銜尾渡頭橫。榜人且勸將軍止。公無渡河憂變喜。此間之樂不可支。少住爲佳聊復爾。縣官日日事供帳。大酒肥羊索無已。廝卒横行白日驕。黄昏排闥驚人起。天公悔禍忽放晴。將軍無奈挂帆行。行行已過桐江驛。七里瀧中山水碧。森嚴如入亞夫營。長官執法惟威明。段廉訪光清。落落大旗鳴鼓角。點兵令下軍門肅。但聞蓬首送夫征。夫征那許同行役。長官怒目張。問女來何方。含悲訴長官。泣下淚千行。自言本是良家子。昨年被虜離鄉里。地棘天荆行路難。殘軀豈意今來此。長官聞言益慘傷。莫怪軍中氣不揚。雄狐就縛殺無赦。列隊前驅遂啓行。提來悍卒骷髏血。脱卻羣娃豺虎穴。送女迢迢返故山。驚魂一縷竟生還。吁嗟乎。將軍失律身旋喪。女兒落劫猶無恙。長官氏段恩難忘。

鄉勇叛　又

鄉勇叛。鄉勇叛。爾本鄉里無賴逞驍悍。國家設兵焉用汝。世際昇平不尚武。老羸按籍聊充補。虛名烏有更難數。羽書旁午馳縱横。風聲鶴唳一軍驚。兵不足恃募鄉勇。一鄉簡練爲干城。教之技擊先騰踊。教之守禦無騷動。寇來捍衛要同心。寇去追奔須接踵。官兵見之顏色低。相形步伐誠止齊。豈知此輩桀驁性。氣矜自雄忘禁令。酒樓嫚駡只尋常。屠門攫肉幾亡命。市上成羣既可憂。賊來反眼轉與官民讎。君不見武昌形勝金陵固。百雉城南入雲霧。鄉勇果能堅禦侮。小醜何難殲一鼓。只因負弩導之先。重門洞開揖強虜。百萬人家一炬空。翻向渠魁願效忠。某家某谷埋金富。某氏某倉積穀豐。狂寇聞之怒變喜。大索横搜遂無已。吁嗟乎。鄉勇之設爲保民。那知殃民至於此。縉紳冠峨峨。請君聽我歌。羣公用意亦良厚。豢養不斷將如何。欃槍昨夜芒刺滅。寰宇清平將止戈。每日青銅三百計。此輩虛糜已成例。聚之容易散之難。寒冬衣食誰爲濟。起而爲盜羣稱雄。里門桴鼓鳴鼕鼕。欲盡擒之法亦窮。吁嗟乎。鼠子跳梁不足患。患莫患於鄉勇叛。

逃兵行癸丑金陵事　又

兵去問兵從何去。橫戈入市殊驕倨。兵來問兵從何來。棄甲沿途亦可哀。國家養兵兵不用。承平日久咸嬉弄。醉飽街衢半執冰。老羸糜餉堪深痛。昨宵火急軍符驚。夜半傳呼要點兵。點兵令下登程速。爺娘相送牽衣哭。欲前且卻觳觫行。行行未與虎狼迎。望風膽落鋌而走。兜鍪拋棄盈江城。軍法逃兵罪應死。軍門執法何太弛。誅之其奈不勝誅。士卒無良已如此。君不見開府巍峨號范韓。三江作督何桓桓。胸無兵甲辱高位。況值時艱報稱難。小姑山屹中流立。天然地險眞奇絕。一夫當關萬夫折。大旗日落屯營密。將軍據此可殺賊。功成堪與燕然勒。奈何更比逃兵劣。驀報戈船下鄂州。不思破敵急迴舟。風利連宵轉石頭。賊亦從之江水流。石頭城本金湯固。崇墉百雉難飛渡。但使將軍保障嚴。健兒用命衆志堅。任他狂寇滔天勢。六代江山克保全。可歎將軍倏爾不知處。甲士踉蹌散如雨。重門洞開誰爲主。長驅直入莫敢侮。殺人如草無完土。士女何辜屬強虜。噫吁嘻。官歛兵歛。等是受恩人。戰陳原當各致身。逃兵無赦法始伸。罪首先誅臣不臣。

兵莫來　又

兵莫來。兵莫來。無兵吾民能自守。兵來吾民驚且走。兵不殺賊專殺民。助寇殺民太不仁。橫行村落衆怒嗔。義旗號召千萬人。殺兵殺賊民氣伸。先除兵患後除賊。兵既被殺賊孤立。國家設兵兵本重。百年養之一日用。承平日久訓練疏。罪有攸歸任驕縱。民敢殺兵民無良。民不殺兵民先亡。兵民相殺殊慘傷。我欲告大府。勿輕舉牙璋。東調西遣徒徬徨。曷勿使民自爲兵各自強。家出丁男戶出糧。比閭族黨皆金湯。

寶山田若谷明府鈞團練鄉勇詩

蕭掄

田侯來治吳淞口。團練民間捉生手。只分清俸作餉錢。不費官家糧一斗。官家養兵百餘年。太平無事只晏眠。一朝盜賊起滄海。遷延不敢乘樓船。往年賊入內洋裏。礮聲夜撼吳淞市。將軍擁麾走入城。健兒彎弓不發矢。侯乃慨然議募兵。招集丁壯二百人。只愁白徒不習戰。勇怯相半難從征。我爲賢侯呈一策。海濱鹽徒數千百。一船狎浪如飛鳧。慣弄弓刀劍矛戟。此輩捕急卽跳梁。不如收之用所長。質其妻子縱擊賊。重懸賞格嚴逃亡。必能冒險出死力。不憂道覆還披猖。況收驍健歸伍籍。此法可以清海疆。海疆遼廓皆我土。欲翦鯨鯢賴貔虎。由來召募惡少年。以賊攻賊法原古。旁人笑我不解事。白面談兵竟何補。如今幕府守文法。且喜江南尚安堵。嗚呼。但願終久長安堵。

卡兵來

陳偕燦

卡兵來。居民哀。卡官如虎兵如豺。餓虎一嘯黑風起。貪豺四出逞牙齒。窮檐斷炊烟不舉。典得破衫販鹽去。肩挑背負汗血濺。性命換取數貫錢。明知密網蹈不得。可憐不肯作盜賊。卡兵荷戟忽偵至。飯顆米珠一齊棄。隻身逃竄不敢歸。八口望斷空啼飢。嗟爾卡兵忍爲此。同儕聚語交裂眥。如此有生不如死。犯法得死。凍餒亦不生。死且不畏。豈畏爾卡兵。

河北民

姚東之

前村紛紛呼賊急。後村攘攘呼賊入。天地黤慘日無光。千門萬戶皆環泣。老者難逃壯者匿。賊入村門呼酒食。大鍋煮牛羊。先擄婦人次女郎。從我爲賊富貴長。老翁低頭心慘絕。欲語不語舌本結。賊醉大呼刀亂切。白頭半染刀頭血。村空賊去壯者歸。青燐白骨神魂飛。道路歡傳官軍下。羅拜馬前獻燔炙。不虞官軍復抄掠。嘽嘽勢比賊軍虐。賊斫不死官軍攫。驅我老弱轉溝壑。擄我妻孥恣宴樂。里老吞聲不敢云。但嗟不遇楊將軍。嗚呼將軍奚我後。使我無兒又無婦。

柘泉老婦行

王正誼

柘泉老婦七十七。手扶竹杖身戰慄。眼昏不識賊與兵。認賊爲兵向賊泣。昨日一炬無屋廬。鞭箠兒子殘肌膚。可憐少婦年十九。被驅猶抱懷中雛。老婦能存亦風燭。三日不食裙無幅。斷肢枯骨溝渠塡。終爲螻蟻口中食。賊聞此語亦惻惻。引向曲巷曲處匿。與衣一襲米一升。戒勿言動且偸息。未幾賊去兵復來。收拾餘燼聲如雷。褫衣奪米復遭殺。游魂飛作青燐灰。

鄉勇歎

許棡

琳宮朝闢洶奔濤。十十五五來滔滔。敝衣短後舉趾高。爭前自贊稱人豪。誰其主者似尉曹。去留甲乙三寸操。誰其佐者似俊髦。袖中各各藏名條。桀石超距且勿勞。折箠不用腰弓刀。上官符檄紛蝟毛。義取壯觀誰敢嘲。大書勇字竿摩霄。老翁七十項有條。小兒十二髮垂髫。間以少壯形如猱。白日市井恣遨遊。寇來一晌從遁逃。未來且令司長宵。使人猶應勝使獒。老僧不眠坐虛寮。圓蒲側耳燈頻挑。初更鉦析何匢囂。二更斷續聲不調。三更四更久寂寥。五更腷膊鄰雞號。余當時嘗語客曰。君知鄉勇中有如岳小將軍本領者乎。客曰。安得有此人。余曰。然則何以十二歲便令充勇。客爲憮然。

糧勇歎　又

山東健兒好身手。探丸赤白無不有。竄名糧艘爲萑苻。夜出椎埋日使酒。一從轉漕遼海通。此輩棄置安能窮。縣官無錢遣歸土。負嵎久踞長安東。忽聞尺籍點鄉勇。走觀失笑眞蟣蠓。大聲呼洶牆壁動。願得餔糟同一鬨。官簽鄉勇本飾觀。豈知寇生肘腋間。姑如其請麾使出。喜氣悍色交眉端。寶刀凝血夜久嘯。昔藏衣底今出鞘。霹靂在手火樹耀。辟人昏黑先以礮。行者驚恐居者弔。就中旗丁竊相告。常時吾屬慮鼓譟。得緩須臾策亦妙。放虎自衛且勿誚。

兵船行　黃燮清

紅旗高捲金鼓鳴。大船小船縱橫行。縣官羊酒來犒兵。縣官出城兵入城。瞋目露刃輕死生。承平罕見見者驚。街市闃寂門晝扃。行船瑟縮僻港停。兵來促船誰敢爭。兵來捉船愼勿爭。君不聞東浙傳烽星火迫。明日官兵要殺賊。

官兵行　孫鼎臣

北風蕭蕭腥滿衢。廣州城中人跡無。家家閉戶如逃逋。官兵橫行來叫呼。官兵殺人食人肉。挺仞莫敢相枝梧。短領窄袖大布襦。三三五五徧里閭。宰割雞犬牛羊豬。突入酒肆懸雙弧。搜索盆盎及罌盂。飲食醉飽惟所須。八十老翁泣路隅。去年夷人到番禺。十家五家被賊俘。今年官兵望討賊。賊未及討民被屠。彼賊殺人兵得誅。官兵殺人胡爲乎。黄昏吹角聲嗚嗚。轅門半掩人吏疏。雙雙銀燭紅氍毹。大將夜坐治軍書。老翁欲歸無室廬。夜半卻立長欷歔。

瀘州聞滇黔官兵過境　　姚椿

城中擾攘雞犬呼。城外慘澹人煙無。官行索吏吏走匿。市兒大號兵過途。兵來滇黔亦非遠。一身無功意驕蹇。前驅供頓聲勢張。役夫嗷嗷日將晚。欲來不來行遲延。口索夫馬意索錢。倉卒使爾誤軍限。高貲急納充腰纏。可憐縣官受嗔責。吾爲爾民來殺賊。此曹平時性命輕。身到疆場反愛惜。蜀道當關重一夫。頻年征調困軍租。卻思丞相天威遠。六月炎蒸此渡瀘。

從軍行　　沈亮

黄河風蕭蕭。日落笳鼓急。征夫行負戈。天寒慘無色。嗟爾太平久。戰鬬未嫻習。平時隸行伍。聊博升斗食。主將當治安。教練苦不力。一旦黄巾來。防虞此何及。府帖傳點兵。吞聲去鄉國。明知赴一死。且復念家室。瘦妻身伶俜。門戶誰與立。長男亦從軍。幼男纔及膝。遥憐抱母懷。索乳夜號泣。生未識爺面。何處收吾骨。念此心爲酸。忍淚時一滴。黄雲壓旌旗。邊關正風雪。元戎不知寒。按劍驅士卒。冒冷且向前。驚飆卷沙石。軀命尙不保。遑恤凍膚裂。登高望關山。霜月故鄉白。人生遭亂離。親愛成永訣。道逢舊相知。下馬語嗚咽。附書寄家人。歸來有魂魄。

殘兵行辛丑定海之敗　　夏之盛

主將昨戰死。殘兵餘無幾。束身歸法至省垣。仁矣中丞能恤士。此兵桓桓隸壽春。十停存一創滿身。憩爾蕭寺贍爾食。寶刀浴血猶蝹蜦。爲言主將誓死鬬。轉戰三日大殲寇。海外孤城救援無。礮卵飛紅貫胸脰。又況奸夷財誘衆。衆不殺敵爲敵用。異心反噬出同袍。倒戈一室爭相鬨。吁嗟乎。有功不賞罪必罰。死敵何堪更死法。九死惟餘報國心。淚灑翁洲且坐甲。

西安兵　又

西安兵。狀桓桓。雄風如見歌北園。手持矛戟腰橫弮。詰朝相遇城南門。門者向兵語。君行定立勳。兵言立勳何敢羨。但願將軍早決戰。不然雨雪死他鄉。銳氣全摧功不見。我聞兵語增悲壯。志切同仇威孰抗。莫教久戍老軍心。淸人逍遙潰河上。

王柏心捉船行。見捉船門。

辦團練　薛時雨

大坊設百人。小坊設五十。有不從者予以罰。罰令捐金充此額。一解。

何爲爲團。老弱癃殘。何爲爲練。斬木揭竿。二解。

團不足。游手續。練不精。點花名。三解。

團練既成。乃往前營。按册計賞。逐隊隨行。棘門灞上兒戲兵。四解。

團練在局不在官。脅官以陵民。官不操其權。局中日日斂捐錢。五解。

團練協。民蹙額。團練撤。民動色。私囊肥。公貲竭。煌煌保衛局。酒肉豢饕餮。可憐無數民膏血。六解。

募鄉勇　又

鄉有莠民。邑有游民。一聞召募勇以名。十日已滿三百人。一解。有牌在腰。有刀在手。鄉民見之嘻且走。二解。形赳赳。勢洶洶。不願殺賊建功。但願常此虎視一鄉中。三解。馭民有官。馭軍有將。惟勇獨橫。恣其所向。四解。囊中日領青銅錢。歌樓酒肆常流連。有求不應揮老拳。五解。探馬來。賊還歸。鄉兵散。練局裁。萬家歌頌心顏開。嗟哉旱魃重爲災。六解。

殘兵行和松如主人　閨媛楊素書

殘兵來。籍壽春。平生勇武超羣倫。城闕欲入還逡巡。昨者主將赴敵死。殺傷大半餘無幾。飢火燒腸創滿身。血漬銅刀裹懷裏。爾敗曷不還故土。軍籍雖存散行伍。爾勇曷不投大營。薄功不賞罰肯輕。中丞憐爾招攜爾。給爾衣食按爾名。吁嗟乎。勝亦莫驕矜。敗亦莫悽惻。留此殘軀誓報國。枕戈他日厲同仇。毅魄有靈當殺賊。

奸兵行和松如主人　又

夜燈燦。布帳屯。萬松嶺上兵如雲。誰家女兒豔絕倫。夜深人靜兵叩門。入門逞暴厲。女怒封兵臂。明晨指創泣訴官。官爲按律伸爾冤。吁嗟乎。兵先擾民民莫抗。統率嚴明敢剽掠。從來禁暴在將兵。先貴知人能將將。

附錄兵船行

張興烈

前船隆隆摐大鼓。後船摵摵旗竿舞。千家萬家生別離。朔風刺眸淚如雨。霜天嗚咽晝角鳴。長江設塹戈船橫。師兒十萬同日死。荆襄震動吳楚驚。府帖昨夜下。遠調江南兵。江南花月醉不醒。健兒繾綣兒女情。馬鞍換酒髀肉生。承平不識細柳營。縣官按兵籍。邊吏催登程。閨人送別長短亭。刀鎗無光白日明。五步一回顧。十步聞哭聲。丈夫許國那足惜。可憐妻子嬌娉婷。頗聞絕塞重圍迫。銅關陷敵妖星赤。湘江萬馬踏冰天。漢水羣龍困沙磧。軍中令嚴強努力。四顧同隊皆酸辛。吁嗟乎。四顧同隊皆酸辛。嫖姚大將今何人。

新樂府悲民團

又

國家養士二百年。一旦用兵兵不前。濟兵以勇孰所創。烏合之衆動以千。軍無紀律失訓練。倉猝驅之與賊戰。強者從賊弱者逃。兵耶勇耶兩不見。勇既不可恃。兵亦不足觀。寓兵於農有古法。不得已而求民團。煌煌告示徧鄉鎮。某都某圖人若干。無事安居有警出。守望相助家室安。貧者出力富出資。裹糧赴敵無或遲。驀聞賊至縱焚掠。鑼聲一震遠近知。民團在前兵勇後。後勁不繼前茅危。賊氛如山民氣餒。彼衆我寡安能支。壯丁戰死老弱哭。身家塗炭骨肉糜。一鄉既敗四鄉懼。強顏事賊無不爲。吁嗟民團衣械皆不充。所恃兵勇當其鋒。民團攻守皆不習。所賴兵勇助其力。兵有餉兮勇有糧。兵勇何樂民何殃。官民兵勇不一氣。安能實效收疆場。斯民有難不能救。忍以干戈廢耕耨。前村賊去墟里空。兵勇紛紛與民鬬。

清詩鐸卷十三

軍餉

撥餉歌　　任璿

上世兵民合。中古兵民分。荷鋤與負戈。傷哉兩苦辛。幸際昇平世。勿忘征戍人。萬里山川道。星羅而雲屯。可使庚癸呼。殷憂動至尊。足食廑先事。特詔司農臣。乘茲歲之暮。持籌計來春。或需百畝稅。或頒左藏銀。飽騰遍滇黔。轉輸先晉秦。燎然如觀火。千百次第陳。余也佐版部。國計蚤相詢。恐學官禮誤。羞稱桑孔言。度支有成例。武備豈具文。寄語沿疆卒。莫負百年恩。

屯政初就發刮耳崖作　　查禮

粵稽屯營兼古制。營田者民屯者騎。且耕且戍以代糧。充國曾聞省大費。術由經濟學誰傳。本原悉具鼂錯議。（屯田始於鼂錯。趙充國罷騎兵以省大費。）渭濱許下淮與襄。（武侯屯田於渭濱。任峻屯田於許下。鄧艾屯田於淮南。羊祜屯田於襄陽。）闢土未出中原地。宋熙豐間役邊州。兵民並得同趨利。丁夫調遣雜咸平。功實難成廢則易。營州獨數唐慶禮。（慶禮請於營州開屯八千餘所。招安流散。數年之間。倉廩充實。市邑浸繁。）宋代惟有范公比。（文正大興屯田於陝。）我朝中土既浸繁。太平日久無荒棄。遐荒絕域入版圖。雪山今亦邀撫涖。降蠻賣馬以買牛。戍卒抛戈執農器。依山傍水結田廬。雞鳴犬吠聞次第。我來自春去及秋。新舊風光頓覺異。教養還須俟後來。刮耳崖邊詩作記。

轉饟行

張雲璈

轉饟復轉饟。山高高。水漭漭。轉饟復轉饟。馬瘏僕痡我鞅掌。十萬之鞘二百人。長途絡繹來踆踆。王事孔亟毋逡巡。笞汝詈汝汝莫嗔。過縣換夫索夫價。長官對之生怒罵。爲道途銜官又貧。應接須知日不暇。郵亭一宿殊草草。隨例盤飧不能飽。有時驅之入民舍。茅屋荒涼雜傭保。蚤起喚夫夫一無。縣堂打鼓催雇夫。司閽醉醒不知晏。自朝日中還及晡。天寒日短行不到。昏夜彳亍荒山隅。大地黑無一星火。束縕直比千金壺。前鞘後鞘不相及。雖有嚴責其誰辜。皇天著意困行旅。滕六葛三肆狂舞。兼旬雪沍三尺深。又降淋浪十日雨。羊車沒輪馬沒腹。輿夫欲前難駐足。荒荒曠野有戒心。冒險仍從路旁宿。倦不能寢。飢不能餐。北風剺面生嚴寒。一身以外遑敢顧。但保我鞘亦無苦。吁嗟乎。從來立法本自良。護持煌煌令甲張。兵丁二十役二十。衞而出境無恇勷。如手護頭臂使指。縱有不虞何庸防。卽今名實全不副。更無一卒來趨蹡。惟賴孱奴六七輩。當車未免嗤螳螂。若非朝廷有威福。公帑之覆將何償。君不見昔年失鞘樅陽東。去年失鞘在宿松。回首往事使心忡。我欲投書文武吏。

吳俊轉粟謠。見力役門。

運糧謠

楊揆

兵行何速。糧行何遲。吁嗟糧行曷敢遲。試聽役夫前致辭。有山不能牽車。有水不能泛舟。一夫負五斗。晝夜往復無停留。艱哉巍巍。山路坱圠。愁霖匝月不肯晴。曳踵齊呼泥滑滑。道逢官騎絡繹來。軍符火急行相催。但聞將軍令。敢惜役夫命。長途喘吁力已疲。視其後者從鞭之。可憐有生同愛惜。寧作征人死鋒鏑。莫作糧夫死驅迫。

糧行速。士氣銳。糧行遲。夫力憊。糧行遲速須有時。前軍所到糧宜隨。崇墉露積懼紅朽。升斗不繼愁朝炊。官來唱籌日無暇。絜槖攜囊滿平野。軍中不識轉運艱。索米有餘還飼馬。役夫躑躅涕泗零。銜悲欲語仍吞聲。官兵十日可以不殺賊。不能一日不再食。但願官兵殺賊多。役夫寧敢辭奔波。

軍器

日本刀歌

梁佩蘭

市中寶刀五尺許。市中賈人向予語。紅毛鬼子來大洋。此刀得自日本王。王使紅毛預齋戒。三日授刀向刀拜。龍形虎視生氣驕。抽出天上星搖搖。黃蛇之珠嵌刀首。百寶刀環未曾有。有時黑夜白照人。殺人血漬紫繡新。陰晴不定刀氣色。風雷閃怪吼牆壁。相傳國王初鑄時。金生火剋合日期。鑄成魑魅魍魎伏。通國髑髏作人哭。人頭落地飛紙輕。水光在水鏽欲平。國王恃刀好戰伐。把刀一指震一國。紅毛得刀來廣州。大船經過海若愁。攜出市中人不識。價取千金售不得。我聞此語空歎吁。兵者凶器胡爲乎。中國之寶不在刀。請以此刀歸紅毛。

鬼子劍　張淦

鬼子之白白如雪。鬼子之黑黑如漆。對客含笑雙眼碧。腰間插劍長三尺。解劍長跪奉上官。劍未出匣氣已寒。陰風蕭蕭霜氣團。上有奇字横闌干。細如錐。薄如紙。光鑑髮。柔繞指。以刺人。人立死。鬼子劍。殺苗子。吁嗟乎。我兵一萬三千人。安得人人盡持此。

跳刀行　樂鈞

兩人扶刀夾几立。一人赤體穿刀入。刀光潑水凝秋霜。五體磨刀刀不澀。以頭據几脚撐空。後刀當背前當胸。折腰欲下復不下。前刀當頂後當胯。几上四面刀相環。凌空飛出刀中間。最後躍登層几上。反身一跌勢千丈。口銜手握刀縱横。一笑收刀神轉王。吁嗟乎。踰鋒投鋏眞凶危。能透劍門徒爾爲。絳頭毛面猶騷動。如此身年殊堪用。安得召募此輩千萬人。充補一隊銀刀軍。提刀斫陣殲羣賊。拍張三公應可得。

戰守器具詩　馮詢

封之以瓦罐。約之以布囊。賤雖等泥沙。用則能飛揚。任敎勁敵軍。有目不敢張。灰。

選石無定程。用石無定式。要惜石如金。入手不妄發。探城防草人。石盡出眞賊。石。

霹靂非不豪。呆置近愚戇。一動關兩人。擡礮有妙用。苟未相厥機。安能發必中。擡礮。

人人集攩牌。礮必攩牌地。能攩不用牌。露立看敵至。巧固賴見機。懼亦重臨事。攩牌。

黃竹鑿使通。白茅束使逼。體有十尺強。氣可百人敵。放出大光明。散作小霹靂。一條銜燭龍。四射含沙蜮。噴筒。

凡箭利用穿。惟火法取墜。雀足飛上天。雀足加火。飛入城壘。見隋書。雉尾拖到地。雉尾炬。見宋書杜慧度傳。炙地復燒天。攢炬何由避。火箭。

一響落飛禽。并州小兒事。奈何今戰場。恃此爲利器。便成士卒功。殊失丈夫氣。火槍。

蜀地出井油。火得水愈迫。陽以陰而旺。燥以溼而發。相尅轉相生。誠非敵所測。安得滿江紅。燒賊如赤壁。井油。

火彈豈不同。勝旺敗則熄。英雄手一丸。氣燄關可塞。親見救城時。冒死彈互擲。賊退論城功。焦頭作上客。火彈。

一木已難支。況是木既倒。卻以倒爲支。危城賴可保。軸如轆轤轉。刺如荆棘抱。周身密排木釘。又似肇陣橫。一落千軍掃。滚木。

旗以言乎期。與衆期聯羣。起伏卻無常。出沒如有神。斬將必先奪。一竿繫三軍。氣靡則已衰。遠視防敵人。旗。

設牌以衞身。衞身已自惜。要在一往前。冒死目無敵。殺機牌內伏。殺氣牌外溢。牌盡突見刀。萬人勢辟易。牌。

屯田

眷兵行

劉時英

十萬入關徙富室。富室一徙存什一。美田華屋遷不得。自入函谷聲寂寂。我朝籌邊廟謨精。不遷殷實遷壯丁。復慮遠戍動離愁。乃許攜眷塞上行。君不見壯士出門不回望。箭在囊中弓在韔。數杯濁酒壯行色。妻奴歡笑歌車上。行抵屯所守且耕。武講農隙厲甲兵。不須歲歲議防秋。綠野授戈起柳營。舊戰場區新黍稷。萬里長城控西北。益信善取貴善守。漢代何曾得上策。

黃子雲葵誠向詩論營田篇。見政術門。

查禮屯政初就篇。見軍餉門。

徙兵行 時詔徙伊犁屯田

蔣業晉

今皇神武開遐疆。西域酋長皆來王。臣其氓者治其地。廟謨遠略何堂堂。屯田塞下古有制。直銷金甲歸農桑。詔書特下涼州郡。徙兵遠戍催束裝。非常之原黎民懼。一時詎忍輕離鄉。重臣遙遙仗節鉞。撫循備至逾三章。此去莫畏關塞遠。但有耕作無戎行。鉏耰棘矜雜弓箭。馬駝車乘儲芻糧。或負或戴紛道路。寧棄妻子抛爺娘。大漠烟生塞草白。長河日落邊城黃。到時穹廬共處處。不煩相度觀陰陽。出入相友更相卹。宛如同井無參商。墾闢日擴毋或惰。人力自可開天荒。我聞安邊易致富。金可作粟馬如羊。又聞折膠秋氣肅。控弦士馬雄籌防。皇威萬里震沙漠。狐兔蹤跡潛逃藏。羌渾部落久雜處。一稟漢法無披猖。爾輩于焉自蕃息。玉門關外寬輸將。我來絕塞感羈旅。恰逢荷戟趨氐羌。風急吹笳動悽惻。月明倚劍空慨慷。

邊防

黄子雲葵誠向詩遏東夷篇。見政術門。

寧夏采風兩蕃部

牧䰌武作。䰌武。隸寧夏。

楊芳燦

漢代始開置。徙民實新秦。遂收西郡地。賴此爲本根。當時走白羊。依山繕城垣。雖云阻一面。三面垂在邊。西北固磽埆。種族蝗生蝝。自周無上策。何論漢以還。棄之弱三輔。守之孤外援。破完補一缺。其勢無兩全。爰稽勝國時。遺事可悲煎。套地何么麽。宂此井底天。東馳逼環慶。西突連岸犴。此間大河險。蹂躪爲通津。莾蜂起肘腋。掩兔不及奔。時閧出賀蘭。殺人潛草間。我朝大一統。封域極廣輪。蒙鄂兩蕃部。內屬爲世臣。迄今百餘載。膜拜奉一尊。平靈數口道。明制表閭門。詔許通互市。弛禁薄其緡。槖駝馬牛羊。彌山塞郊原。王公大貝勒。封爵被國恩。藩部郎主之。玉節秉輶軒。賞功馭有罪。動息必上聞。治以中國法。人以中國人。有如馭騂馬。銜策令其馴。又如哺雛鷇。七子養則均。馴由天子義。均由天子仁。美哉此道行。萬古無邊塵。

島夷

憂西夷篇

程廷祚

歐邏巴即西洋也。自古不通中華。明萬曆末。其國人利瑪竇等始來。以天文奇器售其術。招集徒衆。欲行所奉天主之教。

識者憂之。○按是詩在夷亂華八十載前。已見其端。

迢迢歐邏巴。乃在天西極。無端飄然來。似覲聖人德。高鼻兼多髭。深目正黃色。其人號多智。算法殊精特。外此具淫巧。亦足驚寡識。往往玩好物。而獲累萬直。殘忍如火器。討論窮無隙。逢迎出緒餘。中國已無敵。沈思非偶然。深藏似守默。此豈爲人用。來意良叵測。側聞託懋遷。絕遠到商舶。包藏實禍心。累累見蠶食。何年襲呂宋。翦滅爲屬國。治以西洋法。夜作晝則息。生女先上納。後許人間適。人死不收斂。焚屍棄山澤。慘毒世未有。聞者爲心畫。非族來何爲。窮年寄茲域。人情非大欲。何忍棄親戚。諒非慕聖賢。禮樂求矜式。皇矣臨上帝。鑒觀正有赫。

遊天主堂即事

趙懷玉

峨峨番人居。車過常遠眺。今來城西隅。得徑甫深造。其徒肅將迎。先路爲指導。少憩揖而升。居然煥寢廟。香花中供養。壁繪天主貌。曾甦垂死人。能謝洪波櫂。壁間所畫天主事蹟。亦無甚奇蹟。彼特過夸耀。謂自開闢來。竟絕人與肖。樓頭旋奏樂。仿佛八音調。轉捩惟一手。吹噓殊衆竅。更喜火發奇。迸如劍躍鞘。觸機四肢振。匪藥百病療。右築觀星臺。儀器匠心造。橫鏡曰千里。使人齊七曜。迺於窺天微。兼得縮地妙。所惜昧禨祥。但解推蝕朓。或云利瑪竇。始由勝國到。豈知貞觀間。早有大秦號。胎源出祆玉篇。阿憐切。關中謂天爲祆。徐鉉增入說文。神。不外六科要。徒爭象數末。詎析理義奧。聖化溥裨瀛。重譯不煩召。治曆首明時。量能爰策效。吾儒通三才。本異索隱誚。因疏專門業。致被迂方笑。太息遵歸塗。高林澹斜照。

英吉利歌示使臣米士德　　陳文述

英吉利。爾國安在。去中國大皇帝所治。中隔十萬餘里大瀛海。英吉利。爾何所能。能製鐘表辨漏刻。能織呢羽爲毾㲪。英吉利。爾何所見。大郎山頭看南斗。鸚鵡羣飛綠成片。英吉利。爾來何意。海西小島如蜉蝣。傾心皈依大皇帝。皇帝萬歲萬萬歲。兵力能伏汝。大度不貪汝土地。汝願隸典屬國。萬國貢珍有成例。純皇在御癸丑春。爾國入貢羅奇珍。不貴異物不勤遠。任爾化外爲藩臣。英吉利。爾誠傾心皈依大皇帝。表文宜合格。使臣宜習禮。任土作貢毋自異。寵賚便蕃酬汝意。皇帝萬歲萬萬歲。歲書入貢英吉利。綠庵詩話曰。音節合古。立言得體。

雜感　　汪仲洋

九州復九州。海外國無數。蠻觸互呑倂。華夷不相慕。永樂通西洋。睢盱競內附。船主乘潮來。島帥租地住。通市致奇貨。沿海漸多故。船堅礮復利。萬里一帆渡。飛行無定蹤。守險扼何處。勦撫兩不受。張弛更番誤。卻憶醫家言。補瀉不參互。毒重而藥輕。攻之或牴牾。方劑弗妄改。沈痾終拔去。病者求急效。醫者失故步。素問多奇方。亦復何所措。

昔者班都護。西域久相安。塞下非孝順。馭之惟以寬。宋祖偶乘快。終日心不歡。喜怒稍過當。懸知受者難。海外極荒遠。狀貌疑神姦。恣睢不平氣。馴之猶梗頑。禁物皆奇貨。勒繳失請還。嚴峻定條例。威厲行諸蕃。但欲絕流弊。詎知啓兵端。擾龍涸其水。驅虎離厥山。蛇驚脫鱗困。犬激搖尾憐。窮蹙已無地。譸張乃訴天。奉使不辱命。夷人稱好官。平心論功罪。臨風一悵然。

澳門住針舶。弊政啓明祖。相沿五百年。華夷迭賓主、氣驕頗難折。勢弱猶易撫。諸蕃羨金穴。往往爭篡取。賀蘭佛郎機。樓船屢捍拒。倫墩最兇狡。志豈在商賈。吾聞海外國。大小紛難數。偶泊英夷船。奇貨快先覩。豈料藏奸險。相歡極媚嫵。虛實審言笑。奇正勒鉦鼓。併吞分屬藩。破滅奪疆宇。沿海數萬里。氣勢漸聯聚。今乃狃故智。愚弄到中土。閩粤猶藩籬。江浙近門戶。築館結巢穴。何以防窺竊。

夷船來　陳春曉

南風薰。夷船來。皇恩浩蕩海門開。海不揚波捧紅日。中國聖人知首出。許爾夷船輸貨實。奇技淫巧悉罷黜。天朝柔遠始通商。不貴異物詔誥詳。豈知爾土產最惡。阿芙蓉乃腐腸藥。製成鴉片俑誰作。吸食家家一燈灼。勤者偷惰強者弱。爾國厲禁再三約。流毒中華以爲壑。宰官素稱賢。衙齋晏尙眠。健兒好身手。弓刀忽卻走。妝閣漫漫長夜長。禪房寂寂香復香。下至廝隸工伎役。不能一日無烟吸。人海迷茫齊溺沈。包藏誰識夷心黑。天朝藏富本在民。貫錢朽腐山鑄銀。以彼泥沙易我寶。捆載而去來尤頻。數十年來億萬計。欲壑無窮販成例。高牙大纛職海疆。文臣不言武臣弊。鴻臚諤諤心樸忠。（謂黄公爵滋）萬言入告陳九重。奸夷化外只圖利。嚴刑乃可除澆風。吸食者斬罪無赦。庶幾不墮彼術中。

鬼子街（珠江樂府）　袁翼

櫃與竹扇鬼侍郎。碧琉璃眼踡鬢黄。黑者爲奴白者主。十三海國皆通商。鬼婆握算工書記。鬼兒盡解漢文字。奇技異物安足珍。坐令中域銀山棄。剜骨剔髓不用刀。請君夜吸相思膏。

俞家莊歌

顧翰

俞家莊者。浙江嵊縣一小村落也。道光壬寅。英夷寇寧波。官兵莫能禦。鄉民切齒欲甘心焉。一日捕魚海上。見有夷船停泊。突入其船。奪其兵仗。殺夷人過半。拆毀其船。取其貨物以歸。意夷人必來報復。乃操小舟十餘隻。載稻草菅索。捕魚海上如故。不數日。果見火輪船二。揚帆來。鄉民俟其近。各懷利刃躍入水中。密以所攜稻筐繫兩輪旁。船不得動。夷人方愕然。鄉民已躡火輪上。出利刃擊刺。夷人盡殲焉。取其貨物。防守益固。夷人因不敢入嵊縣境。而一邑無恙。陸伊湄大令有庚辛日記。言之甚詳。余聞而壯之。賦此詩以貽采風者。

英夷聲勢不可當。到處焚掠恣披猖。聞風畏懼爭逃亡。挫衂乃在嵊縣鄉。嵊縣鄉民有何長。終年力田藝稻粱。入水捕魚以爲常。側聞夷人紛劫攘。胸懷義憤志激昂。恨不剚刃屠其腸。一期拏舟在内洋。瞥見海船高帆檣。乘勢突入夷人艙。舉手奪得刀與槍。夷人多半被殺傷。僅有一二得遠颺。拆毀船板如排牆。抛棄毒土無遺殃。所獲財物兼軍裝。父老竊歎見未嘗。鄉民歸去心思量。重來報復勢必張。有備無患宜熟商。各挾匕首懷中藏。依然海上鳴漁榔。載有菅索與稻筐。如俟寇至來齎糧。天風海水聲浪浪。果見萬斛來龍驤。游鯤擊水同飛翔。鄉民此時亦不忙。一一躍入波中央。潛行水底如周行。密將所攜繫兩旁。使彼火輪似耳璫。不得轉動如旋牀。夷人猶然蜂綴房。鄉民猝至殊倉皇。斫落夷首如刲羊。但見鮮血流滂滂。遺有貨貝數百箱。遂令窶俗成豐穰。夷人自此心怯恇。不敢擾害來茲方。庚辛日記言甚詳。我初聞之喜欲狂。我思將帥身堂堂。天戈所指天威揚。詎無弧矢射天猻。我思材官羽林郎。冠飄孔翠乘飛黃。詎無勇氣赴敵場。我思節鉞專封疆。高牙大纛何輝煌。詎無偉略籌邊防。我思牧令稱循良。平時惠澤流甘棠。詎無衆志成金湯。我思宰輔居巖廊。出入帷幄資贊襄。詎無碩畫恢宏綱。我思侍御依天閶。手執白簡排風霜。詎無上策呈封章。我朝德意何昭彰。能令萬國來梯航。臣民累世蒙樂康。妖星偶爾吐角芒。爭願同澤兼同裳。君不見小可敵大弱敵強。靜能制動柔制剛。保護宅里如苞桑。小小乃有俞家莊。俞家莊。歌慨慷。作此歌者顧蒹塘。

三元里歌 按此篇蓋指辛丑歲廣州鄉民禦夷寇事

張維屏

三元里前聲若雷。千衆萬衆同時來。因義生憤憤生勇。鄉民合力強徒摧。家室田廬須保衛。不待鼓聲羣作氣。婦女齊心亦健兒。犂鋤在手皆兵器。鄉分遠近旗斑斕。什隊百隊沿溪山。衆夷相視忽變色。黑旗死仗難生還。夷打死仗則用黑旗。適有執神廟七星旗者。夷驚曰。打死仗者至矣。夷兵所恃惟鎗礮。人心合處天心到。晴空驟雨忽傾盆。兇夷無所施其暴。豈特火器無所施。夷足不慣行滑泥。下者田塍苦躑躅。高者岡阜愁顛擠。中有夷酋貌尤醜。象皮作甲裹身厚。一戈已摏長狄喉。十日猶懸郅支首。紛然欲遁殲渠易。忽開巨網攸然逝。秦人慷慨賦同仇。晉臣且作和戎議。

紀事

朱綬

市舶通商久。何年載熓媒。里閭添嗜好。山海竭貲財。世事行將轉。民生劇可哀。爾曹急湔濯。天怒赫難回。海外驚章疏。中朝大有人。狡謀當可詘。頑俗庶能馴。奉法須良吏。防邊恃重臣。毋令狐兔輩。藉口啓兵塵。

天主堂　姚燮

狹壁搜至冥。百靈一盂匯。包羅乾象森。勃窣五洲海。誾然龍氣寒。毹地被青髤。方桷彫堊丹。華蟲縵回彩。深日嵌畫旒。綺月拓飛陛。似舞刑天戈。來鞠貳負罪。其神冠帝皇。其名混元駭。高準鼻類獅。銳角耳同獮。牟尼三劫輪。規球掌中擺。叉指側右肩。口哆意有在。魔母肖婉衿。兜胸燦球琲。項纈纏露花。鬟偏鞸煙茝。媚睇山鬼淫。娟笑洞狐騃。倚膝耶穌兒。丫髻索黃嬭。謂是虛無宗。命作造化宰。漢曆元壽遙。祀運遞子亥。救世來拂菻。肉身不遭燬。幻以契利沿。術從瑪竇紿。法徒十二人。分支守宗禰。宣教揚祕文。遺蠱毒千載。誓盟俾斯玻。衆惑結難解。唾拾釋老餘。上紊六經楷。粵昔明神宗。賓而賜之邸。竟欲綱常誣。遂釀釁禍始。咄嗟宗伯馮。鑒識極庸猥。坐使閩廣天。東南陷淵底。金陵稱文邦。祆儒首徐李。潤飾六册書。抗衡五斗米。卓傑珂徐如珂與輝晏文輝。疏辭明大體。摧折青白蓮。頹坋蕩焉洗。蒼龍衞聖朝。彤雲覆萬里。大統持中星。弗崇絕傲技。黔黎踐仁義。奸誘辨羌廆。詎愛人頭錢。下受狗彘賄。此堂雖兀存。櫨荒偃戈槊。試瞻太學門。祥霞自瑰瑋。

感事　朱琦

鴉菸入中國。爾來百餘歲。粵人競啖吸。流毒被遠邇。通參軫民害。讜言進封匭。吏議爲條目。罪以大辟擬。粵東地瀕海。番商萃奸宄。天使布威德。陳兵肅幢棨。宣言我大邦。此物永禁止。獻者給茶幣。一炬付烈燬。積蠹快頓革。狡謀竟潛啓。飛帆擾閩越。百口騰謗毀。致釁誠有由。功罪要足抵。直督時入覲。便喋伺微指。節鉞遽更代。蠻疆重責委。豈料堅主和。無復識國體。擅割香港地。要盟受欺紿。況聞浙以東。凶烽陷定海。焚掠爲一空。腥臊未湔洗。虎鹿復逼近。鎖鑰失堅壘。總戎闕天培。隻身捍賊死。開門盜誰揖。一誤那可悔。五管嗟繹騷。征調無暇晷。至尊勞旰食。軍書塵黼扆。機幄時咨對。震慴但諾唯。天討終必伸。整旅奮尺箠。冠軍伊何人。軀幹頗傑偉。驍銳五千騎。索倫十萬矢。庶往麾天戈。一舉盪溟瀰。義律何能爲。勾結餌羣匪。所恃惟巨礟。以外無長技。常侯昔決戰。摧鋒氣披靡。艅艎坐飢困。如魚游釜底。阻隘斷其歸。彼虜無完理。惜哉失此機。奔突縱犬豕。大帥殊畏懦。高牙擁欽義。兵驕或食人。傳聞何詼詭。哀哀老尚書。遺奏殊噓唏。上言海氛惡。下言病積痞。針砭輒乖謬。鰲戾入肌髓。艱難正須才。孤憤亦徒爾。猶憶二月初。番船據沙觜。黑夜突憑城。舉火縱葭葦。樓堞幸少完。室廬剩荆杞。附郭尤慘悽。蹂躪其餘幾。可憐寶玉鄉。瓦礫積硊磥。回思承平時。海南誇麗侈。巨舶通重洋。珍貨聚寶賄。笙歌徹夜喧。紅燈照江水。豈知罹烽燹。園宅倏遷徙。竄身榛莽叢。流離迫凍餒。盛衰有循環。天道詎終否。比聞夷務輯。櫜弓佇旋凱。虜驕愁反覆。私憂切桑梓。昨覽檄夷書。疾聲恣醜詆。忠義固在民。苟祿亦可恥。古人重召募。鄉團良足倚。剿撫苟協宜。猖獗胡至此。我朝況全盛。幅員二萬里。島夷至么麽。滄海渺稊米。廟堂肯用兵。終當掃穢秕。微臣憤所切。陳義愧青史。蒼茫望嶺嶠。撫劍獨流涕。此篇先從林昌彝詩話錄刻。後以怡志堂稿校。各有增删。自注老尚書謂隆參贊文。

甬江行　黄燮清

甬江東連海水白。估舶番檣密於櫛。碧眼夷奴識寶氣。萬里浮家來作客。繞城結屋三里餘。霧閣雲啗照金碧。聖朝寬大示羈縻。內外一家漸相習。近聞海寇極縱橫。中原多故未遑緝。夷奴遁健頗效順。翻爲商民擊盜賊。巨艦峨峨銜尾歸。百戲酬神夜繼日。以虎禦虎未足恃。但計近功豈遠識。銷鑠黄金熾火輪。重貲塡壑能無竭。古來邊釁由利開。官司撫御要有術。浙東寶玉是鄉多。亂後維持誰所職。紛紜歌舞炫承平。若輩蚩蚩何足責。

行感四首

吳嘉洤

豈有腥膻可結盟。通侯籌略遜書生。降旛初豎朝開壁。遊騎潛來夜斫營。一隊孤軍闘壯繆。全家幷命卞忠貞。試憑烏涌東西望。月暗風高哭楚兵。

險絕孤城大海東。鴟張虐燄肆環攻。曉峯草化愁燐碧。遠島霞凝戰血紅。誓指霽雲能慷慨。納刀光弼本英雄。擁兵苦恨諸專閫。坐廢牙軍六日功。

寶氣衝天寇燄消。將軍準擬絕天驕。三公謀國終牽制。一柱迴瀾駭動搖。馬上方思擒頡利。軍中先痛失嫖姚。大星墮地餘芒在。膽落妖酋沸海潮。

雉堞嵯峨壯海濱。聞風先已闢重闉。早知揖盜貲行李。底用增兵費算緡。官吏潛蹤同伏鼠。商民逐貨似遊鱗。沈江惟有楊臨賀。肯與袁崧作替人。

有感

張鴻基

路隔中原萬里遙。是誰開館納鴟鴞。蠻奴有餅皆稱佛。商舶無煙不吐妖。尺土豈容輕假借。多金祗買禍根苗。重臣幾輩開持節。未上籌邊議一條。自某督聽英夷設立夷館。借與粵東馬頭。內地烏煙遂充斥。

抗疏拚將積弊除。漏卮欲塞竟何如。夷吾死後誰籌海。賈誼生平此上書。天以人多開殺運。民緣業少失安居。閉關就使交能絕。已是殘棋被劫初。

斗大孤城倚夕陽。舶來猶是認通商。早知横海兵能渡。可惜嚴關備未張。頡利處心非旦夕。卞侯埋骨竟沙場。紙鳶信斷重圍急。大帥巡秋正出洋。

望斷經年報捷旂。舟山依舊陣雲飛。一城烈火轟銅礮。萬帳寒風擁鐵衣。見說用兵機貴密。敢云扼險計全非。怪他幕府偏無事。閒寫劉娘玉貌肥。

消息傳來總未眞。眉梢憂喜雜頻頻。挺身赴國今何日。藉口和戎古有人。風鶴警猶傳粤海。水犀軍復合天津。寶刀不飲樓蘭血。多少英雄願未伸。

有感　周瀛暹

又鴻基讀史有感摘句。英雄效死偏無地。上相籌邊別有才。竟爾和戎曾地割。是誰揖盜又門開。議戰議和紛不定。岳韓忠勇竟何成。狂寇稱兵猶跋扈。平章謀國是調停

太息耶穌妄說天。毀儒訕佛謗神仙。世無原道昌黎子。誰挽狂瀾障百川。

臺江七日敎堂前。白鬼紅毛禮拜虔。蠢蠢小民紛聽講。祗緣賺得杖頭錢。

火輪船行　薛時雨

古聖製器禁淫巧。舟車所至軌度同。山行澤行兩不紊。各執藝事遵考工。掌火勿使治水國。爲輪焉可施艨艟。聰明智慧匪不逮。人力未肯爭神功。泰西重譯議互市。蕃舶絡繹來南東。壯猷方叔講禦

寇。納幣孟樂求和戎。從茲奪我舟楫利。風濤馳驟驚蛟龍。我生守拙羞闘捷。望洋奚肯蠻語通。長江千里阻賊盜。海門一綫留吳淞。褭糧襆被姑就此。登舟駭覩疑鮫宮。黄鬚碧眼逞狡獪。綠窗矽壁誇玲瓏。沙棠堅緻鑄白鐵。火琯爚燿磨青銅。兩輪相向勢迅疾。雙鐶暗綰聲琤琮。中閒樞紐各自備。旋轉略仿候辰鐘。煙燄一發關捩動。陵轢海若驅豐隆。以火制水水陡沸。以輪踏波波怒衝。錢江射潮奮鐵弩。平原較獵馳花驄。好山好水一霎過。眼花撩亂無停蹤。晝發潯陽暮皖國。夕陽明滅龍山峯。夢迴日出見白下。江南江北青濛濛。老眘睨視不假道。時粵賊猶踞金陵。旌旗搖曳張城墉。外夷威且懾內賊。胡爲盪寇無英雄。欲圖攘外先靖內。沿江何日銷狂烽。臨風擊楫三歎息。自斟濁酒澆心胸。蜃樓海市忽復近。春申山黛浮杯中。

聞定海鎮海乍浦寶山上海京口諸警並見夷帆逼金陵感賦　湯國泰

我皇臨六幕。永淸無欺蔽。迄今二百年。雨露廣霑被。聖神而文武。柔懷而神畏。航海與梯山。遠譯共球至。疆無有不庭。耀德兵不事。胡爲小醜來。跳梁掉螳臂。公然扞大刑。奔狼而突猘。島夷越重洋。披猖敢犯內。鯨浪翻吟龍。蚣篷鬭猛鷙。英吉利船名蜈蚣。以形似得名。銃礮拽桅端。慘慘風先吹。火輪運檣邊。縷縷煙忽熾。霹靂轟從天。豺虎餌滿地。闖虎門廈門。擾閩界浙界。舟山暨寶山。失我數大帥。提督關公天培、總兵葛公雲飛、鄭公國鴻、王公錫朋、江公繼芸、謝公朝恩、祥公福。可憐吳淞民。哭聲咽泖浙。孤軍救無援。又痛長城壞。東南一柱傾。蒼生於何賴。三載防堵功。垂成一朝敗。陳軍門化成亦陣亡。烽火燎天紅。墨煙蒸海沸。由是賊膽張。煽毒逾狡獪。蘇松常鎮閒。噓凶漸擾害。遂虜子與女。遂竊金與幣。遂辱及蛾眉。遂雄逞鷹鼻。閭閻歎伉儷。室家嗟播棄。江邊屍積山。魚龍爭啖飼。我時羈江南。大江頻傲睨。諦觀夷陣容。烏合同兒戲。鷹晝雙單形。鬼分黑白類。短被笑猿猱。突袖嗤奴隸。以彼較中華。豈非人類異。去城復入城。貪惏惟攫利。譬諸小人中。直與盜賊例。何以對天顏。而乃行無忌。軍復殊鸛鵝。陣不講魚麗。所恃礮船耳。何不先發制。禍原啓梅墩。芙蓉召兵燧。自林制軍焚鴉片。義律遂作難。裕帥憤粵中議和之非策。督師甬東。時擒戮白鬼。夷遂再陷定海。梅墩在定海外。防海人豈無。龍虎即管毅。明俞大猷、戚繼光有俞虎戚龍之目。製礮人豈無。文開即霍魏。世倘有其人。火攻今堪試。何以紓帝憂。何以撙軍費。始歎石頭城。烽烟今見二。順治九年。鄭成功由海入江。破京口而圍金陵。愈欽睿慮神。千年如覩記。康熙五十五年十月聖訓云。海外西洋各國。千百年後。中國恐受其累。此朕逆料之言。

吞聲行　王柏心

孟氏戒言利。吁嗟言之長。家國奪不饜。爭端多殺傷。豈知百世下。華夷汨其防。窮島十萬里。豎亥所難詳。草船啓互市。毒禍機牙張。齰怍尾閭溢。沸天撼扶桑。鰈使抗盟會。鮫人雜冠裳。郡國徧海市。乾坤爲榷場。罄盡九州血。不充鯨鰐腸。蜑母五都集。蜃樓千尺強。祆神鼓雄誕。二氏莫能當。駔儈擅擊斷。裂盡百王綱。哀哉禮義俗。化爲鱗介鄉。夷吾不復作。姬旦亦已亡。吞聲勿復道。天道猶茫茫。

書所見辛酉二月　又

賈胡翻作伏波留。紫蚨明鰩映蜃樓。莫信羈縻求內屬。豈眞文物慕中州。金牛炫蜀能無詐。壁馬欺虞大可憂。但使天威終震疊。不妨權計示懷柔。

雜感　又

窮髮奇肱混職方。開局撤盡九州防。介鱗上湧樓臺氣。戎馬中開榷市場。天下倒懸驚未有。域中包禍歎非常。周家德厚形偏弱。微管於今獨感傷。

十哀詩　趙函

哀虎門　弔廣東諸將也

道光庚子冬。粤中和議將成。督部遽撤戍守。逆夷乘不備。攻破沙角大角二礮臺。三江副將陳連升及子舉鵬死之。父子殺賊多。賊剉割其屍。明年二月。賊驅火輪船入虎門。守兵僅數百人。提督關天培請援兵。督部堅不發。提督力戰不支自刎死。水師游擊泰廷章亦殉焉。同時鎮筸總兵祥福。率楚兵守烏涌。戰歿岩山。游擊沈占鰲、守備洪連科同拒賊死。

沙角已毀大角摧。陳安父子同飛灰。紅彝大礮破浪來。師子洋外聲如雷。虎門將軍壯繆裔。報國丹心指天誓。兵單乞援援不至。南八男兒空灑涕。賊來蠔鏡窺虎門。海水騰沸焚飆輪。揮刀赴敵惟親軍。一死無地招忠魂。賊勢鴟張楚兵哭。烏涌東西等破竹。吁嗟乎。督師議和和不成。召寇親至蓮花城。是年正月。督部約夷目義律至蓮花城議和。不至。

哀廈門　弔福建諸將也

辛丑四月。粤省和議成。夷船退出虎門。各海口方議撤兵。夷人復易領事頭目。再擾廣州。七月。犯福建泉州之鼓浪嶼。直攻廈門、金門。總兵江繼芸以救護礮臺。落水死。護延平副將凌志曙、淮口都司王世俊、水師把總紀國慶、楊肇基、季啓明皆力戰死。廈門陷。總督率道將以下。退保同安。

夷人擁兵作商賈。飢則飛來飽颺去。五月甫退零丁洋。七月復來鼓浪嶼。泉南要隘首廈門。屹然雄鎭淸海氛。一朝樓船不設備。遭此豕突兼狼奔。礮臺拒賊江繼芸。落水甘被蛟龍吞。王都司偕淩協鎭。大礮一震身同焚。吁嗟乎。裨將材官氣何勁。披髮叫天同授命。高牙大纛何所之。傳令內渡先班師。

哀舟山　弔定海三鎭也

夷陷廈門後。再犯定海。壽春總兵王錫朋、處州總兵鄭國鴻、定海總兵葛雲飛同守定海。賊至拒戰。自八月十二日至十六日。我軍屢捷。十七日。賊由陸路攻曉峯嶺。王鎭礮傷一足。猶揮軍進。賊憤。奪其屍去。轉攻竹山門。鄭鎭中礮死。復攻東嶽宮。葛鎭勢孤。亦戰死。是役也。三鎭苦戰六晝夜。殺賊甚多。卒以海外無援。同時授命。

舟山孤懸東海東。兵燹之後人烟空。逆夷再至稱報復。舍舟登陸環來攻。三鎭屯軍作犄角。屢出奇兵賊已讋。賊分三路轉戰來。撞鎗火箭如崩雷。百戰威名壽春鎭。浴血滿身還斫陣。曉峯嶺頭挫賊鋒。六日相持氣彌振。我軍下壓賊仰登。勢與鵰鶚同飛騰。一礮山前將星墮。奪屍竟去誰能爭。竹山門。東嶽宮。賊所到處煙焰紅。鄭葛二鎭同戰死。天教鼎足成三忠。吁嗟乎。舟山之戰止此三鎭成三忠。從而死者壽春一旅悲沙蟲。

哀蛟門　弔裕節帥也

逆夷既陷定海。游奕蛟門。窺視鎭海。欽使兩江總督裕謙督兵駐鎭。八月二十六日。賊船分泊沙蟹嶺招寶山後及鎭海北門。先由沙蟹嶺登陸。攻占金雞嶺。狼山總兵謝朝恩拒賊死。提督余步雲自招寶山遁回瀾江埠。賊遂占招寶山。舉礮攻城。裕督待提督之援不至。賊陷北門。遂自沈於泮水。縣民救送郡城。又送至紹興。斃于途。裕公爲班將軍第之後。朝廷以祖孫殉難。優䘏。賜謚靖節。逮余步雲入都。伏法。

招寶山前挂紅旆。山頂飛來礮子大。小船已塞蟹嶺邊。大船仍泊蛟門外。節使督戰東城樓。指揮將士無時休。金雞嶺頹一將死。招寶兵散難重收。援師只待提軍至。提軍引騎先他避。麾下已無敢死軍。陣前短盡英雄氣。倉黃殉節泮水旁。縣民救出行倀倀。一宿入郡城。再宿渡曹江。輿中畢命還錢唐。九重恤謚書旂常。祖孫雙忠圖紫光。吁嗟乎。喪師失地臣死罪。一死烏能收覆水。浮言既雪功罪分。歐刀洒戮余提軍。

哀甬東　弔寧波陷賊也

八月之晦。夷船泊寧郡靈橋門下。登岸劫掠。將吏閉城。西靈橋門忽開。賊衆大至。提督余步雲騎馬出南門避賊。道府以下及兵民。紛然奔竄。賊遂據郡城。出條告。通貿易。聽詞訟。官軍僅畫曹娥江以守。郡城、鎮海、定海俱委之賊。欽使揚威將軍至浙東。復誤用間諜。爲賊所紿。兵復敗衄。自是軍謀不輕言收復矣。

督軍已死提軍走。鄞江劇郡誰爲守。礮火直撲靈橋門。一鬨空城散鳥獸。羣夷入郡升堂皇。漢官體制夷官裝。居然判斷受訟牒。侏離約略成三章。有黑夷者犯姦盜。法不稽誅懲桀驁。郡民殘喘此暫延。翻苦官兵肆凌暴。吁嗟乎。軍謀紿賊墮賊計。入城已無旋馬地。大軍拔寨回旌幢。一水畫斷曹娥江。

哀乍浦　弔乍浦失陷也

先是。浙軍募鄉勇。有糧船水手青皮黨李姓者。率衆數百人應募。給六品頂戴。統其衆守乍浦。逆夷昔時至浦尋煙土。

有閩省鄉勇爲之交鬬。李率其黨刼掠閩人。閩人訴於賊。壬寅四月。夷逆至浦。舉礮焚滿洲營。李衆爭先出戰。閩勇倒戈相向。賊乘間陷乍浦。死事者。同知韋逢甲、千總韓大榮二人。都統鎮道以下。俱退避郡城。兵勇四散。李黨復在郡殘殺閩人。郡城大擾。將軍耆英至。始擒治數人。民心稍定。

羣夷巢越東。久有浙西志。龕山潮不平。尖山潮又滯。打鼓揚帆抵乍浦。此是商船舊門戶。往時賣士不帶兵。今日帶兵兼賣士。軍門召募多害民。紛紛烏合本不馴。青皮入伍更狡猾。刼奪閩勇官難申。黃槃洋外報夷警。一礮燒營風力猛。兵勇出鬬乃倒戈。夷人乘間得一隄。吁嗟乎。官民雜遝走秀州。鄉兵露刃仍相讎。郡事倉皇疆未靖。夷船又入江南境。

哀吳淞　弔陳提軍也

壬寅五月。夷船數十艘犯寶山。兩江總督某、提督陳化成分兵防守。賊船近海塘。提督登塘督戰。礮毀夷賊三。又擊斷大夷船一桅。斃夷數百。賊少卻。既復連檣進。縛大礮於桅顛下擊。提督中礮死。寶山陷。死事者。守備韋印福等七人。士卒八十一人。總督退駐崑山。賊遂長驅入上海。且抵松江城下。

嚄唶宿將陳提軍。殺賊膽大能包身。手燃一礮擊夷艇。高桅粉碎同漂梗。夷人衂挫仍進兵。檣竿運礮風霆聲。下瞰我軍發洞中。土牛塌倒土堡平。部下將士吞聲泣。提軍屹然海塘立。我礮不焠身當糜。官兵鳥散賊大集。賊鋒猖獗不可當。斬關直入吳淞江。吁嗟乎。今日破滬瀆。滬瀆城早空。明日戰三泖。三泖烽火紅。驛路羽書聽傳箭。督軍退駐崑山縣。

哀滬瀆　弔上海失守也

逆夷既破寶山。入吳淞江。至上海。官民先期避賊。城空不守。賊宴然入城。據城隍廟。點視夷衆。十三日。分船由黃浦攻松江郡城。壽春總兵尤渤拒賊。再拒再卻。十五日。賊退出吳淞口。事定。始知賊至時。惟上海典史楊慶恩投吳淞江死。

攙槍千百來金陵。如山火藥吳淞營。四方勁旅復調集。區區英夷何足平。豈知賊入吳淞口。將士乘舟望風走。礮臺峨峨數十重。一夕摧枯還拉朽。夷人登岸城門開。徧尋官吏無人來。一尉沈江識大義。城亡與亡良可哀。貧民早罷東門市。富民皆向蘇州徙。蘇人亦擬徙他鄉。捆載連船水邊艤。吁嗟乎。中流千金得一壺。寶帶橋畔停須臾。須臾又報夷船退。鼓櫂仍還三泖湖。

哀京口　弔鎮江陷賊也

六月十三日。夷船入圌山門。官兵遁。副都統閉城不敢出。參贊提督防鎮江者。亦退守新豐。十四之夕。賊以大礮攻北門。用皮梯登城。民人相挈逃竄。而城鎖不得出。賊開門縱之。旋至駐防旗營。大肆屠戮。都統匿避不知所終。守土官無一拒賊死事者。賊據城兩月餘。居民死者枕藉。婦女不辱。嬰刃、投繯、入井死者。尤不可勝計。

江頭戰艦埋蘆根。火輪飛入圌山門。橫江鐵鎖虛語耳。賊未至京口時。總督檄常州府屬八縣。各購鐵索千條。解鎮郡備用。迨解到而城已破。浪打金焦無一二。都統閉城兼下鑰。不許城門出老弱。須臾賊破北城來。盡逐民人向南郭。郭門大開縱夜行。翻身乃至蒙古營。蒙古官兵睡方熟。夢裏人頭血漉漉。都統倉皇走且伏。務面割須逃鬼錄。吁嗟乎。夷人據城兩月餘。一城將吏俱亡逋。官廨作馬廄。民舍作行廚。有子遺其父。有婦逐其夫。女使薦寢男樵蘇。稍不遂意悉就屠。餘者創痍滿道途。官兵盤詰無時無。

哀金陵　弔省城居民及沿江村落被賊蹂躪也

夷入大江。封瓜洲之渡。焚儀徵之船。疾驅二百里。抵觀音門。時總督已回省城。伊節相、耆將軍相繼至。通使議和。夷人要挾百端。忽戰忽和。當事受其顛倒。忽詭言架礮鍾山之頂。官民膽落。悉從其所欲而後已。八月。和議成。三節使宴夷酋於靜海寺。夷人亦整隊伍相送。然夷船久泊江干。城外居民。大受荼毒。且縱三板船遊奕江浦、六合之境。所至村落一空。

夷船入江來。先截瓜洲渡。眞州城外生烟霧。一炬鹽艘不知數。天塹飛過蛟龍驚。揚帆直抵金陵城。金陵城中軍勢渙。大府主和不主戰。伊相國來操勝算。欲以慈悲彌宿怨。夷情貪狠惟愛錢。紅旗白旗持兩端。忽然舁礮鍾山頂。俯瞰石城如瞰井。闔城慟哭潛出城。一半流亡入魚艇。秋風戒寒和議成。廟謨柔遠思休兵。華夷抗禮靜海寺。儼然白犬丹雞盟。吁嗟乎。城中歌舞慶太平。城外盜賊仍縱橫。夷人中流鼓掌去。三月長江斷行旅。

滄海八首錄四　　又

滄海橫流孰釀成。登壇叱咤謅知兵。狂猷蜃市通私款。擅棄珠厓順敵情。罪大難竟鐘室繫。焰高猶有死灰萌。小臣一語回天鑒。樂府新翻折檻行。

綠車朱鉞大牙旗。十郡良家候誓師。棄甲曹江高枕臥。頓兵吳地執冰嬉。藏身狗竇軍中客。續尾貂冠帳下兒。目送夷船入東海。將軍還欲事羈縻。

阿芙蓉土壓潮來。此是昆明幾刼灰。奇貨公然蓬令甲。漏巵無計惜民財。俄看夷館連雲起。又報皮船狎浪回。試問燉煌賢節使。賜環何日下輪臺。

百年前事說雞黎。嘆咭唎初名英雞黎。雍正年間始至粵。見澳門紀略。蕞爾遐荒隸泰西。大肆陰謀交闔帥。潛埋蠱毒遍蠻谿。臺陽定讞收烽燧。江介休兵厭鼓鼙。帷幄若籌淸海計。封關合用一丸泥。又摘句。祇愁贊普無和議。邪顧將軍有謗書。將吏潛蹤焦混服。夷酋入市鶴乘軒。

鼓吹詞 按此詠辛丑西夷事○十二首錄四

何栻

不用將軍霹靂弓。旄頭未展已平戎。但憑割地爲長策。猶欲貪天冒戰功。南海無珠仍苦索。北門有管竟潛通。振振麟趾何窮意。盡在吁嗟一歎中。

狗苟蠅營總莫論。誰令海溢縱鯨吞。援師退舍神弧偃。和議盈廷鬼國尊。萬死難寬三尺法。再生仍負九重恩。天心自是無私愛。遣戍何當出玉門。

談笑從容卻敵兵。允文真不愧書生。百蠻通市原非計。萬里投荒獨有名。黑白更誰持大局。東南從此壞長城。惜公不合開邊釁。直道長留愛歎聲。

妖氛初起粵西東。治癬無能更養癰。風鶴已聞逃將帥。雲龍何自起英雄。旌旃枉見從天下。鼓角翻驚出地中。智勇看來歸氣數。可憐劫火徹年紅。

夏尚志寧郡感辛丑事四律。伍承組感憤詩太息一章。並見兵事門。

夷場行

譚獻

人間何地無滄桑。平填黃浦成夷場。高高下下噓蜃氣。十十五五羅蘧房。青紅黃綠辨旂色。規制略似棋枰方。門前輪鐵車碾碾。人來闢戶搖銀鐺。倒映窗牖頗黎光。左出右入迷中央。兜偶窈糾言語厖。笑指奇器紛在旁。自鳴鐘表矜工良。水舂機上織成匹。磁引箭中火具揚。銀鏤尺表測寒暑。電景萬里通陰陽。我非波斯胡。目眙安能詳。中原貴遠物。一握兼金償。矧乃阿芙蓉。其毒能腐腸。世等酸鹹嗜。直以饔飧當。烏虜利藪召兵甲。烽燹廿載盈海邦。不誅義律縱虎兕。哩嘓呔見章奏用此三文出尤猖狂。九州禹服萬物備。何煩重譯通梯航。廣州南岸印吾鐵。閉關不早師陶璜。聖人先見在故府。煙塵海上天蒼涼。惶惑萬怪有銷歇。大風去垢朝軒皇。

懷遠

蠻賈行

朱樟

碧雞市中遇蠻賈。衣裳不同毛髮古。白罽賓衫散素霞。赤腳花緩踏寒雨。欲以泉貨誇荒夷。骨董囊盛難口數。囊中磊磊皆珍奇。寶光未定森陸離。石榴子堆紅靺鞨。舍利珠串青玻瓈。酒船般濃凍瑪瑙。玉玦肉好封羊脂。冰文碎疊象牙簟。女字短坼珊瑚枝。其餘藥物頗拉雜。牛黃阿魏分錙銖。豈知中原所寶在菽粟。不貴異物爭刀錐。臨邛富人數程卓。家僮八百稱多貲。只今射利專鹽鐵。鑿井穿山官不知。貧兒衣食於奔走。剖腹藏寶寧非癡。蠻賈傴僂向余說。尙憶西爐全盛日。就中多寶是烏思。能譯華言呼上客。自言販寶入西川。幾輩白人添白髮。白人即中國所稱善人。見蠻司志。但見春草數回青。不記來時年與月。忽聞間諜有訛言。平安火斷軍書迫。西爐何事乃興師。五月渡瀘椒瘴赤。金錯銀刀下砦樓。珠琲貝錦交狼藉。一將功高萬鬼啼。劍頭炊米焚枯骼。我聞此語心怦怦。一身何幸遭太平。旄星無光黑眚伏。精甲淨洗天河清。蜀都四鄰雜番部。柔遠要在輸其誠。蠻賈有言亦無罪。愼勿開邊輕用兵。

大喇嘛寺歌　馬維翰

我無摩尼照濁水。偶參上乘心清涼。惠師羅什亦已化。今之行脚惟衣糧。西爐自昔西番地。舊無板屋皆碉房。不生草樹山壁立。茫茫沙磧無稻粱。恭惟先皇赫威命。版圖始入開封疆。至今萬里烏斯藏。亦來重譯瞻冠裳。奈仍夙昔錮不解。俱言此類生空桑。空諸所有有彼法。如何佛寺猶雕梁。繚以垣牆一百丈。甃以文石周四方。橫窗側闥面面闢。旛竿略綽當門張。其上層樓絙金碧。下畫神鬼東西廂。寺僧少長凡幾衆。不語前立紛成行。偏袒右肩事膜拜。雙瞳轉仄黝有光。宰生割剮了不怖。呼號其側神揚揚。六時梵唄若功課。渴飲酪乳饑牛羊。宵分聚徒大合樂。互吹骨角聲低昂。即論釋典尙清淨。此寧有意登慈航。或云流傳術頗異。播弄造化如尋常。安禪毒龍致時雨。誦呪青女停飛霜。此豈實具定慧力。竟能詭術回穹蒼。咄爾世人迷不悟。福田利益縈中腸。乾坤高厚妙運用。豈待尺寸量短長。聖人深意在柔遠。順育萬類通要荒。因勢利導牖蒙昧。欲使寒谷回春陽。昭昭大道揭日月。異教豈足紊紀綱。矯首夷風倘一變。飲食男女眞天堂。沈歸愚曰。詩旨謂遠方畏服其敎。聖朝容納之。用以柔順遠人。非尊信異說也。末歸到聖人之敎。如經天日月。儒者正論。曠若發蒙。

題土番款塞圖爲惺亭制府題　吳省欽

西北曰塞蕃部稠。四衞拉特枰畫楸。土爾扈特最荒敻。未奉冠帶祠春秋。悉率醜類避崑崙。牧場水草行相求。我皇拓地越葱嶺。準回種類頒共球。萬亭障外怨遺己。渡額濟勒輕若泅。生身熟身戶三萬。革履辮髮詞咿嚘。畏威懷惠斂關吏。會直秋令循獮獀。紫絲韁轡迓天寵。親覩殺虎神鎗揺。宗乘廟前禮銅殿。旋騎特許經邊郵。佩印編旗校丁衆。頒朔讀法安田疇。於闐布多聚屯廠。黄羊紫鼠駝馬牛。我臣悉臣主悉主。蒙古族盡歸覆幬。公時麾節鎮戎索。頓置扉屨儲芻餱。遠攜小隊問疾苦。要使絶域知懷柔。諸番卉然遠牙帳。進止鞠跽黿排頭。爾曾祖某爾祖某。爾昆弟某嘗招尤。某山某水某夷險。館娭食宿如經由。驚呼駭汗手加額。公神人也誠斯投。各以其職歲來覲。陪臣義敢忘干掫。是年鄙人使西粵。忝視典册封其酋。鼎鐘爲述祖德遠。綸綍敢貽王言羞。封沙拉扣肯郡王舍楞貝子册文。皆省欽擬撰。我公圖此紀行役。丹青王會交朋彪。錦江展對愜春色。懷古坐嘯籌邊樓。涌博蓬婆彈丸耳。宵旰幾載勤咨諏。王師掃巢事俄頃。拜簪圭邑光揚休。

從觀察使者循行夷寨編列戶版紀事　吳存楷

在昔西南夷。萬里阻絶徼。犛牛山穹窿。金沙江繚繞。氐羌區以類。邛嶲實其奥。散或變觸攻。聚則魑魅嘯。唐蒙黷武備。馬卿諭文誥。首屈仍羈縻。尾大復攻剽。斧畫圖苟完。甌缺終見誚。我朝受命初。蕃服爭自効。板楯聯新封。鉤町除舊號。筰馬歸皁櫪。蒟醬供瓦銚。乃獻賧獻琛。亦舞羽舞翿。形方瘠土曠。騖利客民召。燕忘巢幕危。蟻切慕羶好。繈負攜妻孥。擔簦羅臼竈。占地闢畛畦。鑿坏啓堂奧。重譯語漸通。互市劑可約。阡陌多華離。汙萊半侵盜。強怒有力爭。衆閧無理鬧。短箭青竹弓。長刀赤皮鞘。列陣驅千人。具獄喧兩造。息壤背盟誓。邊釁懼開導。是宜井疆畫。毋使客籍冒。撫夷責楨臣。編版息羣譟。紛紛亥市集。一一丁男報。賣價規奇零。租稅酌豐耗。算非元封增。民異太原料。毳幕開前庭。椎髻迎左纛。威之蒲鞭懸。來者乘韋犒。義警邊氓愚。令戢土官暴。夏畦敢憚勞。春雨咸沐膏。輇材艱覓食。儉府容寄傲。志慚定遠壯。年遜終軍少。袴褶裁氈裘。行縢縛錦袎。猛鼓渡瀘楫。催發踰嶺轎。晨起霜威銛。宵征月魄耀。砭肌入風洞。沒脛穿雪窖。但看排穹廬。聊與息旌旄。寸田履畝分。尺籍翦燈校。直擬窮要荒。詎止快遊眺。蠻女及僚奴。桶裙而花帽。銅鐶試寬窄。毛褐歷寒燠。生熟支久殊。番夷有生熟二種。熟番在外。通漢語。黑白種惟肖。夷人之貴者曰黑骨頭。賤者曰白骨頭。猿扳碉房登。牛飲蘆酒酹。鐵褐罫有文。夷人以毛織布。有方罫文。名曰鐵褐。糌粑米雜糙。糌粑。夷人所食。以雜糧爲之。跣足踏山走。裂齒向人笑。但聞鉤輈聲。不鑿混沌竅。兼句伴我慣。數語爲爾告。聖王今御宇。遐陬咸服教。德裕鎮西蜀。韋皋奠南詔。馴皆似犬羊。劣弗爲虎豹。心宜凜畏懷。力可任徵調。網獲罷秋獮。刀耕急冬燒。歌樹桑一曲。備柳營七校。耳目留睢盱。孫子安啄菢。庶幾安土著。長得戴天燾。作詩宣皇風。健筆特排奡。

會匪

除蜮行　紀百制使除邪教也

吳錫麒

紫金山上營門開。隆隆鼙鼓聲如雷。鳳凰麒麟有時出。怪民奇服何來哉。林深路隔行人絕。狐鬼跳踉爭窟穴。迷離身是逆毛鶬。造作神姦那堪說。畢逋嗚嗚星出高。使者手操蒼水縧。飛光搖空快刀斫。永夜但聽長風號。驅除信荷神靈意。正直要爲天下計。人痾例入五行書。般鑒宜懲妖異志。英姿颯爽淩清秋。餘霾盪入空江流。治絲有道亂者斬。日寒老魅啼啾啾。世間所仗倚天手。橫海長鯨亦安有。一曲聽歌海上謠。肘上寧辭印如斗。公先以平海奏績。翁歸久擅文武名。伏波又報側貳平。靈談鬼笑爾何物。竈上豈足勞經營。驊騮開道行千里。金支翠蕤光尺咫。眼看竊盜靖堯年。一夕功成慰天子。

白蓮賊　疾妖邪也

徐鏶慶

天下佛。地下佛。白蓮教傳經呪。有此二語。十萬妖人身雪白。白衣白帶白幞幘。白蓮老妖舊姓齊。妖腰斬斷遺妖妻。其妻本是倡家女。白蓮庵中夜深語。女寇齊林之妻。稱齊二寡婦。林先事伏法。妻曾爲尼。後適姚之富爲逆。一朝走馬嫁與姚。芙蓉寶劍銀鞍驕。姚髯長。妻鬟短。姚逆稱姚鬍。雪點花裙人血滿。朝朝念佛暮殺人。不女不男佛不管。

白蓮賊

喻文鏊

燒香始何代。訛言扇羣愚。旣殲孽仍滋。糾結起萑苻。方今全盛世。時和物昭蘇。奈何戎伏莽。白晝鵂鶹呼。作橫在鄉里。那敢犯牙須。倉卒弄潢池。荼毒嗟無辜。大府憂時切。揚刃彰天誅。鯨鯢豈忍縱。稂莠所必鋤。防川竟如何。嗚呼愼厥初。昔者文成公。平盜南贛隅。編戶嚴保甲。於法不爲疏。四民有常業。焉能容匪徒。治人行治法。能以實心無。

閩中花會

洪占銓

天罡卅六字。一字一廋語。一錢幸億中。可獲三十五。魚濳貪香餌。遂使愚民蠱。走風徧鄉村。傳信者謂之走風。問卜勤婦女。關通到吏胥。訪捉迂官府。閧然一笑散。弋去鷗復聚。霎時構草房。漫山鹿麑麑。我竊謂不然。是山必有主。擒賊先擒王。除倀乃除虎。首剔淵藪空。安身無處所。咄嗟禁惰游。

夫征制已古。但得吏廉能。防微非小補。

哀游民　戒黨也粵中吟之三

戴　熙

豐衣足食百無爲。結盟拜會相追隨。古今豪傑惟有我。安識黄巾與赤眉。父子不相能。兄弟不相友。惟我盟會不可負。一朝官捕走四方。東有肥羊西有酒。烏虖。不言盟。不言會。豈有良民官肯害。

感事嘉慶甲戌正月作

高　銓

王師奮武衞。横戈披荆榛。蠢茲螻蟻血。化作草間燐。嗟哉大江北。邪教久傳薪。在明白蓮黨。在元爲紅巾。愚民易蠱惑。趨之如飲醇。長吏非聾瞶。炊甑莫能堙。涓涓者不絶。江河安可馴。坐使肆螳臂。九土颺飛塵。勿謂事烏有。高枕慶良辰。昔賢防禍亂。未雨早經綸。

雜詩

王文璋

燒香奉蓮花。謂可免厄難。展轉分師徒。其中愚黠半。山陽周令君。治盗有成算。盗多自拔歸。蒲伏愧流汗。所貴在勤能。豈眞無忌憚。

捻匪

張南山聽松廬詩話。粵西黎建三詩云。悍民始一二。歲久因爲奸。兔窟錯犬牙。烏合互相連。涓涓將不塞。浩浩成狂瀾。此殆有慨於除莠之難耶。今之會匪。莫知其數。涓涓不塞。其患非細。思患豫防。所望當事者熟籌之。

捻子

蔣湘南

淮西叛唐代。斅民尚勇鬭。習染一千載。至今沿其陋。兒童矜帶刀。長大詡弓彀。架礮肩機鎗。蜂蟻紛相就。夥涉數百人。亡命皆輻輳。響者爲頭目。能排難解紛者。衆奉爲首。呼曰響者。見難必拯救。睚眦無不報。殺人當白晝。其名曰捻子。紅鬍乃詆咒。良民詈之曰紅鬍子。捻子有強弱。衆寡皆盜寇。兩捻或不合。一戰禍已構。其先下戰書。來使必豐侑。期前各亮兵。門前勿馳驟。凡捻子相鬭。必先下戰書定期。期前三日。此捻子向彼捻子門前耀武。次日彼捻子向此捻子門前亦然。各不相見。謂之亮兵。至期擇廣場。對壘排獵圍。戚鄰作調人。長跪口爲授。說和者。具衣冠至場中長跪。二捻子頭目亦長跪。和則兩相揖。不和兩相嗾。但聽鎗鳴鳥。以鳴鳥鎗爲相罵。遂如圈逸獸。傷錨者折股。中刃者絕脰。黠者搶鎗礮。飛跳捷於狖。無賴少年有專習搶鎗礮者。各捻子皆出重貲賃之。戰勝奏凱歸。戰敗仍守候。匿尸不報官。養銳仇必復。汝光鄰鳳潁。習慣眞逐臭。新例罪縱加。新例。南汝光有十人結夥者。即發烟瘴。頑梗終如舊。或云選健吏。嚴酷績斯奏。乳虎與蒼鷹。轉移庶幾驟。我生于此邦。頗知其所狃。地本瘠而貧。人亦蠢不秀。博進爲生涯。私鹽轉販售。官亦姑容之。民窮且寬宥。固始與息縣。疆界連錯繡。固境有水利。安靜襲仁壽。息境溝渠湮。饑寒逼恤後。恆產自來無。恆心何處逗。請用趙廣漢。鉤距先塞竇。再用召信臣。農桑繁其畜。但教地澤腴。勿慮民氣瘦。患盜師風草。聖言理豈謬。昔有陳茂才。見之我方幼。傴僂行市中。褒衣而博袖。捻子聞其來。藏刀不使覩。或值爭奪時。一訶遂各走。呼之曰先生。相戒勿招詬。光潁交界之區。曰三河間。爲捻子最多處。有霍丘秀才陳某。年七十餘。衆捻子皆敬而畏之。曰。彼讀書人也。余幼時及見之。試思衆豺狼。何畏一學究。天良本不死。顧望使民富。

棚民客民

麻棚謠

袁州民不藝麻。率賃地與閩楚流人。架棚。聚族。立魁長。陵轢土著。曰麻棚。吏不能禁。

施閏章

山阪鬱鬱多白苧。問誰種者閩與楚。伐木作棚禦風雨。緣岡蔽谷成儔伍。剝麻如山招估客。一金坐致十石黍。此隰爾隰原爾原。主人不種甘宴處。客子聚族恣憑陵。主人膽落不敢語。嗟彼遠人來樂土。此邦之人爲誰苦。

黑丁行

朱樟

龍郡僻在西塞。石田多不犂。豪民各招新戶。名曰黑丁。與官丁別。不稅不糧。官亦不得而治之。嘻。有民如此。不爲鳩聚。亦長吏之羞也。作黑丁行。悲賦役之未均焉。

太常亡角悲民流。崇禎間。五音亡角聲。知流賊起。巴西十室九室愁。萬物吐氣在茲日。大朝誰握司農籌。按册官丁什無二。林林黑丁億萬計。黑丁在田不在官。驅入豪家射其利。只今惟有單羸人。家無擔石賸一身。苗疏地瘠不得力。縣符羽促催租頻。哮虎出林聲可畏。一隸喧豗百家避。里胥橫索熱衣錢。排管私償草鞋費。樹皮不充口。尺布難縫衣。不惜一身瘦。願餵官馬肥。此時方知黑丁樂。日午鼾睡扃荆扉。黑丁低眉對人說。烝民一例何區別。巴西土滿有閒田。稗花徧野須牛力。南陌西疇到處荒。豪民負耒皆生客。主人需索緩於官。秋分穲稏春償麥。比鄰轉徙無一存。我則劬勞有安邑。竄身傭保復何羞。私喜姓名脫縣籍。吾聞招攜之政責有司。哀鴻翔集留孑遺。赤頭文吏主蟲孽。薙本掊擊強宗誰。桃僵李代遍飛灑。無名之稅科毫釐。征苗納秷迫於火。繪圖斂手徒鞭笞。官丁有苦官不知。黑丁之樂姑言之。使君不聞一路哭。下車請數逃租屋。

棚民謠　吳錫麒

古人受百畝。死徙無出鄉。食德服先疇。愛土心自臧。棚民獨何爲。遠適天一方。短衣不掩骭。泥塗走徬徨。亂髮垂兩肩。蓬葆吹飛揚。侏離多閩產。荒忽雜楚傖。冰霜陶穴墐。風雨箯席擋。盤據山一角。苦瘠不苦荒。東岡蒔小麥。西谷種雜糧。所幸賦稅逃。所恃膂力剛。其居如鹿豕。其人卽牛羊。筋骨耐辛苦。性情實強梁。頗聞黔荆交。來往羈苗疆。占籍號客戶。隨身齎空囊。淫淫毒霧間。慘慘深箐傍。顯託結納誠。潛探肺腑藏。親密似兄弟。叛奐倏鬼倀。作姦黨胥吏。挾詐欺公堂。嘵嘵訟牘輿。巧言聽如簧。官府持三尺。顚倒朱墨場。政未除害馬。風乃行貪狠。從來經濟術。寬賴以猛匡。治苗弗去莠。厥疾藏膏肓。小則憂鬭狠。大且患寇攘。屬爲民父母。豈不樂太康。焦頭悔已晚。曲突謀毋忘。

周凱春陵行。見輿地門。

麥客行　吳振棫

客十九籍甘肅。麥將熟。結隊而至。肩一襆。手一鐮。傭爲人刈麥。自同州而西安。而鳳翔、漢中。遂取道階成而歸。歲既久。至者益衆。官吏懼有意外之擾。頗邏察之。不能禁也。秦人呼爲麥客云。

連畦被隴麥欲黃。麥客麥客來河湟。從朝割麥逮曛黑。無田翻比田夫忙。一村復一村。一縣復一縣。

百里千里兩脚徧。姓名鄉貫誰細辨。但喜今來傭直賤。傭直賤。奈何人日受錢百。村蔬甚肥村酒白。持以供客客意適。兒能腰鐮婦亦健。自有筋力胡愛惜。未必家家多收十斛麥。何爲歲歲將錢輸麥客。

棚民行

張鴻卓

層巒複嶂斷復續。中有曠壤荆榛伏。棚民紛集犁爲田。半栽蔗芋半蘆菔。歷年深遠日漸多。荒區佔作安樂窩。林深箐密事多祕。燃犀莫照可奈何。我思棚民均是中原民。落葉何不歸故根。里胥火急逐不得。鵲巢鳩據呼其羣。長吏張皇無策御。山民地讓棚民住。吁嗟乎。山民謀生豈無處。江上扁舟販鹽去。

左道

箬包船紀事

王應奎

有船銳其首。以箬包裹之。名爲箬包船。聚泊疑茅茨。浮家無定所。忽湖忽江湄。居貨挾土產。擅技兼卜醫。中有無良者。行乞同殘黎。詎料豺狼心。所志竊童兒。神呪與餅餌。紿兒兒輒迷。牽引至船中。毒手恣所爲。或爲矐其目。或爲攦其肢。或屈曲其體。如籧篨戚施。形骸幾變盡。父母居然疑。清晨負之出。索錢號九逵。夕仍負以入。傾倒囊中貲。數倘有不充。攢刺加鞭笞。苟延此殘喘。性命危如絲。有時更肆惡。視彼軀幹肥。入之人鮓甕。飽啖若餔糜。吸兒腦與髓。嚼兒肝與脾。從此筋骨強。

便可耐刀錐。更聞藏祕器。賣以療尫羸。一七爲神膏。索值恆不訾。淫人祈長生。食之甘如飴。又聞湖海濱。茫洋有神祠。神曰抽筋姆。此輩所皈依。重午暨中秋。廟門搴靈旗。羣船競祭賽。以兒爲牲犧。祭罷飮福酒。狼藉骼與骴。年來迭敗露。官長胥周知。勿問所從來。立斃陳其屍。謂足抵兒命。此外無窮治。不究其本根。徒然翦旁枝。官長法深刻。何獨偏仁慈。其毒仍滋蔓。其故難尋窺。誰爲采風者。聽我歌此詩。按蘇州府志亦載此詩。

跛癱行

陳廣遜

邑中兒年十一。爲姦人誘去縛桎之。踰年成跛癱。挈至近村。索錢於市。義士梁某廉得其情。縶鳴縣宰。鄉人又上愬大吏。始盡殲其黨。作跛癱行。

邑中有行乞。挈兒隨所之。轉徙渾不定。舟居無茅茨。動思飽貪壑。來泊前溪湄。指兒爲己出。稱疾不能醫。號呼徹蒼旻。冀或哀烝黎。旁觀問旦難。夙本誰家兒。瞠視若有省。轉瞬仍昏迷。飮恨江漢深。欲訴無能爲。箝掣其脣口。拘攣其體肢。不必豪俠流。見此皆好施。居人不遑詰。行客不致疑。奇貨眞可居。厚利收中逵。此輩所由來。殘酷其天資。百計紿羣穉。梏拲加箠笞。踰時成廢人。續命無一絲。同爲父母身。瘠人求自肥。朝灌以斗醋。夕餔以粥糜。一身無完膚。慘毒傷肝脾。大則爲鼎鑊。小則爲鍼錐。備歷諸楚酸。不死卽疲羸。烈士抱義憤。卒見生嗔訾。霽顏導兒言。啖以酥與飴。兒訝夢初覺。心圖歸祖祠。盡言告烈士。涕泣思瞻依。烈士髮上指。振袂若揚旗。縛凶赴訟庭。命同待烹犧。胡爲執法者。不肯暴其骴。怨聲已載道。長官寧不知。未洩羣兒冤。痛哉泉下屍。所賴上府明。冰鑑能窮治。除凶旣務盡。拔根仍芟枝。從此村落安。保赤徵仁慈。爲惡無倖免。天道儘堪窺。卽事足垂戒。用賦跛癱詩。

民變

甿入城行

趙執信

村甿終歲不入城。入城怕逢縣令行。行逢縣令猶自可。莫見當衙據案坐。但聞坐處已驚魂。何事喧轟來向村。鋃鐺杻械從靑蓋。狠顧狐嘷怖殺人。鞭笞搒掠慘不止。老幼家家血相視。官私計盡生路無。不如卻就城中死。一呼萬應齊揮拳。胥隸奔散如飛煙。可憐縣令竄何處。眼望高城不敢前。城中大官臨廣堂。頗知縣令出賑荒。門外甿聲忽鼎沸。急傳溫語無張皇。城中酒濃餺飥好。人人給錢買醉飽。醉飽爭趨縣令衙。撤扉毀閤如風掃。縣令深宵匍匐歸。奴顏囚首銷凶威。詰朝甿去城中定。大官咨嗟顧縣令。

沈德潛哀愚民篇。見米穀門

記楚北奸民作亂會剿事

趙嘉程

楚民作妖慝。挾黨擾宜荊。發我秦豫卒。分以兩粤兵。堂堂大帥旗。制勝有先聲。小醜敢跳梁。斯亂不足平。方今全盛代。乃欲鴟梟鳴。煽脅數萬衆。縣邑爲屢傾。吁嗟良家子。不自力農耕。邪說聽未終。禍患身已嬰。一逞蚩蚩愚。遂傷無數生。首惡當萬死。萬死猶爲輕。顧爾良善民。無庸心自驚。一旦劫消解。悠然豁宿酲。

弭亂

禦變詩　宋犖

康熙二十七年六月。余奉命撫江西。舟次蕪湖。聞楚北兵譁。西江震恐。急鼓棹入南昌撫慰之。涖事未十日。突有奸徒李美玉、袁大相勾結楚逆。以西字帖授其黨。將以詰朝謀不軌。偵知奸謀。乘夜計擒二元惡。旦即懸首藁街。餘黨悉散。亂遂平。

聖皇二十有七載。臣犖奉命撫洪州。爰從茂苑歷建業。泝流直泛長江舟。時丁盛暑南風發。江干晨夕阻石尤。忽聞鄂渚兵脫籍。倡亂一旦據上游。二十餘城倏陷賊。烽傳湓瀫驚眠鷗。殘黎絡繹蔽江下。船如蟻蝨排荒洲。我禱馬當得風助。小孤彭郎無停留。涖事人心稍安戢。詰戎籌餉綏四陬。孰知十日突生變。貙羆遠結封狼謀。實惟六月之晦日。螳臂擬將大邦讎。須臾風鶴徧城闕。婦女奔竄聲咿呦。厥黨無算暗勾致。洶洶之勢未易收。夜以計擒二巨憝。繫頸不異當檻猴。詰朝秉鉞正國典。碧油幢下懸其頭。俄頃奸徒鳥獸散。十三郡始安鋤耰。捷書一紙報天子。宵旰庶寬南顧憂。故人千秋推作者。濡筆紀事昌黎儔。新建英猷詎敢望。銅梁取況增之羞。或以張肖甫定浙亂相況。沃民勿緩正有事。藥石語佩西園劉。

杭城鑰　鄭世元

杭州城門十日鑰。守門將卒胄而甲。十人執兵十人稽。一人來稽十人隨。城中不知城外事。城外訛言可三至。或云某日賊犯城。或云昨夜獄有兵。長官大吏急如狗。騎尉都司滿街走。要知此輩乃盜耳。不過市井無賴子。一才有司足以了。何至張皇急如此。憶昔三孽憂我君。不啻大風掃浮雲。治亂一如治亂絲。廟堂聖武爾豈知。

建寧紀事　汪沆

乾隆十三載。王正十五日。建寧七道橋。驚傳羣盜發。厥名老官齋。褏首判布帛。五堂五渠魁。附者密如蝨。女巫詭降神。謂當百六厄。揭竿走郡城。驟比狂飆疾。是日府縣官。張燈作元夕。惜哉攔子軍。三告耳如窒。桓桓劉游擊。投履簡師出。一戰戈倒奔。再戰免罹畢。俘獲滿囹圄。幺麼伏斧鑕。誰歟司民社。養癰自貽戚。除惡古貴盡。順昌事可恤。殷鑒愼毋忘。不見鄧茂七。

題譚桂嶠明府平傀儡山賊記卷後　蕭霖

臺灣傀儡山賊倡黃敎。恃女番目冷冷勢。屢欲爲亂。會公令鳳臺。威德並行。潛伏不敢動。公任滿北上。賊遂結冷冷侵擾村寨。當事檄公中道回。溫諭冷冷。使殺賊自效。冷冷遂誘賊入。馘之以獻。傀儡山平。事備載記內。公嗣君滄。同官滇中。持示余。因題卷後。

德厚賊亦民。德涼民亦賊。跖蹻非不仁。撫馭乖厥職。懿哉譚夫子。秉心實淵塞。雖慈不傷柔。雖清不近刻。風行化庶頑。見早消羣慝。一朝離襁褓。萬夫弄荆棘。刀光照海明。篝火薰山黑。僉曰已亂難。非公孰爲力。雨檄馳召來。免冠令相識。諸番遮馬拜。帖耳安反側。恩深浹巾幗。計定驅鬼蜮。渠魁已就駢。羣社皆屛息。讙聲徧八閩。海天現晴色。公去賊勢騰。公來賊烽熄。去來只一身。治亂關一國。告爾守土者。爲政在有德。

聽父老談商州丞事 名奕銓。會稽人。事在康熙時。

蕭掄

宦途功罪不足憑。桐鄉尸祝情偏眞。當時靖亂建奇績。至今人說商州丞。丞嘗一攝州刺史。恰值州中變方起。奸民草草謀揭竿。不謂中有世家子。公然作官稱本兵。軍主幢主各有名。市中縫人素豪健。喚作大將推主盟。云爲勝朝繼絕統。卜者王郎堪惑衆。又云聲援在海中。道覆盧循兵各擁。老僧圓淨衆所宗。作金有術誇神通。往來民間潛煽誘。遠至滇蜀蠻陬中。一朝虺蛇思逞毒。彼大將者私結束。陰招外寇來翻城。密約羣凶肆屠戮。丞方晏然如太平。聞賊剋期四五更。密令鼓吏緩其節。漏盡四下天微明。賊因失期知事泄。巨礮不鳴援亦絕。渠魁橫刀一室中。吏民莫敢先排闥。丞來縛取如孤豚。盡燒名籍眞寬仁。黨與牽連置不問。止收四十有七人。世家子亦隨入獄。法吏議之罪當族。其族顯者中令君。乞恩黼座猶觳觫。幸被溫旨赦不誅。卻怨丞實拔根株。陰嗾大吏劾奏丞。丞不受賞反削除。猶坐餘累歸不得。貧向州中乞衣食。縉紳避嫌絕餽遺。獨有窮民能報德。我聞此語心煩寃。竊怪中令何其偏。若使紛紛果起事。君家門戶安能全。幸丞定亂保鄉里。戮一凶豎族完矣。謂宜子孫世感恩。相報如何遺一矢。燒城赤舌餤莫當。功狀誰敢言陳湯。後來志乘亦失載。獨有父老言之詳。君不見蒼蠅白璧易淆亂。今古何嘗有定案。京兆尹失丞相歡。當時已誅趙廣漢。

題王遂樓太守 朝恩 田家集殲渠圖

丁繁培

沂州刺史瑯琊王。起家州判始太行。宦途卅載多樹立。豐功首數誅白羊。白羊渠魁張建木。野心狠子嗜屠戮。生平殺人難悉數。到處郊原聞鬼哭。厥壻馬朝棟。狡焉一巨寇。聚黨田家集。鉅野縣境。與張實左右。從來先發能制人。刺史用兵捷若神。下令捕賊掃賊穴。縛賊不異縛豕豚。兩姦授首遺孽竄。四面網張足妙算。擒賊之黨併賊妻。忍令賊兵重兆亂。長垣曹滑俱被屠。定陶赤子爲賊俘。鉅野一城屹不動。保全端賴王大夫。封章入奏天顔喜。詔書特下誇不已。拔自縣令官治中。三載高遷至刺史。蒼生額手呼爺爺。微公民盡落虎牙。寫公入畫誌公德。公恩不下恆河沙。我撫丹青三歎息。斯人已王遮須國。丈夫功立身可仆。公有大名垂宇宙。

附錄 書蘇州薛觀堂太守煥治奸民事　張應昌

粵東奸宄聚於吳會。爲劫害民。前守令弗能治也。薛君甫下車。卽於八月十五夜羣奸酣飲之後。率役會營出郭。禽數百人。天明返署。請大吏臨郡堂會鞫。得實者卽斬於郡庭。吳人快之。

亂國宜重典。鋤莠斯安良。火烈勝水懦。春露賚秋霜。酷吏不可學　亂民亦宜防。吳漢止赦令。鄭產端刑章。東海尹翁歸。相州梁彥光。救寬利用猛。燕翼能虎張。姑息與選愞。壞法貽禍殃。堪歎輿尸者。失律凶否臧。田禽弗克執。涓流成汪洋。綦弁士驕悍。巾幗將懦尫。縱弛在一日。毒痛流四方。咄爾海濱人。鼓煽來潮陽。狙獷性鮫鱷。貪狠聲豺狼。逃秦晉國盜。樹黨南方強。白梃肆剽略。黑獺恣猖狂。粵匪爲粵民所逐而來。分黨好鬬。其剽掠爲暴則同。多服黑衣。繫朱帶。偉哉薛太守。英風振吳閶。下車靖反側。默坐安蕭牆。佳節罷衙宴。中宵呼戎行。似雪夕李愬。似元夜武襄。酒酣鬧鵝鴨。繩縛驅犬羊。平明請大吏。會鞫臨郡堂。一一服其辜。安用羈桁楊。速殺毋稽誅。五步血濺裳。横尸積山岳。懸首盈中唐。民悦大怒除。懽呼如雷硠。百人斧鑕伏。萬家衽席康。安民以智勇。仁術原無傷。靖國以果毅。機事能獨當。五字兼仁嚴。岳忠武五字兵法曰。智仁信勇嚴。兩端濟柔剛。將帥盡如是。奚患軍不揚。

清詩鐸卷十四

災荒總

憫荒二首

曹溶

寇禍烈茲土。舉目無故觀。百里一空城。蓬蒿鬱相蟠。村嫗土中出。肘肉傷凋殘。生長不識布。石灰煖我寒。匍匐向前途。力盡酸肺肝。苦菜萌已晚。采之不能餐。撤屋備朝薪。露處難久安。邊境既流離。內地何由完。宸聰聽還卑。討論窮衆端。減賦息長徭。萬方用騰懽。

游民輕去鄉。擔釜臥溝側。未知何方好。奔走昧南北。無乃吏政苛。聊欲避所逼。持檄疾招來。計口給汝食。誠恐失初心。展轉成盜賊。踉蹌返前村。日影正曛黑。面目半已改。父子不相識。勸汝秉鋤犁。隴上藝黍稷。婦女勿嬌惰。軋軋當戶織。壯者習彎弓。努力衛邦國。人事苟修持。天道豈終極。

逃亡屋

戈陸明

君不見日光黯淡沈虞谷。江上蘆葦聲飀飀。荒村寂若行邱墟。寒煙自鎖逃亡屋。白頭老叟向余言。云昔居人皆富族。槐柘陰中婦子嘻。桑麻影裏兒童逐。青溪弄白鷗。綠野眠黃犢。井稅寧煩縣吏催。丁錢不用官家促。白日閒閒手足便。涼風傲殺羲皇俗。那知翻變只須臾。頻年饑饉天何毒。村中漸覺住人稀。不獨淒涼空杼柚。地因財盡故常荒。田爲人窮偏不熟。傾家未給吏胥船。賣宅難償豪貴粟。骨肉流離若轉蓬。父出奔馳男在獄。可憐有家不敢歸。脫身無計憑雙足。壯者雖生不欲存。老兒得死翻爲福。抱子頻來棄草間。祗教送入飢烏腹。請君坐。爲君言。君若聞之心亦酸。安得駕白鹿。安得驂青鸞。直上蓬萊探大丹。徙倚仙家十二欄。不來人世求三餐。鶴可髦。竹可冠。萬載千秋不見官。流民圖卷應猶在。送與君王子細看。

苦農行　　濮淙

決渠引流車上田。踏車老農眞可憐。大兒勤力代黃犢。少婦餉饁孩提哭。焉得傾盆雨一天。方使老農伸腳眠。問農老邁尚勞苦。胼胝傴僂力何補。老農答言淚如雨。才鬻兒孫又孫女。去年亢旱地裂拆。顆粒無收死無策。無衣無食到今年。憔悴秋成望顏色。何期皜皜晝如焚。風揚雹掣雷無聞。昨日蒼蒼起陣雲。山氣騰涌煙氤氳。不知雨腳向何處。又無涓滴沾微塵。我聞老農語未止。耳熱心驚愁裂眦。四方多事斂正繁。良吏未遑勤撫字。人苦無田猶可生。苦田不熟農必死。

剝榆歌　　魏象樞

黃沙日暮榆關路。烟火盡絕泥塞戶。路旁老翁攜稚兒。手持短鐵剝榆樹。我問剝榆何所爲。老翁倚馬哽咽悲。去歲死蝗前死寇。數千村落無孑遺。蒼蒼不恤儂衰老。獨留餘生伴荒草。三日兩日乏再饘。不剝榆皮那能飽。榆皮療我飢。那惜榆無衣。我腹縱不果。寧教我兒肥。嗟呼此榆贍我父若子。日食其皮皮有幾。今朝有榆且剝榆。榆盡同來樹下死。老翁說罷我心摧。回視君門眞萬里。

安宜行

孫蕙

安宜罹災亦云酷。魚龍竟奪農夫屋。千尋巨浪漫荒塍。落日西風聞野哭。水田一綫纔可耕。勘荒使者責長牧。征糧下令嚴催科。不管貧家賣黄犢。前年賣女歎伶仃。今年賣兒更孤獨。阿妻阿母還傭人。豈但醫瘡與剜肉。牽牛出門牛不行。空腹哀鳴何觳觫。低頭語牛牛且前。官税差完免鞭扑。我聞此語增歎吁。仰視皇天白日速。嗚呼貧家母妻子女無還期。誰能戀此卑官禄。沈歸愚別裁注。兒女既賣。母妻傭人。牽牛不行。而空腹哀鳴。官長忍加鞭扑耶。無可奈何。付之自責而已。

河上居民采野蒿作食感賦

嚴我斯

黄河無定流。狂波激大陸。邳宿當其衝。瀰漫蕩川谷。不見田與廬。安望插穜稑。高原棲魚鼈。丁男化鳩鵠。哀哀老弱餘。伶仃一路哭。青青原上蒿。采采不盈匊。井里絶炊烟。人家斷榆粥。上天仁愛人。留此充半菽。奈何官長輩。公然飽粱肉。昨聞興大役。下詔給口粟。庶緩須臾死。天心或可復。又聞閭左兒。三五遑馳逐。不作溝洫魂。漸滋蠆蠭毒。咄嗟杞人憂。中夜如轉轂。紛紛下瀨船。輓輸日已促。民力困東南。所憂在心腹。安得事耕犂。勗哉良守牧。

麥雨歎

顔光敏

寧逢旱魃行。莫見商羊舞。小麥黄時賽田祖。汗流肩赬何太苦。霏霏霪雨連三旬。卻恨炎曦在何所。昨日飛蛾空麥頭。今朝麥尾生黄牛。麥中小蟲名。嘉實幾日作糠粃。長飢更待涼風秋。勸農使者來省耘。麥花布野揚苾芬。豈知倉庾有災眚。翻嗔野老多傳聞。頻年屢歉蒙寬假。秋來併命鞭箠下。蛾兮牛兮何爲者。靦然食我倉中粟。何不往遮使君馬。

靑齊謠　王志琪

靑齊號繁庶。古來稱沃饒。我來至臨淄。所見何蕭條。田疇悉汙萊。草木皆枯焦。沿回數百武。積屍枕荒郊。逆旅叩主人。欲語涕泗拋。爲言數年來。千里無麥苗。河流復奔湍。平地成波濤。居人絕烟火。朝夕藉藜蒿。壯者走四方。乞丐操團瓢。老弱徒伶俜。僵仆飢火燒。復有不忍言。人性非鴟梟。割彼死者肉。充此飢者枵。君看狗彘食。原隰塗腥臊。烏鳶啄人腸。飛挂枯樹梢。昔此耕鑿氓。擊壤歌唐堯。伊誰視其死。粟米貲斗筲。縣官頗剌促。憫此哀鴻嗷。啓請至軍門。抑制在大僚。災眚乃偶爾。奈何相喧呶。至今幾閱月。忍死誰呼號。客聞主人語。搔首心忉忉。上天立民牧。大吏麾旌旄。民隱不上聞。竊位忝貪饕。帝鑒實在茲。國憲容可逃。終夜不能寐。譜作靑齊謠。

揚州草　康熙庚戌十二月客揚州作○五首錄三　杜濬

揚州草。不靑復不黃。百錢買一束。難熱釜中湯。有米之家亦無飯。客子聞之仰天歎。將薪比桂桂不如。琪花瑤草誠有諸。詩觀評。揚郡草値甚貴。庚戌冬尤甚。此實譜其事。

揚州炭　杜濬

揚州炭。炭有汁。渣無多。汁滴瀝。故人憐老翁。買送風雪中。呼兒然薪急煎炭。炭未乾時薪已斷。感君意氣肢體溫。炭乾炭溼何足云。

揚州春　杜濬

揚州春。迎春自東郭。盡道今年官作春。先期三日行催索。積雪泥深一尺餘。倡婦挾瑟乘肩輿。紅妝半露疏簾裏。不知顏色還何如。春日諸官宴綵幄。此曹勸酒須唱曲。請君但聽曲。莫聽六街三市哭。

顧彩記所見篇。見催科門。

晉饑行　沈名蓀

連年晉地天災行。赤地千里無禾生。榆皮柳葉盡取食。餓殍仍見溝中盈。遣官賑濟又何益。官吏自肥民自瘠。就令升合得到身。苟且延生不終夕。京師豪家費少錢。大車小車載入關。賣身不悲翻自喜。夫甘棄妻父棄子。縱爲奴婢亦不嫌。猶勝家鄉卽日死。

榆皮行　嚴啓煜

井廬無煙野無草。萬戶嗷嗷缺一飽。村南村北總成羣。去剝榆皮行及早。何人括盡榆莢錢。枯榦只剩榆皮堅。榆皮可食少官稅。悔不種地成榆田。枝頭聚雀泣相語。新長嫩芽君莫取。雀乎雀乎愼勿爭。我輩舍榆方掘鼠。

歲饑行錄三首　楊端本

山村六百戶。旱荒皆困窮。吾巷五十家。數家藜藿充。餘者室縣罄。朝夕絕飧饔。少壯奔楚南。餬口爲人傭。丈夫捐妻孥。兒孫棄嫗翁。蕭條陋巷內。竟日無人蹤。顚連數老嫗。曝背向日紅。少婦面菜色。飢餓拋女工。稚子軀野外。掘土覓菲葑。鑿剝榆樹皮。背負盈筠籠。日夕茅簷下。微煙動輕風。木皮雜糠粃。舂搗釜中烘。吁嗟冰雪寒。凍餒當嚴冬。所憂難卒歲。何以盼年豐。

清晨啓柴荆。眺望至日酉。襤褸絡繹來。流離四方走。或牽兒女行。或扶嫗與叟。絮語遭旱蝗。粒顆田無有。老羸氣如絲。拄杖露兩肘。佼女形如鵠。垢面蓬其首。但祈須臾活。得食遑恤苟。昨傳賑恤詔。皇恩殊深厚。吁嗟億兆繁。烏能徧升斗。況乃吏胥奸。貧富昧分剖。飽肥市肆兒。惠難逮畎畝。吾聞天子聖。民瘼念星罶。奮然澄海宇。毋忝橫索取。庶幾歲豐登。比屋皆康阜。

日午臨大陌。道路少行旅。滾滾陌塵飛。流亡難計數。稚孺滿柴車。瘠蹇馱老姥。朔風霜雪寒。堅冰凍河浦。哭號天爲昏。悲哉此悽楚。道傍一老翁。頽衰形傴僂。力竭經樹歇。絮絮向我語。泣訴旱三年。高下枯稌黍。家在渭水北。土居百千戶。田乾失播種。逃亡十踰五。富者稍足贍。催科迫官府。賦急毒如蛇。政苛猛於虎。倏忽富亦貧。相率離鄉圃。豈不念田廬。棄置摧肺腑。

榆樹行

邵長蘅

句容城邊古道旁。榆樹千株萬株白。枯榦僅存皮剝盡。饑民慊慊春作屑。雜以糠粃半和土。食之喉澀腸腹結。此事傳聞五十年。卽今眼見增歎息。去年大水波滔空。桑麻委折洪濤風。今年大旱魃爲虐。龜坼千里生蒿蓬。告災頻遭縣官怒。鞭撻不顧蒼黎窮。煌煌詔書屢寬恤。上下一轍仍相蒙。十年四海風塵起。跋扈飛揚猶未已。巴蜀荆南急鼓鼙。東吳西浙成瘡痏。往時民貧鬻兒女。今年兒女鬻無處。老翁路旁臥不起。乞得一錢淚如雨。高天漠漠寒雲橫。愴惻吞聲策馬去。

六荒詩

吳中水災數載。因作是詩。樂天云。見之切不覺言之直也。

蔣廷錫

蠶荒

吳民事蠶絲。燥溼惟時候。今年三月前。霢霂潤土厚。蠶婦欣相告。可保蠶有收。有綿白如雪。有絲細如縷。曛風護蠶子。蠶子衆且驟。一線黑如針。初眠已昂首。誰知連旬雨。桑枝爛若蹂。重陰固微陽。葉葉皮縮皺。水氣毒中蠶。蠶死首相湊。蠶婦長歎泣。相約毀絲扣。

麥荒

春秋輕他穀。無麥則書之。所以古帝王。勸種毋失時。百穀最先登。乏食惟賴茲。每讀爾雅注。麥者繼絕詞。太陰傷首種。常使農人飢。油油數千頃。空爛靡有遺。大麥既淹死。小麥亦披離。農夫束手待。野老呑聲悲。一雨千萬淚。天公胡不知。

豆荒

西北多高田。種花亦種豆。夏至二十日。播植惟其候。刈草復治穢。深耕還淺耨。疏根欲其乾。糞土欲其厚。望莢成二七。不先亦不後。（呂覽。得時之豆。其莢二七爲族。）誰知入五月。雨下大且驟。豆苗未盈寸。披靡倒若蹂。水浸及溼蒸。空敗不可救。繇連勢更甚。長草如長寇。戽水倏復盈。築岸旋已仆。浩歌南山詩。酌酒聊自侑。

秧荒

栽秧纔三寸。短小未成禾。往年小暑前。青青已分科。何當今年荒。秧頭翻白波。乍如澗中草。又如水底荷。恍疑江漲發。洪濤沒綠莎。吾從田間來。見之發咄嗟。好雨不破塊。和風不殺芽。而此何降災。豈是民奇衺。

米荒

十九水災後。去歲稱大熟。米粒淨如珠。米價賤於肉。雖無九年儲。亦有一歲蓄。胡爲連雨後。窮民已空腹。野老爲余言。君何不三復。去年穀未登。有吏催納粟。三日一程限。五日一鞭扑。颺簸粒粒圓。兩斛當一斛。猶慮不中納。難入官吏目。終冬官報計。征科十分足。上官見之喜。賢哉此民牧。

柴荒

庭中多草萊。階下多松竹。朝取炊晨餐。夜拾煮夕粥。松竹易以盡。草萊生不足。朝持百錢去。暮還易一束。溼重不可燒。漉米不能熟。八口望曲突。嗷嗷歎枵腹。前月山中行。山木猶簇簇。今從山下過。遙望山尖禿。農民無以爨。焚卻水車軸。田事更無望。拆屋入城鬻。鬻之富貴家。可以爛魚肉。

劉青藜稗子行。見米穀門。

母抱兒　鄭世元

母抱兒。兒在懷中啼。我兒且勿啼。村中榆樹剝盡皮。三日不食氣一絲。那得有乳哺汝飢。抱兒出門去。負兒行道周。不知東西與南北。仰面乞食低面羞。行人來往各恟恟。誰能救汝母子命。

飢口行　夏之蓉

孤村如荒墟。四圍皆積水。奉檄勘飢民。觸眼見瘡痏。里長呈戶册。牽率來拜跽。觳觫几案前。扶掖不得起。逡巡入其室。破屋半傾圮。牀上飢兒啼。咿嚘聲未已。瘦妻布裹頭。著腳無完履。冷白蓄何物。云是蕨萁子。腐惡令人嘔。賴此得不死。誰云人命重。僅與螻蟻比。聞之尙酸鼻。見者應潁泚。

哀飢民　　陳章

哀飢民。哀飢民。夏秋淫雨連朝昏。稻花不實爛稻根。淮流泛溢魚龍奔。尺椽片瓦蕩如焚。流離四散投城闉。門卒呵止還鄉村。道遇一老嫗。泣告聲已吞。一家十三口。只有兩老存。寒風急雪又作嗔。肩背不掩無完裙。殘喘不知更幾日。乞得薄粥猶相分。東家賣兒女。價賤同雞豚。西家死父母。隨地埋荊榛。哀哀此赤子。誰非聖代民。九重恩詔昨日下。繪圖不必煩監門。

竹米歎　　周京

己丑六月之中旬。傳聞竹米紛千囷。淫騰斗斛若米價。會須一療飢虛人。籍籍爭看盈把握。長腰細粒如搥削。云本徑寸垂琅玕。黑黍黃粱雜相錯。亦用碓舂去翳膚。軟滑如秫高粳稌。撐腸拄腹不充飽。蒸浮徒說供朝餔。曾聞益州不足異。江浙徵荒衆驚悸。一年大旱苗稼枯。一年大水少晴霽。今年正復心皇皇。鳩形鵠面兒扶孃。訛言竹米是荒兆。愁聲怨氣羣徬徨。那能乞取安心方。吁嗟乎。那能乞取安心方。

白土餅卽俗名觀音粉　　程穆衡

白土本卽山中泥。愚民美號觀音粉。和以堇荁作糗餌。珍同餈[illegible]充飢吻。有從道畔攫其一。入口欲趨行不疾。市者相爭推仆地。齒嚙其半命隨畢。一人後至顧其頤。抉諸死口急咽之。旁有一人不得嘗。失聲一慟顛而僵。自冬徂春數月來。道殣累累埋塵埃。史書亙古志荒旱。未見如斯劇塗炭。嗚呼我欲竟此曲。多恐酸風襲几案。

苦災行

袁枚

沭陽八年災。往歲尤爲酷。我適涖此邦。一望徒陵谷。田廬化爲沼。春燕巢林木。泛濫有魚頭。彭亨無豕腹。百死猶可忍。餓死苦不速。野狗銜髑髏。骨瘦亦無肉。自恨作父母。不願生耳目。賴有皇帝仁。施糧更煮粥。飢口三十萬。鴻恩無不沐。望此一月賑。早作千回卜。攜筐及老幼。守候合宗族。恩愛如夫妻。爭糧相搏逐。奪取未到懷。搶起還愁覆。有賑尚如此。無賑作何局。爲一校算之。怳然眉欲蹙。小口米七升。大口斗三六。將度期月餘。日食無一掬。國帑已千萬。再加苦不足。紓國更紓民。束手難營度。寧死不爲寇。猶賴皇恩渥。豈無冒濫譏。終爲百姓福。只期今歲麥。得雨早成熟。千瘡百孔間。元氣稍周續。旱魃竟爲災。秋陽永相暴。春禾山下焦。夏麥土中縮。聞雷妒彼縣。望雲生我屋。水去旱又來。陰陽太慘毒。父母殺子孫。胡不悔生育。萬物本天地。胡爲窮殺戮。人心尚悔禍。天道應剝復。下吏或當誅。百姓有何惡。取我瓣香來。朝夕向天祝。上念堯舜仁。下念父老哭。急命行雨龍。及早施霢霂。雖已無麥禾。猶可救種稑。貧家何所言。雨水卽雨穀。富家何所言。得雨如得玉。永誌喜雨亭。稽首謝天祿。

山左道中

胡旭

我行山之東。乞兒擁如蜂。攀轅不肯放。哀聲上蒼穹。問渠果何欲。所求一文足。一文亦安爲。不絕命如續。薄命螻蟻輕。遲速理亦平。但免今日死。焉知明日生。君不見溝中之瘠何纍纍。今爲乞鬼昨乞兒。嗚呼東家生牛笑。西家死驢哭。老弱餓死何人埋。眈眈狗豕啖其肉。

賣牛圖歌 蔣士銓

田乾無處用牛力。田家不忍殺牛食。完糧要錢不要牛。賣人不及牛身値。人牛餓死爭蚤遲。且換死別爲生離。牛別牛宮不復返。全家哭送牛何之。相依日久同留戀。雖受鞭笞牛不怨。殺身有補拌酬恩。奈何只賣錢三貫。皇天生牛任至勞。餓鬼刼到不可逃。鬼神豈不惜牛命。凶年棄去同秋毫。菩薩心腸聖賢手。畫之詠之亦何有。君不見安居骨肉每仳離。何況飢寒難共守。

又士銓典牛歌。見善政門。

振災篇 張九鉞

溯彭蠡洲渚民築圩衞田。乾隆丁亥夏秋間。積潦衝決。中丞以聞。荷蒙賑恤。自勘災迄普振。凡六閱月蕆事。追思致災有由。備患宜早。作詩紀之。

民飢在波濤。吏飽坐堂廡。藉曰案牘繁。何以對肺腑。分官臥懶蠶。遣吏助翼虎。豈無舊册稽。常恐影射苦。何如遵履畝。瘡痍手摩撫。

皇心調玉燭。宵旰念八方。痌瘝一上聞。惠澤下九閶。區區此偏隅。稊米出太倉。天膏不少屯。愼毋去其鄉。豐歉偶然事。所重耕與桑。

小魚戀煦沫。伺之者鸛鶴。哀鴻墮稻粱。旁有狙鷹攫。一圩一長踞。一圩一隸嚼。戶口旣侵漁。雞豚苦烹捉。窮民嗷嗷啼。不得分升龠。刈莠長嘉禾。毋使禾根削。

寒風縮湖波。煙火茅茨高。雞犬飽嬉堤。婦子傾新醪。飛符集畚鍤。伐鉦復鼓鼛。防患豫綢繆。安可事道遙。明年歲困敦。土脈早發膏。皇恩雖寬大。未可長倖邀。

飢民船 戊辰泰州水災。飄沒廬舍。飢民以船爲家。勘災往來大水中。見而悲之。

湯禮祥

飢民船。何連連。船頭乞食船尾眠。自從六月遭大水。性命孤懸一船裏。船有時而南。船有時而北。有時中流風怒號。大船小船行不得。行不得。泊何許。後村已過前村遙。浪花如雪淚如雨。

土銼行

張雲璈

寒風北來雨點急。荒村矮屋黃茅溼。頭白老翁土銼炊。眯眼煙飛欲成泣。行人下馬立道旁。試問此地何荒涼。翁言連年遭歲歉。皇天不憫民之殃。去秋淫潦滿鄉縣。高陵平地波濤遍。嗷嗷中澤聽哀鴻。鄭俠圖中昔曾見。朝廷恩重念民依。議賑但願天下肥。一家走領一升粟。一升且免一日飢。我聞茲語淚如綆。老翁勸言勿悲哽。有餐猶足飽餘生。君不見前村無人土銼冷。

賣餅行

錢世錫

茶鑪賣餅官道傍。鑪頭餅焦芝麻香。客行過午腹已餓。買餅頗嫌餅不大。怒問餅師胡爲然。椎餅不大如月圓。往年一餅已半飽。今胡縮餅如錢小。餅師笑客何其癡。不見麥隴黃埃吹。客食我餅亦已幸。但得麥禾熟淮潁。浩浩穰穰百千頃。何難餅大與盤等。明年若更如今年。直恐鑪頭竟無餅。

哀鴻詩二首

曾燠

哀鴻不得食。逝彼天一方。努力將其雛。終焉棄道傍。豈無顧復意。自念就死傷。同死不忍見。見之摧心腸。不如姑棄置。萬一生可望。其雛宛轉鳴。四野爲悽愴。

哀鴻不得食。餓死在林麓。旁復有羣鴻。餐此死者肉。豈不傷其類。生者暫充腹。亦知久不免。道路且相續。

江北薦饑流亡相繼惻然有作

顧敏恆

踟躕城之隅。還顧望道周。纍纍數十人。蓬垢如係囚。借問爾何爲。旱魃爲我仇。沃壤成石田。十種無一收。骨肉半死亡。殘骸委荒邱。伶仃去鄉土。樂國甘所投。逢人強拜跪。千請不領頭。枵腹不能語。呑聲故吚嚘。愧無囷倉積。紓爾朝夕憂。三詠鴻雁詩。泫然悲涕流。

江南歲方旱。祈請走顛蹶。豈無良田疇。大半輟耕垡。貧民典鬻盡。富者憂攘奪。比屋鮮蓋藏。何以免倉卒。嗟爾遠地人。所至罹酷罰。暮宿無栖止。晨餐乃糠籺。孰知溝渠塡。尚冀旦夕活。翻羨豪家犬。飽食臥門闥。命也可奈何。思之爲心怛。

乞米婦

王芑孫

乞米婦。形欒欒。與錢不肯受。乞米聲悲酸。兩年水災蕩廬屋。三年旱荒斷食穀。生兒四歲良獨苦。長食樹皮少食乳。可憐不曾識米味。安得香秔洗其胃。官今與米歸作湯。不與飽食聊與嘗。

宿遷民

劉鳳誥

我行宿遷城。城下無水聲。我行宿遷野。野外草不春。水聲學人哭。草根掘人肉。土民辨男女。骨節三百六。云昨歲苦饑。百口無一肥。母懷割幼子。父或餐其兒。髓乾血亦竭。腸胃供餔糜。死者勿復道。生者猶僵屍。至今十家屋。九家穴狐狸。我聞坐路旁。忿怒交怨悲。凶荒滅天性。區區殘喘爲。士民止我淚。勸我生笑嘻。去年少人走。今年有人啼。漸叱黃犢來。莫厭烏鴉飛。請告邦大夫。拯災乘未危。

掘草根哀飢民也。歲辛未。吾婺大旱。民掘草根以食。

王惟孫

朝掘草根。暮掘草根。腸枯欲斷。相向聲吞。室有老稺。飢餓不能出門。奄奄待絕。莫由博一餐。風吹草號日色昏。望見隔城燈火。高樓大戶誰之屋。奚奴喂馬。槽中尙餘芻粟。以手掬之遭鞭扑。側足路旁淚蔌蔌。

分餅行

羅懷玉

君不見乙巳年旱東海濱。市中麥餅席上珍。一餅之値錢二文。愁殺市中買餅人。買餅人。誰最苦。海邊嗷嗷飢竈戶。竈戶飢難忍。逃亡棄桑梓。左攜妻。右挈子。三人逐逐風塵裏。腰纏祗四錢。人維三。錢維四。飢來市得麥餅二。人多餅寡分難均。可憐婦也分餅費踟躕。多寡準以尊卑殊。全持一餅奉丈夫。其餘一餅中剖析。半留己餐半兒食。兒幼則何知。食不滿腹仍啼飢。母心愴惻憐飢兒。更以半餅療兒啼。兒啼猶未已。母遽飢餓死。夫見餓妻死。憐妻怒責子。隨手加鞭箠。鞭箠手誤傷。孱弱足難立。顚仆子又亡。夫見妻子死。轉嗔爲詫悔且哀。煢煢原野依蒿萊。不聞子喚爺聲妻隨夫後。但見夕陽下地悲風來。夫也自言自裁。此身生世胡爲哉。鬼伯西應聲。河伯東招手。濟人甘水無。溺人鹹水有。夫也懷石投其中。吁嗟殘喘其能久。狐兎過之爲卻走。飛鴻望見。哀叫迴翔。二餅殺三口。一門橫道旁。分餅行。斷人腸。

藷葉粥

楊光鐸

湖南一十三州府。官民籲天天不雨。白日流丹夏及秋。不旱之邑十無五。頗聞民間言旱災。岳屬平江旱尤苦。平江田少多山邱。田既無穫山何求。南箕不簸斗不挹。富民不貸貧民愁。兒啼妻飢艱仰屋。典盡寒衣賣黃犢。舉家依舊持枵腹。催科吏來無酒漿。惟有一甌藷葉粥。藷空有葉根無藷。山中藷葉皆已枯。今年葉枯猶可茹。來春藷葉粥亦無。

采葛行

又

朝采葛。暮采葛。采葛深山忍飢渴。手皴足繭不知疲。絕壑窮涯討生活。采葛歸來不滿擔。千錘萬杵膠泥黏。清水池漚漬清粉。雜以野菜味亦甘。荒年但求免飢餓。豈敢一飽窮饕餮。朝采東山嶺。暮采西山麓。老攜幼負。朝朝暮暮。一望童山光歷碌。東鄰西舍悄無言。飢來惟向山頭哭。酸風苦雨空山阿。烏虖飢民奈爾何。爾家有吏來催科。

剗草行

樂鈞

晴沙揚空日皜皜。沙上停舟見野老。肌消如腊骨如柴。手柄長鑱剗枯草。試問野老何辛勤。悽然向我訴懷抱。水濱坳狹田土磽。歲豐才得半年飽。河水易漲仍易乾。三年兩年苦旱潦。早禾已遭霖雨爛。晚稼將逐秋陽槁。僻壤偏災官不知。統報收成十分早。昨聞縣胥領官帖。遍征租賦下鄉堡。到門詗喝雞犬驚。官糧那能略減少。君看破屋餘半間。風吹拉拉欲傾倒。亦無男女堪賣錢。只有乞食白頭媼。西家稚子如飢鼠。東鄰老父似凍鳥。夜來聚語相酸辛。生死誰能復自保。終拚一身聽吏捉。縣宰賢明可訴禱。凶荒如此宜見憐。弗憐亦甘受搒拷。剗草且作燒畬計。不死更望來歲好。

觀音土行　又

豐年無錢人食苦。凶年無錢人食土。和糠作餅菜作羹。充腸不及官倉鼠。此土尋常曾不生。飢人競以觀音名。云是菩薩所潛賜。楊枝灑地甘如餳。吁嗟乎。富家有土連郊坰。富家有米如坻京。米價日昂不肯糶。坐視餓殍塡溝塍。此土幸出觀音力。不費一錢能飽食。救荒已賴佛慈悲。莫向富翁苦啾唧。

荒年雜詩　焦循

三月無雨種。四月無雨栽。昨宵雨若鏑。猛至驅塵埃。東鄰摘野蕨。西鄰蒔園萊。園萊葉黃蠹。野蕨根傾頹。

采采山上榆。榆皮剝已盡。采采墓門茅。茅根不堪吮。千錢二斗粟。百錢二斗糠。賣衣買糠食兒女。賣牛買粟供耶娘。無牛何以耕。無衣何以燠。休問何以耕。休問何以燠。未必秋冬時。一家猶在屋。

未死不忍殺。已死不必覆。出我槖中刀。剸彼身上肉。瓦鬴燒枯苗。煎煎半生熟。羸瘠無脂膏。和以山溪蔌。生者如可救。死者亦甘服。此卽妻與孥。一嚼一號哭。哭者聲未收。滿體乍寒縮。少刻氣亦絕。又塡他人腹。

稚子啼路旁。哀哀歲六七。問兒何爲啼。不食已二日。昨從阿耶來。今早阿耶去。言去乞水漿。置兒臥此處。行者憐其孤。攜歸備驅馭。餓久腸胃枯。不堪任充飫。

縣令乘車來。省視災與饑。蠕蠕村中民。匍匐前致詞。形骸背立語孱弱。長官救我呼聲遲。長官向民語。爾衆勿傷悲。一日告大府。三日奏天墀。有錢買新粲。有米炊香糜。事無十日遠。少俟無遷移。蠕蠕村中民。匍匐稱仁慈。拜送長官去。相顧形嬉嬉。

富人有長者。捐米施饘粥。架廠環數畝。邑宰坐中屋。嘓啄桑中蠶。旁午散南北。家有父與母。老病久枵腹。哀告給半筐。將歸救窮蹙。

潘際雲蕎麥歌。見米穀門。

萋萋芽　周濟

女兒隨娘男隨爺。出門去掘萋萋芽。淤地芽多沙地少。傾筐未盈日已斜。道旁行人不解事。道是采藥供醫家。駐馬一問訊。欲言涕墮紛如麻。頻年赤旱苗盡槁。今秋淫雨敗我吉貝花。雨中況有賊竊發。縣官走死民遭殺。流離半月晝夜驚。得脫餘生才一髮。幸遇劉青天。日日載米來鄉間。日長米少不敢食。留度荒春難復難。掘取萋萋芽。歸作萋萋粥。亂掩柴門相抱宿。天不雪。無麥苗。天若雪。眼前凍死何處逃。只今世上無鄭俠。聖主安知鴻雁鳴嗷嗷。

災農謠咸豐丙辰　陸費瑔

丙辰夏徂秋。驕陽煽威力。大田坼龜兆。尺土無寸溼。良苗盡槁死。捆束委荊棘。徒憐手足胝。車戽不遑息。田父敢怨咨。搔首向天泣。樗皮屑作糜。長藿恣采食。羸弱轉溝渠。存者面黧黑。忽驚臺符下。軍儲催孔亟。有司急奉行。徵斂事驅逼。里胥夜打門。叫怒入人室。持鞭索酒漿。瞋目肆呼叱。搜括及盆盎。皮肉任扑挟。恭聞寬大詔。蠲緩務存恤。召告固時艱。弭患亦吏職。所嗟凋瘵餘。補救恐無術。要惟慈惠師。勤求勸耕織。痌瘝汔小休。嗷鴻得安集。感諷舂陵行。呻吟我心惻。

沿途見餓殍　萬開燧

道經南陽地。暫停向北轅。瞥見野坡下。鴉雀爭噪喧。羣犬恣狂噬。口銜髑髏奔。奴子下車視。云是餓殍存。我聞誠不忍。悲咽潛自呑。欲爲謀片土。過客誰與論。歎息仍前去。沿途所見繁。哀哉誰氏子。委棄荒野村。豈無敝帷念。將爾蒲莞純。忍教塡溝壑。視同待割豚。肢體半狼藉。白日慘欲昏。仁人惻然念。目眴心重捫。遺骸雖至賤。與我本一原。側聞此地饑。連歲掘草根。半菽且不飽。誰與謀饔飧。皇仁亟振恤。全活良甚蕃。祇此澤骨遺。難與達重閽。所賴良有司。視此流離魂。不惜一坏土。爲建漏澤園。伏屍無暴露。沴厲不爲冤。馴致年穀登。時和候復温。民生庶有瘳。重回寒谷暄。何人采輶軒。我願獻此言。

救荒新樂府五首　吳慈鶴

嘉慶十八載。吾吳自五月不雨。至于八月。米價騰湧。民不能支。仰賴天子聖仁。大府慈惠。牧伯盡職。吏民趨事。於救荒法行之靡遺。惸黎全活無算。余以郡人從史官之後。有風喻之職。因舉荒政之最善者。各爲一篇。

平糶

憶昨歲在奎。江南苦無雨。幾疑衆川竭。赤子困車戽。人有燋爛痕。苗死固其所。斗米價五百。貧者將安取。後村聞死喪。前村鬻子女。節度賢相公。憂民涕垂縷。飛書告父老。各各貸釜庾。升合減數錢。官私禁儲貯。直減市亦平。散利眞善予。常平古良法。實政欣已舉。可憐溝中瘠。如兒今得乳。

採買

吳田七百萬。豐歲三釜餘。其二納官賦。其半入家租。閶闔百萬家。九州稱大都。計口十倍之。歲食固不敷。賴有洞庭商。吾鄉米商多東西洞庭人。川楚下舳艫。豐歲仰鄰食。歉歲更何如。況此久旱後。我民已交瘉。糠籺且難得。焉能求桂珠。相公賢且仁。飛檄江與湖。復募富民往。攜貲行轉輸。關津無譏禁。萬里皆坦途。不復平其值。但求通粟儲。昨過滸墅頭。大艑若鯨呿。風濤接尾至。晷刻曾不踰。嗚呼飢得食。能使瘠化腴。何以祝相公。壽愷身樂胥。

勸捐

保富國有經。安貧乃良策。盜賊貧所爲。錢刀富所惜。飢來思握粟。寒至將求帛。況値薦臻年。焉能守程尺。強者已可哀。弱者尤可惻。盜賊且不能。甘心死荆棘。人豈無仁術。對此詎能適。兩府進吏民。不惜萬言說。誠極動豚魚。欣皆出私積。富家一顆粒。貧家終歲食。綢繆麥秋前。可以安保息。

賑錢

救荒積陳言。行糜本周令。所嫌衝寒人。勞餓轉成病。聞之故老云。饑疫兩相應。揆理或此由。改絃仗新政。邦伯采蕘言。簿錄勞里正。人日授數錢。月頒如俸請。數坊一場廨。近取非遠競。事簡責者年。法周絕漁橫。所給雖不多。聊堪佐傭倩。春風盪柔和。鳩鵠轉相慶。不分溝壑餘。欣然得生更。

醫藥

我民苦無食。有食亦糠粃。我民苦無衣。有衣亦菅枲。肝腸沸能裂。冰雪僵斷指。可憐免死身。疾癘焉能已。温風鬬餘沴。六氣傷腠理。戶戶有呻吟。家家苦鞭痞。邑侯心惻然。誓欲起羸敝。羣醫畢關召。百藥親飭庀。疾輕就醫來。重者醫往視。匪獨畀芩朮。還將哺湯餌。行之兩月餘。民皆大歡喜。億兆瘝蠢消。青詞謝天祉。

突無煙　徐謙

突無煙。臼無穀。野雀啄蟲充空腹。碩鼠呼羣走鄰屋。紅米一石。青蚨七千。傭工三日。不滿百錢。富戶不開倉。米店閉街坊。無錢猶可。無米殺我。屈指新穀期尚遠。忍飢車水輪不轉。

剝榆歌 歲饑。沁源貧民剝榆而食。作是詩哀之。　王省山

朝剝榆皮。暮剝榆皮。手持斧柯。身困腹飢。道旁纍纍不忍覩。老幼相攜面如土。家貧歲荒不得食。聊借榆皮充肺腑。吁嗟乎。山中榆樹能有幾。剝盡榆皮榆樹死。荒村破屋半逃亡。何處叫閽天萬里。

歲歉感懷　吳振棫

吳楚傷心雨。江湖極目波。相逢聞太息。卒歲更如何。積漲黿魚喜。寒源鴻雁多。方知飽粗糲。未可動悲歌。

井竈依稀在。妻孥轉徙遙。人生賤於草。米價長如潮。良吏憐糠餅。空田少麥苗。微聞兩黃鵠。新唱後陂謠。

三郡悲秋潦。杭嘉湖被水最甚。京坻始願違。兒啼寒具小。市怪醉人稀。輸粟方求糴。餐藜且忍飢。寄言

僵臥好。去此欲何依。

蕭瑟苕溪上。驚危猝戶餘。已寬沈命法。願讀活民書。呼籲情原迫。倉皇計亦疏。仰懷虞內史。私米恤窮閭。

豈用封樁積。惟憂郡國荒。況通西極馬。旱射北星狼。使節巡行遠。時命使臣訪察淮揚災區。疆臣賑恤詳。古來無旱澇。何以見堯湯。

哀鴻歎 道光辛卯夏。江西、湖南北水災。男女數十萬轉徙道路。死者枕藉。

郭儀霄

九江關外愁雲低。二十億萬災黎棲。炊無粒米寒無衣。黃瘦老弱挾女妻。願從君子賫餔糜。爲奴爲妾隨所宜。青錢至寶人沙泥。天子軫念恩沛施。帑金浩費飽無時。

蟻聚蜂屯塞道路。今日此村明日去。銜風臥雨暴霧露。長官倡勸賑粥米。惡胥澆粥添白水。今日飽餐明日死。城中得粥猶可全。窮鄉僻壤安得前。君不見老弱病劇不及顧。半死半生縛在樹。

江西災黎可痛惜。楚南楚北尤堪惻。我舟經過岳陽城。飢民枕藉日數百。君不見小兒伏地僵不起。行者過之不忍視。又不見蒲席裹尸同一繫。中有餓兒猶有氣。嗚呼流離半死亡。不如忍餓還故鄉。故鄉陳陳多新鬼。骨肉猶同一處死。

塔山犬

許乃穀

飢民逃荒求苟活。奸民乘機肆劫奪。不殺奸民將焉出。江湖夥盜日猖狂。霜刀黑夜蜂入堂。搜箱倒篋誰敢藏。救荒自古無長策。請自萑苻清盜賊。亂絲當斬何足惜。東里火烈仍恩澤。

塔山犬。臥蒼巘。朝朝大嚼肉一臠。人不得食。犬何能腆。人非穀兮不生。犬得人兮飽啖。山前人死人不收。山後鬼哭聲啾啾。殘絲斷魂猶望救。犬早磨牙坐相守。

翁無妻　姚東之

大巫小巫舞皇舞。禱靈雨兮河之滸。赤烏萬里雲不生。舞折靈旗擊敗鼓。老翁出門心躊躇。高禾大芋皆乾枯。膏腴百畝盡荆棘。入門含淚觀妻孥。夜半虎胥持虎符。搥門大叫來催租。道言蠲賑待明詔。且索爾租紓我逋。老翁聞言心膽慴。老妻魂魄飛天外。脫襦換酒衣換菜。虎胥食之追不貸。夫言我死追可輕。妻言我鬻君可生。夫言鬻汝我不忍。妻言我去君可憫。不爾今朝命同隕。夜靜無言淚斷續。天明牽向街頭鬻。可憐老婦價不値。又添一女顏如玉。道旁觀者黯然悲。皇仁百萬療民飢。嗚乎。皇仁百萬療民飢。老翁今歲猶無妻。

偏災行　彭兆蓀

偏災屬旱非潦蝗。近水得收遠水荒。荒田果荒荒有數。有田不荒荒可作。去聲。朝廷恩意官長法。卻使奸胥飽筐篋。申荒誰。里正口。注荒誰。吏人手。荒田無錢田不荒。作荒有錢免辦糧。勘荒縱有神明宰。一一安能免欺紿。偏災由來降自天。誰知偏中復有偏。偏災人乃分天權。偏災賑災弊益多。嗚呼全災更若何。

賣牛謠　朱穀昌

高田低田浪花白。蛟龍磨牙食人食。一束稻草論錢百。牛兮雖飢救不得。荒年之草貴於寶。荒年之牛不如草。不能養牛將賣牛。牛主牽牛雙淚流。今年有牛飽人腹。明年無牛將無粟。人牛相倚不救死。牛去田荒死亦續。我語牛主且勿悲。不見路旁飢婦泣賣兒。

愁鴻篇　朱綬

秋風聲蕭蕭。四野愁鴻號。愁鴻聲不止。秋風吹不已。田廬汨洪波。驚飛雨中起。故巢易漂搖。新巢難料理。孤雛棄草間。須臾緩吾死。忍死亦須臾。哀鳴淚如泚。安得此哀鳴。吹入長官耳。長官若不聞。民命終已矣。

道殣謠　又

腹中無飯昏復晨。巷南巷北多死人。籧篨一肩棄荒野。啄肉烏鳶飛欲下。公然社鬼白晝行。家家升屋招魂聲。朝聞鄰牆雨打破。地上一家方藁臥。

愍災詩六首　曹楙堅

道光甲申冬。高堰十三堡決後。以次繕完。禦黃壩堵閉兩年。丙戌夏。洪澤湖水長。當事懼堤工不保。遂啓五壩過水。揚郡七州縣當下游者。田廬盡沒。較嘉慶丙寅決荷花塘害尤劇。余客海陵。人烟蕭寥。萬室波蕩。加之盲風怪雨無節。觸悽慘之懷。寫流離之狀。因事命歌焉。

開壩行

今年稻好尚未收。洪湖水長日夜流。治河使者計無奈。五壩不開堤要壞。車邏開尚可。昭關壩開淹殺我。昨日文書來。六月三十申時開。一尺二尺水頭縮。千家萬家父老哭。

搶稻行

低田水沒項。高田水沒腰。半熟不熟割稻苗。水中撈摸十去九。鐮刀傷人血滿手。生稻不成米。熟稻一把無。官說今年不要租。難得稻頭一兩寸。留作䊒兒粥幾頓。屑米麥爲粉。煮以爲粥。泰人謂之䊒兒粥。䊒音采。願天活民水早退。茫茫不辨東西界。搶得稻米無處曬。

破圩行

倉皇出門告田主。前後圩田要加土。主人已費十百千。農夫解衣還質錢。兩手撈泥泥漉漉。一斗黃泥米一斛。走圩東。走圩西。太陽初出雞叉啼。手僵腳腫不覺飢。大家保護半月功。寒天有米到腹中。但願日日東南風。東風不來西風大。前圩後圩一齊破。

賣牛行

牧童面色如死灰。十牛五牛觳觫來。今宵牽向城外宿。城裏明朝喫牛肉。牛兮食我草。牛兮耕我田。無田無草那養汝。養汝那得到春天。夜半餵牛對牛哭。牽牛進城牛有犢。牛乎爾勿怨。聽我語與汝。賣汝得錢能幾許。有男賣男女賣女。

拆屋行

水連牀。牀連屋。大兒小兒盡匍匐。牀前淅米牀上炊。那有乾薪一兩束。黑夜沈沈兒墮水。夫叫妻號救兒起。不聞兒啼兒已死。鄰家有小船。兒女安穩眠。我家無船屋裏住。水來更向何處去。不如拆屋取屋材。粗杗細桷併一堆。兩頭用繩縛作筏。漂東漂西波汩汩。未定一家誰死活。

查災行

雞毛文書絡繹催。明日官府來查災。四邊汪洋天一色。挂起風帆向西北。某村某落在何處。惟見墳頭三兩樹。父老叩頭言。聽得官府喚。天災流行那敢怨。官府親來百姓願。當今皇帝大聖人。頒發國帑救我民。白金萬兩錢萬緡。兩大口。三小口。官府莫交胥吏手。

災民歎五首

黃燮清

客從兗州來。野殣紛相屬。徐泗更蕭條。道路不忍目。白骨浩縱横。零殘手與足。村荒狗彘飢。矯尾食人肉。嗟爾何貪饕。爾非民不畜。民飢不爾食。民死飽爾腹。民瘠難更甦。爾肥豈能獨。食盡欲何依。早晚同溝瀆。

阿弟獨襁抱。阿兄四五齡。阿弟已餓死。阿兄匍匐行。狗來食弟肉。還復視阿兄。明知與鬼伍。見慣亦不驚。飢寒父母棄。軀命螻蟻輕。吁嗟紈袴兒。梨棗方紛爭。

驅車嶧陽道。村寒少人烟。老稚什伯羣。雜遝擁馬前。見客相叫號。宛轉乞一錢。得錢豈救死。殘喘冀苟延。襤褸誰家婦。長跪官道邊。手指所生兒。願隨爺執鞭。割愛詎不痛。良勝墮九泉。呼兒坐轅上。瑟縮吁可憐。阿母顧兒喜。謂免溝壑填。亦知死離别。撒手翻欣然。羣兒不得偕。躑躅思追攀。路長哭聲遠。悲風與迴旋。

濺濺順河流。娟娟河上女。哀哀向我啼。緜緜淚如雨。自言良家子。嬌小守房戶。低徊阿母旁。未識飢寒苦。自從黄河災。有田不種黍。阿母老更病。三日火未舉。骸骨滿郊原。兒死何足數。一死固尋常。誰來飼阿母。聞言心骨悲。未忍啍蹴與。解囊供一餐。旦夕竟何補。

野店倚落日。下馬入草堂。主人肅客坐。竭蹶羅酒漿。苦言草具惡。一水三年荒。不見凍餒骨。纍纍棄道旁。皇心憫饑溺。日月照流亡。不惜內府金。艱難恤夷傷。聖人覆幬恩。原期民物康。百萬輕一擲。豈意雪沃湯。彌縫及乾沒。何由知其詳。煩冤滿道路。誰能達九閶。野草久不青。遑問黍與粱。粗糲幸得備。且復盡一觴。舉酒勸主人。黽勉爲善良。西南方用兵。膏血飽虎狼。此鄉雖困苦。猶喜免斧斨。時艱樂土少。憂端兩茫茫。

停質庫紀雨災樂府之一　高學沅

贖者五。質者十。厚其息。減其直。質者百。贖者一。但有出。無復入。盈千累萬稱貸益。欲更質之無可質。流民索米嗷嗷集。官吏催賑咄咄逼。欲閉不能勢逡亟。誰家豪右擁萬緡。金玉服玩盈牀茵。棚民耽耽夜斬門。席卷百貨無一存。噫嘻樂歲攘敓尚如此。何況今年餓欲死。

鬧荒　吳世涵

閉糶乃惡富。鬧荒亦奸民。奸民何爲者。一二無賴人。平時既橫恣。睚眦在鄉鄰。一旦遇歲歉。乘勢煽諸貧。號召百十輩。徒侶來侁侁。武斷市上價。搜索人家囷。既以洩其忿。兼可肥厥身。衆人米未糶。奸人已千緡。衆人腹未飽。奸民酒肴陳。事勢偶相激。搶奪遂紛綸。救荒在安衆。貧富情皆均。閉糶貧民懼。禁閉令宜申。鬧荒富民恐。止鬧非無因。此輩弗懲創。釀禍豈爲仁。

道光癸巳書事八勸歌　湯國泰

道旁婦　勸凶荒宜恤鰥寡也

道旁婦。苦又苦。鵠面鳩形衣襤褸。飢寒兒女泣呱呱。霜雪風中頻索乳。腆顏欲作富家奴。主不相容挈兒女。思賣兒女活己命。肉剜心頭難操刃。自甘同死怕生離。搔首空把青天問。

路旁兒　勸饑饉宜矜孤獨也

去冬賣兒有人要。今春賣兒空絕叫。兒無人要棄路旁。哭無長聲聞者傷。朝見啼飢兒蜎縮。暮見橫屍飢烏啄。食兒肉。飽烏腹。他人見之猶慘目。嗚呼兒棄安能己獨活。枉抛一臠心頭血。嗟哉兒父何其忍。思親兒在黃泉等。

賣薪兒　勸貪天不可爲功也

賣薪兒。躍如雀。朝朝擔草街頭鬻。奢心欲望桂同昂。果然百錢沽一束。水多草少烹不熟。安得勞薪燃敗穀。那知天順薪兒心。癡雲又落經旬霖。草價頓增加倍貴。十錢一斤薪不賣。薪兒得錢市酒米。醉飽對雨心更喜。

賣穀賈　勸荒歲宜賑鄰朋也

桂如薪。米如玉。去秋水爲災。今春雨更酷。賈人攤錢向市頭。共道堆金不如穀。壟斷收盡倉滿盈。坐待價昂方出鬻。果然春來穀不廣。價高一日三倍長。賈得錢多會豪友。不醉無歸夜聚首。一席糜盡百民膏。轉喜錢來非不偶。貧兒一斗欠一錢。訴殘窮話賈不憐。吁嗟乎。痛癢伊誰保命全。不將冷眼看眉燃。

賣薦兒　勸施棺木免暴露也

城南義冢多於堞。城內死人棺是薦。一張薦。錢三百。賣薦小兒情何適。笑看擡屍人不絕。有錢買薦薦作棺。無錢買薦委溝邊。安得仁人掩埋穴。屍骸不使狐犬食。

賣牛農　勸勿宰殺耕牛也

去秋水浸田家隴。嘉禾不足來春種。十家農人九家飢。禾淹草亦無茸茸。今日賣牛牛莫悲。無草何以救牛飢。牛多價賤市屠悅。市屠牽牛牛不活。可憐力盡餘年老。恩全一命難祈保。知他戀主心痛酸。一步一聲一頭掉。農人得錢哭聲高。來年麥地滋蓬蒿。有田無牛耕坐廢。安得麥長齊牛腰。不如買牛且稱貸。秋收再償富豪債。

樹皮餅　勸勿拋棄五穀也

樹皮磨末爲香料。團黏作餅人應笑。那知無食餓妻孥。欲誑飢腸此亦妙。嬌兒不食樹皮餅。哭牽爺衣放不肯。慰兒且食保兒生。賑飢來日開官廩。子弟莫學膏粱兒。粟朽視與泥沙等。兒不見鄰家老媪不厭粗。黄皮裹骨形骸枯。啖餅如啖花肉豬。

賑粥廠　勸仁人急解倒懸也

聞說粥廠設南廟。飢民多於羣鴉噪。肩摩絡繹競奔波。一齊都想爭先到。那知籌畫不定期。餓待三日仍空竈。日不再食腹旋飢。嗷嗷慘聽哀鴻噭。官長分俸苦不足。苦勸豪富捐斗斛。豪富迂緩諏時日。猶誇濟衆存陰隲。

坐飯謠

于源

富家有米陳倉爛。富家有財豈肯散。飢民更比飢鴻多。結隊成羣來不斷。清晨坐到西日斜。空腸輾轉鳴雷車。黠者就中肆搶奪。一鬨便足傾一家。東坐飯。西坐飯。王店鎮上人至萬。昨朝給錢巷柵裏。百十七人踐踏死。

紀災詩 道光辛卯

曹德馨

秋大雨

道光辛卯秋八月。淫潦爲災徧吳越。最甚杭嘉湖。三郡同漂沒。江南災如何。二十三州縣。大雨接江漲。湖河莽一片。鱗鱗瓦屋洪濤掀。樹梢蕩漾蘋藻繁。哀鴻嗷嗷飛不已。杭州高士乃爰止。

金纏臂

金纏臂。貴人妻。左扶頒白翁。右挾玉色兒。百口半道殣。家屬祇孑遺。袖底出纏臂。易食充朝飢。此邦有遠姻。不識何巷居。聞道大官朝有令。不許入城護出境。

買水

城南屍。官令瘞。屍未瘞。先自斃。臃穢蒸。滋疾癘。有客昨自淮甸還。屍浮支港蟲蜎蜎。居民不敢飲。遠方擔水直百錢。

乾柴貴

杭州自爇嚴陵柴。吳下烹燀足稭。稻稭無穫柴價貴。竈婢揾淚煤盈顋。雨復雨兮幾時暵。豆麥已盡草又爛。

海荒

樵以山。農以田。漁人以海皆其天。天欲奪之命。海歉無魚鱻。島中十船殘一船。黑風莽莽嘯水仙。鹽竈疲丁更告我。滷簏不足官盆煎。

質鉏犂

質鉏犂。無異質我身。身老猶可鬻。鉏犂一質何以生。飢腸隆隆。賣盡兒子。他無長物祗有此。質庫錢空不復質。歸荷鉏犂淚如水。

截米艘

皇帝聖仁憫窮黎。予蠲予賑無或遺。小吏索賄怒且詬。大戶輸粟力已疲。卻羨江南民復業。荒政醰醰日建設。川楚米艘入境截。噫吁嘻。江南幸遇林先生。少穆師。杭州米價何時平。

炊麩粥

頻年積潦麥歉秋。麩值亦昂匪易謀。炊以爲糜暖浮浮。姊一甌。甥一甌。義兒一甌。吾與嬌女同一甌。溫生舉室如披裘。嬌女那知飢寒迫。半甌未飽呱呱泣。時復牽衣索飯食。吁嗟女兮汝勿泣。橋東老婦面如墨。欲覓麩皮不可得。

後紀災詩 道光壬辰○錄五首　又

秋雨寒

五日雨。一日晴。有日不雨亦晦冥。自秋徂冬百五旬。八月早寒天雨霜。晚稻方華短穗僵。冬至以後九九雪。春花胥爛農命畢。

質庫閉

方今之大患。貴錢而賤穀。年荒莫恃錢。何所糴菽粟。錢貴穀亦貴。坐令羣生蹙。百物無穀水絕源。競趨質庫謀饔飧。質庫乳民若母然。日日蚨飛子不還。主人束手呼閉門。

食稈稃

濾豆渣。糴麥麩。糠團覈。麪屑榆。昔以禦窮今則無。祗向舂坊乞米稃。稃已罄。遭詬啐。對薦桿。棘口瘏。薦背破。臥凍塗。

母棄兒

髽角女。總丱男。敝衫不掩背。赤足牽母行趑趄。道逢餅肆視眈眈。延佇欲乞色若慚。倉皇覓母母去遠。明晨駢死古巷南。

道枕殣

朝來小市二丐斃。暮聞通衢殍三四。棲流所匱凶器空。乃舉兩身併一槥。魂兮升天莫爲厲。丈夫餓死等閒事。

質庫謠

有質有贖庫喧。有質無贖庫閉。無質無贖庫閒。凡三變而成世。火伴告主翁。無已且讓利。吁嗟四民若爲計。故物胥罄新未置。自今但願年年豐。有贖無質質庫空。

哀道殣

謝元淮

四郊野哭哀。烏烏聲何樂。道殣誰家兒。狼藉殘溝壑。餓死肉不肥。空腸見藜藿。惻然傷予懷。慘怛淚雙落。爾魂仇烏鳶。予心恐狐狢。一坏具鍤封。遺骸得所託。嗟爾蒙袂人。耐此凶年虐。乘輿濟涉事。爲惠亦已略。

紀災行

夏之盛

終歲雨滂沱。春無麥。秋無禾。旣無麥禾。并無稈稃。道殣日多。一解。
米肆屢增值。糲一升。錢半百。儈居奇。廣屯積。飢民食大戶。食罄穀數石。大戶穀罄。哀鴻安適。二解。
朝鬻女。暮鬻子。子女別爺娘。牽衣索果餌。子爲奴。女爲婢。努力耐鞭箠。差勝飢餓死。三解。
墦祭出郭門。餓夫垂涎覗。要而奪之去如駛。追不及。亦已耳。人且無食矧爲鬼。四解。
雜糧口勉糊。田主忙徵租。鄰田尙餘稻幾穗。乞兒偷割顆粒無。相逢野老同欷歔。五解。

飢民

林壽春

昨從邗江來。飢民徧徐州。咸云黃河洩。田園蕩洪流。骨肉飽魚鱉。屍骸渺難收。死者誠已矣。生者將安投。忍飢已三日。一飯不可謀。呻吟臥草間。行與鬼卒儔。誰能庇大廈。俾無凍餒憂。
盜賊盈州里。紛紛半飢民。廬舍旣蕩析。飄泊剩一身。飢寒無所歸。頓作穿窬行。皇仁非不廣。按口給帑銀。焉能如春草。常沐雨露恩。爲盜固當死。爲良豈能生。生死不自保。何憚國法尊。